금석이야기집 일본부 [一]

今昔物語集 一

KONJAKU MONOGATARI—SHU 1—4

by MABUCHI Kazuo, KUNISAKI Fumimaro, INAGAKI Taiichi

ⓒ 1999/2000/2001/2002 MABUCHI Kazuo, KUNISAKI Fumimaro, INAGAKI Taiichi

Illustration ⓒ 1999/2000/2001/2002 SUGAI Minoru

Original Japanese edition published by SHOGAKUKAN INC., Tokyo.

Korean translation rights in Korea arranged with SHOGAKUKAN INC., Japan

through THE SAKAI AGENCY and BESTUN KOREA AGENCY.

금석이야기집 일본부[一]

1판 1쇄 인쇄 2016년 2월 20일
1판 1쇄 발행 2016년 2월 29일

—

교주·역자 | 馬淵和夫·国東文麿·稲垣泰一
한역자 | 이시준·김태광
발행인 | 이방원

—

발행처 | 세창출판사
　　　　신고번호·제300-1990-63호 | 주소·서울 서대문구 경기대로 88 냉천빌딩 4층 | 전화·(02)723-8660
　　　　팩스·(02)720-4579 | http://www.sechangpub.co.kr | e-mail: sc1992@empal.com

—

ISBN 978-89-8411-597-2 94830
ISBN 978-89-8411-596-5 (세트)

—

—

이 도서의 국립중앙도서관 출판시도서목록(CIP)은 e-CIP홈페이지(http://www.nl.go.kr/ecip)와 국가자료공동목록 시스템(http://www.nl.go.kr/kolisnet)에서 이용하실 수 있습니다.(CIP제어번호: CIP2016004911)

금석이야기집 일본부

今昔物語集 (권11·권12)

A Translation of "Konjaku Monogatarishu"

【一】

馬淵和夫·国東文麿·稲垣泰一 교주·역

이시준·김태광 한역

세창출판사

머리말

 『금석이야기집今昔物語集』은 방대한 고대 일본의 설화를 총망라하여 12세기 전반에 편찬된 일본 최대의 설화집이며, 문학사에서는 '설화의 최고봉', '설화의 정수'라 일컬어지는 작품이다. 작품의 내용은 크게 천축天竺(인도), 진단震旦(중국), 본조本朝(일본)의 이야기로서 본 번역서는 작품의 약 3분의 2의 권수를 차지하고 있는 본조本朝(일본)의 이야기를 번역한 것이다.

 우선 서명을 순수하게 우리말로 직역하면 '옛날이야기모음집' 정도가 될 성싶다. 『今昔物語集』의 '今昔'은 작품 내의 모든 수록설화의 모두부冒頭部가 거의 '今昔' 즉 '이제는 옛이야기이지만'으로 시작되기 때문에 붙여진 서명이다. 한편 '物語'는 일화, 이야기, 산문작품 등 폭넓은 의미를 포괄하는 단어이며, 그런 이야기를 집대성했다는 의미에서 '集'인 것이다. 『금석이야기집』은 고대말기 천화千話 이상의 설화를 집성한 작품으로서 양적으로나 문학사적 의의로나 일본문학에서 손꼽히는 작품의 하나이다.

 하지만 작품성립을 둘러싼 의문은 여전히 남아 있어, 특히 편자, 성립연대, 편찬의도를 전하는 서序, 발拔이 없는 관계로 이 분야에 대한 연구는 많은 이설異說들을 낳고 있다. 편자 혹은 작가에 대해서는 귀족인 미나모토노 다카쿠니源隆國, 고승高僧인 가쿠주覺樹, 조슌藏俊, 대사원의 서기승書記僧 등이 거론되는가 하면, 한 개인의 취미적인 차원을 뛰어넘는 방대한 양과 치밀한 구성으로 미루어 당시의 천황가天皇家가 편찬의 중심이 되어 신하와 승려들이 공동 작업을 했다는 설도 제시되는 등, 다양한 편자상이 모색되고 있다. 한편, 공동 작업이라는 설에 대해서 같은 유의 발상이나 정형화된 표현이 도처에 보여 개인 혹은 소수의 집단에 의한 것이라고 보는 반론도 설득력을 가지고 공존하고 있다. 성립의 장소는 서사書寫가 가장 오래되고 후대사본의 유일한 공통共通 조본인 스즈카본鈴鹿本이 나라奈良의 사원(도다이지東大寺나 고후쿠지興福寺)에서 서사된 점으로 미루어 봤을 때, 원본도 같은 장소에서 만들어졌으리라 추정되고 있다.

그리고 성립연대가 12세기 전반이라는 점에서 대부분의 연구자가 일치된 견해를 보이고 있다. 출전(전거, 자료)으로 추정되는『도시요리 수뇌俊賴髓腦』의 성립이 1113년 이전이며 어휘나 어법, 편자의 사상, 또는 설화집 내에서 보원保元의 난(1156년)이나 평치平治의 난(1159)의 에피소드가 다루어지고 있지 않다는 점이 이를 뒷받침한다.

전체의 구성(논자에 따라서는 '구조' 혹은 '조직'이라는 용어를 사용)은 천축天竺(인도), 진단震旦(중국), 본조本朝(일본)의 삼부三部로 나뉘고, 각부는 각각 불법부佛法部와 세속부世俗部(왕법부)로 대별된다. 또한 각부는 특정주제에 의한 권卷(chapter)으로 구성되고, 각 권은 개개의 주제나 어떠한 공통항으로 2화 내지 3화로 묶여서 분류되어 있다. 인도, 중국, 본조의 삼국은 고대 일본인에게 있어서 전 세계를 의미하며, 그 세계관은 불법(불교)에 의거한다. 이렇게『금석』은 불교적 세계와 세속의 경계를 넘나들면서 신앙의 문제, 생의 문제 등 인간의 모든 문제를 망라하여 끊임 없이 그 의미를 추구해 마지않는 것이다. 동시에『금석』은 저 멀리 인도의 석가모니의 일생(천축부)에서 시작하여 중국과 일본의 이야기, 즉 그 당시 인식된 전 세계인 삼국의 이야기를 망라하여 배열하고 있다. 석가의 일생(불전佛傳)이나 각부의 왕조사와 불법 전래사, 왕법부의 대부분의 구성과 주제가 그 이전의 문학에서 볼 수 없었던 형태였음을 상기할 때,『금석이야기집』편찬에 쏟은 막대한 에너지는 설혹 그것이 천황가가 주도한 국가적 사업이었다손 치더라도 가히 상상도 못 하리라는 사실을 인정하지 않을 수 없다. 과연 그 에너지는 어디서 기인하는 것일까? 그것은 편자의 현실에 대한 인식에서부터라 할 수 있으며, 그 현실은 천황가, 귀족(특히 후지와라藤原 가문), 사원세력, 무가세력이 각축을 벌이며 고대에서 중세로 향하는 혼란이 극도에 달한 이행기移行期였던 것이다. 편자는 세속설화와 불교설화를 병치倂置 배열함으로써 당시의 왕법불법상의 이념을 지향하려 한 것이며, 비록 그것이 달성되지 못하고 작품의 미완성으로 끝을 맺었다 하더라도 설화를 통한 세계질서의 재해석·재구성에의 에너지는 희대의 작품을 탄생시킨 것이다.

『금석이야기집』의 번역의 의의는 매우 크나 간단히 그 필요성을 기술하면 다음의 세 가지를 들 수 있다.

첫째,『금석이야기집』은 전대의 여러 문헌자료를 전사轉寫해 망라한 일본의 최대의 설화집으로서 연구 가치가 높다.

일반적으로 설화를 신화, 전설, 민담, 세간이야기(世間話), 일화 등의 구승口承 및 서승書承(의거자료에 의거하여 다시 기술함)에 의해 전승된 이야기로 정의 내릴 수 있다면,『금석이야기집』의 경우도 구승에 의한 설화와 서승에 의한 설화를 구별하려는 문제가 대두됨은 당연하다 하겠다. 실제로 에도江戸 시대(1603~1867년)부터의 초기연구는 출전(의거자료) 연구에서 시작되었고 출전을 모르거나 출전과 동떨어진 내용인 경우 구승이나 편자의 대폭적인 윤색으로 해석하는 경향이 있었다. 하지만 새로운 의거자료가 확인되는 가운데 근년의 연구 성과에 의하면,『금석이야기집』에는 구두의 전승을 그대로 기록한 것은 없고 모두 문헌을 기초로 독자적으로 번역된 것으로 확인되고 있다. 이하 확정되었거나 거의 확실시되는 의거자료는『삼보감응요략록 三寶感應要略錄』(요遼, 비탁非濁 찬撰),『명보기冥報記』(당唐, 당림唐臨 찬撰),『홍찬법 화전弘贊法華傳』(당唐, 혜상惠祥 찬撰),『후나바시가본계船橋家本系 효자전孝子傳』, 『도시요리 수뇌俊賴髓腦』(일본, 12세기초, 源俊賴),『일본영이기日本靈異記』(일본, 9 세기 초, 교카이景戒),『삼보회三寶繪』(일본, 984년, 미나모토노 다메노리源爲憲),『일 본왕생극락기日本往生極樂記』(일본, 10세기 말, 요시시게노 야스타네慶滋保胤),『대 일본국법화험기大日本國法華驗記』(일본, 1040~1044년, 진겐鎭源),『후습유 와카 집後拾遺和歌集』(일본, 1088년, 후지와라노 미치토시藤原通俊),『강담초江談抄』(일본, 1104~1111년, 오에노 마사후사大江匡房의 언담言談) 등이 있다. 종래 유력한 의거 자료로 여겨졌던『경률이상經律異相』,『법원주림法苑珠林』,『대당서역기大唐西 域記』,『현우경賢愚經』,『찬집백연경撰集百緣經』,『석가보釋迦譜』등의 경전이나 유서類書는 직접적인 자료라고 할 수 없고,『주호선注好選』, 나고야대학장名 古屋大學藏『백인연경百因緣經』과 같은 일본화日本化한 중간매개의 존재를 생 각할 수 있으며,『우지대납언이야기宇治大納言物語』,『지장보살영험기地藏菩 薩靈驗記』,『대경大鏡』의 공통모태자료共通母胎資料 등의 산일散逸된 문헌을 상 정할 수 있다.

둘째,『금석이야기집』은 중세 이전 일본 고대의 문학, 문화, 종교, 사상, 생 활양식 등을 살펴보는 데에 있어 필수적인 자료이다.

전술한 바와 같이 인도, 중국, 일본의 삼국은 고대 일본인에게 있어서 전 세계를 의미하며, 삼국이란 불교가 석가에 의해 형성되어 점차 퍼져나가는 이른바 '동점東漸'의 무대이며, 불법부에선 당연히 석가의 생애(불전佛傳)로부 터 시작되어 불멸후佛滅後 불법의 유포, 중국과 일본으로의 전래가 테마가 된다. 삼국의 불법부는 거의 각국의 불법의 역사, 삼보영험담三寶靈驗譚, 인 과응보담이라고 하는 테마로 구성되어 불법의 생성과 전파, 신앙의 제 형태를 내용으로 한다. 한편 각부各部의 세속부는 왕조의 역사가 구상되어 있다. 특히 본조本朝(일본)부는 천황, 후지와라藤原(정치, 행정 등 국정전반에 강력한 영향력을 가진 세습귀족가문, 특히 고대에는 천황가의 외척으로 실력행사) 열전列傳, 예능藝能, 숙보宿報, 영귀靈鬼, 골계滑稽, 악행惡行, 연예戀愛, 잡사雜事 등의 분류가 되어 있어 인간의 제상諸相을 그리고 있다.

셋째, 한일 설화문학의 비교 연구뿐만이 아니라 동아시아 설화, 민속분야의 비교연구에 획기적인 계기가 될 것으로 기대된다.

먼저 동아시아에서 공통적으로 신앙하고 고대부터 현대에 이르기까지 막대한 영향력을 끼치고 있는 불교 및 이와 관련된 종교적 설화의 측면에서 보면,『금석이야기집』본조부에는 일본의 지옥(명계)설화, 지장설화, 법화경설화, 관음설화, 아미타(정토)설화 등이 다수 수록되어 있다. 이와 같이 불교의 세계관에 의해 형성된 설화, 불보살의 영험담 등은 일본뿐만 아니라 한국, 중국에서 또한 공통적으로 보이는 설화라 할 수 있다. 불교가 인도에서 중국, 그리고 한국, 일본으로 전파·토착화되는 과정에서, 각국의 독특한 사회·문화적인 토양에서 어떻게 수용·발전되었는가를 설화를 통해 비교 고찰함으로써, 각국의 고유한 종교적·문화적 특징들이 보다 객관적이고 명확하게 이해될 수 있을 것으로 판단된다.

한편,『금석이야기집』본조부에는 동물이나 요괴 등에 관한 설화가 다수 수록되어 있다. 용과 덴구天狗, 오니鬼, 영靈, 정령精靈, 여우, 너구리, 멧돼지 등이 등장하며, 생령生靈, 사령死靈 또한 빼놓을 수 없다. 용과 덴구는 불교에서 비롯된 이류異類이지만, 그 외의 것은 일본 고유의 문화적·사상적 풍토 속에서 성격이 규정되고 생성된 동물들이다. 근년의 연구동향을 보면, 일본의 '오니'와 한국의 '도깨비'에 대한 비교고찰은 일반화되고 있다고 판단된다. 이제는 더 나아가 그 외의 대상에 대해서도 관심을 가지고 문화적인 비교연구가 활성화되어야만 할 것이며,『금석이야기집』의 설화는 이러한 연구에 대단히 유효한 소재원이 될 것으로 기대하는 바이다.

전술한 바와 같이 본 번역서는『금석이야기집』의 약 3분의 2를 차지하는 본조本朝(일본)부를 번역한 것으로 그 나머지 천축天竺(인도)부, 진단震旦(중국)부의 번역은 금후의 과제로 삼고자 한다.

권두 해설을 집필해 주신 고미네 가즈아키小峯和明 교수님께 감사를 드린다. 교수님은 일본설화문학을 중심으로 동아시아 설화문학, 기리시탄 문학, 불전 등을 연구하시며 문학뿐만이 아니라 역사, 종교, 사상 등 다방면의 학문에 큰 업적을 남기신 분이다. 개인적으로는 일본 유학시절부터 지금까지 설화연구의 길잡이가 되어 주셨고, 교수님의 저서를 한국에서『일본 설화문학의 세계』란 제목으로 번역·출판하기도 하였다. 다시 한 번 흔쾌히 해설을 써 주신 데에 대해 심심한 감사를 드린다.

마지막으로 방대한 분량의 원고를 꼼꼼히 읽어 교정·편집을 해주신 세창출판사 임길남 상무님께 감사를 드리는 바이다.

2016년 2월

이시준, 김태광

차례

머리말·5 | 권두 해설·15 | 일러두기·48

부록

『금석이야기집今昔物語集』과 그 시대

고미네 가즈아키小峯和明(릿쿄대학 명예교수)

1. 작품의 형성과 미완성 –매몰된 거편巨篇–

본질로서의 미완성

『금석이야기집』은 12세기 전반, 헤이안 시대 말기의 원정기院政期에 만들어진 것으로 여겨지고 있다. 등장인물의 존재로 확인할 수 있는 연대와 편찬에 쓰인 최신자료(『도시요리 수뇌俊賴髓腦』)의 성립 연대 등이 1100년대 초기에 집중되어 있는 것으로 보아, 대략 그 시기라고 생각될 뿐 확실히는 알 수 없다. 애초에 누가, 언제, 무슨 목적으로, 어떻게 만들었는지, 대부분은 의문에 싸여 있다. 그 가장 큰 이유는 이 책이 미완성인 채로 매몰되어 중세에 거의 읽히지 않았기 때문이다. 『금석이야기집』은 미완의 대작으로 매몰되어 근세 에도기江戸期까지는 세간에 유포되지 않았다. 성립을 둘러싸고 수수께끼가 많은 원인도 여기에 있을 것이다.

『금석이야기집』은 전 31권, 천화 이상의 설화를 수록하고 있다. 천축天竺(인도), 진단震旦(중국), 본조本朝(일본)의 3부로 구성된 일본 최대의 설화집이다. 또한 한자가나漢字仮名 혼용문 특유의 박력 있는 문체로 인간 생사生死의 가지각색의 모습을 그려낸 대작이다. 서명書名은 현존하는 제본諸本의 시조

로 여겨지는 가마쿠라기鎌倉期 서사본書寫本인 스즈카본鈴鹿本의 서명書名에서 유래한다. 스즈카본에 관해서는 뒤에서 언급하겠지만, 『금석이야기집』을 연구함에 있어 원점이 되는 가장 오래된 사본寫本이다. 책 이름은 일반적으로 '今昔物語'로 여겨지지만, '이마와 무카시今は昔(이제는 옛이야기이지만이라는 의미)'로 시작하는 이야기는 전부 이 명칭으로 불릴 수 있기 때문에 '今昔物語'는 보통명사에 지나지 않는다. '今昔物語'의 모음집(集)이라는 점은 작품이 갖고 있는 고유한 의의라 할 수 있다. 이처럼 세간에 퍼져 있는 수많은 '今昔物語'를 집대성하여 통합한 것이 『금석이야기집』이다. 정식 서명은 스즈카본에 의거하여 『금석이야기집』이어야만 한다. 읽는 법은 현재 '곤자쿠 모노가타리'와 같이 음독音讀으로 읽는 것이 보통이지만 중세의 무로마치기室町期의 『지쓰교기實曉記』에는 '이마와 무카시노 모노가타리ィマハムカシノ物語'라고 되어 있는 것으로 보아 본래는 훈독訓讀으로 읽었을 가능성이 높다.

전 31권이라고 하지만 권8, 18, 21의 세 권은 어느 사본에도 존재하지 않아 원래부터 없었던 결본缺本으로 판단되고 있다. 또 수록화가 천 개 이상이라고 애매하게 제시할 수 밖에 없는 이유는 표제表題(제목)만 있고 설화의 본문 자체가 없거나, 이야기가 도중에 끊겨 버린 것 등이 있어서 이것들을 하나의 이야기로 셀 것인지 어떻게 할 것인지로 연구자의 의견이 갈라지기 때문이다. 표제만 있는 것을 결화缺話라고 하고, 이야기가 도중에 끊겨 있는 것을 결문缺文이라고 한다. 또한 『금석이야기집』의 본문을 살펴보면 한눈에도 분명하게 본문의 도처에 공백이 있음을 확인할 수 있다. 물론 후대에 벌레가 먹은 것이나 파손에 의한 것도 있지만, 처음부터 없었다고 볼 수밖에 없는 부분도 적지 않다. 이것을 결자缺字라고 한다.

일단 『금석이야기집』을 들여다보면 결권, 결화, 결문, 결자 등 도처에 미완성임을 드러내는 흔적과 만나게 되며, 그 부분에서 『금석이야기집』의 본질을 읽을 수 있다고 해도 과언이 아니다. 수많은 일본의 고전 중에서 이토록 결손의 잔해를 많이 드러낸 작품은 거의 눈에 뜨이지 않는다. 하지만 이러한 결손은 단순한 마이너스적인 결함은 아니다. 또한, 그 요인도 작자가 편찬 도중에 사망한 탓이라든가 하는 단순한 것일 리는 없다. 미완성이 된 부분은 각각 그 나름의 이유가 있으며, 부득이한 사정으로 그렇게 되었든지 혹은 작자가 그렇게밖에 할 수 없었던 사정이 있었다고 판단된다.

예를 들면, 결권의 경우는 처음에 구성하려고 했던 내용에 맞는 설화 자료를 쉽게 모을 수 없게 되어서 이를 단념했다고 생각할 수 있다. 결권 중 권8, 권18은 둘 다 보살菩薩과 고승高僧의 영험담靈驗譚을 충분히 모으지 못한 결과로 생각된다. 권21에 관해서는 일본의 기원을 설정할 수 없었던 점이 그 요인이라 판단된다. 표제만 있고 설화의 본문 자체가 없는 결화, 도중에 이야기를 그만둔 결문의 케이스는 처음 의도했던 구성과 설화의 내용의 괴리나 불일치를 깨닫고 편자(작자)가 작업을 중단한 것이라고 판단된다. 또한 결자의 경우는 지명, 인명과 같은 고유명사를 표기하려 했으나 이를 쓰지 못한 경우, '감다つぶる' '장식しつらい' 등 원래 한자로 표기하지 않는 고유어에도 한자를 붙이려고 했다가 하지 못해 방치하고 그대로 공백이 된 경우, 두 종류가 있다. 이것들을 '의도적인 결자'라고 부른다. 문장 중에 공백이 많이 보이는 것은 이 때문이다.

모두 작자가 자신의 편찬방침을 고집하여 마지막까지 그 의도를 포기하지 않았던 결과이며, 따라서 수많은 결손은 단순히 마이너스적인 결함이 아니라 작자의 주관과 의지가 얼마나 강했는지를 역설적으로 드러내고 있다. 실로 완고하고 우직하며 서투른 처리라고도 볼 수 있지만, 어쨌든 자신의 방침을 관철하여 어쩔 수 없는 상황에 이르러 단념할 수밖에 없었던 결과이다. 공백은 곧 작자의 강고한 의지를 드러내고 있는 것이다.

따라서 『금석이야기집』의 경우, 미완성이 곧 작품의 본질이다. 미완성이 었다는 점에서 오히려 그 문학성을 획득할 수 있지 않았을까.

담당자 · 편자인가, 아니면 작자인가

『금석이야기집』을 만든 것은 누구인가. 편자에 관한 단서도 없다. 무엇보다 '편자編者'라고 해야 할 것인지, '작자作者'라고 해야 할 것인지, 호칭부터 문제가 되지만 모든 이야기가 "이제는 옛이야기이지만, … 이렇게 이야기로 전하여 내려오고 있다 한다(今昔 …トナム語リ傳ヘタルトヤ)"라는 구두 전승을 가장하고 있는 이상, 각각의 이야기는 전해 내려왔다는 전제 위에 있으므로 순수한 창작자일 리는 없다. 천 개 이상 되는 설화를 집성하여 분류하고 정리하는 작업이었다는 점에서 '편자'가 일단 적절하다고 할 수 있겠다. 하지만 '편자'라고 규정해 버리면 편찬에만 무게가 실려서 개별 설화를 자신의 스타일로 바꿔 쓰고, 바꿔 이야기하는 표현자로서의 측면을 파악하기가 쉽지 않다. 이 점에 주안점을 두고 '표현주체表現主體'라고 부르는 경우도 있지만 여기에서는 여러 사정들을 종합하여 '담당자'라고 부르고 싶다. 이 담당자에 관해 과거에 많은 연구자가 다양한 설을 냈지만 모든 설이 각각 일장일단이 있어 완전한 입증에 도달한 경우는 없다.

예를 들어, 이전에는 미나모토노 다카쿠니源隆國의 『우지대납언 이야기宇治大納言物語』(산일散逸됨)와 혼동하여 다카쿠니 설이 유력했지만 『금석이야기집』에는 다카쿠니가 죽은 승력承曆 원년元年(1077) 이후의 설화도 종종 보이고 있어, 이 설은 결국 자취를 감추었다. 다카쿠니의 아들인 도바鳥羽 승정僧正 가쿠유覺猷가 뒤를 이어 마무리했다는 설, 편찬 동력에 권력의 개입을 고려한 시라카와白河 상황上皇의 칙찬설勅撰說, 도다이지東大寺의 가쿠주覺樹

등 남도南都 학승설學僧說도 제기되었는데, 각각의 입장과 시점에서 가설이 세워져 있기는 하지만 무엇 하나 결정적인 증거가 부족하다.

확실한 것은 이야기가 교토京都 세계를 중심으로 하는 입장에 있으며, 당시 귀중했던 종이를 대량으로 사용할 수 있는 위치에 있었던 점, 불교를 기본으로는 하지만 특정 교의(종파)에 치우치지 않은 점 등이다. 또한 담당자가 혼자인 단독설과 여럿인 복수설도 제기되고 있지만, 어휘, 표현, 문체, 혹은 서술방법에 일정한 지향성指向性이 인정된다는 점, 비록 복수의 공동 작업이었다고 해도 상당한 통일성이 의도되었다는 점이 인정된다. 또한, 의거자료依據資料를 바탕으로 한 명이 특정한 훈독이나 독법으로 낭송하고 다른 사람이 그것을 들으면서 받아쓰는 식의 공동 작업이 있었을 가능성은 충분히 있다. 문체표기가 속독·속기에 적합한 '가타카나 선명 표기片仮名宣命書き'(한자보다 가타카나를 작게 쓰는 스타일)인 것도 이러한 공동 작업에 적합한 표기 방식이라 할 수 있다.

여하튼 지금의 단계에서는 직접적인 담당자에 관해서는 알 수 없다는 선에서 머무를 수밖에 없는 것이 현실이다.

구성과 표현

『금석이야기집』은 천 개 이상의 설화를 어떻게 수집, 배열, 구성하여 자신의 문체 표현으로 풀어냈는가. 먼저 전체의 구성은 대단히 치밀하며, 크게는 천축天竺·진단震旦·본조本朝의 삼국 구성을 취하고 있다. 이것은 중세의 불교 설화집 『사취백인연집私聚百因緣集』이나 『삼국전기三國傳記』 등도 동일하며 설교법담說敎法談 『보물집寶物集』에 보이는 "천축, 진단, 본조에 관해 대충 말씀드리겠습니다(天竺、震旦、本朝おろおろ申すべし)"라는 어투와도 겹친다. 삼국관三國觀은 당시에는 전 세계였으며, 지금으로 말하면 아시아 세계

그 자체였던 것이다. 이것은 자연히 불교의 창시와 전파의 세계이기도 하기 때문에, 불교적 세계관에 기반하고 있다고 해도 무방하다. 『금석이야기집』은 불교를 기반으로 당시의 전 세계를 설명하려 했던, 그때까지 전례가 없었던 스케일이 대단히 큰 작품이었던 것이다.

이야기가 천축부터 시작하는 것은 석가의 전기(불전佛傳)부터 이야기하기 때문이며, 『금석이야기집』의 출발점은 불전에 있다. 석가의 생애를 되묻고 이야기의 중심에 놓는 점에 『금석이야기집』의 진정한 뜻이 있었다. 말세에 이르러 석가의 생애와 불법의 기원을 통해 그 세계 전체를 되묻고자 한 것이다. 권1에서 권3까지가 불전佛傳으로, 권4「불후佛後」, 권5「불전佛前」으로 구성된다. 석가의 열반涅槃 후에 불교가 어떻게 전파되었는지, 또한 석가 출생 이전의 천축세계가 어떠했는지를 이야기하는 것이다. 이어서 진단부震旦部는 권6에서 권9까지가 불법佛法, 권10「국사國史」로 이루어진다. 권9는「효양孝養」이지만 효행孝行은 유교뿐만 아니라 불법의 주제이기도 했다. 특히 권10이 중국의 역사를 살펴보고자 한 점은 주목할 만한 것이다.

본조부本朝部는 권11에서 권20까지의 전반前半이 불법, 후반인 권21에서 권31까지가 세속계世俗系(왕법王法)의 내용으로 불교의 전래와 일본에서의 정착과 전파의 양상이 계속해서 이야기되고 있으며, 불법편佛法篇의 마지막인 권20은 속인의 보살도菩薩道로 귀결된다. 후반의 세속계는 천황天皇(결권), 후지와라藤原 가문, 무예武藝, 무도武道, 무사武士, 숙보宿報, 영귀靈鬼, 골계滑稽, 악행惡行, 연애戀愛, 잡사雜事 등의 주제를 내용으로 하는데, 실로 다채로운 세계가 펼쳐진다. 세속의 전반은 왕법의 질서를 의식하여 편찬되어 있으나 후반은 각 권마다의 주제는 명확한 반면, 전체를 통일할 수 있는 일관성이나 이야기의 원리를 찾아내기 어렵다. 전체의 구성이 파탄에 이르는 것도 불사하고 편찬 작업을 계속하여 설화를 전하는 일을 그만두지 않았던 편찬상의 궤적을 드러내고 있는 것이다.

위와 같은 분류와 함께, 각 권에 속한 각각의 이야기는 어떠한 연상聯想의 계기에 의해 두 개씩 통합되어 배열되어 있다. 이것을 '2화1류 양식二話一類 樣式'이라고 한다.

이러한 치밀한 구상에 따라 그 방침을 고수하려 하면 할수록 그 구상과 방침은 달성하기 어렵게 되기 마련이다. 경우에 따라서는 배열방침을 너무 우선한 나머지, 권의 주제로부터 다소 일탈하거나 천축에 진단의 이야기가 삽입되는 등 여러 가지 모순이 생기게 되었다. 그러한 모순을 초래하면서까지 편찬을 달성시킨 에너지야말로『금석이야기집』의 본질이었던 것이다.

이러한 경향은 편찬 차원에서 그치지 않고 문체표현의 특이성에도 나타나고 있다. 사람과 사람이 만나면 의식적으로 회화를 시키거나, 행동을 일으키기 전에 반드시 마음속에서 생각하는('라고 생각하여ト思ヒテ') 등 이야기의 기본형이 자연스레 인과율因果律로 만들어져 있고 이러한 서술 방법은 시종일관 거의 흔들림이 없다. 또한, 설화를 이야기한 후에는 반드시, "이것을 생각하면コレヲ思フニ"나 "그러므로然レバ"와 같은 어조로 사건의 유래나 인물의 비평, 비난이나 의심스러운 점, 칭찬, 감상, 후일담, 주위의 비평, 풍평風評, 교훈 등을 이야기한다. 이것을 통틀어서 '화말평(어)話末評(語)'라고 부르고 있는데 이것이 다른 작품보다 더 상세하고 다양한 것 또한 커다란 특징이다. 이야기 속 각각의 상황이나 사건, 인물의 언동 하나하나에 반응하고 비평하고 있으며, 특히 사람이나 동물의 생사生死에 민감하게 반응한다.

『금석이야기집』은 인간 세상과 인간의 생사를 한없는 집념으로 응시하고, 포착하여, 끊임없이 이야기했다. 그러한 담당자의 자세는 그대로 문체에 드러나 독자를 사로잡는다. 그 문체 표기가 한자와 가타카나의 혼용문인 '가타카나 선명 표기片仮名宣命書き’ 스타일인 것도 관계가 깊다. 그 의의意義는 무엇인가. 이 문체는 자립어自立語를 한자로 적고 조사나 조동사 등의 부속어附屬語를 가타카나로 작게 적고 오른쪽에 붙이거나 혹은 두 행으로 나눠서 적는다. 헤이안 시대부터 쓰였고 에도 시대까지 일관되게 사용된 독특한 표기체로 현대의 관점에서 보면 불안정하고 읽기 어려운 표기이지만 붓으로 적는 것을 생각하면 매우 빨리 쓸 수 있고 더구나 한자를 중심으로 눈으로 좇아가면 속독할 수 있는 사적私的이며 간단한 스타일로서 보급된 것이다. 가타카나가 한문 훈독의 부속기호附屬記號로서 사용된 역사 그 자체를 반영하며, 가타카나가 아직 시민권市民權을 얻지 못한 증거라고도 말할 수는 있지만 무엇보다 속기·속독에 대단히 편리한 표기체로서 사용되었던 것이다. 중세가 되면 다이후쿠코지본大福光寺本『방장기方丈記』처럼 가타카나도 한자와 같은 크기로 쓰이는 표기도 나타나지만 한편으로 사원과 승방을 중심으로 ‘가타카나 선명 표기’가 살아남았다는 것의 의미는 적지 않다. 『금석이야기집』이 이 스타일을 취한 사실과, 독자를 거침없이 끌어당기는 딱딱한 문체의 자기류의 집요한 표현력과는 긴밀한 관련이 있다고 할 수 있다.

아마도『금석이야기집』은 이 ‘가타가나 선명 표기’ 스타일을 사적이고 일상적인 것에서 공적인 것으로 바꿔 놓으려고 했었던 것이 아니었을까 생각된다. 들으면서 옮겨 적는(聞書き) 표기체이므로 낭독한 것을 받아 적었다고 생각하면, 그 독특한 표기의 의의는 꽤 설명하기 쉬워질 것이다. 앞으로도 ‘가타카나 선명 표기’의 의미를 고려하여 연구해 나갈 필요가 있다 하겠다.

2. 『금석이야기집』의 시대 －섭정기攝政期에서 원정기院政期로－

원정기院政期라고 하는 시대

『금석이야기집』이 제작된 시대 상황은 어떠했을까. 시대배경에 관해 살펴보자. 12세기는 헤이안 시대의 마지막 세기였으며, 원정기院政期라고 불리는 시대이기도 하며, 새로운 중세를 향해 변환하는 시대였다. 시라카와인白河院의 원정院政을 시작으로, 다음 도바인鳥羽院, 고시라카와인後白河院, 고토바인後鳥羽院으로 이어진다. 응덕應德 3년(1086)의 시라카와 원정 개시로부터, 이후 고시라카와 원정의 보원保元·평치平治의 난亂, 치승治承·수영壽永의 겐페이源平 쟁란爭亂, 미나모토노 요리토모源賴朝에 의한 가마쿠라鎌倉 막부幕府 창설, 고토바인의 쿠데타가 실패하는 승구承久 3년(1221)의 승구의 난에 이르는 백수십 년에 걸친 격동의 시대인 것이다. 원정기가 언제까지를 가리키는지, 연구자에 따라 시대구분은 다르지만, 원정의 정권이 패퇴하고 가마쿠라鎌倉 무가정권武家正權이 우위를 차지하는 승구의 난이 하나의 커다란 척도가 되리라 생각된다. 헤이안기(왕조기王朝期라고도 함)는 천황을 정점으로 하는 귀족사회가 권력을 독점했던 시대로, 천황을 보좌하는 명목의 섭정攝政, 관백關白이 권력을 행사하는 섭관체제攝關體制라고 불리는 시대였다. 그 후, 사회변동과 함께 원정이 강권화強權化되었을 뿐만 아니라, 천황가天皇家, 섭정가攝政家, 신사가神社家, 후에 무가武家도 가세하여 온 권문權門이 뒤얽히며 서로 대립하게 된다. 이것이 새로운 중세라는 시대의 구도構圖였으며, 후지와라노 미치나가藤原道長로 대표되는 섭정관백攝政關白이 실질적인 권력을 손에 쥐고 있던 시대를 대신해서, 고산조인後三條院 즈음을 계기로 천황에서 물러난 원이 권력을 집행하게 되었다. 원은 문벌에 구애받지 않고 인재를 등용하였기 때문에 새로운 개혁이 시도되었다. 원정은 고대로부터 몇 대나 있었지만 특히 보원·평치의 난, 치승·수영의 난 등의 각 권문의 분쟁이 겐페이源平 가문을 중심으로 하는 무가의 무력에 의해 좌우되는 시대가 도래한다. 겐페이 전투는 정치의 중추뿐만 아니라 전국적인 규모로 영향을 미친 전투로 시대적 흐름에 획을 긋고 원정 시대를 각인시킨다.

결국 겐페이 전투는, 이후 이어지는 남북조南北朝의 내란, 응인應仁·문명文明의 난亂, 전국시대戰國時代 등의 전쟁의 시대의 시발점의 의미를 지닌다. 일본이 전국적으로 거대한 개혁의 소용돌이에 휩쓸려가고, 자연히 사회계층의 상하분쟁, 교토와 주변 혹은 변경과 지방과의 교통·유통의 변동에 영향을 끼치지 않을 수 없었다. 더구나 중국이 당에서 송으로, 송에서 원·명으로, 혹은 조선반도의 고려 등, 동아시아의 동향도 불가피하게 관련되어 있다.

그러한 시대의 변혁은 자연스레 다문화多文化, 다언어多言語 상황을 초래하게 된다. 수많은 가치관이 흔들리고, 유동적이게 되었다. 예를 들면, 원정기의 상징적 사건으로 영장永長의 대덴가쿠大田樂 소동이 있다. 영장 원년(1096) 여름, 기온祇園의 어령회御靈會의 신에게 바치던 기예技藝에서 비롯된 덴가쿠 예田樂藝 유행은 도시를 넘어 궁중에 이르고, 신분과 나이, 남녀 구분 없이 화려하고 아름다운 의상을 몸에 두르고 한껏 춤추는 대소동이 된다. 새로운 시대의 태동을 생생히 전하는 사건으로서 일종의 세기말적인 집단 히스테리적 양상을 드러내고 있다.

『금석이야기집』은 바로 그러한 시대에 탄생한 것이다.

원정기의 문화동향

원정기는 그렇게 교토와 지방, 귀족과 서민이 상호 접촉하여 다양하게 엇갈리는 문화충격의 시대였다. 또 진호국가鎭護國家로서의 불법佛法도 헤이안 경平安京의 생성과 함께 천태종天台宗, 진언종眞言宗의 두 종파가 양립하여 남도南都(나라奈良) 칠대사七大寺와 노선을 달리하게 된다. 각 사원寺院들은 점차적으로 강대한 세력이 됨에 따라 속세의 권력과 대등하게 겨루게 되어 여러 차례 분쟁을 불러일으킨다. 사사寺社 세력이라고 불리는 것으로, 천태종의 산문山門·사문寺門의 분쟁, 기요미즈데라淸水寺, 기온祇園 신사神社, 도노미네多武峰의 말사화末寺化를 둘러싼 히에이 산比叡山과 남도의 분쟁에서도 알 수 있듯이 사사 내부에서의 무력투쟁도 격렬해졌다. 불법佛法과 왕법王法의 상의相依, 상즉론相卽論이 이념으로서 강조된 것도 그러한 현상이 있었기 때문으로, 권문체제權門體制 간의 상호 알력과 관련 있다. 불사佛事나 법회法會가 고도로 응집凝集되어 공사를 가리지 않고 다채롭게 전개되었다. 밀교密敎 수법修法이 복잡하게 다양화되고, 법화신앙法華信仰, 관음과 지장 등 보살신앙도 널리 퍼지고, 극락왕생에 대한 바람이 갈수록 높아져 왕생전往生傳이나 불전佛典, 부처와 보살의 영험기靈驗記, 고승전高僧傳이 차례차례 만들어졌다. 『금석이야기집』의 세계는 명백히 그러한 동향과 직접적으로 관련되어 있다.

한편 고려, 송과의 교류를 비롯하여 중국 북방의 거란契丹(요遼)과의 교류도 활발해져서 이문화의 숨결이 직접 전해지고 있었다. 특히 동해 해역에서의 이문화 교류가 두드러졌다. 『금석이야기집』에 등장하지 않는 지역은 66개 지방 중 겨우 4개 지방(이와미石見, 지쿠고筑後, 이키壱岐, 쓰시마對馬)이며, 그것도 우연히 선택되지 않았던 것에 불과하다.

원정기의 학예學藝에서 무엇보다 주목받는 것은 유취문화類聚文化이다. 『유취가합類聚歌合』, 『유취명의초類聚名義抄』, 『유취잡요초類聚雜要抄』, 『중우기부류지배한시집中右記部類紙背漢詩集』, 22권본 『표백집表白集』, 『연중행사회권年中行事繪卷』 등, 열거하면 끝이 없을 정도로 유취작품이 배출되었다. 이것은 전대까지 축적된 문화를 집대성하고 통합함으로 해서 그것을 새롭게 되새겨 보고자 한 것으로, 시대의 전환기에는 반드시 이러한 현상이 되풀이되지만, 그중에서도 원정기는 그 움직임이 높고 거대한 파도처럼 돌출해 있으며, 『금석이야기집』은 그야말로 유취문화의 요체要諦로서 존재했다. 그때까지의 설화를 망라하여 집대성함으로써 새로운 세계를 창건하려고 했던 것이다.

또한 사회 변동에 따라 공동체의 존재양식이 바뀌게 되자, 그때까지 구전으로 성립해 왔던 것들이 견디지 못하고 기록되게 되었다. 공동체를 유지하기 위해 구전이 기록됨에 따라, 그로 인해 변질을 피할 수 없게 되기도 했다. 구전의 위급존망危急存亡이 닥쳤다고 할 수 있는데, 귀족 세계에서도, 사원 사회에서도 공통된 현상으로 나타났던 것이다. 한편 가문家의 의식이 더욱 확산되어 음양도陰陽道, 의도醫道, 가도歌道 등, 가문에 의한 학예學藝의 전문화가 강화되어 각 가문마다 구전과 서적을 적극적으로 모으는 움직임이 일어난다. 『금석이야기집』이 "이제는 옛 이야기이지만 … 이렇게 전하여 내려오고 있다 한다"라는 구두 전승 스타일을 일관되게 취하고 있는 것도 이러한 구전을 기록하는 경향과 무관했을 리 없다.

오에노 마사후사大江匡房가 호리카와인堀河院의 추선追善 공양에 부탁하지도 않은 원문願文을 멋대로 낭독하고 주위의 빈축을 사서 '문광文狂い'이라고 불렸던 것처럼(『중우기中右記』), 많은 '문광'이 나타난다. 당세풍을 후세에 남기기 위해 『양진비초梁塵秘抄』를 편찬한 고시라카와인도 마찬가지이며, 『금석이야기집』의 담당자 또한 그 구상은 물론이고 빈칸과 여백을 메우는 과잉적이고 자기류의 집요한 어조로 볼 때 '문광'이라고 해도 좋을 것이다.

또한 원정기는 호화, 사치, 과잉, 방종의 문화가 경쟁하던 시대였고, 뒷날의 바사라婆娑羅(* 화려한 의장 등을 사치스럽게 장식하거나 해서 한 시대를 구가하는 풍조로 가마쿠라 막부 멸망 후 유행함) 풍조로 이어지는 의의를 지니고 있었다. 특히 홋쇼지法勝寺 오층탑이나 도바鳥羽 이궁離宮의 건축은 원정기 문화의 기념비적인 것이었고, 시라카와白河의 로쿠쇼지六勝寺로 대표되는 거대 사원과 그곳에서 열리던 법회의 호사스러움은 특출난 것이었다. 그리고 그것들이 후세에 이어지지 않고 사라져 버린 것에도 한 시대의 획을 그었던 원정기 문화의 특징을 엿볼 수 있으며, 그것은 그야말로 미완의 대기大器로서 매몰되어 버린『금석이야기집』의 모습과도 겹쳐지는 것이다. 이런 의미로서도『금석이야기집』은 원정기 문화의 상징이라 할 수 있다.

3. 사료史料로서의『금석이야기집』 —묘사된 역사—

의거자료依據資料의 역사성

『금석이야기집』이 역사 사료로서 가지는 의의를 직·간접적으로 관련된 의거자료, 설화의 역사 서술 등의 문제를 가지고 살펴보고자 한다.

먼저,『금석이야기집』은 구두전승으로부터 직접 채록한 설화는 전혀 없으며, 특정 문헌 자료에 의거했다는 것이 통설로 되어 있다. 더구나 의거한 자료의 권위를 인정하는 것이 아니라 오히려 그것을 전부 이용하고 흔적을 없애 버리려 하였기 때문에(『명보기冥報記』의 편자의 이름을 이야기 속에서 없앤 일례 등), 출전이나 전거典據와 같은 호칭은 적절하다고는 할 수 없다. 어디까지나『금석이야기집』은 기성 설화를 바탕으로 자신의 스타일로 바꿔서 이야기하고 있으며, 본래의 설화 작품의 권위에 의지하거나 그것을 드높이려 하지 않았다. 또, 바꿔서 이야기한다고 하지만 대폭적인 개편이나 개작, 번안을 하고 있는 것도 아니다. 본래의 설화를 그대로 살려서 이야기하려 들기 때문에 그 방식은 '번역'이라고 보는 것이 적절할 것이다. 오히려 본래 작품을 대신하여 자신의 설화를 구축하려고 한 것으로, 중국에는 『금석이야기집』이 사용한 텍스트를 없애고자 하였다. 따라서 출전이 아니라 '의거자료'라는 용어가 적절할 것이다.

『금석이야기집』이 사용한 자료는 작품 규모에 비하면 반드시 많다고는 할 수 없다. 본조부의 세속계는 특히 의거자료가 불명확한 이야기가 많으나, 명확한 자료의 이용도를 보면 가능한 한 많은 설화를 특정 텍스트로부터 집중적으로 사용하려고 했기 때문이다. 먼저 명확한 자료를 살펴보도록 하자.

예전에는 천축, 진단부는 불전佛典, 한서漢書 등 외국에서 건너온 계열의 자료가 쓰였다고 여겨지고 있었지만, 그 설은 오늘날 부정되고 있다. 천축부의 경우, 주요자료는 예를 들면 『주호선注好選』이나 나고야대학본名古屋大學本『백인연집百因緣集』 등, 일본에서 재편된 인연집因緣集 계열의 것과 대단히 비슷하다. 굳이 여기에 추가한다면 불전 부분은 중국의 양梁에서 편찬된 불전유서佛典類書인 『석가보釋迦譜』가 있다. 『과거현재인과경過去現在因果經』이나 『불본행집경佛本行集經』 등 수많은 불전경전을 바탕으로 석가팔상釋迦八相의 항목별로 분류하여 편찬한 간단한 텍스트로, 일본에도 낙질본落帙本이기는 하지만 원정기에 전사轉寫된 고사본古寫本이 전해져 지금도 남아 있다. 『석가보』에 의거했을 가능성도 있지만, 과연 그것만 가지고 설명할 수 있을지 의문이 없을 수 없다. 어쨌든 천축부는 경전을 직접 번역했다고 보기는 어렵고, 기존에 일본에서 번역되어 전혀 내려오던 인연집 종류에 기반하고 있음이 명백하다.

계속해서 진단부의 주요의거 텍스트로 중국 북방의 거란족이 건국한 요遼의 학승 비탁非濁에 의해 편찬된 『삼보감응요략록三寶感應要略錄』이 있다. 이것도 간단한 불교설화집으로 원정기 수영壽永 3년(1184)에 서사된 고사본

古寫本이 마에다前田 집안(존경각尊經閣 문고文庫)에 전해져 온다. 근년에 인평仁平 원년(1151)에 서사된 가와치河內 곤고지본金剛寺本도 소개되었다(중·하권 결권). 이후, 중세시기에 많이 이용된 것으로 알려져 있으며『금석이야기집』의 독특한 '2화1류 양식'도 이것의 영향이라고 한다. 근년의 역사학에서 중국 북방과의 불교문화 교류가 주목받고 있는데, 바로『삼보감응요략록』의 형성과 전래는 그 전형으로 거론되고 있다.

또 하나, 중요한 작품으로 당唐의 관리, 당림唐臨의『명보기冥報記』라는 불교설화집이 있다. 명도를 왕래하는 명도왕환冥途往還 소생담蘇生譚과 각종 영험담이 집성되어 있으며, 당에서 구카이空海의 제자, 엔교圓行가 승화承和 6년(839)에 가져온 사본이 고잔지高山寺에 전래되었고, 마에다 집안에는 원정기 장치長治 2년(1105)의 사본이 전해져 내려온다. 그 외에 원정기에 쓰인 지온인본知恩院本도 전해져 오지만『금석이야기집』은 마에다 집안본과 가장 가까우며, 같은 종種의 재편본再編本 계통을 의거자료로 삼은 것으로 추정된다. 마에다 집안본은 오사誤寫가 적지 않으며,『금석이야기집』은 그것과 같은 오사를 기반으로 합리적으로 번역하려고 했다. 또 권10「국사國史」에서는 널리 알려진 현종과 양귀비의「장한가長恨歌」, 왕소군王昭君 등의 고사를 『도시요리 수뇌俊賴髓腦』를 의거자료로 삼고 있다. 또한『주호선注好選』을 비롯한 일본의 설화류에 의거하고 있음이 분명하고, 한서漢書는 거의 이용하지 않고『몽구蒙求』,『효자전孝子傳』등의 유학서幼學書,『화한낭영집和漢朗詠集』등의 주석서의 세계와 소통하고 있다는 사실은 중국 고사가 당시 일본에서 널리 퍼져 있었다는 사실을 알게 해 준다.

이어서 본조부의 자료는 크게 한문 자료와 가나 혼용문 자료로 구분된다. 대략적으로는 불법편에는 한문 자료가 많고, 세속계에서는 가나 혼용문 자료가 많다. 전자에서는 설화집의 시발로 일컬어지는 선악의 인과응보를 이야기한『일본영이기日本靈異記』를 비롯해서 법화영험담法華靈驗譚의 집대성인『본조법화험기本朝法華驗記』, 극락왕생자의 전기인『일본왕생극락기日本往生極楽記』, 지장보살의 영험담을 집성한『지장보살영험기地藏菩薩靈驗記』등의 자료가 이용되었다. 그 외에『삼보회三寶繪』나 사원연기寺院緣起, 고승전과 같은 것도 있으며, 이것들은 각 권의 주제에 적합하게 자료가 이용되고 있으며, 그것은 주제설정이나 구상 자체에도 크게 관여하였음에 틀림없다. 또한 가나 혼용문 자료도 현격하게 늘어나,『우지습유 이야기宇治拾遺物語』나『타문집打聞集』,『고본설화집古本說話集』등과의 공통적인 이야기들도 주목할 만하다.

세속계에 있어서는 이야기 소재가 실생활에 밀접한 만큼 가나문체가 중심이 된다. 가장 많은 것은『우지습유 이야기』,『고본설화집』과의 공통화로, 생기 넘치는 문체로 흥미로운 설화가 많이 수록되었다.『우지습유 이야기』와의 공통화는 80화에 달하여,『우지습유 이야기』의 3분의 1을 차지한다. 하지만 권27「영귀靈鬼」, 권28「세속世俗(골계滑稽)」, 권29「악행」등의『금석이야기집』에서 가장 특징적인 화군의 다수는 그 의거자료가 밝혀지지 않고 있다.『우지습유 이야기』이하의 공통 화군話群도 직접적인 자료는 미상이지만, 어떠한 공통이 되는 커다란 설화집의 존재를 느끼게 한다. 무엇보다 등장인물 등으로 볼 때, 11세기 후반 즈음에 만들어진 가나 혼용문체의 비교적 커다란 규모의 설화집의 존재를 전제로 삼지 않으면,『금석이야기집』본조부의 구성과 표현이 있을 수 없었음은 확실하다.

그것이 어떠한 것이었는지는 수수께끼이지만, 그 대표적인 것으로 산일散逸된『우지대납언 이야기宇治大納言物語』가 해당될 가능성이 높다. 오늘날 후대의 자료에 남아 있는 일문逸文이 몇 개 알려져 있지만, 그중에서『금석이야기집』이나『우지습유 이야기』와 공통적인 이야기도 있는 반면 유화類話

라 인정할 수 없는 독자적인 이야기도 있다. 처음부터 전부를 이 작품에 귀착시킬 수는 없지만 이러한 종류의 설화집 없이 『금석이야기집』 또한 존재할 수 없다는 점은 더 강조되어야 할 것이다.

『우지대납언 이야기』는 『우지습유 이야기』 서문序文에 그 유래가 설명되어 있다. 대납언大納言 미나모토노 다카쿠니源隆國가 우지宇治에 있는 평등원平等院의 남천방南泉坊에 은거하며 우지와 교토를 오고가는 사람들로부터 이런저런 이야기를 듣고 모아서 정리해 적은 것이 『우지대납언 이야기』라고 한다. 『우지습유 이야기』는 그 개정증보본改訂增補本에 해당한다. 실제로 다카쿠니는 남천방에서 정토교淨土敎의 교리서 『안양집安養集』을 편찬하였으며, '난센보南泉坊 대납언'으로 불리고 있었다. 남천방의 유구遺構도 최근의 발굴로 소재가 확인되었다. 다카쿠니는 승력承曆 원년(1077)에 사망했으며, 그 이후 시기의 설화가 『금석이야기집』과 『우지습유 이야기』에 수록되어 있으므로 근세의 속설처럼 『금석이야기집』이 『우지습유 이야기』라는 설은 맞지 않다.

『겐지 이야기源氏物語』 이후의 고소설의 사적 흐름에서 보면, 왕조국가의 동향에 따라 활발해진 설화적 상황을 바탕으로 편찬되었던 것이 『우지대납언 이야기』로서, 『금석이야기집』은 그것을 중요한 자료로 가능한 한 전부 이용하려고 했었을 것이다. 그러나 불가사의한 것은 『금석이야기집』이 매몰되었을 뿐만 아니라 예의 『우지대납언 이야기』와 같은 종류의 선행 설화집 또한 별다른 영향을 주지 못한 채 매몰되어 사라져 버렸다는 것이다. 『금석이야기집』의 본조부에 유독 의거자료 불명의 이야기가 많은 것은 그 의거자료 자체 또한 매몰되어 버려 거의 향수享受되지 못했던 경위를 보여 주고 있다. 이것은 고대로부터 중세에 걸쳐 설화사說話史 최대의 의문이라고 해도 좋을지도 모른다. 이들 자료군의 총체가 하나의 역사를 이야기하고 있다고 할 수 있으리라.

역사 서술로서

의거자료의 역사성과 함께, 『금석이야기집』의 역사성을 되짚고자 한다. 설화는 자연스레 역사 서술적 측면을 갖는다. 특히 설화집이라는 형태의 텍스트는 어떤 특정한 역사의식을 기반으로 편찬되기 때문에, 역사 서술의 양상을 띠게 된다. 각각의 설화는 단편적이라 할지라도, 그 집합체의 배열과 편성에 의해 역사가 돌출되는 경우가 적지 않다.

불전佛傳의 구도

애초에 『금석이야기집』의 시작은 석가의 팔십 년의 생애를 이야기로 되살리려는 점에 있었다. 그 자체로 일종의 역사 이야기가 아닐 수 없다. 일체중생一切衆生의 구제를 위해, 천상계에서 흰 코끼리를 타고 마야 부인의 뱃속에 깃들어 북천축의 카필라바스투라는 나라의 왕자 싯다르타로 태어나 처자도 얻었지만 성장함에 따라 인생의 고뇌를 깨닫고 성을 나와 출가, 고행 끝에 보리수 아래에서 깨달음을 얻고 제자를 모아 포교하여 국왕과 장자들의 귀의를 얻어 일대교단으로 성장하였고, 이윽고 열반에 들었다고 하는 극적인 생애가 박력 있는 필치로 묘사된다. 한문 번역 불전류佛典類를 원거로 하면서 자신의 표현으로 이야기한 불전 문학의 금자탑이라 해도 좋을 것이다. 말세에 살아가는 힘을 불전의 이야기를 통해 얻고자 했다고 여겨진다.

또 「불후佛後」, 「불전佛前」이라는, 석가의 생애를 중심으로 그 전후를 나누는 편성을 취한 것은 불전을 기축으로 하는 역사관의 발로이며, 열반 후의 불법의 확대를 이야기한 것도 역사성을 의식한 전개였던 것임은 의심의 여지가 없다. 권4 「불후」 이후는 진단과 본조부가 이어진다. 불법계에서는 석가의 열반 후 몇 년이라고 하는 기년법紀年法이 채택되어 특히, 멸후滅後 2천년의 입말법入末法이 역사관을 조성시키는 커다란 계기가 되었다. 불법의 창시와 전개라는 『금석이야기집』의 기본 테마 그 자체가 필연적으로 역사 서술이 될 수밖에 없었던 것이다.

불법사佛法史의 전개

특히 불법 전래담은 역사서술 그 자체라 할 수 있다.

천축부에서는 석가 열반 후 불법의 확대가 시대 순으로 파악되고 있다. 진단부에서도 마찬가지이지만, 특히 권두卷頭에 진秦의 시황제가 불법을 탄압하고 승려를 유폐시키자, 영험으로 석가가 날아와서 구하는 이야기가 배치된다. 시황제 시대에는 불법은 전해지지 않았다고 하는 역사적 의의를 이야기하고 있다고 할 수 있다. 이어서 후한後漢의 명제明帝 때로 이어져 불교의 승려와 도교의 도사의 전면대결, 말하자면 영험겨루기가 행해지고, 불교가 압도적인 우위를 보인다. 왕이 귀의할 것인지 아닐지가 분수령이었다. 승려에 대해 왕은 시종일관 호의적이며 응원을 하고 있다.

계속해서, 중국에 불법을 전하겠다는 의지가 확고했던 구마라염鳩摩羅焰이 천축에서 불상을 훔쳐내 낮에는 구마라염이 불상을 이고, 밤에는 부처가 구마라염을 등에 업고 실크로드를 넘었다고 한다. 서역의 우전왕優塡王은 구마라염의 불법을 전하려는 마음에 감동하여, 스스로 제 딸을 바쳐 아이를 낳게 하여 그 뜻을 잇게 하려 든다. 여자를 범하는 파계를 하면서까지도 불법을 널리 퍼뜨리는 것이야말로 진정한 '보살행'이라고 하는 인상적인 표현이 보인다. 그의 아들이 바로, 번역경飜譯經 역사상 이름 높은 『묘법연화경妙法蓮華經』의 한문 번역으로 유명한 구마라습鳩摩羅什인 것이다. 낮과 밤을 교대로 업는 소재는 『젠코지 연기善光寺緣起』 등에서도 전용轉用되어 있다. 불법에의 귀의와 영험을 설명하는 설화로 중시되고 있다.

『서유기西遊記』의 삼장법사의 이름으로 친숙한 현장삼장玄奘三藏은 나라의 법을 어기면서까지 실크로드를 넘어 인도까지 불법을 구하러 향한다. 하지만 고난스런 여행의 모습은 본인의『대당서역기大唐西域記』를 비롯해 제자들이 종합한『대자은사삼장법사전大慈恩寺三藏法師傳』등 후의 전기에도 자세히 나온다. 들판에 버려져 있던 병자의 피고름을 빨아서 깨끗하게 하였더니, 그 사람은 관음의 화신이었다고 하는 이야기(『반야심경般若心經』전수의 유래담이기도 하다)나 도적에게 습격당하지만『반야심경』의 위력으로 격퇴한다는 이야기, 배로 여행 중에 용신龍神에게 기도를 올리고 살았다는 이야기 등, 다양한 일화가 많이 열거된다. 중세에는『현장삼장회玄奘三藏繪』라는 두루마리 그림繪卷도 만들어져 법상종法相宗의 시조始祖로서 전해지게 된다.

한편 중국에서 인도가 아니라, 역으로 인도에서 중국으로 불교를 전하러 간 승려가 달마達磨이다. 그러나 달마는 본격적인 교의를 가르치는 일 없이 짚신 한 짝을 기념으로 남기고 돌아가 버린다. 이런 쟁쟁한 인물뿐만 아니라 많은 이가 인도와 중국 사이를 오갔다. 이름 없는 사람들의 도움으로 그 여행이 가능할 수 있었다.

그리고 그렇게 해서 전해진 불법이 어떻게 뿌리를 내려가는지가 그 다음의 과제로, 부처의 영험, 불법의 영험, 승려의 영험 등에 관한 이야기가 망라된다.

본조부는 쇼토쿠聖德 태자太子를 비롯하여 교키行基, 엔 행자役行者 등, 민중 불교나 산악수험도山岳修驗道의 대성자가 세트로 구성되어 있으며, 여기에 사이초最澄, 구카이空海, 엔닌圓仁, 엔친圓珍 등 도해승渡海僧의 일화, 후반은 도다이지東大寺, 고후쿠지興福寺, 엔랴쿠지延曆寺 등의 사원건립담寺院建立譚과 연기緣起 등이 이어진다. 여기에는 일본 불법의 창시創始, 시원始原이 이야기되고 있으며 자연히 일본 불법사佛法史의 윤곽이 그려져 있다. 쇼토쿠 태자, 교키, 엔행자는 일본 불법의 시조로서, 이후에 도쇼道昭, 겐보玄昉 등 나라奈良 불교에 이어서 사이초, 구카이 등 헤이안平安 불교의 초창기를 어깨에 짊어졌던 승려들이 열거된다. 나라·헤이안기의 국가 불교의 기간基幹이 정리되어 있는 셈이다. 승전僧傳과 사원연기寺院緣起를 합친 국가불교의 역사가 그려져 있어, 자연스레 불법사의 전개를 보여 주고 있다. 사원연기에 이어, 권12는 탑연기塔緣起, 더하여 법회法會의 연기가 모여 있다. 법회는 불법의 구체적인 실천으로 무엇보다 중요시되는 것으로, 그 연기가 역사를 도드라지게 한다. 이러한 점은 선행 설화집인 『삼보회三寶繪』의 성격과도 유사한데, 『삼보회』의 영향을 받으면서도 거기에 자료와 지식을 추가해 구성하고 있다. 사사寺社 세력의 항쟁이라는 현실을 기반으로 하여 전래傳來의 기원을 되돌아보려고 한 것이었으리라.

다음 삼보영험담三寶靈驗譚에서는 부처, 보살, 경전 등의 영험담이 집적 배열되어 있다. 천축, 진단으로 이어져 온 불법의 영험이 본조에서도 동일하게 일어났었다는 것을 증명하고자 한 것이다. 영험담은 대체로 삼보(불법승佛法僧)를 기준으로, 석가상을 비롯한 불상의 영험, 법영험法靈驗으로서의 경전류의 영험, 승영험僧靈驗으로서의 보살의 영험으로 전개된다. 특히 법영험에서는 『법화경法華經』의 영험담이 압도적이며, 권12 후반부터 권14까지에 수록되어 있다. 『법화험기法華驗記』를 기간으로 하여 여기에 새로운 설화를 추가하였다. 승영험에서는 권16의 관음영험觀音靈驗, 권17 전반의 지장영험地藏靈驗이 두드러진다. 특히 관음영험은 관음의 변화신變化身에 어울리게 가지각색이며, 흥미로운 화제가 많다(의거자료 미상). 지장영험은 지옥 구제담으로 집약되어 있다. 또 총 54화에 이르는 권15의 왕생담은 『일본왕생극락기日本往生極樂記』를 기반으로 하면서도 새로운 세계를 추가하고 있으나, 원정기에 성행한 왕생담의 일환으로 자리매김할 수 있겠다. 전기傳記는 자연히 인간의 역사이며, 연기緣起와 같은 의의意義를 가진다.

권19 이후, 세속성이 농후해지며, 출가담과 권20의 덴구담天狗譚 등이 주목된다. 덴구는 불법에 적대하는 마물로서 설정되어 있으며, 권27「영귀靈鬼」와 구별된다. 권20의 불법편의 끝 부분은 스스로를 희생하면서까지 인간을 구하려 한 재속在俗 보살도를 체현하는 인물들의 이야기군群으로 완결되는 체제이다.

설화는 결코 허황된 이야기가 아니라 어디까지나 사실로서 존재하며, 그집적集積이 자연히 역사의 총체가 되는 구조로 되어 있다. 각각의 설화도 역사성을 가지지만 그 이상으로 설화를 모아서 편집, 배열하고, 말하자면 설화를 조직화함으로써 불법사를 부각시키는 구조인 것이다. 불법의 진실이지역, 국가를 따지지 않고 보편성을 가진다는 것에 대한 증명, 인지認知로서설화는 이야기된다.

왕법사王法史와 그 좌절

불법사佛法史에 대해 세속계의 역사는 왕법사로서 대치된다. 천축부의 불법편에서도 불법의 포교에 세속의 권력이 불가결한 구조임이 설명되어 있으며, 자연스레 불법·왕법의 상관이 주제로 되어 있지만 권5「불전佛前」에는 세속계의 이야기가 집성되어 있고, 왕과 왕자의 화제가 이어지기는 하나특별한 역사성은 찾아보기 어렵다. 석가의 생애의 불전 이외에 천축의 역사는 구축하기 어려웠기 때문으로, 불전을 제외하고 정리된 천축사는 없었다고 해도 좋을 것이다. 바꿔 말하면『금석이야기집』은 불전을 위주로 천축사를 의식한 최초의 시도였다.

진단부에서는 권6의 권두에 진의 시황제가 배치되어 있는 것과 호응하여, 권10 「국사國史」는 명확하게 역사의식을 내세우고 있으며 여기에서도 시황제로부터 시작하고 있다. 즉, 진단, 중국의 역사는 시황제로부터라는 인식을 드러내고 있는 것으로, 이후의 유명한 중국 고사의 기본으로 삼고 있다. 하지만 처음부터 오늘날의 통설적인 중국사가 의식되어 있었던 것은 아니다. 「장한가」로 대표되는 고사의 집적集積이 기본이며, 그것이 당시의 일반적인 이해였을 것이다. 오히려 역사를 의도적으로 도입한 부분에 『금석이야기집』의 특이성이 있다. 정리된 중국사를 이야기하려 하는 것은 중세의 『당경唐鏡』까지 기다리지 않으면 안 된다는 점을 생각하면,『금석이야기집』의 「국사」라는 기획은 획기적이었다.

본조에서는 권21부터 세속계가 시작되는데, 시작이 되는 권을 구성하지 못하고 출발부터 공백이었다. 요인으로는 천황사天皇史 혹은 일본사의 기원을 설정하지 못했음을 상정할 수 있다. 본조 불법사의 시작은 쇼토쿠 태자로 문제없다고 해도, 세속계의 기원은 어디에서 찾을 수 있을 것인가. 역시 쇼토쿠 태자 본인이 가장 적합하였겠지만, 이미 권11의 권두에서 다 이야기해 버렸기에 자료가 없었다. 초대 진무神武 천황을 비롯하여,『금석이야기집』은 신화 세계를 처음부터 배제하고 논외로 두고 있으며, '日本紀'적인 세계와 연결되어 있지 않았다. 기원을 이야기하려 했다가 이야기하지 못해『금석이야기집』이 미완성이 된 것은 이미 정해진 숙명이었다고도 할 수 있다.

권22는 후지와라藤原 가문 열전列傳이지만 이것도 총 8화에 머물고 만다. 도키히라전時平傳에서 끝나 버리는 것은 미치자네道眞의 원령怨靈과 덴진天神 신앙의 형성과 무관할 수 없다. 원정기는 덴진 신앙의 융성기에 해당하기 때문이다.

계속해서 왕조 국가세계를 체현하는 것으로 권24가 있는데, 기예技藝, 학예담學藝譚의 집대성으로서 총 57화나 되며,『금석이야기집』각 권 중에서 가장 많은 설화를 수록한 권이다. 의술, 음양, 점복, 관현, 한시, 와카로 이어지며, 와카담和歌譚이 가장 많다. 왕조문화의 정수가 여기에 있다고 해도 과언이 아니다. 이에 대해 권23과 권25는 무사, 무용, 강력, 무위, 무예담이다. 특히 권25는 다이라노 마사카도平將門의 난亂으로 시작하여 후지와라노 스미토모藤原純友의 난, 다이라노 다다쓰네平忠常의 난, 전前 9년·후後 3년의 역役 등 헤이안기의 대표적인 병란兵亂의 대다수를 다루고 있다. 특히 마사카도는『마사카도기將門記』, 전 9년은『무쓰 이야기陸奧話記』에 의거한 것임이 확실시되며, 훌륭히 발췌되어 있다.

권23(제1~12 누락, 13~26)과 권25(제1~14)에 비슷한 테마가 나누어져 있는 요인은 담당자의 절박한 관심사가 거기에 응축되어 있기 때문으로, 뒷 세대의 권문權門이 되는 무가武家의 등장을 이렇게 선명하고 강렬하게 그려낸 세계는 없다. 무사武士의 등장이라는 새로운 시대의 전야를 생생하게 조명하고 있다. 미나모토노 요리노부源賴信·요리요시賴義 부자가 말 도둑을 추적하는 이야기처럼, 어둠 속에서 말없이 척척 일이 진척되는 무가 집단의 결속력, 새로운 공동체에 대한 경이와 두려움이 아로새겨져 있다. 이러한 무가의 존재를 어떻게 처리할 것인가, 편성에 있어서 전전긍긍한 끝에 두 권으로 나누지 않을 수 없었으리라고 생각된다.

이어서 주목할 만한 것은 권27「영귀」, 권29「악행」일 것이다. 헤이안기의 세태를 박진감 넘치는 묘사로 그려내고 있다. 영귀, 요괴妖怪, 이류異類와 인간의 활동영역을 나누어 확정하고 언어를 통해 제압하려 하는 의도가 담겨져 있다.「악행」도 마찬가지로 어둠의 존재인 도적의 제압을 목표로 전개된다. 특히 검비위사檢非違使의 경우는 도적의 포박에 그치지 않고, 자신도 절도 등의 범죄를 저지르고 마는 모습이 그려지며, 검비위사의 말단에 위치하며 범죄와 포박 양쪽에 관여한 방면放免들의 생태가 생생하게 묘사된다. 수

수께끼의 도적집단의 수령인 여도둑의 이야기 등은 악의 길에 말려든 남자의 눈을 통해 묘사되는데,『금석이야기집』중에서도 굴지의 장편으로 한편의 소설적 형식의 완성도를 지니고 있다. 실제로 일어난 역사적 사건인지 아닌지를 넘어서, 어떠한 역사적 진실을 독자에게 드러내고 있다고 할 수 있다. 여기에서는 이미 '악행'이라는 테마를 뛰어넘어 남녀의 기구한 사랑이 부각되고 있으며, 적어도 범죄를 규탄하는 차원만으로는 수렴되지 않는다. 설화의 내적 이야기성이 편찬의도를 내부에서부터 와해시켜 버리는 일례라 할 수 있다.

이것들과 대조적으로 권28은 골계, 웃음이 테마가 되지만 웃음을 통해 사회성을 되묻고 있다. 공격적인 무기로서의 웃음이 적지 않게 등장한다.

『금석이야기집』은 이렇게 이상적인 정도政道를 추구하여, 천황·가신家臣·섭정가攝政家·무예武藝·예도藝道·범죄 등, 왕법의 이념을 추구하는 이야기를 전개시켜 나간다. 하지만 불법의 역사적 전개에 비해 왕법사는 그 시발점부터 공백이며, 결국에는 좌절하지 않을 수 없었다. 불법과 왕법이 서로 의지하며 지탱한다는 이상과는 거리가 있는 현실을 이야기하면서 포기할 수밖에 없었던 것이다. 권26「숙보宿報」와 권30의 남녀의 애별리고愛別離苦의 설화와 같이 왕법사와는 거리가 먼 테마까지 나아가게 된다. 달리 말하자면 왕법사의 구상을 파탄시키면서까지 편찬을 그만두지 않았던 것이 『금석이야기집』으로, 그만큼 이야기의 힘에 사로잡혀 있었다고 생각할 수 있다.

11세기 즈음부터 주장되는 불법·왕법 상의相依 이념은 사사세력寺社勢力이 강해지면서 보다 강고해지는데, 현실은 그와 반대로 한층 더 권문끼리의 알력이 심화되어 갔다. 그러한 격동의 시대에 석가의 생애로 되돌아가서 불법의 생성과 근원을 되짚어 봄으로써 이상적인 세상과 인간의 생사를 곱씹어 보려고 했던 것이『금석이야기집』이었다고 할 수 있다. 왕에서부터 이름 없는 민중에 이르기까지, 거의 모든 계층에 걸쳐 인간을 적나라하게 그려내고 있는 점에서도『금석이야기집』은 탁월하며, 사람의 생사의 본질에 접근하고자 했던 것이다.

사실史實과 허구론虛構論의 반전

『금석이야기집』은 스즈카본의 발견에 의해 서서히 퍼지게 되어 근세에 재발견된 형태로 고전의 자리를 차지하게 된다. 특히 국학자國學者로부터 주목받아 처음에는 역사서로 대우받는다. 근대에 들어와 고전 문학으로서 평가되게 되었으며, 역사서에서 추방당하지만, 그렇다고 해서 역사 사료로서 의미가 없는 것일까.

근년의 역사와 문학의 연구에서 가장 현저한 전환은, 역사 서술의 사실史實과 허구의 이원론을 상대화相對化하는 관점을 획득한 것일 것이다. 근대의 학문은 역사상의 사실事實인 사실史實을 실체적實體的으로 절대화하여, 그것과 일치하지 않는 것을 허구라고 하여 전자를 역사, 후자를 문학으로 나누어 왔다. 하지만 사실史實이란 무엇인지 간단히 판정하기 어려운 것으로, 가령 사실史實로 인정되는 것도 고기록이나 문서 등의 문헌에 기반을 둔 것이며, 기록은 기록자의 주체성과 자기정당화나 이데올로기와 무관할 수는 없다. 기록하는 측에서 본 역사에 지나지 않으며, 특정한 서술자의 입장을 넘어서는 것은 불가능하다.

근대의 실증사학實證史學은 그러한 기술의 본성을 무시하고 사료를 해부하여 객관적이고 실증적인 사실이 있다는 환상을 갖고 있었다. 그리고 그러한 사실史實로부터 배제된 텍스트를 문학의 범주로 밀어냈다. 역사와 문학의 영역 분류가 이뤄져 각각의 개별적 학문이 있는 것처럼 제도를 만들어 낸 것이다. 1980년대 즈음부터 그러한 학문의 존재 양상에 대한 근본적인 의문이 제기되어, 지금은 역사서술로서 동등하게 다뤄져, 각각의 역사 자료가 각각의 사상事象을 어떻게 기술하고 있는지를 표현에 입각하여 다시 음미하는 방법이 일반화되고 있다. 역사 사료와 문학 텍스트를 차별화하고 구분하는 것은 그리 간단하지 않다는 것을 많은 사람들이 깨달은 것이다.

역으로 생각하면, 역사 사료로 여겨지던 것 또한 문학이라고 할 수 있을 것이다. 요는 허구도 포함하여 기록된 텍스트는 전부 역사 사료로서 볼 수도 있다는 것으로, 문제는 그들 문자 텍스트의 기록성이나 역사성의 위상을 가늠하는 것에 있다. 지금까지 보아 온 것처럼, 특히 『금석이야기집』은 스스로의 역사 인식이 농후하게 드러나는 역사 서술이며, 그 의미로서도 역사 사료로서 보다 주목받아야 할 것이다.

한 가지 예를 들어보자. 권27의 제1화는 헤이안 천도平安遷都 이전, 어떤 남자가 말을 타고 비를 피하기 위해 소나무 아래에 있었는데 낙뢰를 맞아 숨을 거둔다. 그대로 영靈이 되어 그곳에 들러붙어, 재앙을 내리는 존재가 된다. 그곳이 지금의 귀전鬼殿이라고 한다. 이 이야기가 실제로 일어난 일인지 어떤지는 확인할 방법이 없다. 하지만 여기에는 두 가지 역사가 중첩되어 있다. 하나는 헤이안 경平安京 창설 이전의 사건이 이야기되고 있다는 것, 또 하나는 귀전이라는 악소惡所의 기원이 이야기되고 있다는 것으로, 이 양자가 연결되어 있다는 점에 이 이야기의 요체가 있다. 『금석이야기집』의 시대에 귀전이 있었다고는 생각하기 어렵고, 환상 속에서 명소로 되어 가고 있었던 것이리라. 이미 먼 옛날에 없어진 악소일 것인데도 그 기억만이 남아 있었던 것이다. 그 악소의 유래는 그대로 헤이안 천도 이전의 교토에 대한 기억을 상기시킨다. 남자의 죽음이 사실인지 어떤지가 아니라 헤이안 천도 이전의 역사가 이 설화에 의해 상기된다는 점에 커다란 의의가 있을 것이다.

비슷한 예는 유명한 나생문羅生門(羅城門) 이야기에서도 찾아볼 수 있다. 아쿠타가와 류노스케芥川龍之介의 소설로 너무나도 유명해진 권29의 제18화의 내용인데, 중요한 것은 이 설화가 이야기되고, 기록된 시점에서 이미 나생문이란 것은 존재하지 않았다는 것이다. 주작대로朱雀大路를 중심으로 하는 번화한 풍경과 문 위에 시체를 버려두는 곳으로 변한 나생문의 어둠과의 대비 그 자체가 이미 사라진 헤이안 경의 영화榮華를, 빛과 어둠의 이야기를 통해 회복하려고 하는 환상임에 다름 아니다. 그것을 실체적인 역사로 받아들여 나생문은 시체 처리장이었다고 마치 확정된 사실인 것처럼 다루는 것은 그야말로 설화를 허구라고 말하면서 설화를 무비판적으로 사료화史料化한 단순한 사실반영론史實反映論으로의 전도에 지나지 않는다. 그러한 나생문을 만든 것은『금석이야기집』임에 다름 아니다라고 해야 할 것이다.

또는 중국에 넘어가 법난法難을 맞아 고난 끝에 밀교를 전한 천태종의 엔닌의 이야기(권11 제11화)에서는 교힐성繡纈城에 유폐되어 탈출하는 이야기가 전해진다. 이것도 확실히 실제로 있었던 이야기라고는 생각하기 어렵다. 하지만 같은 이야기가『우지습유 이야기』에도 있으며, 중세의『에이산약기叡山略記』에 인용될 정도로 널리 전파되었다. 엔닌의 고난을 알리는 데 있어 절호의 화제로서 이 이야기는 구전되었던 것이다. 이것도 또한 역사 사료로서 다뤄도 좋지 않겠는가. 역사를 실체로서만 파악할 수 없음을 말해 주고 있다. 이러한 것은 전설, 민담 등 구전 전승의 경우에도 똑같이 말할 수 있을 것이다.

역사는 기술된 것만이 역사인 것은 아니다. 묘사된 역사에 반해 지워진 역사가 있다. 예를 들어, 앞에서 언급한 미치자네의 원령, 덴진의 이야기 등이 전형적일 것이다. 과잉적인『금석이야기집』의 기술에 반해 이야기되지 않는 것도 이제부터는 차근차근 수집할 필요가 있다.

4. 향수의 역사 —재발견의 드라마—

스즈카본鈴鹿本과 다이토큐본大同急本

지금까지 누차 기술해 왔던 것처럼『금석이야기집』은 그 생성뿐만 아니라, 후대의 재발견, 향수와 재창조가 특히 문제가 된다. 재발견이 그야말로 드라마틱해서 그것 또한 역사인 것이다. 여기에서는 향수와 재생에 대해 간단히 언급하고자 한다.

처음에 기술했던 것처럼『금석이야기집』의 기본은 스즈카본의 존재에 있다. 스즈카본이 서사되지 않았다면『금석이야기집』자체가 오늘날 전해지지 않았을 가능성이 크기 때문이다.『금석이야기집』의 향수享受의 역사상, 최대의 공적은 전적으로 스즈카본의 서사에 있다고 해도 과언이 아니다.

추가적으로 하나 더 중요시해도 좋은 것은 다이토큐 문고본大東急文庫本의 존재이다. 아쉽게도 오늘날 권31의 몇 장밖에 전해 내려오지 않지만, 스즈카본을 잇는 중세의 고사본임에 틀림없다. 스즈카본의 권31이 전해져 내려오지 않기 때문에 스즈카본을 직접 서사한 것인지, 아니면 다른 전본傳本에 의한 것인지 확증은 없다. 아무튼 중세에 있어서『금석이야기집』서사의 실체를 전하는 귀중한 텍스트인 것이다. 도대체, 누가 어떻게 서사한 것인가. 그 서사시기도 연구자 간에 이견이 있어, 가마쿠라 말기에서 무로마치 중기 즈음까지 실로 광범위한 연대가 추정되고 있다. 우연히 원본을 자세히 조사할 기회가 있었고, 무로마치 초기의 사본이며 가마쿠라기 서사라는 설은 어렵지 않은가 하는 인상을 받았다. 아직 같은 종류의 단편이 이후에 발견될 가능성은 남아 있으리라 생각한다.

근세의 평가

스즈카본의 재발견에 의해『금석이야기집』은 서서히 퍼지고, 근세의 사본도 적지 않게 많아졌다. 특히 하야시林 가문이나 다무라우쿄타유田村右京太夫, 하치스가蜂須賀 가문의 아와노쿠니阿波の國 문고(야시로 히로카타屋代弘賢·시노바즈不忍 문고) 등 학자의 가문이나 대명大名의 집안에 전해지는 것이 적지 않다. 스즈카본도 그러한 시운時運을 타고 스즈카 가문에 들어간 것이리라. 사이카쿠西鶴 등도『금석이야기집』을 보았을 가능성이 있지 않겠는가.

또한 막말幕末의 국학자 반 노부토모伴信友가 두 차례에 걸쳐 스즈카본을 보고 베꼈다는 사실도 주목할 만하다. 특히 구마모토熊本의 국학자 이자와 나가히데井澤澤長秀가 향보기享保期에『고정 금석이야기考訂今昔物語』를 공간公刊한 것은 커다란 의의를 가진다. 중세 이전의 작품이 근세에 출판되는 것은, 그것이 고전으로서 인식되었음을 의미한다고 봐도 좋다. 18세기에 겨우『금석이야기집』은 고전으로서의 위치를 획득하였다고 볼 수 있다. 하지만 이자와본伊澤本은 본조부뿐이며, 그것조차 발췌인데다가, 기존의 권 편성을 해체하여 새롭게 재편한 개작본이었다. 더구나『고사담古事談』등 다른 작품의 설화도 혼재하는 것이었다. 지금의 관점에서 본다면 이상하게 느껴지지만 당시에는 특별히 이상한 일이 아니다. 설화집이란 원래부터 개편 가능한 동적인 것이므로 부당하다는 말은 적절하지 않다. 오히려 근세기의 설화의 개편이란 점을 크게 문제로 삼아야 할 것이리라.

나가히데는 추가적으로『광익속설변廣益俗說辨』이라는 설화고증을 전개하였고 이것이 베스트셀러가 되어 근세기의 중세 설화 고증의 정점의 자리를 차지한다. 여기에서도 『금석이야기집』은 '속설俗說'로서 비판의 대상이 될 정도로 고증의 표적이 된다.

다키자와 바킨瀧澤馬琴 등 독본讀本 문학자들은 당연히 『금석이야기집』을 인용하게 되었고, 기슈紀州의 미즈노水野에 의한 단카쿠 총서丹鶴叢書에도 수록되어 막말에는 확실한 고전으로서 퍼져갔다.

근대의 정전正典·세계문학으로

명치明治가 되면서, 먼저 사적집람史籍集覽과 국사대계國史大系에 번각飜刻되어 활자본으로서 보급되게 된다. 단, 그것도 지방에서는 쉽게 손에 들어오지 않았던 사정을 와카야마현和歌山県의 다나베田邊에 있었던 미나카타 구마구스南方熊楠는 전하고 있다. 미나카타 구마구스는 지방의 도케이신사鬪鷄神社의 사본이나 사적집람본史籍集覽本, 다나베 중학교 도서관에 있었던 국사대계본國史大系本을 빌려 그것을 붓으로 서사하였다(『다나베 발서田邊拔書』외). 그 대부분은 연구발췌이지만, 명백하게 활자본으로부터 구마구스본本이 탄생하였다. 구마구스는 이미 명치기부터 『금석이야기집』에 주목하고 있었지만, 특히 대정기大正期에 들어 야나기타 구니오柳田國男가 주도한 잡지 『향토연구鄕土硏究』에 적극적으로 투고하게 되고, 「금석이야기의 연구今昔物語の硏究」라는 제목으로 논고를 단속적으로 연재하여, 불전한서佛典漢書를 비롯한 출전 고증 위주로 논論을 정력적으로 써 간다. 같은 시기에, 도쿄제국대학 국문과를 창설한 하가 야이치芳賀矢一는 『금석이야기집』의 전문과 동화同話, 유화類話를 합쳐서 게재한 『고증攷證 금석이야기집』을 공간公刊하여, 중·하권은 구마구스에게 기증하였다. 이어서 하가의 제자인 사카이 고헤이坂井衡平가 『금석이야기집의 신연구新硏究』를 간행하고, 또 아쿠타가와

류노스케가『금석이야기집』을 기반으로「나생문羅生門」,「코鼻」,「참마죽芋粥」등의 단편을 잡지『제국문학帝國文學』에 연속해서 발표하여 각광을 받는다. 대정기는 근대『금석이야기집』향수의 커다란 분기점이 된다.

명치기의 신화학神話學의 도입에 의해 이와 연동하는 형식으로 야나기타 구니오를 핵으로 하는 민속학계의 구승문예연구口承文藝研究에 진전이 있었으며, 근대의『금석이야기집』연구는 이에 대응하여 움직이기 시작한다. 신화학을 도입하여『향토연구』의 편집에도 관여한 다카기 도시오高木敏男뿐만 아니라, 하가 야이치 등은 처음에『금석이야기집』을 '세계문학'의 시야에서 파악하려고 하였다. 미나카타 구마구스도 마찬가지였다. 하지만 얄궂게도 하가가 만든 국문학의 틀에 따라, 점차적으로『금석이야기집』은 국문학의 틀 안에 갇혀 버리고 만다. 그것은 구승문학연구의 노선과 일종의 결별 혹은 단절을 의미하고 있었다.

이렇게『금석이야기집』은 국문학의 일본고전의 정전이 되어 갔다. 그것은 1960년대, 이와나미岩波 서점의 일본고전문학대계日本古典文學大系에 전권이 수록되어, 엄밀한 교정의 본문화本文化와 본격적인 주석에 의해 완성된다. 그 후 연구의 진전에 의해, 일본고전문학전집이나 신초新潮 일본고전집성日本古典集成, 신新 일본고전문학대계 등에서 주석이 전면적으로 다시 쓰여 그 모습을 일신했다.

이제는 일본의 고전을 이야기할 때『금석이야기집』의 존재는 무시할 수 없게 되었다. 역사, 민속, 종교, 미술 등 다양한 면에서도 필수적인 고전이 되었다. 아쿠타가와에 그치지 않고 많은 작가들이『금석이야기집』을 바탕으로 다채로운 창작을 공표하고, 시라토 산페이白土三平를 비롯하여 만화가에게도 주목받아, 영화와 연극 등 다양한 매체에 실리고 있다.『금석이야기집』은 창작은 물론 다양한 미디어의 보고이며, 풍요로운 옥토로서 계속 존재할 것이다.

　그리고 외국어 번역도 대부분은 부분번역이지만, 영어, 중국어, 프랑스어로 공간公刊되었고, 베트남어도 진행되고 있다. 『금석이야기집』은 '세계문학' 속으로 전진하기 시작했다고 해도 과언이 아니다.

　『금석이야기집』의 생성 및 향수와 재생 그 자체가 하나의 거대한 역사문화의 파도인 것이다.

일러두기

1. 본 번역서는 新編 日本古典文學全集『今昔物語集 ①~④』(小學館, 1999년)을 저본으로 한 것으로 모든 자료(도판, 해설, 각주 등)의 이용을 허가받았다.

2. 번역서는 총 9권으로 구성되어 있고 각 권의 수록 내용은 다음과 같다.
   ①권-권11·권12   ②권-권13·권14
   ③권-권15·권16   ④권-권17·권18·권19
   ⑤권-권20·권21·권22·권23   ⑥권-권24·권25
   ⑦권-권26·권27   ⑧권-권28·권29
   ⑨권-권30·권31

3. 각 권의 제목은 번역자가 임의로 권의 내용을 고려하여 붙인 것임을 밝혀 둔다.

4. 본문의 주석은 저본의 것을 기본으로 하였으며, 독자층을 연구자 대상으로 하는 연구재 단 명저번역 사업의 취지에 맞추어 가급적 상세한 주석 작업을 하였다. 필요시에 번역자 의 주석을 첨가하였고, 번역자 주석은 '＊'로 표시하였다.

5. 번역은 본서『금석 이야기집』의 특징, 즉 기존의 설화집의 설화(출전)를 번역한 것으로 출 전과의 비교 연구가 중요하다는 점을 고려하여 가능한 한 직역을 위주로 하였다. 단, 가 독성을 위하여 주어를 삽입하거나, 긴 문장의 경우 적당하게 끊어서 번역하거나 하는 방 법을 취했다.

6. 절, 신사의 명칭은 다음과 같이 표기하였다.
   ⑩ 東大寺 ⇒ 도다이지 ⑩ 賀茂神社 ⇒ 가모 신사

7. 궁전의 전각이나 문루의 이름, 관직, 연호 등은 우리 한자음으로 표기하였다.

　예 一條 ⇒ 일조　예 淸凉殿 ⇒ 청량전　예 土御門 ⇒ 토어문　예 中納言 ⇒ 중납언

　예 天永 ⇒ 천영

　단, 전각의 명칭이 사람의 호칭으로 사용될 때는 일본어 원음으로 표기하였다.

　예 三條院 ⇒ 산조인

8. 산 이름이나 강 이름은 전반부는 일본어 원음으로 표기하되, '山'과 '川'은 '산', '강'으로 표기하였다.

　예 立山 ⇒ 다테 산　예 鴨川 ⇒ 가모 강

9. 서적명은 우리 한자음과 일본어 원음을 적절하게 혼용하였다.

　예『古事記』⇒ 고사기　예『宇治拾遺物語』⇒ 우지슈유 이야기

10. 한자표기의 경우 가급적 일본식 한자를 한국에서 일반적으로 통용하는 글자로 변환시켜 표기하였다.

금석이야기집 今昔物語集

권 11

【佛敎傳來】

주 지 主 旨   본권부터 본조本朝(일본)의 이야기가 시작되며, 권11부터 권20까지는 불법佛法에 관한 이야기이다. 그 모두冒頭로서, 본권에서는 본조 불법의 홍포弘布의 최초이자 최대 공헌자인 쇼토쿠聖德 태자太子의 사적事跡을 비롯하여, 야마토大和 시대·나라奈良 시대를 거쳐 헤이안平安 시대에 이르는 불교 전래자의 행적을 이야기한다. 제13화 이후부터는 야마토·나라·교토京都의 여러 큰 사찰 건립에 관한 연기담緣起譚적인 일화를 섞어가며 기술하고 있다.

쇼토쿠^{聖德} 태자^{太子}가 일본¹에 처음으로 불법을 퍼뜨리신 이야기

쇼토쿠^{聖德}태자^{太子}의 전기를 다루면서 일본불교의 초창기를 이야기한다. 쇼토쿠 태자는 불교가 전해진 이후 약 20년 후에 출생하였고, 불교수용의 여부를 둘러싸고 일본의 정계^{政界}가 두 개로 나뉘어 크게 혼란했던 시기에 성장하였다. 아무튼 반대파를 눌러 국론을 통일하고 불교를 수용하여 신정책을 추진한 태자의 공덕은 지대하다. 따라서 일본 불교사에서는 쇼토쿠 태자를 개조^{開祖}로 여기고, 석가의 모습과 중첩시켜 숭상하였던 것이다.

이제는 옛이야기이지만,² 일본에 쇼토쿠^{聖德} 태자^{太子3}라고 하는 성인^{聖人4}이 계셨다. 요메이^{用明} 천황^{天皇5}이라고 하시는 천황이 아직 친왕^{親王}으로 계셨을 때, 아나호베노 마히토^{穴部眞人6}의 따님이 낳으신 분이다.

---

1 * 원문은 "본조本朝"로 되어 있다. '본조'는 자기나라의 조정을 이르는 말로 즉 일본을 가리킴.
2 * 원문은 "금석今昔"으로 되어 있어 그 의미는 '지금으로 보면 옛날에 일어난 일인데', '이 이야기는 옛날 이야기인데' 등으로 풀이됨. 각 설화의 내용은 그것이 이야기되는 시점에서 보면 옛날이지만, 지금 이야기되는 것에 의해서 그것을 지금시점으로 불러들여 소생시킴. 과거와 현재가 교차하게 되는 것이며 설화는 현재와 과거를 연결시키는 교량역할을 하게 되는 셈임.
3 → 인명.
4 → 불교.
5 → 인명.
6 '眞人'이 아니라 '間人'이 정확하다. '하시히토間人'를 '마히토'로 오독해서 나온 오류. 마히토間人는 긴메이欽明 천황의 황녀로 요메이 천황의 황후. 621년에 사망.

처음에 어머니인 부인의 꿈에 황금빛[7]의 승려가 나타나

"나는 이 세상 사람을 구제하겠다는 서원誓願을 하였다. 그래서 잠시 그대의 태내에 머무르고자 하노라"

라고 말했다. 부인이 "그렇게 말씀하시는 당신은 누구시옵니까?"라고 묻자, 승려는 "나는 구세보살救世菩薩[8]이니라. 거처는 서방西方에 있노라."라고 대답하셨다. 부인이 "저의 태내는 부정不淨합니다. 도저히 머무실 수 없습니다."라고 말하자,[9] "나는 부정을 개의치 않는다."고 말씀하시고는 바로 부인의 입속으로 뛰어 들어갔다. 부인은 이러한 꿈을 꾸고 깨어났는데, 그 후 목에 무엇인가를 삼킨 느낌이 들었고 회임하게 되었다.

그런데 요메이 천황의 형님이신 비다쓰敏達 천황[10]이 즉위하신 해의 정월 1일, 부인이 궁궐을 산책하시느라 《마굿간 부근》[11]에 이르셨을 때, 태자가 탄생하셨다. 수행원이 와서 태자를 안고 침전에 들어가자 갑자기 적황색의 빛이 침전 안을 비추었다. 또 태자의 몸은 말할 수 없을 정도로 향기로웠다. 4개월 후에는 말씀도 또렷하게 구사하셨다. 그 이듬해 2월 15일[12] 아침에 태자는 합장을 하고 동쪽[13]을 향하여 "나무불南無佛"[14]이라 말하고 예배를 드리셨다.

또 태자가 여섯 살이 되셨을 때, 백제[15]로부터 스님이 경론輕論을 가지고

---

7   부처의 32상相의 하나.
8   → 불교(관음).
9   성스러운 관음보살이 특별하지 않고 죄와 부정이 많은 속세의 여인의 태아에 들어오는 것은 황송하기 그지 없다고 하는 부인의 생각을 엿볼 수 있음.
10 → 인명.
11 저본의 파손에 의한 결자. 동박본東博本 『삼보회三寶繪』를 참조하여 보충.
12 석가가 입멸한 날에 해당함.
13 약사여래藥師如來의 정토인 동방정유리東方淨琉璃의 세계가 있음.
14 → 불교
15 고대 한반도의 서남부에 있었던 나라. 일본과는 우호적이었고 고구려와 대치하고 있었으나, 660년 신라와 당의 연합군에 의하여 멸망함.

도래했다. 태자는 "이 경론을 보고 싶습니다."라고 천황께 청하셨다. 천황은 놀라 이상하게 여기시고 그 연유를 물으셨다. 태자는 "제가 옛날 한나라漢國[16]에 있었을 때, 수년간 남악南嶽[17]에 기거하며 불도를 수행하였나이다. 지금은 이 나라에 태어나 이를 보고자 하는 것입니다."라고 말씀하셨다. 천황은 윤허하셨다. 그러자 태자는 향을 피우고, 경론을 펼쳐 읽으시고는

"매월 8일, 14일, 15일, 23일, 29일, 30일을 육재일六齋日[18]이라고 하옵니다. 이날에는 범천梵天[19]·제석천帝釋天[20]이 염부제閻浮提[21]의 정치를 살펴보십니다. 그런고로 온 나라에서 행해지는 살생殺生[22]을 멈추게 해야 합니다." 라고 아뢰셨다. 천황은 이를 들으시고 온 나라에 선지宣旨를 내려 이날은 살생을 금하도록 명하셨다.

또 태자가 여덟 살이 되시는 해의 겨울,[23] 신라가 조정에 불상을 바쳤다. 태자는 "이것은 서쪽 나라西國의 성스러운 석가여래상이옵니다."라고 천황께 아뢰셨다. 또 백제에서 일라日羅[24]라는 《사람이 도래했다. 몸에서 빛을 발산하고 있었다. 태자는 몰래 찢어진》[25] 옷을 입고 그가 거느리는 시동侍童 속에 섞여 나니와難波[26]에 있는 일라 《거처에 가서 그를 만나셨다. 그러자 일

---

16 역사적으로 존재했던 한나라(漢, BC 206~AD 220)가 아니라, 막연하게 중국을 가리킨 말.
17 형산衡山을 말함. 중국 호남성湖南省 장사시長沙市의 남방에 있는 산. 오악五岳 중의 하나. 태자가 전생에 남악의 혜사慧思 선사禪師였다고 하는 설은 뒷 단락에서 기술됨.
18 → 불교.
19 → 불교.
20 '제석帝釋'(→ 불교).
21 → 불교.
22 → 불교.
23 『일본서기』, 『쇼토쿠 태자전력聖德太子傳曆』 모두 비다쓰 천황 8년 겨울 10월의 일로 기록하고 있음.
24 비다쓰 천황 12년(583) 사망. 백제시대의 규슈출생의 일본인 승려. 아리시토阿利斯登의 아들. 백제에 와서 달솔達率(관위 12계 중 제2계) 벼슬을 지내다가 위덕왕 때 일본 비다쓰 천황의 부름에 의해 일본으로 돌아왔는데 그가 왕에게 제시한 헌책獻策이 백제에는 매우 불리하였으므로 동행한 부하에게 살해당함.
25 저본의 파손에 의한 결자缺字. 『삼보회三寶繪』의 기사를 근거로 보충함.
26 현재 오사카 부大阪府 부근.

라가 태자를 보고 이상한 표정을 지었다.)²⁷ 태자가 놀라서 자리를 피하시자, 일라는 무릎을 꿇고 합장하며 태자를 향해,

구세관세음께 경례를 드리고 동방 율산왕이신 태자님께 교법教法을 전수드립니다.²⁸

라고 아뢰었다. 그때 그의 몸에서 빛이 뿜어져 나왔다. 그러자 태자 또한 미간에서 일광日光과 같은 빛을 발하셨다.²⁹ 또 백제가 조정에 미륵彌勒³⁰ 석상을 바쳤다. 그때에 대신인 소가노 우마코蘇我馬子³¹라고 하는 사람이 도래한 사신을 맞이하여 자신의 집의 동쪽에 절을 세우고 그곳에 머물게 하고 환대하였다. 대신은 이 절에 탑을 세우려고 하였는데, 태자가 "탑을 세운다면 안에는 반드시 불사리佛舍利를 안치하지 않으면 안 된다."고 말씀하시고, 사리³² 한 알을 입수하여 그것을 유리병에 담아 탑에 넣어 안치하고 예배를 드리셨다. 모든 일에 있어 태자는 이 대신과 뜻을 같이하여 삼보三寶³³를 널리 전하셨다.

이 당시 온 나라에 역병이 돌아 죽는 자가 속출했다. 이때 대련大連³⁴인 모

---

27 저본의 파손에 의한 결자缺字. 『삼보회三寶繪』의 기사를 근거로 보충함.
28 원문은 "敬禮救世觀世音傳燈東方栗散王"으로 되어 있다. 율산왕은 좁쌀과 같이 산재하는 작은 나라의 왕이란 뜻으로 쇼토쿠 태자를 가리킴.
29 부처의 미간에는 백호白毫가 있다. 미간에서 빛을 발했다는 것은 태자가 구세관음의 화신임을 나타냄.
30 『쇼토쿠 태자전력聖德太子傳曆』 비다쓰 천황 13년 조에는 "彌勒石像一軀"에 "今古京之元興寺東金堂に在り"라는 주석이 달려 있음.
31 스이코 천황 34년(626) 사망. 소가노 이나메蘇我稲目의 아들. 불교를 배척한 정적인 모노노베物部일문을 멸망시키고 소가 가문의 권력을 세움.
32 → 불교.
33 → 불교. 여기서는 불법을 말함.
34 고대 율령제 이전의 최고관직의 하나.

노노베노 유게노 모리야物部弓削守屋,[35] 나카토미노 가쓰미中臣勝海 왕王[36]이라고 하는 두 사람이 천황에게 아뢰었다.

"우리나라는 오직 신을 받들어 모셨나이다. 그런데 최근에 소가 대신이 불법佛法이라는 것을 믿기 시작했습니다. 이런 연유로 온 나라에 역병이 창궐하여 온 백성이 죽게 될 것입니다. 따라서 불법을 금하게 하셔야만 비로소 백성의 생명을 보존케 할 수 있을 것이옵니다."

이 진언進言에 따라 천황은 "너의 말이 지당하도다. 속히 불법을 금하도록 하라"는 조칙詔勅을 내리셨다. 이에 태자가 천황에게

"이 두 사람은 아직 인과因果[37]의 도리[38]를 알지 못하나이다. 선정善政을 《행하면》[39] 곧 복을 받고, 악정惡政을 행하면 재앙을 받을 것이 틀림없사옵니다."

라 아뢰었다. 그러나 천황은 모리야守屋를 절로 보내 당堂과 탑을 부수고 불경을 불사르게 하였다. 불에 타지 않은 불상은 나니와難波의 수로水路[40]에 버렸다. 또한 비구니 세 명을 매질을 하고, 절에서 추방하였다.[41]

그러자 이상하게도 이날은 구름 한 점 없이 맑았음에도 불구하고 갑자기 강풍이 불고 비가 내렸다. 그때 태자는 "지금 재앙이 내린 것이도다."라고

---

35 요메이 천황 2년(586) 몰. 대련大連인 오코시尾輿의 아들. 배불론排佛論을 펼치다 소가 우마코에게 공격을 받아 사망함.

36 전 미상. 『일본서기』 긴메이欽明 천황 13년 10월에 보이는 나카토미노 가마코中臣鎌子의 뒤를 이은 나카토미 가문의 유력자일 가능성이 있음. 단 왕은 아님.

37 → 불교.

38 불교의 기본교리인 인과응보를 모른다는 것은 불교 자체를 이해하지 못하고 있다는 의미를 포함.

39 저본의 파손에 의한 결자. 『삼보회三寶繪』의 기사를 근거로 보충함.

40 수해水害를 막기 위해 나니와의 후미의 물을 직접 오사카 만으로 배수排水하기 위해 판 수로. 『일본서기』 닌토쿠仁德 천황 11년 10월 조에는 천황이 나니와의 다카쓰 궁高津宮의 북쪽에 수해를 막기 위해 만들었다고 되어 있으나 소재는 불명.

41 『일본서기』 비다쓰 천황 13년 조에는 시바탓토司馬達等의 딸인 젠신善信 비구니와 그녀의 제자 젠조禪藏, 에젠惠禪의 이름이 보인다.

말씀하셨다. 과연 그 뒤로 세간에 천연두가 유행하였고, 그 고통은 불에 타서 찢기는 듯 이루 말할 수 없었다. 그러자 모리야와 가쓰미 두 사람은 매우 후회하고 슬퍼하며 천황에게 아뢰었다. "이 병마의 고통을 견딜 수가 없나이다. 아무쪼록 삼보三寶에게 기원해야 할 듯하옵니다." 그러자 천황은 조칙을 내려 세 사람의 비구니를 부르셔서 두 사람에게 기도하도록 명하셨다. 또 다시 절과 탑을 세웠으며, 예전처럼 불법을 숭앙하게 되었다.

이윽고, 태자의 부친이신 요메이 천황이 즉위하셨다. 천황은 "짐은 삼보에 귀의[42]하노라."라고 하는 조칙을 내리셨다. 소가 대신은 말씀을 받들어 스님을 불러 처음으로 궁중으로 들이게 했다. 태자는 기뻐하시고 대신의 손을 잡고 눈물을 흘리시면서

"삼보가 신묘하다는 사실은 아무도 모른다. 오로지 대신만이 나의 편에서 주었도다. 이 어찌 경사스러운 일이 아닌가."

라고 말씀하셨다.

그런데 어떤 사람이 모리야守屋에게 은밀하게 "태자는 소《가대신과 계략을 꾸미고 있는 듯합니다. 군병을 모으십시오.")[43]라 전했다. 모리야는 아토河都의 거처에 본거지를 정하고 군병을 《모았다. 나카토미노 가쓰미中臣勝海는 군병을 보내 모리야》[44]를 도우려 하였다. 또, 이 두 사람이 천황을 저주하고 있다는 풍문[45]이 떠돌고 하자, 소가 대신은 태자에게 간하여 함께 군병을 일으켜 모리야를 토벌하려 하였다. 모리야는 군병을 모아 성곽을 견고히 하고 방어전투를 벌였다. 모리야의 병사들은 강하고 기세가 하늘을 찔러 아군

---

42 → 불교.
43 저본의 파손에 의한 결자. 『삼보회三寶繪』의 기사를 근거로 보충함.
44 저본의 파손에 의한 결자. 『삼보회三寶繪』의 기사를 근거로 보충함.
45 『일본서기』 요메이 2년 4월의 기사에 의하면 두 사람이 비다쓰 천황의 황자인 오시사카 히코히토 오오에押坂彦人大兄 황자와 다케다竹田 황자의 형상을 만들어 저주하였다고 함.

의 병사들은 두려움에 떨며 세 번이나 퇴각을 반복했다. 이 당시 태자 나이 열여섯 살이었다. 태자는 병사들의 후방에 우뚝 서고는 군사를 감독하는 하다노 가와카쓰秦川勝[46]를 불러 명하셨다.

"자네는 서둘러 목재로 사천왕[47]상四天王像을 조각하여 머리위에 꽂고 창 끝에 매도록 하라."

그리고

"저희들로 하여금 이 전투에 승리토록 하시오면 반드시 사천왕상을 만들어 사찰과 탑을 건립하겠나이다."

라고 서원하였다. 소가 대신 또한 같은 서원을 하고 전투에 임하고 있었는데, 모리야가 커다란 밤나무과의 상록고목에 올라가 모노노베 가문의 신[48]에게 빌고 활시위를 당겼다. 그 화살은 태자의 말 등자鐙子에 맞고 땅에 떨어졌다. 태자는 사인舍人 도미노 이치이迹見赤梼에게 명하여 사천왕께 빌고 활을 쏘게 하였다. 그 화살은 멀리 날아가 모리야의 가슴에 명중되었고 모리야는 거꾸로 나무에서 떨어졌다. 그러자 모리야의 군병은 괴멸상태에 빠졌고, 아군의 군병은 더욱 맹렬한 공격을 시도하여 모리야의 머리를 잘라내었다. 그 후 태자는 모리야의 저택의 재물들을 모두 사찰에 귀속시켰으며, 그의 영지를 모두 사찰의 영지로 하는 한편, 서둘러 다마쓰쿠리玉造[49]부근의

---

46 → 인명.

47 → 불교. * 욕계欲界 6천(天)의 제1인 사왕천四王天의 주主로서, 수미須彌의 4주洲를 수호하는 신神. 호세천護世天이라 하며, 수미산 중턱 4층급層級을 주처住處로 하는 신神. 지국천왕持國天王, 증장천왕增長天王, 광목천왕廣目天王, 다문천왕多聞天王이며, 모두 도리천忉利天의 주인인 제석천帝釋天의 명을 받아 4천하를 돌아다니면서 사람들의 동작을 살펴 이를 보고하는 신이라 함.

48 『일본서기』에 없음. 『쇼토쿠 태자전력聖德太子傳曆』에는 "物部府都大神"이라 되어 있음. * 모노노베노우지노오카미物氏大神. 모노노베 가문이 신봉하는 우지가미氏神, 즉 씨족신. 『연희식延喜式』 신명장神名帳에 보이는 야마토大和지방 야마베山邊군에 있는 신사로 현. 이소노카미石上 신궁의 제신祭神. 후쓰노미타마노오카미布都御魂大神.

49 지금의 오사카 성 부근에 있다고 전해지나 불명.

언덕에 처음으로 시텐노지四天王寺[50]를 창건하셨다.

또 태자의 백부이신 스슌崇峻[51] 천황이 즉위하시어 모든 정무를 태자에게 맡기셨다.[52] 그 무렵 백제국百濟國의 사자로서 아좌阿佐라는 황자皇子가 내조來朝했다.[53] 그는 태자에게 절을 하고,

구세대비관세음보살의 권화權化인 쇼토쿠 태자를 존경하여 예배드립니다. 태자님은 신묘한 부처의 가르침을 동방의 일본국에 펼치고, 마흔 아홉 세에 이를 때까지 불법의 등불을 전하기 위해 설교하실 겁니다.[54]

라고 아뢰었다. 그렇게 아뢰고 있는 동안, 태자는 미간에서 하얀 빛을 내뿜으셨다.

또 가이 지방甲斐國으로부터 네 발이 하얀 검은 망아지[55]가 헌상獻上된 일이 있었다. 태자는 그것을 타고 하늘로 올라 구름으로 들어가서 동방東方을 향해 가서 사라지셨다. 쓰카이마로使丸라는 자가 있어, 그 신마神馬의 오른쪽에 붙어 태자와 함께 하늘로 올랐다. 사람들은 이것을 보고 하늘을 우러러 큰 소란을 피웠다. 태자는 시나노 지방信濃國에 당도하셨고 미코시三越[56]의 경계를 돌아 사흘에 걸쳐 돌아오셨다.

---

50 → 사찰명. * 오사카大阪 시 텐노지天王寺 구에 있는 사원. 쇼토쿠 태자가 건립한 7개의 사찰 중의 하나. 산호山號는 아라하카 산荒陵山이며, 본존은 구세관음. 『일본서기』에 의하면 스이코 천황 1년(593)에 조성이 시작됨. 원래는 천태종天台宗에 속해 있었지만 일본불교의 창시자 쇼토쿠 태자가 건립한 최초의 사찰이라는 점에서 종파에 구애받지 않다가 1946년 화종총본산和宗總本山으로서 독립선언을 함.

51 스슌崇峻 천황(→ 인명).

52 스슌 천황 치세에 쇼토쿠 태자가 섭정을 한 일은 없음.

53 『삼보회三寶繪』에는 태자의 초관初冠(* 성인식을 치른 후 처음으로 관을 쓰는 일)에 관한 기사가 있으나, 본 이야기에서는 태자의 초관初冠 기사를 빼고 백제百濟 아좌阿佐에 대해 기술함.

54 원문은 "敬禮救世大悲觀世音菩薩 妙教〃流通 東方日國 四十九歲傳燈演說".

55 후세에 가이甲斐의 흑구黑駒라 불림.

56 에치젠越前·엣추越中·에치고越後 세 지방. → 옛 지방명.

그리고 태자의 숙모이신 스이코推古 천황[57]이 즉위하시자마자, 천하의 온 갖 정무政務를 태자에게 맡기셨다. 태자는 천황 어전御前에서 가사袈裟를 갖 추고, 불자拂子[58]를 들고 고좌高座[59]에 올라 『승만경勝鬘經』[60]을 강의하셨다. 많은 명승들이 경의經義에 대한 질문을 했는데, 태자의 대답은 진정 훌륭한 것이었다. 강의는 사흘 간 계속되고 끝났는데, 저녁에 하늘에서 연꽃이 쏟아졌다. 꽃의 크기는 세 척尺이나 됐고, 온 지상에 세, 네 마디나 내려쌓였다. 이튿날 아침 이 일을 주상했다. 천황은 이것을 보시고 대단히 기이하고 존귀한 일로 생각하셨다. 그러한 연유로 그 자리에 절을 세웠다. 이것이 지금의 다치바나데라橘寺[61]이다. 그때의 연꽃은 아직까지 그 절에 있다.

또 태자는 오노노 이모코小野妹子[62]란 인물을 사자로 삼아, 태자가 전세前世[63]에 대수大隋의 형산衡山이란《곳에 있던 시절 섬겨 지니고 있던 경經을 가지러 보냈다. 그때》[64] 이모코에게,

"적현赤縣[65]의 남쪽에 형산이 있다. 그《산에 반야사般若寺가 있다.》[66] 그곳에는 옛날 나와 불법을 공부한 동료가 있었다만, 이제는 모두 죽고 말았을 것이다. 현재는 세 명만이 남아있을 것이다. 그 자를 만나 나의 사자라고 하여, 내가 그곳에 살고 있을 때 받들어 지녔던 『법화경法華經』[67]을 모아 한 권

으로 되어 있는 것이 있을 터이니 부탁하여 받아오너라."

라고 지시하셨다. 이모코는 지시대로 그 나라로 가서 그 장소를 찾았다. 그러자 문에 한 명의 사미[68]승이 있어 이모코를 보고 그의 말을 듣고서 안으로 들어가, "사선思禪[69] 법사法師의 사자가 오셨습니다."라고 고하자, 세 명의 노승이 지팡이를 짚고 나와 몹시 기뻐하며 이모코妹子에게 경서를 주었다. 이모코는 경을 손에 넣었고 가지고 돌아가 태자에게 드렸다.

또 태자는 이카루가 궁鵤宮[70]의 침전 곁에 건물을 세워 몽전夢殿[71]이라 이름 짓고, 하루에 세 번 목욕을 하고 그곳으로 오르셨다. 그리고 다음날 아침 그곳에서 나오셔서 이 인간세계의 선악에 대해 이야기하셨다. 또한 그 안에서 여러 가지 경의 소疏[72]를 지으셨다.

그러던 어느 날 이레 밤낮 밖으로 나오시지 않은 일이 있었다. 문을 닫은 채 소리 하나 나지 않았다. 사람들이 수상히 생각하고 있자 고려高麗의 혜자惠慈[73] 법사라는 사람이, "필시 태자님은 삼매정三昧定[74]에 들어가 계신 것이다. 말을 걸어서는 안 된다."라고 말했다. 여드레째 아침에 밖으로 나오셨다. 곁의 장식용 책상 위에 두루마기 경문 하나가 놓여 있었다. 태자는 혜자를 향해 말씀하셨다. "제가 전생에 형산에 있었을 때 받들어 지니고 있던 경이 이것입니다. 몇 해 전, 이모코가 가지고 돌아온 것은 제 제자의 것입니다. 세 명의 노승은 제가 경문을 보관해 두었던 곳을 몰라서 다른 경문을 넘

---

68 → 불교.

69 본래는 혜사(→ 인명) 선사. 나라奈良 시대부터 헤이안平安 시대에 이르기까지 쇼토쿠 태자를 혜사 선사의 환생으로 여긴 전승이 보임. 감진鑑眞 일파一派가 전한 혜사 전생설로부터 형성된 것. 그러나 혜사 선사는 태건太建 9년(비다쓰敏達 천황 6년(577))에 63세로 입적했고, 이때 이미 태자는 태어나 있었음.

70 스이코 천황 9년(601)에 쇼토쿠 태자가 조영한 궁전. 호류지法隆寺의 동원가람東院伽藍으로 몽전夢殿은 그 후의 터임.

71 → 사찰명.

72 주석注釋. 쇼토쿠 태자는 『법화경法華經』, 『승만경勝鬘經』, 『유마경維摩經』 세 경문의 의소義疏를 지었다 함.

73 → 인명(혜자惠慈).

74 → 불교.

겨줬기 때문에, 제가 영혼이 되어 가지고 온 것입니다." 그 경문을 먼젓번 경문과 조합해보니, 앞의 경[75]에는 쓰여 있지 않은 문자가 한 개 있었다. 그런데 이 경도 두루마기 하나로 작성되어 있었다. 황지黃紙《에 구슬》[76]의 축으로 된 두루마기였다. 또 백제 국에서 도흔道欣[77]이라는 열 명의 승려들이 내조來朝하여 태자를 모시게 되었다. 이 자들은 "태자님이 전세에 형산에서 『법화경』을 설법하셨을 때, 때때로 노악盧岳[78]의 도사道士로서 형산에 가서 가르침을 들었던 것은 저희들이옵니다."라고 아뢰었다.

한편 다음 해, 이모코가 다시 당唐[79]으로 건너가 형산을 방문했을 무렵, 이전에 있었던 세 명의 노승 중 두 명은 세상을 떠나 있었다. 남아 있던 또 한 사람이,

"몇 해 전 가을, 당신 나라의 태자님이 청룡靑龍[80] 수레를 타고, 오백 명[81]의 사람들을 거느리고 동방에서부터 하늘을 거닐어 찾아오셔서는 오래된 방 안에 모아 두었던 경문 두루마리 하나를 가지고 구름을 가르고 올라가 사라지셨습니다."

라고 말하는 것을 듣고 이모코는 태자가 몽전에 들어가 이레 밤낮 나오시지 않았던 것은 이 일이었던 것인가 생각했다.

---

75 오노노 이모코小野妹子에게 청해 가져온 경전. 오에노 지카미치大江親通의 『칠대사순례사기七大寺巡禮私記』 (이하『순례사기巡禮私記』) 호류지의 조條에 따르면, 이모코가 가져온 세자細字 『법화경』은 권4·오백제자품 五百弟子品의 "其不在此會" 아래에 '中'자가 없다고 기록. 현행본에서도 볼 수 없음.

76 파손에 의한 결자. 동박본 『삼보회』의 기사를 근거로 보충함.

77 『일본서기』 스이코 천황 17년 4월 조에 따르면, 백제왕의 명으로 오나라로 부임되지만 귀로 도중 폭풍을 만나 히고 지방肥後國 아시키타 진津(구마모토 縣熊本縣 야쓰시로 시八代市 남부·아시키타 군葦北郡·미나마타 시水俣市 부근의 항구)에 표류하여 조정을 방문했음.

78 여산廬山. 중국 강서 성江西省 북부 파양 호鄱陽湖의 서쪽 산. 산악신앙山岳信仰의 땅으로, 동진東晋의 혜원慧遠 산기슭 동림사東林寺를 중심으로 백련사白蓮社를 결성하여 불교 명승지가 됨.

79 여기서는 한토漢土·당토唐土 등과 마찬가지로 중국을 지칭. 국명이 아님.

80 푸른 용. 사신四神의 하나로 동방東方의 수호신.

81 석가의 오백 명의 제자인 오백 나한五百羅漢에서 연상된 수로 추정.

또한 태자의《비妃》가시와데膳 씨가 곁에 계셨을 때 태자가

"그대는 나를 따르면서 몇 년 동안이나 내 뜻을 거스르는 일은 무엇 하나 하지 않았소. 대단히 고마운 일이오. 내가 죽을 때에는 같은 무덤[82]에 함께 묻히십시다."

라고 말씀하셨다. 비는,

"만세천추萬歲千秋 동안 아침저녁으로 모시고자 굳게 마음먹고 있었거늘, 어찌하여 오늘 돌아가실 때를 말씀하시는 것이옵니까?"

라고 말씀하시자 태자는

"시작이 있으면 반드시 끝이 있소. 태어나면 반드시 죽는 것이니, 이는 모든 인간이 겪는 길이오. 나는 그 옛날 갖가지 몸으로 태어나[83] 불도에 임했었소. 그리고 지금, 그런대로 소국小國[84]의 태자로 태어나 신묘한 가르침을 펼치고, 불법이 없었던 곳에 일승一乘[85]의 가르침을 설《파했소. 이제는 이 부정不淨 많은 악세惡世에서 계속 살 생각이 없소."》[86]

《라고 말씀하셨다.》[87] 이것을 들은 비는 눈물을 흘리며 태자의 뜻을 받아들였다.

또 태자가《나니와難波에서 도읍으로 돌아가시던 중, 가타오카 산片岡山》[88] 근처에 굶주린 사람이 쓰러져 있었다. 태자가 타고 계셨던 검은 망아지가 그곳에서 멈춘 채 지나가려 하지 않았다. 태자는 말에서 내려 이 굶주린 사람과 대화를 나누시고 입고 계셨던 보랏빛 어의御衣를 벗어 그에게 입히시

---

82 부부가 사이좋게 같은 무덤에 묻히는 해로偕老 사상.
83 윤회전생輪廻轉生에 의해 전세에 몇 번이나 태어났었음을 가리킴.
84 대국大國인 중국에 비해 소국小國인 일본을 가리킴. 속산변토粟散邊土와 같은 의식.
85 → 불교.
86 저본의 파손에 의한 결자. 동박본「삼보회」를 참조하여 보충.
87 저본의 파손에 의한 결자. 동박본「삼보회」를 참조하여 보충.
88 저본의 파손에 의한 결자. 동박본「삼보회」를 참조하여 보충.

고, 노래를 읊어 주셨다.

먹을 것도 없어 굶주린 채 이 가타오카 산언저리에 쓰러져 있는 나그네여, 그대에게는 의지할 부모도 없는 것인가, 가엾도다.[89]

그러자 굶주린 이는 머리를 들어 답가를 올렸다.

이카루가鵤 땅에 흐르는 도미노오 강富の緒川이 마르지 않는 한, 제가 당신의 존함을 잊는 일은 결단코 없을 것입니다.[90]

태자가 궁으로 돌아가신 뒤 이 사람은 죽었다. 태자는 슬퍼하시고 그를 장사 지내게 하셨다.[91] 그런데 당시의 대신大臣[92] 가운데 이 일을 내심 좋게 여기지 않고 비난하는 자가 일곱 명 있었다. 태자는 이 일곱 명을 《부르시고는,》[93] "그 가타오카 산으로 가 보아라."라고 분부하셨다. 그래서 그들은 그곳에 가 보았지만 유해[94]는 사라져 버렸고, 관 속은 매우 향기로웠다. 이 것을 보고 모두가 심히 놀라 괴이하게 여겼다. 한편 태자는 이카루가 궁에

---

89 원문은 "志太旦留耶 加太乎加耶末尔 伊比尔宇惠旦 布世留太比々度 阿和連於耶那志". 『일본서기』, 『쇼토쿠 태자전력』, 『상궁쇼토쿠 태자전보궐기上宮聖德太子傳補闕記』, 전전본前田本 『삼보회』에서는 장가長歌. 『만엽집萬葉集』 권3(415)은 다쓰타 산龍田山의 죽은 자를 슬퍼하는 유가類歌. 가타오카 산은 나라 현奈良縣 가시바 시香芝市 기타카쓰라기 군北葛城郡 오지 정王寺町 부근의 구릉.

90 원문은 "伊加留加耶 度美乃乎加波乃 太衣波古曾 和加乎保岐美乃 美奈波和須禮女"로 되어 있음. 도미노오 강富緒川은 호류지法隆寺 동쪽을 남쪽으로 흐르는 도미오 강富雄川으로, 야마토 강大和川의 지류. 이 노래는 『고금집古今集』 마나 서眞名序에 등장하고, 와카和歌의 기원 중 하나로 여겨짐. 『법왕제설』은 태자 사후 고세노 미쓰에巨勢三枝가 읊었다고 함.

91 『영이기靈異記』 권상上 4에서는 오카모토 촌岡本村의 호린지法林寺 동북쪽의 모리베 산守部山에 무덤을 만들어 입목묘入木墓라 하였다 함.

92 소가노 우마코蘇我馬子(→ 인명)를 가리킴.

93 파손에 의한 결자. 동박본 『삼보회』의 기사를 근거로 보충함.

94 이른바 시해선尸解仙 설화. 신선이나 고승 등이 사후에 그 사체가 소실된다는 모티브.

납시어 태자비에게 "나는 오늘 밤 이 세상을 떠날 생각이오."[95]라고 말씀하신 뒤, 목욕을 하고 머리를 감으시고 깨끗한 옷을 입으셨다. 그리고 태자비와 나란히 주무시고는 다음 날 아침 늦게까지 일어나시지 않았다. 사람들이 이상히 여겨 침소 문을 열어보니, 태자비와 함께 돌아가신 후였다. 그 얼굴은 살아생전의 모습 그대로였다. 몸에서는 대단히 향기로운 향내가 났다. 향년 마흔 아홉이었다.

태자께서 돌아가신 뒤, 검은 망아지는 소리 높여 끊임없이 울부짖었고, 물도 풀도 먹지 않은 채 죽어버렸다. 그 유해는 매장했다. 또 태자가 돌아가신 날, 형산에서 가져오셨던 한 권의 경전도 보이지 않게 되었다. 분명 태자가 그것을 가지고 가셨으리라. 현재 남아 있는 것은 이전에 이모코가 가지고 돌아온 경전이다. 신라新羅에서 건너온 석가상은 지금도 고후쿠지興福寺의 동금당東金堂에 안치되어 있다. 백제국에서 건너온 미륵 석상은 지금 옛 도읍에 있는 간고지元興寺[96] 동쪽에 안치되어 있다.[97] 태자가 지으신 자필 『법화경』[98]의 소는 현재 이카루가데라鵤寺[99]에 있고, 태자의 도구들도 그 절에 있다. 이것들은 긴 세월이 지났지만 조금도 손상되지 않았다.

또한 태자에게는 세 개[100]의 칭호가 있다. 첫째는 우마야토廐戶 황자인데, 이것은 마구간 문 근처에서 태어나셨기 때문이다. 둘째는 야미미八耳 황자로 이것은 여러 사람이 동시에 아뢰는 것을 잘 분간하여 알아듣고, 그 사람들의 말을 한 마디도 빠뜨리지 않고 이해하셨기 때문이다. 셋째는 쇼토쿠 태

95 태자가 사망한 시기에 관해서는 『일본서기』, 『쇼토쿠 태자전력』, 『법화제설』, 『호류지 석가상광배명法隆寺釋迦像光背銘』, 『천수국수장天壽國繡帳』, 『상궁쇼토쿠 태자보궐기』에 관련 기사 있음.

96 아스카飛鳥의 본 간고지本元興寺(→ 사찰명).

97 권14 제11화 참조.

98 어물御物(궁내청장宮內廳藏)에 태자 자필의 『법화의소法華義疏』 4권이 현존.

99 호류지의 다른 명칭.

100 문면文面선 네 개의 이름을 표기함.

자로 이것은 불법을 전파하여 사람들을 제도濟度하셨기 때문이다. 그 밖에 또 태자는 조구上宮 태자라고도 불리신다. 이것은 스이코 천황의 치세에 태자를 궁정의 남쪽에 살게 하시어 국정을 맡기셨던 것에서 비롯된 명칭이다.

이 일본에 불법이 전해질 수 있었던 것은 태자가 그의 치세 때부터 불법을 전파하셨기 때문이다. 태자의 힘이 아니었다면 대체 누가 불법의 이름을 들을 수 있었을까. 뜻있는 자는 반드시 태자의 성은에 보답해 모셔야 함이 마땅하다고 이렇게 이야기로 전하여 내려오고 있다 한다.

聖徳太子於此朝始弘仏法語第一

今昔、本朝ニ聖徳太子ト申ス聖御ケリ。用明天皇ト申ケ
ル天皇ノ、始テ親王ニ御ケル時、突部ノ真人ノ娘ノ腹ニ生
セ給ヘル御子ナリ。

初メ、母夫人、夢ニ、金色ナル僧来テ云、「我ハ世ヲ救ハ
セムト思フ」ト。夫人答テ云ク、「此レ誰ガ宣
有。暫ク其御胎ニ宿ムト思」ト。

聖徳太子於此朝始弘佛法語第一
今昔本朝ニ聖徳太子ト申聖御ケリ用明
天皇ト申ケル天皇ノ始テ親王ニ御ケル
時突部ノ真人ノ娘ノ腹ニ生セ給ヘル御
子ナリ初メ母夫人夢ニ金色ナル僧来テ
云我ハ世ヲ救セ給ヘル御
宣ハ我ハ敕世ノ菩薩也家ハ西ニ有リ

今昔物語集・巻十一（実践女子大学本）

ヘルゾ」ト。僧宣ハク、「我ハ救世ノ菩薩也。家ハ西ニ有リ」
ト。夫人ノ云、「我ガ胎ハ垢穢也。何ゾ宿リ給ハムヤ」ト。
僧宣ハク、「我垢穢ヲ不猒」ト云テ、踊ロノ中ニ入ト見テ夢
覚ヌ。其後、喉中ニ物ヲ含タルガ如ク思ヘテ懐妊シヌ。
而ル間、用明天皇ノ兄、敏達天皇ノ位ニ即給ヘル年、正月
ノ一日、夫人宮ノ内ヲ廻リ行テ□ノ□□□□至ル
程ニ、太子生レ給ヘリ。人来テ、太子ヲ懐テ寝殿ニ入ル。俄
ニ赤黄ナル光リ殿ノ内ニ照ス。亦、太子ノ御身馥シ事無限シ。
四月ノ後語ヒ語リ勢長リ。明ル如シ年ノ二月ノ十五日ノ朝ニ、太
子掌ヲ合セ東ニ向テ、「南無仏」ト宣テ礼シ給フ。
亦、太子六歳ニ成給フ年、百済国ヨリ僧来テ、経論持渡
リ。太子、「此経論ヲ見ム」ト奏シ給フ。天皇驚テ怪ミ給テ、
其故ヲ問ヒ給フ。太子奏シ給ハク、「我昔漢ノ国ニ有シ時、
南岳ニ住シテ仏ノ道修行シテ、年積タリ。今此国ニ生、此ヲ
見ト思フ」ト。天皇許シ給フ。然レバ、太子香ヲ焼、経論ヲ
開見給テ後、奏シ給ハク、「日ノ八日、十四日、十五日、二

十三日、二十九日、三十日ヲ、此ノ六斉ノ日ト云。此ノ日ニ
ハ、梵天帝釈閻浮提ノ政ヲ見給フ。然レバ、国ノ内殺生
可止シ」ト。 天皇此レヲ聞給テ、天下宣旨ヲ下シ、此ノ日殺
生ヲ止給フ。

亦、太子八歳ニ成給フ年冬、新羅国ヨリ仏像ヲ渡シ奉ル。
太子奏シ給ハク、「此、西国ノ聖キ釈迦如来ノ像也」ト。亦、
百済国ヨリ日羅ト[二八] 衣着テ下童部ノ中ニ交
ハリ、難波ノ[二九] 舎奉ル。太子驚キ逃給フ時、
日羅跪テ掌ヲ合テ、太子ニ向テ云ク、
敬礼救世観世音 伝灯東方栗散王[三〇]
ト申ス間、日羅身ヨリ光ヲ放ツ。其ノ時ニ、太子亦眉ノ間ヨ
リ光ヲ放給フ事日ノ光ノ如ク也。亦、百済国ヨリ弥勒ノ石像
ヲ渡シ奉タリ。其時ニ、大臣蘇我ノ馬子ノ宿禰ト云人、此
ノ来レル使ヲ受テ、家ノ東ニ寺ヲ造リ、此ヲ居ヘテ養フ。大
臣、此ノ寺ニ塔ヲ起ムト為ルニ、太子ノ宣ハク、「塔ヲ起テバ、
必ズ仏ノ舎利ヲ籠メ奉ルナリ」。舎利一粒を得、即チ瑠璃ノ

壺ニ入テ塔ニ安置シテ、礼奉ル。惣テ、太子此ノ大臣ト心一
ニシテ、三宝ヲ弘。

此ノ時ニ、国ノ内ニ病発テ死ル人多カリ。其時ニ、大連
物部弓削ノ守屋、中臣ノ勝海ノ王ト云フ二人有テ、奏テ云ク、
「我国本ヨリ神ヲノミ貴ビ崇ム。然ルニ、近来、蘇我大臣、
仏法ト云物ヲ発シ行フ。是ニ依テ、国ノ内ニ病発テ、民皆可
死シ。然レバ、仏法ヲ被止テノミナム、人ノ命可残キ」ト。
此ニ依テ、天皇詔シテ宣、「申ス所明ケシ。早ク仏法ヲ可断
シ」ト。亦、太子奏シ給ク、「此ノ二人、未ダ因果ヲ不悟。
吉キ事[三一] 福忽ニ至ル。悪事ヲ改デバ過、必ニ来ル。此ノ
二人、必ズ過ニ会ナムトス」ト。然リト云ヘ共、天皇守屋ノ
大連ヲ寺ニ遣シ、堂塔ヲ破リ、仏経ヲ焼シム。焼残セル仏ヲ
バ難波ノ堀江ニ棄テツ。三人ノ尼ヲバ責打テ追出シツ。
此ノ日、雲無クシテ大風吹キ雨降ル。其時ニ、太子、「今
禍発ヌ」ト。其後ニ、世ニ瘡ノ病発テ、病痛ム事焼割クガ
如シ。然レバ、此ノ二ノ人悔ヒ悲デ奏シテ云ク、「此ノ病ヒ

苦痛キ事難堪シ。願クハ三宝ニ祈ラムト思フ」。其時ニ、勅有テ、三人ノ尼ヲ召テ、二人ヲ令祈ム。亦、改メテ寺塔ヲ造リ仏法ヲ崇ムル事本ノ如ク也。

然ル間、太子ノ御父用明天皇位ニ即給ヒヌ。詔シテ、「我レ三宝ヲ帰依セム」ト。蘇我ノ大臣勅ヲ奏奉シテ、僧ヲ召シテ、初メテ内裏ニ入レツ。太子喜ビ給テ、大臣ノ手ヲ取テ涙ヲ流シテ宣ハク、「三宝ノ妙ナル事、人更ニ不知。只大臣独リ我レニ心寄タリ。悦バシキ事無限シ」ト。

而ル間、人有テ窃ニ守屋ノ大連ニ告テ云ク、「太子、蘇□□□□□□」。守屋、阿都家ニ籠居テ、軍ヲ□□助ムズ。亦、此二人ノ、天皇ヲ呪ヒ奉ルト云フ事聞エテ、蘇我ノ大臣太子ニ申シテ、共ニ軍ヲ引将テ、守屋ヲ罸ムト為ル。守屋軍ヲ発テ、城ヲ固メテ禦キ戦フ。其軍強ク盛ニシテ、御方ノ軍怖悼三度ビ退キ返ル。其時ニ、太子ノ御年十六歳也。軍ノ後ニ打立テ、軍ノ政人、秦ノ川勝ニ示シテ宣ハク、「汝ヂ忽ニ二木ヲ取テ、四天王ノ像ニ刻テ、髪ノ上ニ指シ、鉾ノ崎ニ捧テ」。願ヲ発テ宣ハク、「我等ヲ此ノ戦ニ令勝給タラバ、当四天王ノ像ヲ顕シ奉リ、寺塔起ス」ト。蘇我ノ大臣モ亦、如此ノ願ヲ発テ戦フ間ニ、守屋ノ大連、大ナル櫟ノ木ニ登テ、誓ヒ物部ノ氏ノ大神ニ祈請テ、箭ヲ放。其ノ箭、太子ノ鎧ニ当テ落ヌ。太子、舎人迹見ノ赤檮ニ仰テ、四天王ニ祈テ箭ヲ令放ム。其箭遠ク行テ、守屋ガ胸ニ当テ、逆サマニ木ヨリ落ヌ。然レバ、其軍壊ヌレバ、御方ノ軍弥ヨ責寄テ、守屋ガ頭ヲ斬ツ。其後、家ノ内ノ財ヲバ、皆寺ノ物ト成シテ、荘園ヲバ悉ク寺ノ領ト成シ、忽ニ玉造ノ岸ノ上ニ、始テ四天王寺ヲ造給ヒツ。

亦、太子ノ伯父、宗峻天皇ノ位ニ即給ヒ、世ノ政ヲ皆太子ニ付奉リ給フ。其時ニ、百済国ノ使、阿佐ト云フ皇子来レリ。太子ヲ拝シテ申サク、

　敬礼救世大悲観世音菩薩
　妙教々流通東方日国　四十九
　歳伝灯演説

トゾ申シケル。其間、太子ノ眉ノ間ヨリ白キ光ヲ放給フ。

亦、太子、甲斐ノ国ヨリ奉レル黒キ小馬ノ四ノ足白キ有リ、

其レニ乗テ、空ニ昇テ雲ニ入リ東ヲ指テ去給ヌ。使丸ト云フ

者、御馬ノ右ニ副テ同ク昇ヌ。諸ノ人是ヲ見テ、空ヲ仰テ見

嘖ル事無限シ。太子、信濃ノ国ニ至給テ、御輿ノ堺ヲ廻テ、

三日ヲ経テ還給ヘリ。

亦、太子ノ御姑、推古天皇位ニ即給ヌ。世ノ政ヲ偏ニ太

子ニ任セ奉リ給フ。太子、天皇ノ御前ニシテ、袈裟ヲ着テ、

尾ヲ取テ、高座ニ登テ勝鬘経ヲ講ジ給フ。諸ノ名僧有テ、

義ヲ問フニ、説キ答フル事妙也。三日講ジテ畢給フ夜、天ヨ

リ蓮華雨フレリ。花ノ広サ三尺、地ノ上三四寸満テリ。明ル朝

ニ此ノ由ヲ奏ス。天

皇此ヲ見給テ、大

ニ奇ミ貴給事無限

シ。忽ニ、其ノ地ニ

寺ヲ起テツ。今ノ

橘寺是也。其ノ蓮花

聖徳太子（聖徳太子絵伝）

于今彼ノ寺ニ有リ。

亦、太子、小野ノ妹子ト云フ人ヲ使トシテ、前身ニ大隋ノ

衡山ト云ツ □ 妹子ニ教テ宣フ、「赤県ノ南ニ

衡山有リ。其ノ □ 我ガ昔ノ同法共有シ、皆死

ニケム。今三人ゾ有ラム。其ニ会テ、我ガ使ト名乗テ、其所

ニ我住セシ時ニ持セシ法華経一合セテ一巻ナル御ヌ、詣

テ可持来シ」ト。妹子、教ノ如ク彼ノ国ニ行テ、其所ニ至ル。

門ニ一人沙弥有リ。妹子ヲ見、其ノ言ヲ聞テ返入テ、

法師ノ御使、喜テ此ニ来レリ」ト告ケ、老タル三人、杖ヲ槌

テ出来テ、喜テ妹子ニ教テ経ヲ取セツ。妹子経ヲ得テ、持来

テ太子ニ奉ル。

亦、太子、鵤ノ宮ノ寝殿ノ傍ニ屋ヲ造テ夢殿ト名付テ、一

日ニ三度沐浴シテ入給フ。明ル朝ニ出給テ、閻浮提ノ善悪ノ

事ヲ語リ給フ。亦、其ノ内ニシテ諸ノ経ノ疏ヲ作リ給フ。

或時ニ、七日七夜不出給。戸ヲ閉テ、音ヲモ不聞ズ。諸ノ

人此ヲ怪ミ、其時ニ、高麗ノ恵慈法師ト云フ人ノ云ク、「太

子ハ是レ、三昧定ニ入リ給ヘル也。驚カシ奉ル事無限シ」。

八日ト云朝ニ出給ヘリ。傍ニ玉ノ机ノ上ニ一巻ノ経有リ。太

子、恵慈語テ宣ク、「我ガ前身ニ衡山ニ有リシ時ニ、持奉リ

シ経、是也。去シ年、妹子ガ持来レリシ経ハ、我ガ弟子ノ経

也。三人ノ老僧ノ我ガ納シ所ヲ不知シテ、異経ヲ遣タリシカ

バ、我ガ魂遣テ取タル也」ト。其経ト見合スルニ、此ニハ

無キ文字一ツ有リ。此ノ経モ一巻ニ書ケリ。黄紙

ノ軸也。亦、百済国ヨリ道欣ト云フ僧等十人来テ、太子ニ

仕ル。「前ノ世ニ、衡山ニシテ法花経説給ヒケル時、我等

二行タリケルニ、前ニ有シ三人ノ

老僧、二人ハ死ニケリ。今一人

残テ語テ云ク、「去シ年ノ秋、汝

ガ国ノ太子、青竜ノ車ニ乗テ五

百人ヲ随テ、東ノ方ヨリ空ヲ踊

次年、妹子亦唐ニ渡テ、衡山

盧岳ノ道士トシテ、時々参ツ、聞シハ我等也」ト申ス。

夢殿復原立面図

テ、古キ室ノ内ニ抹メル一巻ノ経ヲ取テ、雲ヲ去給ニ

ト云ヲ聞ニゾ、太子ノ夢殿ニ入テ七日七夜不出給リシハ然也

ケリ、ト知ル。

亦、太子ノ御□、拍手ノ氏ニ、傍ニ候時ニ、太子宣ハク、

「汝ヂ、我ニ随テ、年来一事ヲ不違リツ。此レ幸也。我ガ死

ナム日ハ穴ヲ同クシテ共ニ可埋シ」ト。妃ノ云ク、「万歳千

秋ノ間、朝暮ニ仕ラムトコソ思給ツルニ、何ニ今日終ノ事ヲ

バ示シ給フゾ」ト。太子ノ宣ハク、「初レ有ル者、必ズ終有

リ。生ズルハ死ス。此レ人ノ常ノ道也。我ヲ昔シ多ノ身ヲ受

テ仏ノ道ヲ勤行シキ。僅ニ小国ノ太子トシテ、妙ナル義ヲ弘

メ、法無キ所ニ一乗ノ理ヲ説□此

ヲ聞テ、涙ヲ流シテ、此ノ旨ヲ承ハル。

亦、太子ニ□

辺、飢タル人臥セリ。乗給

ヘル黒ノ少馬不歩シテ留ル。太子馬ヨリ下テ、此ノ飢人ト

談ヒ給、紫ノ御衣ヲ脱テ覆給テ、歌ヲ給フ、

志太弖留耶　加太平加耶末尓　伊比弖宇恵弖　布世留太

比々度 阿和連於耶那志

其時ニ、飢人頭ヲ持上テ、返歌ヲ奉、

伊加留加耶 度美乃平加波乃 太衣波古曾 和加平保岐

美乃 美奈波和須礼女

太子宮ニ返給テ後ニ、此ノ人死ケリ。

令葬給ツ。其時ノ大臣等、此ノ事ヲ不受シテ謗ル人、七人

有リ。太子、此七人ヲ□□、宣ハク、「彼片岡山ニ行テ見ヨ」

ト。然レバ、行テ見ルニ、屍無シ。棺ノ内甚ダ馥バシ。是

ヲ見テ、皆驚キ怪ム。

然ル間、太子、鵤宮ニ御坐テ妃ニ語シ給フ。「我レ、今夜、

世ヲ去ナムトス」ト宣テ、沐浴シ洗頭シ給テ、浄キ衣ヲ着テ、

妃ト床ヲ并テ臥給ヌ。明ル朝ニ久ク不起給。人々怪ムデ大殿

ノ戸ヲ開テ見ルニ、妃ト共ニ隠レ給ヒニケリ。其ノ貞、生給

ヘリシ如シ。香殊ニ馥バシ。年四十九也。

其ノ終リ給フ日、黒小馬嘶キ呼テ、水草ヲ不飲食シテ死。其

骸ヲバ埋ツ。亦、太子隠レ給フ日、衡山ヨリ持旦給ヘリシ

一巻ノ経モ失。定テ亦具シ奉リ給ヘルナルベシ。今ノ世ニ有

ハ、前ニ妹子ガ持旦レリシ経也。新羅ヨリ渡リ給ヘリシ釈迦

ノ像ハ、今ニ興福寺ノ東金堂ニ在マス。百済国ヨリ渡リ給ヘ

リシ弥勒ノ石像ハ、今、古京ノ元興寺ノ東ニ在ス。亦、太子ノ作

リ給ヘル自筆ノ法華経ノ疏ハ、今、鵤寺ノ寺ニ有リ。亦、太子

御物ノ具等、其ノ寺ニ有リ。多ノ年ヲ積メリト云ヘドモ、損ズ

ル事無シ。

亦、太子ニ三ノ名在ス。一ハ厩戸ノ皇子、厩ノ戸辺ニシテ

生レ給ヘバト也。二ハ八耳ノ皇子、数人ノ一度ニ申ス事ヲ

聞テ一言モ不漏載リ給ヘレバ也。三ハ聖徳太子、教ヲ弘メ人

ヲ度シ給ヘレバ也。亦、上宮太子ト申ス。推古天皇ノ御代ニ、

太子ヲ王宮ノ南ニ令住テ国政ヲ任セ奉リシニ依テ也。

此ノ朝ニ仏法ノ伝ハル事ハ、太子ノ御世ヨリ弘メ給ヘル也。

不然ハ、誰カハ仏法名字ヲモ聞カム。心有ラム人ハ、必報

ジ可奉シトナム語リ伝ヘタルト也。

교키行基 보살菩薩이 불법佛法을 공부하여
사람들을 제도濟度하신 이야기

국가적 불교의 창시자 쇼토쿠聖德 태자太子에 이어서 고대 민간 불교의 상징적 지도자
교키行基에 대해 기술한다. 특히 간다이지官大寺의 학장學匠 지코智光와의 인연담이
큰 비중을 차지하고 있는 것은 의미가 크다 할 수 있겠다. 교키는 처음에는 민중 교화
에 힘썼기 때문에 관리로부터 기피당하지만, 이윽고 민중들로부터 지지를 받아 도다
이지東大寺의 조영에 참가하여 그 공으로 민간에서 일약 대승정大僧正으로 발탁된다.
일본 불교사는 이와 같이 민간의 지도자에게 호의적이었다.

《이제는 옛이야기이지만, 일본에》[1] 교키行基[2] 보살菩薩[3]이라 하는 성인聖人[4]
이 계셨다. 이즈미 지방和泉國[5] 오토리 군大鳥《郡[6]의 사람이다. 그가 태어났
을》[7] 때 태반에 싸인 채로 태어났기 때문에 그의 부친이 이것을 보고 《불길
하게 여겨 나뭇가지 위에 올려 두었는데, 며칠 후에 보니 태반을 벗고 나와

---

1   저본의 파손에 의한 결자. 다음 이야기 등에 나오는 이와 관련된 기사로 보충함.
2   인명. '보살菩薩'은 교키行基의 덕행에 대한 존칭.
3   → 불교.
4   → 불교.
5   → 옛 지방명.
6   『대승정사리병기大僧正舍利瓶記』에 "가와치 지방河內國 오토리 군大鳥郡"이라고 기록된 것은 이즈미 지방和
     泉國이 가와치 지방에서 분리된 천평보자天平寶字 원년(757) 이전의 호칭.
7   파손에 의한 결자. 『왕생극락기往生極樂記』, 『법화험기法華驗記』의 기사를 근거로 보충함.

말을 했다.)[8] 이에 부모는 아기를 거두어 양육하게 되었다. 점차 성장하여 어린아이가 됐을 무렵, 이웃 어린애나 마을의 사동使童들과 함께 불법을 소리 높여 찬탄贊嘆[9]하였다. 그러자 먼저 말이나 소를 치는 아이들이 여럿 모여들어 《소나 말을 방치하》[10]고서 이것을 듣게 되었다. 그 소나 말을 쓸 일이 생겨 주인이 사람을 보내 부르게 했지만, 그 심부름꾼이 그곳에 가서 이 찬탄의 소리를 듣자 더없이 존귀하여 모두 소나 말에 대한 것은 잊고 눈물을 흘리며 이것을 들었다. 이렇게 하여 남자도 여자도 노인도 젊은이도 찾아와서는 이것을 들었다. 도네刀禰[11]들이 이 일을 전해 듣고, "전답도 일구지 못하게 이런 터무니없는 짓을 하는 녀석은 쫓아버리겠다."라고 말하고, 그곳에 찾아 갔다. 그런데 곁에 다가가 듣고 있자니 더할 나위 없이 존귀하여, 울면서 듣게 되었다. 다시 군사郡司가 이 일을 전해 듣고는 매우 노하며 "내가 가서 쫓아내주마."라고 말하고 그곳에 가서 들었는데, 더없이 존귀했기에 감읍感泣하여 그 자리에 머물러 버렸다. 또 국사國司가 몇 번이나 사람을 보내 교키 일행을 쫓아버리게 했지만, 사람을 보낼 때마다 그들은 돌아오지 않고 모두 울면서 찬탄의 소리를 들었다. 그리하여 국사는 이것을 몹시 기이하게 여기고, 몸소 찾아가 자신도 들어보니 이루 말할 수 없이 거룩하고 존귀했다. 다른 지방 사람들도 소문을 전해 듣고 와서는 이것을 들었다. 이리하여 결국 이 일을 조정에 아뢰게 되었다. 그리하여 천황이 납시어 이를 《들으》[12]셨는데, 이루 말할 수 없이 존귀하였다.

---

8 이하는 본래 파손에 의한 결자로 추정. 「왕생극락기」, 「법화험기」에 관련 기사 있음.
9 부처를 칭송하는 노래를 부름.
10 저본의 파손에 의한 결자. 「왕생극락기」, 「법화험기」를 참조하여 보충.
11 율령제에서는 주전主典 이상의 관인官人을 칭함. 헤이안平安 왕조에서는 향鄕·보保·촌村 등의 관리를 칭하며 위의 본문은 이것에 해당.
12 저본의 파손에 의한 결자로 추정. 문맥을 고려하여 보충.

그 후 출가[13]하여 야쿠시지藥師寺[14]의 승려가 되어 이름을 교키行基라고 칭했다. 법문法文을 공부했는데 대단히 총명하여 이해하지 못하는 부분이 조금도 없었다. 그래서 누구보다도 뛰어난 승려가 되었다.

한편 교키는 자애심이 깊어 사람에 대한 연민의 마음이 부처와 같았다. 여러 지방을 돌며 수행하고 원래 지방으로 되돌아오던 중, 어느 연못 부근을 지나고 있자 많은 사람들이 모여서 물고기를 잡아먹고 있었다. 교키가 그 앞을 지나치려고 하자, 젊고 치기어린 남자가 희롱할 셈으로 생선회[15]를 교키에게 주며, "이걸 잡수시게나."라고 말했다. 교키는 그 자리에 멈춰서 남자가 준 회를 드셨다. 그 후 얼마 안 되어 입에서 토해냈는데, 금방 먹었던 회가 전부 작은 물고기가 되어 연못으로 들어갔다. 이 광경을 본 사람들은 놀라고 두려워하며 존귀한 성인인 줄도 모르고 경멸한 것을 깊이 후회했다. 이렇게 존귀하고 훌륭한 성인인지라 천황은 이 교키를 존경하고 깊이 귀의[16]하셨다. 그리하여 교키는 단번에 대승정大僧正[17]이 되셨다.

그 무렵 간고지元興寺[18]의 승려로 지코智光[19]란 사람이 있었다. 훌륭한 학문승[20]이었다. 그는 내심 '나는 학문이 깊은 훌륭한 노승이다. 교키는 학문이 얕은 소승小僧에 지나지 않는다. 그런데도 조정에서는 어째서 나를 무시하

---

13 『대승정사리병기』에 관련 기사 있음. 덴무天武 천황 11년(682) 교키가 열다섯 살 때였음.

14 → 사찰명.

15 생선이나 조개 등의 살을 잘게 썬 것. 후에는 이것을 식초에 버무렸음. 권10 제28화에 생선회가 된 물고기가 물속으로 돌아가 다시 살아났다고 하는 유사한 일화가 있음.

16 → 불교.

17 흔히 일컫는 일계 승정一階僧正. 승강僧綱의 순서를 따르지 않고 곧장 승정으로 임명된 것을 말함. 『대승정사리병기』, 『속기續紀』에 관련 기사가 있음. 이것은 교키가 일흔 아홉 살 때의 일로 도다이지東大寺 대불大佛 권진勸進의 공적과 겐보玄昉의 좌천左遷에 의한 것임.

18 → 사찰명.

19 → 인명.

20 원문에는 '학생學生'(→ 불교).

고 그를 중시하는 것일까.'[21]라고 생각하여 조정의 처사에 불만을 갖고 가와치 지방河內國의 스기타데라椙田寺[22]에 《가서 그곳에 은둔했다.》[23] 그 후 그는 병에 걸려 죽었는데, 그 유해를 승방僧房에 《둔 채 유언에 따라 한동안 장례를 치르지 않고》[24]있자, 열흘 후 지코는 소생하여 제자들에게 이야기하기를

"내가 염라왕閻羅王[25]의 사자에게 붙잡혀 끌려가는데 길에 황금으로 지어진 궁전이 있었다. 그것은 높고 넓었으며 찬란히 빛나고 있었다. '여기는 어디인가.' 하고 나를 끌고 가는 사자에게 묻자, 사자는 '여기는 교키 보살이 태어날 곳이다.'라고 대답했다. 더 가다 보니 저 멀리 연기와 불길이 하늘에 가득했고, 보기에 무시무시할 정도로 맹렬했다. 그래서 다시 '저것은 무엇인가?' 하고 묻자, 사자는 '저건 네가 떨어질 지옥[26]이다.'라고 말했다. 사자가 나를 데리고 염라왕 앞에 당도하니 왕은 큰소리로 나를 꾸짖으며, '너는 염부제閻浮提[27] 일본국에서 교키行基 보살을 시기하여 미워하고 비난했다. 지금 그 죄를 벌하기 위해 불러들인 것이다.'라고 말씀하셨다. 그 다음 구리로 된 기둥을 안도록 명하였다. 살이 녹고 뼈가 흘러내려 도저히 견딜 수가 없었다. 그 형벌이 끝나고 겨우 용서를 받아 돌아온 것이다."

라 하고 울며 슬퍼했다.

그 후 지코는 교키에게 사죄를 하기 위해 그를 찾아뵙고자 했다. 마침 그때 교키는 셋쓰 지방攝津國 나니와難波[28]의 작은 운하에 다리를 세우고, 다시

---

21 교키가 일흔여덟 살 때로, 지코는 삼십 대 후반이었음. 「왕생극락기」, 「법화험기」에 관련 기사 있음.

22 스키타데라鋤田寺(→ 사찰명).

23 저본의 파손에 의한 결자. 「왕생극락기」, 「법화험기」 동박본東博本 「삼보회三寶繪」, 「영이기靈異記」를 참조하여 보충.

24 저본의 파손에 의한 결자. 「왕생극락기」, 「법화험기」를 참조하여 보충.

25 → 불교(염마閻魔).

26 → 불교.

27 → 불교.

28 오사카 시大阪市 및 그 부근. 요도 강淀川 강어귀. 명박본名博本 「삼보회」에 관련 기사 있음.

그 운하를 파서 선착장을 짓고 계셨기 때문에 그 곳으로 갔다. 보살은 그의 마음을 절로 헤아리고 있었기 때문에, 그가 오는 것을 보며 미소를 짓고 있었다. 지코는 지팡이에 의지한 채 공손하게 절을 올리고 눈물을 흘리며 사죄했다.

이 교키보살은 전생에 이즈미 지방和泉國 오토리 군大鳥郡에 살고 있었던 사람의 딸이셨다.[29] 어린 시절에는 부모에게 매우 《사랑》[30]받았다. 그런데 그 집에는 시동侍童이 있었다. 정원의 쓰레기를 치우는 자로 이름은 마후쿠다마로眞福田丸[31]라고 했다. 이 아이는 총명하여 마음 한 편으로,

'나는 좀처럼 태어나기 어렵다는 인간으로 태어났지만 이처럼 비천한 몸이다. 이 세상에서 불도에 정진하지 않으면 절대 내세來世는 기대할 수 없으니 큰 절에 가 법사가 되어서 불도를 공부하자.'

라고 생각하여 우선 주인이 있는 곳으로 가 말미를 얻고 싶다고 청하자, 주인은 "넌 무슨 까닭으로 말미를 달라고 하는 것이냐?"라고 말했다. "저는 오래전부터 수행을 떠나고 싶다는 바람을 갖고 있습니다."라고 시동이 말하자 주인은 "네가 진지하게 그리 생각한다면 당장이라도 허가해 주마."라고 말하고 허락했다.

"어쨌든 오랜 기간 부리고 있던 아이다. 수행을 떠날 때에는 스이칸水干 하카마袴[32]를 입혀 보내도록 하거라."

라고 말하고 서둘러 스이칸 하카마를 준비시켰는데, 주인의 어린 딸이 "이

---

29 이하는 교키와 지코의 전생담으로, 마후쿠다마로眞福田丸 설화라 함. 『오의초奧義抄』, 『고본설화古本說話』, 『다이마 만다라當麻曼多羅』에 관련 기사 있음. 유사한 일화는 권17 제33화에 보임.

30 파손에 의한 결자로 추정. 사랑하고 소중히 여긴다는 의미의 어휘가 들어갈 것으로 봄.

31 복전福田(→ 불교)과 관련된 이름. 교키가 행한 많은 사업은 많은 경론을 설법하는 복전사상을 기반으로 하고 있음.

32 풀을 쓰지 않고 물에 적셔 재양판에 붙여 말린 비단으로 만든 하카마袴(하의).

아이가 수행을 나설 때 입히기 위해섭니다. 또한 공덕功德[33]을 위해섭니다."
라고 말하며 이 하카마의 한 쪽을 기워줬다. 시동은 이것을 입고 간고지元興
寺[34]로 가 출가하여 그 절의 승려가 되었다. 이름은 지코라고 했는데, 부처의
가르침을 공부해 훌륭한 학문승이 되었다. 주인의 어린 딸은 시동이 집을
나간 뒤 얼마 안 돼《대수롭지 않은 병에 걸려 죽고 말았다. 수행을 위하여
여기저기 다니던 시동은 한 차례 고향에 돌아왔을 때, 아가씨가 돌아가셨다
는 것을 듣고 슬픔에 잠겼지만》[35] 어쩔 도리가 없는 일이었다. 그 후 그 아가
씨는 같은 지방, 같은 군의 □□□□□□□[36]

　한편 교키 보살이 아직 어린 소승이셨던 시절, 가와치 지방의 □□□□
□[37]군에서 법회가 행해진 일이 있었다. 그때 이미 지코는 권위 있는 노승[38]
이었는데, 그를 강사講師[39]로 초대했다. 간고지에서 나와 강사로서 고좌高座[40]
에 올라 설법을 했다. 듣는 이 모두가 깊이 감동하여 이루 말할 수 없이 존
귀하게 여겼다. 설법이 끝나 고좌에서 내려오려 하자, 당堂 뒤쪽에서 논쟁
을 거는 목소리가 들렸다. 보니 머리가 파르스름한 소승이었다. 강사는 '도
대체 얼마나 대단한 절에 속해 있기에, 나를 향해 논쟁을 거는 것인가?' 하고
이상하게 생각하여 돌아보니 이렇게 논쟁을 거는 것이었다.

　마후쿠다가 수행을 떠난 날, 등나무 하카마[41]는 바로 내가 꿰맨 것이다. 그 하카

33　선행의 결과로 얻을 수 있는 과보果報.

34　→ 사찰명.

35　저본의 파손에 의한 결자. 아가씨의 죽음이 기술되었던 것으로 추정. 「오의초」, 「고본설화」를 참조하여 보
충. 지코는 이 소식을 듣고 수행에 정진함.

36　저본의 파손에 의한 결자. 아가씨가 교키로 다시 태어난 내용이 들어갈 것으로 추정됨.

37　군명郡名의 명기를 위한 의도적 결자.

38　역사적 사실을 보면 지코보다 교키가 약 40세 연장자임.

39　→ 불교.

40　→ 불교. 한 단 높게 만든 자리로, 강사가 강의를 하는 자리.

41　등나무 색깔의 거친 하카마. 또는 다음 이야기에 '등나무 껍질을 의복삼아'라고 있는 것과 같이, 등나무 껍

마 한쪽을[42]

그것을 들은 강사는 심히 노하며 소승을 꾸짖기를 "나는 오랜 세월 공사公私 양쪽에 종사하면서 조금의 실수도 없었다. 영문도 모르는 촌구석의 법사가 내게 논쟁을 걸다니 기가 막힌 일이다. 하물며 험담을 하다니 진정 괘씸한 일이로다."라고 하고 불같이 성을 내며 나갔다. 소승은 웃으며 어딘가로 도망쳐 버렸다. 그 소승이 교키 보살이었던 것이었다. 지코는 매우 지혜로운 사람이었기에 누군가가 비난했다고 해서 그것을 책망해서는 안 될 일이었다. 침착하게 잘 생각했어야 했다. 이것을 생각하면 그 죄도 있었으리라.

이 교키 보살은 기나이 지방畿內國[43]에 마흔 아홉[44] 개의 사찰을 《건립》[45] 하고, 불편한 장소에는 길을 만들고 깊은 강에는 다리를 놓으셨다. 문수文殊[46]의 권화權化로서 태어나셨던 것이라고 이렇게 이야기로 전하여 내려오고 있다 한다.

질의 섬유로 만든 것을 가리킬 수도 있음. 이와 관련하여 앞 단락에 '스이칸 하카마'라는 표현이 있음.

42 『오의초』, 『고본설화』 등에서는 지코가 죽은 후, 그 법요法要의 도사로서 초청된 교키가 말한 것으로 되어 있음. 『성예초聖譽鈔』에서는 천황 앞에서 두 사람이 논쟁을 할 때 교키가 말한 것으로 되어 있음.

43 도읍을 중심으로 하는 다섯 지방. 야마시로山城·야마토大和·셋쓰攝津·가와치河內·이즈미和泉를 총칭하는 말로 오기내五畿內라고도 함. → 옛 지방명.

44 마흔아홉이란 수는 미륵이 있는 도솔천兜率天 내원內院의 보궁寶宮 수. 『교키 연보行基年譜』에 따르면, 셋쓰 15곳(승원僧院 11개, 니원尼院 4개)·이즈미 12곳(승원 9개, 니원 3개)·야마시로 9곳(승원 7개, 니원 2개)·야마토 7곳(승원 5개, 니원 2개)·가와치 6곳(승원 4개, 니원 2개)이라 함.

45 저본의 파손에 의한 결자. 『왕생극락기』, 『법화험기』를 참조하여 보충.

46 교키가 문수文殊 보살의 권화인 것은 권11 제7화에 관련 내용 있음. 문수 → 불교.

行基菩薩学仏法導人語第二

行基菩薩ト申ス聖在ケリ。和泉ノ国、大鳥ノ[九]時、物ニ被裹テ生レタリケレバ、父此ヲ取テ養レケル。漸ク長大シテ、見テ、[四]時ニゾ、父母、此ヲ取テ養レケル。漸ク長大シテ、幼童也ケル時、隣ノ小児等、村ノ小童部ト相共ニ仏法ヲ讃歎スル事ヲ唱ヘケリ。先ヅ、馬牛ヲ飼フ童部多集リ[四]テ此ヲ聞ク。馬牛ノ用有テ、人ノ遣テ尋ネ呼スルニ、使行テ、此讃歎ノ童ヲ聞クニ、極テ貴クシテ、皆、馬牛ノ事ヲバ不問ズシテ、涙ヲ流シテ此ヲ聞ク。如此シテ、男女、老タル若キ、来集テ此ヲ聞ク。郷ノ刀禰等、此事ヲ聞テ、「田ヲモ不令作シテ如此由無キ態為ル者追ム」ト云テ、行ヌ。寄テ聞クニ、云ハム方無ク貴シ。然レバ、泣テ此ヲ聞ク。亦、郡ノ司此ノ事ヲ聞テ、大ニ嗔テ、「我レ、行テ追ハム」ト云テ、行

テ聞クニ、無限ク貴ケレバ、亦泣テ留ヌ。亦、国ノ司、前ニハ使ヲ遣ツ令追ルニ、使毎ニ不返来テ、皆泣々此ヲ聞ク。然レバ、国ノ司極テ怪ク成テ、自ラ行テ聞クニ、実ニ恐ク貴キ無限シ。隣ノ国ノ人ニ至デ聞キ伝ヘツ。来テ是ヲ聞ク。此ニ依テ、此ノ事ヲ公ニ奏ス。然レバ、天皇召テ此ヲ[　]給フニ、極テ貴キ事無限シ。

其後、[五]出家シテ薬師寺ノ僧ト成テ、名ヲ行基ト云フ。[六]法門ヲ学ブニ、心ニ智リ深クシテ、露計モ不悟得ル事無シ。然レバ、諸人ニ勝タリ。

然ル間、行基慈悲ノ心深クシテ、人ヲ哀ブ事仏ノ如ク、諸ノ国々修行シテ、本ノ国ニ返ル間、一ノ池ノ辺ヲ通ルニ、人多ク集テ魚ヲ捕リ食フ。行基其ノ前ヲ過ルニ、若キ勇タル、戯レテ、魚ノ膾ヲ以テ行基ニ与ヘテ、「是ヲ可食給シ」ト云ヘバ、行基其ノ所ニ居テ、此ノ膾ヲ食給ヒツ。其ノ後ニ、程モ無クロヨリ吐出ス見レバ、膾小魚ト成テ、皆池ニ入ニ。是ヲ見テ驚キ怖レテ、止事無カリケル聖人ヲ、我等不知

シテ軽メ慢レル事ヲ悔ヒ恐ケリ。如此ク貴ク止事無クテ、天皇此ノ人ヲ敬テ帰依シ給フ事無限シ。然レバ、一度ニ、大僧[一〇]正ニ被成ヌ。

其時ニ、元興寺ノ僧、知光ト云フ人有リ。止事無キ学生也。心ニ思フ様、「我ハ智深キ老僧也。行基ハ智浅キ小僧也。公何ゾ我ヲ棄テ彼ヲ賞シ給ハムヤ」ト、公ヲ恨ビ奉テ、河内国、椙田寺ハ[一四]□

其後、智光身ニ病ヲ受テ死ヌ。房ニ[一六]□間、十日ヲ経テ蘇テ、弟子等ニ語テ云ク、「我、閻羅王ノ使ニ被捕テ行シ間、道ニ金ヲ以テ造レル宮殿有リ。高ク広クシテ光リ輝ク事無限シ。『是ハ何ナル所ゾ』ト、我ヲ将行ク使ニ一問ヘバ、答、云ク、『是ハ、行基菩薩ノ可生キ所也』。亦、行バ、遠クテ見ルニ、煙炎空ニ満テ猛恐ク見ユ事無限シ。亦、『彼ハ何ゾ』ト問ヘバ、使ノ云ク、『彼ハ汝ガ可堕キ地獄』ト。使我ヲ将至リ着スレバ、閻羅王我ヲ呵シテ宣ハク、『汝ヂ閻浮提日本国ニシテ、行基菩薩ヲ嫉ミ悪テ謗レリ。今[一七]不ザル。

其ノ罪ヲ試ムガ為ニ召ツル也』ト。其ノ後、銅ノ柱ヲ我令抱ム。肉解ケ骨融、難堪キ事無限シ。其罪畢テ後、被免返タル也」ト云テ、泣キ悲ム。

其後、智光此ノ罪ヲ謝セムガ為ニ、行基菩薩ノ所ニ詣デト為ルニ、行基、其ノ程摂津国ノ難波ノ江ノ橋ヲ造リ、江ヲ掘テ、船津ヲ造リ給フ所ニ至ル。菩薩空ニ其ノ心ヲ知テ、智光ノ来ルヲ見テ、咲ヲ含テ見給フ。智光ハ杖ニ懸テ、礼拝恭敬シテ、涙ヲ流シテ罪ヲ謝シケリ。

此ノ行基菩薩ハ、前ノ世ニ、和泉国、大鳥ノ郡ニ住ケル人ノ娘ニテ御ケリ。幼稚也、祖父母是ヲ悲ミ[一五]□スル事無限シ。而ニ、其ノ家ニ仕フ下童有リ。名ヲ真福田丸ト云フ。此ノ童心ニ智有テ思ハク、「我レ、難受キ人身ヲ得タリト云ヘドモ、下姓ノ身ニシテ、勤ル事無クハ、豈ニ後ノ世ニ頼ム所有ジ。然レバ、大寺ニ行テ、法師ト成テ仏ノ道ヲ学バム」ト思得テ、先ヅ主ニ暇ヲ請ヘバ、主ノ云、「汝ハ何ゾノ暇ヲ申スゾ」ト。童ノ云ク、「修行ニ罷出ムト思

フ本ノ心有リ」ト。主ノ云、「実ノ心有ラバ、速ニ免」ト

云テ、免シツ。「但シ、年来仕ツル童也。今修行ニ出ム剋ニ、

水干袴着セテ遣セ」ト云テ、忽ニ水干袴ヲ令調ルニ、此

ノ幼キ娘有テ、「此ノ童ノ修行ニ出ヅル料也。功徳ノ為也」

ト云テ、此ノ片袴ヲ継テケリ。童此ヲ着テ、元興寺ニ行テ出

家シテ、其ノ寺ノ僧ト成ヌ。名ヲバ智光ト云フ。法ノ道学ブニ、

極テ止事無キ学生ト成ヌ。彼主ノ幼カリシ娘ハ、此ノ童出テ

後、幾モ無テ益無テ止ヌ。其後、其

娘、同国ノ同郡ノ

而ニ、菩薩未ダ幼キ少僧ニテ在マシケル時、河内国ノ

郡ニ法会ヲ修スル事有ケリ。智光ハ止事無キ老僧ニテ

有ケルヲ、其ノ講師トス。元興寺ヨリ行テ、其ノ講師トシテ

高座ニ登テ、法ヲ説ク。聞ク人皆心ニ深テ、貴ブ事無限シ。

説畢テ、高座ヨリ下ムト為ルニ、堂ノ後ノ方ニ論義ヲ出ス音

有リ。見レバ、頭青キ少僧也。講師、「何計ノ寺ナレバ、我

レニ対テ論義ヲセム為ナラム」ト疑ヒ思テ、見返タルニ、論

議ヲ出様、

真福田ガ修

行ニ出デシ

日藤袴我

レコソハ縫

ヒシカ片袴ヲ

ト。其時ニ、講師大ニ嗔テ、少僧ヲ罵云ク、「我公私ニ仕

ヘテ年来ヲ経ルニ、聊ニ羞無シ。異様ノ田舎法師ノ論義ヲセ

ムニ、不吉ヌ事也。況ヤ我レヲ罵ル事、極テ不安ヌ事也」ト

云テ、怒々出ヌ。少僧ハ打咲テ、逃テ去リニケリ。少僧ハ

行基菩薩也ケリ。智光然計ノ智者ニテハ、罵ト咎ムマジ。

暫可思廻キ事也カシ。思フニ、其ノ罪モ有テム。

此行基菩薩ハ畿内国ニ四十九所ノ寺ヲ□給ヒ、悪キ

所ヲバ道ヲ造リ、深キ河ニハ橋ヲ亘シ給ヒケリ。文殊ノ化シ

テ生給ヘルトナム語リ伝ヘタルトヤ。

文殊菩薩（東福寺）

에役 우바새優婆塞가 주술을 써서
귀신을 부린 이야기

일본 수험도修驗道의 시조인 에役 행자行者의 사적事蹟을 전기적으로 그린 이야기. 에役 행자行者도 민간 불교자로 정식으로 사원에 속하지 않고 일본 고래古來의 산악신앙·산림고행의 주술적 수행과 불교를 접목시켜 불교를 민간으로 침투시키는 데에 큰 역할을 해냈다. 그 흐름이 밀교密教로 포섭되어 수험도가 되었다. 또한 이 이야기는 결말이 미완으로 끝나는데, 출전出典으로 판단되는 『삼보회三寶繪』에는 "드디어 어전御前 앞으로 가까이 왔을 때, 하늘로 날아 올라갔다. 달을 타고 구름 속에 숨어, 바다 저편으로 멀리 가 돌아오지 않았다."(동박본東博本)라는 내용이 이어진다. 그리고 그 후 일담이라 할 만한 것이 다음 이야기의 도쇼道照 이야기의 후반에 보인다.

이제는 옛이야기이지만, 일본 《몬무文武》[1] 천황天皇의 치세에 에役 우바새優婆塞[2]라 이르는 성인聖人[3]이 계셨다. 야마토 지방大和國[4] 가즈라키노카미 군葛上郡 지하라 촌茅原村[5] 사람이었다. 속성俗姓은 가모賀茂, 에役 씨氏.[6] 오랜 세

1   의도적인 결자. 천황의 이름이 들어가며 몬무文武가 해당됨.
2   → 인명(役優婆塞). 『속기續紀』 몬무 천황 3년(699) 5월조에는 "役君小角"이라 되어 있고, 전전본前田本 『삼보회三寶繪』에는 "江優婆塞"이라 되어 있음.
3   → 불교.
4   → 옛 지방명.
5   나라 현奈良縣 고제 시御所市 지하라茅原, 엔노 오즈누役小角가 창건했다는 기치죠소지吉祥草寺(일명 지하라데라茅原寺)가 있고, 개산당開山堂에 에 행자상役行者像과 그의 모상母像이 안치되어 있음.
6   동대사절東大寺切 『삼보회』에는 "俗姓は賀茂氏公、いまはたかゝもの朝臣といふ氏なり"라 되어 있음. 또 동박본東博本 『삼보회』에는 "俗姓ハモトノエノキミ、イマハタ丶モノ朝臣ト云氏也"라 되어 있고 여기에 "賀茂役公今ハ高賀茂朝臣ト云或"라는 방서傍書가 달려 있음.

월 가즈라키 산葛木山[7]에 살면서 등나무 껍질로 옷을 해 입고 솔잎을 먹으며, 사십여 년간 그 산의 동굴을 거처로 삼아 지냈다. 맑은 샘물로 목욕을 하여 마음의 더러움을 씻어 정결케 했고, 공작명왕孔雀明王[8]의 주술을 외웠다. 또 어떤 때는 오색구름[9]을 타고 선인仙人의 동굴을 왕래하곤 했다.[10] 밤에는 많은 귀신鬼神[11]을 부려 물을 긷게 하거나 장작을 줍게 했다. 그런 까닭에 이 우바새의 명령을 거역하는 자는 없었다.

그런데 미타케金峰山[12]의 자오藏王 보살菩薩[13]은 이 우바새의 기도로 태어나신 보살이었다. 그래서 우바새는 평소에 가즈라키 산과 미타케 사이를 왕래했다. 그 때문에 우바새는 많은 귀신을 불러 모아,

"내가 가즈라키 산에서 미타케로 건너 갈 《다리를 만들어 세워라. 내가 다닐》[14] 길로 삼겠다."

라고 명했다. 귀신들은 이 명령을 받고 《한탄했지만 우바새는 들어주지 않고 오히려 몰아세우니,》[15] 귀신들은 더욱 곤혹스러워 했다. 그러나 우바새의 강력한 독촉에는 어쩔 도리가 없어, 귀신들은 바위를 옮겨 모으고 준비를 갖춰서 다리를 세우기 시작했다. 그때 귀신들은 우바새를 향해, "우리들은 매우 흉측한 모습을 하고 있으니, 밤에만 몰래 이 다리를 지었으면 합니다."라고 말하고, 밤마다 서둘러 다리를 지었다. 그러자 우바새는 가즈라키

7 → 지명(가쓰라기 산葛城山).
8 → 불교. 이 구절 다음에 대해 전전본 『삼보회』에는 "顯得奇驗"이라 되어 있고, 동박본 『삼보회』에는 "ナラヒ行テ靈驗ヲアラハシタリ"라 되어 있음.
9 적赤·청靑·황黃·흑黑·백白의 다섯 색깔을 가리킴. 서운瑞雲을 말함.
10 『삼보회』는 이 구절 다음에 가라노쿠니 히로타리韓國廣足가 스승이었던 엔노 오즈누役小角(役行者)를 조정에 참언하는 내용을 기록함. 『영이기靈異記』는 이 이야기와 같음.
11 평범한 사람의 눈과 귀로는 감지할 수 없는 초능력적인 정령精靈.
12 → 지명(긴푸 산金峰山).
13 → 불교.
14 저본의 파손에 의한 결자. 동박본 『삼보회』를 참조하여 보충.
15 저본의 파손에 의한 결자. 동박본 『삼보회』를 참조하여 보충.

의 히토코토누시노카미一言主神[16]를 불러, "너는 대체 무엇이 부끄러워 모습을 감추는 것이냐?"라고 나무랐다. "그리 물으신다면 정말로 다리를 만들 수 없습니다."라고 히토코토누시노카미가 말하자, 노하여 주술로 신을 포박하고 계곡 밑바닥에 가두었다.

그 후 히토코토누시노카미는 도읍 사람의 몸에 빙의하여, "에役 우바새는 전부터 모략을 꾸며 나라를 멸망시키려 하고 있습니다."라고 고했다. 천황[17]은 이것을 들으시고 놀라 관리를 파견해 우바새를 포박하게 하셨지만, 우바새는 하늘로 날아올라 잡을 수 없었다. 때문에 관리는 그의 어머니를 붙잡았다. 우바새는 어머니가 붙잡힌 것을 보고, 대신 잡힌 어머니를 풀어드리고자 자진하여 붙잡혔다. 천황은 그의 죄를 물어 우바새를 이즈 지방伊豆國의 섬으로 유배를 보냈다. 우바새는 그곳에서 사람이 육지에서 뛰는 것과 같이 바다 위를 달리고, 새가 나는 것처럼 산봉우리를 날아다녔다. 낮에는 조정을 두려워하여 유배지에 가만히 있었지만, 밤에는 스루가 지방駿河國의 후지 산富士山에 가서 수행했다. 그리고 자신의 죄가 용서받길 기원했다. 삼 년[18]이 지나 조정은 우바새에게 죄가 없음을 깨달으시고 불러들이셨(이하 결缺)

---

16 가쓰라기 산 동남 기슭. 나라 현 고제 시御所市 오오아자모리와키아자카쿠다大字森脇字角田에 진좌鎭座. 『연희식延喜式』 신명장神明帳에 관련 기사 있음. 『고사기古事記』 하下 ·『일본서기日本書紀』 유라쿠雄略 천황 4년(460) 2월. 『속기續紀』 천평보자天平寶字 8년(764) 11월에, 유라쿠 천황이 사냥을 나갔을 때 천황과 똑같은 모습을 하고 나타났다고 기술되어 있음. 흉사凶事도 길사吉事도 한 마디(一言, 일본어로 '히토코토'로 해결하는 신이라 함.

17 몬무 천황으로 추정. 동박본『삼보회』의 기사 참조.

18 동박본『삼보회』에는 "三年ヲスギテ、大寶元年辛丑五月ニメシアグ"라 되어 있음. 대보 원년은 701년. 『부상약기扶桑略記』에 수록되어 있는 『役公傳』은 다른 전승을 내용으로 하고 있음.

役優婆塞誦持呪駈鬼神語第三

今、本朝□。天皇ノ御代ニ役ノ優婆塞ト申ス聖人御ケ
リ。

大和ノ国、葛上ノ郡、茅原ノ村ノ人也。俗姓ハ賀茂、役
ノ氏也。

年来葛木ノ山ニ住テ、藤ノ皮ヲ以テ着物トシ、松ノ
葉ヲ食物トシテ、四十余年彼ノ山ノ中ノ崛居給ヘリ。清キ
泉ニ浴テ心ノ垢ヲ洗ヒ浄メテ、孔雀明王ノ呪ヲ誦ス。或時ニ
ハ五色ノ雲ニ乗テ仙人ノ洞ニ通フ。夜ハ諸ノ鬼神ヲ召駈テ水
ヲ汲セ薪ヲ拾ハス。然レバ、此ノ優婆塞ニ不随ル者無シ。

而ニ、金峰山ノ蔵王菩薩ハ、此ノ優婆塞ノ行出シ奉リ給
ヘル也。然レバ、常ニ葛木ノ山ト金峰ノ山トニ通テゾ御ケリ。

是ニ依テ、優婆塞諸ノ鬼神ヲ召集メテ、仰セテ云ク、「我レ、
葛木ノ山ヨリ金峰ノ山ニ参ル□道ト為
ム」ト。諸ノ鬼神此ノ事ヲ承テ□侘ム事無

限シ。然レドモ、
優婆塞ノ責難
遁キニ依テ、鬼
神等多ノ大ナル
石ヲ運ビ集メテ
造リ調テ、既ニ橋ヲ亘シ始ム。而ニ、鬼神等優婆塞ニ申シテ
云ク、「我等形チ極テ見苦シ。然レバ、夜々隠レテ此ノ橋ヲ
造リ渡サム」ト云テ、夜々急ギ造ルヲ、優婆塞、葛木ノ一言
主ノ神ヲ召テ云ク、「汝ヂ、何ノ恥ノ有レバ形ヲバ可隠キゾ」。
「然ラバ、凡ソ不可造渡」ト云ヲ、嗔テ、呪ヲ以テ神ヲ縛テ、
谷ノ底ニ置ツ。

其後、一言主ノ神、宮城人ニ付テ云ク、「役ノ優婆塞ハ、
既ニ謀ヲ成シテ国ヲ傾ケムト為ル也」ト。天皇此ノ事ヲ聞給
テ、驚テ官使ヲ遣テ、優婆塞ヲ令捕メ給フニ、空ニ飛ビ
上テ不被捕。然レバ、官使、優婆塞ノ母ヲ捕ツ。優婆塞母
ノ被捕ヌルヲ見テ、母ニ替ラムガ為ニ、心ニ態ト出来テ、

役の行者（醍醐寺）

被捕ヌ。天皇罪ヲ勘テ、優婆塞ヲ伊豆ノ国ノ島ニ流シ遣ツ。

優婆塞其ノ所ニ御テ、海ノ上ヲ浮テ走ル事陸ニ遊ブガ如ク也。山ノ峰ニ居テ、飛ブ事鳥ノ飛ブガ如シ也。昼ハ公ニ畏リ奉テ流所ニ居タリ。夜ハ駿河ノ国、富士ノ峰ニ行テ行フ。願フ所ハ、此ノ罪ノ被免ムト祈ル。三年ヲ経テ、公、優婆塞ノ罪無キ由ヲ聞シ食シテ被召上（以下欠）

도쇼道照 화상和尚이 당唐에 건너가
법상法相을 전수받고 돌아온 이야기

일본의 법상종法相宗의 초전初傳이며, 그것도 현장삼장玄奘三藏에게 직접 사사師事 받은 도쇼道照의 전기이다. 그러나 그 행적은 설화화되어 지나치게 미화되어 역사적 사실이라고 보기 어렵다. 아마도 대승유식大乘唯識의 교의敎義는 당시 일반 사람들에게는 난해하여 그다지 퍼지지 못하고 대사大寺에 국한되어 연수硏修되었기 때문일 것이다.

　이제는 옛이야기이지만, 일본의 덴치天智[1] 천황天皇 치세에 도쇼道照[2] 화상和尚이란 성인聖人[3]이 계셨다. 속성俗姓은 후나丹[4] 씨로 가와치 지방河內國[5] 사람이었다. 어린 시절 출가하여 간고지元興寺[6]의 승려가 되었다. 명민하고 정직했다. 또 도심道心이 깊었고, 그 존귀함은 부처와 같았다. 그래서 세간 사람들은 조정을 비롯하여 신분의 상하, 승속僧俗·남녀男女를 불문하고, 머리를 숙여 존귀하게 여기며 공경하였다.

1　→ 인명.
2　→ 인명.
3　→ 불교.
4　속성俗姓에 관해 『영이기靈異記』에서는 "船氏"라 되어 있고, 『속기續紀』에는 "船連"으로 되어 있음. '丹'은 어쩌면 '船'의 착각일 가능성도 있음.
5　→ 옛 지방명.
6　→ 사찰명.

어느 날 천황[7]은 도쇼를 불러들이시고,

"최근 들자 하니 '중국[8]에 현장玄奘[9] 법사法師란 사람이 인도에 건너가 정교正教[10]를 배워 본국으로 돌아왔다.'고 한다. 그중 대승유식大乘唯識[11]이란 법문法門[12]이 있는데, 그 법사가 특히 마음을 쏟아 익힌 것이니라. 이 법문은 '삼라만상森羅萬象은 모두 인식認識에 달려있다.'[13]라는 교리를 세워 깨닫는 법을 가르치고 있도다. 그런데 이 교법은 아직 우리나라에는 없다. 그러니 그대는 서둘러 중국으로 건너가 현장법사로부터 그 교법을 잘 익혀서 돌아오도록 하라."

라고 명하셨다. 도쇼는 이 선지宣旨를 받아 중국으로 건너갔다. 현장玄奘 삼장三藏[14]이 있는 곳으로 찾아가 문 앞에서 심부름꾼에게, "일본에서 국왕國王의 분부를 받들어 온 승려입니다."라고 밝히자, 그 심부름꾼은 또다시 다가와서 주인을 찾아온 이유를 물었다. 도쇼는

"국왕의 분부에 따라, 유식唯識[15]의 법문을 공부해 본국으로 전하기 위해 온 것이옵니다."

라고 답했다. 그러자 삼장은 이것을 듣고 바로 도쇼를 불러들여 친히 자리에서 내려와 도쇼를 방으로 맞이했다. 두 사람이 서로 이야기를 나누는 모

---

7   덴치天智 천황으로 하고 있지만, 『일본서기日本書紀』, 『속기』에 고토쿠孝徳 천황 백치白雉 4년(653) 5월이라 함.
8   원문에는 "진단震旦"으로 되어 있음. '진단振旦', '진단眞丹', '지나至那' 등이라고도 표기함. 본래는 인도, 서역西域 지방에서 중국을 가리킨 호칭임.
9   → 인명.
10 → 불교. 성교聖教. 불교의 경전.
11 → 불교(대승유식大乘唯識의 법문法門).
12 → 불교.
13 법상종法相宗의 근본경전인 현장역玄奘驛의 『성유식론成唯識論』의 교리. 삼라만상은 인식에 의한 것만이 진실재眞實在이고, 그 외의 사상事象은 공空이라고 설함.
14 → 불교.
15 → 불교.

습은 이미 오래전부터 알고 지낸 사이 같았다.[16] 그 후, 삼장은 도쇼에게 유식의 법문을 가르쳤다.

도쇼가 밤에는 숙소에서 쉬고, 낮에는 삼장이 있는 곳에 가서 배웠다. 그처럼 생활한 지 일 년이 지났는데, 도쇼는 그 법문[17]을 단지의 물을 다른 단지에 옮겨 담듯이 전부 습득해 버렸다.[18] 그가 일본으로 돌아가려 하자 삼장의 제자들이 스승에게 아뢰었다.

"이 중국에도 많은 제자들이 있습니다. 모두 뛰어나고 덕행德行[19]이 있는 사람들입니다. 그런데도 대사는 그 사람들을 존귀하게 여기지 않으십니다. 이 일본에서 찾아온 승려를 보고 대사님이 일부러 자리에서 내려와 경의를 표하신 것은 납득할 수 없었습니다. 설사 일본 승려가 뛰어난 분이라 해도 소국小國 사람이옵니다. 대단할 리가 없습니다. 우리나라 사람들과는 비교할 바 못 됩니다."

그러자 삼장은,

"너희들은 당장 그 일본 승려의 숙소에 가서 저녁에 은밀히 그의 모습을 살펴보아라. 그 다음에 비난하든 칭찬하든 좋을 대로 하라." 하고 대답하셨다. 그 후 삼장의 제자 두세 명이 저녁에 도쇼의 숙소에 가서 몰래 안을 들여다보니, 도쇼는 경經을 읽고 있었다. 자세히 보니 입 속에서 대여섯 척尺 길이 정도의 하얀 빛이 나오고 있었다.[20] 다른 제자들도 기이하게 여겨, □

---

16 고승高僧 끼리의 면담 장면에 나타나는 상투적인 비유표현. 권11 제7화 주 참조.

17 → 불교.

18 병의 물을 다른 용기에 부어 넣는 것처럼. 제자가 스승으로부터 전수받은 가르침을 모조리 습득하는 것을 말함. → 불교(입실사병入室寫瓶). 이에 대해 『속기』는 다른 기술을 하고 있음.

19 험덕驗德을 몸에 갖추고, 수행을 쌓는 사람.

20 이상은 경전 독송讀誦의 영험靈驗. 같은 모티브로 권14 제32화에도 있음. 또 로쿠하라미쓰지六波羅蜜寺의 구야 상空也像은 육체六體의 아미타阿彌陀 소화불小化佛을 입속에서 꺼내 보이고 있는데 이것도 같은 모양의 조형.

□□□□□□□[21]

'정말이지 불가사의한 일이다. 우리 대사님께서 □□□□□□[22] 또 우리 대사님께서는 다른 나라에서 온 사람에 대해 원래 아무것도 모르실 터인데, 이미 그 덕행을 알고 계신다는 것으로 보아, 이는 권자權者[23]이심에 틀림없다.'

라고 생각했다. 그리하여 스승에게 돌아가, "저희들이 가서 몰래 살펴보니 일본 승려는 입에서 빛을 내고 있었습니다."라고 스승에게 아뢰었다. 삼장은 "너희들은 참으로 어리석은 자이다. 내가 도쇼를 귀히 여기며 공경하는 것에는 '뭔가 이유가 있을 것.'이라 생각하지도 않고 헐뜯었는데, 그것은 너희들이 불도가 미숙하기 때문이로다."

라고 말했기에 제자들은 부끄러워하며 물러났다.

또 도쇼가 중국에 체류하던 중,[24] 신라국新羅國[25]의 오백 명의 도사道士[26]들의 초청을 받아 그 나라로 가, 산 위에서 『법화경法華經』[27]을 강연한 일이 있었는데, 그 강의장의 칸막이 너머로 일본인의 언어로 뭔가를 묻는 소리가 났다. 도쇼는 고좌高座[28] 위에서 설법을 잠시 중지하여, "누구인가."라고 물었다. 그러자 그 목소리가,

---

21 저본의 파손에 의한 결자. '가서 몰래 안을 들여다보니, 정말 그랬다.' 등의 내용으로 추정됨.
22 저본의 파손에 의한 결자. '이 일본 승려를 존귀하게 여기는 이유를 이제 알 것 같구나.' 등의 내용으로 추정됨.
23 부처·보살菩薩이 임시적으로 사람의 모습을 취해 나타난 것.
24 이하는 『삼보회三寶繪』 권 중 후반에 의한 것으로, 이와 같은 이야기는 『영이기』 권 상28에도 있음. 도쇼 道照의 신라에서의 강연講筵에 엔노 오즈누役小角가 참석한 이야기. 도쇼의 귀국은 사이메이齊明 천황 7년 (662)경이며, 이미 몬무 천황 4년(700)에 입멸入滅해 있었기 때문에 대보大寶 원년(701) 이후 출국한 것으로 보이는 엔노 오즈누와 신라에서 만난 것은 있을 수 없는 일임.
25 권11 제1화 참조.
26 『삼보회』, 『영이기』에는 "五百虎"라 되어 있고 『부상약기扶桑略記』가 인용한 『役公傳』에는 "五百賢聖"이라 되어 있음.
27 → 불교.
28 → 불교.

"저는 일본에 있었던 에役 우바새優婆塞라고 합니다. 일본은 신의 마음도 뒤틀려 있고[29], 사람의 마음도 악한 지라[30] 일본을 떠나온 것입니다. 하지만 지금은 때때로 일본을 오가고 있습니다."

라고 답했다. 도쇼는, '우리나라에 있던 사람이구나.'라고 깨닫고, '꼭 만나 보자.'라고 생각하여 고좌에서 내려와 찾았지만 없었다. 매우 아쉽게 여기고 중국으로 돌아갔다.

도쇼는 불법을 익혀 일본으로 돌아온 뒤에는 제자를 위해서 유식[31]의 중요한 의미를 설명해 주었는데, 그 가르침이 전해져 현재까지도 그치지 않고 번성하고 있다. 또 선원禪院[32]이란 사찰을 세워 거처로 삼으셨다. 임종 때에는 목욕을 하고 깨끗한 옷을 입고, 서쪽을 향해 단정히 앉으셨다.[33] 그때 빛이 나며 온 방에 가득 찼다. 도쇼는 눈을 뜨고 제자들에게, "너희들은 이 빛이 보이느냐. 어떠냐."라고 말했다. 제자가 "보입니다."라고 답하자, 도쇼는 "이 일을 소문내지 않도록 하라."라고 말하셨다. 그 후 밤이 되어 그 빛이 방에서 나와 절의 정원수를 비췄다. 한동안 빛이 나고, 그 빛은 서쪽을 향해 날아갔다. 제자들은 이것을 보고 두려움에 떨었다. 그 순간, 도쇼는 서쪽을 향해 단정히 앉은 채로 숨을 거두었다. 그리하여 사람들 모두 도쇼가 분명히 극락[34]왕생했음을 알았다. 그 선원은 간고지元興寺[35]의 동남쪽에 있다.

도쇼 화상은 권자였다고 이렇게 이야기로 전하여 내려오고 있다 한다.

---

29 히코고토누시─言主가 중상모략한 일을 가리킴. 권11 제3화 참조.
30 가라노쿠니 히로타리韓國廣足의 참언을 가리킴. 권11 제3화 참조.
31 → 불교.
32 『영이기』에는 "禪院寺を造りて止住す"라고 되어 있고, 『속기』에는 "元興寺東南偶にして、別に禪院を建てて住す"라고 되어 있음. 『삼대실록三代實錄』 元慶元年(877) 12월 16일 조에 기사 있음.
33 아미타불이 있는 서방 극락정토를 향해 바르게 좌선坐禪을 행함.
34 → 불교.
35 → 사찰명. 권11 제15화 참조.

道照和尚亘唐伝法相還来語第四

今昔、本朝天智天皇ノ御代ニ、道照和尚ト云フ聖人在マシケリ。俗姓ハ丹氏、河内国ノ人也。幼ニシテ出家シテ元興寺ノ僧ト成レリ。智リ広ク心直シ。亦、道心盛リニシテ、貴キ事仏ノ如ク也。然レバ、世ノ人、公ヨリ始奉テ、上下ノ道俗男女、首ヲ低テ貴ビ敬ヘル事無限シ。

然ル間、天皇道照ヲ召テ、仰セ給テ云ク、「近来聞ケバ『震旦ニ玄弉法師ト云フ人有テ、天竺ニ渡テ正教ヲ伝テ本国ニ返来ル」ト。其中ニ、大乗唯識ト云フ法門有リ。殊に彼ノ法師好ミ習ヘル所也。此レ、『諸法ハ必識ニ不離ズ』ト立テ、仏ル道ヲ教ヘタリ。然ルニ、其教法未ダ此ノ朝ニ無シ。然レバ、汝ヂ速ニ彼ノ国ニ罷渡テ、玄弉法師ニ会テ、彼ノ教法ヲ受ケ習テ可返来シ」ト。道照宣旨ヲ奉ハリテ、震旦ニ渡ヌ。玄弉三蔵ノ所ニ行至テ、門ニ立テ、人ヲ以テ示テ、「日本ノ国ヨリ国王ノ仰ヲ承リテ罷渡リケル僧也」ト云入タレバ、使返出テ、来ル心ヲ問フ。道照ノ云ク、「国王ノ仰セニ依テ、唯識ノ法門ヲ習ヒ伝ヘムガ為ニ参リ来ル也」ト。其時ニ、三蔵此ノ由ヲ聞テ、速ニ道照ヲ呼ビ入レテ、自ラ下リ合テ、房ニ道照ヲ迎ヘ入レツ。面リ談ズル事、互ニ本ヨリ知タル人ノ如シ。其後唯識ノ法門ヲ教フ。

道照夜ハ宿房ニ返リ、昼ハ三蔵ノ所ニ行テ習フ事既ニ二年有テ、其ノ門瓶ノ水ヲ写スガ如ク習ヒ得テ、返ラムト為ルニ、三蔵ノ弟子等師ニ申テ云ク、「此ノ国ニ若干ノ御弟子有

リ。皆止事無キ徳行ノ人也。然ルニ、大師皆敬ヒ給フ事無シ。

此ノ日本ノ国ヨリ来レル僧ヲ見テハ、座ヲ下リ敬ヒ給フ事不心得。縦ヒ日本ヨリ来ラムトモ、小国ノ人ナレハ計ノ事カ有ラム。我ガ国ノ人ニ可合キニ非ズ」ト。三蔵答テ宣ハク、「汝等速ニ彼ノ日本ノ僧ノ宿房ニ行テ、夜ル窃ニ彼レガ有様ヲ可見シ。其ノ謗リモ讃メモ可為也」ト。其ノ後、三蔵ノ御弟子二三人計、夜ル道照ノ宿房ニ行テ、窃ニ伺ヒ見ルニ、道照経ヲ読デ居タリ。吉ク見レバ、口ノ内ヨリ長サ五六尺計ノ白キ光ヲ出タリ。御弟子等是ヲ見テ、奇異ノ思ヲ

御弟子等ノ□

事也。我ガ大師ノ□

□「此レ希有ノ

他国ヨリ来レル人ノ本ヨリ不知ヲ、兼テ其徳行ヲ知リ給ヘルハ此権者也ケリ」ト知ヌ。返リ参リテ、師ニ申サク、「我等行テ窃ニ見ツルニ、日本ノ僧ノ口ヨリ光ヲ出セリ」ト。三蔵ノ宣ハク、「汝等極テ愚也。我ガ敬フヲ『様有ラム』ト。三蔵ノ思シテ謗ルガ、知ノ無キ也」ト。御弟子等恥テ去ヌ。

亦、大師□

亦、道照震旦ニ在マス間、新羅国ノ五百ノ道士ノ請ヲ得テ、彼ノ国ニ至リ、山ノ上ニシテ、法華経ヲ講ズル庭ニハ、隔ノ内ニ我ガ国ノ人ノ語ニシテ、物ヲ問フ音有リ。道照高座ノ上ニシテ、法ヲ暫ク説キ止テ、此ヲ、「誰ソ」ト問フ。其音答テ云ク、「我レハ日本ノ朝ニ有シ役ノ優婆塞也。日本ハ神ノ心モ物狂ハシク、人ノ心ニ悪カリシカバ、去ニシ也。然レドモ、于今時々ハ通フ也」ト。道照、「我ガ国ニ有ケル人也」ト聞テ、高座ヨリ下テ尋ヌルニ、無シ。口惜キ事無限シテ、震旦ニ返リニケリ。

道照法ヲ習テ帰朝ノ後、諸ノ弟子ノ為ニ唯識ノ要義ヲ令説聞ヌル教ヘ、伝フテ、今其法不絶シテ盛也。亦、禅院ト云フ寺ヲ造テ住給ヘリ。遂ニ命絶ル時ニ臨デ、沐浴シ浄キ衣ヲ着テ、西ニ向テ端座ス。其時ニ光有リ。房ノ内ニ満タリ。道照目ヲ開テ弟子ヲ召テ告テ云ク、「汝ヂ等此ノ光ヲバ見ルヤ否ヤ」ト。弟子ノ云ク、「見ル」ト。道照ノ云ク、「是レ弘ムル事無カレ」ト。其後夜ニ至テ、其ノ光房ヨリ出テ寺ノ庭ノ樹ニ曜

カス。久ク有テ、光西ヲ指テ飛ビ行ヌ。弟子等此ヲ見テ、恐レ怖ル、事無限シ。然ル間、道照西ニ向テ端座シテ失ヌ。定メテ知ヌ、極楽ニ参給ヒヌト。彼ノ禅院ト云ハ元興寺ノ東南ニ有リ。

道照和尚ハ権者也ケリトナム世ニ語リ伝ヘタルトヤ。

도지道慈가 당唐에 건너가 삼론三論을 전수받고 돌아와, 진에이神叡와 조정에서 경합한 이야기

입당入唐 승려 도지道慈와 진에이神叡의 재학才學을 겨루는 이야기인데, 당나라 사람인 진에이를 일본인이라고 믿고 있었던 듯하여 그다지 현실성이 없다.

    이제는 옛이야기이지만, 쇼무聖武[1] 천황天皇의 치세에 도지道慈[2]와 진에이神叡[3]란 두 승려가 있었다. 도지道慈는 야마토 지방大和國[4] 소노시모 군添下郡[5]의 사람으로, 속성俗姓은 누카타額田[6]씨였다. 그는 대단히 총명해, 불법을 공부하여 이해하는 능력이 뛰어났다. 때문에 불법을 더욱 깊이 배우고자, 대보大寶 원년[7]에 견당사遣唐使 아와타노 미치마로粟田道麻呂[8]란 사람을 따라 중국으로 건너갔다.

---

1   → 인명.

2   → 인명.

3   → 인명. 『부상약기扶桑略記』 천평天平 2년(730) 10월 17일 소인所引 『엔랴쿠 승록延曆僧錄』에는 당학생唐學生으로 겐코지現光寺에서 자연지自然智를 얻었다 함.

4   → 옛 지방명.

5   현재의 나라 시奈良市 · 야마토코오리야마 시大和郡山市 · 이코마 시生駒市에 걸쳐 존재했던 군.

6   저본에는 '額日'로 되어 있지만, 『속일본기續日本紀』 천평天平 16년 10월 졸전卒傳의 기사를 근거로 수정함.

7   『속일본기』는 대보大寶 원년(701). 『부상약기』는 대보 2년 3월 "다이안지大安寺 도지道慈 법사法師 견당遣唐 대사大師 아와타노 미치마로粟田道麿와 함께 바다를 건너."라고 함. 실제 출발 시기는 대보 2년 6월.

8   → 인명.

□□⁹ 법사法師란 사람을 스승으로 모셔, 무상無相의 법문法文¹⁰을 철저히 공부하고 중국에서□□□□□□¹¹돌아왔다. 쇼무 천황은 도지를 존귀하게 여겨 □□□□¹² 이 승려를 □□□¹³ 이 일본에서 이 사람과 견줄 지자知者는 없었다.

한편 법상종法相宗¹⁴의 승려로 진에이神叡란 자가 있었다. □□¹⁵지방 □□군 사람이었고, 속성은 □□ 씨였다. 그는 무척 총명했지만 불법을 공부한 일이 드물어 도지道慈와는 견줄 바가 못 되었다.¹⁶ 그러나 내심 그는 지혜를 얻고 싶다고 생각하고 있었다. 그런데 야마토 지방 요시노 군吉野郡의 겐코지現光寺¹⁷ 불탑의 꼭대기¹⁸에는 주조된 허공장보살虛空藏菩薩¹⁹이 달려 있었다. 진에이는 그것에 끈을 달아 당기며 "허공장보살이시여, 부디 제게 □²⁰ 지혜를 내려주시옵소서."라고 기원했다. 그러자 며칠이 지나서 진에이의 꿈에 존귀한 사람²¹이 나타나,

---

9 의도적인 결자로 승명僧名이 들어감. 도지는 입당入唐 중 원강元康에게 삼론三論을, 선무외善無畏에게 진언眞言을 배웠다고 전해짐.
10 → 불교(무상의 법문).
11 저본의 파손에 의한 결자. 도지가 당에서 불교를 연구하고 귀조歸朝한 경위가 들어갈 것으로 추정하여, 『속일본기』, 『회풍조懷風藻』에 의하면 양로養老 2년(718)에 일본에 귀국함.
12 저본의 파손에 의한 결자. 쇼무聖武 천황의 귀의 및 그에 대한 우대가 기록된 것으로 추정. 『속일본기』 양로 3년(719) 11월의 조條와 『회풍조』에 관련 기사 있음.
13 파손에 의한 결자가 있었던 것으로 추정.
14 → 불교.
15 의도적인 결자. 지방명이 들어갈 것으로 추정. 그러나 진에이는 『부상약기』 천평 2년(730) 10월 조에서 인용한 『엔랴쿠 승록』에 '당학생唐學生', 『원형석서元亨釋書』에는 '당국인唐國人'이라고 되어 있어, 당에서 귀화한 승려로 추정됨. 이하의 의도적인 결자는 진에이를 일본인이라고 생각했기 때문임.
16 『속일본기』 양로 원년(717) 7월에 "진에이 율사律師가 되다.", 천평 원년 10월에 "진에이 법사 소승도少僧都가 되다."라고 되어 있으며, 실제 진에이 쪽이 도지보다 승강僧綱에서는 상위에 있었음.
17 → 사찰명. 『부상약기』에 관련 기사 있음.
18 불탑佛塔 꼭대기의 구륜九輪의 위에 있는 화염이 붙은 보주寶珠.
19 → 불교.
20 결자. 해당어 불명.
21 허공장虛空藏 보살菩薩의 권화. 권17 제33화에서는 여인으로 화신하거나 꿈속에 소승小僧이 되어 나타남.

"이 나라의 소노시모 군에 있는 간제온지觀世音寺[22]라는 절의 탑 심주心柱[23]
속에 『대승법원림장大乘法苑林章』[24]이란 일곱 권의 경전이 보관되어 있을 것
이다. 그것을 가져다 공부하면 좋을 것이다."
라고 일러 주었다. 꿈에서 깬 뒤, 진에이가 그 절로 가 탑 심주를 열어보니
일곱 권의 경전이 있었다. 진에이는 그것을 가져다 공부하여 매우 지혜로운
사람이 되었다.

한편, 진에이에 대한 이야기를 들은 천황은 바로 그를 불러들여 궁중에서
도지와 학문을 겨루게 하셨다. 도지는 원래 다방면에 학식이 있는데다, 중
국으로 건너가 훌륭한 스승 밑에서 열여섯 해 동안 학문을 익혀온 자였다.
반면 진에이는 그때까지 학식이 깊은 자라는 평판도 듣지 못하였던 터라,
천황은 진에이가 지혜로운 사람이 되었다는 이야기를 들으셨어도, '대단할
리 없겠지.'라고 생각하고 계시었다. 그런데 도지가 논의論議[25]를 한 것에 대
해 진에이가 답하는 그 모습은 실로 옛날의 가전연迦旃延[26]을 방불케 했다.
이러한 형태로 온갖 논의 속에서 서로가 문답을 거듭했는데, 진에이의 지
혜가 명백히 뛰어났기 때문에 천황은 매우 감탄하시었다. 천황은 이 두 사
람에게[27] 귀의하시어 봉호封戸[28]를 내리셨고, 도지를 다이안지大安寺[29]에 살게

---

22 → 사찰명.
23 불탑 등의 중심에 세우는 기둥.
24 → 불교.
25 → 불교.
26 → 불교.
27 『속일본기』 천평 16년 10월 졸전卒傳에 "그때 석문釋門의 수자秀者는 오로지 법사 및 진에이 법사 두 사람
    뿐"이라고 되어 있음. 도지와 진에이는 불교계의 쌍벽이었음.
28 식봉食封. 고대의 봉록제도로 황족·고관·공로자·사찰에 일정 지역의 향호鄕戸·봉호封戸를 지정하여 그
    조세의 절반과 용조庸調 전부 및 사정仕丁을 지급. 『속일본기』 양로 3년 11월 1일의 조에 "식봉 각 50호를 베
    풀다."라고 되어 있음.
29 → 사찰명. 본권 제16화 참조.

하여 삼론三論[30]을 연구하게 하였고, 진에이를 간고지元興寺[31]에 살게 하여 법 상法相[32]을 연구하게 하였다.

그 도지의 초상화[33]는 다이안지大安寺의 금당金堂[34] 동쪽에 있는 등랑登廊 제2문에, 여러 나한羅漢[35]과 함께 그려져 있다. 그 진에이가 발견한 일곱 권 의 경서는 오늘날까지 전해져 법상종의 규범서가 되었다.

생각해 보면 허공장보살의 이익利益[36]은 헤아릴 수 없는 것이다. 그 덕분 에 진에이가 지혜를 얻었던 것이라고 사람들은 서로 이야기했다고 이렇게 이야기로 전하여 내려오고 있다 한다

---

30 → 불교.

31 → 사찰명. 본권 제15화 참조.

32 → 불교. 도쇼道照가 전래한 대승유식大乘唯識의 교학敎學. 권11 제4화 참조.

33 『칠대사연표七大寺年表』 천평 16년 조에 "율사 도지 10월 입멸入滅… 도지의 영상은 고후쿠지興福寺 금당金 堂 동쪽 등랑登廊 제2문에 있다."라고 되어 있음. 영상影像은 그 사람의 모습을 그린 그림이나 조각. 초상화.

34 → 불교.

35 → 불교.

36 → 불교.

道慈亘唐伝三論帰来神叡在朝試語第五

今昔、聖武天皇ノ御代ニ、道慈神叡ト云フ二人ノ僧有ケリ。

道慈、大和国ノ添下ノ郡ノ人也。俗姓ハ額田ノ氏。心智リ広クシテ法ノ道ヲ学ブニ明カ也ケレバ、法ヲ深ク学ビ伝ヘムガ為ニ、大宝元年ト云フ年、遣唐使粟田ノ道麻ト云ケル人ニ随テ、震旦ニ渡リニケリ。

震旦ニシテ□法師ト云フ人ヲ師トシテ、無相ノ法文ヲ学ビ極メテ、震旦ニ渡リニケル□来レリ。聖武天皇是ヲ貴ムデ□、聖武、

此ヲ□朝ニ、更ニ此ノ人ニ並智者無カリケリ。

然ル間、法相宗ノ僧神叡ト云フ者有ケリ。□国□郡ノ人也。俗姓ハ□ノ氏。心ニ智有ト云ヘドモ、学ブ所薄クシテ、道慈ニハ不可並。而ルニ神叡心ニ智恵ヲ得ム事ヲ願ヒテ、大和国ノ吉野ノ郡ノ現光寺ノ塔ノ杪形ニハ虚空蔵菩薩ヲ鋳付タリ、其レニ一緒ヲ付テ、神叡是ヲ引ヘテ、「願クハ、虚空蔵菩薩、我レニ□智恵ヲ令得給ヘ」ト祈ケルニ、日来ヲ経テ、神叡ガ夢ニ、観世音寺ト云寺ノ塔ノ心柱ノ中、下ノ郡ニ、貴キ人来テ告テ云ク、「此ノ国、添下ノ郡ニ□智恵ヲ令得可学シ」ト。其レヲ取テ可学シ」ト。夢覚テ後、神叡彼ノ寺ニ行テ、塔ノ心柱ヲ開テ見ルニ、七巻ノ書有リ。是ヲ取テ学スルニ、吉ク智リ有ル人ト成ヌ。

然レバ、天皇此ノ由ヲ聞シ食シテ、忽ニ神叡ヲ召シテ、王宮ニシテ彼ノ道慈ト合セテ被試ケルニ、道慈ハ本ヨリ智リ広カリケルヲ、上ニ震旦ニ渡テ止事無キ師ニ随テ、十六年ノ間学シタル者也。神叡ハ本ヨリ智リ広キ者トモ不聞エケ

虚空蔵菩薩（図像抄）

レバ、天皇、智恵出来タリト聞シ食セドモ、「何計カハ有ラム」ト思シ食ケルニ、道慈論義ヲ為タリケルニ、神叡答ヘ

ケル様、実ニ昔ノ迦旃延ノ如シ。然テ、論義百条ヲ互ニ問ヒ

答ケル、神叡ガ智恵ニ勝タリケレバ、天皇是ヲ感給テ、

共ニ帰依シ給テ、各封戸ヲ給テ、道慈ヲバ大安寺ニ令住メ

テ三論ヲ学シ、神叡ヲバ元興寺ニ令住テ法相ヲ学シケリ。

彼ノ道慈ガ影像ハ、大安寺金堂東ノ登廊ノ第二門ニ諸

羅漢ヲ書加ヘテ有リ。彼神叡ガ見付タル七巻ノ書ハ、今ノ世マ

デ伝ハリテ、宗ノ規模ノ書ト有リ。

是ヲ思フニ、虚空蔵菩薩ノ利益量無シ。其レニ依テ神叡モ

智恵ヲバ得タルゾ人云ケルトナム語リ伝ヘタルトヤ。

겐보玄昉 승정僧正이 당唐에 건너가 법상法相을 전수받은 이야기

> 전반에 겐보玄昉의 법상종法相宗 전래를 기록하는데, 서술의 중심은 오히려 겐보를 없애려 한 후지와라노 히로쓰구藤原廣嗣의 반란의 전말 및 그 악령의 횡포와 진압의 순서로 배치되어 있으며, 가가미 명신鏡明神 연기緣起의 측면도 갖추고 있음. 또한 죄 없이 반란군이 된 히로쓰구에 대한 어령御靈 신앙이 나타나 있는 것도 흥미롭다.

　이제는 옛이야기이지만, 쇼무聖武 천황天皇 치세에 겐보玄昉[1]라는 스님이 있었다. 속성俗姓은 아토阿刀 씨로, 야마토 지방大和國의 □□군郡[2] 사람이었다. 어린 시절 □□[3]이란 사람을 좇아 출가하여 불법을 공부하였는데 이해가 매우 빨랐다.

　□□□□□□[4] 가지고 돌아와 불법을 널리 공부하기 위하여, 영귀靈《龜 2년, 당唐에 건너가》[5] 지주知周[6]라는 법사法師를 스승으로 모시고, 그가 종지

1　→ 인명.
2　의도적인 결자. 군명이 들어갈 것으로 추정.
3　의도적인 결자. 기엔義淵(→ 인명)이 들어갈 것으로 추정되며, 『칠대사연표七大寺年表』 천평天平 9년 조에는 "僧正玄昉…義淵弟子"라 되어 있음.
4　저본의 파손에 의한 결자. "중국으로 건너가 많은 정교正敎를" 등의 내용이 들어갈 것으로 추정.
5　저본의 파손에 의한 결자. 『속일본기續日本紀』의 졸전卒傳을 참조하여 보충.
6　→ 인명.

宗旨로 내세운[7] 대승법상大乘法相[8]의 교법敎法을 공부하고, 많은 교전敎典을 가지고 돌아왔다. 당나라의 천황[9]은 겐보를 존경하여 삼위三位를 하사하시고, 보랏빛 법의法衣를 입게 했다. 그리하여 겐보는 그 나라에서 스무 해 동안 있었다.[10] 그리고 천평天平 7년에 견당사遣唐使 다지히노 마히토히로나리丹治比眞人廣成[11]가 귀국할 때 그와 함께 경론經論 오천여 권, 불상 등을 가지고 일본으로 돌아왔다. 그리고 조정에 출사하여 승정僧正이 되었다. 그런데 천황의 정실인 고묘光明[12] 황후皇后가 이 겐보를 귀히 여겨 귀의[13]하셨기에, 겐보도 황후를 가까이에서 모셨고 황후의 깊은 총애[14]를 받게 되면서 세상 사람들은 이러쿵저러쿵 겐보에 대해 안 좋은 소리를 화두 삼아 이야기했다. 그 무렵, 후지와라노 히로쓰구藤原廣繼[15]라는 사람이 있었다. 그는 후히토不比等[16] 대신大臣의 손자였다. 식부경式部卿인 우마카이宇合[17]라는 사람의 아들이었으며, 가문도 유명하고 인품도 좋아 세간에서 중용되고 있던 사람이었다. 게다가 그는 매우 기개가 있고 총명하여 모든 방면에서 뛰어났기에 기비吉備 대신[18]을 스승으로 받들어 한자를 배웠는데, 그 뛰어난 재능에 대

7 법상종法相宗 개조開祖는 규기窺基(자은慈恩 법사法師), 제2조는 혜소慧沼, 제3조가 지주知周.
8 → 불교(대승유식大乘唯識의 법문).
9 당唐 현종玄宗 황제皇帝에 해당. 『속일본기』 졸전, 『승강보임僧綱補任』 초출抄出·영귀靈龜 2년의 조條에 해당 기사 참조.
10 『속일본기』 졸전에 의하면 영귀 2년 입당入唐하고, 천평天平 7년 귀국했다 함.
11 → 인명.
12 → 인명.
13 → 불교.
14 겐보의 추문에 대해서는 『부상약기초扶桑略記抄』 연력延曆 16년(797) 4월의 선주善珠 졸전卒傳에 후지와라노 미야코藤原宮子(쇼무聖武 천황天皇 모母, 고묘光明 황후皇后의 언니)와의 밀통密通에 대한 소문이 기록되어 있으며, 『겐페이 성쇠기源平盛衰記』 권30에는 고묘 황후와의 동침을 전하고 있음.
15 → 인명. 후지와라노 히로쓰구藤原廣嗣가 바른 표기. 다치바나노 모로에橘諸兄, 기비노 마키비吉備眞備, 겐보 세력의 전횡에 반발하여 천평 12년 9월 거병. 이하는 그 후지와라노 히로쓰구의 난의 전말. 『속일본기』 천평 12년의 조 참조.
16 → 인명(단카이 공淡海公).
17 → 인명.
18 → 인명(기비노 마키비吉備眞備). 히로쓰구의 스승이었던 것은 알 수 없음.

해 칭찬이 자자해 조정에 출사하여 우근소장右近少將[19]이 되었다. 이 사람은 정말 평범한 인물이 아니었는지, 오전엔 도읍의 우근소장으로서 조정에 출사하고, 오후에는 규슈九州로 내려가 대재大宰의 소이少貳[20]로서 대재부大宰府의 정무를 보았다. 이에 세상 사람들 모두가 기이하게 여겼다. 그의 집은 히젠 지방肥前國[21]의 마쓰우라 군松浦郡[22]에 있었다.

평소에는 그저 이렇게 지내고 있었는데, 황후가 겐보를 이리 총애하신다는 것을 히로쓰구가 듣고 대재부에서 국해國解[23]를 올려,

"천황의 황후께서 승려 겐보를 총애하시는 일로 지금 세상 사람들의 비난의 대상이 되고 있습니다. 속히 겐보의 출사를 막아야 합니다."

라고 아뢰었다. 천황은 이 진언에 대해 '참으로 당치도 않은 일이로다.'라고 생각하시고,

'히로쓰구 같은 자가 어떻게 일국의 정치를 이해할 수 있겠는가? 이런 사내가 세상에 있으면 반드시 국가의 재앙이 되리라. 서둘러 히로쓰구를 처벌하지 않으면 안 되겠도다.'

라고 판단하셨다. 당시 어수대御手代 아즈마히토東人[24]란 사람이 있었다. 실로 용맹하고 지략이 뛰어난 자였기에 군무軍務에 중용되고 있었는데, 이 아즈마히토에게 "어서 히로쓰구를 토벌하라."라고 명하셨기 때문에, 아즈마히토는 이 선지宣旨를 받들어 규슈로 내려갔다.

규슈의 병력을 모아 히로쓰구를 공격하려 하자, 이것을 들은 히로쓰구는

---

19 우근위부右近衛府의 소장少將. 히로쓰구의 임무는 알 수 없음.
20 대재부大宰府의 차관. 장관의 정무를 대행.
21 → 옛 지방명.
22 현재의 사가 현佐賀縣 히가시마쓰우라 군東松浦郡.
23 여러 지방의 국사國司가 태정관太政官 또는 소관所管의 관청에 제출하는 공문서. 『속일본기』 천평 12년 8월에 관련 기사 있음. 히로쓰구의 거병은 다음 9월이었음.
24 바르게는 오노노 아즈마히토大野東人. → 인명(오노노 아즈마히토大野東人).

크게 노하며,

"나는 조정을 섬김에 있어 그릇된 일을 저지른 적이 없거늘, 조정이 도리에 맞지 않게 나를 처벌하시려 하는구나. 이것은 전적으로 겐보의 중상모략 때문이로다."

라고 말하고, 히로쓰구는 많은 병력을 모아 준비를 갖추어 기다렸다 맞서 싸웠지만, 관군이 우세하여 히로쓰구 쪽이 열세에 몰렸다. 《전부터 히로쓰구는 총애하는 용마龍馬를》[25] 가지고 있었다. 이 용마는 《새가 나는 것과》[26] 같이 하늘을 달렸다. 히로쓰구는 언제나 그 말을 타고 눈 깜짝할 사이에 도읍으로 상경했다가 규슈로 내려왔다. 한편 히로쓰구는 크게 분전奮戰했지만 천황의 위세를 꺾지 못하고, 마침내 궁지에 몰려 해안으로 나가 그 말을 타고 바다 위를 달려 고려高麗[27]로 가려고 했으나, 이 용마는 이전처럼 날아갈 수가 없었다. 그 때 히로쓰구는 '이제 나의 운이 다하였구나.'라고 깨닫고 말과 함께 바다에 빠져 죽고 말았다. 한편 아즈마히토는 히로쓰구의 거처까지 쳐들어갔지만, 히로쓰구가 바다에 빠져 버린 터라 그의 거처에서는 찾을 수 없었다. 이럭저럭하는 사이에, 앞바다에서부터 바람이 불어와 히로쓰구의 시체를 해변으로 밀어 보냈다. 그리하여 아즈마히토는 히로쓰구의 목을 쳐서 도읍으로 가지고 올라가 조정에 바쳤다.

그 후 히로쓰구는 악령惡靈[28]이 되어 한편으론 조정을 저주하고, 다른 한편으로는 겐보에게 끝까지 복수하려고 했다. 그 까닭에 겐보 앞에 악령이

---

25 파손에 의한 결자. 문맥을 고려하여 보충.

26 파손에 의한 결자. 문맥을 고려하여 보충. 자유자재로 비행하는 준족俊足의 명마를 용에 빗대어 한 말. 이 말에 대해서는 「마쓰우라묘 궁선조차제병본연기松浦廟宮先祖次第幷本緣起」가 자세함.

27 고구려高句麗, 또는 일반적으로 조선朝鮮을 가리킴. 「마쓰우라묘 궁선조차제병본연기」에 관련 기사 참조.

28 죽은 자의 영혼이 산 자에게 복수한다는 유형의 모티브.

나타났다.[29] 붉은 옷[30]을 입고, 관을 쓴 것이 나타나 그 자리에서 겐보를 붙잡아 하늘로 올라갔다. 그리고 그 육신을 갈가리 찢어서 지상으로 떨어뜨렸다. 그것을 그의 제자들이 수습하여 장례를 치렀다. 그 뒤에도 악령에 의한 재앙이 그치지 않았기에 천황은 심히 두려워하시며, "기비 대신은 히로쓰구의 스승이다. 당장 그의 묘로 가서 어떻게든 진혼鎮魂하도록 하라."라고 분부하셨다. 그리하여 기비는 선지를 받들어 규슈로 가서 히로쓰구의 묘 앞에서 온갖 말을 다하여 넋을 달랠 때, 히로쓰구의 혼령에게 하마터면 기세를 눌릴 뻔도 했다. 하지만 기비는 음양도陰陽道[31]를 깊이 통달한 인물이라 그 음양술로 자기 몸을 충분히 보호하며, 진심을 담아 넋을 달래는 말을 읊자 그 혼령의 재앙은 사라졌다.

그 후 히로쓰구의 영靈은 신이 되어, 그 지역에서 가가미 명신鏡明神[32]으로서 받들어 모셔지고 있다.

그 겐보의 묘[33]는 지금도 나라奈良에 있다고 이렇게 이야기로 전하여 내려오고 있다 한다.

---

29 히로쓰구 악령의 출현과 겐보 살해에 대해서는 『부상약기초』 천평 18년 6월 5일의 조. 『사림채엽초詞林采葉抄』 권1, 『헤이케平家』 권7, 『겐페이 성쇠기』 권30 등에 보임.

30 오위五位 관인의 옷. 영혼이 오위 관인의 모습으로 출현하는 예는 많음. 권27 제4화 참조. 또 뱀이 인간으로 변신할 때도 같은 모습. 권16 제16화 참조.

31 기비노 마키비는 음양도陰陽道의 시조적 존재. 『보궤초簿簋抄』에서는 음양서인 『보궤내전簿簋內傳』을 청래請來했다 함. 『신 사루가쿠기新猿樂記』에는 "기비 대신 칠좌七佐, 법왕法王의 교도를 배워 전래한 자이다."라되어 있음.

32 → 사찰명.

33 나라 시奈良市다카하타 정高畑町에 소재. 겐보의 두탑頭塔(『순례사기巡禮私記』. 고후쿠지 보리원興福寺菩提院의 조)이라고 전승되고 있음. 그러나 이것은 로벤良辨(→ 인명)이 국가 진호鎭護를 위해 신호경운神護景雲 원년(767) 짓추実忠로 하여금 세우게 한 토탑土塔(『도다이지요록東大寺要錄』, 『도다이지별당차제東大寺別当次第』)인 것으로 판명됨.

玄昉僧正亘唐伝法相語第六

◉ 제6화 ◉
겐보玄昉 승정僧正이 당唐에 건너가 법상法相을 전수받은 이야기

今昔、聖武天皇ノ御代ニ、玄昉ト云フ僧有ケリ。俗姓ハ阿刀ノ氏、大和国、□ノ郡ノ人也。幼クシテ□ト云人ニ随テ出家シテ法ノ道ヲ学ブニ、智リ賢カリケリ。

然レバ、霊□[六]□[五]ヲ持渡シ、法ヲモ広ク学バムト思テ、知周法師ト云フ人ヲ師トシ、立ツル所ノ大乗法相ノ教法ヲ学ビ、多ノ正教ヲ持渡ケリ。彼ノ国ノ天皇、玄昉ヲ貴ムデ、三品ヲ授テ紫ノ袈裟ヲ令着タリケリ。然レバ、彼ノ国ニ二十年有テ、天平七年ト云フ年、遣唐使丹治比ノ真人広成ト云ケル人ノ帰ケルニ伴ナヒテ、此ノ国ニ帰リ来レリ。経論五千余巻仏像等持渡セリ。然テ、公ニ仕ヘテ僧正ニ成ニケリ。然ル間、天皇、天后、光明皇后、此ノ玄昉ヲ貴ミ帰依シ給ケル程ニ、親ク参リ仕リテ、后、此ヲ寵愛シ給ケレバ、世ノ人不吉ヌ様ニ申シ繚ケリ。

其時ニ、藤原ノ広継ト云フ人有ケリ。不比等ノ大臣御孫也。式部卿宇合ト云ケル人ノ子ナレバ、品モ高ク人様モ吉カリケレバ、世ニ被用タル人ニテナム有ケル。其ノ中ニ、心極テ猛クシテ、智リ有テ万ノ事ニ達レリケレバ、吉備ノ大臣ヲ以テ師トシテ、文ノ道ヲ学テ、身ノ才賢クシテ、朝ニ仕ヘテ右近ノ少将ニ成ニケリ。其ガ糸只人ニモ非ザリケルニヤ、午時ヨリ上ハ王城ニ有テ右近ノ少将トシテ公ニ仕リ、午時ヨリ下ハ鎮西ニ下テ大宰ノ小弐トシテ府ヲ政ケルニ、世ノ人、奇異ノ思合タリケリ。家ハ肥前国松浦ノ郡ニナム有ケル。

常ニハ此ノ様ニミシテ過ケル程ニ、此ノ、玄昉ヲ后寵愛シ給フ事ヲ広継聞テ、太宰府ヨリ国解ヲ奉テ申シテ云ク、「天皇ノ后僧玄昉ヲ寵愛シ給フ事、専ニ世ヲ謗リ有リ。速ニ此レヲ可被止シ」ト。天皇、此ク申シタルヲ「糸便無キ事也」ト思シ食テ、「広継何ノ故ニカ朝政ヲ可知キ。此ク者世ニ有テハ、定メテ国ノ為ニ悪カリナム。然レバ、速ニ広継ヲ可罰キ

也」ト被定テ、其ノ時ニ、御手代ノ東人ト云フ人有ケリ、心

極テ猛クシテ思量リ賢キ者ニテ有ケレバ、兵ノ道ニ被仕ケル

ニ依テ、此ノ東人ニ仰セ給テ、「速ニ広継ヲ罸テ奉レ」トテ

遣シケレバ、東人宣旨ヲ奉テ鎮西ニ下ヌ。

九国ノ軍ヲ催シテ広継ヲ責メムト為ルニ、広継此ノ事ヲ聞

テ、大キニ嗔テ云ク、「我レ公ノ御為ニ錯ツ事無シト云ヘド

モ、公横様ニ我レヲ被罸ムトス。是偏ニ僧玄昉ガ讒謀也」

トテ、多ノ軍ヲ調ヘ儲テ待戦フニ、御方ノ軍強クシテ広継ガ

方少シ弱ル□□□持タリケリ。

竜馬ハ空ヲ翔事□□□如シ。然レバ、其ノ

馬ヲ乗物トシテ、時ノ間ニ王城ニ上リ、鎮西ニ下リ行ケル也。

然レバ、広継戦フト云ヘドモ、勅威ニ不勝シテ遂ニ被責ル際

ニ、広継海辺ニ出テ、其ノ竜馬ニ乗テ、海ニ浮テ高麗ニ行ナ

ムト為ルニ、竜馬前々ノ如ク翔ル事不能ズ。其ノ時ニ、広継、

「早ウ、我ガ運尽ニケリ」ト知テ、馬ト共ニ海ニ入テ死ス。

其時ニ、東人責寄テ見ルニ、広継海ニ入ニケレバ家ニ不見エ

也。

而ル間、沖ノ方ヨリ風吹テ、広継ガ死タル身ヲ浜際ニ吹キ寄

セツ。然レバ、東人其ノ頸ヲ切テ、王城ニ持上テ公ニ奉リツ。

其ノ後、広継悪霊ト成テ、且公ヲ恨奉リ、且ハ玄昉ガ

怨ヲ執セムト為ルニ、彼ノ玄昉ノ前ニ悪霊現ジタリ。赤キ衣

ヲ着テ冠シタル者来テ、俄ニ玄昉ヲ掴取テ空ニ昇ヌ。悪霊

其ノ身ヲ散々ニ剛破テ落シタリケレバ、其弟子共有テ、拾ヒ

集メ葬シタリケリ。其後、悪霊静ナル事無カリケレバ、天

皇極テ恐サセ給テ、「吉備大臣ハ、広継ガ師也。速ニ彼ノ墓

ニ行テ、誘ヘ可被鎮キ也」ト仰セ給ケレバ、吉備宣旨ヲ奉テ、

西ニ行テ広継ガ墓ノ許ニシテ、誘ヒ陳ジケルニ、其ノ霊シテ、吉

備始シク可被鎮ナリケルヲ、吉備陰陽ノ道ニ極タリケル人

ニテ、陰陽ノ術ヲ以テ我ガ身ヲ怖レ無ク固メテ、勤ニ捵

誘ケレバ、其ノ霊止マリニケリ。

其後、霊神ト成テ、其所ニ鏡ノ明神ト申ス、是也。

彼ノ玄昉ノ墓ハ于今奈良ニ有トナム語リ伝ヘタルトヤ。

바라문^{婆羅門} 승정^{僧正}이 교키^{行基}를 만나기 위해 천축^{天竺}에서 내조^{來朝}한 이야기

바라문婆羅門 승정僧正 보리선나菩提僊那는 인도의 바라문 계급 출신이고, 다지히노 마히토히로나리多治比眞人廣成에게 청원받아 일본으로 와 도다이지東大寺 대불大佛의 개안공양開眼供養의 도사導師를 담당했다. 그가 도일渡日할 때 교키行基가 나니와難波 로 마중 나와 접대를 했다. 그 사실史實이 설화적으로 부풀려 이 이야기가 되었고, 교 키의 문수文殊 권화설에 초점이 맞추어져 있다.

이제는 옛이야기이지만, 쇼무^{聖武}¹ 천황^{天皇}이 도다이지^{東大寺}²를 건립 하고 개안공양^{開眼供養}³을 열고자 하셨다. 그 무렵 교키^{行基}⁴라는 사람이 있었다. 천황은 그 사람을 강사^{講師}⁵로 임명했는데, 교키는

"저는 그 직무에는 적합하지 않사옵니다. 머지않아 외국에서 강사의 직무 를 맡을 만한 인물이 올 것입니다."

라고 아뢰었다. 교키는 그 강사를 맞이하러 가기 위해 천황에게 주상하여 백 명의 승려를 거느리고, 자신은 승려들의 행렬의 백 번째에 서서 치부성

---

1 → 인명.
2 → 사찰명. 본권 제13화 참조.
3 → 불교. 도다이지東大寺 대불大佛의 주조鑄造 완료는 천평승보天平勝寶 원년(749) 10월, 대불전大佛殿(금당 金堂) 낙성落成은 천평승보 3년, 개안공양開眼供養은 천평승보 4년 4월 9일.
4 → 인명. 사실史實에서는 개안공양 전, 천평승보 원년(749) 2월 2일 입멸入滅.
5 → 불교.

治部省 현번료玄蕃寮[6]의 관리를 이끌고, 환영을 위한 음악을 준비하여 셋쓰지방攝津國 나니와難波[7]의 나루터로 나갔다. 그런데 사방을 둘러보아도 누구 한 사람 온 자가 없었다.

그때 교키는 한 개[8]의 알가閼伽[9]의 받침대를 준비하여 바다 위에 띄워 흘려보냈다. 그 알가의 받침대는 파도로 인해 부서지지도 않고 저 멀리 서쪽을 향해 흘러가다가 이윽고 보이지 않게 되었다. 《얼마간 시간이 지나자 바라문婆羅門 승정僧正, 이름은 보리菩提라고 하는 승려가 작은 배를 타고 다가왔다.》[10] 알가의 받침대는 그 작은 배 앞에 떠 있는 채로 돌아왔다. 이분은 남인도의 사람으로 머나먼 인도《에서》[11] 도다이지 공양에 참례參禮하려고 온 것인데, 교키는 이러한 사실을 미리 알고[12] 맞이하러 나왔던 것이다. 바라문[13]은 배에서 내려와, 교키와 서로 손을 맞잡고 대단히 기뻐하셨다. 머나먼 인도에서 온 사람을 일본인이 기다렸다가 이미 알고 지내던 사람인 것처럼 정답게 이야기를 나누는 모습은 불가사의한 일이라고 모두가 생각했다.[14] 그때, 교키는 승정에게 노래를 읊어 전하셨다.

영취산靈鷲山[15] 석가불釋迦佛의 어전御前에서 일찍이 나누었던 약속, 그 약속 변치 않고 만나 뵐 수 있게 되었군요.

6 치부성治部省에 속한 현번료玄蕃寮의 관리. 현번료는 사원, 승니僧尼의 관리나 외국 사절의 접대를 담당함.
7 오사카 시大阪市 연안의 고칭古稱. 요도 강淀川의 하구 일대. 권11 제2화 참조.
8 원문에는 "一前"으로 표기되어 있음. 일전은 책상·선반 등의 도구를 헤는 말.
9 → 불교. 여기서는 알가閼伽를 넣은 기물器物.
10 저본의 파손에 의한 결자. 동박본東博本『삼보회三寶繪』를 참조하여 보충.
11 저본의 파손에 의한 결자. 동박본『삼보회』를 참조하여 보충.
12 교키의 예지력에 대해서는 본권 제2화 관련 기사 참조.
13 → 불교. 바라문婆羅門 승정僧正 보리선나菩提僊那.
14 『남천축바라문승정비문서南天竺婆羅門僧正碑文序』에는 "주객이 서로 보고, 구면인 것처럼."라는 기술이 보이며, 『도다이지요록東大寺要錄』권2 소인所引『간고지 소탑원사자상승기元興寺小塔院師資相承記』도 그와 거의 같음. 권11 제4화 참조.
15 → 불교(영산靈山).

이에 바라문이 답가를 지어 전하셨다.

가비라위迦毗羅衛[16] 땅에서 함께 약속한 보람이 있어, 지금 문수文殊[17] 보살菩薩,[18] 당신의 얼굴을 뵐 수 있게 되었습니다.

이것을 듣고 모든 사람들은 교키 보살이 문수보살의 화신이었음을 깨달았다.[19] 그 후 교키는 바라문을 맞아 도읍으로 돌아오셨다.[20] 천황[21]은 이를 기쁘고 존귀하게 여겨, 이 사람을 강사[22]로 두고서 자신의 염원대로 도다이지에 공양을 하셨다. 바라문 승정이란 바로 이 분을 일컫는 것이다. 이후 그는 다이안지大安寺[23]의 승려가 되었다.

이분은 원래 남인도 가비라위국迦毗羅衛國[24]의 사람이었다. 그가 문수보살을 만나고 싶다고 기원하고 있자 귀인이 나타나, "문수보살께서는 중국의 오대산五臺山[25]에 계신다."라고 알리셨다. 그리하여 보리는 인도에서 중국으로 가 오대산을 찾아 참배하셨는데, 도중에 한 명의 노옹을 만났다. 그 노옹

---

16 → 불교.

17 → 불교.

18 → 불교.

19 이 전후 동일한 모티브는 본권 제1화 쇼토쿠聖德 태자太子와 일라日羅·아좌阿佐 태자가 만나는 장면에 보임. 교키의 문수보살 권화설은 본권 제2화 끝에서도 볼 수 있음.

20 권12 제7화 모두에 같은 내용의 문장이 있음.

21 쇼무聖武 천황天皇.

22 바르게는 도사導師. 쇼무 천황은 병약하여 기거하지 못하고, 대신 개안사開眼師를 구하는 선지인 천평승보 4년 3월 21일자의 칙서勅書가 『도다이지요록』 권2에 소재所載. 그러나 그 때의 천황은 고켄孝謙 천황.

23 → 사찰명.

24 가비라위 국迦毗羅衛國은 북천축에 해당. 『부상약기초扶桑略記抄』 권2에 "남천축 가비라위 국 바라문 승려 보리", 『남도고승전南都高僧傳』에 "남천축 가비라위 국 사람이다."라고 되어 있음. 제자 수영찬修榮撰의 전傳은 『남천축바라문승정비문서』에 있고, 『도다이지요록』 권2 소인所引 『간고지 소탑원사자상승기』, 『다이안지 보리전래기大安寺菩提傳來記』는 모두 남천축의 승려라고 되어 있음. 남천축 출신의 승려와 가비라위 국에서 도래한 것이 혼동된 것으로 추정.

25 → 지명.

이 보리에게 "문수보살께서는 일본의 중생을 제도濟度하기 위해 그 나라에 태어나셨습니다."라고 알려주었다. 보리는 이것을 들으시고 처음의 뜻을 이루고자 이 나라에 찾아온 것이었다. 이 나라에서 태어나셨다는 그 문수보살이야말로 바로 이 교키보살을 일컫는 것이다. 그래서 교키는 '보리가 일본으로 찾아올 것이다.'라고 예지하였기에 이곳에 와 이처럼 맞이하셨던 것이다. 또한 보리도 이것을 알고 계셨고, 이미 알고 지내던 사이처럼 그렇게 서로 이야기를 나누셨던 것이다.

범부凡夫[26] 모두가 그것을 모르고 의아해 한 것은 어리석은 일이었다고 이렇게 이야기로 전하여 내려오고 있다 한다.

---

26 번뇌에 속박되어 방황하는 사람. 범인凡人.

婆羅門僧正為値行基従天竺来朝語第七

今昔、聖武天皇、東大寺ヲ造テ開眼供養ジ給ハムト為ルニ、其時ニ行基ト云フ人有リ。其人ヲ以テ講師ジ給フニ、行基申シテ云ク、「我レ、其ノ事ニ不足。今外ノ国ヨリ講師ヲ可勒キ人可来キ」ト申シテ、講師迎ヘムガ為ニ、天皇ニ奏シテ、百ノ僧ヲ曳具シテ、行基ハ第百ニ立テ、治部玄番ヲ帥シ、音楽ヲ調ヘテ、摂津ノ国ノ難波ノ津ニ行ヌ。見ニ更ニ来ル人無シ。

其時ニ、行基、一前ノ闕伽ヲ備テ海ノ上ニ浮べ放ツ。其闕伽、波ノ為ニ乱レ破ル事無クシテ、遥ニ西ヲ指テ行ク。不見ズ

行基（三国祖師影）

南天□□遥ニ天竺□東大寺ノ供養ニ会ハガ為ニ来レル也。其レヲ、行基兼テ知リテ迎ヘニ給ヘル也。婆羅門、船ヨリ陸ニ下テ、行基ト互ニ手ヲ取テ喜給フ事無限シ。婆羅

其闕伽、船ノ前ニ浮テ返来タリ。此ノ人、

遥ニ天竺ヨリ来レル人ヲ日本ノ人ノ待受テ、本ヨリ見知タルガ如ク昵ビ語フ事、奇異也、ト人皆思ヘルニ、行基、歌ヲ奉リ給、

霊山ノ釈迦ノ御前ニ契テシ真如朽セズ相見ツルカナ

婆羅門ノ返歌、

迦毗羅衛ニ共ニ契リシ甲斐有リテ文殊ノ御皃相見ツルカ

ナ

是ヲ聞テ、皆人、行基菩薩ハ早ク文殊ノ化身也、ト云フ事ヲ知ヌ。其後、行基婆羅門ヲ迎テ来給ヘリ。天皇喜ビ貴給テ、此ノ人ヲ以テ講師トシテ、思ノ如ク東大寺ヲ供養ジ給ヒツ。婆羅門僧正ト云フ、此レ也。大安寺ノ僧ト有リ。

此ノ人、本、南天竺迦毗羅衛国ノ人也。文殊ニ値遇シ奉ラ

ムト祈願シ給ヒケル程ニ、貴人出来テ告テ云ク、「文殊ハ震旦ノ五臺山ニ御マス」ト。是ニ依テ、菩薩天竺ヨリ震旦ニ至テ、五大山ニ尋ネ詣給タルニ、道ニ二人ノ老翁値テ菩薩ニ告テ云ク、「文殊ハ日本国ノ衆生ヲ利益センガ為ニ、彼ノ国ニ誕生シ給ヒニキ」。菩薩此レヲ聞キ給テ、本懐ヲ遂ムガ為ニ此ノ国ニ来給ヘル也。彼ノ文殊ノ此ノ国ニ誕生シ給フト云フハ、行基菩薩是也。然バ、「菩薩来リ可給シ」ト空ニ知テ、来テ此ク迎ヘ給フ也。亦、菩薩其ノ由ヲ知給テ、本ヨリ見知タラム人ノ様ニ、此ク互ニ語ヒ給フ也ケリ。

凡夫ノ人、皆其レ不知シテ疑ヒ思ケルガ拙キ也トナム語リ伝ヘタルトヤ。

감진鑑眞 화상和尙이 진단震旦에서
본조本朝에 계율戒律을 전한 이야기

당승唐僧 감진鑑眞의 내조來朝와 계율戒律의 전래를 주제로, 도다이지東大寺의 계단戒
壇 건립, 도쇼다이지唐招提寺의 개창 등 감진의 여러 사적事蹟을 전하고 있다.

이제는 옛이야기이지만, 쇼무聖武 천황의 치세에 감진鑑眞[1] 화상和尙이란
성인聖人[2]이 계셨다. 이분은 원래 중국의 양주揚州[3] 강양 현江陽縣 사람으로,
속성俗姓은 순우淳于 씨라고 한다. 감진 화상은 일찍이 대주大周[4]의 측천무후
則天武后[5] 재위의 장안長安 원년에, 열여섯[6]의 나이로 지만知滿[7] 선사禪師란 승
려를 좇아 출가하여 보살계菩薩戒[8]를 받아 용흥사龍興寺[9]라는 절에서 살았다.
오랜 세월 동안 엄격하게 계율戒律[10]을 지키며 살고 있었는데 점차 나이를

1 → 인명.
2 → 불교.
3 중국 강소성江蘇省 중부, 양자 강揚子江 북안의 항구도시. 견당사遣唐師의 발착 항구로 엔닌圓仁도 이곳으로
  상륙.
4 측천무후則天武后의 국명國名. 무조武周 왕조王朝.
5 → 인명.
6 몰년沒年에서 역산해 보면, 장안長安 원년(701)은 감진鑑眞의 나이 14세.
7 미상. 『동정전東征傳』, 『후습유왕생전後拾遺往生傳』에 "대운사大雲寺 지만知滿 선사禪師".
8 → 불교, 본권 제26화 참조.
9 → 사찰명.
10 → 불교.

먹어 노년에 접어들었다.

그 무렵, 불법을 배우기 위해 일본에서 요에이榮叡[11]란 승려가 중국으로 건너왔다. □□□□□□□□[12]에 건너와 계율[13]의 법을 전□□□□□ □[14] 화상은 요에이의 권유로 그와 함께 일본으로 가서 계율의 법을 전하고자 생각하고, 천보天寶[15] 12년 10월 28일 술시戌時[16]에 용흥사를 나와, 양자강揚子江변에 이르러 배에 오르려 했다. 그러자 용흥사의 승려들이 화상이 떠나는 것을 보고 이별이 아쉽고 슬퍼서 눈물을 흘리며 만류했다. 하지만 화상은 불법을 널리 알리고자 하는 마음이 깊은지라, 그곳에 머무르려 하지 않았다. 이윽고 강변[17]에 이르자 거기서 소주蘇州[18]의 황회포黃洄浦란 곳으로 강을 따라 내려갔다. 화상과 함께 떠난 자는 승려 열네 명, 비구니 세 명, 속인 스물네 명이었다. 또 불사리佛舍利[19] 삼천 과顆와 불상, 경론, 보리자菩提子[20] 세 말, 그 밖에 매우 많은 재화와 보물이 있었다.

한편 그들은 수개월 걸려 12월 25일에 일본 사쓰마 지방薩摩國의 아키쓰마포秋妻浦[21]에 도착했다. 그곳에서 해를 넘겼다. 그 이듬해는 천평승보天平勝寶

---

11 → 인명.
12 저본의 파손에 의한 결자. 『동정전東征傳』을 참조하면 "그는 화상을 만나 아뢰었다. '불법佛法이 동쪽으로 흘러와 일본에도 이르렀는데, 그 법이 있으나 전하는 사람은 없습니다. 본디 우리나라에 그 옛날 쇼토쿠聖德 태자太子가 계셔 말하시길, 2백년 후에 일본에 성교聖敎가 번창할 것'이라 했습니다. 아무쪼록 화상이시여, 일본" 등의 내용이 들어갈 것으로 추정.
13 당나라 도선道宣이 대성한 율종律宗. → 불교.
14 저본의 파손에 의한 결자. 『동정전』을 참조하면 '하시여 흥하게 해주소서. 이렇듯' 등이 들어갈 것으로 추정.
15 당의 원호. 753년. 일본의 천평승보天平勝寶 5년. 천보天寶 2년(744)의 최초 도항渡航 이후, 다섯 차례 실패. 여섯 번째의 도항에 해당함.
16 * 오후 8시경.
17 중국 양주揚州 부근의 양자강 강변. 그곳에서 대운하를 건너 태호太湖를 지나 소주蘇州에 당도한 것으로 추정.
18 중국 강소성 동남부. 태 호의 동남에 면한 항구도시.
19 → 불교.
20 → 불교.
21 현재의 가고시마 현鹿兒島縣 가와베 군川邊郡 보쓰 정坊津町 아키메秋目라고 함. 지금도 감진이 일본에 온 것을 기념하여 방진제坊津祭가 개최되고 있음.

6년이었는데, 정월 16일에 종사위상從四位上 오토모노 스쿠네코마로大伴宿禰胡滿[22]란 사람을 통해 감진 화상이 중국에서 온 사실을 천황에게 아뢰었다.[23] 같은 해 2월 1일, 화상은 셋쓰 지방攝津國의 나니와難波 포구에 도착했다.

이것을 들으신 천황은, 대납언大納言 후지와라노 나카마로藤原仲麿[24]를 보내시어 화상이 일본을 찾아온 이유를 물어보게 하셨다. 화상은,

"저는 대당국大唐國 양주의 용흥사의 승려 감진이라 하옵니다. 받들고 있는 가르침은 계율의 법이옵니다. 이 법을 전파하기 위해 머나먼 이 나라에 왔습니다."

라고 답했다. 이것을 들으신 천황은

"나는 이 도다이지東大寺를 건립하였는데, 그곳에 계단戒壇[25]을 쌓아 계율을 전하고 싶구나. 그것이 나의 가장 큰 기쁨이 될 것이니라."

라고 정사위하正四位下 기비노 마키비吉備眞吉備[26]에게 조칙을 내리셨다. 그리하여 화상을 맞이해 더없이 존귀하게 여기셨다.

그 후 서둘러 도다이지의 대불 앞에 계단을 쌓아 천황은 화상을 계사戒師[27]로 삼으시고 단에 올라 계戒를 받으셨다. 이어서 황후皇后, 황자皇子 모두 사미계沙彌戒[28]를 받으셨다. 또, 겐게이賢憬[29]와 료부쿠靈福[30] 등의 팔십여 명의 승려들이 계를 받았다. 그 후 대불전大佛殿의 서쪽에 따로 계단원戒壇院[31]을 지었고, 많은 사람들이 등단登壇하여 계를 받았다. 그 무렵 황후가 병에

22 → 인명.
23 주어가 명료하지는 않지만, 일반적으로 국수國守임.
24 → 인명. 『동정전』에 "2월 3일 가와치 지방河內國에 이르다. 대납언大納言 정이위正二位 후지와라노 나카마로藤原仲麿를 보내 화상을 맞이했다. 4일 입경入京, 도다이지東大寺에 들어가다."라고 되어 있음.
25 → 불교.
26 → 인명.
27 → 불교. 이것이 일본 최초의 국계사國戒師.
28 → 불교.
29 → 인명.
30 8세기의 승려. 천평 15년(743) 정월 9일 우바새공진해優婆塞貢進解에 그 이름이 보임.

걸리셨는데 그 병이 낫질 않았다. 이에 화상이 약을 올리자 그 약이 효험이 있어 병이 나으셨기에, 천황은 기뻐하시고 즉시 대승정의 자리를 하사하셨다. 그러나 화상은 고사固辭하여 받지 않았기 때문에 다시금 대화상大和尙[32]의 자리를 하사하셨다. 또한 니타베新田部[33] 친왕親王의 구택舊宅을 화상에게 하사하고, 그곳을 거처로 삼게 했다. 그리고 그 땅에 절을 세웠는데, 이것이 지금의 쇼다이지招提寺[34]이다.

한편 천평보자天平寶字 7년[35] 5월 6일, 화상은 얼굴을 서쪽으로 향하고 결가 부좌結跏趺座[36]를 하고 돌아가셨다. 그 □□□□□□[37]. 그래서 □□□[38]의 후장례 때, 향기로운 향이 산에 □□□□□□[39] 말씀하시길,[40] "죽은 뒤, 사흘간 머리가 따뜻한 사람은 제이지第二地의 보살이라고 생각해야 한다."라는 것이었다. 그런 까닭으로 화상은 제이지第二地[41]의 보살로 계셨다고 모든 이가 깨달았다.

당에서 가지고 오셨던 삼천 과의 불사리는 지금도 쇼다이지에 있다. 화상의 묘는 그 옆에 있다.

또 이 나라의 계단은 이것을 시작으로 세워지게 되었다고 이렇게 이야기로 전하여 내려오고 있다 한다.

---

31 → 사찰명.
32 일본 승위僧位 중 최고. 『속일본기續日本紀』, 동박본東博本 『삼보회三寶繪』, 『남도고승전南都高僧傳』의 관련 기사 참조.
33 → 인명.
34 → 사찰명.
35 763년. 감진 76세. 내조 때는 66세였음.
36 → 불교.
37 저본의 파손에 의한 결자. 이하 결자와 관련해서 『동정전』은 "돌아가신 후 3일, 머리 위가 따뜻하여 오랫동안 염하지 않았다. 화장火葬할 때 향기가 산에 가득했다."라고 되어 있음.
38 일수日數의 명기를 위한 의도적 결자로 추측.
39 저본의 파손에 의한 결자.
40 결자로 인해 주어 불명. 내용은 다르지만 『동정전』은 "천비경운千臂經云"이라고 되어 있음.
41 → 불교.

鑑真和尚従震旦渡朝戒律語第八

今昔、聖武天皇ノ御代ニ、鑑真和尚ト云フ聖人在マシケリ。

此ノ人、本、震旦ノ楊洲、江陽懸ノ人也。俗姓ハ涼于ノ氏。初メ十六歳ニシテ大周ノ則天ノ代ニ、長安元年ト云フ年、知満禅師ト云ケル僧ニ付テ出家シテ、菩薩ヲ受ニ、竜興寺ト云フ寺ニ住ケリ。殊ニ戒律ヲ持テ年来ヲ経ルニ、漸ク年積テ老ニ臨ヌ。

然ル間、日本国ヨリ法ヲ学ビ伝ヘムガ為ニ、栄睿ト云フ僧、震旦ニ渡ニケリ。国ニ渡テ、戒律ノ法ヲ伝ヘ睿ガ勧メニ依テ、栄睿ニ共ナヒテ、日本ニ亘テ戒律ノ法ヲ伝ヘムト思テ、天宝十二年ト云ケル年ノ十月二十八日ノ戌時ニ、彼ノ竜興寺僧共、竜興寺ヲ出テ、江頭ニ至テ船ニ乗ケル間、和尚ノ出ヅルヲ見テ惜ミ悲ムデ、泣々ク止メケレドモ、和尚、弘法ノ心深キガ故ニ不留シテ、江頭ニ至テ、其レヨリ下テ蘇洲ノ黄洄ノ浦ト云フ所ニ至ル。和尚ノ相具セル人、僧十四人、尼三人、俗二十四人也。亦、仏舎利三千粒、仏像、経論、菩提子三斗、自余ノ財頗ル有ケリ。

然テ、月来ヲ経テ、十二月ノ二十五日ニ、此ノ朝ノ薩摩ノ国、秋妻ノ浦ニ着ヌ。其ニテ年越ヌ。次ノ年ト云フ天平勝宝六年也。

鑑真(三国祖師影)

120

正月十六日ニ、従四位上大伴ノ宿禰胡満ト云フ人ニ付テ、
和尚ノ震旦ヨリ渡レル由ヲ奏ス。同キ二月ノ一日、和尚摂津
国ノ難波ニ着ヌ。

天皇是ヲ聞食テ、大納言藤原ノ朝臣仲麿ヲ遣シテ、和尚ノ
来レル由ヲ令問給フ。和尚申テ云ク、「我レハ是、大唐、楊
洲ノ竜興寺ノ僧、鑑真也。持ツ所ハ戒律ノ法。然ルニ、彼ノ
法ヲ弘メ伝ヘムガ為ニ、遥ニ此ノ国ニ来レリ」ト。天皇是ヲ
聞食テ、正四位下吉備ノ朝臣真吉備ヲ以テ詔シテ云ク、「我
レ、東大寺ヲ造レルニ、戒壇ヲ起テ戒律ヲ可伝シ。然レバ、
我レ専ニ喜ブ所也」。是ニ依テ、和尚ヲ迎ヘテ貴ミ敬ヒ給フ
事無限シ。

其後、忽ニ東大寺ノ大仏ノ前ニ戒壇ヲ起テ、和尚ヲ以テ戒
師トシテ登壇受戒シ給ヒツ。次ニ后皇子、皆沙弥戒ヲ受給ヒ
ツ。亦、賢憬、霊福ナド云フ僧共八十余人、戒ヲ受ツ。其後、
大仏殿ノ西ノ方ニ、別戒壇院ヲ起テ、諸人、登壇受戒シケ
リ。然ル間、后ノ御身ニ病有テ不愈給リケル間、和尚ヲ

奉レルニ、薬ノ験有テ、其病愈給ヒニケレバ、天皇喜ビ
給テ、忽ニ大僧正ノ位ヲ授ケ給フニ、和尚辞シテ不用レバ、
改テ、「大和尚位」ト云。亦、新田部ノ親王ト云フ人ノ旧宅
ヲ和尚ニ給テ栖トス。其所ニ寺ヲ起タリ。今ノ招提寺是也。

然ル間、天平宝字七年ト云フ年ノ五月ノ六日、和尚、面ヲ
西ニ向テ結跏趺座シテ失給ヒニケリ。其［二四］然レ
バ、［二五］ノ後、葬シケル時ニ、馥キ香、山ニ［二六］
宣ケル様、「死テ後三日マデ頂ノ上暖ナラム人ヲバ、此レ
第二地ノ菩薩也ト可知シ」ト。然レバ、和尚ハ第二地ノ菩薩
ニ在マシケリト、皆人知ニケリ。

彼ノ唐ヨリ持渡リ給ヘリケル三千粒ノ仏舎利、招提寺ニ于
今在マス。和尚ノ墓、其辺ニ有リ。

亦、此国ニ戒壇、此ヨリ始リケリトナム語リ伝ヘタルトヤ。

고보弘法 대사大師가 송宋에 건너가
진언眞言[1]의 가르침을 전수받고 돌아온 이야기

구카이空海의 입당入唐 구법求法과 진언종眞言宗 전래를 주제로 한 전기. 구카이의 전기는 매우 많으며 모두 큰 차이는 없지만, 이 이야기의 출전은 『곤고부지 건립수행연기金剛峰寺建立修行緣起』(이하 『수행연기修行緣起』)로 보여짐. 또한 표제의 '송宋에 건너가'의 '송'은 구카이의 시대라면 '당唐'이어야 했을 부분이다. 본문 가운데 '당'이라 하는 것은 출전의 문장을 답습한 것이다. '송'은 표제를 붙인 시대, 즉 본서의 편찬 당시의 중국이었다.

　이제는 옛이야기이지만, 고보弘法[2] 대사大師라고 이르는 성인聖人[3]이 계셨다. 속성俗姓은 사에키佐伯[4] 씨, 사누키 지방讚岐國[5] 다도 군多度郡 뵤부 포屏風浦[6]의 사람이었다. 모친은 아토阿刀 씨 출신이었는데, 성인이 와서 태내로 들어가는 꿈[7]을 꾸고 회임하여 고보가 태어나신 것이었다.

1　→ 불교.
2　→ 인명. 구카이空海의 시호諡號.
3　→ 불교.
4　구카이 부친의 성.
5　→ 옛 지방명.
6　현재의 가가와 현香川縣 나카타도 군仲多度郡 다도쓰 정多度津町과 젠쓰지 시善通寺市의 일대. 다도쓰 정에는 가이간지海岸寺가 있고, 탄생지誕生地로 삼고 있음. 일반적으로 젠쓰지(뵤부 포屏風浦 고가쿠 산五岳山 탄생원誕生院)를 탄생지로 삼음.
7　이하, 성인聖人이나 위인의 탄생에 얽힌 전형적인 기서담奇瑞譚.

그 아이는 대여섯 살이 되자 흙으로 불상을 만들거나 풀이나 나무로 불당과 닮은 것을 세우거나 했는데, 어느 날 여덟 잎의 연꽃[8] 속에 계신 많은 부처님과 자신이 이야기하는 꿈을 꾸었다. 하지만 이 꿈을 다른 사람에게는 물론 부모님에게조차 이야기하지 않았다. 부모는 이 아이를 더없이 귀하게 여기고 있었다. 또 어떤 사람[9]이 보니, 고귀한 네 명의 동자[10]가 항상 그 아이를 따라다니며 예배하고 있었다. 때문에 이웃 사람들은 아이를 가리켜 "신동神童이다."라고 서로 말했다. 그 모친에게는 오라비가 한 명 있었다.[11] 지위는 오위五位로 이요伊予 친왕親王[12]이란 사람 《밑에서》[13] 한적漢籍을 배우고 있었다. 그 사람이 아이의 모친을 향해, "이 아이가 가령 승려가 된다 해도, 역시 한적을 읽고 공부시키는 편이 좋을 걸세."라고 말했다. 그리하여 아이는 한적을 배워 문장文章에 통달하게 되었다.

그리고 연력延曆 7년 되던 해, 열다섯의 나이로 상경上京하여 직강直講[14] 우마사케노 기요나리味酒淨成[15]란 학자 밑에서 『모시毛詩』, 『좌전左傳』, 『상서尙書』[16] 등을 읽고 배웠는데, 마치 그전부터 알고 있었던 것처럼 이것들을 잘 이해하였다.

그런데 이 아이는 불도를 더 좋아하여 점차 출가할 생각을 하기 시작했다. 그래서 아이는 다이안지大安寺[17]의 곤조勤操[18] 승정僧正이란 사람을 만

8   태장만다라胎藏曼茶羅의 중태팔엽원中台八葉院을 가리킴.
9   『수행연기修行緣起』에는 "공사문민고사公使問民苦使"라고 되어 있음. 안찰사按察使와 같은 관리로 추정.
10 호법천동護法天童 → 불교(호법).
11 아토노 오타리阿刀大足 → 인명.
12 → 인명.
13 저본의 파손에 의한 결자. 문맥을 고려하여 보충.
14 대학료大學寮의 명경도明經道의 교관. 명경明經 박사·조교 아래에서 경서를 강수講授하는 역할.
15 미상. 『수행연기』에서는 구카이의 한학漢學 스승을 "직강直講 우마사케노 기요나리味酒淨成"라고 함.
16 모두 오경五經의 하나. 대학료의 교과. 권11 제20화 참조.
17 → 사찰명.
18 → 인명.

나, 허공장구문지법虛空藏求聞持法[19]을 배우고, 지성으로 이것을 받들어 염송하게 되었다.

한편 이 아이가 열여덟이 됐을 때 내심,

'내가 이전에 공부했던 한적漢籍은 아무런 이익利益도 없구나. 일생이 끝난 뒤 분명 허무하리라. 그저 불도를 공부하는 것만이 길이구나.'

라고 결심했다. 그런 이유로 이곳저곳을 떠돌며 고행하였다. 그러던 어느 날, 아와 지방阿波國의 다이류 산大龍山[20]에 가 허공장의 법을 행하고 있었는데 커다란 검[21]이 하늘에서 날아왔다. 또 한때는 도사 지방土佐國[22]의 무로우토자키室生門崎[23]에서 구문지求聞持의 법을 관념觀念하고 있었는데 명성明星[24]이 입으로 들어왔다. 어떤 때는 이즈 지방伊豆國[25]의 가쓰라다니桂谷의 산사[26]에서 손수 하늘을 향해 『대반야경大般若經』[27]의 마사품魔事品을 □□□□□□□□□□[28] 사이 연력 1□□[29] 년, 곤조勤操 승정이 사자를 시켜□□□□□[30] 마키노오槇尾 산사[31]에서 이 아이의 머리를 밀고 십계十戒[32]를 내렸다.

---

19 → 불교.
20 『수행연기』 및 여러 출전에서는 '다이류노타케大龍嶽'로 명시. 도쿠시마 현德島縣 나카 군那珂郡 소재의 산. 산 위에 샤신 산슈心(捨身)山 다이류지大龍寺(大瀧寺라고도 함)가 있음.
21 검은 지혜의 상징. 구문지법求聞持法의 허공장虛空藏 보살菩薩은 오른손에 화염을 두른 검을 들고, 왼손에 여의보주如意寶珠를 실은 연꽃을 들고 있음. 보살이 감응한 것을 표현한 것임.
22 → 옛 지방명.
23 현재의 고치 현高知縣 남동단의 무로토미사키室戶岬. 무로토미사키 위에는 호쓰미사키지最御崎寺(도지東寺), 교토미사키行當岬에는 곤고초지金剛頂寺(사이지西寺)가 있음.
24 명성明星은 허공장 보살의 화신. 해·달·별은 각각 관음觀音·세지勢至·허공장보살을 상징함.
25 → 옛 지방명.
26 → 사찰명.
27 → 불교.
28 저본의 파손에 의한 결자. 『수행연기』를 참조하면 '썼다. 허공에 문자가 현저하게 나타났고, 육서六書 팔체八體 점획이 흐트러짐이 없었다. 그'라는 내용으로 추정됨.
29 저본의 파손에 의한 결자. 『수행연기』를 참조하면 '2'가 들어갈 것으로 추정됨.
30 저본의 파손에 의한 결자. 『수행연기』를 참조하면 '이즈미 지방和泉國'이 들어갈 것으로 추정됨.
31 → 사찰명.
32 → 불교.

이름은 교카이教海라고 했다. □□□[33] 스무 살이었다.[34] 그 후 다시 스스로 법명法名을 바꾸어 뇨쿠如空라고 했다. 그리고 연력 14년, 스물두 살 때 도다이지의 계단戒壇[35]에서 구족계具足戒[36]를 받았다. 그 이후 이름을 구카이空海라고 하였다. 그 후, '나는 불교 이외의 학문과 불교의 경전도 보았지만 여전히 마음속의 의문은 풀리지 않았다.'라고 생각하고, 부처 어전御前에서

"저는 속히 부처가 되는 가르침을 알고 싶사옵니다. 삼세시방三世十方[37]의 부처들이시여, 아무쪼록 저를 위해 불이법문不二法門[38]을 가르쳐 주시옵소서."

라고 서원하였다.

그러자 그 후 꿈속에 한 사람이 나타나,

"여기에 경經이 있다. 『대비로자나경大毘盧遮那經』[39]이란 이름의 경이다. 이것이야말로 네가 필요로 하는 경전이로다."

라고 고했다. 꿈에서 깬 후 굉장히 기쁘게 생각하고 그 경전을 찾고자 했는데, 야마토 지방大和國[40] 다케치 군高市郡에 있는 구메데라久米寺[41]의 동탑東塔[42] 아래에서 발견되었다. 기뻐하며 경전을 열어보았는데 좀처럼 이해하기 어

---

33 저본의 파손에 의한 결자. '당시'가 들어갈 것으로 추정됨.

34 구카이의 득도得度에 대해서는 20세설(『수행연기』, 『구우카이 승도전空海僧都傳』, 『어유고御遺告』)과 31세설(『속후기續後記』, 『증대승정 구카이 화상전기贈大僧正空海和上傳記』, 연력延曆 24년 9월 1일자 태정관부太政官符)가 있음.

35 → 불교.

36 → 불교.

37 → 불교.

38 → 불교.

39 → 불교.

40 → 옛 지방명.

41 → 사찰명. 본권 제24화 참조.

42 『화주구메데라유기和州久米寺流記』에 따르면, 일본 최초의 다보대탑多寶大塔으로, 높이 8장(약 24m). 선무외善無畏가 건립하고, 탑주 아래에 『대일경大日經』(대비로자나경大毘盧遮那經) 두루마기 7개를 안치했다고 전해짐. 권11 제24화 주 참조.

려웠다. 게다가 일본에는 이것을 이해하는 사람이 없었다. 그리하여 '내가 당에 건너가 이 가르침을 배우자.'라고 생각하고, 연력 23년 5월 12일에 당에 건너갔다. 서른한 살이었다. 같은 때, 견당대사遣唐大使로서 에치젠 지방越前國[43]의 국수國守 정삼위正三位 후지와라노 아손 가도노마로藤原朝臣葛野麻呂[44]란 인물도 당으로 건너갔는데,[45] 그 《사람》[46]과 함께 건너간 것이었다. 바닷길 삼천리[47]를 지나 먼저 당의 소주蘇州[48]란 곳에 도착했고, 그해 8월에는 복주福州[49]로 갔다. 같은 해 12월 하순, 당의 천황[50]이 보내준 사자와 함께 도읍 장안長安에 도착했다. 도읍에 들어가자마자 길에는 이 일행을 보려는 사람들로 넘쳐 났다. 곧 조칙대로 선양방宣陽坊[51]의 관저를 주거지로 하사받았다. 이듬해 또 조칙으로 서명사西明寺[52] 에이추永忠[53] 화상和尚의 옛 저택이었던 사원으로 옮겨 살게 되었다. 그리고 드디어 청룡사青龍寺[54] 동탑원東塔院의 화상인 혜과惠果 아사리阿闍梨[55]를 접견하게 되었다.

화상은 구카이를 보자 미소를 지으며,

"나는 그대가 틀림없이 올 것이라 전부터 알고 있었지만, 참으로 학수고

→ 옛 지방명.

44 → 인명.

45 연력 22년(803) 4월 16일에 출발했지만 폭풍우로 실패하고, 이번이 두 번째 도당渡唐 출항.

46 저본의 파손에 의한 결자. 7월 6일 히젠 지방肥前國 마쓰우라 군松浦郡 다우라다浦(나가사키 현長崎縣 후쿠에 시福江市)에서 출항. 구카이는 정사正使 후지와라노 가도노마로藤原葛野麻呂, 부사副使 이사카와노 미치마스石川道益와 제1선에 승선. 제2선에는 판관判官 스가하라노 기요키미管原淸公, 환학생還學生인 사이초最澄가 탔음.

47 1리는 6정町(약 65m).

48 중국 강소성江蘇省 동남부, 태호太湖 동안東岸의 항구도시. 그러나 소주蘇州 도착은 『수행연기』의 관련 기사를 근거로 오역으로 추정.

49 중국 복건성福建省의 성도省都. 대만 해협에 임한 항구도시로 해상교통의 거점.

50 당의 황제 덕종德宗을 가리킴.

51 장안경長安京의 동시東市 서쪽의 한 구획.

52 → 사찰명.

53 → 인명.

54 → 사찰명.

55 → 인명.

대 하였소. 오늘 마침내 만나게 되어 진심으로 반갑소. 나에겐 불법을 전수해 줄 만한 제자가 없었소이다. 그대에게 모든 것을 전하겠소.”

라고 말씀하셨다. 바로 향화香花를 갖추고 먼저 관정灌頂⁵⁶ 의식을 행할 제단에 들어갔다. 그리고 입학관정入學灌頂⁵⁷을 하고, 양부兩部⁵⁸의 대만다라大曼陀羅를 향해 꽃을 던지자 그것들이 모두 중존불中尊佛⁵⁹인 대일여래大日如來에 놓여졌다. 이것을 본 화상은 대단히 칭찬하셨다. 그 후 전법傳法⁶⁰ 아사리의 관정⁶¹ 직책을 수여받았고, 오백 명의 승려를 초청하여 재회齋會⁶²를 마련했다. 청룡사와 대흥사大興寺⁶³ 양 사찰의 수많은 승려가 이 신재회信齋會⁶⁴에 참석하여 구카이를 칭송했다. 그 뒤 혜과 화상은 일본의 구카이 화상에게 단지의 물을 다른 단지에 옮겨 담듯⁶⁵ 완벽히 밀교密教를 전수하셨다. 또한 많은 화공과 경사經師, 주조鑄造 직인職人 등을 부르시고 만다라曼陀羅 □ □□□□□□⁶⁶ 일체를 하사하시고,

“나는 그대에게 법문을 모두 전수했소. 이제는 □□□□□□⁶⁷ 천하에 널리 알려 중생의 복이 넘치도록 하시오.”

라고 인도하셨다.

---

56 → 불교.
57 → 불교.
58 태장계胎藏界와 금강계金剛界의 만다라曼陀羅(양부兩部 → 불교).
59 태장계·금강계 양쪽의 만다라 중앙에 있는 부처로, 대일여래大日如來를 가리킴. 구카이는 밀교密教의 중심 불인 대일여래와 결연結緣.
60 → 불교.
61 '전법아사리傳法阿闍梨의 관정灌頂'(→ 불교).
62 → 불교.
63 → 사찰명(대흥선사大興善寺).
64 재회의 일종으로 추정.
65 권11 제4화 참조.
66 저본의 파손에 의한 결자. 『수행연기』에는, “曼荼羅王の道具、漸く次第有り。慇懃付屬す。和尚告げて曰く”라고 되어 있음.
67 저본의 파손에 의한 결자. 『수행연기』에는, “이제 법을 전수하였고, 모든 경상經像의 공功이 다하였다. 빨리 본국으로 돌아가서, 국가에 바쳐 천하에 알려 창생蒼生의 복을 더하게 하라.”라고 되어 있음.

당시 혜과 화상의 제자 중에 공봉십선사供奉十禪師[68] 순효順曉[69]란 사람이 있었다. 또 옥당사玉堂寺의 진하珍賀[70]란 승려가 있었는데, 그가 순효를 방문하여,

"설사 그 일본의 승려가 존귀한 성인일지라도 우리들과 동문일 수는 없다네. 그러니 이것저것 평범한 법문을 가르치면 될 것을 뭣 때문에 우리 화상은 비법을 전수하신 것인가."[71]

라고, 거듭해서 불평을 늘어놨다. 그러자 그 진하의 꿈에 사람 하나가 나타나,

"그 일본 승려는 제삼지第三地[72]의 보살[73]이니라. 안으로는 대승大乘[74]의 마음을 갖추고 있지만 그 외면은 일본이란 소국小國[75]의 승려의 모습인 것이다."

라고 말하며, 자신을 강하게 비난하는 꿈을 꿨다. 그리하여 진하는 다음 날 아침 구카이를 찾아가 자신의 과오를 사죄했다.

또한 왕성王城 안의 세 칸의[76] 벽이 있고 거기엔 글이 쓰여 있었는데 벽이 파손된 후로는 아무도 붓을 들어 고쳐 쓰는 이가 없었다. 천황은 어명을 내려 일본의 구카이 화상에게 고쳐 쓰게 하였다. 화상은 붓을 들고 다섯 곳을

---

68 → 불교. 내공봉內供奉 십선사十禪師.

69 → 인명. 권11 제10화 참조.

70 미상. 『수행연기』에 "순효順曉 화상 제자 옥당사玉堂寺 진하珍賀."라고 보임.

71 이 내용은 『수행연기』에 "吳殷纂云"이라 되어 있음. 『어유고御遺告』, 『고보대사어전弘法大師御傳』, 『고보대사행화기弘法大師行化記』도 같음. 『대사행장집기大師行狀集記』, 『고야대사어광전高野大師御廣傳』은 혜과惠果의 말로 되어 있음.

72 → 불교.

73 → 불교.

74 → 불교.

75 당(대국大國)에 대해 일본을 가리킴.

76 "당 궁 안에 세 칸의 벽이 있다. 희지(왕희지王羲之)의 필적이니. 파손 이후 두 칸을 수리하고, 사람이 쓰는 일이 없었다."(『수행연기』)

동시에 쓰셨는데 화상은 한 자루의 붓을 입에 물고, 두 자루를 양손에 쥐고, 두 자루를 양발에 끼고 있었다. 천황은 이것을 보고 감탄하셨다. 그런데 화상이 먹을 갈아서 나머지 벽 한 칸의 표면에 뿌렸더니, 저절로 벽 한 칸 가득히 '수樹'라는 글자가 됐다. 천황은 머리를 《숙여》[77] 감복하시고, 오필五筆[78] 화상이라고 명하고 보리자菩提子[79] 염주를 하사하셨다.

또 구카이가 도읍 안을 돌아보다가 어느 강가에 다가가자, 그곳에 찢어진 옷을 입은 한 명의 동자가 나타났다. 머리는 쑥대마냥 헝클어져 있었다. 그가 화상을 향해 "일본의 오필 화상이더냐?"라고 물었다. "그렇소."라고 답하자 동자는, "그렇다면 이 강물 위에 글자를 써봐라."라고 말했다. 화상은 동자가 말한 대로 물 위에 맑은 물을 칭송하는 시를 썼다. 그 시의 글자는 한 점 흐트러짐도 없이 흘러내려갔다. 동자는 이것을 보고 미소를 짓고는 감탄하였다. 하지만 이 동자가 다시 말했다. "이번에는 내가 써 보지. 화상은 잘 봐두게나."라고 말하고 물 위에 '용龍' 이란 글자를 썼다. 그런데 글자의 오른편에 있는 작은 점 하나를 찍지 않았다. 그러자 그 글자는 그 곳에 떠있는 채로 흘러가지 않았다. 그리하여 작은 점을 찍자, 그 글자는 별안간 요동치며 빛을 내뿜었고, 용왕龍王의 모습으로 변하여 하늘로 올라갔다. 실은 이 동자는 문수文殊[80] 보살이셨던 것이다. 찢긴 옷가지는 영락瓔珞[81]이었던 것이다. 문수보살은 그 자리에서 사라져 버리셨다.

또 화상이 고국으로 돌아가던 날, 드높은 절벽에 올라

---

77 저본의 파손에 의한 결자. 『수행연기』를 참조하여 보충. 본집에서는 전형적인 표현.
78 오필五筆 화상이라고 이명異名이 붙여진 이야기는 『본조신선전本朝神仙傳』(9), 『저문집著聞集』 권7(293), 『삼국전기三國傳記』 권3-3, 『수경水鏡』 하下 등에서 볼 수 있음.
79 → 불교.
80 → 불교. 동형童形으로 화신하여 성자와 면회하는 모티브.
81 주옥珠玉이나 귀금속을 엮어 목이나 가슴에 거는 장신구. 여기서는 옷 전체를 가리킴.

"내가 지금까지 전수받은 비밀의 가르침[82]이 널리 퍼져 받아들여지고, 미륵彌勒 보살의 출세出世[83]까지 받들며 지킬 수 있는 토지가 있을 것이로다. 그 장소에 떨어지거라."

라고 기원하며, 손에 든 삼고三鈷[84]를 일본을 향해 높이 던지자 그 삼고는 저 멀리 날아 구름 속으로 들어갔다.

그 후 대동大同 2년[85] 10월 22일, 무사히 일본으로 귀국했다. 그는 우선 규슈九州에 있으면서 대재부大宰府의 대감大監[86] 다카시나노 도나리高階遠成[87]란 사람에게 부탁하여, 당에서 가지고 돌아온 법문표法文表[88]를 □□□□□□ □□[89] 국내에 퍼뜨리라는 선지를 내리셨다. 더불어 조칙으로,

"□□□□□□[90] 베푸는 것은 견줄 바가 없는 일이다. 신속하게 대내리大內裏의 남쪽 여러 문의 현판을 쓰도록 해라."

라는 분부가 있었다. 그리하여 외문外門의 현판을 전부 썼다. 또 응천문應天門의 현판을 걸고 나서 보니, '應' 자의 처음 점이 어느새 사라졌기에, 놀라서 붓을 높이 던져서 그 점을 찍었다. 사람들은 그것을 보고 손뼉을 치며 감탄했다. 그 후 염원대로 조정에 청원하여 진언종眞言宗을 일으키고 세상에 널리 알렸다. 그러자 그때 여러 종파의 많은 학자들이 이 종파의 즉신성불即身

---

82 진언의 밀교(→ 불교).

83 → 불교(미륵彌勒의 출세出世).

84 → 불교. 이 삼고三鈷가 떨어진 곳이 고야 산高野山이라는 것은 본권 제25화에 부합. 또한 『사석집沙石集』 권 2(8)에서는 삼고가 고야 산에 멈춤. 권11 제25화 참조.

85 바르게는 대동大同 원년(806).

86 대재부大宰府의 삼등관三等官. 소이小貳의 아래, 소감少監의 위. 대재부에 연고자를 임명했음.

87 → 인명.

88 구카이가 청래請來한 불전佛典 목록을 기록한 상주上奏 문서. 도지東寺에 현존. 대동 원년 10월 22일자 '상신청래등목록표上申請來經等目錄表'

89 저본의 파손에 의한 결자. 『수행연기』에는 "청래법문표請來法文表를 바쳤다. 칙명을 따라 도읍에 들어갔다. 곧 청래의 교법을 천하에 전파하라는 선지가 내려졌다."라는 내용이 보임.

90 저본의 파손에 의한 결자. 『수행연기』에는 "조칙에 의하면 대사의 신필神筆은 당나라 어느 누구도 대적할 수 없었다."는 내용이 보임.

成佛[91] 교의에 의문을 갖고 이의를 제기하였다. 그래서 대사는 그 의문을 불식시키기 위하여 청량전清涼殿[92]에서 남쪽을 향해 대일여래의 정인定印[93]을 맺고 깊이 염에 들어가자, 낯빛이 황금처럼 되고 몸에서도 황금빛을 발했다.[94] 모든 사람들은 이 모습을 보고 머리를 숙이고 예배했다. 이러한 영험靈驗[95]이 헤아릴 수 없이 많았다. 한편 대사는 진언의 가르침을 널리 펼치시고, 사가嵯峨[96] 천황의 호지승護持僧[97]이 되어 승도僧都[98]의 자리에 오르셨다. 일본에 진언의 가르침이 퍼진 것은 이 시기부터였다.

그 후 이 승도의 계보[99]를 따르는 자들이 여러 곳에 있어, 진언의 가르침은 지금도 왕성하게 퍼지고 있다고 이렇게 이야기로 전하여 내려오고 있다 한다.

---

91 → 불교. 구카이에게는 『즉신성불의即身成佛義』 한 권의 저작이 있음.
92 내리內裏의 전사殿舍 중 하나. 천황의 평소 거처로 자신전紫宸殿의 서북. 교서전校書殿의 북쪽에 있음. 사방배四方拜・서위敍位・제목除目・관주官奏 등의 공사를 행하는 곳.
93 → 불교.
94 『수행연기』의 관련 기사 참조. 구카이가 부처・보살과 같은 모습을 나타냄.
95 → 불교.
96 → 인명.
97 궁중에 봉사하고, 천황의 신체수호의 가지기도加持祈禱를 행하는 승려. 구카이는 홍인弘仁 원년(810) 호지승으로 임명.
98 → 불교. 구카이의 소승도少僧都 임명은 사가嵯峨 천황 양위 후, 준닌淳仁 천황의 천장天長 원년(824) 3월 6일. 동同 4년 5월 28일 대승도. 일설에는 동 7년 대승도에 전임轉任했다 함.
99 종문의 흐름. 종파宗派.

弘法大師渡宋伝真言教帰来語第九

今昔、弘法大師ト申ス聖御ケリ。俗姓ハ佐伯ノ氏。岐ノ国、多度ノ郡、屏風ノ浦ノ人也。初メ、母阿刀ノ氏、夢ニ、聖人来テ胎ノ中ニ入ル、ト見テ懐妊シテ生ゼリ。

其ノ児、五六歳ニ成ル間、泥土ヲ以テ仏像ヲ造リ、草木ヲ以テ堂ノ形ヲ建ツ。児夢ニ、八葉ノ蓮華ノ中ニ諸ノ仏在マシテ、児ト共ニ語ヒ給フ、ト見ケリ。然レドモ、此ノ夢ヲ父母ニモ不語、況ヤ他人ニ語ラムヤ。父母此ノ児ヲ敬テ貴ブ事無限シ。亦、人有テ此ノ児ヲ見ルニ、止事無クテ、童四人、常ニ児ニ随テ礼拝ス。然レバ、隣ノ人、此ヲ「神童也」ト云フ。亦、

母ノ兄ニ二ノ人有リ。五位也。伊予ノ親王ト云フ人ニ□テ文ヲ学ベリ。其ノ人、児ノ母ニ語テ云ク、「此ノ児、縦ヒ、僧ニ成ルト云、猶、俗典ヲ可読学也」是ニ依テ、児俗典ヲ学テ文章ヲ悟ル。

然ル間、延暦七年ト云フ年、十五ニシテ京ニ入ル。直講味酒ノ浄成ト云フ学生ニ随テ、毛詩、左伝、尚書等ヲ読学ブニ、明ナル事兼テ知レルガ如シ。

然ルニ、児仏ノ道ヲ好テ、漸ク世ヲ可厭キ志ヲ企ツ。即チ、大安寺ノ勤操僧正ト云フ人ニ会テ、虚空蔵ノ求聞持ノ法ヲ受学テ、心ヲ至シ持ツ念ケル。

而ルニ、児年十八ニシテ心ニ思ハク、「我レ前ニ学ブ所ノ俗典、惣テ利無シ、一期ノ後ハ是空キ也。只、不如、仏ノ道ヲ学バム」ト。是ニ依テ、所々ニ遊行シテ苦行ヲ修ス。或ハ、阿波ノ国ノ大竜ノ嶽ニ行テ、虚空蔵ノ法ヲ行フニ、大ナル剣、空ヨリ飛ビ来ル。或ハ、土佐ノ国ノ室生門崎ニシテ、求聞持ノ行ヲ観念スルニ、明星口ニ入ル。或ハ、伊豆ノ国ノ桂谷

ノ山寺ニシテ、自ラ虚空ニ向テ大般若ノ魔事品ヲ

間、延暦十

槇尾山寺頭ヲ　ト云

フ年、勒操僧正、使ヲ

剃テ十戒ヲ授ク。名ヲ教海ト云フ。

亦、自ラ名ヲ改テ、如空ト云フ。

二十二ニシテ東大寺ノ戒壇ニシテ具足戒ヲ受ク。其

ヲ空海ト申ス。其後、自ラ思ハク、「我レ外典ヲ、内教ヲ見

ルト云ヘドモ、心ニ疑ヲ懐ク」。即チ仏ノ御前ニシテ誓言ヲ

成ス。「我レ速疾ニ仏ニ可成キ教ヲ知ラム。

十方ノ仏、我ガ為ニ二不二法門ヲ示シ給ヘ」ト。

其後、夢ノ中ニ、人有テ、告テ云ク、「此ニ経有リ、大毗

盧遮那経ト名ヅク。即チ、是汝ガ要スル所也」ト。

心ニ喜ヲ成シテ夢ニ見ル所ノ経ヲ尋ネ求ルニ、大和国、高

市郡、久米寺ノ東ノ塔ノ本ニシテ此経ヲ得タリ。喜デ是ヲ開

見ルト云ヘドモ、難悟得シ。此ノ朝ニ是ヲ知レル人無シ。

「我唐ニ渡テ、此ノ教ヲ習ハム」ト思テ、延暦二十三年ト云

フ年ノ五月十二日ニ唐ニ亘ル。年三十一也。其時、遣唐大使

トシテ越前ノ守、正三位藤原朝臣葛野麻呂ト云フ人、唐ニ亘

ル。其ノ□相共ナヒテ亘ルニ、海ノ道三千里也。先ヅ、彼ノ

国ニ蘇洲ト云フ所ニ至着ク。其年ノ八月ニ福洲ニ至ル。同十

二月ノ下旬ニ、天皇ノ使ヲ給リテ、上都、長安ノ城ニ至ル。京

師ニ入ルニ、是ヲ見ル人道ニ満テリ。即チ詔ニ依テ宣陽坊

ノ宮宅ニ住ス。次年、勅ニ依テ、西明寺ノ永忠和尚ノ旧院ニ

移住ス。遂ニ、青竜寺ノ東塔院ノ和尚、恵果阿闍梨ニ値

奉レリ。

和尚此ノ人ヲ見テ、咲ヲ含テ喜テ云ク、「我レ汝ガ可来キ事

ヲ兼テ知レリ。相待二久

シ。今日相見ル事ヲ得タ

リ。是、幸也。我レ、法

ヲ可授キ弟子無カリツ。

汝ニ皆ヲ可伝シ」ト。即チ、

香花備ヘテ、始テ灌頂

弘法大師(弘法大師絵伝)

壇ニ入ル。其後入学灌頂シテ、両部ノ大曼陀羅臨テ華ヲ拋ルニ皆中尊ニ着ク。和尚此レヲ見テ、讃メ喜ビ給フ事無限シ。

其後、伝法阿闍梨ノ灌頂ノ位ヲ受ク。五百ノ僧ヲ請ジテ斉会ヲ儲ク。青竜、大興、二ノ寺ノ諸ノ僧ノ信斉会ニ臨テ讃メ喜ブ。其ノ後、和尚日本ノ和尚ニ蜜教ヲ伝フル事、瓶ノ水ヲ写スガ如シ。亦、諸ノ絵師、経師、鋳師等ヲ召テ、曼陀羅

□□□付属シテ告テ云ク、「我レ汝ニ□□□□□法ヲ授畢ヌ。今ハ□□□□□衆生ノ福ヲ可増シ」ト。□□□□□天下ニ流布シテ

其時ニ、弟子、供奉十禅師順暁ト云フ人有リ。亦、玉堂寺ノ珍賀ト云フ僧有テ、順暁ニ会テ云ク、「日本ノ沙門、縦ヒ貴キ聖人也ト云フトモ、是レ門徒ニ非ズ。然レバ、諸ノ教ヲ可令学キニ、何ゾ秘蜜ノ教ヲ被授ルゾ」ト、両三度妨申ス。即チ、夢ノ中ニ人有テ、告テ云ク、「日本ノ沙門ハ、此レ第三地ノ菩薩也。内ニハ大乗ノ心ヲ具シ、外ニハ小六沙門ノ相ヲ示ス」ト云テ、我ガ身ヲ被降伏ル、ト見テ、明ル朝ニ行テ

過ヲ謝シテ□□□□□。

亦、宮城ノ内ニ三間ノ壁ニ手跡有リ。破損ジテ後、人筆ヲ下シテ改ル事無シ。天皇勅ヲ下テ、日本ノ和尚ニ令書ム。和尚筆ヲ取テ、五所ニ五行ヲ同時ニ書給フ。口ニ歌ヘ、二ノ手ニ取テ、二ノ足ニ狭メル也。天皇是ヲ見テ、讃メ感ジ給フ。

但シ、今一間ニハ、和尚、墨ヲ磨テ壁ノ面ニ灑キ懸ルニ、自然ノ間ニ満テル「樹」ノ字ト成ヌ。天皇首ヲ□テ、五筆和尚ト名ヅケテ、菩提子ノ念珠ヲ施シ給フ。

亦、日本ノ和尚、城ノ内ヲ廻リ見給フニ、一ノ河ノ辺ニ臨ムニ、一人弊衣ヲ着セル童子来レリ。和尚ニ問テ云ク、「是、日本ノ五筆和尚カ」ト。答テ云ク、「然也」ト。童子云ハ、「然ラバ、此ノ河ノ水ノ上ニ書可シ」ト。和尚童ノ云フニ随テ、水ノ上ニ、清水ヲ讃ル詩ヲ書ク。其ノ文、点不破シテ流レ下ル。童是ヲ見テ、咲ヒ合テ、亦、童ノ云ク、「我レ亦可書シ」。和尚是ヲ感歎ノ気色有リ。即チ水上ニ「龍」ノ字ヲ書ク。但シ、右ニ一ノ

小点不付。文字、浮ビ漂テ不流。即チ、小点ヲ付ルニ、

響ヲ発シ光ヲ放チ、其字竜王ト成テ、空ニ昇ヌ。此ノ童ハ文

殊ニ在マシケリ。弊衣ハ瓔珞也ケリ。即チ失ヌ。

亦、和尚本郷ニ返ル日、高キ岸ニ立テ祈請テ云ク、「我ガ

伝ヘ学ベル所ノ秘蜜ノ教、流布相応シテ弥勒ノ出世マデ可持

キ地有ラム、其所ニ可落シ」ト云テ、三鈷ヲ以テ日本ノ方ニ

向テ擲ルニ、三鈷、遥ニ飛テ、雲ノ中ニ入ヌ。

其後、大同二年ト云フ年ノ十月二十二日ニ平安ニ帰朝。先

ヅ、鎮西ニシテ大宰府ノ大監高階ノ遠成ト云フ人ニ付テ、持

渡レル所ノ法文表ヲ ｜二｜ ｜三｜ 天下

二可流布キ宣旨ヲ申シ下ス。重テ勅ニ ｜一｜

施ス事無並シ。

ト。然レバ、外門ノ額ヲ書畢ヌ。早ク皇城ノ南面ノ諸門ノ額ヲ可書シ

ヲ見ルニ、初ノ字ノ点既ニ落失タリ。亦、応天門ノ額打付テ後、是

ツ。諸人、是ヲ見テ手ヲ押テ是ヲ感ズ。其後、本意ノ如

ク、真言宗ヲ申シ立テ世ニ弘ム。其時ニ、諸宗ノ諸ノ学者等

有テ、即身成仏ノ義ヲ疑テ論ヲ致ス時ニ、大師彼ノ疑ヲ断ム

ガ為ニ、清涼殿ニシテ、南ニ向テ大日ノ定印ヲ結テ観念スル

ニ、顔色金ノ属ニシテ、身ヨリ黄金ノ光ヲ放ツ。万人是ヲ

見テ、首ヲ低テ礼拝ス。如此キノ霊験幾ク計ゾ。真言教盛リ

ニ弘メ置テ、嵯峨ノ天皇ノ護持僧トシテ僧都ノ位ニテナム在

マシケル。此ノ朝ニ真言教ノ弘マル、此ニ始マル。

其後、此ノ僧都ノ流レ所々ニ有テ、真言教干今盛リニ弘マ

レリトナム語リ伝ヘタルトヤ。

덴교傳敎 대사大師가 송宋에 건너가
천태종天台宗을 전수받고 돌아온 이야기

덴교傳敎 대사전大師傳이라고 해야 할 법한 이야기인데 그와 동시에 천태종天台宗의
전래를 전하여 앞 이야기의 고보弘法 대사의 진언종眞言宗 전래와 함께 헤이안平安 불
교의 기원을 설명하고 있다. 또한 앞 이야기와 같이 표제의 '송宋에 건너가'의 '송'은 '당
唐'이 되어야 할 부분이다.

이제는 옛이야기이지만, 간무桓武[1] 천황天皇의 치세에 덴교傳敎[2] 대사大
師란 성인聖人[3]이 계셨다. 속성俗姓은 미쓰三津 씨, 오미 지방近江國[4] 시가
군志賀郡[5] 사람이었다. 어릴 적부터 명석했고 일곱 살이 되자 참으로 총명
하여 무슨 일이든지 남보다 미리 알고 있었다. 부모는 그런 아들을 신기하
게 여겼다.

열두 살 때 머리를 깎고 법사法師가 되었다. 처음에는[6] 지금의 히에이 산
比叡山이 있는 곳[7]에 들어가 초암을 짓고 불도 수행을 하고 있자니, 향로香

---

1 → 인명.
2 → 인명.
3 → 불교.
4 → 옛 지방명.
5 → 지명.
6 최초 입산入山은 『예산대사전叡山大師傳』에 연력延曆 4년(785) 7월 중순의 일로 되어 있음.
7 불분명한 표현. 결자가 있었던 것으로 추정.

爐[8]의 재 속에서 불사리佛舍利[9]가 나왔다. 이것을 보고 기뻐하며, '이 사리[10]를 어디에 넣어 공양을 올려야 할까.' 하고 고민하고 있자, 다시 재 속에서 꽃 모양의 황금 기물器物이 나왔다. 이 기물에 넣어서 밤낮으로 예배하고 더없이 존귀하게 여겼다.

그러던 중에 법사는 마음속으로, '이 땅에 가람伽藍[11]을 세워 천태종天台宗[12]의 가르침을 널리 알리자.'고 결의하고, 연력延曆 23년에 당으로 건너갔다.[13] 우선 천태산天台山[14]에 올라 도수道邃[15] 화상和尚이란 사람을 만나 천태종[16]의 법문을 전수받았다. 또한[17] 순효順曉[18] 화상을 따라 진언眞言[19]의 가르침을 공부하고, 단지의 물을 다른 단지에 옮겨 담듯 현교顯教와 밀교密敎[20]를 완전히 학습하였다. 그 때 불롱사佛瀧寺[21]의 행만行滿[22] 좌주座主란 사람이 찾아와 이 일본 승려를 보고,

"예전에 이런 이야기를 들은 적이 있소. 그것은 지자智者[23] 대사가, '내가

---

8   → 불교.
9   → 불교. 『예산대사전』, 『덴교대사행장傳教大師行狀』에서는 히에이 산比叡山 입산 이전의 일로 되어 있으며, "히에이 산기슭 신궁神宮 선원禪院"에서 불사리佛舍利와 금화기金花器를 얻었다고 함.
10 → 불교.
11 → 불교.
12 → 불교.
13 사이초最澄는 환학생還學生으로서 제2선에 승선. 구카이는 제1선에 탔음. 권11 제9화 주 참조.
14 → 지명.
15 → 인명.
16 사이초는 정원貞元 20년(연력 23년〈804〉) 9월 하순 천태산天台山 국청사國清寺에 도착. 태주台州의 자사刺史 육순陸淳의 도움으로 태주 용흥사龍興寺에 있던 도수道邃와 만나고 천태 법문을 수법受法함(『예산대사전』).
17 이하 순효順曉에게서 전수받은 것은 동박본東博本 『삼보회三寶繪』 권 하下-27에 있음.
18 → 인명. 『현계론연기顯戒論緣起』 관련 기사 참조.
19 → 불교(진언眞言의 밀교密敎). 이것이 태밀台密의 기원. 선무외先無畏 삼장三藏-의림義林-순효-사이초로 전법(『순효아사리부법문順曉阿闍梨付法文』, 『예산대사전叡山大師傳』)
20 → 불교(현밀顯密). 여기서는 도수道邃로부터 천태법문을, 순효로부터 진언교를 전수받은 것.
21 바르게는 '불롱사佛瀧寺'(→ 사찰명)
22 → 인명.
23 → 인명.

죽은 뒤 이백여[24] 년이 지나, 여기서부터 동쪽에 있는 나라에서 나의 가르침을 전수받아 세상에 퍼뜨리기 위해 스님이 찾아올 것이다.'[25] 라고 말씀하신 일이 있었는데 이것을 지금 견주어 생각해보니, 이 스님이 바로 지자 대사가 말씀하신 인물임에 틀림없소. 《어서》[26] 법문을 전수받아 본국으로 돌아가 널리 알리시는 것이 《좋겠소》"[27]

《라고 말하고 많은 법문을》[28] 마치 단지의 물을 다른 단지에 옮겨 담듯 전수했다.

한편 대사가 당에 건너가려고 했을 때, 먼저 우사하치만 궁宇佐八幡宮[29]에 참배하여, "도중에 해난海難의 걱정 없이 무사히 항해하게 해 주시옵소서." 라고 기원하셨다. 그의 바람대로 그 나라에 도착하여 천태의 법문을 전수받아 연력延曆 24년에 귀국하였다. 이에, 그 답례를 올리려고 우선 우사하치만 궁으로 참배를 가서 신의 어전에서 공손하게 예배하였다. 그리고 『법화경法華經』[30]을 강의하고 나서,

"저는 염원대로 당에 가 천태의 법문을 배워 돌아왔습니다. 이후로는 히에이 산比叡山을 건립하고 많은 승려를 그곳에 살게 하여, 유일무이의 일승종一乘宗[31]을 열어 유정有情[32]한 것도 비정非情[33]한 것도 전부 성불할 수 있는 교지教旨를 깨우쳐주어, 이것을 나라 안에 널리 알리고자 합니다. 본존本尊에 약

---

24 정원貞元 20년(연력延曆 23년)은 지의智顗 대사 사후 207년.
25 동박본東博本 『삼보회三寶繪』의 기사를 근거로 지의智顗의 환생을 사이초라는 설을 이렇듯 의역한 것으로 추정.
26 저본의 파손에 의한 결자. 동박본 『삼보회』를 참조하여 보충.
27 저본의 파손에 의한 결자. 동박본 『삼보회』를 참조하여 보충.
28 저본의 파손에 의한 결자. 동박본 『삼보회』를 참조하여 보충.
29 → 사찰명(우사宇佐 신궁神宮)
30 → 불교.
31 진실은 유일하다는 일승의 가르침을 설법하는 『법화경法華經』을 근본 경전으로 삼는 천태종(→ 불교).
32 감각을 가진 일체의 생물.
33 유정有情에 대해, 초목, 산천, 대지 등.

사불藥師佛[34]을 만들어 드려 모든 중생의 병을 낫게 하고 싶습니다. 그러나 그 바람도 하치만八幡 대보살[35]의 가호가 있어야 성취될 수 있사옵니다."
라고 아뢰었다.

그때 신전 안쪽에서

"성인이여, 그대가 기원하고 있는 것은 실로 존귀하도다. 하루 빨리 그 소원대로 행하도록 하여라. 내 진심으로 가호를 하겠노라. 이 옷을 입고 약사상藥師像을 만들도록 하여라."
라고 하는 신묘한 음성이 들리더니, 신전 안쪽에서 옷이 내던져졌다. 옷을 들어 보니 당의 비단을 진한 자색으로 물들여 면을 두껍게 □[36] 고소데小袖[37]였다. 이것을 하사받고 예배를 하고 나왔다. 그 후 대사는 돌아와 히에이 산을 건립했는데, 그 청정한 옷을 입고 스스로 약사상[38]을 만들었다.

또한 가스가春日[39] 신사神社에 참배하고 신의 어전에서 『법화경』을 강의하자, 보랏빛 구름이 산봉우리 위에서 피어오르더니 경을 강의하고 있는 곳 전체를 에워쌌다. 이렇게 하여 염원대로 천태종을 당에서 일본에 전하여, 이것을 널리 퍼뜨리게 된 것이다.

그 후 이 계보를 따르는 자[40]가 여러 곳에 있다. 또한 각 지방에 이 종파를 공부하는 자가 있어 천태종은 지금도 번성하고 있다고 이렇게 이야기로 전하여 내려오고 있다 한다.

34　→ 불교(약사여래藥師如來).
35　본지수적설本地垂迹說에 의거하여 우사하치만 신宇佐八幡神을 하치만八幡 대보살大菩薩이라고 함.
36　한자표기의 명기를 위한 의도적 결자. '해서 만든' 등의 내용이 들어갈 것으로 추정.
37　우사하치만 신에게 받은 고소데小袖. * 소맷부리가 좁아진 형태의 일본 옷. 처음에는 소박한 통소매의 속옷이었으나 차츰 웃옷으로 발전되었음. 헤이안平安시대에, 예복인 오소데大袖에 받쳐 입었던 속옷.
38　근본일승지관원根本一乘止觀院(근본중당根本中堂)에 안치했던 약사불상藥師佛像.
39　나라奈良의 가스가 신사春日社가 아님. 현재의 후쿠오카 현福岡縣 다가와 군田川郡 가와라 정香春町 가와라香春에 있는 가와라香春 신사神社. 사이초는 이 신사에서 도해渡海의 안전을 기원하고, 사은謝恩을 위해 참배했음.
40　종문의 흐름. 종파.

伝教大師亘宋伝天台宗帰来語第十

今昔、桓武天皇ノ御代ニ、伝教大師ト云フ聖在マシケリ。俗姓ハ三津ノ氏、近江ノ国、志賀郡ノ人也。幼キ時ヨリ心賢クシテ、七歳ニ成ルニ、智リ明也。諸ノ事ヲ兼テ知レリ。父母是ヲ怪ブ。

十二歳ニシテ頭ヲ剃テ法師ト成レリ。始テ、今比叡ノ山ノ所ニ入テ、草ノ庵ヲ造テ仏ノ道ヲ行フ間ニ、香炉ノ灰ノ中ニ仏ノ舎利出デ給ヘリ。是ヲ見テ、喜デ、「此ノ舎利ヲ何ニ入テ行ヒ奉ラム」ト思ヒ煩フ間ニ、亦、灰ノ中ニ金ノ華ノ器出来レリ。此ノ器ニ入奉テ、昼夜ニ礼拝恭敬スル事無限シ。

然ル間、自ラ心ノ内ニ思ハク、「我レ此ノ所ニ伽藍ヲ建立シテ、天台宗ノ法ヲ弘メム」。延暦二十三年ト云フ年、唐ニ渡ヌ。先ヅ、天台山ニ登テ、道邃和尚ト云フ人ニ会テ、天台宗ノ法文ヲ習ヒ伝フ。亦、順暁和尚ト云フ人ニ付テ、真言教ヲ受ケ伝ヘテ、顕蜜ノ法ヲ習ヒ伝フ事、瓶ノ水ヲ写スガ如シ。其ノ時ニ、仏滝寺ノ行満座主ト云フ人来テ、日本ノ沙門ヲ見テ云ク、「我レ、昔ノ、□聞シカバ、智者大師ノ宣ハク、『我レ、死テ後、二百余年ヲ経テ、是ヨリ東ノ国ヨリ我ガ法ヲ伝ヘテ世ニ弘メムガ為ニ沙門来ラムトス』ト宣ヒキ。今思ヒ合スルニ、只此ノ人也。□法文ヲ受ケ伝ヘテ本国ニ帰テ可弘キ□□□事、瓶ノ水ヲ写スガ如シ。

伝教大師（高僧図像）

而ルニ、唐ニ渡ラムト為シ時ニ、先ヅ、宇佐ノ宮ニ詣デ、

「道ノ間、海ノ怖レ無クシテ平カニ渡シ給ヘ」ト、祈リ申シ

給ケルニ、思フが如ク、彼ノ国ニ渡リ着テ、天台ノ法文ヲ習伝

ヘテ、延暦二十四年ト云フ年帰朝スルニ、其喜ビ申サムガ為

ニ、先ヅ宇佐ノ宮ニ詣デ、御前ニシテ礼拝恭敬シテ、法華経

ヲ講ジテ申サク、「我レ思フが如ク唐ニ渡リ、天台ノ法文ヲ習

ヒ伝ヘテ帰リ来レリ。今ヒ比叡山ヲ建立シテ多ノ僧徒ヲ令住

メテ、唯一無二ノ一乗宗ヲ立テ、有情非情皆成仏ノ旨ヲ令悟

メテ、国ニ令弘シ。仏ハ薬師仏ヲ造奉テ『一切衆生ノ

病ヲ令愈メム』ト思フ。但シ、其願、大菩薩ノ御護ニ依テ可

遂キ事也」。

其時ニ、御殿ノ内ヨ

リ妙ナル御音有リ。示

シテ宣ハク、「聖人、

願ヘル所極テ貴シ。

速ニ此ノ願ヲ可遂シ。

我レ専ニ護リヲ可加シ。但、此ノ衣ヲ着テ薬師ノ像ヲ可造

奉シ」トテ、御殿ノ内ヨリ被投出タリ。是ヲ取テ見ルニ、唐

ノ絹、滋ク紫ノ色ニ染テ、綿厚ク□タル小袖ニテ有リ。是ヲ

給リテ、礼拝シテ出ヌ。其後、返テ比叡山ヲ建立スルニ、彼

ノ浄衣ヲ着テ、自ラ薬師像ヲ造奉レリ。

亦、春日ノ社ニ詣テ、神ノ御前ニシテ法華経ヲ講ズルニ、

紫ノ雲、山ノ峰ノ上ヨリ立チ、経ヲ説ク庭ニ覆ヘリ。而ル

間、願フが如、此ノ朝ニ、天台宗ヲ渡シテ弘メ置ケリ。

其後、此ノ流レ所々ニ有リ。亦、国々ニモ此ノ宗ヲ学テ天

台宗于今盛リ也トナム語リ伝ヘタルトヤ。

□□□□□□□□□□□□□□□□□ 돌아온 이야기

산문山門의 기초를 확립한 지카쿠慈覺 대사大師 엔닌圓仁의 입당入唐 구법求法을 전기적으로 기술한 이야기. 엔닌의 입당 구법에 대해서는 본인의 일기 『입당구법순례행기』를 통해 상세하게 그 행적을 알 수 있다. 또 에드윈 라이샤워 박사(1910~90)에 의해 세계사적으로 주목을 받게 되었다. 엔닌의 종교가로서의 정열과 그 원만한 인격은 널리 조야朝野로부터 존경을 받아, 천태종의 발전에 큰 기여를 했다. 이 이야기는 복수의 출전에 의거하여 완성됐다. 또 표제의 결자 부분은 원본 이후의 것으로 생각되며 『지카쿠 대사긍당전현밀법慈覺大師亘唐顯密法 단학본丹鶴本』이라고 저본에 기록되어 있는 것은 단학본에 의해 뒷날 더해진 것임.

이제는 옛이야기이지만, 승화承和[1]의 치세에 지카쿠慈覺[2] 대사大師라는 성인聖人[3]이 계셨다. 속성俗姓은 미부壬生 씨, 시모쓰케 지방下野國 쓰가 군都賀郡의 사람이었다. 처음 태어나셨을 때, 자운紫雲[4]이 드리워져 그 집 위를 둘러쌌다.

그 무렵 그 지방에 고지廣智[5] 보살菩薩이란 성인이 계셨다. 멀리 있는 자운을 보고 놀라 그 집을 찾아와서 "도대체 이 집안에 무슨 일이 있었던 것입

---

1 제54대 닌묘仁明 천황天皇의 치세. 833년~850년.
2 → 인명. 휘諱는 엔닌圓仁.
3 → 불교.
4 자색의 서운瑞雲. 고승高僧의 탄생설화에 있는 기서奇瑞의 모티브.
5 → 인명. '보살菩薩'은 덕행에 대한 존칭.

니까?"라고 물었다. 이 집 주인이 "오늘 사내아이가 태어났습니다."라고 답했다. 고지 보살은 부모에게,

"그 태어난 사내아이는 필시 존귀한 성인이 될 인물이오. 당신들이 그 아이의 부모일지라도 깊이 공경하지 않으면 안 될 것이오."

라고 일러주고 돌아갔다. 그 후 그 사내아이는 점차 성장하여 어느새 아홉 살이 되었다. 어느 날 부모에게,

"저는 출가하고자 합니다. 고지 보살이 계신 곳에 가서 경經을 배우고 싶습니다."

라고 간청하셨다. 그리고 배워야 할 경을 구하고 있자 『법화경法華經』[6]의 보문품普門品[7]을 손에 넣을 수 있었다. 이리하여 고지를 스승으로 모시고, 이 경을 공부하게 되었다.

어느 날 이 아이가 《꿈》[8]을 꿨다. 한 사람의 성인이 나타나 자신의 머리를 쓰다듬었다.[9] 그러자 그 옆에 또 다른 사람이 "너는 머리를 쓰다듬은 사람을 알고 있느냐."라고 말했다. 아이가 "모릅니다."라고 답하자 그 사람이 다시,

"이 분은 히에이 산比叡山의 대사[10]이니라. 네 《스승》[11]이 될 것이라 머리를 쓰다듬은 것이니라."

라고 말했다. 꿈에서 깨어 이 아이는 '그렇다면 나는 히에이 산의 승려가 될 것이 틀림없구나.'라고 생각하고, 나이 《열다섯》[12] 살 때 드디어 히에이 산에 올라 처음으로 덴교傳教[13]대사를 뵙게 되었다. 대사는 미소를 지으며 더

6 → 불교.
7 → 불교.
8 저본에 없음. 문맥을 고려하여 보충.
9 부처가 법法을 부촉付囑하거나, 수기授記할 때에, 제자의 머리를 쓰다듬는 것. 마정摩頂 관정灌頂.
10 덴교傳教 대사(→ 인명) 사이초最澄를 가리킴.
11 저본의 파손에 의한 결자. 『법화험기法華驗記』를 참조하여 보충.
12 연령의 명기를 위한 의식적 결자. 『지카쿠 대사전慈覺大師傳』을 참조하여 보충.
13 덴교傳教 대사(→ 인명). 사이초는 홍인弘仁 13년(822) 6월 4일 57세로 입멸入滅.

없이 반기셨는데, 그 모습은 이미 알고 있는 사람을 만나시고 있는 것 같았다. 소년도 또한 대사의 모습이 꿈에서 본 것과 다름없다고 생각했다. 그 후 대사를 스승으로 모시고, 머리를 밀고 법사法師가 되었다. 이름은 엔닌圓仁이라고 했다. 이리하여 엔닌은 현밀顯密[14]의 가르침을 배우게 되었는데 명민하여 모든 것을 이해하셨다.

얼마 후에 덴교 대사가 숨을 거두어 엔닌은, '당唐에 가서 현밀의 가르침을 완벽히 공부하자.'라고 결심했고, 승화承和 2년[15]에 당나라로 건너갔다. 천태산天台山[16]에 올라 오대산五臺山에 참배하고 이곳저곳을 걸어 성스러운 유적을 찾았고, 또 불법이 전파된 곳에 가서는 그것을 배웠다. 당시는 회창會昌 천자天子[17]란 천황의 치세였고, 이 황제는 불법을 없애기 위해 선지宣旨[18]를 내려 사찰이나 탑을 파괴하고 정교正敎[19]를 불태웠고, 승려를 붙잡아 속인俗人으로 만들어버렸다. 이 선지의 사자가 사방으로 흩어져 파괴를 일삼았다.

그즈음 대사가 이 사자를 만났다. 대사는 혼자[20]였고 따르는 이는 없었다. 사자는 대사를 발견하고 기뻐하며 쫓아갔다. 대사는 어느 불당 안으로 숨어들었다. 사자는 쫓아와서 당 문을 열고 찾기 시작했다. 대사는 궁지에 몰려

14 → 불교.
15 『법화험기』의 기사를 가져온 것. "당에 건너가"라고 되어 있는데, 실제로는 승화承和 2년(835)은 엔닌圓仁이 천태天台 청익승請益僧으로서 제17차 견당사遣唐師 수행随行의 칙勅을 받은 해. 출발은 승화 5년 6월 13일 (『순례행기巡禮行記』).
16 → 지명. 엔닌은 승화 5년 7월 2일(당의 개성開成 3년 7월 2일)에 양주揚洲에 상륙. 당초, 천태 산天台山을 가고자 했지만 허가가 안 돼서, 하는 수 없이 오대산五臺山에 참배했음. 오대산에는 개성 5년(승화 7년) 5월에 도착. 중대中臺·서대西臺·동대東臺·남대南臺를 순례하고, 7월에 하산함(『순례행기』).
17 → 인명. 당의 무종武宗 황제皇帝. 회창會昌은 치세의 연호.
18 무종은 도교道敎를 중시해 회창 3년(승화 10년) 3월 3일 폐불廢佛 칙령을 내리고, 이후 불교를 철저히 탄압함. 그 구체적 상황은 『순례행기』 권3·권4가 상세함.
19 → 불교.
20 실제 수행했던 제자 이교唯曉는 회창 3년 7월 24일 32세에 병사했지만, 다른 제자 이쇼唯正, 요보로노 오마로丁雄滿가 항상 따르고 있었음(『순례행기』).

불상이 늘어선 속에 들어가 《앉아, 부동명왕不動明王을 염하고 있었다. 사자 는》[21] 아무리 찾아도 승려를 찾을 수가 없었다. 단지 불상 속에 새로운 부동 존不動尊 일체一體[22]가 《계실 뿐이었다. 사자가 이 부동존을 의심스럽게 여기 고》[23] 살펴보자, 대사가 원래 모습으로 돌아와 그곳에 있었다. 그래서 사자 는, "당신은 누구십니까?"라고 물었다. "일본국日本國에서 불법을 공부하기 위해 온 승려입니다."라고 답했다. 사자는 두려워하며 속인으로 만들고자 하는 것을 중지하고[24] 천황에게 일의 자초지종을 아뢰었다. 그러자 천황은, "타국의 성인이로다. 서둘러 국외로 추방하라."고 선지를 내리셨다. 그리하 여 사자는 대사를 석방했다.

대사는 기뻐하며 황급히 그곳을 떠나 다른 나라로 도망쳤다. 도중에 아주 높은 산을 넘어가자 인가가 있었다. 살펴보니 집은 성벽[25]을 견고하게 쌓아 올려 둘러싸고 주위는 엄중하게 경계하고 있었다. 그 한 구석에 문이 있었 고 문 앞에는 남자가 서 있었다. 이것을 본 대사는 기뻐하며 달려가서, "여 기는 어떤 곳입니까?"라고 물었다. "여기는 어느 장자님의 집입니다. 성인 께선 뉘신지요?"라고 말했다. 대사는

"저는 불법을 공부하려고 일본에서 건너온 승려입니다. 그런데 불법을 없 애고자 하는 시국에 직면하여, 잠시 숨어 있기 위해 마을과 떨어진 곳에 머 물고자 합니다."

라고 답했다. 문에 서 있던 남자는

---

21 저본의 파손에 의한 결자. 『타문집打聞集』, 『우지 습유宇治拾遺』를 참조하여 보충.
22 부동명왕不動明王 일체一體. 엔닌이 선정禪定에 들어가, 부동명왕상不動明王像을 볼 수 있었다 함. 부동의 주 문을 외워 부동명왕이 되는 모티브는 『우지 습유』(17)에 보임.
23 저본의 파손에 의한 결자. 『타문집』, 『우지 습유』를 참조하여 보충.
24 사실事實은 엔닌 일행의 외국승은 환속還俗 되어 국외 퇴거를 명받음. 엔닌 일행도 하는 수 없이 환속하고, 귀국을 청원했음.
25 중국 도성都城은 취락聚落 주위에 견고한 성벽을 두르고, 그 안에 쌓았음.

"여긴 《여간해선》[26] 사람이 오지 않는 굉장히 조용한 곳입니다. 그런 사정이시라면 얼마간 여기에 거하시면서 세상이 조용해진 후에 나가서 불법을 공부하심이 좋을 듯싶습니다."

라고 말했다. 대사는 이것을 듣고 기뻐하고 이 사람을 따라 안으로 들어갔다. 그러자 그 남자는 즉시 문의 열쇠를 잠가버렸다. 남자는 문으로 들어가 아득히 깊숙한 곳을 향해 걸어갔다. 대사도 함께 걸어가며 보시니 갖가지 가옥이 서로 겹쳐져 늘어져 있었고, 많은 사람이 《살고 있어서 소란스러운 목소리가 들렸다. 그 한편에》[27] 빈 집이 있어 그곳을 대사의 거처로 삼았다.

대사는 '이렇게 조용한 장소에 오게 되다니. 세상이 잠잠해질 때까지 여기서 지내고 있으면 되겠구나.'라고 기뻐하고, '혹시 불법과 관련된 것이 있지는 않을까.'라고 생각하여 여기저기를 찾아다니며 걸어보았지만, 불상도 경전도 전혀 찾을 수 없었다. 그런데 뒤쪽에 집 하나가 있었다. 가까이 가서 들으니, 사람의 신음소리가 빈번히 들렸다. 수상히 여기고 들여다보자, 사람을 묶어 올려서 천장에 매달아 놓고 아래에는 단지를 둬서 그 단지로 피를 받고 있었다. 무엇을 하고 있는지 도무지 알 수 없어 물어보았지만 답이 없었고, 수상하게 생각하며 그곳을 떠났다. 또 다른 장소를 들여다보니 그곳에서도 신음소리가 들렸다. 낯빛이 새파랗고 앙상히 마른 자가 한가득 누워있었다. 그중 한 명을 손짓하여 불렀더니 기어서 다가왔다.

대사가 "여기는 뭐하는 곳입니까? 이런 잔인한 일이 벌어지고 있다니."라고 말하자 이 사람이 실같이 가느다란 팔꿈치를 《펴》[28]고 나무 조각을 들어 땅에 글씨를 썼다.

---

26 해당 어구의 한자 표기의 명기를 위한 의식적 결자. 「타문집」, 「우지 습유」를 참조하여 보충.
27 저본의 파손에 의한 결자. 「타문집」, 「우지 습유」를 참조하여 보충.
28 저본의 파손에 의한 결자. 「타문집」, 「우지 습유」를 참조하여 보충.

'여긴 교힐성縞纈城입니다. 모르고 여기로 들어온 사람에게 우선 말을 못하게 만드는 약을 먹이고, 다음으로 살이 찌는 약을 먹입니다. 그 후 높은 곳에 매달아 몸 곳곳을 베어 피를 단지에 흘려 넣고, 그 피로 비단을 염색하여 생업으로 하는 곳입니다. 그것을 몰라서《이런 꼴을 당한 것이지요. 음식 속에 깨처럼 거무스름한 것이 들어있는데 그것이 말을 못하게 만드는 약입니다. 그런 것을 권한다면》[29] 먹어버린 표정을 짓고, 누가 말을 걸면 말이 안 나오는 것처럼 끙끙거리고 절대로 아무 말씀 마십시오. 저희들은 그 약에 대해 모르고 먹어서 이런 꼴이 된 것입니다. 어떻게든 도망치시지 않으면 안 됩니다. 주위의 문은 엄중하게 자물쇠가 걸려 있어 여간해선 나갈 수 없습니다.'

라고 썼다. 이것을 보자마자 대사는 간담이 서늘해지고 어안이 벙벙했다. 하지만 어찌 되었든 간에 원래의 거처로 돌아갔다. 얼마 후에 어떤 사람이 음식을 가지고 왔다. 살펴보니 앞서 들은 바와 같이 깨 같은 것을 식기에 담아 앞에 두었다. 이것을 먹는 척 하면서 품에 넣어 밖에 버렸다. 식사가 끝나자 다시 그 사람이 와서 물어보았지만 대사는 신음할 뿐 아무것도 말하지 않았다. 그러자 '잘 됐군.'이라는 듯 표정을 하고 떠나갔는데, 나중에 이것저것 살찌는 약을 먹였다. 한편 그 사람이 떠나고 나서 대사는 축인丑寅[30] 방향을 향해 합장을 하고 예배하고,

"본산本山의 삼보약사불三寶藥師佛[31]이시여, 아무쪼록 저를 구해 주시어 고국으로 돌아갈 수 있게 해 주소서."

라고 기도했다. 그때 커다란 개 한 마리[32]가 나타나 대사의 옷소매를 물어

---

29 저본의 파손에 의한 결자. 『타문집』, 『우지 습유』를 참조하여 보충.
30 북동쪽. 여기서는 다음 문장으로 판단해 볼 때 일본의 히에이 산比叡山이 있는 방향이라는 뜻. 히에이 산은 교토京都 북동에 위치하기 때문에 그것이 작용한 것으로 추정.
31 히에이 산 엔랴쿠지延曆寺 근본중당의 본존本尊. 사이초 작作의 약사여래상. 권11 제11화 참조.
32 엔닌을 구조하기 위해 출현한 약사여래의 화신. 또는 사자의 개.

당겼다. 대사가 개가 끄는 대로 나아가자 도저히 통과할 수 없을 것 같은 수문水門[33]이 나왔다. 그러나 개는 거기서 대사를 끌어냈다. 바깥으로 나왔다고 생각하자 개는 보이지 않게 되었다. 대사는 눈물을 흘리고 기뻐하며, 그곳에서 발이 가는 대로 달렸고 먼 야산을 넘어 마을로 나왔다.

마을 사람이 대사의 모습을 보고 "그렇게 달려오시는 성인께선 어디서 오신 겁니까?"라고 물었다. "여차저차 그런 곳에 가서……"라고 대사가 이제까지 체험하고 온 것을 이야기하자 그 마을 사람이,

"거긴 교힐성입니다. 사람 피를 짜내어 염색을 하는 것을 생업으로 하는 곳입지요. 그곳에 간 사람은 두 번 다시 돌아오지 않았습니다. 정말로 부처님이나 신의 구원 없이는 도저히 도망칠 수 없습니다. 거기서 도망쳐 오셨다는 것은 당신께선 대단히 존귀한 성인이시군요."

라고 기뻐하며 그곳을 떠났다. 대사는 거기서 더 멀리 도망쳐 가서 도읍[34] 쪽으로 찾아와 남몰래 물어보니 회창 천자는 돌아가셨고[35] 다른 천황[36]이 즉위하셨기에 불법을 없애기로 했던 것은 철회된 상태였다.

대사는 오랜 숙원대로 《청룡青龍》사寺[37]의 의조義操[38]란 사람을 스승으로 하여 밀교를 전수받아 승화 14년[39]에 귀국하여 현교의 가르침을 펼치셨다고 이렇게 이야기로 전하여 내려오고 있다 한다.

---

33 권29 제28화에도 수문水門에서 탈출하여 목숨을 구한 기사가 있음.

34 당의 수도, 장안長安.

35 회창 6년(승화 13년(846)) 3월 23일, 단약丹藥 복용에 의한 중독사. 33세. 엔닌은 일본으로의 귀도歸途에서 양주에 있으며 무종의 붕어를 알았음.

36 당 16대 선종宣宗 황제. 폐불 정책을 철회하고 불사佛寺 부흥정책을 행함.

37 사명寺名의 명기를 염두에 둔 의도적인 결자. → 사찰명(청룡사青龍寺).

38 → 인명. 여기서는 의조義操의 제자인 의진義眞이 옳다고 추정됨. 엔닌은 회창 원년(승화 8년) 4월 4일 청룡사 동탑원東塔院에 들어가고, 같은 해 5월 3일에 의진에게서 태장대법胎藏大法, 소실지대법蘇悉地大法을 전수받았음(『순례행기』).

39 847년.

帰来語第十一

今昔、承和ノ御代ニ、慈覚大師ト申ス聖在マシケリ。俗姓ハ壬生ノ氏、下野国都賀ノ郡ノ人也。初メ生ケル時、紫雲立テ、其ノ家ニ覆ヘリ。

其ノ時ニ、其ノ国ニ広智菩薩ト云フ聖有リ。遥ニ此ノ紫雲ヲ見テ驚テ、其ノ家ニ尋テ来レリ。問テ云ク、「此ノ家ニ何ナル事カ有ル」ト。家ノ主答テ云ク、「今日男子生レリ」ト。広智菩薩、其ノ父母ニ教ヘテ云ク、「其ノ生レル男子ハ、是止事無キ聖人ト可成キ人也。汝等、父母也ト云フトモ、専ニ可敬シ」ト云置テ、返ヌ。其ノ後、其ノ男子漸ク勢長ジテ、既ニ九歳ニ成ヌ。父母ニ語テ云ク、「我レ出家ノ心有リ。広智ノ所ニ行テ経ヲ習ハム」ト云テ、経ヲ求ルニ、法華経ノ普門品ヲ得タリ。是ヲ以テ、広智ニ随テ是ヲ習フ。

而ル間、児、□ビノ中ニ、聖人有テ、我ガ頂ヲ撫ヅルヲ、亦傍ニ一人有テ告テ云ク、「汝ヂ、此ノ頂撫ヅル人ヲバ知タリヤ否ヤ」ト。児答テ云ク、「不知」ト。亦云ク、「是ハ比叡山ノ大師也。汝ガ□□□□ト可成キニ依テ、汝ガ頂撫ヅル也」ト。夢覚テ、見テ思ハク、「然レバ、我レハ比叡山ノ僧ト可成ニコソ有ナレ」ト思テ、年□歳ニシテ、遂ニ比叡山ニ登テ、

始メ伝教大師ヲ見ルニ、大師咲ヲ含テ、喜ビ給フ事無限シ。本ヨリ知レル人ヲ見ルガ如シ。児亦、昔夢ニ見シ形ニ替ル事無シ。〔大師〕ニ随テ頭ヲ剃テ法師ト成ヌ。[三]名ヲ円仁ト云フ。[四]顕蜜ノ法ヲ習フニ、[五]少シキ愚ナル事無シ。

而ル間、伝教大師失給ヒヌレバ、心ニ思ハク、「我レ、唐ニ渡テ顕蜜ノ法ヲ習ヒ極メム」ト思テ、承和二年ト云フ年、唐ニ渡リ、天台山ニ登リ、五臺山ニ参リ、所々ニ遊行シテ聖跡ヲ礼シ、仏法流布ノ所ニ行テハ是ヲ習フ間、恵正天子ト云フ天皇ノ代ニ、此ノ天皇、仏法ヲ亡ス宣旨ヲ下シテ、寺塔ヲ破リ壊シ正教ヲ焼キ失ヒ、法師ヲ捕テ令還俗ム。使四方ニ相ヒ分レテ亡。

其時ニ、大師此ノ使ニ会ヌ。[一四]独身ニシテ随ヘル者無シ。使

不動明王（醍醐寺）

等大師ヲ見テ喜テ追フ。大師逃ゲテ、[一五]一ノ堂ノ内ニ入ヌ。使来テ堂ヲ開テ求ム。大師可為キ方無クテ、仏ノ中ニ居テ[一六]〔求ムルニ、僧不見、只新キ不動一体[一七]〕見ル時ニ、大師本ノ形ニ成テ在マス。使、「何ナル人ゾ」ト問フニ、「日本ノ国ヨリ法ヲ求メムガ為ニ来レル僧也」ト答フ。使恐レテ、〔他国ノ聖也。速ニ可追棄〕宣旨ニ云ク、令還俗事ヲバ暫ク止メテ、天[一八]皇ニ此ノ由ヲ奏ス。然レバ、使大師ヲ免ス。

大師喜テ、其所ヲ走リ去テ、他ノ国ヘ逃ル間ニ、遥ナル山ヲ隔テ、人ノ栖有リ。見レバ、城固ク築キ籠テ、[一九]廻リ強ニ固メタリ。一面ニ門有リ。其門ノ前ニ二人立テリ。大師是ヲ見テ、喜テ、寄テ、「是ハ何ナル所ゾ」ト問フ。答テ云ク、「是ハ一人ノ長者ノ家也。聖人ハ何ゾ」ト。大師答テ云ク、「仏法ヲ習ハムガ為ニ日本ノ国ヨリ渡レル僧也。然ルニ、仏法ヲ[二〇]亡ビテ世ニ会テ、暫ク隠レ居テ、忍ビタラム所ニ有ラムト思フ也」。門ニ立タル人ノ云ク、「此ノ所ハ□テ人不来シテ極

テ静ナル所也。然レバ暫ク、是ニ在マシテ、世ノ静ニ成ナム後ニ、出テ仏法ヲモ習ヒ可給キ也」ト。大師是ヲ聞テ、喜ビヲ成シテ、此ノ人ノ後ニ立入ヌ。門ヲ即チ差シツ。門ヲ入テ遥ニ奥ノ方ニ歩ビ行ク。大師モ共ニ行テ見給ヘバ、様々ノ屋共造リ重ネタリ。人多ク□ノ空キ屋ニ有ルニ、大師ヲ令居ツ。大師、「此ク静ナル所ニ来ヌ。世ノ静ナラム程此ニ有ラム、吉キ事也」ト喜テ、「若シ仏法ヤ在ス」ト思テ、所々ヲ伺ヒ見行クニ、惣テ仏経見エ給フ所無シ。後ノ方ニ屋有テ、寄テ立チ聞ケバ、人ノ病ム音共多ク聞ユ。怪シト思テ、臨テ見レバ、人ヲ縛テ上テ鈎リ懸テ、下ニ壺ヲ置テ、其壺ニ血ヲ垂ル。是ヲ見ルニ惣テ不心得ネバ、問ヘドモ、不答へ。亦、他ノ方ヲ臨バ、亦、人ノ吟ク音有リ。色極テ青キ者共痩セ枯タル、多ク臥セリ。一人ヲ招ケバ、這ヒ寄

慈覚大師（高僧図像）

リ来レリ。大師問テ云ク、「是ハ何ナル所ゾ。此ク難堪気ナル事共ノ見ユルハ」ト。此ノ人、木ノ端ヲ取テ、縷ノ様ナル肱ヲ指シニ□ベテ、土ニ書ヲ見レバ、「是ハ縉紳ノ城也。不知シテ此ニ来ヌル人ヲバ、先ヅ物ヲ不云ヌ薬ヲ令食テ、次ニ肥ユル薬ヲ令食ム。其後ニ、高キ所ニ釣リ保テ、所々ヲ差シ切テ、血ヲ出シテ壺ニ垂レ、其血ヲ以テ縉紳ヲ染テ結ツヽ世ヲ経ル所ヲ不知シテ、既ニ食ツル様ニ成テ、人間フ事ヲ□バ物ヲ不云ヌ様ニテウメキテ、努々、物宣フ事無カレ。我等モ其薬ヲ不知シテ食テカヽル目ヲ見ル也。相構テ逃ゲ可給キ也。廻リ門ハ強ク差シテ、オボロケニテハ人可出キ様モ無キ也」ト書タル所ヲ見テ後、大師心肝失テ、惣テ不思。然レドモ、本ノ居所ニ返ヌ。人食物ヲ持来タリ。見レバ、教ヘツル様ニ胡麻ノ様ナル物盛テ居タリ。是ヲ食フ様ニシテ、懐ニ差シ入レテ、外ニ棄テツ。食物ノ後、人来テ問フ事有リト云ヘドモ、ウメキテ物不云ハ、「今ハシ得タリ」ト思ヘ

ル気色ニテ去ヌ。其後ハ可肥薬ヲ種々ニ令食ム。然ル間、人

ノ立去タル程ニ、大師丑寅ノ方ニ向テ掌ヲ合セ、礼拝シテ

云ク、「本山ノ三宝薬師仏、我レヲ助テ古郷ニ返ル事ヲ得

メ給ヘ」ト。其時ニ、一ノ大ナル狗出来ヌ。大師衣ノ袖ヲ食

テ引ク。大師犬ノ引ニ随テ行クニ、可通出クモ無キ水門有リ。

其ヨリ引キ出シツ。外ニ出ヌレバ、犬ハ不見成ヌ。大師泣々

ク喜テ、其ヨリ足ノ向ク方ニ走ルニ、遥ニ野山ヲ越テ人里ニ

出ヌ。

人会テ問テ云ク、「是ハ何ヨリ来レル聖人ノ如此キ走リ給

フゾ」ト。大師、「然々ノ所ニ行テ」有ツル事ノ様ヲ語ル。

其人ノ云ク、「其所ハ縹緲ノ城也。人ノ血ヲシボリテ世ヲ亘

ル所也。其ニ行ヌル人ハ返ル事無シ。実ニ仏神ノ助ケニ非ズ

ハ、可遁キ様無シ。無限ク貴キ聖人ニ在マシケリ」ト喜テ、

別レ去ヌ。其ヨリ弥ヨ逃ゲ去テ、王城ノ方ニ至テ、忍聞ク程

ニ、恵正天子失給ヒヌ。他ノ天皇位ニ即給ヌレバ、仏法亡ス

事止ヌ。

지쇼智證 대사大師가 송宋에 건너가 현밀법顯密法을 전수받고 돌아온 이야기

천태종天台宗 법문法門(미이데라三井寺)파의 시조, 지쇼智證 대사大師 엔친圓珍의 전기. 엔친은 덴교傳敎 대사, 지카쿠慈覺 대사의 뒤를 이어서 입당入唐하여, 당시의 중국 불교를 전래했다. 그러나 앞선 지카쿠 대사의 이야기와 똑같이, 무제武帝의 폐불廢佛에 의해 중국 불교는 큰 타격을 받고 있었기 때문에, 어느 정도의 신지식을 청래請來할 수 있었는지 의문이다. 지쇼 대사전은 많이 있지만, 이 이야기 전반의 출전이 된 것은 동사관지원본계東寺觀智院本系의 『엔친 화상전圓珍和尙傳』이다(이하 동사본東寺本 『화상전和尙傳』).

이제는 옛이야기이지만, 몬토쿠文德[1] 천황天皇 치세에 지쇼智證[2] 대사大師라 이르는 성인聖人[3]이 계셨다. 속성俗姓은 와케和氣 씨, 사누키 지방讚岐國[4] 나카 군那珂郡[5] 가나쿠라 향金倉鄕 사람이었다. 아버지[6]의 가문은 유복했고 어머니는 사에키佐伯 씨, 고야 산高野山 고보弘法 대사의 생질에 해당했다. 그

---

1   → 인명.
2   → 인명. 휘諱는 엔친圓珍.
3   → 불교.
4   → 옛 지방명.
5   가나쿠라 강金倉川 하류 유역의 가가와 현香川縣 젠쓰지 시善通寺市 북동부에서 마루가메 시丸龜市 서부 일대. 또 젠쓰지 시 곤조 정金藏町에 도리아시 산鷄足山 보당원寶幢院 곤조지金藏寺(가나쿠라데라金倉寺라고도 함)가 있고, 엔친 탄생지라고 전해짐.
6   이름은 야카나리宅成.

어머니의 꿈속에서 아침 해가 떠오르기 시작하면서 찬란하게 빛이 났고, 유성流星 □□□⁷ 이윽고 □□□□□□□□⁸ 않아 임신했는데, 이 대사를 □□□□□⁹ 다른 사람보다 뛰어났다.

점차 성장하여 여덟 살이 되자 아버지를 향해

"내전內典¹⁰ 중에 『인과경因果經』¹¹이란 경經이 있다고 합니다. 저는 어떻게 해서든 그 경을 읽고 배우고 싶습니다."

라고 말했다. 아버지는 놀라 기이하게 생각했지만, 서둘러 그 경을 찾아와 주었다. 이 아이는 이것을 손에 넣은 뒤로는 밤낮으로 독송하여 모조리 외워 버렸다. 이것을 들은 마을 사람들은 모두 감탄하면서 동시에 기이한 일이라고 생각했다. 또 열 살이 되자 『모시毛詩』,¹² 『논어論語』, 『한서漢書』, 『문선文選』 등의 속서俗書¹³를 읽었는데, 그것을 단 한번 펼쳐 본 것만으로 그 뒤 바로 소리 높여 암송했다. 실로 기이한 일이었다.

이윽고 아이는 열네 살에 집을 떠나 도읍으로 갔고, 숙부인 닌토쿠仁德¹⁴ 란 승려를 따라 처음으로 히에이 산比叡山에 올랐다. 닌토쿠는 이 아이에게

"너를 보니 보통 사람은 아닌 것 같구나. 나는 평범한 중이다. 그러니 나

---

7 아래 문장과 연결되지 않는다. 탈문이 있었던 것으로 추정. 동박본東博本 『삼보회三寶繪』 권 하下-32에 "지쇼智證 대사大師는 사누키 지방讃岐國 사람이다. 그 어미가 꿈에서 하늘의 해를 입에 넣어 회임했다."라고 되어 있음. 꿈에 일신日神이 입 속으로 들어와 회임하는 일광감정日光感精 설화는 성인聖人 탄생 기서담奇瑞譚의 한 유형.

8 제본諸本 결자. 윗주의 탈문 공란이 이 자리로 옮겨진 것으로 추정. "얼마 지나지 않아 회임하고, 이어서 화상和尚을 낳았다."(동사본東寺本 『화상전和尚傳』) .

9 저본의 파손에 의한 결자. 이 전후 동사본 『화상전』에 "화상和尚은 자라면서 지덕이 뛰어났고, 재치가 있어 어리지만 성인의 기량과 같았다."라고 되어 있음.

10 → 불교. 외전外典(→ 불교)의 반대.

11 → 불교.

12 『시경詩經』에 대한 것. 한漢 초기에 모형毛亨(대모공大毛公)이 전래한 『시경』을 말함. 이하의 서적들은 대학료大學寮의 명경도明經道, 기전도記傳道의 필수 과목.

13 외전(→ 불교)과 같음.

14 미상. 와케和氣 씨 계도系圖(온조지장園城寺藏)에는 야카나리宅成의 왼쪽 옆 "다음에 득도승 닌토쿠仁德"라고 숙부 닌토쿠의 이름이 보임.

는 너를 제자로 삼을 수는 없구나."

라고 말하고, 제일第一 좌주座主 기신義眞[15]이란 사람의 제자로 삼았다. 기신은 아이의 모습을 보고 반겼고 정성껏 『법화경法華經』, 『최승왕경最勝王經』[16] 등의 경전을 더해서 천태종天台宗의 법문法文을 전수했다. 열아홉 살에 출가하여 수계受戒[17]하고, 그 이름을 엔친圓珍이라 했고, 그 후 히에이 산에 틀어박혀 불법 수행을 게을리하지 않고 정진하였다. .

이러고 있는 사이 천황이 이 엔친의 소문을 들으시고 자금과 양식을 하사하시고 깊이 귀의[18]하셨다. 어느 날 암굴에 틀어박혀 수행을 하고 있자, 갑자기 황금[19]의 자태의 사람이 나타나, "그대는 내 모습을 그려서 극진히 귀의하길 바란다."라고 이르셨다. "당신은 누구십니까?"라고 화상和尙[20]이 묻자 황금빛 인물이,

"나는 금색의 부동명왕不動明王[21]이니라. 나는 불법을 수호하기에 항상 그대의 육신 곁을 떠나지 않고 있느니라. 그대는 어서 삼밀三密[22]의 법을 닦아 중생을 이끌도록 하여라."

라고 명하셨다. 화상은 그 자태를 보고, 더없이 존귀하게 여김과 동시에 두려운 마음이 들었다. 그리하여 공손하게 예배하고 화공에게 명해 그 모습을 그리게 했다. 그 그림[23]은 지금도 있다.[24]

---

15 → 인명.
16 → 불교.
17 → 불교.
18 → 불교.
19 금색으로 빛나는 것은 부처의 32상相의 하나. 부처·보살의 권화. 권11 제1화 참조.
20 → 불교.
21 → 불교.
22 → 불교.
23 온조지園城寺의 국보 황부동黃不動이라고 추정.
24 이 이야기에서는 생략했지만 동사본 『화상전』에는 이 사이에, 내공양內供養 십선사十禪師 배명拜命의 기사와 승화承和 3년(836) 봄과 다음 봄에 산노王山王 명신明神으로부터 입당入唐 법문의 몽고夢告를 받는 기사 등

한편 화상은

'송宋[25]으로 건너가 천태 산天台山[26]에 올라 성적聖跡에 예배하고, 오대산五臺山[27]을 참배하여 문수文殊[28] 보살을 뵙자.'

라고 결심하고, 인수仁壽 원년[29] 4월 15일 도읍을 떠나 규슈九州로 향했다. 3년 8월 9일, 송의 상인 양휘良暉가 오랜 기간 규슈에 있다가 곧 귀국하려 할 때 만났기에 그 배에 편승하여 출항했다. 돌연히 강력한 동풍이 불어와 배는 날아가듯 내달렸다. 머지않아 열셋 날 째 신시申時,[30] 이번엔 북풍이 불어닥쳤고 그것에 떠밀려 가는 사이에 이튿날 진시辰時[31] 쯤 류큐 국琉球國에 표착했다. 이 나라는 대해大海 안에 있었고 사람을 먹는 나라[32]였다.

때마침 그 시각은 바람이 그쳐 어디로든 갈 수 없었다. 저 멀리 육지 위를 보니 수십 명의 사람들이 쌍날칼을 꽂은 창을 들고 서성이고 있었다. 흠량휘欽良暉는 이 상황을 보고 울음을 터뜨렸다. 화상이 영문을 물으니, "이 나라는 사람을 먹는 곳입니다. 아아, 슬프게도 여기서 목숨을 잃고 마는 것인가."라고 말했다. 이것을 들은 화상은 곧바로 지성으로 부동존不動尊에게 기도하셨다. 그러자 그때 《금빛의 사람이 나타나 뱃머리에 섰다.》[33] 그 모습은 몇 해 전 일본에서 나타나셨던 황금의 사람《과 똑같았다. 배 안에 있던 수

이 있음.
25 엔친의 시대상 당唐일 것임. 권11 제9화 참조.
26 → 지명.
27 → 지명.
28 → 불교. 당시 문수文殊 보살이 오대산五臺山에 나타나셨다고 믿어지고 있었음(엔닌圓仁 「입당구법순례행기 入唐求法巡禮行記」 개성開城 5년 4월 28일). 또 일본에서는 교키行基가 문수의 환생이라는 설이 있었음. 권11 제7화 주 참조.
29 851년. 개원改元은 4월 28일이기에, 바르게는 가상嘉祥 4년.
30 * 오후 4시경.
31 * 오전 8시경.
32 인육을 먹는 것은 「수서隋書」 권81·유구국전流求國傳에도 기록되어 있음.
33 저본의 파손에 의한 결자. 동사본 「화상전」을 참조하여 보충.

십 명의 사람도 모두 이것을)³⁴ 봤다. 그때 돌연히 동남풍이 불어와 배는 북서 방향으로 날아가듯 달렸다. 그 다음날³⁵ 오시午時³⁶에 대송大宋 영남도嶺南道³⁷ 복주福州의 연강현連江縣³⁸ 부근에 당도했다. 그 주의 자사刺史³⁹가 화상의 여태까지의 이야기를 듣고 마음이 북받쳐 존경한 까닭에, 그 지역의 개원사開元寺⁴⁰에서 얼마간 체재하게 되었다. 얼마 지나지 않아 그곳에서 길을 따라 도읍으로 갔다. 국왕國王도 화상의 고덕高德을 듣고 크게 존경하고 깊이 귀의하셨다.

그 후 화상은 염원대로 천태산에 오르고 선림사禪林寺⁴¹에 이르러 정광定光 선사禪師⁴²의 보리수菩提樹⁴³에 예배하고, 또 옛날 천태天台 대사⁴⁴의 유체遺體를 봉납한 묘⁴⁵에 절 하셨다. 선림사란 절은 천태 대사가 그 가르침을 전수한 장소이다. 절 동북쪽에 석상을 안치한 당이 있다. 이것은 천태 대사가 수행하고 계실 때 보현普賢⁴⁶ 보살이 백상白象⁴⁷을 타고 나타난 곳이다. 그때의 흰 코끼리는 석상石象이 되었다 한다. 그 석상 남쪽에 암굴이 있고, 그곳에 대사가 좌선坐禪을 하셨던 의자가 있다. 그 서쪽 부근에 커다란 바위가

---

34 저본의 파손에 의한 결자. 동사본 『화상전』을 참조하여 보충.

35 인수仁壽 3년(853) 8월 15일. 당의 대중大中 7년에 해당.

36 * 오전 12시경.

37 영남嶺南은 오령五嶺의 남쪽이란 뜻으로, 현재의 광동廣東, 광서성廣西省의 땅. 복주福州는 속하지 않음. 바르게는 강남도江南道로 추정.

38 현재의 중국 복건성福建省 복주시福州市 부근.

39 장관長官.

40 당의 개원 26년(천평天平 10년〈738〉) 현종玄宗 황제皇帝의 칙명으로 전국의 주부州府에 설치된 관사官寺. 일본의 국분사國分寺가 이에 상당함. 이것은 복주의 개원사.

41 → 사찰명.

42 정광定光 보살이라고도 함. 지의智顗의 천태산에서의 스승임. → 인명.

43 정광 선사가 그 나무 아래에서 정각正覺을 얻었다는 나무.

44 지의智顗. → 인명.

45 분묘墳墓. 『행력초行歷抄』에 따르면 예배는 대중 8년 2월 9일의 일.

46 → 불교.

47 → 불교. 백상白象은 보현普賢 보살의 탈 것.

있다. 그 표면은 오고吳皷[48]와 비슷하다. 옛날 천태 대사가 이 산에서 불법을 설파하셨을 때, 이 바위를 쳐서 중도衆徒를 모으셨는데 바위 소리가 아득한 산중에 울려 퍼지면 많은 사람들이 이것을 듣고서 모였다고 한다.

그런데 대사가 돌아가신 후, 어떤 사람이 이 바위를 쳐보았지만 아무런 소리도 나지 않고 울리지 않았다. 이후 오랫동안 이 바위를 치는 일은 없었다. 그러던 중 이 일본 화상이 이 일을 들으시고, 한번 시험해 보고자 작은 돌을 들어 바위를 치시니 그 울림이 이 산 저 산의 골짜기에 가득 찼고, 그것은 옛날[49] 대사의 시절과 똑같았다. 그 때문에 천태 산 전체의 승려는 모두, '대사가 다시 태어나신 것이다.'라고 생각하여 한없이 울며 일본의 화상에게 예배를 했던 것이다.

화상은 그곳에서 하산하여[50] 청룡사靑龍寺[51]란 절에 계신 법전法詮 아사리阿闍梨[52]란 분을 따라 밀교를 전수받았다. 법전은 혜과惠果[53] 화상의 제자로 천축天竺 나란다사那蘭陀寺[54]의 삼장三藏[55] 선무외善無畏[56] 아사리의 제5대 정통 제자에 해당한다. 이 법전이 일본 화상을 보고 미소를 지으며 대단히 총애하시어, 마치 병의 물을 옮겨 담듯[57] 밀교의 법을 모조리 전수하셨다. 또 화상은 홍선사興善寺[58]란 절에 있는 혜륜惠輪[59]이란 인물을 만나 현교顯敎[60]를 공

---

48 오국吳國(중국 강남 지방)의 북이란 의미로 추정.
49 이 전후로 지의의 환생을 암시하여 엔친의 덕을 나타냄.
50 엔친의 천태산 하산은 대중 8년(인수 4년) 9월 7일. 『엔친첩圓珍牒』(헤이안유문平安遺文, 124) 에 따르면 장안성長安城에는 다음 9년(제형齊衡 2년) 5월 21일에 들어감.
51 → 사찰명.
52 → 인명.
53 → 인명. 그러나 법전法詮은 혜과惠果의 제자 의조義操 및 법윤法潤의 제자.
54 → 사찰명.
55 → 불교.
56 → 인명.
57 권11 제4화 주 참조.
58 → 사찰명(대흥선사大興善寺).
59 → 인명.

부했는데, 모두 완전히 이해하는 듯했다.

이렇게 하여 현교와 밀교의 학습을 마치고, 화상은 □□[61] 년 6월에 태주台州를 출발하여 상인 이연효李延孝[62]의 일본행 배를 타고 그해에 귀국했고, 규슈에 도착하여 귀국했다는 사정을 주상하셨다. 천황[63]은 매우 기뻐하시고 사자를 보내 화상을 맞이하셨다. □□□□□[64]

그 후 천황은 화상에게 깊이 귀의하셨다. 화상은 히에이 산의 □□□□ □□□□□[65] 천광 원千光院[66]에서 지내셨는데, 어느 날 문득 제자승을 불러 "지불당持佛堂[67]에 있는 향수香水[68]를 가지고 오너라."라고 말씀하시어, 제자승이 향수를 가지고 왔다. 화상은 산장散杖[69]을 들어 향수에 담가 적시고서 서쪽을 향해 공중에 세 번 뿌리셨다. 제자승은 이것을 보고 이상하게 생각하고 "대체 무슨 까닭으로 이런 식으로 뿌리시는지요?"라고 여쭙자, 화상은

"송의 청룡사는 내가 유학 중에 살았던 절이다. 그런데 바로 지금 그 절 금당金堂[70] 모퉁이에 있는 문[71]에 불이 붙어서 그것을 끄기 위해 향수를 뿌린 것이다."

라고 답하셨다. 제자승은 이것을 듣고 무엇을 말씀하신 것인지 이해하지 못

---

60 → 불교.
61 연호의 명기를 위한 의도적 결자. 동사본 『화상전』 외의 기록에 따르면 대중 12년(천안天安 2년〈858〉)의 일이라 함.
62 → 인명. 엔친이 귀국 목전에 이연효李延孝를 만난 것은 『엔친첩』(헤이안유문, 124, 127)에도 기록.
63 → 인명(몬토쿠文德 천황).
64 제본 결자. 동사본 『화상전』에 "곧 새로 구해 얻은 곳에 천태종天台宗 및 제종諸宗의 법문을 열록閱錄했는데, 거의 일천 권에 이르렀다."라고 되어 있음.
65 저본의 파손에 의한 결자. 『타문집打聞集』(16)에 '산 좌주座主일 때'라고 되어 있음.
66 → 사찰명.
67 → 불교.
68 → 불교.
69 → 불교.
70 → 불교.
71 원문에는 "쓰마도妻戶"라고 되어 있음. 쓰마도는 당사堂舍의 네 편에 있으며 바깥쪽으로 열리는 양개兩開 널문.

하고 의아한 표정을 지을 뿐이었다.

그 이듬해 가을 무렵, 송의 상인이 일본에 찾아왔는데 청룡사의 부탁으로 "작년 4월 □[72]일, 청룡사 금당의 문에 불이 붙었다. 그러자 북동[73]쪽에서 갑작스레 큰 비가 내려서 그 불을 껐기에 금당은 소실되지 않았다." 란 편지를 화상 앞으로 전달했다. 그때 처음 그 향수를 가지고 왔던 승려는 '화상께서 향수를 뿌리셨던 것은 이것 때문이었구나.'라고 깨닫고 놀라, 다른 승려들에게 이 이야기를 하며 화상을 존귀하게 여겼다.

"여기에 있으시면서 송나라의 사정을 짐작해 아시는 것을 보면, 화상께선 진정 부처님의 화신임에 틀림없다."

라고 말하며 모두 감격하여 존경했는데, 이뿐만이 아니라 그 밖에도 기이한 일이 많았기에 온 세상 사람들이 존귀하게 여겼던 것이다.

그 후 독자적인 일문一門을 세워[74] 현밀顯密[75]의 가르침을 펼치셨다. 그 불법의 흐름은 크게 번성하여 오늘날에도 활발하다. 그러나 지카쿠慈覺의 문종[76]과 대립하여 항상 다투고 있다. 이러한 일은 천축이나 진단에도 똑같이 있는 법이라고 이렇게 이야기로 전하여 내려오고 있다 한다.

---

72 날짜의 명기를 위한 의도적 결자. "4월 그날"(『타문집』).
73 축인丑寅 방향. 일본의 히에이 산比叡山 방향 → 권11 제11화 주 참조.
74 미이데라三井寺를 재흥再興하고, 천태종天台宗 문파를 수립한 것. 본권 제28화 참조.
75 → 불교.
76 지카쿠慈覺 대사 엔닌을 시조로 하는 산문파山門派. 천태종은 히에이 산 엔랴쿠지延曆寺를 본산本山으로 하는 산문파와 미이데라를 본산으로 하는 사문파寺門派로 정력正曆 4년(993)에 분파했고, 격렬하게 대립했음.

智證大師亘宋伝顕蜜法帰来語第十二

今昔、文德天皇ノ御代ニ、智證大師ト申ス聖在マシケリ。

俗姓ハ和気氏。讃岐ノ国、那珂ノ郡金倉ノ郷ノ人也。其ノ父、家豊カ也ケリ。母ハ佐伯ノ氏、高野ノ弘法大師ノ姪也。其ノ母、夢ニ、朝日初テ出テ、光リ耀テ流星ノ□□ 幾ク程ヲ不経□

ズシテ懐妊シテ、此ノ大師 人ニ殊也。

ヲバ□□

漸ク勢長ジテ、八歳ト云フニ、父ニ向テ云ク、「内典ノ中ニ因果経ト云フ経有リ。我レ、願クハ、其経ヲ読習ハムト思フ」ト。父驚キ怪ムデ、即チ其経ヲ求メ尋テ与ヘツ。児是ヲ

得テ、朝暮ニ読誦シテ不忘レ。然レバ、郷ノ人是ヲ聞テ、讃メ不怪トテ云フ事無カリケリ。亦、十歳ト云フニ、毛詩、論語、漢書、文選等ノ俗書ヲ読ニ、只一度披見テ、次ニ音ヲ挙テ誦シ上グ。是ヲ奇異也。

亦、十四歳ニテ家ヲ出テ京ニ入テ、叔父ニ、仁德ト云フ僧ニ付テ、始メテ比叡山ニ登ル。仁德児ニ云ク、「汝ヲ見ルニ、只者ニ非ズ。我レハ凡夫也。然レバ、我レ汝ヲ弟子ト不可為」ト云テ、第一ノ座主、義真ト云フ人ニ付ケリ。義真児ノ有様ヲ見テ、喜テ、心ヲ尽テ法華最勝等ノ経ニ、及ビ自宗ノ法文ヲ授ク。十九ニシテ出家シテ受戒シ、名ヲバ円珍ト云フ。其後、山ニ籠リテ法ヲ行フ事緩無シ。

而ル間、天皇是ヲ聞食メシ、資粮ヲ給テ貴ビ帰依セサセ給フ事無限シ。然ルニ、石龕ノ内ニ籠テ行フ間ニ、忽ニ金ノ人現テ云ク、「汝ヂ我ガ形ヲ図書シテ行フ。我レハ金色ノ不動ノ人宣ハク、「是誰人ゾ」ト。和尚ノ云ク、「我レハ金色ノ不動明王也。我レ法ヲ護ルガ故ニ、常ニ汝ガ身ニ随フ。速ニ、

一四

三蜜ノ法ヲ極メテ、衆生ヲ可導シ」。和尚其形ヲ見ルニ、貴ク恐シキ事無限シ。然レバ、礼拝恭敬シテ、画工ヲ以テ其[一五]形ヲ令図ム。其像、于今有リ。

而ル[一六]間、和尚心ニ思ハク、「我レ宋ニ渡テ[一七]、天台山[一八]ニ登テ聖跡ヲ礼拝シ、五臺山ニ詣テ文殊ニ値[二〇]遇セム」ト思テ、仁寿元年四月ノ十五日ニ京ヲ出テ、鎮西ニ向フ。三年八月ノ九日、宋ノ商人良暉ガ、年来鎮西ニ有テ宋ニ返ルニ値テ、其ノ船ニ乗テ行ク。東風忽ニ迅シテ、船飛ブガ如ク也。而ル間、十三日ノ申時ニ、北風出来テ流レ行クニ、次ノ日、辰時計ニ琉球国ニ漂着ク。其国ハ海中[二三]ニ有リ。人ヲ食フ[二四]国也。

其時ニ、風止テ趣カム方ヲ不知ラ。遥ニ陸ノ上ヲ見レバ、数十ノ人、鉾ヲ持テ徘徊ス。欽良暉是ヲ見テ泣悲ブ。和尚其故ヲ問ヒ給フニ、答テ云ク、「此ノ国、人ヲ食フ所也。悲哉[二五]、此ニシテ命ヲ失テムトス」ト。和尚是ヲ聞テ、忽ニ心ニ至シテ不動尊ヲ念ジ給フ。其時ニ、

先年ニ日本ニシテ現ハレ給ヘリシ金人[二七]

其形チ[二六]

其形チ

辰巳ノ風出来テ、戌亥ヲ指テ飛ガ如クニ行程ニ、次ノ日ノ午時ニ大宋、嶺南道、福洲、連江懸ノ辺ニ着ヌ。其洲ノ刺史、和尚ノ有様ヲ聞テ哀ブ間、其洲ノ開元寺ニ暫ク住ヌ。其ヨリ伝ハリテ王城ニ至ル。其国ノ王、亦、和尚ノ徳行ヲ聞テ、大キニ貴ミテ帰依シ給フ事無限シ。

而ル間、和尚、本意ノ如ク天台山ニ登テ、禅林寺ニ至テ定ル壇ヲ礼給。禅林寺ト云フハ、昔、天台大師ノ身ヲ留メ給ヘル墳ヲ礼給。禅林寺ト云フハ、是ハ天台大師ノ伝法ノ所也。寺ノ丑寅ニ石ノ窟有リ。是ハ天台大師ノ行ジ給ケル光禅ノ菩提ノ樹ヲ礼拝シ、亦、昔、天台大師ノ伝法ノ所也。寺ノ丑寅ニ石ノ窟有リ。是ハ天台大師ノ行ジ給ケル普賢ノ白象ニ乗テ来リ現ハレ給ケル所也。其白象、石ノ象ニ成レル也。其石象ノ南ニ窟有リ。其ニ大師ノ坐禅シ給ケル倚子有リ。其ノ西ノ辺盤石有リ。其ノ面、五鼓ニ似タ

普賢菩薩（図像抄）

リ。

昔、天台大師、此ノ山ニシテ法ヲ説給ケルニ、此ノ石ヲ打テ衆ヲ集メ給ケル、石ノ音、遥ニ山ヲ響カセバ、衆、皆、是ヲ聞テ集マル也ケリ。

而ルニ、大師失セ給テ後、人有テ此ノ石ヲ打ツニ、音無クシテ不鳴ラ。然レバ、此ノ石ヲ打ツ事絶テ、久ク成ニケリ。

而ルニ、此ノ日本ノ和尚、此ノ事ヲ聞給テ、試ムガ為ニ小石ヲ以テ此ノ石ヲ打給ケルニ、其響山谷ニ満テ、昔ノ大師ノ時ノ如シ。然レバ、一山ノ僧皆、「大師ノ返リ在マシタル也ケリ」ト思テ、泣々ナム日本ノ和尚ヲ礼拝シケリ。

和尚、其ヨリ返リ給テ、青竜寺ト云フ寺ニ在マス法詮阿闍梨ト云フ人ニ随テ、蜜教ヲ伝ヘ習フ。法詮ハ恵果和尚ノ弟子也。天竺、那蘭陀寺ノ三蔵善無畏阿闍梨ノ第五代ノ伝法ノ弟子也。

法詮日本ノ和尚ヲ見テ、咲ヲ含テ寵愛スル事無限シ。亦、和尚、興善寺ト云フ寺ニ有ル恵輪ト云フ人ニ会テ、顕教ヲ学ブニ、悟リ不得ト云フ事無シ。

然レバ、和尚顕蜜法ヲ学ビ畢テ、□年ト云フ六月ニ洲ヲ出テ、商人李延孝ガ渡ル船ニ乗テ、天安二年ト云フ年帰朝。鎮西ニ着テ帰朝ノ由奏シ上給フ。天皇大キニ喜ビ聞食テ、遣シテ和尚ヲ令迎ヌ。

其後、天皇重ク帰依セサセ給テ、比叡ノ千光院ニ住給ケル程ニ、俄ニ弟子ノ僧ヲ呼テ、「持仏堂ニ有ル香水取テ持来レ」ト宣ケレバ、弟子ノ僧香水持来レリ。和尚散水杖ヲ取テ、香水ニ湿テ西ニ向テ空ニ三度灑キ給フニ、

弟子ノ僧是ヲ見テ怪ムデ、「是ハ何事ニテ此クハ灑カセ給フニカ」ト問ヒ申ケレバ、和尚ノ宣ハク、「宋ノ青竜寺ハ、物ヲ習ヒシ間、我ガ住シ寺也。只今、其寺ノ金堂ノ妻ニ火ノ付タリツレバ消タムガ為ニ、香水ヲ灑キツル也」ト。弟子ノ僧是ヲ聞テ、何事ヲ宣フトモ不悟シテ、心不得シテ止ニケリ。

其次ノ年ノ秋ノ比、宋ノ商人ノ渡リケルニ付テ、「去年ノ四月□日、青竜寺ノ金堂ノ妻戸ニ火付タリキ。而ルニ、丑寅ノ方ヨリ俄ニ大ナル雨降リ来テ、火ヲ消テ金堂を不焼成ニ

キ」ト云フ消息ヲ、和尚ノ御許ニ彼青竜寺ヨリ奉レリ。其時

ニナム、彼ノ香水取テ持来レリシ僧、「和尚ノ香水散ジ給ヒ

シハ、然ニコソ有ケレ」ト思ヒ驚テ、他ノ僧共ニ語テ貴ビケ

ル。「此ニ御シ乍ラ、宋ノ事ヲ空ニ知リ給フハ、実ニ是ハ仏

ノ化シ給ヘルニコソ有ケレ」ト云テナム皆悲ミ貴ビケル。是

ニ非ズ奇異ノ事多カレバ、世挙テ貴ビケル事無限シ。

其後、我ノ門徒ヲ立テ、顕蜜ノ法ヲ弘メ置ク。其流レ仏法

繁昌ニシテ、于今盛リ也。但シ、慈覚ノ門徒ト異ニシテ常ニ

諍フ事有リ。其レ天竺震旦ニモ皆然ル事也トナム語リ伝ヘタ

ルトヤ。

쇼무聖武 천황天皇이 처음으로
도다이지東大寺를 세우신 이야기

쇼무聖武 천황天皇의 도다이지東大寺 건립을 전하는 이야기이지만, 오히려 서술의 중심은 부족한 황금이 일본 내에서 산출된 유래를 설명하는 데 두고 있다. 또 이시야마데라石山寺의 관음觀音 연기緣起의 성격도 가지고 있다.

이제는 옛이야기이지만, 쇼무聖武[1] 천황天皇이 도다이지東大寺[2]를 건립하셨는데 동銅으로 앉은키 □□[3] 장丈 인 노자나불盧舍那佛[4]의 상을 주조하셨다. 그것에 맞추어 커다란 당堂[5]을 지어 대불大佛을 에워쌌다. 또 강당講堂[6], 식당, 칠층 탑[7] 두 기, 갖가지 당, 승방僧房, 계단별원戒壇別院,[8] 여러 문 등 이것

---

1 → 인명.
2 → 사찰명.
3 장수丈數 명기를 위한 의도적 결자. "5장丈 3척尺 5촌寸"(「부상약기초扶桑略記抄」 2, 「칠대사일기七大寺日記」, 「도다이지요록東大寺要錄」 2, 「도다이지대불기東大寺大佛記」), 약 16m 21cm. "5장 2척"(「순례사기巡禮私記」), 약 15m 76cm.
4 → 불교(비로자나불毘盧舍那佛).
5 대불전大佛殿. 「도다이지요록」 1에 따르면 천평승보天平勝寶 3년(751)에 건립. 현재의 것은 에도江戶 시대時代 조영.
6 → 불교.
7 칠중七重 탑. 현존하지 않음.
8 → 사찰명. 계단원戒壇院을 가리킴. 당초 대불전 앞에 계단을 쌓아, 그것을 이축하여 건립한 것에서 비롯된 명칭으로 추정. 권11 제8화 주 참조.

저것 많이 만드셨다.

　처음 불당佛堂[9]의 단壇[10]을 쌓을 때, 천황은 가래를 들어 흙을 푸셨고 황후皇后[11]는 흙을 소매에 담아 옮기셨다. 이러한 연유로 대신大臣을 비롯해서 누구 한 사람 이 조영造營에 진력하지 않는 이가 없었으므로, 당탑堂塔은 모두 완성됐다. 곧 대불을 주조하고 안치하였기에,[12] 그 위에 바를[13] 재료로 대량의 황금이 필요했다. 일본에는 본디 금이 산출되지 않기 때문에 중국[14]에서 금을 사오게 했다. 견당사遣唐使 편에 갖가지 보물을 많이 보냈다. 이듬해 봄, 견당사가 귀국하고 많은 □□□□□□□[15]를 사용하여 서둘러 칠하셨는데[16] 그 색은 담황색[17]이었다. 불과 □□□□□[18] 부족했다. 게다가 많은 당탑에는 금을 칠해야만 할 기물器物이 헤아릴 수 없을 만큼 있었다.

　천황은 심히 한탄을 하시고 당시의 고승高僧들을 불러들여 "어찌하면 좋겠는고."라고 물으셨다.

　"야마토 지방大和國 요시노 군吉野郡에 높은 산이 있사옵고 이름은 가네노미타케金峰[19]라 하옵니다. 그 이름에서 생각해 보건데, 필시 그 산에는 금이

9　대불전을 가리킴.

10　기단基壇. 기초 및 토대.

11　고묘光明 황후皇后(→ 인명).

12　천평승보 원년(749) 10월 24일 주조 완성. 천평天平 19년(747) 9월 29일 주조 개시 이래 3년, 여덟 번의 주조 후 완성.

13　금도금을 하는 것. 금과 수은의 합금을 바르고, 수은을 증발시킴.

14　권11 제4화 주 참조. 금 매입을 위해 견당사遣唐使 파견을 기획한 것은, 『부상약기초』, 『이려파자유초伊呂波字類抄』, 『제왕편년기帝王編年記』, 『순례사기巡禮私記』, 관가본菅家本 『제사연기집諸寺緣起集』에 보임. 그러나 일본에서 금이 출토되기 때문에 파견할 필요가 없다는 우사하치만 신宇佐八幡神의 탁선託宣이 있었다고 되어 있음.

15　저본의 파손에 의한 결자. 금을 매입하여 지참했다는 기사가 들어갈 것으로 추정.

16　도금 작업의 개시는 천평승보 4년 3월 14일(『도다이지요록』 1, 『도다이지대불기』).

17　옅은 금색으로 황금색으로 빛나지 않아 불만이었음.

18　저본의 파손에 의한 결자. 대불의 몸 일부를 바를 정도밖에 없었다는 기사가 들어갈 것으로 추정.

19　긴푸 산金峰山(→ 지명). 보통은 '미타케'라고 함.

있을 것입니다. 그리고 그 산에는 산을 지키는 신령神靈이 계실 터이니[20] 그 신에게 부탁드려 보는 것이 좋을 듯하옵니다."

라고 답했다. 천황은 '참으로 지당한 말이로다.'라고 생각하시고, 이 도다이지의 조영 행사관行事官[21]인 로벤良辨[22] 승정僧正이란 사람을 불러들이셨다. 그리고 이 사람에게 명하시기를

"지금 이 법계法界[23]의 중생을 위해 절을 건립했습니다만, 많은 황금이 필요합니다. 한데 일본에는 본래 황금이 나지 않습니다. 전해들은 것에 따르면, 가네노미타케에는 황금이 있다 합니다. 아무쪼록 그것을 나눠 받았으면 합니다."

라고 말씀하셨다.

로벤이 선지宣旨를 받들어 이레 밤낮 기도를 하자, 그날 밤 꿈에 한 승려가 나타나

"이 산의 황금은 미륵彌勒[24] 보살菩薩께서 내게 맡기신 것이라, 미륵보살이 이 세상에 나타나실 때 비로소 세상에 내놓을 것이니라. 그 이전에는 나눠 주기 어렵도다. 나는 단지 수호할 뿐이다. 하지만 오미 지방近江國[25] 시가 군志賀郡[26]의 다나카미田上[27]란 곳에 외딴 작은 산이 있다. 그 산 동쪽을 쓰바키자키椿崎라고 하며, 그곳엔 여러 모양으로 솟아 있는 암석이 있다. 그중에

---

20 깊은 산속에는 금광金鑛 수호를 하는 지주신地主神의 긴푸 신사金峰神社가 소재.
21 조사造寺의 최고 책임자.
22 → 인명.
23 → 불교.
24 → 불교.
25 → 옛 지방명.
26 → 지명.
27 현재의 오쓰 시大津市의 세타瀨田·아와즈栗津 일대의 광역 통칭명. 세타 강瀨田川 유역의 총칭. 대부분은 오미 지방近江國 구리타 군栗太郡에 속함. 상류에 재목을 쓰기 위해 나무를 심은 산으로서 다나카미 산田上山(다나카미 산太神山)이 있음. 후지와라 궁藤原宮 조영造營의 목재(『만엽집萬葉集』 1〈50〉)나 이시야마데라石山寺 개축의 재목·목공품을 만들었음.

옛날 낚시를 하던 노인이 항상 앉아 있었던 바위가 있느니라. 그 바위 위에 여의륜관음如意輪觀音[28]을 만들어 안치하고, 그 위에 당을 지어 황금을 청해 보면 좋을 것이니라. 그리하면 청하는 황금이 자연히 뜻한 대로 나타날 것이로다."

라고 말씀하셨다. 로벤은 꿈에서 깨 이러한 자초지종을 조정에 아뢰었고, 선지를 받들어 오미 지방의 세타勢田로 가 거기서 다시 남으로 향해 쓰바키자키란 곳을 찾았다. 승려가 일러준 대로 그 산에 들어가 보니 실로 기암奇巖들이 늘어져 험준하게 솟아 있었다. 그 가운데 이 □[29] 꿈 꾼대로 낚시하는 노인이 앉아 있던 바위가 있었다. 로벤은 바위를 발견하고 돌아가 입궐하여 이 사실을 아뢰었고, 천황은 이렇게 명하셨다.

"신속히 꿈속의 탁선대로 여의륜관음상을 만들어 안치하고 황금을 청하여라."

이런 까닭으로 로벤 승정은 그 장소에 거처를 잡고, 당을 지어 불상을 만들었다. 그리고 그 공양 날부터 황금을 내려주시기를 빌었다.

그 후 얼마 안 되어 무쓰 지방陸奧國[30]과 시모쓰케 지방下野國[31]에서 황금빛 모래를 헌상했다. 대장장이들을 불러들여 제련시켜 보니 진정 빛 고운, 깜짝 놀랄 만큼 짙은 황색의 황금이 되었다. 조정은 이를 기뻐하여 다시금 무쓰 지방에 황금빛 모래를 취하러 사람을 보냈더니 많은 양을 헌상해 와, 그

---

28 → 불교.
29 결자. 해당어 불명.
30 동해도東海道. 동산도東山道의 깊숙한 곳이라는 뜻. → 옛 지방명. 「속기續紀」 천평 21년(749) 2월 22일 조에 의하면 "무쓰 지방陸奧國 처음으로 황금을 바치다."라고 되어 있고, 동 4월 14일 천평감보天平感寶라고 개원改元, 같은 달 23일 무쓰 국수國守 백제왕 경복敬福이 "황금 구백 량을 바치다."라고 되어 있음. 또 「만엽집」 권18(4094)에는 오토모노 야카모치大伴家持의 금 출토를 축하하는 노래 한 수가 있음.
31 → 옛 지방명. 시모쓰케 지방下野國에서 황금이 나왔다는 것은 나라奈良 시대 문헌에서는 그 증거를 찾을 수 없음. 그러나 헤이안平安 시대의 승화承和 2년(835)에는 시모쓰케 지방 다케무武茂에서 사금沙金이 나왔다는 기록(「속후기續後記」)이 있기 때문에, 헤이안 시대에서는 일반적으로 알려져 있었을 것임.

황금을 가지고 대불을 칠했다. 그 황금이 많이 남았던 지라 그것으로 □□
□□□³² 모두 칠했다. 그 중국의 황금은 □³³색이 담황색으로 □□□□□
□³⁴ 빛났다. 이것이 일본에서 황금이 산출된 시초이다.

그 후 천황은 정성껏 도다이지를 공양³⁵하셨다. 그때 강사講師³⁶는 고후쿠
지興福寺³⁷의 류손隆尊³⁸ 율사律師란 사람이었다. 류손 율사는 권화權化³⁹였다.
그 쓰바키자키의 여의륜관음은 지금의 이시야마石山⁴⁰의 관음觀音이라고 이
렇게 이야기로 전하여 내려오고 있다 한다.

32 저본의 파손에 의한 결자. 제2단락과의 조응照應으로 '많은 당탑을 금빛으로'란 기사가 들어갈 것으로 추정.
33 제본 결자. '그'가 들어갈 것으로 추정.
34 저본의 파손에 의한 결자. 제2단락과의 조응으로 '중국의 금은 연한 색으로 빛나지 않았고, 일본의 금은 짙
    은 황금색으로 찬란히 빛나 아름답다'라는 의미의 기사가 들어갈 것으로 추정.
35 대불의 개안공양開眼供養은 천평승보 4년(752) 4월 9일. 권11 제7화 주 참조.
36 → 불교.
37 → 사찰명. 본권 제14화 참조.
38 → 인명. 천평승보 4년 3월 21일자 칙서에 의하면 도다이지 개안공양 강사였다고 함(『도다이지요록』 2).
39 신불神佛이 변한 사람. 권자權者.
40 → 사찰명(이시야마데라石山寺).

聖武天皇始造東大寺語第十三
しゃうむてんわうはじめてとうだいじをつくりたまふことだいじふさむ

今昔、聖武天皇東大寺ヲ造給フ。其レニ随テ、大ナル堂ヲ造

ノ盧舎那仏ノ像ヲ鋳サセ給ヘリ。亦、講堂、食堂、七層ノ塔二基、様々ノ堂、

リ覆ヒ給ヘリ。銅ヲ以テ、居長丈

僧房、戒壇別院、諸門、皆様々ニ造り重ネ給ヘリ。

初メ、御堂ノ壇ヲ築クニ、天皇鋤ヲ取テ土ヲ済ヒ給フ。后

土ヲ袖ニ入テ運ビ給フ。然レバ、大臣ヨリ始メテ諸人カ此事心ニ

不入ラム。堂塔皆出来ヌ。大仏ヲ既ニ鋳居ヘ奉レバ、塗奉

ラム料ニ金多ク可入シ。此ノ国ニ本ヨリ金無ケレバ、震旦ニ

買ニ遣ス。遣唐使ニ付テ様々ノ財ヲ多ク遣ス。明ル年ノ春、

遣唐使返来テ、多ノ

急ギ被塗ル色、練色也。僅ニ、御　ヲ召テ、下不足。

何況ヤ、多ノ堂塔ノ金物可塗キ物、員不知ラ多カリ。

天皇悲ビ歎キ給フ事無限シ。其ノ時ニ止事無僧共ヲ召テ、

「何ガ可為キ」ト令問給フニ、申テ云、「大和国、吉野ノ郡ニ

大ナル山有り。名ヲバ金峰ト云フ。山ノ名ヲ以テ思フニ、定

テ其山ニハ金有ラム。亦、其ノ山ニ護ル神霊在マスラム。其レ

ニ令申可給キ也」ト。天皇、「尤モ然カリケリ」ト思食テ、其レ

此ノ東大寺ヲ造ル行者ノ良弁僧正ト云フ人ヲ召テ、其人ヲ以

テ申給フ、「今、法界ノ衆生ノ為ニ寺ヲ起テ、金多ク可入シ。

此ノ国ニ本ヨリ金無シ。伝ヘ聞ケバ、其ノ山ニ金有リ。願クハ

分チ給ヘ」ト。

良弁、宣旨ヲ奉ハリテ、七日七夜祈り申スニ、夢ニ僧来テ、

（二三）告テ云ク、「此ノ山ノ金ハ、弥勒菩薩ノ預ケ給ヘレバ、（二四）弥勒ノ出世ノ時ナム可弘キ。其前ニハ難分シ。我レハ只護ル計也。（二五）近江ノ国、志賀ノ郡、（二六）田上ト云フ所ニ、離ナル小山有リ。其ノ山ノ東面ヲバ（二七）椿崎トナム云フ。様々ノ喬立ル石共有リ。其中ニ、昔シ釣リセシ翁ノ定テ居ケル石有リ。（二九）其石ノ上ニ如意輪観音ヲ造リ居奉テ、其上ニ堂ヲ造テ此ノ金ノ事ヲ祈リ申セ。然ラバ、祈請フ所ノ金、自然ラ思ノ如クニ出来ナム」。

夢覚テ、此ノ由ヲ公ニ申テ、宣旨ヲ奉ハリテ、彼ノ近江ノ国ノ勢田ニ行テ、南ヲ指テ椿崎ト云フ所ヲ尋ケレバ、人ノ教フルニ随テ、其ノ山ニ入テ見レバ、実ニ希有ノ石共喬立チ並タリ。其中ニ、此ノ□夢ニ見シ釣ノ翁ノ居ケル石有リ。是ヲ見付テ、返リ参テ此ノ由ヲ申スニ、天皇ノ宣ハク、「速ニ、夢ノ如クニ、如意輪ノ像ヲ造リ居ヘテ、金ノ事ヲ可祈申シ」ト。然レバ、良弁其ノ所ニ行居テ、堂ヲ起テ仏ヲ造、供養ノ日ヨリ、此ノ金ノ事ヲ祈申ス。

其後、幾程ヲ不経シテ、陸奥ノ国、下野ノ国ヨリ色黄ナル砂ヲ奉レリ。鍛冶共ヲ召テ吹下サルニ、実ニ色目出タク、漉イ黄ナル金ニテ有リ。公喜ビ給テ、重テ陸奥ノ国ヘ召ニ遣スニ、多ク奉レリ。其ノ金ヲ以テ大仏ニ塗奉ル。其ノ金多ニ余リタレバ、其ヲ以テ皆塗畢ヌ。彼ノ震旦ノ金ハ□色練色ニシ明カ也。此ノ国ノ金ハ出来レル始メ也。

其後、天皇心ヨ至シテ、此ノ寺ヲ供養ジ給ヒツ。其講師ハ、興福寺ノ隆尊律師ト云フ也。其人ハ化人也ケリ。彼ノ椿崎ノ如意輪観音ハ今ノ石山也、トナム語リ伝ヘタルトヤ。

上・東大寺大仏殿（信貴山縁起）
下・伽藍配置図

正倉院　竜松院　宝珠院　二月堂　三月堂　山念仏堂　鐘楼　俊乗堂　大湯屋　開山堂　大仏殿　指図堂　勧進所　講堂跡　西中門跡　念仏堂　戒壇院　西大門跡　鏡池　東塔跡　南大門　転害門跡

단카이 공淡海公이 처음으로
야마시나데라山階寺를 세운 이야기

후지와라藤原씨 가문의 절氏寺인 야마시나데라山階寺 건립의 경위를 나타낸 이야기. 역대 천황의 제사諸寺 건립 이야기 속에 후지와라 가문의 절 건립 이야기가 앞쪽에 등장하는 것은 특별할 이유가 있었거나 아니면 야마시나데라가 편자와 가까운 관계에 있었던 것이 아닌가 추정된다.

이제는 옛이야기이지만, 대직관大織冠[1]이 아직 내대신內大臣[2]이 아닌 일개 신하이셨던 무렵의 일이다. 그것은 고교쿠皇極[3] 천황天皇이라 이르는 여제女帝의 치세로, 그 황자皇子로서 후에 천황[4]이 되셨던 분이 아직 황태자이셨는데, 이 대직관과 합심하여 소가노 이루카蘇我入鹿[5]를 처벌하려고 하셨다. 그때 대직관은 내심,

'저는 오늘 진정 살생殺生이라는 중죄[6]를 범하여 악인을 벌하고자 합니다.

---

1   → 인명. 후지와라노 가마타리藤原鎌足를 가리킴. 대직관大織冠은 고토쿠孝德 천황天皇의 대화大化 3년(647)에 제정한 관위冠位 13계階(덴치天智 천황 3년(664)에는 26계)의 최고위의 관. 덴치 천황 8년, 가마타리에게 수여된 것이 유일함. 오사카 부大阪府 다카쓰키 시高槻市, 아부 산阿武山 고분 출토의 관모冠帽가 이것에 해당될 것으로 추정.
2   영외관令外官의 하나. 천황을 보좌하며 권한은 좌우대신에 준함. 덴치 천황 8년, 가마타리가 처음으로 임명됨.
3   → 인명.
4   → 인명(덴치天智 천황).
5   → 인명.
6   오계五戒의 제일, 불살생계不殺生戒를 범함.

생각대로 그를 벌하게 된다면 속죄의 뜻으로 장륙의 석가상釋迦像과 두 협시脇侍[7] 보살상菩薩像을 만들고 사원을 건립하여 그곳에 안치하겠습니다.'
라고 기원하셨다.

그 후 바라는 바대로 소가노 이루카를 처벌하실 수 있었기 때문에 기원대로 장륙의 석가[8]와 두 협시 보살상을 만들고, 야마시나山階 스에하라陶原의 자택[9]에 당堂[10]을 지어 안치하고 깊이 섬기며 공양하셨다. 그 후 대직관은 내대신으로 출세하시고 돌아가셨기에, 장남인 단카이 공淡海公[11]이 부친의 뒤를 이어 조정에 출사하여 좌대신左大臣[12]까지 오르셨다.

한편 겐메이元明[13] 천황이라 이르는 여제의 치세 때, 화동和銅 3년, 천황에게 진언하여 야마시나의 스에하라 자택의 당을 □□□[14] 현재의 야마시나데라山階寺가 있는 곳으로 옮겨서 지으셨다. 같은 해 7년 3월 5일, 공양[15]이 행해졌다. 그것은 천황의 칙명에 의한 기원[16]으로서 더없이 엄숙한 의식이었다. 가문의 장자長者[17]로 단카이 공이 출석하셨다. 그때의 강사講師[18]는 간

---

7 → 불교.
8 → 불교.
9 현재의 교토 시京都市 야마시나 구山科區 오야케大宅의 스에하라 관陶原館 터. 또 오야케도리이와키 정大宅鳥井脇町의 오야케大宅 폐사廢寺 터라고도 함. 권12 제3화 참조.
10 → 사찰명(야마시나데라山階寺).
11 후지와라노 후히토藤原不比等의 시호諡號. 천평보자天平寶字 4년(760) 오미 지방近江國 12군郡 이 추봉追封되어 단카이 공淡海公(→ 인명)이라고 함.
12 바르게는 우대신右大臣.
13 → 인명.
14 의미 불명. 오사誤寫 또는 탈문으로 추정. 『고후쿠지 남상기興福寺濫觴記』, 『건구어순례기建久御巡禮記』, 『제사약기諸寺略記』에 따르면, 덴무天武 천황 즉위 원년(672) 야마토 지방大和國 다케치 군高市郡으로 천도遷都(『아스카 기요미하라궁飛鳥淨御原宮』)에 동반하여 다케치 군 우마야사카廐坂(현재의 나라 현奈良縣 가시하라 시橿原市)에 옮겨(우마야사카데라廐坂寺라고 함). 그 후 화동和銅 3년에 헤이조平城 천도와 함께 소에가미 군添上郡 가스가 향春日鄕의 현재지(나라 시 노보리오지 정登大路町)에 옮겼다 함.
15 신사新寺 건립의 낙성공양落成供養의 법회法會.
16 겐메이元明 천황의 칙명에 의한 기원. 바르게는 후지와라노 후히토의 기원.
17 씨족을 통솔하고, 씨족신을 기리고, 씨족(가문)의 절氏寺·소령所領 등을 관리했음.
18 → 불교.

고지元興寺의 교진行信[19] 승도僧都란 인물이었고,[20] 당일의 상으로 대승도大僧都로 임명됐다. 주원呪願[21]의 역할은 같은 사찰의 젠유善祐 율사律師란 분이 맡았는데 , 이 분은 소승도少僧都에 임명됐다. 나머지 일곱 명[22]의 승려 모두에게는 승강僧綱[23]의 지위를 내리셨다. 그 외에 오백 명의 승려가 초대되었고, 음악을 연주하는 등 공양 의식은 성대하여 말로 다 표현하기 어려울 정도였다.

그 후 차례대로 여러 당사堂舍나 보탑寶塔[24]을 더 만들고, 회랑回廊과 문루門樓, 승방僧房을 계속 만들어 수많은 승려들이 거하면서 대승大乘[25]의 법을 배우거나 법회法會를 행하게 하였다. 뭐니 뭐니 해도 불법 번성지로서는 이 사찰에 버금가는 곳이 없었다. 본래 야마시나에 지었던 당이었으므로 장소는 바뀌었다지만, 사찰명은 야마시나데라山階寺라고 했다. 또한 고후쿠지興福寺라 함은 바로 이 절을 말한다고 한다.

---

19 → 인명.
20 사실史實상으로는 『칠대사연표七大寺年表』에 따르면 오류로 추정.
21 → 불교. 여기서는 주원문呪願文을 읽는 승려라는 뜻. 법회 역승役僧의 하나로 주원사呪願師를 말함.
22 교진行信, 젠유善祐 이외의 일곱 명의 관직을 가진 승. 독사讀師·강사講師·도유나사都維那師 등.
23 → 불교.
24 → 불교.
25 → 불교. 대승불교大乘佛敎의 가르침. 야마시나데라(고후쿠지興福寺)는 대승불교의 하나인 법상종法相宗.

淡海公始造山階寺語第十四

今昔、大織冠、未ダ内大臣ニモ不成給シテ、只人ニテ在
マシケル時、皇極天皇ト申ケル女帝ノ御代ニ、御子ノ天皇ハ
春宮ニテ、一ツ心ニ蘇我ノ入鹿ヲ罸給ケル時、大織冠心ノ
内ニ祈念シテ思給ハク、「我レ今日既ニ重罪ヲ犯シテ悪人ヲ
失ハムト思フ、思ノ如ク罸得ムニ、其罪ヲ謝セムガ為ニ、丈
六ノ釈迦ノ像、脇士ノ二菩薩ノ像ヲ造テ、一ツノ伽藍ヲ建テ
安置セム」ト。

其後、思ノ如ク罸得給ヒテケレバ、願ノ如ク、丈六ノ釈迦
幷ニ脇士ノ二菩薩ノ像ヲ造テ、我ノ山階ノ陶原ノ家ニ堂ヲ建
テ安置シテ、恭敬供養ジ給ケリ。其後、大織冠内大臣ニ成

上リ給テ失給ヒニケレバ、太郎ニテ淡海公、父ノ御跡継テ
公ニ仕リテ左大臣マデ成給ケリ。

然テ、元明天皇ト申ケル女帝ノ御代ニ、和銅三年ト云フ年、
天皇ニ申シ行ヒテ、彼ノ山階ノ陶原ノ家ニ堂ヲ[ ]タメシ
テ、今ノ山階寺ニハ□。同キ

七年ト云フ年ノ三月五日、所ニ山階ヲ運ビ渡シテ造リ給ヘリ。
重ナル事無限シ。氏ノ長者トシテ淡海公参リ給ヘリ。其講師
ハ元興寺ノ行信僧都ト云人也。其日ノ賞ニ大僧都ニ成レリ。
呪願ニハ同ジ寺ノ善祐律師ト云人也。小僧都ニ成レリ。残ノ
七僧ニ皆僧綱ノ位ヲ給フ。次ノ僧五百人也。音楽ヲ調べ、供
養ノ儀式不可云尽。

其後、追々ニ、諸ノ堂舎、宝塔ヲ造リ加ヘ、廻廊、門楼、
僧房ヲ造リ重テ、多ノ僧徒ヲ令住メテ、大乗ヲ学シ、法会ヲ
修ス。惣ベテ仏法繁昌ノ地、此所ニ過タルハ無シ。本、山階
ニ造リタリシ堂ナレバ、所カ替レドモ山階寺トハ云也ケリ。
亦興福寺ト云フ、是也トナム。

쇼무聖武 천황天皇이
처음으로 간고지元興寺를 세우신 이야기

간고지元興寺의 미륵불상彌勒佛像 제작과 삼국三國 전래의 유래를 설명하고, 그와 나
란히 미륵불의 본원本願, 장원왕長元王의 기일 존폐를 둘러싼 논쟁을 계기로 간고지가
쇠퇴한 경과를 설명했다. 이 이야기의 표제는 "쇼무聖武 천황天皇이 처음으로 간고지
를 세우신 이야기"라고 되어 있는데, 그 쇼무 천황은 겐메이元明 천황을 잘못 표기한
것으로 추정된다. 본문 가운데 쇼무 천황이 나오는 일은 없다. 본권 제13화부터 이하
"~절을 처음으로 세우다."라는 제명題名은 후에 일괄적으로 붙였기 때문에 깜박 실수
한 것으로 보인다.

이제는 옛이야기이지만, 겐메이元明¹ 천황天皇이 나라奈良의 도읍 아스카

향飛鳥鄉²에 간고지元興寺를 건립³하셨다. 당堂이나 탑을 세우시고, 금당金

堂⁴에는 □⁵장丈 미륵彌勒⁶ 보살상菩薩像⁷을 안치하셨다. 그런데 그 미륵은

1　→ 인명.

2　나라奈良(헤이조 경平城京)에는 아스카飛鳥라는 땅은 없음. 본 간고지本元興寺(→ 사찰명)는 아스카, (신新) 간
　　고지元興寺(→ 사찰명)는 나라에 세워졌음. 둘 다 아스카데라飛鳥寺라고 칭했기 때문에 일어난 오류로 추정.
　　권11 제22화 주 참조.

3　『이려파자유초伊呂波字類抄』는 신간고지新元興寺라고, 『제사연기집諸寺緣起集』, 『제사건립차제諸寺建立次第』
　　신아스카데라新飛鳥寺라고 함. 그러나 본 간고지의 헤이조 경 이전은 겐쇼元正 천황天皇의 양로養老 2년
　　(718) 9월 23일(『속기續紀』 8)의 일.

4　→ 불교.

5　불상 크기의 명기를 위한 의도적 결자. "2장丈 1척尺"(제호사본醍醐寺本 『제사연기집』), "6장"(『순례사기巡禮
　　私記』, 관가본菅家本 『제사연기집』).

6　→ 불교.

일본에서 만들어진 상이 아니었다.

옛날 동인도에 생천자국生天子國이란 나라가 있었고, 그 왕의 이름은 장원왕長元王이라 했다. 그 나라는 오곡이 풍부하게 수확되어 아무런 부족함이 없었다. 그러나 그 나라는 옛날부터 불법佛法이란 말조차 들어본 적이 없었다. 장원왕은 처음으로,[8] "세상에 불법이라는 것이 있다고 한다."라는 것을 듣고, '내 치세 중에 아무쪼록 불법이란 것을 알고 싶도다.'라고 생각하여, 나라 안 사람들에게 "불법을 알고 있는 자를 찾아서 데리고 오도록 하라."라고 선지宣旨를 내렸다.

그 무렵 해변에 작은 배 한척이 바람에 떠밀려 왔다. 이것을 본 이 나라 사람들은 수상히 여기고 왕에게 고하였다. 이 배에는 오직 승려 한 명만이[9] 타고 있었다. 국왕國王은 승려를 불러들여 "그대는 뭐하는 자이고, 어느 나라에서 온 것인가?"라고 물었다. 승려는

"저는 북인도의 법사法師이옵니다. 이전에는 불법을 수행하고 있었습니다만, 지금은 처를 들여 많은 자식을 거느리고 있습니다.[10] 그리고 가난하여 모아둔 것이 아무것도 없사옵니다. 많은 자식들이 생선이 먹고 싶다는데 돈이 없어, 어두운 밤에 배를 타고 바다 한가운데로 나가 물고기를 잡고 있을 때 갑자기 불어온 바람에 휩쓸려서, 생각지도 못하게 이 해안에 표착했던 것이옵니다."

라고 답했다.

그러자 국왕은 "그렇다면 그대는 어디 한번 불법에 대해 이야기해 보라."

---

7 → 불교.
8 제호사본 『제사연기집』에서는 장원長元 대왕大王 43세 때로 되어 있음.
9 제호사본 『제사연기집』에서는 사위국舍衛國에서 온 일현一賢 승려로, 대명(주)大明(州) 사람.
10 여자와 결혼하여 사음계邪淫戒를 범해 추락한 것을 말함.

라고 명하셨다. 이에 승려는 『최승왕경最勝王經』[11]을 독송하고, 그 요지를 설명했다. 국왕은 이것을 듣고 기뻐하시고 "나는 이제야 불법을 알았도다. 이에 불상을 만들어 모시고자 하노라."라고 분부하셨다. 승려는

"저는 불상을 만드는 자가 아니옵니다. 만약 국왕께서 불상을 만들고자 하신다면, 정성껏 삼보三寶[12]에게 기원하시옵소서. 그리하면 자연히 불상을 만드는 자가 찾아올 것이옵니다."

라고 말했다. 국왕은 승려의 말대로 그렇게 기원하시고, 많은 재보財寶를 승려에게 내리셨다. 그리하여 승려는 무엇 하나 부족한 것 없는 몸이 되었다. 그러나 언제나 고향만을 그리워하며 즐거워하는 구석이 없었다. 이를 전해 들은 국왕은 승려에게 "그대는 어찌하여 기뻐하지 않는 것인가?"라고 물으셨다. 승려는

"저는 이곳에 있으며 즐거운 생활을 보내고 있사옵니다만, 고향의 처자가 항상 그립사옵니다. 그래서 기쁜 마음이 들지 않는 것이옵니다."

라고 답했다. 국왕은 "당연한 일이로다."라고 말씀하시고, "그렇다면 당장이라도 돌아가거라."라고 하며, 배에 많은 재보를 실어 고국으로 돌려보내 주었다.

그 후 또다시 작은 배 한 척이 흘러와 해변에 닿았다. 그 배에는 동자 한 명이 홀로 타고 있었다. 이 나라 사람이 이것을 발견하고 전처럼 국왕에게 아뢰었다. 국왕은 동자를 불러들이시고 "그대는 어느 나라에서 왔으며, 무엇을 할 줄 아는가?"라고 물으셨다. 동자가

"저에게는 달리 재주라고 할 만한 것은 없사옵니다. 그저, 불상을 만들 줄 알 따름입니다."

11 → 불교.
12 → 불교.

라고 말했다. 그러자 즉시 국왕은 왕좌에서 내려와 동자에게 절을 하고 "내 소원이 지금 이루어졌구나. 서둘러 불상을 만들어 주기를 바란다."라고 말하고, 눈물을 흘리며 자신이 □□□□□□□□□□□□□□□□□□□□□□□□□□**13** 동자는 "이곳은 불상을 만들기에 적절치 않사옵니다. 한적하고 □□□□□□□□□**14** 입니다."라고 말했다. 그래서 국왕이 전혀 사용하지 않고 있는 한적한 곳을 찾으시자, 동자는 그곳을 불상을 만들 장소로 정하였다.

한편 국왕은 갖가지 필요한 도구를 비롯하여 불상을 만들 목재 등을 동자가 말하는 대로 보내주었다. 동자는 문을 닫고 사람을 가까이 오지 못하게 하고는, 그곳에서 불상을 만들었다. 그 나라 사람이 살짝 문밖에서 상황을 살펴보니, '동자 혼자 만들고 있을 터인데' 사 오십 명 정도가 불상을 만드는 소리가 들렸다. '불가사의한 일이로다.'라고 여기고 있자, 아흐레째에 동자가 문을 열고 불상이 완성되었음을 국왕에게 아뢰었다. 국왕은 급히 그곳으로 행차하여 불상에 예배하고 "이 부처는 어떤 부처인가?"라고 물으셨다. 동자가

"부처는 시방十方**15**에 계시는데, 이것은 당래보처當來補處**16**의 미륵보살을 만든 것이옵나이다. 이 보살은 제사第四 도솔천兜率天**17**의 내원內院**18**에 계시옵니다. 한번 이 부처에게 예를 드린 사람은 반드시 그 도솔천에 태어나 부처를 뵐 수 있사옵니다."

---

13 저본의 파손에 의한 결자. 이 전후 관가본 『제사연기집』에 '묻자, 스스로 불사佛師가 되겠다고 말했다. 이 뜻을 주상했다. 왕은 기뻐하시고 곧바로 동자에게 말해 불상을 만들게 했다.'라고 있을 뿐 대응부분을 찾을 수 없음.

14 위와 같음.

15 시방세계十方世界. 사방四方(동서남북)·사우四隅(북동·동남·남서·서북)와 상하上下. 모든 장소.

16 → 불교.

17 → 불교.

18 → 불교.

라고 말하자 불상은 미간에서 빛을 내뿜으셨다. 국왕은 이를 보고 기뻐하며 예배했다.

국왕은 동자에게, "이 불상을 안치해 모시기 위해 당장 사원을 세우도록 하라."라고 말씀하셨다. 그리하여 동자는 먼저 사원의 주위 외곽을 둘러싸게 했다. 그 안에 이층 높이의 당을 세워 이 불상을 안치하고, "동서東西 2정町[19]의 외곽을 둘러싸는 것은, 보리菩提[20] · 열반涅槃[21]의 이과二果를 뜻하는 상相을 나타내는 것이고, 남북南北이 4정인 것은 생로병사生老病死의 사고四苦에서 벗어나는 것을 표현한 것이다. 말대末代 · 악세惡世에 이르기까지 이 부처를 일칭일례一稱一禮[22]한 사람은, 반드시 도솔천 내원에 태어나 영원히 삼도三途[23]의 고통에서 벗어나고 용화삼회龍華三會[24]의 설법장에서 득탈得脫[25]하노라."라고 서원誓願하자마자, 동자는 별안간 감쪽같이 사라져 보이지 않았다. 국왕을 비롯하여 백성에 이르기까지 이것을 보고 눈물을 흘리며 예배하자, 그때 불상은 다시 미간에서 빛을 뿜으셨다.

그 후 그 사원에 수백 명의 승려가 살며 불법을 펼치게 되었다. 또 나라의 대신大臣, 백관百官을 비롯하여 인민에 이르기까지, 더없이 부처를 우러러 섬겼다. 장원왕은 바람대로 마침내 현신現身 그대로 도솔천에 태어났다. 뿐만 아니라 이 부처를 깊이 존경하고 공양하여 섬기는 사람들 중에 도솔천에 태어난 경우는 그 수를 헤아릴 수 없을 정도였다. 그 후 이 나라에 악왕惡王이 나타나는 바람에 이 사원의 불법은 점차 쇠멸했고, 승려는 모두 사라지

---

19 사원 넓이가 동서東西로 2정町, 남북南北으로 4정이었음. 1정은 약 110m.
20 → 불교.
21 불도 수행의 결과로서 보리菩提(→ 불교) · 열반涅槃(→ 불교)의 두 깨달음을 얻는 것을 가리킴.
22 부처의 명호名號를 한 번 외치고, 부처에게 한 번 경례敬禮하는 것.
23 → 불교.
24 원문에는 "삼회三會"(→ 불교).
25 생사의 고환苦患에서 해탈하여 깨달음의 경지에 들어가는 것.

고, 백성도 점차 몰락하게 되었다.

그런데 신라국新羅國에 한 국왕이 있었다. 이 불상의 영험靈驗[26]을 전해 듣고, "어떻게 해서든 우리나라로 옮겨와 밤낮으로 진심으로 존경하여 공양하고 싶도다."라고 기도하고 있었는데, 그 나라에 한 사람의 상재相宰[27]가 있었다. 대단히 현명하고 사려 깊은 인물이었는지라 국왕에게 진언하여 선지를 받아 그 생천자국으로 건너가, 능숙하게 계략을 짜서 은밀히 이 불상을 훔쳐 배에 실었다. 그리고 또한 이 사원의 □□□□[28] 항해 도중 돌연히 폭풍이 불어닥쳤고, 파랑이 일어서 해면 □□□□□□□[29] 배 안의 재보를 바다에 던져 넣었다.[30] 그래도 바람이 그치지 않았기에 목숨만은 살고자 하여, 이것만은 제일의 보물이라고 생각했기에 재상은 이 불상의 미간의 보주寶珠[31]를 떼어 바다에 넣었다. 용왕龍王은 손을 내밀어 이것을 집었다.

그러자 갑자기 풍파가 잠잠해졌다. 재상은 "용왕에게 보주를 바쳐서 목숨은 부지하였으나, 국왕께선 반드시 나를 참수하실 텐데."라고 말하고 '이렇게는 돌아갈 수가 없다. 단지 이 바다 위에서 세월을 보낼 수밖에 없는 것인가.'라고 한탄하여, 해수면을 향해 눈물을 흘리며

---

26 → 불교.
27 재상宰相과 같음. 천자天子를 보좌하여 정무를 담당하는 관리. 승상丞相.
28 저본의 파손에 의한 결자. 장원왕이 건립한 가람伽藍(→ 불교)의 회도면繪圖面을 사출寫出하여 귀국했다는 내용이 들어갈 것으로 추정. 관가본『제사연기집』에는 대응부분이 없음.
29 저본의 파손에 의한 결자. 폭풍에 의해 바다가 요동치고, 배가 난파할 지경이 되었다는 기사가 들어갈 것으로 추정. 이 전후 관가본『제사연기집』에 "그때 바다에 악풍惡風이 불어와서 배가 부서지려 했고, 배 안의 보물을 남김없이 용왕龍王을 위해 바다 속으로 넣었다."라는 기술이 있음.
30 용신龍神이 항해 중인 배의 보물을 빼앗기 위해 풍파를 일으켰다는 전형적인 모티브. 항해 안전을 기원하여 용신(수신水神)에게 산 제물·보물을 바친다는 형식과 표리表裏 일체함. 옛 오토타치바나히메弟橘媛의 입수入水(『고사기古事記』,『서기書紀』. 게이코景行 천황 40년 10월), 승려 도쇼道照가 당唐에서 귀국할 때 현장玄奘삼장三藏에게 받은 당자鐺子를 바다 속 용왕에게 바친 것(『속기』. 문무文武 4년〈700〉 3월 10일), 평등원平等院 보장寶藏의 수룡水龍이라는 피리는 일단은 용왕에게 바친 것(『고사담古事談』6), 당나라의 고종高宗의 황후가 고후쿠지興福寺에 기진寄進한 구슬을 용왕이 빼앗은 것(『요곡謠曲』'아마海士',『시도지 연기志度寺緣起』,『고와카마이 곡후苦舞曲』'대직관大織冠') 등의 이야기가 있음.
31 부처의 백호白毫(권11 제1화 주 참조) 상相의 상징으로서 불상 미간에 박아 넣은 보주寶珠.

"용왕이시여, 당신은 삼열三熱[32]의 고통에서 벗어나기 위해 보주를 취하셨습니다. 그런데 저희 국왕은 제가 보주를 잃어버린 죄를 물어 제 목을 치실 것입니다. 그러니 그 보주를 돌려주시어 저를 이 괴로움에서 벗어나게 해 주십시오."

라고 호소했다.

그러자 용왕이 재상의 꿈에 나타나

"용의 일족에게는 아홉 가지 고통[33]이 있도다. 그런데 이 보주를 얻어 그 고통은 소멸했다. 네가 보주와 똑같이 그 고통에서 벗어나게 해준다면 보주를 돌려주겠노라."

라고 말했다. 꿈에서 깨어 재상은 기뻐하며

"보주를 돌려주셔서 정말로 감사하옵니다. 반드시 답례로 고통에서 벗어나게 해 드리겠사옵니다. 그런데 여러 경전 가운데『금강반야경金剛般若經』[34]은 참회멸죄懺悔滅罪[35]에 있어 뛰어난 경經입니다. 제가 그 경을 서사書寫하여 공양하고, 아홉 가지 고통에서 벗어나게 해 드리겠습니다."

라고 말한 뒤 즉시 서사하여 공양했다. 그러자 바닷속에서 용왕이 나타나 그 보주를 재상에게 돌려주었고 재상은 이 보주를 배에 들였다. 그러나 용왕이 거두어 간 탓에 보주의 빛은 잃고 말았다.

후에 용왕이 다시 재상의 꿈에 나타나 고하였다.

"내 사도蛇道[36]의 고통이 이 보주를 손에 넣음으로써 비로소 사라졌다. 또한『금강반야경』의 영험한 힘으로 고통은 전부 사라지고 말았다. 대단히 고

32　→ 불교. 금시조金翅鳥에게 먹혀서 죽임당하는 고통 등. 용사龍蛇가 받는 삼종고三種苦.
33　삼열三熱(→ 불교)의 고통을 포함한 아홉 가지 고통으로 추정.
34　원문에는 "금강반야金剛般若"(→ 불교).
35　→ 불교.
36　사도蛇道(→ 불교)에 태어나는 고통. 용사가 받는 아홉 가지 고통. 앞의 관련 주 참조.

맙도다."

그 말을 듣자마자 재상은 꿈에서 깨어났다.

그리하여 재상은 그 보주를 불상의 미간에 도로 넣고, 고국으로 돌아가 불상을 국왕에게 바쳤다. 국왕은 이를 기쁘게 반기며 부처에게 예배를 올리고 원래 당[37]의 그림 도면대로 서둘러 사원을 건립한 뒤 이 불상을 안치하였다. 그 후 수천 명의 승려가 이곳에 모여 살면서 불법이 번창하게 되었다. 단지 그 불상의 미간에 있어야 할 빛만이 없었다. 그로부터 수백 년이 흐르고 그 절의 불법이 점차 쇠퇴하고 있을 무렵, 당 앞의 바닷가 가까이에 본 적 없는 새가 찾아왔고 파도가 당 앞까지 들이닥쳤다. 승려들은 이 파도를 두려워하여 모두 도망치듯 떠나버렸고, 절에는 그 누구도 살지 않게 되었다.

한편 일본의 겐메이 천황께서 이 불상에 이익利益과 영험이 있음을 전해 들으셨다. 이것을 일본에 옮긴 뒤 '사원을 건립하여 안치하고 싶다.'고 기원하고 계실 적에, 천황의 외척[38]인 한 승려가 있었는데 불도를 닦는 인물이었으며 현명하고 사려 깊은 사람이었다. 그 승려가

"제가 천황의 선지를 받들어 그 나라로 가서 그 불상을 가져 오도록 하겠습니다. 아무쪼록 삼보에게 기원하여 주시옵소서."

라고 아뢰니 천황은 매우 기뻐하셨다. 승려는 그 나라에 당도하여 어두운 밤을 틈타 불상이 있는 예의 불당 앞으로 배를 저어갔다. 삼보에게 기원을 하고 은밀히 불상을 취하여 배에 실은 뒤, 멀리 배를 저어가 아득히 먼 □ □□□□□[39] □□년 □□월 □□일[40]에 일본에 불상을 들여왔다. 천황은

---

37 장원왕 건립의 가람을 사출한 회도면. 앞선 결자부분에 이 내용의 기사가 들어갈 것으로 추정.
38 어머니 또는 처가 친족이라는 뜻으로, 겐메이元明 천황은 여제女帝이기에 모후母后의 친족으로 추정.
39 저본의 파손에 의한 결자. 멀리 바다를 건넜(귀국했)다는 기사가 들어갈 것으로 추정.
40 연월일이 들어갈 것으로 추정.

□□□□[41] 지금의 간고지元興寺를 건립하고 금당金堂에 이 불상을 안치하셨다.

　후에 이 절에 수천 명의 승려들이 모여 살며 불법이 번성하게 되었다. 이곳에서는 법상法相[42]과 삼론三論[43] 두 종파를 아울러 수학하고 있었다. 긴 세월이 흘러 말대末代에 이른 후, 절의 승려들 간에 그 동인도 장원왕長元王의 기일 공양을 지내야 할 것이라는 의견이 합치되었기에 매해 거르지 않고 정성껏 공양을 드렸다. 그런데 이곳엔 한 난폭한 법사가 있었다. 무척이나 악역무도惡逆無道한 사내였다. 그가

　"대관절 무슨 연유로 우리나라 간고지에서 인도 국왕의 기일忌日[44] 공양을 지낼 필요가 있는 것인가? 앞으로 결단코 지내서는 안 될 것이다."

라며 이치에 맞지 않는 말을 하였다. 온 절의 승려들은 하나같이 "아니, 어떤 일이 있어도 불상을 만들어 세운 분의 기일공양은 지내야 하지 않겠는가?"라고 반박하는 사이에 논쟁이 점차 격렬해졌고 승려들은 서로 다투게 되었다. 그러나 그 악역무도한 승려의 문파는 수가 많았기 때문에, 기일공양을 해야 한다는 의견을 가진 온 절의 승려들을 모두 내쫓아 버리고 말았다. 이에 많은 승려들이 도다이지東大寺로 옮겨 갔다. 그러는 동안 무슨 일이 있을 때마다 이 두 사찰 간에는 불화가 생겨, 급기야 전쟁[45]이 벌어졌다. 전쟁은 노승이 할 행동이 아님에도 불구하고, 어느샌가 악연惡緣[46]에 이끌려 갑옷, 투구로 무장하고, 뭇 경전들을 내팽개치고 불당에 버려놓은 채 사

---

41 저본의 파손에 의한 결자. 이 전후 관가본 『제사연기집』에 "한편 일본 국왕 겐메이 천황, 이 부처의 이익영험을 전해 듣고 본조에 옮겨와 가람을 건립하여 안치해 모시다. 지금의 간고지의 금당이 그것이다."라고 되어 있음.

42 → 불교.

43 → 불교.

44 명일命日. 장원왕의 유덕遺德을 기려 그 명일에 공양 법회를 행했음.

45 사실史實 불명.

46 *나쁜 일을 하도록 유혹하는 주위의 환경.

방팔방 도망치고 말았다. 젊은 승려들은 "우리 사승師僧이 도망쳐버린 이상, 우리들 역시 이 절에 머물 수 없는 노릇이다."라고 말하고 슬피 울며 뿔뿔이 흩어졌다. 그 결과 닷새 만에 천 명 남짓 되던 승려들이 완전히 사라지고 말았다. 그때 이래로 간고지의 불법은 완전히 끊어진 것이다.

그러나 그 미륵 불상은 지금도 여전히 계신다. 권화權化[47]이신 분이 만드신 불상이기에 실로 존귀하다. 그리고 또 인도, 중국, 일본 세 나라[48]를 거치신 불상이기도 하다. 실로 몇 번이나 빛을 발하였으며, 이 불상을 깊이 신앙하는 사람들은 모두 도솔천에 태어났다. 세상 사람들은 각별히 절하며 섬겨야 할 것이다.

나라의 간고지라는 곳은 바로 이 절을 말한다고 이렇게 이야기로 전하여 내려오고 있다 한다.

---

47 신불神佛이 변한 사람. 권자權者. 이것은 장원왕의 요구에 응해 미륵불彌勒佛을 만든 동자.
48 인도·중국(이 이야기에서는 신라新羅)·일본의 삼국을 전래한 불상. 교토京都 사가嵯峨의 세이료지淸凉寺의 석가상도 삼국 전래 불상으로서 저명. 또 관가본 『제사연기집』은 말미에 "그 불상은 보덕寶德 3년 10월 14일, 토민 때문에 금당金堂이 화난을 당해. 그때 6장 불상이 소실됐다. 천축·진단·본조 삼국을 건너셨던 부처이셨다. 이때에 이르러 소망燒亡한 것이다. 말세末世의 우리들과 연이 없는 일, 이를 데 없이 한탄스럽다."라고 미륵 불상의 소실을 기록. 보덕 3년은 1451년.

聖武天皇始造元興寺語第十五

今昔、元明天皇、奈良ノ都ノ飛鳥ノ郷ニ元興寺ヲ建立シ給フ。堂塔ヲ起給テ、金堂ニハ□丈ノ弥勒ヲ安置シ給フ。其ノ

弥勒ハ、此ノ朝ニテ造給ヘル仏ニハ不御。
昔シ、東天竺ニ生テ天子ノ国ト云フ国有リ。其ノ国ノ五穀豊カニシテ、乏キ事無シ。而ルニ、其ノ国ノ本ヨリ仏法ノ名ヲモ不聞。長元王始テ、「世ニ仏法ト云フ事有ナ

リ」ト聞テ、「我ガ世ニ何デカ仏法ヲ可知キ」ト願ヒテ、国ノ諸ノ人ニ、「仏法シルラム者ヲ求メ出セ」ト宣フ下ス。然ル間、海辺ニ少船一ツ、風ニ付テ寄レリ。国ノ人、是ヲ見テ怪ムデ王ニ奏ス。此ノ船ニ、僧只一人ノミ有リ。国王

僧ヲ召テ、「汝ハ何ナル者ノ、何ノ国ヨリ来レルゾ」ト問フ。僧ノ云ク、「我レハ北天竺ノ法師也。今ハ女人ニ付テ数子ヲ儲タリ。身貧クシテ貯無シ。数子

ヲ食セムト云フニ、直物無キガ故ニ、暗夜船ニ乗テ海中ニ出テ魚ヲ釣ニ、俄ニ風ニ放タレ此ノ浦ニ来レル也」。
国王ノ宣ハク、「然ラバ、汝、法ヲ可説シ」ト。僧最勝

王経ヲ読誦シテ、其ノ大意ヲ説ク。国王是ヲ聞テ、喜テ宣ク、「我レ既ニ法ヲ知リヌ。仏ヲ造リ奉ラムト思フ」。僧ノ云ク、「我レ仏ヲ造ル者ニ非ズ。王仏ヲ造ラムト思ヒ給ハヾ、心ヲ

至シテ三宝ニ祈請シ給ハヾ、自然ラ仏造ル者出来ナム」ト。
王僧ノ云フニ随ヒテ、此ノ事ヲ祈請シ給フニ、諸ノ財ヲ僧ニ与フ。
然レバ、乏キ事無シ。然レドモ、僧常ニ故郷ノ妻子ヲノミ恋テ不

喜。王是ヲ聞テ、僧ニ宣ハク、「汝何ゾ不喜ゾ」ト。僧ノ云ク、「我レ、此ニシテ楽ブト云ヘドモ、旧里ノ妻子常ニ恋シ」ト。王是ヲ「理也」ト宣テ、「速ニ可返

キ也」トテ、船ニ諸ノ財ヲ積テ、本国へ送リツ。

186

其後、亦、海辺ニ小船一ツ寄レリ。其船ニ、童子一人ノミ有リ。国ノ人是ヲ見テ、前ノ如ク王ニ奏ス。王童子ヲ召テ宣ハク、「汝ヂ何ノ国ヨリ来レルゾ。能ハ何ゾ」ト。童子ノ云ク、「我レ他ノ能無シ。只仏ヲ造ル計也」ト。王座下テ、童子ヲ礼シテ宣ハク、「我ガ願既ニ満ヌ。汝ヂ速ニ仏ヲ可造シ」トテ、涙ヲ流シテ、我ガ

□□□也」ト。

童子ノ云ク、「是、仏ヲ可造キ所ニ非ズ。閑ナルル、令見給ヘバ、童子其ヲ定ツ。

然レバ、王、可入キ物等、並ニ仏ノ御木、童子云ニ随テ、送ツ。其ニシテ、童子門ヲ閉テ、人ヲ不寄シテ仏ヲ造ルニ、国ノ人、蜜ニ門外ニシテ聞ケバ、「童子一人シテ造ル」ト思フニ、四五十人計シテ造音有リ。「奇異也」ト思フニ、第九日ト云ニ、童子門ヲ開テ、仏造リ出タル由、王ニ奏ス。王急テ其所ニ行幸シテ、仏ヲ礼シテ宣ハク、「此ノ仏ヲバ何仏トカ名付ル」ト。童子ノ云ク、「仏ハ十方ニ在マセドモ、是ハ当来補処ノ弥勒造リ奉ル也」ト。第四兜率天ノ内院ニ在マス。一度此ノ仏ニ礼スル人、必ズ彼ノ天ニ生レテ仏ヲ見奉ル」ト云フ時ニ、仏眉間ヨリ光ヲ放給フ。王是ヲ見テ、涙ヲ流シテ歓喜シテ礼拝ス。

王童子ニ宣ハク、「此ノ仏ヲ安置シ奉ラム為ニ、速ニ伽藍ヲ可建シ」ト。然レバ、童子先ヅ伽藍ノ四面ノ外閣ヲ廻シキ。中ニ二階ノ堂ヲ起テ、此ノ仏ヲ安置シテ、「東西二町ニ外閣ヲ廻ス事ハ、菩提涅槃ノ二果ヲ證ズル相ヲ表ス。南北四町ナル事ハ、生老病死ノ四苦ヲ離レム事ヲ表ス。末代悪世ニ及バムマデ、此ノ仏ヲ一称一礼セム人ハ、必兜率天内院ニ生レテ、永ク三途ヲ離レテ三会ノ令得脱給ヘ」ト誓テ、童子即チ掻消様ニ失ヌ。王及ビ人民ニ至ルマデ、是ヲ見テ、涙ヲ流

弥勒菩薩（図像抄）

シテ礼拝シ奉ル時ニ、仏眉間ヨリ光ヲ放チ給フ。

其後、此ノ伽藍ニ僧徒数百住シテ仏法ヲ弘ム。亦、国ノ大臣、

百官、人民ニ至マデ、此ノ仏ヲ崇メ奉ル事無限シ。長元王

ハ、願ノ如ク、遂ニ此ノ身乍ラ兜率天ニ生レヌ。加之、此

仏ヲ恭敬供養シ奉ル上下ノ人、彼ノ天ニ生ル、其数有リ。其

後、国ニ悪王出来テ、其寺ノ仏法漸ク滅テ、僧徒皆失ニケリ。

人民モ漸ク滅ヌ。

然ル間、白木ノ国ニ国王有リ。此仏ノ霊験ヲ伝ヘ聞テ、

「何デ我ガ国ニ移シ奉テ、日夜ニ恭敬供養ゼム」ト願ケルニ、

其国ニ相宰有リ、心極テ賢ク思慮深カリケリ、国王ニ申テ

宣ラセ蒙テ、彼ノ国ニ渡リテ、構ヘ謀テ、蜜ニ此仏ヲ取テ

船ニ入テ、亦此伽藍ノ海中ニシテ俄ニ悪風出来テ、波高クシテ海ノ面

財ヲ海中ニ投グ。然レドモ、風不止ケレバ、命ヲ存セムガ為

ニ、第一ノ財也ト思テ、此ノ仏ノ眉間ノ珠ヲ取テ海ニ入ル。竜

王手ヲ指出テ取ツ。

然テ、風波閑マリ

ヌレバ、相宰ノ云ク、

「竜王ニ珠ヲ施シテ

命ヲバ存スト云ヘド

モ、国王必ズ頚ヲ

被召ナム」ト、「然

レバ、返テ、益不有。只此ノ海中ニシテ年月ヲ送ラム」ト思

テ、海ノ面ニ向テ涙ヲ流テ云ク、「三熱ノ苦ヲ離レムガ為ニ、

此ノ珠ヲ取給ヒツ。亦、本国ノ王珠ヲ失タル咎ヲ以テ、我等

ガ頚ヲ被切ナムトス。然レバ、其珠ヲ返シ給テ此ノ苦ヲ免シ

給ヘ」ト。

竜王、夢ノ中ニ相宰ニ云ク、「竜衆ニ八九ノ苦有リ。而

ルニ、此ノ珠ヲ得テ後、其苦ヲ滅タリ。汝ヂ、其苦ヲ尚滅

セヨ。珠ヲ返サム」ト。夢覚テ、相宰喜テ海ニ向テ云ク、

「珠返サム事喜也。必ズ苦ヲ離レム事ヲ可報シ。但シ、

諸ノ経ノ中ニ、金剛般若、懺悔滅罪、勝レ給ヘリ。彼ノ経

金翅鳥（図像抄）

ヲ書写供養ジテ、九ノ苦ヲ滅セム
ジツ。其時、竜王海中ヨリ珠ヲ船ニ返シ入ツ。
王取テ失ニケリ。
其後、竜王夢ニ告テ云ク、「我ガ蛇道ノ苦此ノ珠取テ離レ
ヌ。亦、金剛般若ノ力ニ苦皆離レヌ。大キニ喜ブ」ト告テ、
夢覚ヌ。

然レバ、其珠ヲ仏眉間ニ入レ奉テ、本国ニ返テ国王ニ奉ル。
王喜テ仏ヲ礼シテ、本堂ノ絵図ヲ以テ忽ニ伽藍ヲ建立シテ、
此仏ヲ安置シ給ヒツ。其後、僧徒数千集リ住シテ、仏法盛
也。但シ、仏ノ眉間ノ光無シ。其ヨリ数百歳ニ及テ、其寺ノ
仏法漸ク滅スル比、堂ノ前ノ海、不知ヌ鳥近ク有テ、波堂ノ
前ニ懸ル。僧徒此ノ波ニ恐テ、皆去ヌ。寺ニ入不住マ
然ル間、我朝ノ元明天皇此ノ仏ノ利益霊験ヲ伝ヘ聞給テ、
此ノ朝ニ移シ給テ、「伽藍ヲ建立シテ安置奉ラム」ト思ス願
有ケルニ、国王ノ外戚ニ僧有リ。亦、心
賢ク思慮有リ。国王ニ奏スル様、「我レ国王ノ宣ヲ奉テ、

彼ノ国ニ行テ、其仏ヲ取奉ラム。吉々三宝ニ祈請ジ給ヘ」
ト。国王喜ビ給テ、僧彼ノ国ニ至テ、暗夜ニ彼ノ寺ノ堂ノ前ニ
船ニ漕ビ寄テ、三宝ニ祈請ジテ、蜜ニ仏ヲ取テ、船ニ入奉テ
漕去テ遥ニ三宝ニ、我ガ朝ニ仏ヲ
演シ奉レリ。国王

以テ今ノ元興寺ヲ建立
シテ、金堂ニ此ノ仏ヲ安置シ給ヘリ。

其後、此ノ寺ニ僧徒数千人集リ住シテ、仏法盛也。法相三
論、二宗ヲ兼学シテ多ノ年序ヲ経ルニ、寺ノ僧末代ニ及テ、
「彼ノ東天竺ノ長元王ノ忌日ヲ可勤」ト議シテ、毎年不闕
勤ルニ、一人ノ荒僧有リ。極タル非性人也。其ガ云ク、「何
ノ故有テカ、我朝ノ元興寺ニシテ天竺ノ王ノ忌日ヲ可勤キゾ。
自今以後ハ更ニ不可勤」ト、非道ニ行フ。満寺ハ「何也トモ
何デカ本願ノ忌日ヲバ不勤ルベキ」ト云フ程ニ、大キニ論出
来テ、互ニ静ケルニ、非性ノ僧ノ門徒ハ広クテ、満寺ノ僧ノ
「忌日可勤シ」ト行フヲ皆逐ツ。然レバ、多ノ僧東大寺ニ移
ル。其間、事ニ触テ両寺不和ニシテ、俄ニ合戦スル時、

老僧ノ所行ニ非ズト云ヘドモ、悪ニ被引テ甲鎧ヲ着テ、法文

聖教ヲ不持シテ諸堂ニ棄テ、十方ニ散失ヌ。若僧ハ、「我ガ

師逃失ナバ、我等亦此ノ寺ニ可住キニ非ズ」ト云テ、泣々、

各散失ヌ。然レバ、五日ノ内ニ、千余人ノ僧皆失畢ニケリ。

其ヨリ元興寺ノ仏法ハ絶タル也。

但シ、彼ノ弥勒ハ于今御マス。化人ノ造リ奉ル仏ニ御マセ

バ糸貴シ。亦、天竺、震旦、本朝、三国ニ渡給ヘル仏也。正

ク度々光ヲ放テ、帰敬スル人皆兜率天ニ生タリ。世ノ人尤モ

礼可奉ト。

奈良ノ元興寺ト云フ、是也トナム語リ伝ヘタルトヤ。

역대 천황^{天皇}이 다이안지^{大安寺}를 세우신 이야기

다이안지^{大安寺}의 연기^{緣起}를 기록한 이야기로, 쇼토쿠^{聖德} 태자^{太子}의 창건 이래 역
대 천황^{天皇}이 여러 곳에 당탑^{堂塔}을 건립했고 사명^{寺名}에도 여러 변천이 있었다. 그
러나 쇼무^{聖武} 천황의 치세, 새로운 사찰의 준공을 계기로 다이안지라고 개명했고 절
의 기초가 확립된 경위를 기술했다.

이제는 옛이야기이지만, 쇼토쿠^{聖德}[1] 태자^{太子}가 구마고리^{熊凝} 마을에 절[2]
을 지으셨다. 그러나 채 완성되지 않았을 때 태자께서 돌아가셨기 때문에 스
이코^{推古}[3] 천황^{天皇}이 그 절을 지으셨다. 대략 스이코 천황에서부터 쇼무^{聖武}
천황에 이르기까지, 9대의 천황이 차례로 이어받아 지어오신 절이다. 긴메
이^{欽明}[4] 천황 치세에 구다라 강^{百濟川}[5] 부근에 넓은 토지를 선정하여 그곳에
그 구마고리의 절을 옮겨 지으셨다.[6] 이를 구다라다이지^{百濟大寺}[7]라고 한다.

1 → 인명.
2 → 사찰명(구마고리^{熊凝}의 절).
3 → 인명.
4 제34대 조메이^{舒明} 천황^{天皇}이 옳음. 『삼보회^{三寶會}』에 긴메이^{欽明} 천황이라고 되어 있는 것을 답습한 오류.
　『다이안지가람연기^{大安寺伽藍緣起}』, 『다이안지비문^{大安寺碑文}』, 『다이안지연기^{大安寺緣起}』 등 모두 쇼토쿠^聖
　^德 태자^{太子}의 유언을 받아, 다무라^{田村} 황자^{皇子}(조메이 천황)가 조사^{造寺}를 계승했다고 함.
5 나라 현^{奈縣} 다카이치 군^{高市郡}에서 시작해 히로세 군^{廣瀨郡}의 동단^{東端}을 흘러서 히로세 강^{廣瀨川}으로 들
　어가, 야마토 강^{大和川}에 합류하는 강.
6 조메이 천황 11년(639) 2월 건립(『다이안지가람연기』, 『다이안지비문』).
7 → 사찰명.

그 절을 지을 적에, 공사를 담당하는 관리[8]가 있어 근처 신사神社[9]의 나무를 절의 주 재료로서 많이 잘라 썼기 때문에 신이 노하여 불을 질러 절을 태워버렸다.[10] 천황[11]은 대단히 두려워하셨지만, 어쨌든 절을 조영造營하셨다. 또한 덴랴쿠天曆[12] 천황 치세에 여섯 장丈 높이의 석가[13]상을 만들어 마음속으로 발원하고 계시던 어느 날의 새벽녘, 꿈속에 세《천녀天女가 나타나 이 석가상에 예배를 올리고서》[14] 아름다운 꽃을 공양하고 잠시 동안 찬탄贊嘆하더니,《천황을 향해》[15]

"이 불상은 영취산靈鷲山[16]의 진짜 부처와 다름없어, 자태에 조금도 상이한 점이 없으시다. 이 나라 사람들은 진심을 담아 숭상崇尙하여야 할 것이오" 라 말하고 승천하는 꿈을 꾼 뒤 잠에서 깨어났다. 이 불상의 개안공양開眼供養[17] 날에 보랏빛 구름이 온 하늘에 드리워졌으며 더없이 아름다운 음악이 하늘에서 들려왔다.

또 덴무天武[18] 천황 치세에, 천황께서 다케치 군高市郡에 땅을 정하시어 이 절을 새로 옮겨 지으셨다. 이를 다이칸다이지大官大寺[19]라고 한다. 천황[20]은 또 탑을 세우셨고 오래된 여섯 장 높이의 석가상을 모조模造해 모시고자 서

---

8 조정의 명으로 절의 준공을 담당하는 관리. 조사집행관造寺執行官.
9 고베子部 신사神社의 신.
10 지주신地主神의 노여움을 사 낙뢰에 의하여 소실.
11 → 인명(교고쿠皇極 천황).
12 덴랴쿠天曆는 덴치天智(→ 인명)의 오류. '덴치 천황에 의해'(동박본東博本『삼보회三寶繪』).
13 → 불교.
14 저본의 파손에 의한 결자. 동박본『삼보회』를 참조하여 보충.
15 저본의 파손에 의한 결자. 동박본『삼보회』를 참조하여 보충.
16 → 불교(영산靈山).
17 → 불교.
18 → 인명. 다이칸다이지大官大寺 조영은 『삼보회』 이하 여러 연기는 덴무天武 천황이라고 되어 있지만, 『다이안지비문』만이 덴치 천황의 사적으로 함.
19 → 사찰명.
20 문맥상 덴무 천황. 동박본『삼보회』,『다이안지연기』,『순례사기巡禮私記』 모두 이 이야기와 같음.

원하여, "좋은 조물사彫物師를 주시옵소서."라고 기도하셨다. 날 밝을 무렵, 꿈에 한 승려가 나타나 천황을 향해 말했다.

"전에 이 부처를 만드신 이는 권화權化²¹한 인물이었는데, 이번에는 다시 오기 어려울 것 같구나. 좋은 조물사라고 하여도 역시 실수가 있는 법이고, 좋은 화공畵工이라 하여도 채색에 어딘지 모를 결점도 있는 법이니라. 그러니 다만 그대들은 이 불상 어전御前에 커다란 거울을 걸고 그 모습을 비추어 예배를 드려야 할 것이다. 모조하는 것도 아니며, 모사할 것도 없이 저절로 삼신三身²²을 갖출 것이다. 불상의 모양²³을 보면 응신불應身佛이고, 거울에 비춘 그림자²⁴를 보면 보신불報身佛이니라. 이것이 허상이라 깨달으면 법신불法身佛이니라. 공덕²⁵이 뛰어남이 이보다 낫지 못할 것이니라."

이처럼 말하는 것을 보고 천황은 꿈에서 깨어났다. 천황은 기뻐하시며 꿈에 나온 대로 커다란 거울을 하나 불상 어전에 걸어 놓고서, 오백 명의 승려를 당내堂內로 불러들여 성대한 법회를 열고 공양하셨다.

또한 겐메이元明²⁶ 천황 치세 중, 화동和銅 3년²⁷에 이 절²⁸을 도읍인 나라奈良²⁹로 옮겨 지으셨고 쇼무聖武 천황은 이를 이어받아 완성하려 하셨다. 그런데 그때 즈음 도지道慈³⁰라는 승려가 있었다. 매우 총명하여 세상 사람들

---

21 신불神佛이 변한 사람. 권자權者.
22 → 불교.
23 거울에 비춘 불상의 형상. 허상이지만 중생 제도濟度를 위해 나타난 변화신變化身으로, 응신應身에 해당. → 불교(삼신三身).
24 석가여래상釋迦如來像은 부처의 보신報身의 모습이기에, 거울에 비춘 불신佛身은 보신에 해당. → 불교(삼신三身).
25 → 불교.
26 → 인명.
27 710년. 헤이조平城 천도의 해.
28 다이칸다이지(→ 사찰명)를 가리킴.
29 나라 현 다이안지 정大安寺町에 소재하는 다이안지大安寺의 땅. 헤이조 경平城京 좌경左京 6조條 4방坊에 위치.
30 → 인명.

이 우러러 존경하였다. 일찍이 대보大寶 원년에[31] 불법을 전하기 위하여 중국으로 건너갔다가 양로養老 2년에 일본으로 돌아왔는데, 천황에게

"제가 당唐으로 건너갈 때 '일본으로 돌아와 큰 사찰을 건립하겠다.'라고 마음먹었습니다. 그 때문에 서명사西明寺[32]의 건축양식을 보고 베껴 왔습니다."

라고 아뢰었다. 천황은 이것을 들으시고 반기시며, "내 소망이 이루어졌도다."라고 말씀하셨고, 천평天平 원년,[33] 도지에게 이 절[34]의 개축을 명하시고 직접 모든 일을 관리케 하셨다. 저 중인도 사위국舍衛國 기원정사祇園精舍[35]는 도솔천兜率天[36]의 궁전을 모방하여 지었고, 중국의 서명사는 기원정사를 모방해 지었다. 일본의 다이안지大安寺[37]는 그 서명사를 모방한 것이다. 14년 동안 다 지어, 성대하게 법회를 열고 공양을 하셨다. 천평 7년[38]에, 다이칸다이지를 다이안지라고 개칭하게 되었다.

또 《도지의 말에 따르면, 이》[39] 절이 최초 불에 탔던 것은 다케치 군[40]의 고베子部 《명신明神 신사의 나무를 잘라》[41] 썼기 때문이라고 한다. 그 신은 뇌신雷神[42]이라 분노의 불꽃을 뿜었던 것이다. 그 후 9대 천황이 여기저기 이축하셨는데 그 비용이 막대했다. 때문에 신의 마음을 기쁘게 하여 절을 영營

(이하 결缺).

---

31 권11 제5화 주 참조. 대보大寶 원년 관련.
32 → 사찰명.
33 729년.
34 헤이조 경에 이전한 다이칸다이지(→ 사찰명).
35 → 불교.
36 → 불교.
37 → 사찰명.
38 바르게는 천평天平 17년(745). 「삼보회」, 「순례사기」, 「다이안지연기」 등. 천평 17년이라고 되어있음.
39 저본의 파손에 의한 결자. 동박본 「삼보회」를 참조하여 보충.
40 「연희식延喜式」 신명장神名帳에서는 고베 신사는 도이치 군+市郡에 소재.
41 저본의 파손에 의한 결자. 동박본 「삼보회」를 참조하여 보충.
42 고대의 지주신은 뇌신이 일반적. 고베 명신明神의 뇌화雷火에 대해서는 「다이안지가람연기」, 「다이안지비문」에 상세히 나와 있음.

代々天皇造大安寺所々語第十六

今昔、聖徳太子熊凝ノ村ニ寺ヲ造給フ。不造畢給ル間ニ、

太子失給ヌレバ、即チ推古天皇此ノ寺ヲ造給フ。凡ソ、推古

天皇ヨリ始テ聖武天皇ニ至ルマデ、九代ノ天皇受伝ヘツ、造給ヘル寺也。

欽明天皇ノ御代ニ、百済河ノ辺ニ広キ地ヲ撰テ、彼ノ熊凝ノ寺ヲ移シ造給フ。是ヲ百済大寺ト云フ。

其寺造ル間、行事官有テ、傍ナル神ノ社ノ木ヲ此寺ノ料ニ多ク伐リ用タリケレバ、神嗔テ火ヲ放テ寺ノ焼ツ。

キニ恐レ給フト云ヘドモ、寺ヲ営ミ造ツ。亦、天暦天皇ノ御代ニ、丈六ノ釈迦ノ像ヲ造テ、心ニ祈リ願ヒ給ヘル夜ノ暁ニ、夢ノ中ニ三人ノ

妙ナル花ヲ以テ仏ニ供養ジテ敬ヒ讃ル「

「此ノ仏ハ霊山ノ実ノ仏ト不異ニテ、形チ少モ違不給ハ、此ノ国ノ人心ヲ至シテ崇奉レ」ト云テ、空ニ昇ヌ、ト見テ夢覚ヌ。開眼供養ノ日、

紫雲空ニ満テ、妙ナル音楽、天ニ聞ユ。

亦、天武天皇ノ御代ニ、高市ノ郡ニ地ヲ撰テ此ノ寺ヲ改メ移シ造ル。是ヲ大官大寺ト云フ。天皇亦塔ヲ起給フ。亦、天

皇古キ釈迦ノ丈六ノ像ヲ移シ造奉ラムト思フ願ヲ発テ、「吉キ工ヲ令得給ヘ」ト祈給フ夜ノ暁ニ、夢ノ中ニ一人ノ僧

来テ天皇ニ申テ云ク、「前ニ此ノ仏ヲ造奉レリシ者ハ化人
也。亦、難来カリナム。吉キ工ト云ヘドモ、猶シ刀ノ錯無
キニ非ズ。吉キ絵師ト云ヘドモ、丹ノ色ニ必ズ咎有リ。然レ
バ、只、此ノ仏ノ御前ニ大ナル鏡ヲ懸テ、影ヲ移シテ可礼
奉シ。造ニモ非ズ、書ニモ非ズシテ、自然三身ヲ可備シ。形
ヲ見レバ応身也。影ヲ浮レバ報身也、虚シ智レバ法身也。功
徳勝ル事、是ニハ不過」ト云テ見テ夢覚ヌ。天皇驚キ喜ビ
給テ、夢ノ如クニ、一ノ大ナル鏡ヲ仏ノ御前ニ懸テ、五百人
ノ僧ヲ堂ノ内ニ請ジテ、大キニ法会ヲ儲テ、供養ジ給ケリ。
亦、元明天皇ノ御代ニ、和銅三年ト云フ年、此ノ寺ヲ移シ
テ、奈良ノ京ニ被造ル。聖武天皇受伝ヘテ被造レムト為ル間、
道慈ト云フ僧有リ。心ニ智有テ、世ニ重ク被貴ル。先ニ大宝
二、『帰朝シテ大キ寺ヲ造ラム』ト思ヒキ。是ニ依テ、西明
フ年返来テ、天皇ニ奏シテ云ク、「我レ唐ニ渡シ時、心ノ内
元年ト云フ年、法ヲ伝ヘムガ為ニ、震旦ニ渡テ養老二年ト云
寺ノ造レル様ヲ移シ取テ来レル也」ト。天皇是ヲ聞食テ、

喜テ、「我ガ願ノ満ヌル也」ト宣テ、天平元年ト云フ年、道
慈ニ仰テ、此ノ寺ヲ改メ令造給フ。即チ道慈ニ被付ヌ。中天竺ニ
舎衛国ノ祇薗精舎ハ兜率天ノ宮学ビ造レリ。震旦ノ西明寺ハ
祇薗精舎ヲ移シ造レリ。本朝ノ大安寺ハ西明寺ヲ移セル也。
十四年ノ間ニ造畢テ、大ニ法会ヲ儲テ供養ジ給フ。天平七年
十四年ノ間ニ、大官大寺ヲ改メテ大安寺ト云フ也。
亦、
市ノ郡ノ子部ノ□
□用ヘルニ依テ。彼ノ
□寺ノ始メ焼シ事ハ、高
神ハ、雷神トシテ嗔ノ心火ヲ出セル也。其後、九代天皇、
所々ニ造リ移シ給フニ、其ノ費多シ。然レバ、神ノ心ヲ令
喜テ喜寺ヲ令（以下次）

덴치天智 천황天皇이
야쿠시지藥師寺를 세우신 이야기

야쿠시지藥師寺를 세운 과정을 서술하고, 본존本尊 약사불藥師佛의 영험을 다룬 이야기. 표제에 덴치天智 천황이 나오는 것은, 본 화와 밀접한 관계를 가졌다고 여겨지는 관가본菅家本 『제사연기집諸寺緣起集』 야쿠시지 부분에 덴치 천황이 자식인 지토持統 천황의 악창惡瘡을 고치기 위해 장륙(약 18m)의 금동약사불金銅藥師佛을 주조하여 기도하였다는 내용의 전승으로 추정된다. 하지만 통설에는 덴무天武 천황이 황후(지토 천황)의 병환 치유를 기원하여 건립에 착수하여 지토 천황이 그 과업을 이어받아 완성하였고 다시금 겐메이元明 천황이 나라奈良에 이축하였다고 한다. 더욱이 저본底本에서는 표제를 본문의 바로 뒤에 표기하였으나, 결문·난장亂張이 있다고 판단하여 본문의 서두로 옮겼다.

《이제는 옛이야기이지만, 덴무天武》[1] 천황天皇이 즉위하셨다. 그 다음으로 여제女帝이신 지토持統[2] 천황이 즉위하셨다. 다케치 군高市郡의 □□[3]이라는 곳에 절을 세워 이 약사상藥師像을 안치하셨다. 그 이후, 나라奈良에 도읍이 있었을 때 겐메이元明 천황이라고 하시는 여제께서 서경西京의 육조六條 《이

---

1 관가본菅家本 『제사연기집諸寺緣起集』을 참조하여 보충.
2 → 인명
3 지명 명기를 위한 의도적 결자. 『야쿠시지연기藥師寺緣起』 기사를 참조하여 향명鄕名으로 추정. 현재 나라 현奈良縣 가시하라 시橿原市 기도노 정城殿町에 본 야쿠시지本藥師寺의 터가 있음.

방二坊)⁴지역, 즉 지금의 야쿠시지藥師寺가 있는 곳으로 옮겨 지으셨다.

그 천황⁵에게는 스승⁶격인 승려가 있었는데, 선정禪定⁷에 들어 용궁龍宮⁸에 가서, 그 용궁의 건축양식을 보고 천황에게 진언하여《그것과 완전히 똑같은 모양으로 본떠 만들었는데)⁹ 지금에 이르기까지 불법이 번영하고 있다. □□¹⁰ 또, 이 약사불藥師佛¹¹ □□□□□□¹² 받은 사람은 이 절에 참배하여 기도하고 청하면 반드시 그 영험을 입었다. 진심으로 숭상해야 할 부처이시다.

그 절 안에는 설령 고승高僧이라고 하더라도 들어갈 수 없었다. 다만 당동자堂童子라고 하는 속인¹³만이 들어갈 수 있어서, 부처님께 바칠 공양물이나 등명燈明을 올리는 것이 관습으로 되어 있다. 존귀한 일이라고 이렇게 이야기로 전하여 내려오고 있다 한다.

4　방수坊数를 명기를 위한 의도적 결자. 제호사본醍醐寺本 『제사연기집』과 관가본 『제사연기집』을 참조하여
　　'2'로 추정.

5　본 야쿠시지를 건립한 지토持統 천황으로 추정됨. 『칠대사일기七大寺日記』, 『순례사기巡禮私記』도 동일. 단,
　　『삼보회三寶繪』, 『부상약기扶桑略記』, 『연중행사비초年中行事秘抄』, 『원형석서元亨釋書』에서는 덴무天武 천황,
　　『야쿠시지연기』에서는 겐메이元明 천황.

6　그 이름을 동박본東博本 『삼보회』는 '그', 『부상약기』, 『야쿠시지연기』, 『원형석서』는 '祚蓮', 『칠대
　　寺日記』는 '乘永', 『순례사기巡禮私記』에서는 '承永', 『연중행사비초』는 '雅蓮'으로 하고 있음.

7　'입정入定'. '정定'(→ 불교).

8　→ 불교.

9　저본의 파손에 의한 결자. 동박본 『삼보회』와 『순례사기』를 참조하여 보충.

10　저본의 파손에 의한 결자.

11　→ 불교.

12　저본의 파손에 의한 결자.

13　*불가에서 승려가 아닌 일반인을 이르는 말.

天智天皇造薬師寺語第十七

□[一五]天皇位ニ即給ヒニケリ。 其次ニゾ女帝持統天皇ハ位ニ

即給ケル。 高市ノ郡□[一八]ト云フ所ニ寺ヲ起テ、此ノ薬師ノ像

ヲ安置給ヒツ。 其後、 奈良ノ都ノ時、 元明天皇ト申ス女帝、

西京ノ六条□坊、 今ノ薬師寺ノ所ニハ移シ造給ヘル也。

其天皇ノ御師ト云フ僧有テ、 定ニ入テ竜宮ニ行テ、 其竜宮

ノ造ノ様ヲ見テ、 天皇ニ申シ行テ□

于今仏法盛也。 □[一七]亦、 此寺ノ薬師仏

□□□受ケタル人、 此寺ニ参テ祈請フニ、 其利益不蒙ト云

フ事無シ。 専ニ可崇奉キ仏ニ在マス。

其寺ノ内ニハ止事無キ僧ナレドモ入ル事無シ。 只、 堂童子

トテ俗ナム入テ仏供灯明奉ル。 止事無ト語リ伝ヘタルトヤ。

다카노노히메^{高野姫} 천황^{天皇}이 사이다이지^{西大寺}를 세우신 이야기

쇼토쿠^{稱德}천황(고켄^{孝謙} 천황이 재임)이 사이다이지^{西大寺}를 건립한 경위를 기록한 이야기이다. 하지만, 서두 부분에 쇼토쿠 천황이 쇼무^{聖武} 천황의 딸이라는 것과 학문에 통달하였고 불법을 존중하였다는 것이 적혀 있을 뿐 구체적인 내용은 알 수 없다. 서두 부분과 유사한 기사는 권12 제4화에도 보인다. 결실된 부분은 파손에 의한 것으로 보이지만, 권11 제19화·20화의 홋케지^{法華寺} 건립 이야기가 표제만 남아 있고 본문이 없는 것으로 보아, 쓰다가 만 채로 남겨진 것으로 추정된다.

이제는 옛이야기이지만, 다카노노히메^{高野姫} 천황^{天皇}[1]은 쇼무^{聖武} 천황[2]의 따님이셨다. 여자[3]의 몸이셨지만 학문에 통달하여, 한시문^{漢詩文}에 매우 정통하셨다. 또 불법[4]도 존귀하게 여겨 '어떻게 해서든 불도^{佛道} 수행의 도장^{道場}[5]을 건립해야겠다.'라고 생각하셔서, 아직 즉위하시기 전 공주님 신분으로 계셨을 때에 쇼류지^{初龍寺}라고 하는 절(이하 결)

---

1 → 인명. 사이다이지^{西大寺} 창건은 쇼토쿠^{稱德}천황의 시기.
2 → 인명.
3 이 앞뒤의 내용은 권12 제4화의 모두^{冒頭}와 거의 같음.
4 불도.
5 → 불교.

高野姫天皇造西大寺語第十八

今昔、高野姫天皇ハ聖武天皇ノ御娘ニ御マス。女ノ身ニ御マスト云ヘドモ、心ニ智リ広クシテ文ノ道ヲ極メ給タリケリ。亦、法ノ道ヲ知テ、「何カデ道場ヲ建立セム」ト思食ケル。未ダ位ニモ不即給シテ姫宮ニテマシマシケル時ニ、初竜寺ト云寺（以下欠）

고묘光明 황후皇后가 홋케지法華寺를 건립하여 비구니사尼寺로 삼으신 이야기

본문 결缺

쇼토쿠聖德 태자太子가
호류지法隆寺를 건립하신 이야기

본문 결缺

（本文欠）

聖徳太子建法隆寺語第二十
しやうとくたいししほうりうじをたてたまふことだいにじふ

⊙ 제 20 화 ⊙
쇼토쿠聖德 태자太子가 호류지法隆寺를 건립하신 이야기

쇼토쿠^{聖德} 태자^{太子}가
덴노지^{天王寺}를 건립하신 이야기

쇼토쿠聖德 태자의 덴노지天王寺 건립 유래를 기록한 이야기이지만, 본권 제1화의 여덟 번째 단락과 거의 같은 문장으로 쓰인 동일한 이야기이다.

이제는 옛이야기이지만, 쇼토쿠^{聖德} 태자^{太子}가 이 일본국에 태어나셔서, '불법을 널리 알려 이 나라의 사람들을 행복하게 하자'라고 생각하시고, 태자의 백부이신 비다쓰^{敏達} 천황^{天皇}[1]의 치세에 천황께 진언하여 불법을 숭상하기 위해 국내에는 당^堂과 탑을 세우고, 외국에서 온 승려들이 귀의^{歸依}[2]하도록 하게 하셨다. 그때, 모리야^{守屋}[3] 대신^{大臣}[4]이라는 자가 있어 이를 반대하고, 천황께 아뢰어 불법의 존숭^{尊崇}을 중지하도록 하였다.

그 결과 태자께서는 모리야와 불화가 생겨, 소가^{蘇我}[5] 대신이라고 하는 사람과 뜻을 모아 모리야를 토벌하여 국내에 불법을 널리 알릴 계책을 궁리하셨다. 그때, 어떤 사람이 모리야에게 "태자는 소가 대신과 뜻을 모아 당신

---

1 → 인명.
2 → 불교.
3 → 인명(모노노베노 유게노 모리야物部弓削守屋).
4 정확히는 '오무라지大連'. 당시의 대신은 소가노 우마코蘇我馬子.
5 → 인명(소가노 우마코蘇我馬子).

을 치려고 하고 계십니다."라고 알렸다. 그래서 모리야는 아토阿都의 집에서 머물며 전쟁을 준비하였다. 나카토미노 가쓰미中臣勝海[6]라고 하는 자도 또한 군대를 모아 모리야를 도우려고 하였다.

그러는 동안 "이 두 사람[7]이 천황을 저주하고 있다."라는 말이 세간에 소문으로 퍼져, 소가 대신은 태자에게 말씀을 올려 함께 군대를 모아 모리야의 집으로 가서 공격을 준비하였다. 모리야도 《군대를 보내 성채를 구축하여 맞서 싸웠다.》[8] 그 군대가 강하여, 태자 측의 군대는 두려워 떨며 세 번이나 퇴《각하였다. 그때, 태자의 나이는 열여섯이셨는데》[9] 군대의 후방에 서서 사령관인 하다노 가와카쓰秦川勝[10]에게

"너는 즉시 나무를 가져다가 사천왕[11]의 상像을 조각하여, 그것을 머리 위에 꽂고 창끝에 달아라."

라고 명령하시고, 또

"저희들을 이 전투에서 이기게 해 주신다면, 반드시 사천왕의 상을 만들어 올리고, 사탑을 건립하도록 하겠습니다."

라고 기원하셨다. 소가 대신 역시 마찬가지로 기원하고 싸웠다. 한편, 모리야는 커다란 상수리나무에 올라 모노노베物部 가문의 대신大神[12]에게 기원을 담아 화살을 쏘았다. 그 화살은 태자의 등자에 맞아 떨어졌다.[13] 태자도 사

---

6 자세히 전해지지 않음. 6세기 후반의 관인官人. 모노노베노 유게노 모리야와 함께 불교의 배척을 주장. 『서기書紀』 요메이用明 천황 2년(587년) 4월 조에 의하면, 사인舍人인 도미노 이치이迹見赤檮(→ 인명)에게 암살당함.
7 본권 제1화 주 참조.
8 파손에 의한 결자. 본권 제1화를 참조하여 보충.
9 파손에 의한 결자. 본권 제1화를 참조하여 보충.
10 → 인명.
11 → 불교.
12 모노노베 가문의 씨족신인 이소노카미石上 후쓰노미타마노카미布都御魂神를 가리킴. 본권 제1화 참조.
13 모리야의 화살이 태자의 등자에 맞아 떨어진 것은, 모노노베의 씨족신의 힘이 불법수호의 사천왕의 위력에 미치지 못함을 의미함.

인솔人인 도미노 이치이迹見赤檮[14]라는 자에게 명하여, 사천왕에게 기도하고 화살을 쏘게 하셨다. 그 화살은 멀리 날아가 모리야의 가슴에 명중하였고 그는 나무에서 곤두박질쳤다. 그로 인해 모리야 군은 괴멸하고 말았다. 이에 태자의 군대가 쳐들어가 모리야의 목을 베었다. 그 뒤, 집 안으로 공격해 들어가 재산은 모두 절의 것으로 하고, 장원莊園은 모두 절의 소유지로 하여 그 집은 모조리 불태워버렸다. 그 후 바로 다마쓰쿠리玉造의 벼랑 위에 절을 세우시고 사천왕의 상을 안치하셨다. 지금의 덴노지天王寺[15]란 이 절을 말한다.

태자는 결코 사람을 죽이려는 생각을 하신 것이 아닐 것이다.[16] 불법을 널리 우리나라에 전하기 위하였기에 하신 일이다. 혹시라도 모리야 대신[17]이 살아 있었다면 지금에 이르기 까지 우리나라에 불법이 행해지고 있었겠는가. 한편, 그 절의 서문西門에 태자가 몸소,

"석가여래[18]전법륜소 당극락토동문중심釋迦如來轉法輪所 當極樂土東門中心"[19]

이라고 쓰셨다. 그 이후, 사람들은 이 서문에 와서 아미타불의 염불을 외게 되었다. 이것은 지금도 끊이지 않고 참배하지 않은 이가 없을 정도이다. 이

14 → 인명.
15 정확히는 시텐노지四天王寺(→ 사찰명). 『전력傳曆』, 『시텐노지어수인연기四天王寺御手印緣起』에서는 요메이 천황 2년(587년) 다마쓰쿠리 언덕 위의 땅에 창건, 스이코推古 천황 원년(593년)에 아라하카荒陵로 옮겼다고 되어 있으나 확실치 않음. 『일본서기日本書紀』 스이코 천황 원년에는 '처음으로 시텐노지를 나니와難波의 아라하카荒陵에 짓다.'로 되어 있음.
16 태자가 불교의 살생계를 범하여 모리야를 죽인 행위를 정당화하고 있음에 주목.
17 모노노베노 유게노 모리야(→ 인명)를 일컬음.
18 → 불교.
19 "여기는 석가여래가 설법한 곳으로, 극락정토의 동문의 중심이다."라는 뜻. 헤이안 말기에서부터 중세까지는 정토교淨土敎의 보급에 의해, 시텐노지의 서문은 서방극락정토의 동문과 마주보는 영지라고 믿어져, 일상관日想觀이 행해지거나, 입수왕생자入水往生者가 나왔다.

것을 생각하면, 이 텐노지는 사람들이 반드시 참배하지 않으면 안 되는 절이다. 또한 쇼토쿠 태자가 불법을 올바로 전하시기 위해 이 나라에 태어나셔서 지성으로 기원해서 세우신 절인 것이다. 불심이 있는 자는 이 일을 알고 있지 않으면 안 된다고 이렇게 이야기로 전하여 내려오고 있다 한다.

聖徳太子建天王寺語第二十一

今ハ昔、聖徳太子、此ノ朝ニ生レ給ヒテ、「仏法ヲ弘メテ此ノ国ノ人ヲ利益セム」ト思給ケレバ、太子ノ御伯父、敏達天皇ノ御代ニ申シ行テ、国ノ内ニ仏法ヲ崇メテ堂塔ヲ造リ、他国ヨリ来レル僧ヲ帰依スル間、守屋ノ大臣ト云フ者有テ、此事ヲ不請シテ、天皇ニ仏法崇ムル事ヲ申止ム。

是ニ依テ、太子守屋ト中悪ク成給ヒヌ。蘇我ノ大臣ト云フ人ヲ語ヒテ、守屋ヲ責罰テ、国ノ内ニ仏法ヲ弘メムト謀リ給フ。其時ニ、人有テ守屋ニ告テ云ク、「太子蘇我ノ大臣ト心ヲ合セテ、君ヲ罰給ハムトスル」。然レバ、守屋阿都ノ家ニ籠リ居テ軍ヲ儲ク。中臣ノ勝海ト云フ者モ亦、軍ヲ集メテ守屋ヲ助ケムトス。而ル間、「此ノ二ノ人天皇ヲ呪奉ルゾ」ト云フ事世ニ聞エ

テ、蘇我ノ大臣、太子ニ申シテ共ニ軍ヲ引将テ、守屋ガ家ニ行テ責ルニ、守屋軍ヲ猛クシテ、御方ノ軍惶怖シテ三度退キ

シテ、軍ノ後ニ打立テ、軍ノ政、人秦ガ家ニ

ニ示シテ宣ハク、「汝ヂ忽ニ木ヲ取テ、四天王ノ像ヲ刻テ髪ノ上ニ指シ、鉾ノ崎ニ捧ゲテ願ヲ発テ宣ハク、「我等ヲ此戦ニ令勝タラバ、当ニ四天王ノ像ヲ顕シ奉リ、寺塔ヲ起ム」ト。蘇我ノ大臣モ亦、如此ク願ヲ発テ戦フ間ニ、守屋大キナル樔ノ木ニ登テ、誓テ物部ノ氏ノ大神ニ祈請シテ箭ヲ放ツ。其箭太子ノ鎧ニ当テ落ヌ。太子亦、舎人迹見ト云フ者ニ仰テ、四天王ニ祈テ箭ヲ令放ム。其箭遥ニ行テ、守屋ガ胸ニ当ヌレバ、木ヨリ逆様ニ落ヌ。然レバ、其軍皆破レヌ。其時ニ、御方ノ軍、責テ守屋ガ頭ヲ斬ツ。其後、家ノ内ニ打入テ、財ヲバ皆寺ノ物ト成シ、庄園ヲバ悉ク寺ノ領ト成シツ。家ヲバ焼掃ヒ棄ツ。其後ニ、忽ニ玉造ノ岸ノ上ニ寺ヲ建給テ、四天王ノ像ヲ安置シ給ヘリ。今ノ天王寺是也。

210

太子定テ人ヲ殺サムトニハ非ジ、遥ニ仏法ノ伝ハラムガ故

ニコソハ。彼ノ大臣有マシカバ于今此ノ国ニ仏法有マシヤハ。

而ルニ、其ノ寺ノ西門ニ、太子自ラ、

釈迦如来転法輪所　当極楽土東門中心

ト書給ヘリ。是ニ依テ、諸人彼ノ西門ニシテ弥陀ノ念仏ヲ唱

フ。于今不絶シテ、不参ヌ人無シ。

是ヲ思フニ、此ノ天王寺ハ、必ズ、人可参キ寺也。聖徳太

子ノ正ク仏法ヲ伝ヘムガ為ニ此ノ国ニ生レ給テ、専ラ願ヲ発

テ造リ給ヘル寺也。心有ラム人ハ此ク可知シトナム語リ伝へ

タルトヤ。

스이코推古 천황天皇이
본간고지本元興寺를 세우신 이야기

본간고지本元興寺의 건립에 관한 영험담靈驗譚이나, 내용적으로 중국의 『수신기搜神記』에 실려 있는 신수벌목담神樹伐木譚과 일치하고 있음에 주목.

이제는 옛이야기이지만, 스이코推古 천황天皇[1]이라는 여제女帝의 치세에 일본에 불법佛法이 크게 번창하여 당탑堂塔을 세우는 사람이 많았다. 천황께서도 백제국百濟國에서 일본으로 온 《구라쓰쿠리노토리鞍作鳥》[2]라 하는 자에게 명하여 동銅으로 6장丈의 석가상釋迦像[3]을 주조鑄造[4]하고 아스카飛鳥 땅[5]에 당堂을 세워 이 석가[6]상을 안치하고자 생각하시어 먼저 당堂을 세우려 하였으나 그 당을 세울 곳에 참으로 어느 때에 자라났는지 알 수 없는 오래된 큰 규목槻木[7]이 있었다. "즉시 잘라버리고 당의 토대土台를 쌓으라."는 선지宣旨

1 → 인명.
2 인명의 명기를 위한 의도적 결자. 『서기書紀』 스이코推古 천황 13년(605) 4월을 참조하여 보충함.
3 현재의 아스카지飛鳥寺(본간고지本元興寺)의 터, 안거원安居院에 있는 속칭 아스카飛鳥 대불大佛로 여겨짐.
4 석가상의 주조는 스이코 천황 13년에 시작하여, 이듬해 14년 4월(『서기』), 혹은 17년 4월(『간고지가람연기元興寺伽藍緣起』)에 완성됨.
5 현재의 나라 현奈良縣 다카이치 군高市郡 아스카 촌 아스카 지역. 아스카 대불을 본존本尊으로 모시는 안거원이 있음. 『서기』 스슌崇峻 천황天皇 원년元年(588) 참조.
6 → 불교.
7 본간고지 서쪽에 '이마키今來의 대규大槻'라고 불리던 커다란 느티나무가 있었으며, 신성시神聖視되고 있었다. 이 나무 아래에서 국가적 행사나 서약誓約이 이루어졌다. 이 이야기는 느티나무 그 자체를 불교에 대

가 내려지고, 행사行事의 관리[8]가 임명되어 공사를 진행하던 도중에 그 관리와 나무 □□□□□[9] 끌어내라.'라는 등 큰 소란을 떨며 사람들이 모두 도망쳤다.

그로부터 얼마 후 □□□□□[10] 잘라야 한다고 결정됐고 다른 이에게 명하여 베도록 하였다. 처음에 도끼 등으로 두세 번 찍었을 뿐인데 죽어버렸기 때문에 이번에는 조심조심 다가가 베려 했으나 또 전과 같이 갑자기 죽어버렸다. 같이 일을 하고 있던 이들은 모두 이 모습을 보고 도끼 등을 내다버리고 겨우 목숨을 부지하고 도망쳤다. 그 후에는,

"어떤 벌을 받더라도 이제 절대로 이 나무에 가까이 가서는 안 된다. 목숨이 붙어 있어야 나라님의 명도 받들 수 있는 법이다."
라고 하며 지극히 두려워했다.

그때 어떤 승려가, '도대체 어찌하여 이 나무를 베면 사람이 죽는 것이냐.'라고 의아해 하고, '어떻게든 이유를 알고 싶구나.'라고 생각하여 비가 몹시 내리는 밤에 혼자 도롱이와 삿갓을 쓰고 행인이 나무 밑에서 비를 피하는 것처럼 해서 나무 밑동으로 살금살금 다가가 나무의 공동空洞 옆에 숨어 있었다. 한밤중이 될 무렵 공동 위쪽에서 많은 사람의 목소리가 들려왔다. 들어보니,

"이렇게 몇 번이나 나무를 베러 오는 놈이 우리를 베지 못하게 모두 차 죽여 버렸다. 하지만, 결국 마지막에는 이 나무는 베이고 말 것이다."
라고 말하자, 다른 목소리가,

한 재래신在來神의 상징적 존재로 삼고 있음.
8 사조궁寺造宮의 집행관, 담당 관리.
9 저본의 파손에 의한 결자. 긴 문장으로 추정. 문맥으로 보건데, 나무를 베려고 하는데 나무꾼이 죽거나 상처를 입는 등의 기이한 일이 적혀 있었을 것으로 추정됨.
10 파손에 의한 결자. 문맥으로 보건데, 얼마간 시간을 두고 나무를 벴다는 뜻의 구절이 있었을 것으로 추정함.

"어찌됐건 베려는 놈이 올 때마다 차 죽여주마. 이 세상에 제 목숨이 아깝지 않은 자는 없으니 베러 오는 놈은 없어질 테지."

라고 말했다. 또 다른 목소리가,

"혹시 삼으로 된 금禁줄을 두르고 나카토미中臣의 제문祭文[11]을 읽고 먹줄을 걸어서 나무꾼에게 베게 하면 우리는 어떻게 손을 쓸 수가 없다."

라고 말했다. 그러자 또 다른 목소리가, "참으로 그 말이 맞다."라고 응수했다. 그리고 여러 목소리가 함께 한탄하고 있는 동안에 새가 울자[12] 어떤 목소리도 들리지 않게 되었다. 승려는, '좋은 방법을 알았다.'라고 생각하며 살그머니 그곳을 벗어났다.

그 후에 승려가 이를 천황에게 아뢰었기 때문에, 조정은 그를 치하하고 기뻐하시며 승려의 진언대로 삼으로 된 금줄을 나무뿌리에 두르고, 그 밑에 쌀을 뿌리고, 폐幣[13]를 바치고 나카토미의 제문[14]을 읽게 하고 나무꾼들을 불러들여 먹줄을 걸어서 베게 했더니 아무도 죽지 않았다. 나무가 점점 기울어질 때쯤, 꿩 만한 크기의 새[15]가 대여섯 마리 가지 끝에서 날아갔다. 그리고 나서 나무가 쓰러졌고 송두리째 베어내 불당의 토대를 쌓았다. 새는 남쪽에 있는 산 부근에 앉았다. 천황께서 이를 듣고 새들을 가엾게 여겨 즉시 거처를 만들어 그 새에게 하사하셨다. 그곳은 지금은 신사로 남아 있는데, 류카이지龍海寺[16]의 남쪽에 있다고 한다.

---

11 나카토미中臣의 제문祭文. 나카토미의 불제祓除와 같음.
12 새 우는 소리와 동시에 날이 새고, 영귀靈鬼의 활동이 끝난 것. 영귀는 밤에 활동함.
13 신에게 바치는 공물의 총칭. 흔히 명주·무명·삼베 따위의 천.
14 나카토미 가문이 담당했었기 때문에 붙은 호칭. 조정에서 오하라에大祓(* 매년 6월 12월 그믐 날 죄나 부정을 정화하기 위해 행하는 신사神事) 때에 낭송하는 축사祝詞. 나카토미의 제문이라고도 함.
15 커다란 느티나무에 깃들어 있던 신령이 변신한 것. 영혼이 새가 되어 날아갔다고 받아들이는 것은 고대의 일반적 신앙.
16 미상. 류카이지龍蓋寺(→ 사찰명)의 차자로 추정. 『제사연기집諸寺縁起集』에는 "그 새는 지금 신이 되어 류카이지에 살고 있다."라고 되어 있음.

그 뒤에 당은 완성되었다. 공양供養[17]하는 날 새벽에 불상을 옮기려 했지만 불상은 크고 당의 남쪽 출입구는 좁았다. 출입구가 한두 치 더 넓었다고 해도 섭불攝佛[18]을 안으로 모실 방법은 없었다.

'어떻게 할까. 이 부처님은 폭도 높이도 삼 척尺정도는 더 크십니다. 어찌할 도리가 없네. 옆의 벽을 부수고 안으로 모실까, 어찌하나.'

하며 □□□□□□□[19] 시끄럽게 소란을 피우고만 있었다.

그때 여든□□□□□[20] 노인이 나와서, "자, 모두들 비키시오, 비키시오. 그냥 이 늙은이 말대로만 하시게."라고 말하고 불상의 턱을 돌려 머리 쪽을 앞으로 해서 너무나 쉽게 당으로 넣었다. 그 후에, "저 노인은 도대체 누구냐."라고 물었으나 감쪽같이 사라져서 그 행방을 도저히 알 수가 없었다. 그래서 사람들은 놀라고 이상히 여겨 큰 소동을 피웠다. 다시 찾아보라는 명령에 동서東西로 찾아다녔지만 아무도 그의 행방을 알지 못했다. 그제야 모두들 그가 권화權化였음을 알았다.

그 후 때가 되어, 공양을 올리게 되었다. 그 강사講師[21] □□□[22] 그때 불상의 미간[23]에서 밝은 빛이 비치고 그 빛이 출입구에서 나와 햇무리처럼 되어 불당 위를 뒤덮었다. "이것은 참으로 불가사의한 일이다."라며 사람들은 모두 존귀하게 여겼다. 공양 후에는 이 사찰의 일을 쇼토쿠聖德 태자太子가 이어받으셨기 때문에 불법은 더할 나위 없이 번성하였다.

---

17 개안공양開眼供養을 하는 날. 『서기』에는 스이코 천황 14년(606) 4월 8일이고, 『본간고지가람연기本元興寺伽藍緣起』에는 스이코 천황 17년(609) 4월 8일임.

18 섭상攝像, 염상捻像, 이상泥像이라고도 함. 소상塑像(점토 조각상)을 말함. 단, 현재의 아스카 대불은 금동 주조.

19 저본의 파손에 의한 결자.

20 저본의 파손에 의한 결자. 『서기』에서는 구라쓰쿠리노토리鞍作鳥가 무사히 불당에 넣었다고 한다.

21 → 불교.

22 이후에 결문이 있는 것으로 보임. 강사를 맡은 승명의 명기를 위한 의도적 결자로 추정.

23 권11 제1화 주석 참조. 미간의 백호白毫에서 빛을 발한 것. 부처의 감응을 나타냄. 쇼토쿠 태자는 구세관음救世觀音의 화신化身이므로 백호에서 빛이 발한 것임.

본간고지本元興寺[24]는 바로 이 사찰을 말하고 그 불상은 지금도 있다. 불심이 있는 사람은 반드시 그 불상을 찾아가 배례拜禮해야 한다고 이렇게 이야기로 전하여 내려오고 있다 한다.

---

24 간고지는 헤이조平城 천도와 함께 양로養老 2년(718) 나라로 이전하였으므로(→ 권11 제15화 참조) 아스카에 있는 구 사찰을 가리키는 호칭. → 사찰명(본간고지).

推古天皇造本元興寺語第二十二

今昔、推古天皇ト申ス女帝ノ御代ニ、此ノ朝ニ仏法盛ニ発テ、堂塔ヲ造ル人世ニ多カリ。天皇モ、銅ヲ以テ丈六ノ釈迦ノ像ヲ、百済国ヨリ来レル□ト云フ人ヲ以テ令鋳給テ、

飛鳥ノ郷ニ堂ヲ起テ、此ノ釈迦仏ヲ令安置給ハムトシテ、先ヅ堂ヲ被造ル間、堂ヲ可起所ニ、当ニ生ケム世モ不知ズ古キ大ナル槻有リ。「疾ク切リ去ケテ堂ノ壇ヲ可築シ」ト宣旨有テ、行事官立テ是ヲ行フ間、行事ト木□曳出ヨ」ナド嘖テ、皆人逃テ去ヌ。

其後、程ヲ□可伐キ也、ト被定テ、亦、他ノ人ヲ以テ令伐ルニ、始モ斧鑿ヲ二三度許打立ル程ニ死シ

カバ、亦、此ノ度惶々寄テ令伐ル程ニ、亦、前ノ如ク俄ニ死ヌ。具ノ者共、皆ヲ見テ斧鑿ヲ投ゲ棄テ、身ノ成ラム様モ不知ラ逃テ去ヌ。其後ハ、「何ナル勘当有ト云トモ、今ハ更ニ木ノ辺ニ可寄テ非ズ。命ノ有ラバコソ公ニモ仕ラメ」ト云キ。惶ヂ迷フ事無限シ。

其時ニ、或ル僧ノ思ハク、「何ナレバ此ノ木ヲ伐ニ人ハ死ル」ト、「構テ此事知ラバヤ」ト思テ、雨ノ隙無ク降ル夜、僧自ラ、蓑笠ヲ着テ道行ク人ノ木蔭ニ雨隠シタル様ニ、木ノ本ニ窃ニ抜足ニ寄テ、木ノ空ノ傍ニ窃ニ居ヌ。夜半ニ成ル程ニ木ノ空ノ上ノ方ニ多ク人ノ音聞ユ。聞ケバ云ヤウ、「カクテ度々伐リニ寄来ル者ヲ不令伐シテ、皆蹴殺シツ。サリトモ、遂ニキラヌヤウ有ラジ」ト云ヘバ、亦、異音シテ、「サリトモ、毎度ニコソ蹴殺サメ。世ニ命不惜ヌ者無ケレバ、寄来テ伐ラム者不有」ト云フ。異音シテ、「若、麻苧ノ注連ヲ引廻ラシテ、中臣祭ヲ読テ、杣立ノ人ヲ以テ縄墨ヲ懸テ伐ラム時ゾ、我等術可尽キ」ト云フ。亦、異音共シテ、「現ニ然

ル事也」ト云。亦、異音共歎タル言共ニテ云合ル程ニ、鳥ナ
キヌレバ音モセズ。

其後、此由ヲ奏スレバ、公感ジ喜給テ、其僧ノ申ス如ク
二、麻苧ノ注連ヲ木ノ本ニ引廻テ、木ノ本ニ米散シ幣奉
テ、中臣祓ヲ令読テ、杣立ノ者共ヲ召テ、縄墨ヲ懸テ令伐ル
二、一人モ死ヌル者無シ。木漸ク傾ク程ニ、山鳥ノ大サノ程
ナル鳥五六計、木末ヨリ飛立テ去ヌ。其後ニ木倒レヌ。皆
伐リ揮テ御堂ノ壇ヲ築ク。其鳥ハ南ナル山辺ニ居ル。天皇
此由ヲ聞給テ、鳥ヲ哀デ忽ニ社ヲ造、其鳥ニ給フ。于今神
ノ社ニテ有。竜海寺ノ南ナル所也。

其後、堂ヲ造畢ヌ。供養ノ日、暁ニ仏ヲ渡シ奉ルニ、仏ハ
大ニ、堂ノ南ノ戸ハ狭シ。今一二寸広カラムニ、摂仏可
入給キ様無シ。「是ハ、今三尺計広サモ高サモ仏ハ過給ヘ
ルハ。可為キ様無シ。喬ノ壁ヲ壊テコソハ入レ奉ラメ。何ガ
セム」

僧、「賢キ事ヲ聞ゾ」ト思テ、抜足ニ出
ヌ。

無限シ。

然ル間、年八十

「イデヽ、主達、皆去ケ。只翁ガ申サム二随テ可為」ト云
テ、仏ノヲトガイ引廻カシ奉ル様ニシテ、御頭ノ方ノ前ニシ
テ糸安ラカニ引入テ奉リツ。其後、「此ノ翁ハ何人ゾ」ト問
ヒ尋ヌルニ、掻消様ニ失ヌ。更ニ行ケム方ヲ不知。然レバ、
驚キ怪ビ嘆ル事無限シ。猶、可尋キ仰セ有テ、東西ヲ走リ廻
ルト云ヘドモ、知レル人無シ。是、化人也ト云フ事ヲ皆人知
ヌ。

突タルガ出来テ云ク、

其後、時至ヌレバ、供養有リ。其講師、其時ニ、仏
ノ眉間ヨリ白キ光リ出来テ、中ノ戸ヨリ出テ、堂ノ上ニ蓋ト
成テ覆ヘリ。「是、奇異ノ事也」ト貴ビ合ヘリ。供養ノ後ハ、
此ノ寺ノ事ヲ聖徳太子承テ行ヒケレバ、仏法盛ニシテ愚
ナル事無シ。

本ノ元興寺ト云フ、是也。其仏于今在マス。心有ラム人ハ、
必ズ参テ可礼奉キ仏也トナム語リ伝ヘタルトヤ。

겐코지現光寺를 창건하여
영불靈佛을 안치安置한 이야기

앞 이야기에 이어서 영목靈木에 관한 불상조립의 기이담. 『서기書紀』에 의하면 긴메이
欽明 천황天皇 14년(553)의 일로 되어 있는데 그렇게 되면 불교가 공인된 552년의 일
년 뒤의 이야기로 불교전래에 관한 가장 오래된 이야기의 하나가 된다.

이제는 옛이야기이지만, 비다쓰敏達[1] 천황天皇 치세에 가와치 지방河內國
이즈미 군和泉郡[2] 앞바다에서 악기 소리가 들려왔다. 쟁,[3] 피리, 금琴,[4] 공후箜
篌[5] 등의 소리와 비슷하기도 하고, 천둥이 울려 퍼지는 소리 같기도 했다. 또
한 빛이 있어 일출의 빛과 비슷했다. 낮에는 악기 소리가 울렸고 밤에는 빛
이 났다. 그것이 동쪽을 향해 흘러갔다.

그 무렵, 후미베노 야스노文部屋栖野[6]라는 사람이 이 일을 천황에게 아뢰

---

1 → 인명.
2 이즈미 군和泉郡은 천평보자天平寶字 원년元年(757)이후에는 이즈미 지방和泉國(→옛 지방명)으로서 가와치
　지방河內國(→ 옛 지방명)으로부터 분리됨. 그 이전의 호칭.
3 중국에서 전래된 현악기三弦樂器 중 한 가지로, 열세 줄의 현으로 된 금琴.
4 중국에서 전래된 현악기三弦樂器 중 한 가지, 칠현무주七弦無柱의 금琴, 화금和琴.
5 현악기 중 하나이며, 현재 사용되는 하프와 비슷한 악기. 인도, 중국, 한국(백제)을 경유해서 전해졌다. 수공
　후豎箜篌는 23 내지 25현. 와공후臥箜篌는 5현.
6 → 인명.

었다. 그러나 천황은 전혀 믿으시지 않았다. 그리하여 황후[7]께 아뢰었다. 황후는 이를 들으시고 스노栖野에게 "너는 거기로 가, 그 빛을 보고 오너라."라고 명하셨다. 스노가 명을 받들어 가보니 소문대로 빛이 보였다. 그리하여 배를 타고 가보니 커다란 녹나무가 바다 위에 떠있었다. 또한 그 나무는 틀림없이 빛나고 있었다. 돌아와서 자신이 본 것을 보고하며 이렇게 아뢰었다. "이는 분명 영목靈木[8]일 것입니다. 이 나무로 불상을 만드시는 것이 좋으리라 생각되옵니다." 황후는 이를 들으시고 "당장 네가 고한 대로 그 나무로 불상을 만들도록 하여라."라고 명하셨다. 명을 받은 스노는 기뻐하며 소가蘇我 대신大臣[9]에게 명을 전하고, 이케노베노 아타이 히타池邊直氷田[10]에게 삼 존尊의 불상을 만들게 하고 도요라데라豊浦寺[11]에 안치했다. 그리하여 많은 사람들이 참배하고 더할 나위 없이 존귀하게 여기며 공양드리게 되었다.

　그런데 모리야守屋 대신[12]이 황후에게 "모름지기 불상을 나라 안에 두어서는 아니 되옵니다. 불상을 멀리 내다 버리시옵소서."라고 아뢰었다. 이것을 들으신 황후는 스노에게 《"빨리 이 불상을 숨기도록》[13] 하라."고 명하셨다. 그래서 스노는 이케노베노 아타이히타를 심부름꾼으로 보내 《불상을 볏짚 속에 숨겼다》.[14] 그러자 모리야 대신은 불당에 불을 질러 태우고 불상을 꺼

7　비다쓰敏達 천황의 황후. 누카타베額田部 황녀皇女. 후의 스이코推古 천황(→ 인명).
8　신령이 깃든 신성한 나무.
9　소가노 우마코蘇我馬子(→ 인명)를 이름.
10　'민달기敏達紀' 13년(584) 조에 소가노 우마코蘇我馬子가 백제로부터 불상 2개를 청해 받아서 시바 닷토司馬達等와 이케노베노 아타이 히타池邊直氷田에게 수행자를 찾게 한 기사가 있음. '흠명기欽明紀' 14년(553) 5월조의 '溝邊直'도 동일인물로 추정. 저본에 '수전水田'이라고 되어 있는 것을 '빙전氷田'으로 고침.
11　→ 사찰명.
12　→ 인명(모노노베노 유게노 모리야物部弓削守屋) '대신大臣'은 오무라지大連라고 되어야 할 부분. 본권 제1화 참조.
13　저본의 파손에 의한 결자. 『영이기靈異記』를 참조하여 보충.
14　저본의 파손에 의한 결자. 『영이기靈異記』를 참조하여 보충.

내어 나니와難波에 있는 호리에堀江에 흘려보냈다. 그러나 이 불상은 볏짚 안에 숨겨 놓았기에 찾을 수 없었다. 모리야 대신은 스노를 불러

"지금 이 나라에 역병이 돌고 있는 것은 이웃나라[15]의 외래신外來神[16]을 우리나라 안에 들였기 때문이다. 속히 외래신을 들어내 도요노쿠니豊國[17]로 보내 없애야한다."

며 몰아붙였다. 그러나 스노는 완강히 거부하고 이 불상을 결국 들어내지 않았다.

그 후, 모리야는 기회를 노려 황위를 빼앗고자 모반을 꾀했지만, 하늘과 땅의 신의 벌을 받아 요메이用明 천황 치세에 처벌당했다.[18] 그 뒤, 이 불상을 들어내 모시게 되면서 세상에 전해지게 된 것이다. 지금 불상은 요시노군吉野郡의 겐코지現光寺[19]에 안치되어 모시고 있다. 안치할 때 불상은 빛을 발하고 계셨다. 이것이 바로 아미타상[20]이다. 몰래 논 가운데에 숨겼기 때문에 겐코지를 히소데라㊙寺[21]라고 부른다고 이렇게 이야기로 전하여 내려오고 있다 한다.

---

15 백제국百濟國을 이름.
16 소위 번신蕃神. 외국으로부터 도래한 신의 불상을 이름.
17 지금의 한국. 신라를 가리키는 것으로 추정. 그러나 도요노쿠니 법사豊國法師(요메이 기용明紀)의 예 등으로부터 본다면 부젠豊前, 분고豊後 지방으로도 추정됨.
18 모노노베노 모리야物守屋가 주살誅殺된 일은 본권 제1화, 21화 참조.
19 → 사찰명(겐코지現光寺).
20 아미타阿彌陀 → 불교. '불보살삼체佛菩薩三體'는 아미타불阿彌陀佛 · 관음보살觀音菩薩 · 세지보살勢至菩薩의 삼존으로 추정.
21 * '히소㊙'는 일본어로 '몰래'라는 뜻의 히소카니密かに와 관련됨.

建現光寺安置霊仏語第二十三

今昔、敏達天皇ノ御代ニ、河内国、和泉ノ郡ノ前ノ海ノ澳ニ楽器ノ音有リ。箏、笛、琴、箜篌等ノ音ノ如シ。亦、雷ノ震動ノ音ノ如シ。亦光有リ。日ノ始テ出ルガ如シ。亦、昼ハ鳴リ、夜ハ耀ク。而モ、東ヲ指テ流レ行ク。

其時ニ、文部ノ屋栖野ト云フ人有リ。此事ヲ天皇ニ奏スル、天皇、敢テ不信給ハ。然レバ、后ニ申ス。后是ヲ聞テ、栖野ニ仰テ宣ハク、「汝ヂ行テ、彼ノ光ノ所ヲ可見シ」ト。栖野仰ヲ奉テ、行テ見ルニ、聞ガ如クニ光有リ。船ニ乗テ、漕ギ行テ見レバ、大ナル楠、海ノ上ニ浮テ有リ。其木ニ現ニ光有リ。帰テ其由ヲ申シキ、「是、定テ霊木ナラム。其木ヲ以テ仏像ヲ可造給シ」ト。后是ヲ聞テ、仰セテ宣ハク、「速ニ申ス如クニ仏ノ像ニ可造シ」ト。栖野仰ヲ奉テ、喜テ蘇我ノ大臣ニ仰テ、池辺ノ直氷田ト云フ人ヲ以テ仏菩薩三体ノ像ヲ令造テ、豊浦寺ニ安置セリ。諸ノ人詣テ、恭敬供養ジ奉ル事無限シ。

然ル間、守屋大臣后ニ申シテ云ク、「凡、仏ノ像ヲ国ノ内ニ不可置。遠ク棄去レ」ト。后是ヲ聞テ、栖野ニ「然レバ、栖野、池辺ニ氷田ヲ使トシテ棄(奉)レ」ト。其時ニ、守屋ノ大臣火ヲ放テ堂ヲ焼キ、仏ヲバ取テ、難破ノ堀江ニ流シ

ツ。然レドモ、此仏ハ稲ノ中ニ隠シタレバ、不知。守屋ノ大

臣栖野ヲ責テ云ク、「今、国ニ災ノ発ル事ハ、隣国ノ客神ヲ

国ノ内ニ置ケル故也。早ク客神ノ像ヲ取出シテ豊国ニ可棄流

キ也」ト。然レドモ、栖野固辞シテ、此仏ヲ不取出シテ止ヌ。

其後、守屋謀反ノ心有テ、短ヲ伺テ王位ヲ傾ケムトス。天

神地祇ノ罰ヲ蒙テ、用明天皇ノ御代ニ、守屋遂ニ被罰ヌ。其

後、此ノ仏ノ像ヲ取出シ奉テ世ニ伝レリ。今、吉野ノ郡、現

光ニ安置シ奉ル。其時ニ、仏光ヲ放チ給ヘリ。阿弥陀ノ像、

是也。

窃ニ稲ノ中ニ隠シタレバ、現光寺ヲバ窃寺トハ云フ也ケリ

トナム語リ伝ヘタルトヤ。

구메^{久米} 선인^{仙人}이
처음으로 구메데라^{久米寺}를 세운 이야기

구메久米 선인이 여인의 허벅지를 보고 신통력을 잃고 추락하지만 다케치高市의 도읍 건설에 큰 공헌을 했기 때문에 은상恩賞을 받아 구메데라久米寺를 건립했다고 하는 경위를 기술하고 있다.

이제는 옛이야기이지만, 야마토 지방大和國¹ 요시노 군吉野郡²에 류몬지 龍門寺³라는 사찰이 있었다. 사찰에는 두 사람이 두문불출하며 선법仙法⁴을 수행하고 있었다. 한 사람은 아즈미, 다른 한 사람은 구메久米라 했다. 그런 데 아즈미는 먼저 선법을 터득하고 선인이 되어 하늘로 날아 올라갔다.

그 후에 구메도 완전한 선인이 되어 하늘로 올라가 날아다니고 있을 때, 요시노 강吉野川⁵의 물가에 젊은 여인이 서서 빨래를 하고 있었다. 옷을 빨기 위해서 여인은 장딴지 근처까지 옷자락을 걷어붙였는데, 그 새하얀 장딴지를 보자 구메는 욕정이 생겨 그 여인 앞으로 추락해 버리고 말았다. 그 후

---

1 → 옛 지방명.
2 → 지명.
3 → 사찰명.
4 선술仙術, 불로불사, 공중비행, 사발 날리기 등의 술수. 중국의 도교적 사상.
5 나라 현奈良縣 요시노 군吉野郡 오다이가하라 산大台ヶ原山에서 시작해서 서쪽으로 흐르는 강. 하류는 기노 강紀ノ川.

그녀를 처로 삼아 살게 되었다. 그 선인의 수행하는 모습은 류몬지의 문에 그려졌고 스가와라노 미치자네菅原道眞[6] 공公이 그를 기리는 글을 써두었다. 그것은 지워지지 않고 지금도 남아 있다. 구메 선인은 평범한 인간이 되어버렸지만 말을 팔 때의 증문證文[7]에는 "전前 선인, 구메."라고 서명하고 넘겼다고 한다.

그런데 구메 선인이 그 여인과 부부가 되었을 무렵, 천황[8]이 그 지방의 다케치 군高市郡에 도읍을 만드시고자 하여 지방 안에서 인부를 모아 노역을 맡겼다. 구메도 인부로 동원되었다. 다른 인부들이 구메를 "선인, 선인"이라고 불렀기 때문에 관리가 이를 듣고 "너희들은 어찌하여 저 자를 선인이라고 부르는 것이냐?" 하고 물었다. 인부들은

"구메는 수년 전 류몬지에 칩거하며 선인의 술법을 수행하고는 이미 선인이 되어 하늘로 올라가 하늘을 날아다녔는데, 그때 《요시노 강가에서 젊은》[9] 여인이 빨래를 하고 있었는데 옷을 걷어 올린 그 여인의 하얀 장딴지를 하늘에서 내려다보고는 《욕정이 생겨 여인》[10] 앞으로 추락해서 그대로 그 여인을 처로 삼은 것입니다. 그래서 모두들 선인이라고 부르는 것입니다." 라고 대답했다.

관리들이 이를 듣고

"그렇다면 그는 원래는 대단한 사람이었던 게로군. 본디 선인의 술법을 수행하고 선인이 되었던 사람이다. 그 수행의 힘은 틀림없이 아직 남아 있

---

6 → 인명.
7 매도증서.
8 미상. 『순례사기巡禮私記』, 『유기流記』, 「제사연기집諸寺緣起集』 전부 쇼무聖武 천황의 도다이지東大寺 조영의 시대로 하고 있음.
9 저본의 파손에 의한 결자. 문맥을 고려하여 보충.
10 저본의 파손에 의한 결자. 문맥을 고려하여 보충.

을 것이다.[11] 그럼 이렇게 많은 목재를 일일이 사람이 옮기는 것보다 선의 술법[12]으로 공중에 띄워 옮기는 게 낫겠다."

하고 농담조로 이야기를 나눴다. 이것을 구메가 듣고

"나는 이미 오랫동안 선인의 술법을 잊고 살았습니다. 지금은 그저 평범한 사람입니다. 그러한 영험[13]한 힘을 쓸 수는 없습니다."라고 말했다. 그러나 마음속으로는 '나는 선인의 술법을 습득했다고는 하나 번뇌에 얽매인 중생의 애욕 때문에 여인에게 마음이 미혹迷惑되어, 두 번 다시 선인이 될 수 없겠지만, 오랫동안 수행했던 술법이다. 설마 본존本尊[14]께서 도와주지 않으실 리 없다.'라고 생각하여, 관리들을 향해 "그럼 가능한지 한번 시험 삼아 기도해 보겠습니다."

하고 말했다. 이를 들은 관리들은 '말도 안 되는 소리를 하는 사람이구나.'라고 생각했지만 "그것은 정말 존귀한 일이로구나."[15]라고 대답했다.

그 후 구메는 조용한 수행 도장道場[16]에 칩거하여 심신을 깨끗이 하고 칠일 밤낮을 끊임없이 예를 갖추어 예배를 드리고 진심으로 이 일을[17] 기도했다. 이윽고 금세 칠일이 지났다. 관리들은 구메가 나타나지 않자, 비웃으면서도 한편으로는 궁금하게 생각했다. 그런데 팔일 째가 되던 날 아침, 하늘이 별안간 흐려져 깜깜한 밤이 되었다. 천둥이 치고 비가 내려 아무것도 보이지 않았다. 이상하게 여기고 있자 잠시 후 천둥이 멎고 하늘이 개었다. 그때 엄청난 수의 크고 작은 목재들이 죄다 남쪽 산의 근처 숲에서 하늘을 날

11 구메의 경력에 대해 반농담으로 경의를 표하고 있음.
12 선술의 힘. 신통력.
13 → 불교.
14 신선의 법을 지키는 데 불교의 본존을 이야기하는 것은 잘못된 것처럼 보이지만 당시의 불교신앙의 일면을 이야기 하고 있음.
15 반은 놀리고 있는 비아냥대는 말투. 내심 비웃으면서 표면적으로는 이렇게 말하며 비꼬고 있음.
16 → 불교.
17 신통력을 회복해서 목재를 공중에 날려서 운반할 수 있게 하는 일을 이름.

아 도읍을 건설하는 공사장으로 날아왔다. 그것을 본 많은 관리들은 구메를 존귀하게 여겨 예배했다. 그 후 이 일을 천황에게 아뢰자 천황도 이를 들으시고 존귀하게 여기시며 곧바로 면전免田[18] 삼십 정町을 보시로 구메에게 하사하셨다. 구메는 기뻐하며 하사받은 땅으로 고을에 사원을 건립했다. 구메지久米寺라는 사찰이 바로 이것이다.

그 후, 고야高野의 고보弘法 대사大師가 그 사찰에 장륙丈六의 약사삼존불藥師三尊佛[19]을 동으로 주조하여 안치하셨다. 대사는 이 사찰에서 『대일경大日經』[20]을 발견하시고 "이것은 바로 그 자리에서[21] 성불할 가르침이다."라고 하기에 이것이 계기가 되어 진언[22]을 배우시러 당나라로 건너가셨다. 이런 연유로 이곳은 존귀한 사찰이라고 이렇게 이야기로 전하여 내려오고 있다 한다.

---

18 율령제로 납세의무를 면제받은 땅.
19 → 불교. 고보弘法대사 주조의 건은 다른 책에서는 찾아볼 수 없음.
20 『대비로자나경』(→불교)과 같음.
21 신속하게. 즉신성불卽身成佛의 가르침이라는 의미.
22 → 불교.

久米仙人始造久米寺語第二十四
くめのせんにんはじめてくめでらをつくることだいにじふし

今昔、大和国、吉野ノ郡、竜門寺ト云寺有リ。寺ニ二ノ人籠リ居テ仙ノ法ヲ行ヒケリ。 其仙人ノ名ヲバ、一人ヲアツ

ミト云フ、一人ヲバ久米ト云フ。然ルニ、アヅミハ前ニ行ヒ得テ既ニ仙ニ成テ、飛テ空ニ昇ニケリ。

後ニ、久米モ既ニ仙ニ成テ、空ニ昇テ飛テ渡ル間、吉野河ノ辺ニ、若キ女衣ヲ洗テ立テリ。衣ヲ洗フトテ、女ノ脛胻マデ衣ヲ掻上タルニ、脛ノ白カリケルヲ見テ、久米心穢レテ其女ノ前ニ落ヌ。 其後、其女ヲ妻トシテ有リ。

其ノ後、其形ヲ扉ノ北野ノ御文ニ作テ出シ給ヘリ。其久米ノ仙、只人ニ成ニケリ、馬ル形、于今竜門寺ニ其形ヲ見テ、久米ノ行ヒタ

其レ不消シテ于今有リ。

然ル間、久米ノ仙、其ノ女ヲ妻トシテ有ル間、天皇、其国ノ高市ノ郡ノ都ニ造リ給フニ、国ノ内ニ夫ヲ催シテ其役トス。 然ルニ、久米其夫ニ被催出ヌ。 余ノ夫共、久米ヲ、「仙人々」ト呼ブ。 行事官ノ輩有テ、是ヲ聞テ云ク、「汝等、何ニ依テ彼レヲ仙人ト呼ブゾ」ト。 夫共答テ云ク、「彼ノ久米ハ、先年竜門寺ニ籠テ仙ノ法ヲ行テ、既ニ仙ニ成テ、空ニ昇飛渡ル間、吉▢▢女、衣ヲ洗ヒ立テ

リケリ。

　其女ノ襄ゲタル肺白カリケルヲ見下シケルニ、前ニ落テ、即チ其女ヲ妻トシテ侍ル也。然レバ、其レニ依テ、仙人トハ呼ブ也」。

　行事官等、是ヲ聞テ、「然テ止事無カリケル者ナレ。本、仙ノ法ヲ行テ既ニ仙人ニ成ニケル者也。定テ不失給。然レバ、此ノ村木多ク自ラ持運バムヨリハ、仙ノ力ヲ以テ空ヨリ飛メヨカシ」ト戯レノ言ニ云ヒ合ヘルヲ、久米聞テ云ク、「我レ仙ノ法ヲ忘レテ、年来ニ成ル。今ハ只人ニテ侍ル身也。然計ノ霊験ヲ不可施」ト云テ、心ノ内ニ思ハク、「我レ仙ノ法ヲ行ヒ得タリキト云ヘドモ、凡夫ノ愛欲ニ依テ、女人ニ心ヲ穢シテ、仙人ニ成ル事コソ無カラメ、年来、行ヒタル法也。本尊何力助ケ給フ事無カラム」ト思テ、行事官等ニ向テ云ク、「然ラバ、若ヤト祈リ試ム」ト。行事官、是ヲ聞テ、「嗚呼ノ事ヲモ云フ奴カナ」ト午思、「極テ貴カリナム」ト答フ。

　其後、久米一ノ静ナル道場ニ籠リ居テ、身心清浄ニシテ、食ヲ断テ、七日七夜不断ニ礼拝恭敬シテ、心ヲ至シテ此ノ事ヲ祈ル。而ル間、七日既ニ過ヌ。行事官等、久米ガ不見ル事ヲ且ハ咲ヒ、且ハ疑フ。然ルニ、八日ト云フ朝ニ、俄ニ空陰リ、暗夜ノ如ク也。雷鳴リ雨降テ、露物不見エ。是ヲ怪ビ思フ間、暫計有テ雷止リ空晴レヌ。其時ニ見レバ、大中小ノ若干ノ村木、併ラ、南ノ山辺ナル杣ヨリ空ヲ飛テ、都ヲ被造ル所ニ来ニケリ。

　其時ニ、多ノ行事官ノ輩、敬テ貴ビテ久米ヲ拝ス。其後、此事ヲ天皇ニ奏ス。天皇モ是ヲ聞キ給テ、貴ビ敬テ、忽ニ免田三十町ヲ以テ久米ニ施シ給ヒツ。久米喜デ、此ノ田ヲ以テ、其郡ニ一ノ伽藍ヲ建タリ。久米寺ト云フ、是也。

　其後、高野ノ大師、其寺ニ六ノ薬師ノ三尊ヲ、銅ヲ以テ鋳居テ奉リ給ヘリ。大師、其寺ニ丈六大日経ヲ見付テ、其レヲ本トシテ、「速疾ニ仏ニ可成キ教也」トテ、唐ヘ真言習ヒニ渡リ給ケル也。

　然レバ止事無キ寺也トナム語リ伝ヘタルトヤ。

고보弘法 대사大師가
처음으로 고야 산高野山을 세운 이야기

고야 산高野山 개창開倉의 유래를 중심으로 구카이空海의 귀국 후의 사적事蹟을 기록하고 입정入定 후의 영이靈異를 언급한 이야기. 본권 제9화의 속편 같은 것으로 이야기 속의 구카이와 니우丹生·고야高野 두 신의 만남은 재지신在地神의 불교 옹호를 설명하는 습합習合 설화이지만, 불법이 재지신을 포섭해 간 것이기도 하다. 헤이안平安 초기의 진언眞言, 천태天台라는 신흥 불교가 널리 민중에게 침투한 것은 남도南都 구 불교의 고답적·철학적인 것에 비해, 보다 실천적이고 주술적이었기 때문이다.

    이제는 옛이야기이지만, 고보弘法 대사大師¹는 진언眞言²의 가르침을 방방곡곡에 널리 알리셨는데, 점차 나이를 드셨기에 많은 제자들 모두에게 이곳저곳에 있는 사찰을 맡기셨다.³ 그 후 고보 대사는 '내가 당唐에 있을 때 던진 삼고三鈷⁴가 떨어진 장소를 찾자.'⁵고 생각해, 홍인弘仁 7년⁶ 6월에 도읍

---

1   → 인명. 본권 제9화 참조.
2   진언종眞言宗의 옛 명칭.
3   구카이空海는 아래의 '홍인弘仁 7년(816)' 시점에서 43세. 그 이전에 구카이가 여러 사찰을 제자에게 맡긴 것은 사실史實과 맞지 않음. 『곤고부지건립수행연기金剛峰寺建立修行緣起』(이하 『수행연기修行緣起』), 『타문집打聞集』에는 이 기사가 없음. 이 이야기 제3단락 서두 부분과 같은 내용의 기사를 여기에 둔 것으로 추정.
4   → 불교.
5   권11 제9화 참조. 삼고三鈷 관련.
6   816년. 구카이 43세. 이하 제3단락 끝까지의 주요 출전은 『수행연기』.

을 떠나 삼고를 찾고 있던 중에 야마토 지방大和國[7]의 우치 군宇智郡까지 와서 사냥꾼 한 명과 만나셨다. 그 모습을 보니 얼굴이 빨갛고 키는 8척尺 정도로, 푸른 고소데小袖[8]를 입고 있으며 골격이 다부졌다. 몸에는 활과 화살을 매고, 크고 작은 검은 개 두 마리를 데리고 있었다. 이 사람은 대사를 보고 지나치며 "거길 걷고 계시는 성인聖人[9]은 누구십니까?"라고 물었다.

"저는 당에 있을 때 삼고를 하늘로 던져 '훗날 내가 선정禪定[10]에 들어가기 적합한 영묘靈妙한 동굴에 떨어져라.' 하고 기원했습니다. 지금 그 장소를 찾아다니고 있습니다."

라고 말씀하셨다. 그러자, 사냥꾼은

"저는 난 산南山[11]에서 개를 사육하는 사냥꾼입니다. 제가 그 장소를 알고 있으니, 바로 알려드리겠습니다."

라고 말하고는 개를 풀어놓자, 멀리 달려 나간 개는 시야에서 사라졌다.

대사는 그곳에서 기이 지방紀伊國의 국경에 있는 커다란 강가[12]까지 와서 묵으셨다. 그곳에서 산인山人[13] 한 명을 만나셨다. 대사가 당唐에서 던진 삼고가 떨어진 장소를 물으시자[14] "여기서 남쪽으로 평평한 습지가 있습니다. 그곳이 찾으시는 곳입니다."라고 답했다. 이튿날 아침, 산인은 대사와 함께 그곳으로 가는 도중 "저는 이 산의 왕입니다.[15] 바로 이 영지領地를 드리겠습니다."라고 속삭이듯 말했다. 얼마 지나지 않아 산 속으로 백 정町 정도 들

---

7 → 옛 지방명. 『수행연기』는 '우치 군宇智郡', '우치宇知' '우치有知'라고도 표기. 현재의 나라 현奈良縣 고조 시 五條市 전역에 걸친 군.
8 소매가 작고, 소매 아래를 둥글게 꿰맨 의복.
9 → 불교.
10 → 불교(입정入定).
11 고야 산高野山의 별칭. 히에이 산比叡山을 '북령北嶺'에 대한 호칭.
12 요시노 강吉野川. 권11 제24화 참조.
13 산림에서 생활하는 자.
14 당唐에서 던진 삼고가 떨어진 장소.
15 고야 산을 관리하는 산신山神. 지주신地主神.

어갔다. 산 속은 마치 주발을 엎은 듯한 모양이었고, 주위에는 여덟 개[16]의 산봉우리가 솟아있었다. 이루 말할 수 없을 정도로 큰 노송나무가 대나무처럼 늘어서 있었고, 그 가운데 노송나무 한 그루의 가지가 양 갈래로 갈라진 곳에 삼고가 꽂혀 있었다. 이것을 보자마자 더없이 기뻐하고 감격하시어 '이곳이야말로 선정에 들어가야 할 영굴靈窟[17]이로다.'라고 생각하셨다. 그리고는 "당신은 누구십니까?"라고 산인에게 물으시자 "저는 니우丹生[18] 명신明神이라고 합니다."라고 답했다. 현재 아마노天野 신사神祉[19]는 이분을 받들어 모시고 있다. 그리고 또 "그 개를 사육하는 사냥꾼은 고야高野 명신[20]이라고 합니다."라고 말하고는 사라져 버렸다.

대사는 도읍으로 돌아오셔서 모든 직책에서 물러나고, 제자들에게 여러 곳의 사찰을 맡기셨다. 도지東寺[21]를 지쓰에實惠[22] 승도僧都에게, 진고지神護寺[23]를 신제이眞濟[24] 승정僧正에게, 진언원眞言院[25]을 신가眞雅[26] 승정에게 맡기시고 자신은 다카오高雄[27]를 떠나서 고야산으로 가셨다. 수많은 불탑이나 승방을 만드셨는데 그중에 열여섯 장丈 크기의 커다란 탑을 만들고, 장륙丈六

---

16 고야 산을 태장만다라胎藏曼荼羅의 중태팔엽원中台八葉院으로 상정하고, 산 위의 평지는 중앙의 대일여래大日如來의 자리, 주위의 여덟 봉오리는 부처·보살菩薩 팔존八尊의 자리로 여덟 잎의 연꽃에 비유함.

17 영혈靈穴과 같음. 신불神佛의 영령이 머무는 신성한 암굴.

18 니우쓰히메노 미코토丹生津比賣命. 고야 산의 지주신. 곤고부지金剛峰寺의 총진수總鎮守. 니와丹羽 씨가 사제司祭함. 니와 씨는 수은 광맥의 채굴을 업으로 한 씨족.

19 → 사찰명.

20 고야高野 명신明神은 고야 산의 진수신鎮守神의 하나. 수장狩場 명신, 견사犬飼 명신이라고도 함. 산악 영장 개척을 원조한 수렵생활자의 신격화. 니우쓰히메노 미코토와 쌍으로 제사지냄. 니와丹羽 명신과는 모자신母子神으로 여겨짐.

21 → 사찰명.

22 → 인명. 승화 3년(836) 제2대 도지東寺 장자長者.

23 → 사찰명. 천장天長 6년(829) 와케노 마쓰나和氣眞綱에서 구카이에게 부속되어 동同 9년 신제이眞濟에게 위양됨.

24 → 인명. 천장 원년(824) 25세로 구카이에게 전법傳法 관정灌頂을 받음. 제3대 도지東寺 장자.

25 → 사찰명. 승화 원년 구카이의 주상으로 당唐의 내도장內道場에 준하여 설치됨.

26 → 인명. 구카이의 실제 동생. 홍인 7년(816) 구카이에게 구족계具足戒를 받음. 제4대 도지東寺 장자.

27 진고지神護寺(→ 사찰명)을 가리킴. 구카이의 고야 산 이주는 천장 9년 11월 12일.

크기의 오불五佛[28]을 안치하여 그 사찰을 대사의 본원사本願寺로 삼으시고 곤 고부지金剛峰寺[29]라고 이름 붙이셨다. 그리고 입정入定할 장소[30]를 만들고 승 화承和 2년 3월 21일의 인시寅時[31]에 가부좌跏趺坐를[32] 틀고 대일여래大日如來[33] 의 정인[34]을 맺고 그 안에서 입정하셨다. 그의 나이 62세였다. 그때 제자들 은 대사의 유언에 따라 미륵彌勒[35] 보살菩薩의 명호名號[36]를 외웠다.

그 후 얼마 지나지 않아 이 입정의 동굴을 열어 머리를 깎고 옷을 갈아 입 혀드렸는데, 그 후에는 오랫동안 돌보지 않았다. 그런데 대사의 증손 제자 에 해당하는 한냐지般若寺[37]의 간켄觀賢[38] 승정이 도지東寺의 권장자權長者[39]이 었던 때, 이 고야 산高野山에 참배하여 대사가 입정한 동굴을 열었더니, 안은 안개가 자욱하여 캄캄한 밤처럼 아무것도 보이지 않았다. 그래서 잠시 기다 렸다 안개가 옅어지고 나서 보니, 실은 그 안개는 썩은 대사의 옷이 안으로 들이친 바람에 의해 먼지가 되어 흩날려 안개로 보였던 것이었다. 먼지가 가라앉자 대사의 모습이 보였다. 머리카락이 일 척尺이나 자라 있었기 때문

28 → 불교.
29 → 사찰명.
30 현재의 고야 산 오원奧院의 고보弘法 대사大師 묘의 땅. 진언종에서는 고보 대사는 죽은 것이 아니라 입정해 있다고 함. → 불교(입정入定).
31 * 오전 4시경.
32 → 불교.
33 → 불교.
34 → 불교.
35 → 불교.
36 『수행연기』 및 여러 전류傳類에 따르면, 구카이는 입정 후 미륵彌勒 보살의 어전御前에 참사參仕하고, 56억 년 후 미륵보살이 이 세상에 나타날 때에 따라 나와 고야 산에 재현再現할 것이라고 유언함.
37 → 사찰명.
38 → 인명.
39 도지에서는 승화 8년부터 장자長者를 복수제로 하여 1장자, 2장자라고 칭함(신제이는 2장자의 최초). 권장 자權長者는 2장자 또는 3장자의 칭호로 간켄觀賢은 연희延喜 6년(906) 3장자, 동 8년 2장자, 동 9년 7월 이 후 쇼보聖寶의 뒤를 이어서 1장자가 됨(『도지장자보임東寺長者補任』). 또 『고야산오원흥폐기高野山奧院興廢記』 는 이하의 이야기를 연희 21년 11월 27일, 고보 대사의 시호諡號 하사의 보고와 하사의 어의御衣를 바치기 위해 묘소를 방문한 때의 일로 함. 『대사행장집기大師行狀集記』에서는 연희 연중(901~923). 이 무렵부터 대 사의 입정 신앙이 강해짐.

에 승정이 직접 씻겨 드리고 깨끗한 옷을 입혀드렸으며, 새 면도날로 머리를 깎아드렸다. 수정水晶 염주의 끈이 삭아 앞에 떨어진 채 흩어져 있던 구슬을 주워 모아서, 새 끈에 꿰어서 손에 걸어드렸다. 옷도 깨끗한 것을 만들어 입혀드리고 나서 동굴을 나왔다. 승정이 동굴을 나올 때, 마치 지금 처음으로 이별하는 것처럼 자기도 모르게 울며 슬퍼하셨다. 승정이 나온 이후로 사람들은 두렵게 여겨 동굴을 여는 사람이 아무도 없었다. 하지만 사람이 참배할 때는 위쪽에 있는 불당의 문이 저절로 조금 열려 산을 울리는 소리가 나거나, 때로는 징[40]을 치는 소리가 나는 등, 갖가지 불가사의한 일이 일어났다. 이곳은 새소리조차 드문 산속이지만 조금도 무서운 기분이 들지 않았다.

언덕 아래[41]에 니우, 고야 두 명신은 도리이鳥居[42]를 나란히 하고 진좌鎭坐하고 계시고, 기원대로 이 산을 수호하고 계신다. 영묘하고 불가사의한 곳으로 지금도 사람들의 참배가 끊이지 않는데 여자는 절대로 오를 수 없다.[43]

고야의 고보 대사는 바로 이분을 말한다고 이렇게 이야기로 전하여 내려오고 있다 한다.

---

40 금고金鼓. 불구佛具의 하나. 금속으로 만들어져 염불을 할 때 당목撞木으로 두드려 울리는 징.
41 입정의 당堂(대사묘)의 언덕 아래라는 의미로 추정.
42 신사 입구에 세운 두 기둥의 문.
43 여인 금제禁制의 영장靈場이었음.

弘法大師始建高野山語第二十五

今昔、弘法大師、真言教諸ノ所ニ弘メ置給テ、年漸ク老

二臨給フ程ニ、数ノ弟子ニ、皆、所々ノ寺々ヲ譲リ給テ後、

「我ガ唐ニシテ擲ゲシ所ノ三鈷落タラム所ヲ尋ム」ト思テ、

弘仁七年ト云フ年ノ六月ニ、王城ヲ出テ尋ヌルニ、大和国宇

智ノ郡ニ至テ一人ノ猟ノ人ニ会ヌ。其形、面赤クシテ長八

尺計也。青キ色ノ小袖ヲ着セリ。骨高ク筋太シ。弓箭ヲ以

テ身帯セリ。大小二ノ黒キ犬ヲ具セリ。即チ、此人大師ヲ見

テ、過ギ通ルニ云ク、「何ゾノ聖人ノ行キ給フゾ」ト。大師

ノ宣ハク、「我レ、唐ニシテ三鈷ヲ擲テ、『禅定ノ霊穴ニ落

ヨ』ト誓ヒキ。今、其所ヲ求メ行ク也」ト。猟者ノ云ク、

「我レハ是、南山ノ犬飼也。我レ其所ヲ知レリ。速ニ可教

奉シ」ト云テ、犬ヲ放テ令走ル間、犬失ヌ。

大師、其ヨリ紀伊ノ国ノ堺大河ノ辺ニ宿シヌ。此ニ二人

ノ山人ニ会ヌ。大師此事ヲ問給フニ、「此ヨリ南ニ平原ノ沢

有リ。是其所也」。明ル朝ニ、山人大師ニ相具シテ行ク間、

蜜ニ語テ云ク、「我レ此山ノ王也。速ニ此ノ領地ヲ可奉シ」

ト。山ノ中ニ二百町計入ヌ。山ノ中ハ直シク鉾ヲ立タル如ク

ニテ、廻ニ峰八立テ登レリ。檜ノ云ム方無ク大ナル、竹ノ様

ニテ生並タリ。其中ニ一ノ檜ノ中ニ大ナル竹膓有リ。此ノ三

鈷被打立タリ。是ヲ見ルニ、喜ビ悲ブ事無限シ。「是禅定ノ

霊崛也」ト知ヌ。「此ノ山人ハ誰人ゾ」ト問給ヘバ、「丹生ノ

明神トナム申ス」。今ノ天野ノ宮、是也。「犬飼ヲバ高野ノ明

神トナム申ス」ト云テ、失ヌ。

大師返給テ、諸ノ職皆辞シテ、御弟子ニ所々ヲ付ク。東

寺ヲバ実恵僧都ニ付ク、神護寺ヲバ真済僧正ニ付ク、真言院

ヲバ真雅僧正ニ付ク、高雄ヲ棄テ南山ニ移リ入給ヌ。堂塔房舎

ヲ其員造ル。其中ニ、高サ十六丈ノ大塔ヲ造テ、丈六ノ五仏

ヲ安置シテ、御願トシテ名ヅケツ、金剛峰寺トス。亦、入定ノ所ヲ造テ、承和二年ト云フ年ノ三月二十一日ノ寅時ニ、結

跏趺座シテ、大日ノ定印ヲ結テ、内ニシテ入定、年六十二。

御弟子等、遺言ニ依テ弥勒宝号ヲ唱フ。

其後久ク有テ、此ノ入定ノ峒ヲ開テ、御髪剃リ、御衣ヲ着

セ替奉ケルヲ、其事絶久ク無カリケルヲ、般若寺ノ弟子観賢

僧正ト云フ人、権ノ長者ニテ有ケル時、大師ニハ曾孫弟子ニ

ゾ当ケル、彼ノ山ニ詣テ入

定ノ峒ヲ開タリケレバ、霧

立テ暗夜ノ如クニテ、露不

見リケレバ、暫ク有テ霧

閑マルヲ見レバ、早ク、御

衣ノ朽タルガ、風ノ入テ吹

ケバ、塵ニ成テ被吹立テ見

ユル也ケリ。塵閑マリケレ

バ、大師ハ見エ給ケル。御

高野山金剛峰寺周辺図

髪ハ一尺計生テ在マシケレバ、僧正自ラ、水ヲ浴ビ浄キ衣

ヲ着テ入テゾ、新キ剃刀ヲ以テ御髪ヲ剃奉ケル。水精ノ御

念珠ノ緒ノ朽ニケレバ、御前ニ落散タルヲ拾ヒ集メテ、緒ヲ

直ク挿テ御手ニ懸奉テケリ。御衣清浄ニ調ヘ、着

奉テ出ヌ。僧正自ラ室ヲ出ヅトテ、今始テ別レ奉ラム様ニ

不覚ニ泣キ悲レテ、其後ハ恐レテ室ヲ開ク人無シ。但シ

人ノ詣ヅル時ハ、上ケル堂ノ戸自然ラ少開キ、山ニ鳴ル音有

リ、或ル時ニハ金打ツ音有リ。様々ニ奇キ事有ル也。鳥ノ音

ソラ希ナル山中也ト云ヘドモ、露恐シキ思ヒ無シ。

坂ノ下ニ、丹生高野ノ二ノ明神ハ、鳥居ヲ並テ在ス。誓

ノ如ク此ノ山ヲ守ル。奇異ナル所也トテ、于今、人参ル事不

絶エ。女永ク不登ラ。

高野ノ弘法大師ト申ス是也、トナム語リ伝ヘタルトヤ。

236

덴교傳教 대사大師가 처음으로
히에이 산比叡山을 개창한 이야기

덴교傳教 대사大師 사이초最澄가 히에이 산比叡山 엔랴쿠지延曆寺를 개창하고 계단戒壇의 건립, 상월회霜月會를 창시하는 등 여러 사적事蹟을 남기고 천태종天台宗을 수립한 유래를 기록함.

이제는 옛이야기이지만, 덴교傳教[1] 대사大師는 히에이 산比叡山[2]을 건립하고 근본중당根本中堂[3]에 자신이 직접 약사상藥師像을 만드셔서 안치하고 모셨다. 그리고 염원대로 천태종天台宗을 창건하고 지자智者 대사의 가르침을 널리 알리셨다.[4]

그 후 홍인弘仁 3년 7월에 법화삼매당法華三昧堂[5]을 건립하여 밤낮으로 끊임없이 『법화일승경法華一乘經』[6]을 독송하게 하고 하루 종일 밤낮으로 쉬지 않고 법라法螺[7]를 불게 하여 수행에 매진하게 하였으며 불전에는 등명燈明을

1 → 인명.
2 → 지명.
3 → 사찰명.
4 → 불교. 일본의 천태종을 확립하고 지자智者 대사大師의 사적事蹟을 계승하여 그것을 퍼뜨렸음. '지자 대사'는 천태종의 창시자 지의智顗. 천태天台 대사(→ 인명)라고도 함.
5 → 사찰명.
6 → 불교(일승一乘).
7 절에서 의식을 행할 때 사용되는 관악기의 하나로 소라 끝부분에 피리를 붙인 악기.

걸어 지금에 이르기까지 한 번도 꺼진 적이 없었다.

또한 홍인 13년 천황께 아뢰어 태정관太政官의 공문서를 받아 처음으로 대승계단大乘戒壇[8]을 세웠다. 옛날 우리나라에 성문계聲聞戒[9]가 전해졌을 때 도다이지東大寺에 계단원戒壇院이 세워졌다. 하지만 덴교 대사는 당唐으로 건너가 보살계菩薩戒[10]를 배워 돌아오셔서 "우리 종파의 승려들은 이 계戒를 받아야 합니다. 남악南岳 대사,[11] 천태天台 대사[12] 두 분은 이 보살계를 받으셨습니다. 그렇기에 이 히에이 산에 보살계를 주는 계단원[13]을 세워야 한다고 생각합니다."라고 조정에 아뢰었으나 허가받지 못하였다. 그때 대사는 필력을 다하여 『현계론顯戒論』[14] 세 권을 저술하여 천황[15]께 헌상했다. 논거가 많고 그 뜻이 명확하여 결국 천황의 허가를 받아 계단이 만들어졌다. 그후 매해 봄가을에 수계受戒[16]를 행했다. 『범망경梵網經』[17]에 "보살계를 받지 않는 자는 축생畜生[18]과 다르지 않다. 이것을 외도外道[19]라고 한다."라고 되어 있고 또한 "만일 승려가 한 명의 사람을 가르쳐 보살계를 받게 했을 경우 그 공덕[20]은 팔만 사천 개의 탑[21]을 세운 공덕보다 낫다."라고 했다. 그렇다면 대사는 한두 사람이 아닌 수많은 사람을 한두 해가 아닌 오랜 기간에

---

8 → 불교.
9 → 불교.
10 → 불교.
11 혜사慧思(→ 인명). 선사禪師.
12 지의智顗(→ 인명). 천태天台 대사大師.
13 → 불교.
14 → 불교.
15 사가嵯峨 천황天皇(→ 인명). 홍인弘仁 11년(820) 2월 29일에 진상.
16 → 불교.
17 → 불교.
18 → 불교.
19 → 불교. 불교에서 불교 이외의 종교, 또는 그것을 따르는 사람을 이르는 말.
20 → 불교.
21 → 불교. 팔만 사천 탑의 건립은 『법화경法華經』 약왕품藥王品에 설명되어 있음. 또한 아육왕阿育王(→ 불교)이 죄멸滅罪을 위해 팔만 사천 탑을 건립한 이야기는 본집 권4 제3화에 보임.

걸쳐 계를 받게 하셨으니 그 공덕은 얼마나 큰 것일까. 불심이 있는 사람은 반드시 계를 받아야 할 것이다.

또한 대사는 매해 11월 21일 강당[22]에서 많은 승려를 불러서 『법화경法華經』[23]을 강론하고 닷새에 걸쳐 법회를 행했다. 이것은 당의 천태 대사의 기일[24]에 해당했다. 히에이 산 전체의 법회로 지금도 이어져 행해지고 있다. 대사가 히에이 산을 건립하여 천태종을 열었던 것은 전적으로 그 천태 대사의 뒤를 좇은 것이었다. 그렇기에 그 은혜에 보답하고자 이 법회를 시작한 것이었다.

한편 홍인 13년 6월 4일 56세로 덴교 대사[25]가 입멸했다. 실명은 사이쇼最勝[26]이다. 대사는 입멸할 날짜를 미리 많은 제자에게 알렸었는데, 당일 불가사의한 구름이 산봉우리를 오랫동안 덮고 있었다. 멀리 있던 사람이 보고 이것을 이상히 여겨 '오늘 필시 히에이 산에서 무슨 일이 있었을 것이다.' 하고 의문을 가졌다고 한다. 그 후에도 불탑을 세우거나 동서남북의 골짜기에 승방을 만들어 많은 승려를 살게 하였고 천태의 법문을 배우게 하여 히에이 산의 불법은 번성하였고 그 영험[27]은 특히 뛰어났다. 여자는 이 산에 오를 수 없었다. 이 사찰은 엔랴쿠지延曆寺[28]라고 이름 붙여졌고 천태종은 우리나라에서 이 시기 이후부터 시작됐다.

우사하치만宇佐八幡이 하사하신 고소데小袖[29]의 바느질 되어 있지 않은《틈

22 → 불교.
23 → 불교.
24 천태天台 대사大師(→ 인명) 지의智顗의 기일. 11월 24일.
25 → 인명.
26 정확히는 사이초最澄.
27 → 불교.
28 → 사찰명.
29 이 고소데小袖에 대해서는 본권 제10화 참조.

사이》[30]에 약사불藥師佛[31]을 조각하셨을 때의 끌밥이 붙은 채로 지금도 근본중당[32]의 경장經藏에 보관되어 있다. 또한 대사가 직접 쓰신 『법화경』은 상자에 담겨져 선당원禪唐院[33]에 놓여 있다. 대대로 화상和尙[34]은 몸을 정갈히 하고 이것에 예배드리며 모셨다. 혹시라도 여자에게 조금이라도 접한 사람은 영구히 이것에 예배드리지 못한다고 이렇게 이야기로 전하여 내려오고 있다 한다.

30 한자 표기를 위한 의도적 결자. 문맥을 고려하여 보충.
31 → 불교.
32 → 사찰명.
33 정확히는 전당원前唐院(→ 사찰명).
34 → 불교.

伝教大師始建比叡山語第二十六

今昔、伝教大師比叡山ヲ建立シテ、根本中堂ニ自ラ薬師ノ像ヲ造リ安置シ奉レリ。天台宗ヲ立テ、智者大師ノ跡ヲ弘ル事、思ノ如ク也。

其後、弘仁三年ト云フ年ノ七月ニ、法華三昧堂ヲ造テ、一乗ヲ令読ル事昼夜ニ不絶シテ、法螺ヲ令吹テ十二時ヲ継グ。灯明ヲ仏前ニ挑テ于今不消。

亦、弘仁十三年ト云フ年、天皇ニ奏シテ、官付ヲ給リテ、初メテ大乗戒壇ヲ起ツ。昔シ、此ノ朝ニ菩薩戒ヲ伝ヘテ返来レル大寺ニ起タリ。而、大師唐ニ渡テ、南岳天台ノ二人ノ大師此ノ菩薩戒ヲ受伝ヘテ、東天台宗ヲ立ツ。而シテ、大師此ノ菩薩戒ヲ受ケ奉レリ。「我ガ宗ノ僧ハ此ノ戒ヲ可受シ。然レバ、此ノ山ニ別ニ戒壇院ヲ起ム」ト申スニ、被免事無シ。其時ニ、大師筆ヲ振ヒ文ヲ飛シテ、顕

戒論三巻ヲ造、天皇ニ奉レリ。證文多ク明ニシテ、是ヲ許シテ被立タル也。其後、毎年ノ春秋ニ受戒ヲ行フ。梵網経ニ云ク、「菩薩戒ヲ不受ル者ハ、是畜生ニ不異ラ。名ヅケテ外道ト可為シ」ト。「若シ僧有テ、一ノ人ヲ教テ菩薩戒ヲ令受タル功徳ハ、八万四千ノ塔ヲ起タルニハ増レリ」ト。然レバ、大師一人ニ非ズ二人ニ非ズ、若干ノ人ヲ、一年ニ非ズ二年ニ非ズ、若干ノ年ヲ経テ、令度給ハム功徳幾許ヤ。心有ラム人ハ、尤モ此ノ戒ヲ可受キ也。

亦、大師毎年ノ十一月ノ二十一日ニ講堂ニシテ、多ノ僧ヲ請ジテ、法華経ヲ講ジテ法会ヲ行フ事五箇日。此唐ノ天台大師ノ忌日也。一山ノ営ミトシテ于今不絶。比叡山ヲ建立シテ天台宗ヲ立ツ。偏ニ彼大師ノ迹ヲ追ヘル也。然レバ、其恩ヲ報ゼムガ為ニ始メ行ヘル也。

而ル間、弘仁十三年ト云フ年六月ノ四日、大師入滅。年五十六。伝教大師ト云フ、是也。実名最勝。入滅ノ時兼テ諸ノ弟子ニ令知ム。其日、奇異ノ雲峰ニ覆テ久ク有リ。遠キ人

是ヲ見テ怪ムデ、「今日山ニ必ズ故有ラム」ト疑ヒケリ。其ノ
後モ、堂塔ヲ造リ、東西南北ノ谷ニ房舎ヲ造リ、若干ノ僧ヲ
令住メテ、天台ノ法文ヲ学ビ、仏法盛ニシテ霊験殊ニ勝タリ。
女ハ、此山ニ登ル事無シ。延暦寺ト名タリ。天台宗、是ヨリ
此朝ニ始マル。

彼ノ宇佐ノ給ヘリシ小袖ノ脇ニ綻□タルニ、薬師仏ノ御
削リ鱗付テ、千今根本ノ御経蔵ニ有リ。亦、大師ノ自筆ニ書
禅唐院ニ置奉レリ。代々ノ和尚、清浄ニシテ是ヲ
給ヘル法華経、筥ニ入テ
礼シ奉ル。若シ女ニ少モ
触ヌル人ハ、永ク是ヲ礼
シ奉ル事無シトナム語リ
伝ヘタルトヤ。

比叡山略図

지카쿠慈覺 대사大師가
처음으로 수릉엄원首楞嚴院을 창건한 이야기

엔랴쿠지延曆寺의 기초를 확립한 지카쿠慈覺 대사大師 엔닌圓仁의 수릉엄원首楞嚴院 건립에 관한 여러 사적事蹟을 기록하였다. 본권 제11화와 연관된다.

이제는 옛이야기이지만, 지카쿠慈覺[1] 대사大師는 덴교傳敎 대사로부터 직접 단지 안의 물을 다른 단지에 옮겨 넣듯 완전히 불법의 오의奧義를 전수받으신 고승으로서 히에이 산比叡山을 계승[2]하여 불법을 번성시키고자 하는 마음이 더없이 깊었다.

그래서 따로 수릉엄원首楞嚴院[3]을 건립하고 중당을 세워서 관음觀音,[4] 부동존不動尊,[5] 비사문毘沙門의 삼존을 안치[6]하고 섬겼다. 또한 송宋[7]에서 많은 불

1 → 인명.
2 인수仁壽 4년(854) 제3대 천태좌주天台座主가 되어 히에이 산比叡山 엔랴쿠지延曆寺를 통치한 것을 가리킴.
3 → 사찰명. 요카와橫川의 중당이라고도 함.
4 → 불교.
5 → 불교.
6 "성관음상聖觀音像을 안치하고 왼쪽에 비사문천상毘沙門天像, 오른쪽에 부동존상不動尊像. 각 등신."(예악요기叡岳要記). 또한 『산문당사기山門堂舍記』, 『예악요기』에 의하면 관음·비사문천상은 지카쿠慈覺 대사大師가 당唐에서 돌아올 당시 해상에서 태풍에 조난당했을 때 양존에게 빌어 살아났기 때문에 세웠고, 부동존상은 수학승이 가지加持의 효험을 얻기 위해 만들었다고 되어 있음.
7 사실은 '당唐'이지만 당을 송宋으로 틀린 예는 많음.

사리佛舍利[8]를 가지고 왔는데 정관貞觀 2년,[9] 총지원惣持院[10]을 세우고 사리회舍利會[11]를 처음 열어 이후 오랫동안 이 산에 전해 오게 했다. 그때 많은 승려를 초청하여 음악을 연주하는 것을 이후의 전통으로 삼았다. 하지만 사리회를 여는 날은 정해져 있지 않다. 다만 산에 꽃이 한창 피는 때로 정해져 있을 뿐이었다.

또한 정관 7년,[12] 상행당常行堂[13]을 세우고 그곳에서 칠일칠야七日七夜에 걸쳐 부단염불不斷念佛[14]을 수행하였다. 8월 11일부터 17일 밤까지 행해졌는데 그 염불은 극락[15]의 성중聖衆[16]들이 아미타여래阿彌陀如來[17]를 받들어 모시는 목소리였다. 인성引聲[18]이라는 것이 바로 이것이다. 대사가 당唐[19]에서 전수받아 와 후세까지 오랫동안 이 산에 전하고자 했던 것으로 몸으로는 항상 부처를 맞이하고,[20] 입으로는 항상 경을 외우며 마음으로는 항상 극락정토를 생각하였다. 삼업三業[21]의 죄罪를 소멸하는 데에 있어 이보다 훌륭한 방도는 없다. 또한 당에 적산赤山[22]이라는 신이 계셨다. 이 신이 대사를 수호하고자 서원誓願하여 대사를 따라 일본에 오셨다. 그리고 이 산에 머물러 계시

---

8   → 불교.
9   860년.
10 → 사찰명.
11 → 불교. 12권 제9화 참조.
12 865년. 지카쿠慈覺 대사大師가 죽은(71세) 다음 해.
13 → 사찰명.
14 → 불교.
15 → 불교.
16 → 불교.
17 → 불교.
18 → 불교. 지카쿠慈覺 대사大師가 전래했다는 인성아미타경引聲阿彌陀經.
19 여기서는 '당唐'을 사용함.
20 아미타불阿彌陀佛 주위를 행도行道하는 것.
21 삼업三業(→ 불교)에 기인한 행위에 의해 생기는 죄장罪障.
22 당唐의 등주登州의 적산赤山의 산신. 태산부군泰山府君이라고도 함. 지카쿠慈覺 대사大師는 당에 들어간 후 적산법화원赤山法華院에 잠시 머물며 그 가호를 받음. 적산 다이묘진赤山大明神으로서 히요시 산왕日吉山王과 함께 히에이 산比叡山의 수호신의 하나.

며 지금도 수릉엄원의 근처에 오셔서 "히에이 산의 불법을 수호하겠다."라고 맹세하시고 오랫동안 이 산에 머물고 계신다.[23]

또한 이 산에 큰 삼나무가 있었는데 대사는 그 나무 굴에 사시며 불법대로 정진하고 『법화경法華經』[24]을 서사書寫하셨다. 모두 다 쓰신 후 당堂[25]을 건립하시고 이 경經을 안치하셨다. 여법경如法經[26]이란 여기서 비롯된 것이다. 그때 이 나라의 많은 존귀한 신들이 모두 "순서를 정해 이 경을 수호해 드리자."라고 서원하셨다.

지금도 그 경[27]은 당에 안치되어 있다. 또한 삼나무 굴도 그대로 있다. 불심을 가진 사람이라면 반드시 찾아와 빌어야만 한다.

요카와橫川의 지카쿠 대사라 불리는 분이 바로 이분이라고 이렇게 이야기로 전하여 내려오고 있다 한다.

---

23 지카쿠慈覺 대사大師는 입당入唐 시에 일본에 적산선원赤山禪院의 건립을 서약하지만 다하지 못하고 대사가 죽은 후 제자인 안에安慧가 인화仁和 4년(888) 엔랴쿠지延曆寺 서쪽 언덕 밑에 있는 땅(교토 시京都市 사쿄구左京區 슈가쿠인카이콘보 정修學院開根坊町)에 적산선원을 건립, 권청勸請하여 제사祭祀함.
24 → 불교.
25 히에이 산比叡山 요카와橫川의 여법당如法堂(→ 사찰명).
26 → 불교.
27 이 경은 『근본여법경根本如法經』이라 칭해졌는데 당초 소탑小塔에 보관되었다가 장원長元 4년(1031) 가쿠초覺超에 의해 영구보존을 위해 동조 보탑銅造寶塔 밑 외통이 주조鑄造됨. 이후 승안承安 연간年間(1171~1174)에 수릉엄원首楞嚴院의 장리長吏인 료엔良圓에 의해 지하에 묻어짐. 예악요기(叡岳要記). 다이쇼大正 12년(1923)에 발굴됨.

慈覚大師始建楞厳院語第二十七

今昔、慈覚大師ハ伝教大師ノ入室写瓶ノ弟子トシテ、比叡山受ケ伝ヘテ、仏法興隆ノ志之殊ニ深シ。

然レバ、別首楞厳院ヲ建立シテ、中堂ヲ建テ、観音、不動尊、毗沙門ノ三尊ヲ安置奉レリ。亦、宋ヨリ多ノ仏舎利ヲ持渡レリ。

貞観二年ト云フ年、惣持院ヲ起テ舎利会ヲ始行テ、永ク此ノ山ニ伝ヘ置ク。多ノ僧ヲ請ジ、音楽ヲ調テ永キ事トス。日ヲ定ル事無シ。只、山ノ花ノ盛ナル時ヲ契ル。

亦、貞観七年ト云フ年、常行堂ヲ起テ、不断ノ念仏ヲ修スル事七日七夜也。八月ノ十一日ヨリ十七日ノ夜ニ至マデ、引声ト云フ、是也。大師ノ唐ヨリ移シ伝ヘテ、永ク此ノ山ニ伝ヘ置ク。身ニハ常ニ仏ヲ迎、口ニハ常ニ経ヲ唱フ、心ニハ常ニ思ヲ運ブ。三

業ノ罪ヲ失フ事、是ニ過タルハ無シ。

亦、唐ニ赤山ト申ス神在マシケリ。大師ヲ守ラムト誓テ、大師ニ共ナヒテ此ノ朝ニ来レリ。然ルニ、此ノ山ニ留テ、于今楞厳院ノ中堂ノ傍ニ在マス。「山ノ仏法ヲ守ラム」ト誓ヲ発テ、永ク此ノ山ニ留ル。

亦、大師、此ノ山ニ大ナル相有リ、其ノ空ニ住シテ、如法ニ精進シテ、法花経ヲ書給フ。既ニ書畢テ後、堂ヲ起テ、此ノ経ヲ安置シ給フ。如法経是ニ始ル。其時ニ、此ノ朝ノ諸ノ止事無キ神、皆誓ヲ発テ、「番ヲ結テ、此ノ経ヲ守リ奉ラム」ト誓ヘリ。

于今其経堂ニ在マス。亦、椙ノ空有リ。心有ラム人ハ、必ズ参テ可礼奉シ。

横川ノ慈覚大師ト申ス是也、トナム語リ伝ヘタルトヤ。

지쇼智證 대사大師가
처음으로 문도門徒 미이데라三井寺를 창건한 이야기

지쇼智證 대사大師 엔친圓珍이 교다이敎待 화상和尙의 부탁을 받아 미이데라三井寺를 다시 일으켜 사문寺門을 창립한 경위를 이야기함. 본권 제12화와 관련성이 깊다.

이제는 옛이야기이지만, 지쇼智證 대사大師[1]는 히에이 산比叡山의 승려로서 천광원千光院[2]이라는 곳에 살고 계셨다. 천태좌주天台座主[3]로서 그곳에 살고 계셨는데 천황을 비롯하여 세간의 모든 사람이 더할 나위 없이 존경하고 있었다.

그런데 대사는 자기 문도門徒[4]를 따로 세우려는 생각에, '우리 문파의 불법佛法을 전하기에는 어디가 적당할 것인가.' 하고 여기저기를 찾아다니시던 중, 오미 지방近江國[5] 시가志賀[6]에 이르자, 옛날 오토모大伴 황자皇子[7]가 세운

---

1 → 인명. 휘자諱字는 엔친圓珍.
2 → 사찰명.
3 → 불교. 히에이 산比叡山 엔랴쿠지延曆寺를 통치하는 천태종天台宗의 최고 승직.
4 권11 제12화 주석 참조. 미이데라三井寺를 다시 일으키고 천태종 사문파寺門派를 수립함. 본권本卷 제28화 참조.
5 → 옛 지방명.
6 시가 군志賀郡.
7 → 인명. 『타문집打聞集』은 이 이야기처럼 오토모 황자大友皇子가 창건하였다고 하고 있지만, 『저문집著聞集』을 비롯한 다른 책은 오토모 황자의 아들, 오토모 요타大友與多가 덴무天武 천황天皇을 위해 오토모 황자의 집터에 건립했다고 전함.

절이 있었다. 그 절에 도착해서 절의 모습을 보니 더할 나위 없이 존귀했다. 동쪽으로는 오미 강近江川[8]을 품고, 서쪽에는 깊은 산, 북쪽에는 숲, 남쪽에는 계곡이 있었다. 금당金堂[9]은 기와를 얹어 이층으로 하고 모코시裳層[10]를 두르고, 금당 안에 장륙丈六의 미륵彌勒[11] 보살菩薩을 안치해 두었다. 절 옆에는 승방僧房이 있고 절 아래에는 돌을 둘러쌓아 올린 우물이 하나 있었다. 승려 하나가 나와서, "이 절의 중입니다."라고 이름을 밝히고 대사에게 말하기를, "이 우물은 하나이지만 미이三井[12]라는 이름으로 불립니다."라고 말했다. 대사가 그 까닭을 묻자 승려는,

"그것은 삼대三代[13]의 천황이 태어나셨을 때 처음으로 몸을 씻길 물을 이 우물에서 길었기 때문에 미이라 하는 것입니다."

라고 대답했다.

대사는 이 이야기를 듣고서 조금 전에 보았던 승방에 가 보았지만 인기척도 없었다. 그런데 황폐해진 승방이 하나 있고 노쇠한 승려 한 명이 있었다. 자세히 보니, 먹고 남은 생선 비늘과 뼈 같은 것들이 어질러져 있고 뭐라 말할 수 없는 악취를 풍기고 있었다. 이것을 보고 대사가 옆 승방에 있던 승려에게, "이 노승은 도대체 어떤 사람입니까?"라고 물었다. 승려는

"이 노승은 오랫동안 이 호수의 붕어를 잡아먹는 일을 업으로 하고 있는 자입니다. 그 외에는 하는 것이 없습니다."

라고 대답했다. 대사는 이를 들으시고 노승의 모습을 보니 오히려 존귀한 사람처럼 보였다. '분명, 무언가 연유가 있겠지.'라고 생각하고 그 노승을 불

8 　비와 호琵琶湖.
9 　→ 불교.
10 　불당이나 불탑 등의 처마 밑 벽면에 마련된 차양 모양의 지붕.
11 　→ 불교.
12 　* 미이三井는 '세 우물'이라는 뜻.
13 　『저문집』에서는 덴치天智·덴무天武·지토持統의 삼대 천황이라고 나옴.

러 이야기를 나누셨다.

노승이 대사에게 이야기했다.

"내가 여기에 산 지 이미 160년이 지났습니다. 이 절은 지어진 지 □년[14]이 됩니다만, 미륵이 출세出世[15]할 때까지 보존해 나가야 할 절입니다. 그러나 이 절을 이어갈 사람이 없었던 것인데 오늘 다행히 대사가 와 주셨습니다. 그러하니 이 절을 영원히 대사에게 양도하겠습니다. 이어갈 수 있는 사람은 대사뿐입니다. 나는 늙어서 불안하였는데 이렇게 양도하게 되어 기쁠 따름입니다."

라고 말하고 슬피 울며 돌아갔다.

그때 갑자기 당풍唐風의 우차牛車[16]에 탄 귀한 이가 나타났다. 대사를 보고 기쁜 듯이 말하기를,

"나는 이 절의 불법을 수호하겠다고 맹세한 사람입니다. 그런데 지금, 성인聖人[17]께 이 절을 맡길 수 있고, 이제부터는 대사가 불법을 널리 전파하신다니 앞으로는 대사께 깊이 의지하겠습니다."

라고 약속한 뒤 돌아갔는데 이 사람이 누구인지 알 수 없었다. 그래서 수행《인人》[18]에게 대사가, "지금 오셨던 분은 누구입니까."라고 물었더니, "미오노三尾 명신明神[19]께서 오셨던 것입니다."라고 대답했다. 그래서

'생각대로다. 저분은 보통사람이 아닌 것 같았다. 저 노승의 모습을 더 자세히 《봐야겠다.》[20]'

14 햇수의 명기를 위한 의도적 결자.『타문집』,『저문집』참조.
15 → 불교.
16 우차牛車의 하나. 지붕은 당파풍破風 양식. 황실皇室·섭관攝關 등 귀인貴人이 공식행사 때 탐.
17 → 불교.
18 저본의 파손에 의한 결자.『타문집』참조.
19 미이데라三井寺의 지주신地主神. 진수신鎭守神의 하나로 모셔짐. 미이데라 건립 이전부터 사지寺地를 관리하고 있던 신.『온조지전기園城寺傳記』4 참조.『사문전기보록寺門傳記補錄』5 참조.
20 저본의 파손에 의한 결자.『타문집』참조.

라고 생각하시고 그 승방僧房에 돌아가 보니 처음에는 역겨웠던 것이 이번에는 매우 향기로웠다. '예상대로다.'라고 생각하며 들어가 보니 붕어의 비늘과 뼈로 보였던 것은 솥에 넣어 삶은 시든 연꽃과 생생한 연꽃을 먹은 뒤 어질러 놓은 것이었다. 놀란 대사가 옆의 승방僧房에 가서, 이것에 대해 물어보니 한 승려가,

"이 노승은 교다이敎代 화상和尙²¹이라는 분입니다. 사람의 꿈에는 미륵보살의 모습으로 나타나셨다고 합니다."

라고 대답했다. 대사는 이를 듣고 더욱더 존귀하게 여기며 굳은 약속을 맺고 돌아갔다. 그 후 여러 제자를 이끌고 경론經論과 불전佛典²²을 가지고 이 절에 옮겨와 불법을 전파하셨고 지금도 그 불법은 대단히 번성하였다.

이분이 바로 지금의 미이데라三井寺²³의 지쇼 대사이다. 저 송나라²⁴에서 전해 내려온 대일여래大日如來²⁵의 보관寶冠은 지금도 그 절에 있다고 이렇게 이야기로 전하여 내려오고 있다 한다.

21 정확히는 '교다이敎待'로 추정. 이 이야기 외에는 모두 '교다이敎待'. 장수長壽의 신선神仙. 『원형석서元亨釋書』권15에 의하면 기요미즈데라淸水寺 땅의 신선. 교에이敎叡와 친교가 있었다고 함. 권11 제32화 참조.
22 → 불교(政敎).
23 → 사찰명.
24 사실史實에 비추어보면 '당唐'이어야 함. 권11 제9화 참조.
25 → 불교.

智證大師初門徒立三井寺語第二十八

今昔、智證大師比叡ノ山ノ僧トシテ、千光院ト云フ所ニ
住給ヒケル。而ルニ、天台座主トシテ彼ノ院ニ住給ヒケ
ル、天皇ヨリ始メ奉テ、世挙テ貴ビ合ヘル事無限シ。

然ル間、我ガ門徒ヲ別ニ立テムト思フ心有テ、「我ガ門徒
ノ仏法ヲ可伝置キ所カ有ル」ト所々ニ求メ行キ給フニ、近江
ノ国志賀ノ、昔シ大伴ノ皇子ノ起タリケル寺有リ。其寺ニ至
テ、寺ノ体ヲ見ルニ、極テ貴キ事無シ。東ハ近江ノ江ヲ護ヘ
タリ。西ハ深キ山也。北ハ林、南ハ谷也。金堂ハ瓦ヲ以テ葺
ケリ。二階ニシテ裳層ヲ造タリ。其内ニ丈六ノ弥勒在マス。
寺ノ下ニ石筒ヲ立タル一ノ井有リ。一人ノ
僧出来レリ。「此ノ寺ノ住僧也」ト名乗テ、大師ニ告テ云ク、
「是ノ井ハ一也ト云ヘドモ、名ハ三井ト云フ」。大師其故ヲ問
フ。僧答テ云ク、「是ハ、三代ノ天皇生レ給ヘル産湯水ヲ此
ノ井ニ汲ミタルガ故ニ、三井ト申ス也」ト。

大師カク聞テ、彼ノ有ツル僧房ニ行キ見レバ、人気モ無シ。委
ク見レバ、荒レタル一ノ房有リ。年極テ老タル僧一人居タリ。
鱗骨ナドヲ食ヒ散タリ。其香臭キ事無限シ。是ヲ
見テ、傍ノ房ニ有ル僧ニ、大師問テ云ク、「此ノ老僧ハ何ナ
ル僧ゾ」ト。僧答テ云ク、「此ノ老僧ハ、年来此ノ江ノ鮒ヲ
取リ食フヲ役トセル者也。其外ニ便ニ為ル事無シ」ト、大師
此ノ事ヲ聞キ給フト云ヘドモ、猶僧ノ体ヲ見ルニ、貴ク見ユ
ル。「定テ様有ラム」ト思テ、老僧ヲ呼出テ、語ヒ給フ。

老僧大師ニ語テ云ク、「我レ此ノ所ニ住シテ、既ニ二百六十
年ヲ経タリ。此ノ寺ハ造テ後□歳ニ成ヌ。弥勒ノ出世ニ至マデ
可持テ寺也。然ルニ、此寺可持キ人無カリツルニ、今日幸
ニ大師来リ給ヘリ。然レバ、此寺ヲ永ク大師ニ譲リ奉ル。大
師ヨリ外ニ可持キ人無シ。我レ年老テ心細ク思ツル間、カク
伝ヘテ奉ツル事、喜バシキカナヤ」ト云テ、泣々ク帰ヌ。

其時ニ見レバ、唐ノ車ニ乗タル止事無キ人出来レリ。大師ヲ見テ、喜テ告テ云ク、

「我レハ此寺ノ仏法ヲ守ラムト誓ヘル身也。而ルニ、今聖人ニ此寺ヲ伝ヘ得テ、仏法ヲ弘メ可給ケレバ、今ヨリハ深ク大師ヲ頼ム」ト契テ返ヌ。此人ヲ誰不知ラズ。然レバ、共ニ有ル□、大師、「是ハ、誰人ノ御スルゾ」ト問フニ、「是ハ、三尾ノ明神御ス也」ト答フ。「然レバコソ。只人ニハ非ズ、ト見ツル人也。此ノ老僧ノ有様、猶ヲ委ク見□」ト思テ、其房ニ返リ至ルニ、初メ見カリツルニ、此ノ度ビハ極テ馥シ。

「然レバコソ」ト思テ入テ見レバ、鮒鱗骨ト見ツルハ蓮華ノ萎鮮ナルヲ鍋ニ入テ煮、食ヒ散シタリ。驚テ隣ナル房ニ行テ此ノ事ヲ問フニ、僧有テ云ク、「此ノ老僧ヲバ、教代和尚

唐車（春日権現験記）

トナム申ス。人ノ夢ニハ、弥勒ニテナム見エ給フナル」ト。大師是ヲ聞テ、弥ヨ敬ヒ貴テ、深キ契ヲ成シテ返ヌ。其後、経論正教ヲ相ヒ具シ、諸ノ弟子ヲ引具シテ、此寺ニ仏法ヲ弘ヌ。于今仏法盛也。

今ノ三井寺ノ智證大師ト申ス、是也。彼ノ宋ニシテ伝ヘ得給ヘル所ノ大日如来ノ宝冠ハ于今彼寺ニ有リ、トナム語リ伝ヘタルトヤ。

덴치天智 천황天皇이
시가데라志賀寺를 세우신 이야기

덴치天智 천황天皇이 시가데라志賀寺(슈후쿠지崇福寺)를 건립한 경위와 다치바나노 나라마로橘奈良麻呂가 전법회傳法會를 창시한 일 등을 기록한 이야기. 걸맞은 절터의 선정을 둘러싸고 노옹老翁(지주신地主神의 권화權化)이나 노승 등이 출현出現해서 영지靈地를 가르쳐 준다는 모티브는 다른 이야기에서도 나타나며, 전형적인 것이다. 앞 이야기와는 화형話型의 유사성 및 지역적 연관으로 이어진다.

이제는 옛이야기이지만, 덴치天智 천황天皇[1]께서 오미 지방近江國[2] 시가 군志賀郡[3] 아와즈 궁粟津宮[4]에 계셨을 때 절을 세우고자 하는 뜻이 있어서, "절에 걸맞은 장소를 가르쳐 주십시오."라고 기원을 올리신 날 밤 꿈에 한 승려가 나타나서, "이 술해戌亥 쪽[5]에 훌륭한 장소가 있습니다. 즉시 나가시어 확인 하시옵소서."라고 말했다. 꿈에서 깨어 바로 나가서 보았더니 술해 쪽에 빛이 보였다. 그리하여 다음날 아침 사자使者를 보내 알아보도록 하셨다. 사자가 가서 빛이 보인 산을 찾으러 가는 동안 시가 군志賀郡 사사나미 산篠波

---

1 → 인명.
2 → 옛 지방명.
3 → 지명.
4 오쓰 궁大津宮과 같음. 오쓰 궁은 시가 군滋賀郡 니시키오리 향錦部鄕(현재의 오쓰 시大津市 니시키오리錦織)에 있었음.
5 북서北西. 신성한 방향으로 여겨짐.

山[6] 기슭까지 왔다. 계곡을 따라 깊이 들어가자 높은 절벽이 있고 그 아래에 깊은 동굴이 있었다. 동굴의 입구 가까이 다가가서 안을 들여다보니 모자를 쓴 노인이 있었다. 그 모습은 참으로 기이하여 보통 사람과 달리 총명한 눈매를 하고 있어서 대단히 고귀하게 느껴졌다. 사자가 가까이 다가가서,

"이러한 곳에 계시는 당신은 누구십니까? 실은 천황께서 이쪽 산을 보시다가 빛이 보여서 '알아보고 오거라.'라는 선지宣旨를 내리셨기에 온 것입니다."

라고 말을 걸었지만 노인은 전혀 대답이 없다. 사자는 더욱더 곤란해서 '무언가 사정이 있는 사람이겠지.'라고 생각하고 돌아가서 천황에게 자초지종을 아뢰었다.

천황께서 이를 듣고 놀라며 불가사의하게 여기시어, "내가 가서 직접 물어 보아야겠다."라고 말씀하시고 즉시 그곳으로 행차하셨다. 가마를 그 동굴 가까이 대어 가마에서 내리시고 동굴 입구에 다가가니 정말로 노인이 있었다. 조금도 황송해 하는 기미가 없다. 비단 모자를 쓰고 연보랏빛 노시直衣를[7] 입고 있었다. 차림새는 신성하고 고상했다. 천황께서는 가까이 가서, "이런 곳에 있는 너는 누구냐?"라고 물으셨다. 그때 노인은 소매를 여미고 자리에서 어느 정도 뒤로 물러나고는 "옛날 《선인仙人이 있던》[8] 동굴이옵니다. 사사나미篠波[9]와 나가라 산長柄山[10]에"라고 말하고 감쪽같이 사라져 보이지 않게 되었다. 이에 천황은 □□[11]를 불러서,

---

6　뒤에 나오는 나가라 산長柄山을 가리킴.
7　헤이안平安 시대의 천황이나 귀족의 상용복常用服.
8　파손에 의한 결자. 동박본東博本 『삼보회三寶會』 참조.
9　'사사나미篠波'는 시가 현滋賀縣 비와호琵琶湖의 서남 연안 일대의 옛 이름.
10　나가라 산長等山이라고도 함. 현재지 미상. 현재, 온조지園城寺(미이데라三井寺〈→ 사찰명〉)의 배후 서쪽의 산을 말하는데, 여기에서는 슈후쿠지崇福寺 지역(오쓰 시 시가리 정志賀里町)을 가리키므로 물리적으로 다름.
11　『삼보회』 등에는 해당기사 없음. 천황이 누구를 불렀는지 미상.

"노인은 '이러이러'한 말을 하고 사라져 버렸다. 이로써 이곳이 존귀하고 신성한 장소임을 잘 알았다. 이곳에 절을 세워야한다."

라고 말씀하시고 궁전으로 돌아가셨다.

이듬해 정월, 처음으로 큰 사원寺院을 세우시고 장륙丈六의 미륵상彌勒像[12]을 안치하여 모셨다. 공양供養일이 되어 등노전燈盧殿[13]을 세우고 천황 스스로 오른손의 무명지無名指[14]로 등명燈明을 붙이시고 그 손가락을 뿌리부터 잘라 돌 상자에 넣고 등노전의 흙 아래에 묻으셨다. 이는 손에 불을 붙여서 미륵보살에게 바침으로 신심信心을 나타내신 것이었다. 또 이 절을 세우실 적에 땅을 고르게 하고서 삼척三尺 정도의 작은 보탑寶塔[15]을 파냈다. 그 형태를 보니 이 세상 것이라고는 여겨지지 않았다. 옛날 아육왕阿育王[16]이 팔만 사천 개의 탑[17]을 세웠는데, 그중의 하나일 것이라고 깨닫고 더욱 깊게 서원하시어 손가락을 잘라 묻으신 것이었다.

또 공양 후에 천평승보天平勝寶 8년 2월 15일에 참의정參議正 사위하四位下 겸 병부경兵部卿, 다치바나노 나라마로橘奈良麻呂[18]라는 사람이 있었는데 이 절에 전법회傳法會[19]라는 법회를 처음으로 행했다. 이 법회에서는 『화엄경華嚴經』[20]을 비롯하여 여러 대大·소승小乘의 경經·율律·논論[21]과 장章·소疏[22]를

---

12 → 불교.
13 등명燈明을 밝히기 위한 전당殿堂. 여기서는 돌이나 금속으로 만든 등롱燈籠을 가리킴.
14 약지藥指. 여기서는 손가락 자체에 불을 붙이는 지등공양指燈供養을 하고 있었던 것으로 추정. 지등공양에 관해서는 『법화경法華經』 약왕보살본사품藥王菩薩本事品에 나옴.
15 → 불교. 불사리佛舍利를 담은 불탑.
16 → 불교.
17 → 불교. 8만 4천의 탑은 살해한 8만 4천 후비后妃의 공양을 위해 건립했다고 전해짐.(본집 권4 제3화 참조.) → 권11 제26화 주석 참조.
18 → 인명.
19 → 불교.
20 → 불교.
21 → 불교. 통칭 삼장三藏.
22 삼장三藏(→ 불교)의 장구章句에 대한 주석.

강설講說하였다. 그 비용을 위해 논 스무 정町을 기진寄進하고, "이후에도 영원히 지속적으로 법회를 열도록 하라."라고 말했다. 이후로 지금에 이르기까지 다치바나橘 성의 사람이 참배하여 이 법회를 열고 있다.

그런데 이 절에서는 공양 후에 그 손가락이 영험靈驗을 보인다고 하여 조금이라도 부정한 자들은 계곡으로 던져 버리셨기에 사람들의 참배가 완전히 끊겨 버렸다. 제법 옛날의 일로,[23] 아무개 스님이 별당別當[24]이 되어 이 절의 사무寺務를 도맡고 있었는데,

"이 절에는 사람이 전혀 참배를 오지 않으니 실로 무료하구나. 이는 이 손가락 탓이리라. 당장 파내서 버리자."

라고 말하고 손가락을 파내도록 시키자 갑자기 천둥이 치고 비가 내리면서 엄청난 소리를 내며 강풍이 불기 시작했다. 그러나 별당은 더욱더 화를 내며 손가락을 파내고 말았다. 손가락은 지금 막 잘라낸 것처럼 하얗게 빛나고 선명한 색을 띠고 있었다.[25] 하지만 땅에서 나오자마자 손가락은 금방 물이 되어 사라졌다. 그로부터 머지않아 별당은 미쳐 죽어 버렸다. 그 후 이절에는 그 어떤 영험도 사라졌다. "정말이지 어리석은 짓을 한 별당이다."라며 죽은 후에도 세상 사람들은 모두 그를 증오하였다.

슈후쿠지崇福寺[26]란 바로 이 절을 말한다고 이렇게 이야기로 전하여 내려오고 있다 한다.

---

23 덴치天智 천황 시절의 옛날이야기가 아니라, 중간 정도의 옛날. 본집의 시간적 개념으로, 헤이안平安 초기에서 중기쯤을 가리키는 것으로 추정.

24 → 불교.

25 시랍화屍蠟化한 것으로 추정.

26 → 사찰명.

天智天皇建志賀寺語第二十九

今昔、天智天皇近江ノ国、志賀ノ郡、粟津ノ宮ニ御マシケ
ル時ニ、寺ヲ起テムト云フ願有テ、「寺ノ所ヲ示シ給ヘ」ト
祈リ願ヒ給ヒケル夜ノ夢ニ、僧来テ告テ云ク、「此戌亥ノ方
ニ勝タル所有リ。速ニ出テ可見給シ」ト。即チ、夢覚テ出テ
見給フニ、戌亥ノ方ニ光有リ。明ル朝ニ、使ヲ遣テ令尋給

フニ、使行テ、光ル程ノ山ヲ尋ヌレバ、志賀ノ郡ノ篠波山ノ
麓ニ至ヌ。谷ニ副テ深ク入テ見レバ、高キ岸有リ。岸ノ下ニ
深キ峒有リ。峒ノ口ノ許ニ寄テ内ヲ臨キケレバ、年老タル翁
ノ帽子シタル有リ。其形チ、頗ル怪シ。世ノ人ニ不似、眼見
賢気ニシテ、極テ気高シ。寄テ、問テ云ハ、「誰人ノカクテ
ハ坐ルゾ。天皇ノ御覧ズルニ此方ノ山ニ光リ有リ。『尋テ参
レ』ト、宣旨ヲ奉テ来レル也」ト。翁、露答フル事無シ。
使極テ煩ハシク、「是ハ様有者ナメリ」ト思テ、返リ参テ、
此ノ由ヲ奏ス。

天皇是ヲ聞シ食テ、驚キ怪ミ給テ、「我レ行幸シテ、自問
ハム」ト被仰テ、忽ニ其所ニ行幸有リ。御輿ヲ彼ノ峒ノ許
ニ近ク寄テ搔居ヘテ、其ヨリ下サセ給テ、峒ノ口ニ寄ラムト
シ給フニ、実ニ翁有リ。聊ニ畏ル気色無シ。錦ノ帽子ヲ
テ、薄色ノ襖衫ヲ着タリ。形チ髪サビ、気高シ。天皇、近
ク令寄給テ、「是ハ、誰人ノカクテ有ルゾ」ト令問給フ。其
時ニ翁袖ヲ少シ搔合テ、座ヲ少シ退ク様ニシテ申サク、「昔

シ、古ノ仙[一九]ノ峒也。篠波也、長柄ノ山ニ[二〇]ナド云テ掻消ツ

様ニ失ヌ。其時ニ、天皇□召テ宣ハク、「翁『然々』ナム

云テ、失ヌル。其時ニ、定テ知ヌ。此ノ所ハ止事無キ霊所也ケリ。此

ニ寺ヲ可建シ」ト宣テ、宮ニ返ラセ給ヒヌ。

其明ル年ノ正月ニ、始メテ大ナル寺ヲ被起レテ、丈六ノ弥

勒ノ像ヲ安置シ奉ル。供養ノ日ニ成テ灯盧殿ヲ起テ、王自ラ、

右ノ名無シ指ヲ以テ、御灯明ヲ挑給テ、其指ヲ本ヨリ切テ石

ノ宮ニ入テ灯楼ノ土ノ下ニ埋ミ給ヒツ。是、手ニ灯ヲ捧テ弥

勒ニ奉リ給フ志ヲ顕シ給フ也。亦、此寺ヲ被造ル間、地ヲ

引クニ、三尺計リ少宝塔ヲ堀出タリケリ。物ノ体ヲ見ルニ、

此ノ世ノ物ニ不似。昔ノ阿育王ノ、八万四千ノ塔ヲ起テケリ、

其一也ケリト知セ給テ、弥ヨ誓ヲ発テ指ヲモ切テ埋マセ給

フ也ケリ。

亦、供養ノ後、天平勝宝八年ト云フ年ノ二月ノ十五日、

参議正四位下兼兵部卿、橘ノ朝臣奈良麻呂ト云フ人有テ、

此寺ニ伝法会ト云フ事ヲ始テ行フ。其レ、華厳経ヲ初トシテ、

諸ノ大小乗ノ経律論、章疏ヲ令講ル也。其ヨリ後ニハ水田二

十町寄置タリ。「永ク行ム」ト云ヘリ。其ヨリ後、于今橘

ノ氏ノ人参テ、是ヲ令行ム。

而、此寺供養ノ後、彼ノ御指ノ験シ給フトテ、少モ穢ラ

ハシキ輩ヲバ谷ニ被投棄レケレバ、殊ニ人難詣カリケレバ、

中比ニ成テ、何ナル僧ニカ有ケム、別当ニ成テ、此ノ寺ヲ

政ツ程ニ、「此寺ニ殊ニ人不詣ネバ、極テ徒然也。此御指

ノ為ル事ナメリ。速ニ是ヲ堀棄テム」ト云テ、令堀ケレバ、

忽ニ雷鳴リ雨降リ風吹キ嗔ルト云ヘドモ、別当弥ヨ嗔テ

堀出テケリ。見レバ、只今切セ給ヘル様ニ、白ク光リ有リ、

鮮ニテナム在マシケル。堀出テ後、程無ク水ニ成テ失給ヒ

ニケリ。其後、別当ノ僧ハ幾程無クシテ物ニ狂テ死テケリ。

其後ハ此ノ寺、験モ無クテ有ケリ。「奇異ノ政シタル別当也」

トテ、死テ後ニ此ノ世ノ人皆悪ケリ。

崇福寺ト云フ是也、トナム語リ伝ヘタルトヤ。

덴치天智 천황天皇의 황자皇子가
가사기데라笠置寺를 세운 이야기

오토모大友 황자皇子의 가사기데라笠置寺 개창의 유래를 나타낸 이야기로 동시에 가사기笠置의 지명 기원 설화이기도 하다.

이제는 옛이야기이지만, 덴치天智 천황天皇[1] 치세에 황자[2] 한 분이 계셨다. 매우 총명하여 학문[3]에 밝았고, 특히 문장도文章道를 좋아하셨다. 이 황자[4] 때부터 일본에서 시부詩賦[5]를 짓는 것이 시작되었던 것이다. 또 수렵을 좋아하시어 멧돼지나 사슴을 죽이는 일을 밤낮 업으로 삼으셔서 항상 활과 화살을 몸에 지니시고 군병을 이끌고 산이나 □□[6]를 포위하여 짐승을 잡으셨다.

언젠가는 야마시로 지방山城國[7] 사가라카 군相樂郡[8] 가賀《모茂》[9]향鄕의 동쪽

---

1 → 인명.
2 덴치天智 천황天皇의 제1황자. 오토모大友 황자皇子(→ 인명).
3 특히 한학漢學을 가리킴.
4 일본 최초의 한시인漢詩人으로 『회풍조懷風藻』는 "淡海朝大友皇子二首"라는 제목을 붙여 시연侍宴·술회述懷의 두 수를 모두冒頭에 둠.
5 시詩와 부賦. 두 가지 다 한문체漢文體의 운문韻文. 부는 대구對句를 많이 사용하고 구말句末에 운을 두는 서사적敍事的인 운문.
6 저본의 파손에 의한 결자. 해당어휘 불명.
7 → 옛 지방명.
8 → 지명.

에 있는 산 가까이로 사냥을 가셨는데 황자는 준마에 올라타 사슴을 쫓아 산의 경사면을 달려 올라가셨다. 사슴은 동쪽을 향해 도망갔기에 스스로 사슴의 뒤를 쫓아 달려 등자鐙子를 힘껏 밟고 활을 당기시자 사슴은 돌연 사라져 버렸다. 활에 맞아서 쓰러졌을까 생각하여 주변을 보았지만 사슴의 모습은 없었다. '그렇다면 벼랑에서 떨어진 걸까?'라고 생각하며 활을 던져 버리고 고삐를 당겼으나 기세 좋게 달리던 말이기에 갑자기 멈출 리가 없었다. 그런데 이게 웬일인가. 사슴은 한참 높은 벼랑에서 떨어져 버린 것이었다. 황자가 타고 있던 말은 의욕이 앞서 너무 많이 달렸기에 사슴과 같이 그야말로 벼랑에서 떨어질 뻔 했으나 네 개의 발을 한 곳에 모아서 딛고 조금 튀어나온 바위 끝에 서 있었다. 말을 돌리려고 해도 장소가 없었다. 말에서 내리려고 해도 등자 밑은 까마득한 계곡이었기 때문에 발 딛을 곳도 없었다. 말이 조금이라도 몸을 움직인다면 계곡으로 추락해 버릴 상황이었다. 계곡을 내려다보니 십여 장丈 정도나 되는 밑□[10]이었다. 현기증이 나서 계곡의 바닥을 볼 수 없었다. 방향이 어디인지도 모르고 넋이 나가, 심장이 빠르게 고동쳐서 당장이라도 말과 함께 죽을 것만 같았다. 황자는 탄식하며 서원했다.

"산신들이시여, 만약 여기에 계신다면 부디 제 목숨을 살려주십시오. 살려주신다면 이 바위 한편에 미륵[11] 보살상을 조각해 바치겠습니다."

그러자 금방 영험이 나타나 말은 뒷걸음질 치며 넓은 곳에 설 수 있었다. 황자는 말에서 내려 울면서 엎드려 절하며 나중에 와서 찾을 때 알아볼 수 있게, 쓰고 계시던 삿갓蘭笠[12]을 벗어 거기에 두고 돌아가셨다. 그 후 하루

---

9   저본의 파손에 의한 결자. '무茂'가 들어갈 것으로 추정.
10   저본의 파손에 의한 결자. 해당어휘 불명.
11   → 불교.
12   골풀의 가지를 엮어 만든 갓. 수렵이나 야부사메流鏑馬(* 말을 타고 달리면서 과녁을 화살로 쏘는 경기) 등

이틀이 지나 두고 갔던 삿갓을 찾아 그 곳에 오셨다. 산 정상에서부터 내려와 암벽 한가운데를 타고 넘어 산기슭까지 도착했다. 위를 올려다보니 눈으로 확인할 수 없을 정도로 높아서 마치 구름을 보는 것과 같았다. 황자는 어떻게 해야 할지 고민하면서 산의 경사면에 노출된 바위 표면에 미륵보살을 조각하려고 했지만 도저히 가능할 것 같지가 않았다. 그 때 천인天人이 이를 애처롭게 여겨서 황자에게 힘을 빌려주어 순식간에 이 부처를 조각할 수 있었다. 그 사이 돌연히 검은 구름이 하늘을 덮어 어두운 밤과 같이 되었고, 그 어둠 속에서 무수히 많은 작은 돌이 날아 흩어지는 소리가 났다. 잠시 후, 구름이 물러가고 안개도 걷혀 주위가 밝아졌다. 그때 황자가 바위 위를 올려다보시니 미륵보살상彌勒菩薩像[13]이 선명하게 새겨져 있었다. 이것을 보신 황자는 울면서 공경하여 예배하시고 돌아가셨다.

그 후 이곳을 가사기데라笠置寺[14]라고 부르게 되었다. 갓을 표시 삼아 두었기 때문에 가사오키笠置[15]라고 불러야 하겠지만 그것을 단지 발음하기 쉽게[16] 가사기라고 하는 것이다.[17]

실로 말세末世에는 좀처럼 볼 수 없는 진귀한 불상이다. 세상 사람들은 지심으로 존경하고 숭배해야 할 것이다.

"아주 잠깐이라도 발걸음을 옮겨 머리를 숙이는 사람은 반드시 도솔兜率[18] 내원內院[19]에 태어나 미륵보살이 이 세상에 출현하실 때[20]에 만날 □[21]을 심

을 할 때 착용. 안쪽에 비단을 붙인 것을 '아야이가사綾蘭笠'라고 함.
13 가사기데라笠置寺의 본존本尊. 미륵마애불彌勒磨崖佛. 현재는 흔적만이 남아 있음. 또 무로 강室生川 건너편의 암벽에 조각된 오노데라大野寺의 미륵마애불은 이것을 충실하게 모각模刻한 것.
14 → 사찰명.
15 일본어로 '갓(가사笠)'을 '두었다(오키置)'라는 의미.
16 부드럽게 발음해서 말하기 쉽도록 음이 변하게 된 것을 이렇게 말한 것.
17 이 전후로 지명기원설화로서 해설하고 있음.
18 → 불교.
19 → 불교.

은 것이다."

라고 기대를 해야 할 것이다.

이 절은 미륵보살상이 새겨진 후, 제법 시간이 흘러 로벤良辨 승정僧正[22]이라는 사람이 발견하여, 그 뒤로 이곳에서 수행[23]을 시작하셨다고 사람들은 말하고 있다. 그 후 많은 당堂을 짓고 승방을 증축하여 많은 승려들이 살면서 수행하게 되었다고 이렇게 이야기로 전하여 내려오고 있다 한다.

---

20 → 불교(미륵彌勒의 출세出世).
21 저본의 파손에 의한 결자. 씨앗이나 종자를 의미하는 한자인 '종種' 등이 들어갈 것으로 추정.
22 → 인명.
23 미륵彌勒을 본존本尊으로 하는 기도나 수법을 시작했다는 의미.

天智天皇御子始笠置寺語第三十
てんちてんわうのみこかさぎでらをはじめたまふことだいさむじふ

今昔、天智天皇ノ御代ニ、御子在マシケリ。心ニ智リ有テ才賢カリケリ。文ノ道ヲバ極テ好ミ給ケル。詩賦ヲ造ル事モ無シ。

亦、田猟ヲ好テ、常ニ身ニ弓箭ヲ帯シ、軍ヲ引具シテ、山ヲ籠メ、野ヲ狩リ行クニ、山ノ斜ニ登タル所ヲ、皇子駿馬ニ乗テ、鹿ニ付テ馳セ登リ給フニ、鹿ハ東ヲ指テ逃グレバ、我レハ鹿ノ尻ニ次テ馳セテ、鐙ヲ踏ミ杼テ弓ヲ引ク程ニ、鹿俄ニ失ヌ。

然ル間、山城ノ国、相楽ノ郡、賀□ノ郷ノ東ニ有ル山辺ヲ狩リ給フニ、猪鹿ヲ殺ス事ヲ朝暮ノ役トセリ。

此御子ノ時ヨリゾ此国ニハ始マリケル。

天智天皇ノ御子始笠置寺ヲはじめたまふことだいさむじふ

————

此乗タル馬走リ早マリテ、鹿ノ如ク既ニ可落キガ、四ノ足ヲ同ジ所ニ踏テ、少シ指出タル巌ノ崎ニ立ニタリ。馬ヲ折返サムニモ所モ無シ。馬ヨリ下リムト為ルニモ、鐙ノ下ハ遥ナル谷ニテ有レバ、動カバ、落入ナムトス。谷ヲ下セバ十余丈許ナル下□也。

見ルニ、目モ暗レテ谷底モ不見エ、東西モ忘レヌ。魂ヲイツキ心騒テ、只今、馬ト共ニ死ナムトス。然レバ、皇子歎テ云ク、「若シ、此所ニ座セバ、山神等我ガ命ヲ助ケ給ヘ。此巌ノ喬ニ弥勒像ヲ刻ミ奉ラム」ト願ヲ発スニ、即チ其験ニ、馬尻ヘ逆サマニ退テ広所ニ立ヌ。

其時、皇子馬ヨリ下テ、泣々伏シ礼ミ、後ニ来テ尋ム為ニ、着給ヘル蘭笠ヲ脱テ、置テ返ヌ。其後、一両日ヲ経テ、其所ニ置シ所ノ笠ヲ尋テ至ヌ。山ノ頂ヨリ下テ、

————

タル馬ナレバ、輒ク不留ヲ。早ク遥ニ高キ岸ヨリ鹿ハ落ヌル

ヌル也」ト思テ、弓ヲ投ゲ棄テ手縄ヲ引ト云ヘドモ、走リ立ルヽナメリト見ルニ、鹿不見ヘ。「早ク、岸ノ有ケルヨリ落倒ニ次テ馳セテ、

綾蘭笠(石山寺縁起)

一〇

巌ノ腰ヲ廻リ経テ、麓ノ砌ニ至ヌ。上様ヲ見上グレバ、目モ

不及、雲ヲ見ルガ如シ。皇子心ニ思ヒ煩テ、山ノ腹ヲ指テ、

其面ニ弥勒ノ像ヲ彫リ奉ラムト為ルニ、力無シ。其時ニ、天

人是ヲ哀ビ助ケテ、忽ニ此仏ヲ刻ミ彫リ奉ル。其間、俄ニ黒

キ雲覆テ、暗キ夜ノ如ク成ヌ。其暗キ中ニ少キ石ノ多ク迸ル

音聞ユ。暫計有テ、雲去リ霞晴テ明カニ成ヌ。其時ニ、皇

子仰テ巌ノ上ヲ見給フニ、弥勒ノ像、其形チ鮮ニシテ彫リ

奉リタリ。皇子是ヲ見テ、泣々恭敬礼拝シテ返給ヘリ。其ヨ

リ後、是ヲ笠置寺ト云、是也。笠ヲ注置タレバ、笠置ト可

云也。其レヲ只和カニ、カサギトハ云也ケリ。

実ニ、世ノ末、希有ノ仏ニ在マス。世ノ中ノ人専ニ可崇

奉シ。「僅ニ歩ヲ運ビ首ヲ低ケム人、必ズ観率ノ内院ニ生、

弥勒ノ出世ニ値ム□殖ツ」ト可頼キ也。

此寺ハ、弥勒彫顕シ奉テ後、程ヲ経テ、良弁僧正ト云フ

人ノ見付ケ奉テ、其後ヨリ行ヒ始タルゾ、ト人云フ。其ヨ

リナム堂共ヲ造リ房舎ヲ造リ重テ、僧共多ク住シテ行フ也ト

ゾ語リ伝ヘタルトヤ。

도쿠도德道 성인聖人이
처음으로 하세데라長谷寺를 창건한 이야기

하세데라長谷寺 연기緣起 설화라고 할 수 있을 만한 이야기로 하세데라長谷寺 창건의
유래를 본존인 십일면관음상十一面觀音像을 세운 경위를 중심으로 서술하고 있다.

이제는 옛이야기이지만, 세상에 대홍수가 났을 때 흘러온 큰 나무가 오미
지방近江國¹ 다카시마 군高島郡²의 곳에 밀려왔다. 한 마을사람이 그 나무의
끝을 잘라내자 그의 집이 불타 버렸다. 또한 그 집을 비롯하여 그 향鄕과 마
을에 유행병이 생겨서 많은 사람이 죽었다. 그래서 그 집에서 지벌의 원인
을 점치게 하자, "오로지 이 나무 때문이다."라는 점괘가 나와 이후 세간 사
람들은 누구 하나 그 나무 근처에 다가가려고 하지 않았다.

그런데 야마토 지방大和國³ 가즈라키노시모 군葛木下郡에 사는 한 남자가
마침 볼일이 있어 그 나무가 있는 마을에 오게 되었는데, 이 나무의 사연을
듣고 마음속으로 '내가 이 나무를 가지고 십일면관음상十一面觀音像⁴을 만들

---

1 → 옛 지방명.
2 현재의 시가 현滋賀縣 다카시마 군高島郡 다카시마 정高島町의 가모가와鴨川 하구 부근. 묘진사키明神崎에
　해당할 것으로 추정. 「게이타이기繼體紀」에 의하면 부근에 게이타이繼體 천황天皇의 별장이 있었음.
3 → 옛 지방명.
4 → 불교.

겠다.'고 서원했다. 그러나 그 나무를 간단히 자기 집으로 가져갈 방법이 없었기에 그대로 고향⁵에 돌아갔다. 그 후 이 남자에게 신불의 계시⁶가 있었기에 남자는 음식을 대접하여 몇 사람을 데리고 다시 그 나무가 있는 장소에 가보았지만, 사람 수가 부족해서 하는 수 없이 돌아가려고 하였다. 그러나 시험 삼아 '혹시 밧줄로 끌어보면 어떨까?' 하고 끌어보니 가볍게 끌려왔다. 기뻐하며 끌고 가자, 길 가던 사람도 도와주어 같이 끌고 가서 야마토 지방 大和國 가즈라키노시모 군 다이마 향當麻鄕⁷까지 이르렀다. 하지만 마음속에 세운 서원을 이루지 못한 채, 오랜 세월 그 나무를 그대로 두고 있던 중에 남자는 죽고 말았다. 그 때문에 나무는 또다시 그 장소에서 팔십여 년 동안 부질없이 내팽개쳐져 있었다.

그때, 이 마을에 유행병이 발생하여 모든 마을 사람들이 병으로 괴로워했다. 그래서 다시 "이 나무 탓이다."라는 말이 나오기 시작하여 군과 향의 관리들이 모여서 의논한 끝에

"죽어버린 아무개가 아무짝에도 쓸모없는 나무를 다른 지방에서 끌고 왔기 때문에 병이 유행하게 된 것이다."

라는 결론을 내렸다.

그리하여 죽은 남자의 아들인 미야마로宮丸를 불러내 그 죄를 물었으나 미야마로 혼자서는 이 나무를 갖다 버릴 수 없었다. 달리 좋은 수단이 없었기에 궁리 끝에 그 군의 사람들을 여기저기 모아서 그 나무를 시키노카미 군敷上郡 하쓰세 강長谷川의 강가로 끌고 가 버려버렸다. 그리고 또다시 이십 년이 흘렀다.

---

5 자신이 사는 향鄕. 뒤이어 나오는 다이마當麻로 추정.
6 꿈 따위에 의한 신불의 계시.
7 현재의 나라 현奈良縣 기타카쓰라기 군北葛城郡 다이마 정當麻町 오아자타이마大字大麻를 이름. 니조 산二上山 동쪽 기슭의 교통 요지.

당시 도쿠도德道[8]라는 한 승려가 있었다. 이 이야기를 듣고 마음속으로 '이 나무□[9]를 들어 보니 이것은 필시 영목靈木임에 틀림없다. 나는 이 나무로 십일면관음상을 만들겠다.'라 서원하고 지금의 하쓰세 땅까지 나무를 끌고 갔다. 그렇지만 도쿠도 혼자서는 힘이 부족해서 좀처럼 만들 수가 없었다. 이에 도쿠도는 슬피 울며 칠팔 년간 이 나무를 향해 예배하며 "이 염원을 성취하게 해 주옵소서."라며 기원하였다. 그러자 이타카飯高 천황天皇[10]이 이런 사정을 들으시고는[11] 도움[12]을 주셨다. 또 후지와라노 후사사키藤原房前 대신大臣[13]도 협력해 주서서 신귀神龜 4년,[14] 불상이 완성되었다. 높이 2장丈 6척尺[15]의 십일면관음상十一面觀音像이었다.

어느 날 도쿠도의 꿈에 신이 나타나서 북쪽의 봉우리를 가리키며 "저기에 있는 산 밑에 커다란 바위가 있다. 즉시 바위를 파내어 바위 위에 이 관음상을 세우도록 하여라."라고 말씀하셨다. 꿈에서 깨어나 바로 그곳으로 가서 땅을 파보니 꿈의 계시대로 큰 바위가 있었다. 폭도 길이도 똑같이 8척으로 바위의 표면은 바둑판처럼 편평했다. 꿈의 계시대로 관음상을 만들어서 바위 위에 세웠다. 공양을 한 후, 관음상의 영험함이 야마토 지방大和國 밖까지 소문이 퍼져, 참배하는 사람은 한 사람도 빠짐없이 모두 은혜를 받았다.

---

8 → 인명.
9 저본의 파손에 의한 결자. 『제사건립차제諸寺建立次第』를 참조하면 한자 '유由' 등이 들어갈 것으로 추정. *'유由'는 사정, 유래를 의미함.
10 → 인명.
11 도쿠도德道의 서원을 풍문으로 듣고서 『하세데라 연기문長谷寺緣起文』 이하에서는 후지와라노 후사사키藤原房前가 야마토 지방大和國 반전칙사班田勅使가 되어서 수렵에 나갔을 때 도쿠도와 만나 불상을 세우는 데 조력하기 위해 천황께 아뢰었다고 함.
12 불상을 조성하기 위해 천황으로부터 관물官物이 하사되었음을 이름.
13 → 인명(후지와라노 후사사키藤原房前).
14 『하세데라 연기문長谷寺緣起文』에서는 신귀神龜 6년(729) 4월에 세워짐. 불사佛師는 게이몬에稽文會와 게이슈쿤稽主勳 두 사람.
15 1장丈은 십척十尺으로 약 3m. 즉 약 8m의 관음상.

모름지기 일본뿐만 아니라 중국까지 영험을 베푸시는 관음님이셨다.[16]

바로 이 절이 지금의 하세데라長谷寺이다. 반드시 참배하여 신심으로 예
배드려야 한다고 이렇게 이야기로 전하여 내려오고 있다 한다.

---

16 「겐지 이야기源氏物語」 다마카즈라玉鬘에서 비슷한 기사가 보임. 이국에 미치는 영험담에는 본집 권16 제19
화 「우지 습유宇治拾遺」(179) 외에 「하세데라 험기長谷寺驗記」에도 몇 가지 이야기가 있음.

徳道聖人始建長谷寺語第三十一

今昔、世ノ中ニ大水出タリケル時、近江ノ国、高島ノ郡

ノ前ニ大ナル木流テ出寄タリケリ。郷ノ人有テ其ノ木ノ端ヲ伐

取タルニ、人ノ家焼ヌ。亦、其ノ家ヨリ始テ郷村ニ病発テ死ヌ

ル者多カリ。是ニ依テ、家ニ其ノ祟ヲ令占ルニ、「只此ノ木ノ

故也」ト占ヘバ、其ノ後ハ世ノ人皆其ノ木ノ傍ニ寄ル者一人モ無

シ。

然ル間ニ、大和国葛木ノ下ノ郡ニ住ム人、自然ラ要事有テ

彼ノ木ノ有ル郷ニ至ルニ、其ノ人此ノ木ノ故ヲ聞テ心ノ内ニ

ヲ発ケル様ニ、「我レ此ノ木ヲ以テ十一面観音ノ像ヲ造奉ラ

ム」ト思フ。然レドモ、此ノ木ヲ輙ク我ガ本ノ栖カヘ可持亘

キ便無ケレバ本ノ郷ニ返ヌ。其ノ後、其ノ人ノ為ニ示ス事有テ、

其ノ人饗ヲ儲ケ、人ヲ伴ヒテ、亦彼ノ木ノ所ニ行テ見ルニ、尚

人乏シテ徒ニ帰ナムト為ルニ、試ニ縄ヲ付テ曳見ムト思テ

曳ニ、軽ク曳ルレバ、喜ビ曳ニ、道行ク人力ヲ加ヘテ共ニ曳

ク程ニ、大和国葛木ノ下ノ郡ノ当麻ノ郷ニ曳付ツ。然レドモ、

心ノ内ノ願ハ不遂シテ、其ノ木ヲ久ク置タル間ニ、其ノ人死ヌ。

然レバ、此ノ木亦其ノ所ニシテ徒ニ八十余年ヲ経タリ。

其ノ程、其ノ郷ニ病発テ、首ヲ挙テ病ミ痛ム者多カリ。是ニ依

テ、亦、「此ノ木ノ故也」ト云テ、郡司郷司等集テ云ク、

「故某ガ無由キ木ヲ他国ヨ

リ曳来テ、其ニ依テ病発

ル也」。然レバ、其ノ子宮丸

ヲ召出テ、勘責ス云ヘド

モ、宮丸一人シテ此ノ木ヲ難

取棄シ。更ニ可為キ様無レ

バ、思ヒ煩ヒテ、其ノ郡ノ人

ヲ催シ集メテ、此ノ木ヲ敷ノ

靈木流出（長谷寺縁起）

上郡ノ長谷川ノ辺ニ曳棄ツ。其所ニシテ亦二十年ヲ経ヌ。

其時ニ僧有リ。名ヲ徳道ト云フ。此事ヲ聞テ、心ニ思ハク、

「此木□ヲ聞クニ、必ズ霊木ナラム。我レ此ノ木ヲ以テ十一

面観音ノ像ヲ造奉ラム」ト思テ、今ノ長谷ノ所ニ曳移シツ。

徳道力無クシテ、輒ク造奉ラムニ不堪ズ。徳道、哭々、七八

年ガ間、此ノ木ニ向テ礼拝シテ、「此ノ願ヲ遂ゲム」ト祈請

ズ。其時ニ、飯高ノ天皇自然ラ此事ヲ聞シ食テ、恩ヲ垂給フ。

亦、房前ノ大臣力ヲ加ヘ給テ、神亀四年ト云フ年、造リ給ヘ

リ。高サ二丈六尺ノ十一面観音ノ像也。

而ル間、徳道夢ノ中ニ神在マシテ、北ノ峰ヲ指テ、「彼ノ

所ノ丈ノ下ニ二大ナル巌有リ。早ク堀リ顕ハシテ、此ノ観音ノ

像ヲ奉レ」ト見テ夢覚ヌ。即チ行テ堀ルニ、夢ノ如ク大ナル

巌有リ。広サ長サ等クシテ八尺也。巌ノ面ノ平ナル事、碁

杯ノ面ノ如シ。夢ノ教ヘノ如ク、観音ヲ造奉テ後、此巌ノ

上ニ立奉レリ。供養ノ後、霊験国ニ余リテ、首ヲ挙テ参ル人、

必ズ勝利無シト云フ事無シ。凡ソ、此朝ニシモ非ズ、震旦ノ

国マデ霊験ヲ施シ給フ観音ニ御マス。

今ノ長谷ト申ス寺、是也。専 歩ヲ運ビ心ヲ保チ可奉シト

ナム語リ伝ヘタルトヤ。

다무라 마로^{田村麻呂} 장군^{將軍}이
처음으로 기요미즈데라^{淸水寺}를 건립한 이야기

앞 이야기에 이어 하세데라^{長谷寺}와 함께 관음의 영지로 유명한 기요미즈데라^{淸水寺} 건립 유래를 설한 이야기. 산중에서 고행하는 행자가 권세가의 귀의에 힘입어 영장^{靈場}을 개발한다고 하는 연기담^{緣起譚}의 유형에 속한다.

이제는 옛이야기이지만, 야마토 지방^{大和國}¹ 다케치 군^{高市郡}² 하타 향^{八多鄕}³에 고지마야마데라^{小島山寺}⁴라고 하는 절이 있었다. 그 절에는 겐신^{賢心}⁵이라는 승려가 있었다. 호온^{報恩}⁶ 대사^{大師}라는 분의 제자로, 오로지 성인^{聖人}⁷의 도^道⁸를 추구하며 게을리하지 않고 고행을 하고 있었다.

어느 날 그의 꿈속에 한 사람이 나타나 "남쪽을 떠나 북쪽으로 가라."⁹라고 말했다. 꿈에서 깬 겐신은 북쪽으로 가려고 생각했다. '새로운 도읍¹⁰을

---

1 → 옛 지방명.
2 → 지명.
3 지금의 나라 현^{奈良縣} 다카이치 군^{高市郡} 다카토리 정^{高取町} 부근.
4 정확히는 고지마야마데라^{子島山寺}(→ 사찰명).
5 → 인명.
6 → 인명.
7 → 불교.
8 성인의 도^道(→ 불교).
9 남쪽은 나라^{奈良}를, 북쪽은 교토^{京都}를 가리킴.
10 일반적으로는 옛 도읍(나라)과 비교해 헤이안 경^{平安京}을 가리킴. 본 화에서 시대적으로는 나가오카 경^{長岡}

보고 싶다'고 하는 생각도 있어 나가오카長岡의 도읍으로 향했다. 그가 요도 강淀川[11]에 이르렀을 때, 금색金色의 물이 한 줄기가 되어 흐르고 있는 것이 보였다. 하지만 이것은 겐신 한 사람에게만 보이고 다른 사람들에게는 보이지 않았다. '이것은 나를 위해 서상瑞相을 보여 주신 것이 틀림없다'고 생각한 겐신은 이 강의 수원水源을 찾아가던 중에 새로운 도읍[12]의 동쪽 산에 이르렀다. 산세를 보니 대단히 험하고 나무들이 대낮인데도 어두울 정도로 우거져 있었으며 안쪽에 폭포가 있었다. 겐신은 썩은 나무를 길로 삼아, 그것을 밟고 폭포의 밑으로 내려가 지팡이를 짚고 섰다. 주변을 살펴보자 마음속까지 씻기듯 하여 조금도 속된 생각이 일어나지 않았다. 자세히 살펴보니 그 폭포의 서쪽 절벽 위에 초암草庵이 있었다. 그곳에는 백발의 노인이 《있었는데》[13] 일흔 살 정도로 보였다. 겐신은 그 노인에게 다가가

"《당신》[14]은 누구십니까? 얼마 동안이나 이곳에서 거하셨습니까? 존함이 어떻게 되시는지요?"

라고 물었다. 노인은

"성은 이미 잊어버렸다. 이름은 교에이行叡[15]라고 한다. 나는 이곳에 이백 년 동안 살았다. 오랜 세월 너를 기다리고 있었지만, 통 오질 않았다. 이제야 마침 다행히 찾아와 주어 참으로 기쁘도다. 나는 마음속으로 관음의 위력威力을 빌고, 입으로는 천수다라니[16]를 읊으며 이곳에 칩거하며 수많은 해를 보내 왔다. 나는 예전부터 동국東國으로 수행을 가고자 하는 뜻이 있었기

호이지만, 편자는 헤이안 경을 염두에 두고 있었던 것으로 추정.

11 → 지명.

12 이 표현은, 편자가 새로운 도읍을 헤이안 경이라고 인식하고 있는 것을 나타냄.

13 파손에 의한 결자. '있었다'가 들어갈 것으로 추정.

14 파손에 의한 결자. '당신'이 들어갈 것으로 추정.

15 자세히 전해지지 않음. 『원형석서元亨釋書』 15권에 의하면, 온조지園城寺(미이데라三井寺)의 신선으로 교다이教待와 친교가 있었다고 함.

16 → 불교.

에 하루라도 빨리 이곳을 떠나고 싶었다. 내가 수행을 다녀올 동안 자네는 나를 대신해 이곳에서 살아주게. 이 땅은 불당을 지어야만 할 곳이다. 이 숲의 나무들은 관음상을 만들기 위한 재료이다. 혹시 내가 돌아오지 않으면 자네가 바로 이 소원을 이루어 주게."

라고 말하자마자 노인은 감쪽같이 사라져 보이지 않게 되었다.

겐신은 '불가사의한 일이다.'라고 여기며 이곳이 영지靈地[17]라는 것을 깨닫고 돌아가려고 하였다. 원래 왔던 길을 찾았지만 길이 사라져 있어 어디가 길인지 짐작도 가지 않았다. 하늘을 올려다보았지만 방향조차 점칠 수가 없었다. 어찌된 영문인지 물어보려고 하여도 노인은 이미 사라지고 없었다. 말로 형용할 수 없을 정도로 무서워진 겐신은 마음을 추스르고 입으로 진언[18]을 외우며 마음속으로 관음[19]을 빌었다. 이윽고 해가 지기 시작하여 묵을 곳을 찾아 걷다가 한 그루의 나무 밑에 자리를 잡았다. 그러면서 더욱 관음에게 빌었다. 이윽고 날이 밝았지만, 돌아갈 방법이 없어 그대로 나무 밑에 머물고 있었다. 먹을 것은 없었지만 계곡물을 마시자 배고프다는 생각이 들지 않았다. 겐신은 매일 노인을 기다렸지만 돌아오지 않는다. 애달픈 마음을 견디지 못하고 산의 동쪽을 찾아 헤매다 보니 동쪽 봉우리에 노인의 신발[20]이 떨어져 있었다. 겐신은 이것을 보고 슬피 울었는데 그 울음소리가 산 전체에 울릴 정도였다. 이렇게 이곳에서 삼 년이 지났다.

그 무렵[21] 대납언大納言 사카노우에노 다무라마로坂上田村麻呂[22]라고 하는

---

17 영험이 신통한 땅.
18 천수千手의 진언眞言(→ 불교).
19 → 불교.
20 달마대사達磨大師가 풀로 만든 신발의 한쪽을 남겨두고 중국을 떠나 인도로 향했다고 전해지는 부분과 유사함.
21 「기요미즈데라 연기淸水寺緣起」는 보귀寶龜 11년, 780년의 일이라고 기술.
22 → 인명.

사람이 근위장감近衛將監[23]의 직책을 맡아 새로운 도읍 조영造營의 장관에 임명되어 우경右京의 주민이 되어 새 도읍의 서쪽 부근에 거처를 하사받았다. 그는 공무 중의 한가한 시간을 이용하여 도읍을 나와 히가시 산東山으로 가서 산후産後의 부인에게 먹이기 위해 사슴 한 마리를 포획하였다. 다무라마로는 사슴을 손질하고 있다가 신기한 물이 흐르고 있는 것을 발견하였다. 그 물을 마셔 보자 몸속이 개운해지고 마음도 즐거워졌다. 그래서 '이 물의 수원을 찾아보자.'고 생각하고 물줄기를 따라 걷는 동안 이윽고 폭포 밑에 다다르게 되었다. 장감將監이 잠시 주변을 돌아보는데 어렴풋이 독경 소리가 들려왔다. 듣고 있으니 참회[24]의 마음이 솟아나, 이번에는 그 소리를 찾아 헤매다가 마침내 겐신과 만나게 되었다. 장감이

"그대의 모습을 보니, 보통 사람이 아니시군요. 분명 신선이실 테지요. 어느 분의 제자이신지요?"

라고 물었다.

겐신은 "저는 고지마小島 《야마데라山寺의 호報》[25]온사恩思 대사의 제자입니다."라고 대답하고 이 산에 오게 된 자초지종을 자세히 이야기했다. 우선 꿈을 꾼 일, 《금색의》[26] 물이 흐르고 있던 일, 다음으로 노인이 겐신에게 부탁한 일과 모습을 감추어 버린 일, 절을 지어 관음을 만들어 안치해야만 할 일, 동쪽의 봉우리에서 노인의 신발을 발견한 일 등을 자세히 모두 이야기했다. 장감은 돌아가는 것도 잊고 그것을 듣고 나서 겐신에게 평생 동안 친분을 갖기를 약속하며

---

23 근위부近衛府의 삼등관三等官으로, 소장少將의 하위. 다무라마로는 보귀 11년(780)에 23세로 근위장감(『다무라마로 전기田邑麻呂傳紀』를 근거로 함). 연력延曆 6년(787) 9월에 근위소장近衛少將(『續紀』)이 됨.

24 죄를 뉘우치고 고치려는 마음. 여기서는 사슴을 죽인 살생의 죄에 대한 참회를 말함.

25 저본의 파손에 의한 결자. '야마데라의 호'로 추정.

26 저본의 파손에 의한 결자. '금색의'로 추정.

"나는 지심으로 그 소원[27]을 이루겠습니다. 당신의 이야기를 듣고 나니 당신이 실로 부처와 같이 존귀하게 여겨지는군요."

라고 말했다. 겐신은 기뻐하며 암자로 돌아갔다. 장감은 거듭 깊이 약속하며 예배하고 새 도읍의 집으로 돌아갔다.

장감의 부인은 미요시노 다카이코三善高子 명부命婦[28]라고 했다. 그는 돌아오자마자 부인에게 사슴을 죽였을 때 산 속에서 겐신과 만난 일을 소상히 이야기했다. 부인은

"저는 제 병을 고치려고 생명이 있는 것을 죽이고 말았습니다. 그 죄로 인한 내세의 응보는 어떻게 해도 갚을 길이 없습니다. 그 죄[29]를 용서받기 위해 이 집 자리에 그 불당을 지어 여자의 몸의 헤아릴 수 없는 죄를 뉘우치고자 합니다."

라고 말했다. 이것을 들은 장감은 기뻐하며, 시라카베白璧 천황[30]에게 겐신에 관해 아뢰어, 연분도자年分度者[31]의 자리를 한 자리 하사받았다. 그리고 겐신으로 하여금 연분도자가 되게 하여, 이름을 엔친延鎭이라고 개명했다. 그리고 그해[32] 4월 13일, 엔친은 도다이지東大寺의 계단원戒壇院[33]에서 구족계具足戒[34]를 받았다.

그 후, 엔친과 다무라마로는 힘을 합쳐 그 땅의 절벽을 부수고 계곡을 메워[35] 그 자리에 사원을 창건했다. 다카이코 명부는 여관女官을 고용하여 지

---

27 사원을 건립하여, 관음보살상을 만들어 안치하려는 소원.
28 율령제律令制에서 오위五位 이상의 부인婦人을 일컬음. 혹은 오위 이상의 관인의 처를 일컬음. (외명부) 조정의 의식 등에 출사하였음. 여기서는 내명부인지 외명부인지 확실치 않음.
29 살생을 하여 지옥으로 떨어지는 죄.
30 → 인명. 제49대 고닌光仁 천황.
31 도자度者(→ 불교).
32 『기요미즈데라 연기淸水寺緣起』에서는 보귀 11년(780) 4월 13일.
33 → 불교.
34 → 불교.

위고하를 막론하고 많은 사람에게 권유하여 모두가 협력하여, 금색의 팔척尺 십일면사천수十一面四千手 관음상을 만들었다. 그것은 채 완성되기도 전에 대단히 많은 영험[36]을 보이셨다. 그리고 공양한 뒤에는 세상 사람들이 모두 더할 나위 없이 숭상하여, 사람들이 이 절에 참배하러 오는 모습은 바람에 나부끼는 풀과 같았다.[37] 때는 바야흐로 불법이 쇠하는 말세末世에 가까웠지만, 사람들이 무언가 소원을 품고 이 관음에게 지심으로 기도를 올리면 영험을 베풀어주시지 않는 일이 없었다. 게다가, 지금도 도읍□□□[38]의 수많은 사람들 중에 머리를 조아리며[39] 이 절을 찾지 않는 사람은 한 명도 없다.

지금의 기요미즈데라清水寺[40]란 이 절을 말한다. 다무라마로 장將《군軍》[41]이 건립한 절이라고 이렇게 이야기로 전하여 내려오고 있다 한다.

---

35 『기요미즈데라 연기』에서는 사자로 변한 관음의 시종들이 찾아와 하룻밤 만에 산을 부수고 계곡을 메워 땅을 평지로 다듬었다고 함.
36 → 불교.
37 사람들이 모여 참배하는 모습을 바람에 나부끼는 풀에 빗대어 표현. 권19 제14화에도 유사한 표현이 보임.
38 파손에 의한 결자. '의 안에' 등으로 추정.
39 사람들이 모여 귀의歸依하고 참배하는 모습의 유형적인 표현.
40 → 사찰명.
41 저본의 파손에 의한 결자. '군軍'으로 추정. 다무라마로는 연력延曆 16년(797) 11월에 정이대장군征夷大將軍이 되었다(『일본후기일문日本後紀逸文』, 『일본기략日本紀略』).

276

田村将軍始建清水寺語第三十二

今昔、大和国、高市ノ郡、八多ノ郷ニ小島山寺ト云フ寺有リ。其寺ニ二僧有ケリ。名ヲ賢心ト云フ。報恩大師ト云フケル人ノ弟子也。賢心ニ専ニ聖ノ道ヲ求メ苦行怠ル事無シ。

然ル間、夢ノ中ニ人来テ、告テ云ク、「南ヘ去テ北ニ趣ケ」ト。夢覚テ後、北ニ向ハムト思フ。其ハ「新京ヲ見ム」ト思テ、長谷ノ城ニ至ラムト為ルト思テ、淀川ニシテ金ノ色ノ水一筋ニテ流ルヲ見ル。但シ、我レ一人是ヲ見ル。余ノ人ハ是ヲ不見。「定テ知ヌ、是ハ我ガ為ニ瑞相ヲ現ゼル也」ト思テ、此水ノ源ヲ尋テ行ク。新京ノ東ノ山ニ入ル。山ノ体ヲ見ル

ニ、峻クシテ木暗キ事無限シ。山ノ中ニ滝有リ。朽タル木ヲ山ノ上ノ道トシテ、其レヲ踏テ滝ノ下ニ至ル。杖ヲ取テ独リ立テリ。此所ヲ見ルニ、心深ク染テ、更ニ余ノ念ヒ無シ。吉ク見レバ、滝ノ西ノ岸ノ上ニ一ノ草ノ庵有リ。其中ニ、一人ノ俗□、年老テ髪白シ。其形チ七十余計也。賢心寄テ、俗ニ問テ云ク、「□ハ何ナル人ノ在マスゾ。亦、姓名ハ何トカ申ス」ト。

翁答テ云ク、「姓ハ隠レ遁レタリ。名ヲバ行叡ト云フ。我レ、此ニ住シテ二百年ニ及ブ。而ルニ、年来汝ヂ待ツト云ヘドモ、未ゞ来ラ不。適々幸ニ来レリ。喜ブ所也。我レ、心ニ観音ノ威力ヲ念ジ、口ニ千手ノ真言ヲ誦ス。此ニ隠居シテ、年ヲ積メリ。我ヶ東国ノ修行ノ志シ有リ。速ニ行カムト思フ。汝ヂ、我ニ替テ、其間此ニ可住シ。此ノ草ノ庵ノ所ヲバ、観音ヲ可造奉キ料ノ木也。我レ若シ遅ク返来ラバ、速ニ此願ヲ可遂シ」ト不云畢ルニ、翁搔消ツ様ニ失ヌ。

賢心、「[一四]奇異也」ト思テ、「是、[一五]勝地也ケリ」ト知テ、返リ
ナムト思テ、[一六]本ノ跡ヲ尋ヌルニ、来リツル跡失セテ、何レカ
道ナラムト云フ事不知。空ヲ仰テ見ルト云ヘドモ、東西ヲ
知ル事無シ。「事ノ有様ヲ問ハム」ト思フニ、翁失ス。恐レ
思フ事無限シ。然レバ、心ヲ発テロニ真言ヲ誦シ、心ニ観音
ヲ念ジ奉ル。而ル間、漸ク日暮ヌレバ、可居キ所ヲ求メ行ク。
遂ニ樹ノ下ニ居ヌ。弥ヨ観音ヲ念奉ル。夜曙ヌレドモ、可
返キ様無クテ、只樹ノ下ニ居タリ。食物無シト云ヘドモ、谷
ノ水ヲ飲テ有ルニ、自然ラ餓ノ心無シ。日々ニ翁ヲ待ト云ヘ
ドモ不来。恋ヒ悲ブ心ニ不堪シテ、山ノ東ヲ尋ヌルニ、東ノ
峰ニ翁ノ履ヲ落タリ。賢心是ヲ見テ、恋ヒ悲ムデ泣音山ニ満
タリ。如此クシテ、此所ニシテ三年過ヌ。
而ル間、大納言坂上ノ田村麻呂云フ人、近衛ノ将監ト有
ケル時、都ヲ造ル使トシテ、右京ノ人ヲ貫ナリテ、居所ヲ
新京ノ西ニ給ハル。奉公ノ隙、京ヲ出テ、東ノ山ニ行テ、
妻ノ産セル料ニ一ノ鹿ヲ求得テ其ヲ屠ル間、田村麻呂奇異ノ

水ノ流出タルヲ見ル。将監
自ラ其水ヲ飲ムニ、身冷ク
シテ楽キ心有リ。是ニ依テ、
「此ノ水ノ源ヲ尋ム」ト思
テ、水ニ付テ行クニ、滝ノ
下ニ至ヌ。将監暫ク俳個
間ニ、髣ニ経ヲ誦スル音ヲ
聞ク。是ヲ聞クニ、懺悔ノ心出来テ、亦、経ノ音ヲ尋テ行ク
ニ、遂ニ賢心ニ会ヌ。将監問テ云ク、「我レ汝ガ体ヲ見ルニ、
只人ニ非ズ。是神仙ナメリ。誰ガ末葉ナルゾ」ト。
賢心答テ云ク、「我ハ是、[小島五]□□恩ノ弟子也」ト。此山ニ
来リシ事ノ有様ヲ具ニ答フ。先ヅ夢ニ見シ事、[七]□□水ノ流
シ事、次ニ翁ノ譲リシ事、形ヲ隠レニシ事、寺ヲ起テ観音ヲ
可造居奉キ事、東ノ峰ニシテ翁ノ履ヲ見付タシ事、皆具ニ
語ル。将監此事共ヲ委ク聞テ、返ラム事ヲ忘タリト云ヘドモ、
賢ニ永キ契ヲ成シテ語テ云ク、「我レ志ヲ励シテ彼願ヲ可遂

賢心と田村麻呂（清水寺縁起絵巻）

シ。

汝ヂ年来ノ有様ヲ聞クニ、実ニ仏ノ如クニ可貴シ」ト。

賢心喜テ、庵室ノ内ニ返入ヌ。将監返々々契深ク成シテ礼

拝シテ、新ノ京ノ家ニ返ヌ。

間、山ノ中ニシテ賢心ニ会タリツル事ヲ、具ニ語ル。妻答テ

妻三善ノ高子ノ命婦ト云ッ。将監返テ、妻ニ、鹿ヲ殺ス

云ク、「我レ、病ヲ愈サムガ為ニ生命ヲ殺シツ。後ノ世ノ事、

更ニ難謝シ。願クハ、其罪ヲ被免ムガ為ニ、我ガ家ヲ以テ彼

堂ヲ造テ、女身ノ無量キ罪ヲ懺悔セムト思フ」ト。将監是ヲ

聞テ喜テ、白壁ノ天皇ニ、賢心ガ有様ヲ申テ、度者一人ヲ給

リテ、度スル事ヲ令得テ、名ヲ延鎮ト改メツ。其年ノ四月十

三日ニ、東大寺ノ戒壇院ニシテ具足戒ヲ受ツ。

其時ニ、延鎮、将監ト同心ニシテ、力ヲ合セテ、彼所ニ岸

ヲ壊キ谷墳テ、伽藍ヲ始テ建ッ。高子ノ命婦ハ、女官ヲ雇

ヒ、諸ノ上中下ノ人ヲ勧メテ、其力ヲ令加メテ、金色ノ八尺

ノ十一面四千手ノ観音ノ像ヲ造奉ル。未ダ不造畢ルニ、霊

験甚ダ多シ。何況ヤ、供養ノ後ハ、世挙テ崇メ奉ル事無限シ。

此寺ニ参リ合ヘル事、風ニ随ヘル草ノ如シ。時世ノ末ニ臨ト

云ヘドモ、人願ヒ求ル事有テ、此観音ニ心ヲ至シテ祈リ申ス

ニ、霊験ヲ不施給ト云フ事無シ。然レバ、于今ニ都[ ]ノ

上中下ノ人、皆首ヲ低テ歩ヲ不運ト云フ事無シ。

今ノ清水寺ト云フ、是也。田村ノ将□ノ建タル寺也トナム

語リ伝ヘタルトヤ。

하다노 가와카쓰秦川勝가
처음으로 고류지廣隆寺를 건립한 이야기

이 이야기는 표제만 있고, 본문이 없는 이야기이다. 본문이 없는 이유는 원본에도 없었기 때문인 것으로 추정된다. 앞 이야기에서 기요미즈데라淸水寺의 창건에 대해 기술하였으므로, 교토 북쪽 지역의 고류지廣隆寺(→사찰명)의 연기緣起를 이야기했을 것으로 추정된다.

본문 결缺

（本文欠）

◉ 제33화 ◉

하다노 가와카쓰秦川勝가 처음으로 고류지廣隆寺를 건립한 이야기

はだのかはかつはじめてくわうりうじをたつることだいさむじふさむ
秦川勝始建広隆寺語第三十三

□□ 호린지法輪寺를
건립한 이야기

여기에는 교토의 서쪽 지역에 있는 허공장보살虛空藏菩薩(→ 불교)을 본존으로 하는 호린지法輪寺(→사찰명)를 건립한 이야기가 기술될 예정이었으나 원고가 미처 갖추어지지 못했던 것으로 추정된다. 표제의 □□는 다른 예에서 미루어 볼 때 창건자의 이름을 쓰려고 했던 것으로 생각된다.

본문 결缺

（本文欠）

후지와라노 이세히토藤原伊勢人가
처음으로 구라마데라鞍馬寺를 창건한 이야기

후지와라노 이세히토藤原伊勢人가 꿈에 기후네貴船 명신明神의 계시를 받아 구라마데
라鞍馬寺를 창건한 이야기로, 이세히토의 애마愛馬가 비사문천상毘沙門天像을 발견한
영이靈異가 사찰명의 유래에 대한 설명이 되고 있다.

이제는 옛이야기이지만, 쇼무聖武 천황天皇[1] 치세에 종사위從四位 후지와
라노 이세히토藤原伊勢人[2]라고 하는 사람이 있었는데 현명하고 지혜가 풍부
했다. 그즈음 천황께서 도다이지東大寺[3]를 건립하셨다 .

이 사람은 그 일의 행사관行事官[4]이었는데, 마음속으로

'저는 어명을 받들어 사원을 조영하고 있지만, 아직도 본인 개인의 절[5]을
짓지 못하고 불상도 만들어 바치지 못하고 있습니다. 특히 저는 오랜 세월

---

1   → 인명. 정확히는 간무桓武 천황(→ 인명). 도지東寺를 도다이지東大寺로 오인한 것에 의한 시대착오. 언급
    되는 후지와라노 이세히토藤原伊勢人는 8세기 후반의 인물로, 8세기 전반인 쇼무聖武 천황 시대의 사람이
    아님.
2   → 인명.
3   정확히는 도지東寺(→ 사찰명). 쇼무 천황으로 오인하여 도다이지東大寺라고 한 것. 『이려파자유초伊呂波字類
    抄』, 『부상약기초扶桑略記抄』, 『습유왕생전拾遺往生傳』을 비롯한 여러 책들에서는 전부 도지東寺.
4   → 권11 제13화 참조. 여기서는 도지東寺 조영의 장관.
5   관사官寺가 아닌 사사私寺.

에 걸쳐 관음[6]상을 안치하고 싶다고 생각해 왔습니다. 만약 저의 이 염원이 이루어질 수 있다면 부디 사원을 건립할 장소를 가르쳐 주십시오.'

라는 기원을 하였다. 그날 밤 그는 자는 동안 꿈을 꾸었다. 도읍에서부터 북쪽에 깊은 산이 있었다. 산세를 살펴보니 두 개의 산[7]이 솟아 있고 그 사이로 계곡물이 흐르고 있었다. 그것은 그림에 그려져 있는 봉래산蓬莱山[8]과 닮았는데, 산기슭을 따라 강이 흐르고 있었다. 거기에 한 노인이 나타나, 이세히토에게 "너는 이곳이 어디인지 알고 있느냐."라고 물었다. 이세히토가 모른다고 대답하자, 노인은

"너는 잘 들어라. 여기는 다른 산보다 훌륭하고 특히나 영험[9]이 신통한 곳이다. 나는 이 산에 수호신인 기후네貴布禰 명신明神[10]으로 이곳에서 오랫동안 살고 있었다. 북쪽에 산봉우리가 있는데, 기누가사 산絹笠山[11]이라고 한다. 전방에 험한 구릉이 있는데, 마쓰노오 산松尾山[12]이라고 한다. 서쪽에 강이 있는데, 가모 강賀茂川이라고 한다."

라고 알려주고 사라졌다. 이러한 꿈을 꾸고 잠에서 깨어났다.

아무리 꿈속에서 가르침을 받았다고는 해도 그곳에 그렇게 간단히 갈 수는 없을 듯했다. 그래서 이세히토는 오랜 세월 타 온 백마에 안장을 얹고 말

6 → 불교.
7 지금의 교토 시京都市 사쿄 구左京區의 구라마 산鞍馬山과 기부네 산貴船山으로 추정.
8 중국의 상상속의 영산靈山. 동해에 있으며 선인이 살고 불로불사의 땅이라고 하는 산 모양의 섬. 많은 당나라 그림의 소재가 됨.
9 → 불교.
10 기후네貴船 명신明神. 교토 시京都市 사쿄 구左京區 구라마기부네 정鞍馬貴船町의 기후네貴船 신사(연희식내사延喜式內社. 가모 강賀茂川의 수원인 기후네 강貴船川의 상류에 위치)에서 모셔짐. 고래로 물을 지배하는 신으로서 숭배를 받아 기우祈雨·기청祈晴이 행해졌다. 이즈미 식부和泉式部와 와카和歌를 주고받은 설화로 유명. 기후네 명신이 구라마 산의 지주신地主神으로 사원건립을 원조하여, 영지를 알려주고 있는 것은 신불습합사상의 구현으로 보여짐. 권11 25화 참조.
11 '衣笠山', '絹掛山'이라고도 함. 교토 시京都市 기타 구北區 기누가사衣笠에 소재. 긴카쿠지金閣寺의 서쪽에 있으며, 옛날 장송지葬送地로 알려짐. 하지만, 기후네·구라마 산에서는 남서쪽에 위치하고 있음.
12 교토 시京都市 사이쿄 구西京區 아라시야마미야 정嵐山宮町에 소재. 마쓰노오 대사松尾大社의 배후에 있는 산.

에게 타이르듯 말했다.

"나는 옛날, 인도에서 중국으로 불법이 전래되었을 때는 경전을 백마에 싣고 들어왔다[13]고 들었다. 나의 소원이 헛되지 않고 이루어질 수 있는 일이라면, 너는 내가 꿈에 본 장소에 반드시 도착해 줄 것이다."

이렇게 다정하게 말하고 말을 떠나 보냈다. 말은 집을 떠나 보이지 않게 되었다. 이세히토는 마음속으로 '나의 소원이 실현될 수 있는 것이라면, 이 말은 반드시 꿈에 본 곳에 도착할 것이다.'라고 생각하며 종자 한 명만을 데리고 말의 발자국을 따라 나아가자 어느샌가 꿈에서 본 장소에 이르렀다. 계곡을 따라 올라가자 말의 발자국이 잔뜩 나 있었다. 기뻐하며 봉우리에 올라가 보니 말이 북쪽을 향해 서 있었다. 그곳에서 우선 이세히토는 합장하고 나무대비관음南無大悲觀音[14]이라고 외며 예배했다. 그러자, 억새 속에 백단白檀[15]으로 만든 비사문천毘沙門天[16] 상像이 서 계시는 것이 눈에 들어왔다. 살펴보니 우리나라에서 만든 것 같지는 않았다. '이것은 분명 외국 사람이 만드신 것이리라'라고 생각했다. 이세히토는 이처럼 둘러본 후 기뻐하며 집으로 돌아왔다.

그리고는

'오랜 세월, 마음속으로 관음의 상을 만들어 올리고자 염원하고 있었는데, 지금 비사문천상을 발견했습니다. 어떤 연유인지 오늘 밤 □□□[17] 가르쳐 주십시오.'

---

13 후한後漢 명나라 시기인 영평永平 10년(67), 천축天竺(인도)에서 마등가摩騰迦·축법란竺法蘭이라는 두 사람의 승려가 백마에 사리와 불상, 경전을 싣고 낙양으로 와서, 중국 최초의 사원인 백마사白馬寺가 건립되었다는 고사.
14 나무南無(→ 불교) 대비관음大悲觀音(→ 불교).
15 → 불교.
16 → 불교.
17 저본의 파손에 의한 결자.

라고 마음속으로 기원하며 잠들었다. 그날 밤 꿈에 열대여섯 살 정도의 용모가 단정한 동자가 나타나 이세히토에게 다가와서는

"너는 아직 번뇌[18]를 버리지 못하고 인과[19]를 깨닫지 못했기에 그러한 의심을 품는 것이다. 잘 들어라. 관음은 곧 비사문이시다. 나는 다문천多聞天[20]을 모시는 선이사동자禪膩師童子[21]이다. 관음과 비사문은, 예를 들자면 『반야경般若經』과 『법화경法華經』의 관계와 같은 것이다."[22]
라고 말씀하셨다. 이런 꿈을 꾸고 잠에서 깨어났다.

그 뒤, 이세히토는 한층 더 깊은 신심으로 목수와 나무꾼을 고용해 그들을 데리고 깊은 산으로 들어갔다. 재목을 만들어 옮기고 순식간에 그 자리에 불당을 세워, 이전에 발견한 비사문천을 안치하였다.

지금의 구라마데라鞍馬寺란 이 절을 말한다. 말에게 안장鞍을 얹고 길을 안내하도록 하여 그 발자국을 따라가 찾아낸 곳이기에 구라마鞍馬라고 하는 것이다.

실로 꿈의 가르침대로, 이 산의 비사문천은 영험이 신통하여 말세까지 사람들의 소원을 이루어주셨다.

기후네 명신은 맹세한 대로 지금도 그 산을 수호하고 계신다고 이렇게 이야기로 전하여 내려오고 있다 한다.

---

18 → 불교.
19 → 불교.
20 다문천왕多聞天王의 약칭. 비사문천毘沙門天(→ 불교)과 동일.
21 → 불교.
22 『반야경般若經』의 가르침과 『법화경法華經』의 가르침의 관계처럼, 이름은 다르지만 실은 같은 것이라는 뜻.

藤原伊勢人始建鞍馬寺語第三十五

今昔、聖武天皇ノ御代ニ、従四位ニテ藤原ノ伊勢人ト云フ人有ケリ。心賢クテ智リ有リ。其時ニ、天皇東大寺ヲ造給フ。

此人、其ノ行事トシテ有間、心ノ内ニ思ハク、「我レ宣旨ヲ奉ハリテ、道場ヲ令造ト云ヘドモ、未ダ私ノ寺ヲ不建、仏ヲ不造奉。就中ニ、我レ年来観音ノ像ヲ顕サムト思フ心有リ。若シ其志シ不空ハ、願ハ伽藍ヲ建立セム所ヲ示シ給ヘ」ト祈リ請テ寝タル夜ノ夢ニ、王城ヨリ北ニ深キ山有リ。其体ヲ見ニ、二ノ山指出テ、中ヨリ谷ノ水流出タリ。山ノ麓ニ副テ河流レタリ。此所ニ、年老タル蓬莱山ニ似タリケル翁出来テ、伊勢人ニ告テ云ク、「汝ヂ此所ヲバ知レリヤ否ヤ」ト。伊勢人不知由ヲ答フ。翁ノ云ク、「汝ヂ吉ク聞

ケ。此所ハ霊験掲焉ナラム事、他ノ山ニ勝レタリ。我レハ此山ノ鎮守トシテ、貴布禰ノ明神ト云フ。此ニシテ多ノ年ヲ積レリ。北ノ方ニ峰有リ。絹笠山ト云フ。前ニ岨キ岡有リ。松尾山ト云フ。西ニ河有リ。賀茂川ト云フ」。如此ク教テ去ヌ、ト見テ夢覚ヌ。

其後、夢ノ中ニ教ヘテ得タリト云ヘドモ、彼所ニ輒ク難行至シ。然レバ、伊勢人年来乗レル所ノ白キ馬有リ、鞍ヲ置テ馬ニ云ヒ含テ云ク、「我レ聞ク、『昔シ、天竺ヨリ仏法ヲ震旦ニ伝来ケル事ハ、白キ馬ニ負セテゾ来リケル』。然ルニ、我ガ願不空シテ可遂クハ、汝ヂ我ガ夢ニ見シ山ニ、必ズ可行至シ」ト云ヒ含テ、馬ヲ放ツ。

思ハク、「我ガ願実ナラバ、定テ此馬夢ニ見シ所ニ行ク至ラム」ト。従者一人計ヲ具シテ、馬ノ足跡ヲ尋ツヽ行ク間ニ、自然ラ至ル。夢ニ見シ所ニ至リヌ。谷ノマヽニ行キ上ルニ、馬北ニ向テノ足跡多ク有リ。喜テ、漸ク峰ニ登テ見ルニ、此馬北ニ向テ立テリ。先ヅ、伊勢人掌ヲ合テ、「南無大悲観音」ト礼拝

ス。然ル間ニ、萱ノ中ニ白檀造ノ毘沙門天ノ像立給ヘリ。是

ヲ見ルニ、我朝ニ造レルニ不似、「定メテ、他国ノ人ノ造

奉レルカ」ト思ユ。如此ク見置キ、喜テ返ヌ。

其後、心ノ内ニ思ハク、「我レ、年来慇ニ観音ノ像ヲ造

奉ラムト思フ志シ有ルニ、今、毘沙門天ヲ見付奉レリ。此

事、今夜□□示シ給ヘ」ト祈念シテ、寝タル夜ノ夢ニ、年

十五六歳計ナル児ノ形貌端正ナル、来テ伊勢人ニ告テ云ク、

「汝ヂ、未ダ煩悩ヲ不棄シテ、因果ヲ悟ル事無キガ故ニ疑ヲ

致ス。汝ヂ聞ケ、観音ハ毘沙門也、我レ、多聞天ノ侍者禅賦

師童子也。観音ト毘沙門トハ、譬バ般若ト法華トノ如ク也」

ト宣ゾ、ト見テ夢覚ヌ。

其後、伊勢人心ヲ一ニシテ、工杣人等ヲ雇ヒ具シテ、奥山

ニ入テ材木ヲ造リ運テ、即チ其所ニ堂ヲ造テ、彼ノ見付奉レ

リシ所ノ毘沙門天ヲ安置シ奉レリ。

今ノ鞍馬寺ト云フ、是也。馬ニ鞍ヲ置テ、遣テ其ノ跡ヲ注シ

ニテ尋得タル所ナレバ、鞍馬トハ云フナルベシ。

実ニ、夢ノ教ヘノ如ク、此ノ山ノ毘沙門天ノ霊験新タニシ

テ、末世マデ人ノ願ヲ皆満給フ事無限シ。

貴布禰ノ明神ハ、誓ノ如ク、于今其山ヲ護テ在マストナム

語リ伝ヘタルトヤ。

수행승 묘렌^{明練}이
처음으로 시기 산^{信貴山}을 창건한 이야기

시기 산信貴山 연기緣起. 히타치 지방常陸國의 승려 묘렌明練(命蓮)이 전국을 돌며 수행
하던 중 야마토 지방大和國의 시기 산에서 '호세대비다문천護世大悲多聞天'의 명문銘文
을 새긴 석궤石櫃를 발견하여, 그곳을 다문천多聞天 연고의 영지靈地라고 깨닫고 불사
佛寺를 건립한 사정을 이야기하고 있다. 일반적으로 널리 알려진 『시기산연기회권信
貴山緣起繪卷』(이하 『연기회권緣起繪卷』) 계통의 이야기와는 전혀 별개의 전승인 점이 주
의를 끈다.

　이제는 옛이야기이지만, 불도를 수행하는 승려가 있었다. 이름은 묘렌明
練¹이라 하여 히타치 지방常陸國²의 사람이었다. 깊이 불도 성취의 기원을 품
고 고향을 떠나 여러 지방의 영험³한 장소들을 두루 다니며 수행하는 중에
야마토 지방大和國⁴에까지 이르렀다. □□군⁵ 동쪽의 높은 산봉우리에 올라

1　원문에는 "明練"이라고 되어 있으나 '命蓮' 쪽이 올바름. 『시기산자재보물장信貴山資財寶物帳』에 수록된 승
　평承平 7년(937) 6월 17일 부付 문서, 『부상약기扶桑略記』 24 이서裡書, 『산괴기山槐記』 영만永萬 원년(1165)
　6월 조條 등에 따름. 관가본管家本 『제사연기집諸寺緣起集』은 "明練". 『시기산자재보물장』에 수록된 문서에
　따르면 관평寬平 연중(889~98)에 어렸을 때, 시기 산信貴山에 올라 암자에 칩거하며 12년간 산중 수행, 그
　후도 시기 산에 살며 승평 7년 시점에서 60여 세라고 되어 있음. 『부상약기』 이서 연장延長 8년(930) 8월
　조에는 다이고醍醐 천황天皇의 병환을 치유하기 위해 가지기도를 행했다는 기사가 보임.
2　→ 옛 지방명.
3　→ 불교.
4　→ 옛 지방명.

사방을 바라보고 있자, 서산의 동쪽 비탈을 따라서 작은 산 하나가 있었다. 그 산 위로 오색의 불가사의한 구름이 덮여 있었다.[6]

묘렌은 이것을 보고 '저곳은 필시 매우 영험한 곳이리라.'라고 생각하고, 그 구름을 향해 찾아가던 중 이윽고 그 산기슭에 이르렀다. 산에 오르려고 했지만 사람이 지나간 흔적도 없었다. 그러나 풀을 헤쳐 가르고 나무를 잡고 올라가자 산 위에 아직 그 구름이 걸려 있었다. 그곳을 향해 계속 올라 정상에 서서 바라보자, 동서남북 아득하게 깊은 계곡이 펼쳐져 있었고, 봉우리가 하나 있었다. 그 봉우리를 이 구름이 덮고 있었던 것이다. '이곳에 무슨 일이 있는 것일까?' 하고 의문을 품고 가까이 가 보았지만 무엇 하나 보이지 않았다. 단지 그윽한 향기만이 산에 가득히 차 있었다. 그래서 묘렌은 점점 불가사의한 기분이 들어 영험을 일으키고 있는 곳을 찾아내려고 여기저기 보았지만, 나뭇잎이 잔뜩 쌓여 있어서 지면도 보이지 않았고, 단지 겉으로 튀어나와 커다랗게 우뚝 솟은 바위뿐이었다.

그런데 지면에 쌓인 나뭇잎을 헤쳐 보니 나뭇잎 아래의 바위 사이에 석궤石櫃[7]가 한 개 있었다. 길이가 《2척尺》 정도, 폭 《3척》 정도, 높이가 《3척 5촌寸》[8] 정도였다. 궤짝의 모양을 보아하니 이 세상 것으로는 보이지 않았다. 궤짝 표면의 먼지를 □[9]해 보니 '호세대비다문천護世大悲多聞天'[10] 이라

---

5 군명郡名의 명기를 위한 의도적 결자. '헤구리平郡'가 해당할 것으로 추정. 시기 산은 야마토 지방大和國(나라 현奈良縣)의 서단, 이코마生駒 연봉連峰의 남서쪽, 다카야스 산高安山 동쪽에 있음.

6 이하 이 이야기에서는 묘렌이 서운瑞雲을 쫓아 영험수승靈驗殊勝의 땅을 찾지만, 『연기회권緣起繪卷』, 『고본설화古本說話』, 『우지 습유宇治拾遺』에서는 도다이지東大寺에서 수계受戒한 묘렌이 무불無佛 세계의 시골 시나노 지방信濃國으로는 돌아가지 않겠다고 결의하고, 대불大佛에게 기원하여 남서쪽에 희미하게 보인 산을 수행지로 정함.

7 현재 본당本堂은 이 석궤를 내진內陣(* 신사나 절 등에서 신체神體 또는 본존을 안치한 곳)으로서 덮어서, 그 위에 무대 구조로 세움.

8 길이의 명기를 위한 의도적 결자. 고증본攷證本에는, '각각 2척, 3척, 3척 5촌이라고 하는 책이 있다'는 주기注記가 있음.

9 한자표기를 위한 의도적 결자. '떨쳐버리다'라는 의미의 단어가 들어갈 것으로 추정되나, 해당어 미상.

는 명문銘文[11]이 있었다. 이것을 보자마자 말로 표현할 수 없을 정도로 존귀하고 거룩하였다. 그렇다면 이 궤짝이 이곳에 계셔서 오색구름이 에워싸고 그윽한 향기가 난 것이라 생각하자 비처럼 눈물이 흘렀다. 묘렌은 울면서 예배하며

'나는 오랜 세월 불도 수행을 하면서 많은 장소를 돌아다녔지만, 아직 이처럼 영험한 장소를 본 적이 없다. 그렇지만 오늘 이곳에 와서 좀처럼 접할 수 없는 훌륭한 서상瑞相[12]을 보고, 다문천多聞天[13]의 은혜를 입게 되었다. 그러니 나는 더 이상 다른 곳에 갈 수 없다. 여기서 수명이 다할 때까지 불도 수행을 하자.'

라고 생각하고, 곧장 잡목을 꺾어서 암자를 지어 그곳에 살게 되었다. 그리고 다시 서둘러 인부를 불러 모아 그 궤짝 위에 불당을 세웠다.

야마토大和와 가와치河內 두 지방 부근 사람들이 어느새인가 이것을 전해 듣고 모두 협력하여 이 불당을 세웠기에 쉽게 완성되었다. 묘렌은 그 암자에 살면서 수행하고 있었는데 세상 사람들은 모두 그를 존귀하게 여기며 공양했다. 만약 공양하는 사람이 없을 때는 묘렌은 주발을 하늘로 던져서[14] 음식을 가지고 오게 하고, 물병[15]을 써서 물을 길어 오게 하여 수행하였기에 아무런 불편함이 없었다.

---

10 이 세상을 수호하고 넓은 자비심으로 중생을 구제하는 다문천왕多聞天王이라는 뜻. 관가본 『제사연기집』에는 "본존은 비사문천왕이다. 서궤를 본체로 한다. 그 석궤에는 호세대비다문천이라는 銘文이 있다."라고 되어 있음. '明練'의 표기도 이 이야기와 같아, 동일 전승이라고 판단되며 본집과 관계가 깊음.

11 금속이나 돌 등에 사건의 내역이나 인물의 공적을 한문으로 새겨 기록한 것.

12 권11 제32화 주 참조. 길흉 관련. 여기서는 길상吉相. 구체적으로는 오색구름을 가리킴.

13 → 불교.

14 비발飛鉢(→ 불교).

15 물병을 던져서 물을 떠오게 함. 날아가는 주발飛鉢과 마찬가지로, 다년간 수행을 쌓아 영험력을 얻은 행자行者·성인聖人이 사용하는 수법의 하나.

지금의 시기 산信貴山[16]이란 이 절을 말한다. 영험이 신통하여 공양[17]후에
는 오늘에 이르기까지 많은 승려가 와서 많은 승방을 지어 살고 있다. 다른
곳에서도 머리를 조아리며 찾아와 참배하는 사람이 많다고 이렇게 이야기
로 전하여 내려오고 있다 한다.

修行僧明練始建信貴山語第三十六

今昔、仏道ヲ修行ズル僧有ケリ。名ヲバ明練ト云フ。常ニ

陸ノ国ノ人也。心ニ深ク仏ノ道ヲ願テ、本国ヲ去テ、国々ノ

霊験ノ所々ニ修行スル間ニ、大和国ニ至レリ。〔四〕郡ノ東

ノ高キ山ノ峰ニ登テ見レバ、西ノ山東面ニ副テ一小山

有リ。其山ノ上ニ五色ノ奇異ナル雲覆ヘリ。

明練是ヲ見テ、「定テ彼所ハ霊験殊勝ノ地ナラム」ト思テ、

其雲ヲ注ニテ尋ネ行ク。山ノ麓ニ至ヌ。山ニ登ラムト為ルニ、

人跡無シト云ヘドモ、草ヲ分チ木ヲ取テ登ルニ、山ノ上ニ

猶此ノ雲有リ。其所ヲ指テ登リ立チ見ルニ、東西南北ハ遥ニ

谷ニテ下タリ。峰一有リ。其ノ峰ニ此雲覆ヘリ。「此ニ何ナ

ル事ノ有ニカ」ト疑ヒ思テ、寄テ見ルニ、更ニ見ユル者無シ。

只馥キ香ノミ薫ジテ山ニ満タリ。然レバ、明練弥ヨ奇異ノ

思ヲ成シテ、尋求ムト見ルト云ヘドモ、木ノ葉多積テ地モ

不見、只指出タル物ハ大ニ喬立テル石共也。

然ルニ、積リ置ケル木ノ葉ヲ掻去テ見レバ、木ノ葉ノ中ニ

巌迫ニ一ノ石ノ櫃有リ。長〔 〕計、弘サ〔 〕計、高サ〔 〕。

テ見レバ、銘有リ。「護世大悲多門天」ト。是ヲ見ルニ、貴

ク悲キ事無限シ。然レバ、此櫃此ノ所ニ在マシケルニ依リ

テ、五色ノ雲覆ヒ、異ナル香薫ジケリト思フニ、涙落ツル事雨ノ

如クシテ、諸ノ所ニ行キ至ルト云ヘドモ、未ダ如此ノ霊験ノ地ヲ

不見。然ルニ、今此ニ来テ、希有ノ瑞相ヲ見テ、多門天ノ利

益ヲ可蒙シ。然レバ、今ハ我レ他所へ不可行。此ノ所ニシテ

仏道ヲ修業ジテ命ヲ終ラム」ト思テ、忽ニ柴ヲ折テ庵ヲ造テ、其レニ居ヌ。亦、忽ニ人ヲ催テ其櫃ノ上ニ堂ヲ造リ覆ヘリ。

飛鉢（信貴山縁起絵巻）

大和河内ノ両国ノ辺ノ人、自然ラ此事ヲ聞キ継テ、各力ヲ加ヘテ此堂ヲ造ルニ、輙ク成ヌ。明練ハ、其庵ニ住シテ行フ間、世ノ人皆是ヲ貴テ訪フ。亦、訪フ人無キ時ハ鉢ヲ飛シテ食ヲ継ギ、瓶ヲ遣テ水ヲ汲テ行フニ、乏キ事無シ。今ノ信貴山ト云、是也。霊験新タニシテ、供養ノ後ハ于今至ルマデ多ノ僧来リ住シテ、房舎ヲ造リ重テ住ム。外ヨリモ首ヲ低テ歩ヲ運ビ参ル人多カリトナム語リ伝ヘタルトヤ。

□□ 처음으로
류몬지龍門寺를 세운 이야기

(기엔義淵 승정僧正이) 류몬지龍門寺(→ 사찰명)를 건립한 경위를 기록한다. 이 이야기는 표제만 있고 본문이 없는 이야기이다. 내용은 구체적으로 밝혀지지 않았지만, 제호사 본醍醐寺本『제사연기집諸寺緣起集』류몬지의 조條의 '유초물운有抄物云'으로 시작하는 기사는, 기엔 승정에게 배운 황자皇子(히나미시日並知 황자＝구사카베草壁 황자)가 원한 때문에 큰 뱀이 되어 도읍 사람들을 진감震撼시켰을 때, 칙명으로 기엔 승정이 이것을 항복시키고 진혼鎭魂과 그 보리菩提를 빌기 위해 류몬지를 건립했다는 이야기를 전하고 있다. 또『제사건립차제諸寺建立次第』류가이지龍蓋寺의 조, 관가본菅家本『제사연기집』같은 조에 따르면 류가이지, 류구지龍宮寺, 류몬지, 류오지龍王寺, 류젠지龍禪寺를 오룡사五龍寺로 칭하며 모두 기엔 승정이 건립했다고 되어 있다. 다음 이야기와는 이 관련으로 연결된다.

본문 결缺

（本文欠）

⊙
□ 제
□ 37
　 화
　 ⊙

처음으로 류몬지 龍門 寺를 세운 이야기

□始建竜門寺語第三十七
はじめてりうもんじをたつることだいさむじふしち

기엔義淵 승정僧正이
처음으로 류가이지龍蓋寺를 창건한 이야기

기엔義淵 승정僧正이 류가이지龍蓋寺(오카데라岡寺)를 건립한 경위를 기록한 이야기. 기엔 승정의 전기적인 이야기로 자식이 없는 부모가 관음에게 기청하여 아이를 점지받고, 그 후 아이가 성장하여 황자가 되었지만 후에 출가하여 고후쿠지興福寺의 승려가 되어서 승정의 지위에 올라, 원래의 집터에 절을 건립하여 여의륜관음如意輪觀音을 안치했다는 내용이다.

이제는 옛이야기이지만, 덴치天智[1] 천황天皇 치세에 기엔義淵[2] 승정僧正이란 분이 계셨다. 속성俗姓은 아토阿刀《씨氏》[3]였는데 원래 권화權化[4]한 사람이었다.

처음 그의 부모는 야마토 지방大和國[5] □[6]이치 군市郡 아마쓰모리 향天津守鄕에서 오랜 세월동안 살고 있었지만, 아이가 없던 탓에 이를 슬퍼하여 몇 년 동안 관음[7]에게 기도하고 있었다. 어느 날 저녁, 불당 뒤편에서 갓난아기

---

1 → 인명.
2 → 인명.
3 저본의 파손에 의해 생긴 '아토阿刀'의 아래의 공란을 옮겨 쓰면서 소멸되어 상하가 붙어 버린 것. 모계의 성.
4 → 불교. 부처·보살菩薩이 사람의 모습으로 변화하여 나타난 것. "化生人也"(『칠대사연표七大寺年表』). 권11 제13화 참조.
5 → 옛 지방명.
6 '高市郡'의 '高'가 빠진 것으로 추정. "大和國 高市郡"(『도다이지요록東大寺要錄』 1).
7 화생化生(→ 불교).

의 울음소리가 들렸다. 이상하여 나가서 보니 울타리 위에 하얀 삼베에 감싸여진 것이 있었고, 이루 말할 수 없이 좋은 향기가 감돌고 있었다. 부부는 이것을 보고 두려운 마음이 들었지만, 울타리 위에서 내려 안아 보니 단정하고 매우 아름다운 사내아이가 하얀 삼베 속에 싸여 있었다. 올해 갓 태어난 듯한 갓난아기였다.

그때 부부는 "이건 우리들이 아이를 위해 오랜 시간 관음께 기도드렸기 때문에 점지해 주신 것이다."라고 기뻐하며, 안아 들고 집 안으로 들어갔는데 좁은 집 안에 향기로운 향기가 가득 찼다. 그리고 그 아이는 부부에게 길러져 튼튼하게 성장했다.

천황[8]은 이것을 들으시고 아이를 불러들여[9] 키우시고 황자皇子로 삼으셨다. 그런데 이 아이는 총명하고 불법에 정통하였다. 결국 머리를 깎고 법사가 되어서 고후쿠지興福寺의 승려로서 대보大寶 3년[10]에 승정의 지위에 올랐다. 그리고 예전에 살던 집이 있던 곳에 사원을 세워서 여의륜관음如意輪觀音[11]을 안치하였다.

지금의 류가이지龍蓋寺[12]란 이 절을 말한다. 영험靈驗[13]이 신통하여 많은 사람들이 참배하고 무엇인가 바람을 기원하면 반드시 효험이 있다고 이렇게 이야기로 전하여 내려오고 있다 한다.

---

8   덴치天智 천황天皇(→ 인명)을 가리킴.
9   『도다이지요록』 권1에 "덴치 천황이 이것을 들으시고, 히나미시日竝智 황자와 함께 오카 궁岡宮으로 옮기시다", 『칠대사연표』에 "덴치 천황이 이 일을 들으시고, 히나미日竝의 황자와 함께 오카모토 궁岡本宮으로 옮겨 기르시다", 『부상약기扶桑略記』에 "덴치 천황 전해 들으시고, 황자와 함께 오카모토 궁에서 기르게 하다."라고 되어 있음. 덴치 천황이 이 아이를 황자와 함께 오카모토 궁에 옮겨서 양육하지만, 황자로 삼은 것은 아님.
10   『칠대사연표』에 따르면, 대보大寶 3년(703) 3월 14일에 승정僧正 임명. 『부상약기』 대보 3년 3월 24일의 조條는 "고후쿠지興福寺 승려 기엔을 승정에 임명하다."라고 되어 있음.
11   현존. 여의륜관음如意輪觀音(→ 불교) 좌상坐像. 높이 4.58m의 일본 최대의 소상塑像으로, 나라奈良 시대작품. 국가 중요 문화재.
12   → 사찰명.
13   → 불교.

義淵僧正始造竜蓋寺語第三十八

今は昔、天智天皇ノ御代ニ、義淵僧正ト云フ人在マシケリ。

俗姓ハ阿刀ノ□□□。是、化生ノ人也。

初メ、其ノ父母大和国、市ノ郡ノ天津守ノ郷ニ住テ年来ヲ経ルニ、子無キニ依テ、其ノ事ヲ歎テ、年来観音ニ祈リ申ス間ニ、夜ル聞ケバ、後ノ方ニ児ノ呼ク音有リ。是ヲ怪ムデ出テ見ルニ、柴ノ垣ノ上ニ白帖ニ被囊タル者有リ。香薫ジテ馥シキ事無限シ。夫妻是ヲ見テ、心ニ恐ルト云ヘドモ、取リ下

シテ見レバ、端正美麗ナル男子、白帖ノ中ニ有リ。今歳ノ程也。

其時ニ、夫妻共ニ思ハク、「是ハ、我等ガ子ヲ願テ年来観音ニ祈リ申スニ依テ、給ヘル也」ト喜テ、取テ家ノ内ニ入ルニ、狭キ家ノ内ニ馥キ香満タリ。是ヲ養フニ、程無ク勢長ジヌ。

天皇此事ヲ聞給テ、召取テ養テ皇子トセリ。然ルニ、此子心ニ智リ有リ、法ノ道ヲ悟レリ。遂ニ頭ヲ剃テ法師ト成テ、興福寺ノ僧トシテ大宝三年ト云フ年、僧正ニ成ヌ。其家ノ所ヲバ、伽藍ヲ建テ、如意輪観音ヲ安置シ奉レリ。今ノ竜蓋寺ト云是也。霊験新タニシテ、諸ノ人首ヲ挙テ詣デ、願求ムル所ヲ祈請フニ、必ズ其験シ有リトナム語リ伝ヘタルトヤ。

금석이야기집今昔物語集

권 12

【佛教傳來・三寶靈驗】

주지主旨 본권은 먼저 지방에서 행해진 조탑造塔에 관한 이야기로 시작되며, 유명한 여러 큰 사찰 법회法會의 연기緣起를 서술하고, 불상佛像・불법佛法의 기서奇瑞,『법화경法華經』의 영험靈驗을 이야기하며, 명승의 한결같은 신앙심부터 기행奇行에 가까운 행적, 더 나아가 산에서 칩거하는 지경자持經者의 이야기로 이어진다.

에치고 지방越後國의 진유神融 성인聖人이
번개를 제압하고 탑을 세운 이야기

불탑의 건립을 방해하던 토속세력인 지주신地主神과 뇌신雷神을 진유神融 선사禪師가
『법화경法華經』의 영험력으로 제압하여, 오히려 뇌신으로 하여금 맑은 물을 나오게 하
고, 불탑의 접근을 금하여 당탑의 보전保全을 맹세하게 하는 등 그들로 하여금 불법을
융성하게 하는 봉사자로 삼은 이야기. 지주신과 뇌신은 재래신앙在來信仰의 상징으로,
그것에 대해 불법佛法이 그 법력으로 이들을 제압하고, 혹은 이들과 융화하며 세력을
신장시키는 발자취의 한 면을 전하고 있는 것으로 볼 수 있다.

이제는 옛이야기이지만, 에치고 지방越後國[1]에 성인聖人[2]이 계셨는데, 그
이름은 진유神融[3]라 하였다. 세간에서 말하는 고시古志[4]의 소대덕小大德[5]이란
바로 이분을 일컫는다. 그는 어렸을 때부터 『법화경法華經』[6]을 수지受持하여
오랜 세월동안 밤낮으로 그것을 읽는 것을 업으로 삼았다. 또한 열심히 게
을리하지 않고 불도수행도 하고 계셨다. 그래서 사람들은 이 성인을 더할

1 → 옛 지방명. 진유神融는 에치젠 지방越前國(지금의 후쿠이 현福井 북부) 사람.
2 → 불교.
3 8세기 전반의 수행승려. 에치젠 지방의 아소 진마生津(후쿠이 시)의 사람. → 인명.
4 오늘날의 북륙北陸 지방. 7세기 말에 에치젠越前·엣추越中·에치고越後로 분리됨.
5 '월소대덕越小大德'이라는 뜻. '대덕大德'은 덕이 높은 승려의 경칭. '월越'은 고시 군古志郡 혹은 에치젠·엣
추·에치고를 합한 의미. '소小'의 뜻은 불명. 키가 작다, 혹은 젊다, 등의 의미로 추정.
6 → 불교.

나위 없이 존귀하게 여기고 공경하였다.

한편, 그 지방에는 산사山寺가 하나 있었는데, 이를 구가미 산國上山[7]이라 하였다. 그러던 어느 날, 이 지방에 살던 한 남자가 깊게 발원發願하여 이 산에 탑을 세웠다. 탑 공양을 올리려고 하자, 갑자기 무서운 뇌성雷鳴, 천둥과 함께 번개가 떨어졌고, 번개는 탑을 무너뜨리고 하늘로 올라가 버렸다. 발원한 남자는 슬피 울며 탄식할 수밖에 없었다. 하지만 '이것은 불가항력이다.'라고 체념하고는 얼마 지나지 않아 다시 한 번 이 탑을 세웠다. 다시 이 탑을 공양하려고 하자, 이전처럼 번개가 떨어져 탑을 무너뜨렸다. 남자는 뜻을 이루지 못해 슬퍼하며 또 다시 탑을 세우려 하였다. 이번에는 어떻게든 번개가 탑을 무너뜨리지 않도록 지심으로 슬피 울며 기원하자, 그 진유 성인이 그곳에 찾아와 발원한 그 남자에게 말했다.

"슬퍼할 것 없다. 내가 『법화경』의 힘으로 이번에는 번개 때문에 탑이 무너지지 않게 하여 너의 소원을 이루도록 해 주겠다."

남자는 이것을 듣고 매우 기뻐하며 성인을 향해 손을 모으고 눈물을 흘리며 공손하게 예배하였다.

성인은 탑 아래로 가서 앉아 정신을 집중하여 『법화경』을 독송하였다. 그러자 잠시 뒤에 하늘에 구름이 끼고 가느다란 비가 내리기 시작하더니, 무섭게 천둥이 치고 뇌성이 울려 퍼졌다. 발원한 남자는 이것을 보고 공포에 떨며 '이것은 저번처럼 탑이 무너질 전조임에 틀림없다'고 생각하여 슬피 탄식하였다. 성인은 불탑을 꼭 지키겠다고 맹세하고, 소리를 높여 『법화경』을 독송했다. 그러자 그때 십오륙 세 정도의 동자[8]가 하늘에서 성인의 앞으

---

7   니가타 현新潟縣 니시칸바라 군西蒲原郡 분스이 정分水町 구가미國上에 소재. 야히코 산彌彦山의 남쪽에 해당. 중턱에 구가미 산雲高山 고쿠조지國上寺가 있다. 에도江戶 시대에 그 탑머리의 하나인 오합암五合庵에 료칸良寬(* 에도 시대 후기의 가인歌人)이 살았던 것으로 유명.
8   뇌신雷神이 동자의 모습을 취한 것.

로 떨어졌다. 그 모습을 보니, 머리카락은 쑥대마냥 산발을 하여 굉장히 무섭긴 했으나, 온몸이 모두 묶여 있었다. 동자는 눈물을 흘리고 이리저리 구르며 괴로워하면서 큰 소리로 성인에게 말했다.

"성인이시여, 부디 자비를 베풀어 용서해 주소서. 앞으로는 결코 이 탑을 무너뜨리는 짓은 하지 않겠습니다."

성인이 동자에게 물었다. "너는 어떠한 악한 마음을 가지고 몇 번이고 탑을 무너뜨렸느냐." 동자가 대답하였다.

"실은, 이 산의 지주신地主神⁹은 저와 친분이 있는 자입니다만, 그가 말하길 '내 위에 탑을 세우려고 하고 있다네. 한데, 그렇게 되면 내가 살 곳이 없어져 버리네. 그러니 이 탑을 무너뜨려 주게.'라고 하는 것입니다. 그 부탁을 받고 저는 몇 번이고 탑을 무너뜨리고 만 것입니다. 그런데 지금 영묘하고 불가사의한 『법화경』의 힘에 의해 저는 단단히 묶여 버렸습니다. 그러니 저는 얼른 지주신을 다른 곳으로 옮겨 살게 하고, 반역의 생각을 영원히 억누르겠습니다."

성인이 말하기를 "너는 앞으로 불법을 받들어야 할 것이며, 반역의 죄¹⁰를 지어서는 안 되느니라. 그리고 이 절이 위치한 곳을 둘러보면 물을 사용할 방도가 전혀 없다. 그렇다고 멀리 떨어진 계곡까지 내려가 물을 길어 오는 것은 너무나 번거로운 일이다. 너는 어떻게 해서든 이곳에서 물이 나오도록 하여라. 그 물로 이 절의 승려들에게 편의를 제공하거라. 혹여 네가 물을 나오게 하지 않는다면, 나는 너를 묶어 몇 년이 지나도 자유를 주지 않겠노라. 그리고 또 이 산 바깥의 동서남북 사십 리 안에서 번개 소리가 들리게

---

9 그 토지를 오래전부터 다스리던 신. 야히코彌彦 명신明神으로 추정. 구가미 산國上山 일대는 야히코 신사神社의 본토.
10 불법佛法에 대항하는 죄를 뜻함.

해서는 안 된다."

라고 하였다. 동자는 무릎을 꿇고 성인의 말을 듣고는

"성인께서 말씀하신 대로 물이 나오게 하겠습니다. 또한, 이 산의 바깥 사십 리까지는 번개 소리가 나지 않게 하겠습니다. 하물며 이쪽으로 번개를 치게 하는 짓은 결코 하지 않겠습니다."

라고 대답하였기에, 성인은 번개인 동자를 용서해 주었다. 그때, 번개는 손바닥에 단지의 물 한 방울을 받아 손가락으로 바위 위에 구멍을 뚫고는, 주위를 뒤흔드는 듯한 소리를 내며 하늘로 날아 올라갔다. 그와 동시에 그 바위의 구멍에서 맑은 물이 솟아나왔다.[11] 남자는 탑이 무너지지 않은 것을 진심으로 기뻐하며, 염원대로 공양을 행하였다. 이 산사에 사는 승려들은 물을 편하게 사용하게 된 것을 기뻐하며 성인에게 예배하였다. 그 뒤로 수백 년이 지났지만 탑이 무너지는 일은 없었다. 또한 다른 여러 곳에서는 번개가 소란스레 울리는 일이 있었지만, 이 산의 동서남북 사십 리 안에서는 오늘날까지도 번개 소리가 들리지 않는다. 또한 그곳의 물도 마르지 않고 지금까지도 솟아나오고 있다. 그 번개의 맹세에는 거짓이 없었던 것이다.

실로 이는 법화경의 힘에 의한 것이다. 또한 성인의 약속[12]의 진실됨을 알고, 발원한 남자의 깊은 소원이 이루어진 것을 모든 사람들이 존귀하게 여겼다고 이렇게 이야기로 전하여 내려오고 있다 한다.

11 뇌신이 수신水神으로서의 힘을 발휘한 결과.
12 법화경法華經의 힘으로 탑이 무너지지 않도록 하게 해 주겠다는 약속.

越後国神融聖人縛雷起塔語第一

今昔、越後国ニ一聖人有ケリ。名ヲバ神融ト云フ。世ニ古
志ノ小大徳ト云フハ此レ也。幼稚ノ時ヨリ法花経ヲ受ケ持テ、
昼夜ニ読奉ルヲ以テ役トシテ年来ヲ経、亦、勤ニ仏ノ道ヲ行
フ事怠ル事無シ。然レバ、諸人、此ノ聖人貴ビ敬フ事無限
シ。

而ル間、其ノ国ニ一ノ山寺有リ。而ルニ、
国上山ト云フ。而ルニ、
其ノ国ニ住ム人有ケリ。専ニ心ヲ発シテ、此ノ山ニ塔ヲ起タ
リ。供養ゼムト為ル間ニ、俄ニ雷電霹靂シテ此ノ塔ヲ跳壊テ、
雷空ニ昇ヌ。願主、泣キ悲デ歎ク事無限シ。然ドモ、「此
レ、自然ラ有ル事也」ト思テ、即チ、亦改メテ此ノ塔ヲ造ツ。
亦供養ゼムト思フ程ニ、前ノ如ク雷下テ跳壊テ、遂ザル事
ヲ歎キ悲ムデ、猶改メテ塔ヲ造ツ。此ノ度ビ雷ノ為ニ塔ヲ被

壊ル事ヲ止メムト、心ヲ至テ泣々ク願ヒ祈ル間ニ、彼ノ神融
聖人来テ願主ニ向テ云ク、「汝ヂ歎ク事無カレ。我レ法花経
ノ力ヲ以テ、此ノ度雷ノ為ニ此ノ塔ヲ不令壊ズシテ汝ガ願
ヲ令遂ム」ト。願主此レヲ聞テ、掌ヲ合セテ聖人ニ向テ、
泣々ク恭敬礼拝シテ喜ブ事無限シ。

聖人塔ノ下ニ来リ居テ、一心ニ法花経ヲ誦ス。暫許有テ、
空陰リ細ナル雨降テ雷電霹靂ス。願主此レヲ見テ、恐ヂ怖レ
テ、「此レ、前々ノ如ク塔ヲ可壊キ前相也」ト思テ、歎キ悲
ム。聖人ハ、誓ヒヲ発シテ、音ヲ挙テ法花経ヲ読奉ル。其ノ
時ニ、年十五六許ナル童、空ヨリ聖人ノ前ニ堕タリ。其ノ形
ヲ見レバ、頭ノ髪蓬ノ如クニ乱レテ、極テ恐シ気也。其ノ身
ヲ五所被縛タリ。童涙ヲ流シテ、起キ臥シ、辛苦悩乱シテ、
音ヲ挙テ聖人ニ申サク、「聖人、慈悲ヲ以テ我レヲ免シ給ヘ。
我レ此ヨリ後、更ニ此ノ塔ヲ壊ル事不有ジ」ト。聖人童ニ
問テ云ク、「汝ヂ、何許ノ悪心ヲ以テ此ノ塔ヲ度々壊ルゾ」
ト。童ノ云ク、「此ノ山ノ地主ノ神、我レト深キ契リ有リ。

地主ノ神ノ云ク、『我ガ上ニ塔ヲ起ツ。我レ住ム所無カルベシ。此ノ塔ヲ可壊シ』ト。我レ此ノ語ニ依テ度々塔ヲ壊レリ。而ルニ、今法花経ノ力不思議ナルニ依テ、我レ吉ク被縛ヌ。然レバ、速ニ地主ノ神ヲ他ノ所ニ令移去メテ、永ク逆心ヲ止ム」ト。

聖人ノ云ク、「汝ヂ、此レヨリ後チ仏法ニ随テ、逆罪ヲ造ル事無カレ。亦、此ノ寺ノ所ヲ見ルニ、更ニ水ノ便無シ。遥ニ谷ニ下テ水ヲ汲ムニ煩ヒ多シ。何ゾ、汝ヂ此ノ所ニ水ヲ可出シ。其レヲ以テ住僧ノ便ト為ム。若シ汝ヂ水ヲ出ス事無クハ、我レ汝ヲ縛テ、年月ヲ送ルト云フトモ不令去ジ。亦、汝ヂ此ノ東西南北四十里ノ内ニ、雷電ノ音ヲ不可成ズ」ト。童ヂ此ノ聖人ノ言ヲ聞テ、答テ申サク、「我レ聖人ノ言ノ如ク水ヲ可出シ。亦、此ノ山ノ外四十里ノ間ニ雷電ノ音ヲ不成ジ。何況ヤ、向ヒ来ル事ヲヤ」ト云フニ、聖人雷ヲ免シツ。其ノ時ニ、雷、掌ノ中ニ瓶ノ水ヲ一滴受テ、指ヲ以テ巌ノ上ヲ鑡穿テ大キニ動シテ、空ニ飛ビ昇ヌ。其ノ時、彼ノ巌

ノ穴ヨリ清キ水涌キ出ヅ。願主ハ塔ヲ不被壊ザル事ヲ喜ビ悲ムデ、本意ノ如ク供養ジツ。此ノ山ノ住僧ハ水ノ便ヲ得タル事ヲ喜テ聖人ヲ礼ス。其ノ後、数百歳ヲ送ルト云ヘドモ、塔壊ル、事無シ。亦、諸ノ所ニ雷電震動スト云ヘドモ、此ノ山ノ東西南北四十里ノ内ニ、于今雷ノ音ヲ不聞ズ。亦、其ノ水不絶ズシテ于今有リ。雷ノ誓ヒ錯ツ事無シ。亦、聖人ノ誓ヒノ実ナル事ヲ知リ、実ニ此レ法花経ノ力也。施主ノ深キ願ノ足レル事ヲ皆人貴ビケリトナム語リ伝ヘタルトヤ。

도토우미 지방遠江國의 니우노 지가미丹生茅上가 탑을 세운 이야기

니우노 아타이 지가미丹生直茅上가 이상탄생아異常誕生兒(부처님의 사리를 쥐고 태어남)를 계기로 탑을 짓는 큰 기원을 이루는 이야기로, 앞 이야기와 이어지는 조탑담造塔譚.

이제는 옛이야기이지만, 쇼무聖武[1] 천황天皇의 치세에 도토우미 지방遠江國[2] 이와타 군磐田郡[3] □□[4]향鄕에 니우노 아타이 지가미丹生直茅上[5]라는 사람이 있었는데, 발심하여 탑을 세우겠다고 서원을 하였다. 하지만, 공사다망하여 오랜 세월동안 그 소원을 이루지 못함을 몹시 한탄스럽게 여기고 있었다. 그러던 어느 날, 63세나 된 지가미의 아내가 생각지도 않게 회임懷妊하게 되었다. 지가미와 집안 사람들이 기이한 일이라고 여기며 걱정하던 와중에 어느덧 만삭이 되어 여자아이가 무사히 태어났다. 지가미는 순산을 기뻐하며 태어난 아기를 살펴보았는데, 왼쪽 손[6]을 꼭 쥔 채 펴지 않고 있었다. '도대체 무슨 연유로 이런 일이 일어난 것일까.'라고 생각하고 부모가 그 손

---

1 → 인명.
2 → 옛 지방명.
3 현재의 시즈오카 현靜岡縣 이와타 시磐田市 일대.
4 향명鄕名을 표기하기 위한 의도적 결자.
5 '丹生'는 씨氏이고 '直'는 성姓, '茅上'는 이름임.
6 약사여래藥師如來가 지닌 약호藥壺나 부처·보살이 가진 보주寶珠 등은 왼손에 쥐는 것이 일반적.

을 펴려고 하자 더욱더 손을 꽉 쥐고 펴지를 않았다. 부부는 이 일을 몹시 괴이하게 여겼다. 그런 까닭에 지가미가 부인에게

"그대는 아이를 낳을 나이도 아닌데 아이를 낳았소. 그 탓에 오근五根[7]을 갖추지 못한 아이가 태어난 것이오. 이것은 커다란 수치요. 하지만 그대는 전세의 인연이 있기에 나의 아이를 낳은 것이오."

라고 말하고, 그 아이를 미워하거나 버리거나 하지 않고 애지중지 키웠는데, 점차 성장해 갈수록 비할 데 없이 아름다운 아이로 커 갔다.

이윽고 그 아이가 일곱 살이 되었을 때, 처음으로 손을 펼쳐 부모에게 보여 주었다. 부부가 기뻐하며 살펴보자 펼쳐진 손바닥 안에 불사리佛舍利[8]가 두 개 있었다. 부부는 '이 아이는 손에 부처님의 사리를 쥐고 태어났으니 틀림없이 보통 사람이 아닐 것이다.'라고 생각하여 더욱더 소중하게 아이를 보살폈고, 사람들에게 이 사리를 보여주며 이 아이가 손바닥에 쥐고 태어났다고 알렸다. 이것을 들은 사람들은 모두 존귀하게 여기며 이를 칭송하였다. 이 일이 널리 세간에 알려지게 되어, 국사國司, 군사郡司까지도 모두 이를 존귀하게 여겼다. 그 후, 지가미는 이 사리를 안치할 탑을 세우려고 하였다. 하지만 자신의 힘만으로는 할 수 없는 일이었기에 신앙심이 두터운 사람들을 설득하여, 기부금을 모아 그 고을에 있는 이와타데라磐田寺에 오층탑을 세우고 그 사리를 안치하여 드디어 염원대로 공양을 거행했다. 탑을 공양하고 나자, 그 아이는 얼마 후 죽어 버렸다. 부부는 크게 슬퍼하였지만 어찌 할 도리가 없는 일이었다. 그때 어떤 지혜로운 사람이 부부에게

"이것은 이루지 못하고 있던 서원을 이루어주기 위해 부처님께서 임시로 아이의 모습을 하고 사리를 가지고 태어나신 것이기에, 탑을 세워 공양하여

7 → 불교(근根).
8 → 불교.

서원이 이루어지자 돌아가시게 된 것입니다."

라고 일러 주었다.

　사실 아이를 낳을 수 있는 나이가 아님에도 아이를 낳은 데다, 그 아이가 사리까지 쥐고 있던 것을 보면 그것이 사실임을 알 수 있다. 그 탑은 지금까지도 남아 있다. 이와타데라 안에 있는 탑이 바로 이것이라고 이렇게 이야기로 전하여 내려오고 있다 한다.

遠江国丹生茅上起塔語第二

今昔、聖武天皇ノ御代ニ、遠江ノ国、磐田ノ郡、□ノ郷ニ、丹生ノ直茅上ト云フ人有ケリ。心ヲ発シテ塔ヲ造ラムト思フ願有ケリ。而ルニ、公私ノ営無隙クシテ、其ノ願ヲ不遂ズシテ年来ヲ経ルニ、此ノ事ヲ思ヒ歎ク事無限シ。

而ル間、茅上ガ妻、年六十三ト云フ年、不慮ザル程ニ懐任シヌ。茅上并二家ノ人、此レヲ奇異ト思ヒ歎ク間ニ、月満テ、其ノ平ラカニ女子ヲ産セリ。茅上、平ラカニ産セル事ヲ喜テ、其ノ生レタル児ヲ見レバ、左ノ手ヲ捲テ開ク事無シ。「自然ラ、此レ有ル事カ」ト疑ヒテ、父母此レヲ怪ブ事無限シ。父有テ母ニ云ク、固ク捲テ不開ズ。父母此レヲ開カムト為ルニ、弥ヨ「汝ヂ、齢ヒ可産キ齢ニ非ズシテ産セリ。然レバ、其レニ依テ根ヲ不具ズシテ生ゼル也。此レ大ナル恥也。然レドモ、汝ヂ縁有ルニ依テ我ガ子ヲ生ゼリ」ト云テ、慚ミ棄ル事無クテ悲ビ養フ間ニ、漸ク長大シテ、其ノ児ノ形貞端正ナル事無並シ。

而ル間、児年七歳ニ成ルニ、始メテ其ノ手ヲ開テ父母ニ告グ。父母喜テ此レヲ見レバ、開タル掌ノ中ニ仏ノ舎利二粒有リ。父母此レヲ見テ思ハク、「此ノ児、手ニ仏舎利ヲ捲テ生レタリ。此レ只人ニ非ザルカ」ト思テ、弥ヨ傅シヅキ養テ、

リ伝ヘタルトヤ。

諸ノ人ニ此ノ舎利ヲ捲タル事ヲ告テ令知ム。聞ク人皆此レ
ヲ貴ビ讃ム。此ノ事世ニ広ク聞エテ、国ノ司、郡ノ司皆貴ブ。

其ノ後、茅上此ノ塔ヲ起ムト為ルニ、我ガ力ニ不堪ズシテ
知識ヲ引テ物ヲ集メテ、其ノ郡ニ有ル磐田寺ノ内ニ五重ノ塔
ヲ起テ、彼ノ舎利ヲ安置シ奉テ、遂ニ思フ如ク供養ジツ。

塔ヲ供養ジテ後、其ノ児、幾ノ程ヲ不経ズシテ死ヌ。父母恋
ヒ悲ムト云ヘドモ、甲斐無クテ止ヌ。智リ有ル人ノ云ク、

「此レ願ヲ不遂ザル事ヲ令遂ムガ為ニ、仏ノ化シテ、舎利ヲ
具シテ生レ来給テ、塔ヲ起テ供養ジテ後、隠レ給ヒヌル也」

トナム父母ニ告ゲ令知ケル。

実ニ可産キ齢ニ非ズシテ生ゼルニ、舎利ヲ捲レルヲ以テ然
カ可知シ。其ノ塔于今有リ。磐田寺ノ内ノ塔、此也トナム語
リ伝ヘタルトヤ。

야마시나데라山階寺에서
유마회維摩會를 행한 이야기

삼회三會의 하나인 야마시나데라山階寺(고후쿠지興福寺)의 유마회維摩會의 유래와 연혁
을 기록한 이야기. 덧붙여, 본화 이후로 궁중의 어재회御齋會, 야쿠시지藥師寺의 최승
회最勝會의 이른바 삼회三會의 기사가 이어진다. 또한 제10화까지는 저명한 불교행사
의 유래담由來譚이 이어지는데, 제7화를 제외하고는 주로 『삼보회三寶繪』를 근거로 삼
고 있다. 여러 큰 절의 불교행사를 모아서 소개하는 데에 『삼보회』가 가장 편리하기 때
문으로 추정된다.

이제는 옛이야기이지만, 야마시나데라山階寺[1]에서 유마회維摩會[2]가 열렸
다. 때는 대직관大織冠[3] 내대신內大臣의 기일이었다. 이 대직관大織冠의 원래
성은 오나카토미大中臣[4]였다. 그런데 덴치天智 천황의 치세에 후지와라의
성을 하사받아 내대신이 되셨다. 10월 16일에 돌아가셨기 때문에, 10일부
터 이레 동안 이 법회를 행하였다.

이 법회는 우리나라의 많은 법회 중에서도 특히 뛰어났기 때문에 중국에
도 알려져 있었다. 이 법회의 기원은 다음과 같다. 옛날 대직관이 야마시로

---

1 고후쿠지興福寺(→ 사찰명).
2 → 불교. 오래 전에는 여러 절에서 열렸으나 고후쿠지興福寺의 법회가 가장 권위 높음.
3 → 인명. 후지와라노 가마타리藤原鎌足를 가리킴. 권11 제14화 참조
4 → 인명.

지방山城國 우지 군宇治郡 야마시나 향山階郷 스에하라末原[5]의 자택에서 오래도록 병을 앓고 계시어 조정에도 나가지 못하셨다. 그 무렵, 백제에서 온 비구니가 있었는데 이름은 법명法明이라 하였다. 그 비구니가 대직관을 찾아왔을 때 대직관이 비구니에게 "그대의 나라에 이러한 병을 앓았던 자가 있는가."라고 물으시자 비구니는 "있습니다."라고 대답했다. "그 병을 어떻게 치료하였는가?"라고 대직관이 물으시자 비구니는

"그 병은 약도 듣지 않고, 고칠 수 있는 의사도 없었습니다. 다만 유마거사維摩居士[6]의 상을 만들고 그 앞에서 『유마경維摩經』[7]을 독송하자 그 즉시 나았습니다."

라고 대답했다. 대직관은 이것을 들으시자마자 곧바로 자택 안에 당堂을 세우고 유마거사의 상을 만들어 『유마경』을 강독[8]하도록 하셨다. 그리고는 바로 그 비구니를 강사[9]로 삼으셨다. 첫째 날 우선 문질품問疾品[10]을 강독하였는데, 대직관은 곧바로 쾌차하셨다. 그러자 대단히 기뻐하시며 비구니에게 절을 올리시고 그 다음 해부터 오랫동안 매년 강독을 행하였으나, 대직관이 돌아가신 뒤로는 이것이 중단되고 말았다.

대직관의 아드님이신 단카이 공淡海公[11]은 아버지의 뒤를 이으셨지만, 아직 어린 나이에 아버지가 돌아가셨기 때문에 그 강講의 경위를 알지 못하셨다. 그런데 점차 입신하시어 대신의 직위에 오르셨을 때 손에 병이 나셨다. 어떠한 지벌인지 점을 쳐 보았더니 그것은 아버지의 치세에 행하셨던 법회

5   권11 제14화 주 참조
6   → 불교.
7   → 불교.
8   원문에는 '강경講經'(→ 불교).
9   → 불교.
10 → 불교.
11 → 인명.

를 중단하여 받은 지벌이었다. 이리하여 다시 『유마경』을 강독하는 법회를 행하였는데, 그 당시 불법에 정통한 승려를 강사로 초대하여 곳곳의 절에서 정중하게 행하였다. 이후 나라奈良의 도읍에 사찰을 지었으나, 원래 야마시나에 있던 스에하라의 집을 이축하여 지었기 때문에 이름은 변함없이 야마시나데라山階寺라 칭하였다.

이 유마회는 이 야마시나데라에서 행해졌다.[12] 승화承和 원년[13]부터 시작하여 그 후 오랫동안 이 야마시나데라에서 열렸다.[14] 매해 공사公事[15]로서 후지와라 가문 출신의 변관辨官[16]을 칙사로 삼으셨으며, 지금도 행해진다. 또한 여러 절 여러 종파[17]에서 학자를 골라 이 법회의 강사講師를 맡게 하고 매해 그 보상으로 승강僧綱[18]에 임명하는 것을 관례로 하였다. 청중聽衆[19]으로 여러 절, 여러 종파의 학자를 택하여 참석하게 하였다. 또 후지와라 가문의 사람들 중 상달부上達部 이하, 오위五位까지가 침구를 만들어 이 법회의 승려들에게 보시布施하였다. 이 법회의 모든 의식은 장엄하게 행해졌을 뿐만 아니라 경전의 강경講經이나 논의[20]도 대단히 훌륭하였는데, 그 옛날 조묘淨名 거사가 살았던 방[21]을 방불케 했다. 불전에 바치는 것과 승려에게 바치는 것들은 모두 중국의 음식에서 배운 것으로, 다른 절에서는 흉내도 내지 못

---

12 고후쿠지興福寺에서 처음으로 유마회維摩會가 행해진 것은 화동和銅 7년 10월.
13 834년. 이후 연중행사로서 매년 행해짐.
14 유마회를 고후쿠지에 안치한다는 천황의 선지宣旨가 내려진 것은 정력庭曆 20년(801).
15 조정에서 열리는 의식 및 행사.
16 태정관太政官에 속하는 직원職員. 좌左·우右 변관국辨官局으로 나누어져, 각각 대大·중中·소少 변관을 둠. 주로 문서관계의 사무나 서무를 담당.
17 본래 남도육종南都六宗의 승려가 담당. 천장天長 9년(832) 엔랴쿠지延曆寺의 기신義眞 화상和尙이 천태종天台宗으로서 처음으로 유마회의 강사講師가 됨.
18 → 불교.
19 → 불교.
20 → 불교.
21 유마거사(→ 불교)의 방.

할 만큼 성대하게 장만하였다. 일본에서 불법이 오래도록 번창하고 국왕이 법령法令에 의해 의식을 갖추어 깊이 경의를 표하는 것은 이 법회뿐이다.

그러므로 공사公私 양면에서 이를 존귀하게 여김이 견줄 데가 없다고 이렇게 이야기로 전하여 내려오고 있다 한다.

於山階寺行維摩会語第三

今昔、山階寺ニシテ維摩会ヲ行フ。此レハ大織冠内大臣ノ御忌日也。彼ノ大織冠、本ノ姓ハ大中臣ノ氏。而ルニ、天智天皇ノ御代ニ、藤原ノ姓ヲ給ハリテ内大臣ニ成給フ。十月ノ十六日ニ失セ給ヘレバ、十日ヨリ始テ七箇日、此ノ会ヲ行フ。此ノ会ハ此ノ朝ノ多ノ講会ノ中ニ勝タル会ナレバ、震旦ニモ聞エタリ。

此ノ会ノ発リハ、昔シ、大織冠、山城ノ国宇治ノ郡ノ、山階ノ郷ノ末原ノ家ニシテ、身ニ病有テ久ク煩ヒ給フ間、公ニ不仕給ハズ。而ル間、百済国ヨリ来レル尼有リ。名ヲバ法明ト云フ。大織冠尼ヲ問テ宣ハク、「汝ガ本国ニ此ル病為ル人有キヤ否ヤ」ト。尼答テ云ク、「有キ」ト。大織冠ノ宣ハク、「其レヲバ何ニカ治セシ」ト。尼答テ

云ク、「其ノ病、医ノ力モ不及ズ、医師モ叶ザリキ。只、維摩居士ノ形ヲ顕シテ其ノ前ニ維摩経ヲ読誦セシカバ、即チ嗽ニキ」ト。大織冠此レヲ聞給テ、忽ニ家ノ内ニ堂ヲ起テ、維摩居士ノ像ヲ顕ハシテ、維摩経ヲ令講メ給フ。即チ、其ノ尼ヲ以テ講師トス。初ノ日、先ヅ問疾品ヲ講ズルニ、大織冠ノ御病即チ嗽エ給ヒヌ。然レバ、喜ビ給テ、尼ヲ拝シテ、明クル年ヨリ永ク毎年ニ此レヲ行フ間、大織冠失給テ後、此ノ事絶ヌ。

大織冠ノ御子淡海公、其ノ流ヲ伝ヘ給フト云ヘドモ、未ダ年若クシテ父失給ヌレバ、此ノ事ヲ不知給ザルニ、漸ク仕ヘ上テ大臣ノ位ニ至リ給ヌル時ニ、其ノ人手ニ病御ス。其ノ崇占フニ、祖ノ御時ノ法事ヲ断タル崇ト云ヘリ。此レニ依テ、亦改テ維摩経ヲ講ズル事ヲ発シテ行フ間、其ノ時ノ止事無キ智者ノ僧ヲ以テ講師トシテ、所々ニ拝行フ。遂ニ、彼ノ山階ノ末原ノ家ヲ運ビ移シテ造レルニ依テ、奈良ノ京ニ起タレドモ、尚山階寺ト云ヘリ。

彼ノ会、其ノ山階寺ニシテ行フ。承和元年ト云フ年ヨリ始

メテ、永ク山階寺ニ置ク。毎年ノ公事トシテ、藤原ノ氏ノ弁

官ヲ以テ勅使トシテ、于今下遣シテ被行ル。亦、諸寺諸宗

ノ学者ヲ撰テ此ノ会ノ講師トシテ、毎年ニ其ノ賞ヲ以テ僧綱

ニ任ゼシ事、此定レル例トス。聴衆ニモ諸寺諸宗ノ学者ヲ撰

テ係ケタリ。亦、藤原ノ氏ノ上達部ヨリ始メテ五位ニ至マデ、

衾ヲ縫テ此ノ会ノ僧ニ施ス。惣テ、会ノ儀式ノ厳重サヨリ始

メテ、講経論義ノ微妙ナル事、昔ノ浄名ノ室ニ不異ズ。仏供

僧供ハ、皆、大国ノ饌ヲ学フテ、余所ニ不似ズ所学ス。朝

ニ仏法ノ寿命ヲ継ギ、王法ノ礼儀ヲ敬フ事ハ、只此ノ会ニ限

レリ。

然レバ公　私　此ヲ貴

ブ事不愚ズトナム語リ伝

ヘタルトヤ。

維摩詰（高僧図像）

대극전大極殿에서 어재회御齋會를 연 이야기

앞 이야기의 유마회維摩會에 이어서 삼회三會의 두 번째 어재회御齋會의 유래와 행사
行事를 기록하였다.

이제는 옛이야기이지만, 다카노노히메高野姬 천황天皇[1]이라 하시는 제왕
帝王이 계셨다. 쇼무聖武 천황의 따님이셨다. 비록 여자의 몸이셨으나 학문
이 깊고 한시문漢詩文에 정통하셨다.

이 천황의 치세에, 대극전大極殿[2]에서 처음으로 어재회御齋會[3]를 열게 되었
다. 대극전을 장식하고 정월 8일부터 14일에 이르는 이레밤낮 동안, 낮에는
『최승왕경最勝王經』[4]을 강독講讀하고 밤에는 길상참회吉祥懺悔[5]를 행하였다.
『최승왕경』을 강독하는 강사講師[6]로는 지난해 야마시나데라山階寺의 유마회
維摩會[7]의 강사를 맡았던 사람을 임명하였다. 청중聽衆[8]과 법회 용무를 담당

---

1 쇼토쿠稱德 천황天皇(→ 인명). 권11 제18화 참조. 이 단은 권11 제18화의 첫머리부분과 거의 같음.
2 대내리大內裏 조당원朝堂院의 정전正殿. 팔성원八省院의 북부 중앙에 소재. 천황의 정사政事와 국가 대례大禮
　의 집행 장소.
3 재회齋會는 여러 승려들에게 식사를 공양供養하는 법회法會.
4 『금광명최승왕경金光明最勝王經』(→ 불교佛敎).
5 → 불교.
6 → 불교.
7 → 불교.
8 → 불교.

하는 스님[9]은 모두 각 사찰의 **빼어난** 학문승學問僧을 골라 초대하였다. 마지막 날에는 천황께서 그 강사와 청중을 궁중으로 불러들여 보시布施를 하고 공양을 하셨다. 또한 강사를 상석上席에 앉히시고 천황께서 배례하셨다. 이는 『최승왕경』에서 부처께서 설하고 계신 바와 같다.[10] 또 "길상참회를 올리는 사람은 오곡五穀[11]이 잘 익고 온갖 소원이 다 이뤄질 것이다."[12]라고 마찬가지로 불경에서 설하고 계신다.

이에 이 천황은 깨달음이 깊으신 분《이셨기》[13]때문에, 나라를 《평화롭게》[14] 지키고자 하셨다. 그래서 이 법회를 시작하셨고, 이것을 영구히 행해지는 행사로 제정하셨기에 지금까지 끊이지 않고 이어지고 있다. 그래서 대신大臣과 공경公卿도 모두 진심으로 이 법회가 훌륭히 열리도록 협력하고 있다. 또 때로는 천황께서 대극전에 행차하셔서 이 법회에 참석하셨다. 이것들은 모두 불경에서 설하고 있는 그대로이다. 또 여러 지방의 국분사國分寺[15]에서도 같은 때에 이 법회를 연다.

이러한 연유로 우리나라의 훌륭한 불사공양佛事供養이라 하면, 이 법회를 꼽지 않으면 안될 것이다. 다카노히메 천황은 신호경운神護景雲 2년이라는 해의 정월 후칠일後七日[16]에 이 법회를 처음으로 제정制定하셨다. 이것을 어재회라고 한다고 이렇게 이야기로 전하여 내려오고 있다 한다.

---

9   법용승法用僧(→ 불교).
10 『최승왕경』 사천왕호국품四天王護國品 제12의 내용을 가리킴.
11 오곡류五穀類의 주요 곡물. 보통은 쌀·보리·조·기장·콩을 말한다. 삼·피 등을 넣는다고도 함.
12 『최승왕경』 대길상천녀증장재물품大吉祥天女增長財物品 제17에서 말하는 바를 가리킴.
13 파손에 의한 결자. 전후 문맥을 고려하여 보충함.
14 파손에 의한 결자. 전후 문맥을 고려하여 보충함.
15 → 불교.
16 보통은 27일. 단, 어재회는 정월 8일부터 14일까지 열리므로 모순임. 정월 절회節會 등이 열렸던 첫째 주 후의 이레간으로 추정. 혹은 중간 이레 동안의 의미.

於大極殿被行御斉会語第四

今昔、高野姫ノ天皇ト申ス帝王御マシケリ。聖武天皇ノ御娘也。女ノ御身ニ御マシケレドモ、御身ノ才有テ文ノ道ヲ極テナム御マシケル。

其ノ御時ニ、大極殿ニシテ御斉会ヲバ被始行タル也ケリ。大極殿ヲ荘テ、正月ノ八日ヨリ十四ニ至マデ七日七夜ヲ限テ、昼ハ最勝王経ヲ講ジ、夜ハ吉祥懺悔ヲ行ヒ給フ。其ノ最勝王経ヲ講ズル講師ニハ、山階寺ノ維摩会ノ去年ノ講師勤タル人ヲ用ル。聴衆法用ノ僧、皆諸寺ノ止事無キ学生ヲ撰ビ召ス。結願ノ日ハ、天皇其ノ講師及ビ聴衆ヲ宮ノ内ニ請ジ入レテ、布施ヲ給ヒ供養ジ給フ。亦、講師ヲバ高キ床ニ令居テ天皇礼拝シ給フ。此レ、最勝王経ニ仏説給ヘル所也。亦、「吉祥懺悔ハ、此レヲ行フ人、五穀成就シ、諸ノ願ヒ思フ事皆心ニ叶

ハム」ト同ク経ニ説給ヘリ。此レニ依テ、此ノ天皇心ニ悟リ広ク□マシテ国ヲ□護ラムガ為ニ、此ノ会ヲ始メテ、永キ事トス。今ニ不絶ズ。然レバ、大臣公卿モ、皆心ヲ至シテ力ヲ加ヘタリ。大極殿ニ行幸有テ、此ノ会ヲ天皇拝シ給フ。亦、或ル時ニハ、皆此レ、経ニ説クガ如キ也。亦、諸国ノ国分寺ニシテモ此ノ会ヲ同ジ時、此レヲ行フ。

然レバ、此ノ朝ノ勝レタル勤メ、偏ニ此ノ会ニ有リ。高野姫ノ天皇　神護景雲二年ト云フ年ノ正月ノ後七日ニ此ノ会ヲ始メ置キ給フ。此レヲ御斉会ト云フトナム語リ伝ヘタルトヤ。

322

야쿠시지藥師寺에서
최승회最勝會를 연 이야기

제3·4화에 이어 삼회三會의 세 번째, 야쿠시지藥師寺 최승회最勝會의 유래와 행사行事
를 기록하였다.

이제는 옛이야기이지만, 덴치天智 천황天皇[1]이 야쿠시지藥師寺를 건립하신
이후로 이 절의 불법은 번창하였다. 그런데 준나淳和 천황天皇[2] 치세에 중납
언中納言 종삼위從三位 겸 중무경中務卿인 나오요 왕直世王[3]이라는 사람이 있
었다. 학문도 깊고 총명聰明하여 내외전內外典[4]에 정통하였다.

나오요 왕이 천장天長 7년에 천황天皇께

"예의 야쿠시지에서 매해 이레 동안 법회法會를 열어 천하를 번영시키고
천자의 만수萬壽를 비는 『최승왕경最勝王經』[5]을 강론[6]하고, 이것을 앞으로
오랜 세월 정례定例로 삼아야 한다고 생각합니다."

---

1 → 인명人名. 야쿠시지藥師寺의 창건은 통설로는 덴무天武 천황. 단 본집本集은 권11 제17화의 표제와 권12
　 제20화의 기사에서 덴치天智 천황 건립이라 함.
2 → 인명.
3 → 인명.
4 불교의 경전인 내전內典과 그 이외의 서적인 외전外典.
5 → 불교.
6 원문에는 "강경講經"(→ 불교).

라고 아뢰었다. 천황은

"말하는 바가 지당하다. 속히 말한 대로 행하여 대대로 천황의 자손들을 시주施主로 삼도록 하라."

라고 말씀하셨다. 이리하여[7] 그해 3월 7일에 법회가 시작되었다. 이 법회에는 《유마維》[8]마회摩會,[9] 어재회御齋會[10]의 강사[11]를 임명하였다. 청중聽衆[12]으로 여러 절, 여러 종파의 학승學僧을 골라 명하였으며, 경전의 강의講經와 논의論義[13] 모두 유마회와 같았다. 조정朝廷[14]에서 칙사勅使를 파견하여 행하였는데 강사, 독사讀師, 청중[15]에게는 큰 보시布施를 하셨다. 승려를 위한 공양물供養物의 준비는 사찰에 맡겼다.

"무릇 이 절의 시주[16]로는 대대로 천황의 자손을 임명하여라."는 선지宣旨가 있었기 때문에 미나모토源 성의 가문 자손들을 시주로 하였다. 그리고 미나모토 성을 가진 사람 중에서도 고위高位에 있는 자를 이에 임명하였다. 법회의 칙사 또한 미나모토 성의 사람을 보내셨다.

한편 유마회, 어재회, 그리고 이 최승회를 삼회三會[17]라 한다. 일본국日本國에서 이 삼회보다 더 큰 법회는 없었다. 혼자서 삼회를 맡은 강사는 이강已講[18]이라는 칭호를 받고, 삼회의 강사를 완수한 포상으로 승강僧綱[19]의 지위

---

7 『야쿠시지연기藥師寺緣起』에 의하면, 당초에는 3월 21일부터 27일까지 열렸으나 승화承和 11년(844)에 내려진 선지宣旨로 3월 7일부터 13일까지로 바뀌어 이후 정례定例가 됨.

8 전후 문맥을 고려하여 보충함.

9 → 불교.

10 → 불교.

11 → 불교.

12 → 불교.

13 → 불교.

14 『야쿠시지연기』에 의하면 최승회最勝會가 열리기 전에는 칙사勅使의 파견은 없었음.

15 → 불교.

16 단월檀越(→ 불교).

17 → 불교.

를 《하사》[20]받았다.

이렇게 이 최승회는 매우 훌륭한 법회였다고 이렇게 이야기로 전하여 내려오고 있다 한다.

18 → 불교.
19 → 불교.
20 파손에 의한 결자. 전후 문맥을 고려하여 보충함.

◉ 제5화 ◉
야쿠시지藥師寺에서 최승회最勝會를 연 이야기

於薬師寺行最勝会語第五

今昔、天智天皇薬師寺ヲ建給テ後、仏法盛也。而ル間、淳和天皇ノ御代ニ、中納言従三位兼行中務卿直世ノ王ト云フ人有リ。身才有リ、心悟リ有テ、内外ノ道ニ達レリ。

其ノ人、天長七年ト云フ年、天皇ニ奏シテ云ク、「彼ノ薬師寺ニシテ毎年二七日ヲ限テ法会ヲ行ヒテ、天下ヲ令栄メ帝王ヲ令祈メムガ為ニ、最勝王経ヲ講ジテ、永キ事トセム」ト。帝王ノ宣ハク、「申ス所可然シ。速ニ申スガ如クニ行ヒテ、代々ノ帝王ノ御後ノ人ヲ以テ檀越ト可為シ」ト。此レニ依テ、

其ノ年ノ三月七日、此ノ会ヲ始メ行フ。最勝王経ヲ講読シテ、永キ事トセム。帝王ノ宣ハク、「申ス所可然シ。速ニ申スガ如クニ行ヒテ、□摩御斉ニ会ノ講師ヲ用キル。聴衆ニハ諸寺諸宗ノ学者ヲ撰ビテ係タリ。講経論義、皆維摩会ノ如シ。公ノ勅使ヲ遣シテ被行レ、講読聴衆ニ布施ヲ給フ事不愚ズ。僧供ハ寺ニ付タリ。

「抑モ此ノ寺ノ檀越ハ代々ノ天皇ノ御後ノ人ヲ可用シ」ト宣旨ヲ、源氏ノ姓ヲ給ハレル御子ノ子孫ヲ以テ檀越トス。然レバ、源氏ノ上﨟ヲ以テ此レ用ル。然レバ、此ノ会ノ勅使ニモ源氏ヲ下シ遣ス也。

然レバ、維摩会、御斉会、此ノ最勝会ヲ三会ト云フ。日本国ノ大キナル会、此レニハ不過ズ。講師ハ、同人此ノ三会ヲ勤メツツレバ、已講ト云フ官ニテ、此ノ三会ノ講師ノ労ヲ以テ僧綱ノ位ヲ被□□。

然レバ、此ノ最勝会、勝レタル会也トナム語リ伝ヘタルトヤ。

야마시나데라山階寺에서
열반회涅槃會를 연 이야기

삼회三會의 기술記述에 이어 이 이야기부터 여러 큰 절의 저명한 대법회의 기술이 시작된다. 그 첫째로 야마시나데라山階寺(고후쿠지興福寺)의 열반회涅槃會의 유래와 연혁이 기록되고 있다.

이제는 옛이야기이지만, 야마시나데라山階寺[1]에 열반회涅槃會[2]라는 법회가 있었다. 본디 2월 15일은 석가여래釋迦如來[3]가 열반涅槃[4]에 드신 날이다. 그래서 이 절의 승려들이 '옛날 사라림紗羅林[5]의 의식儀式을 생각해보면, 그때는 마음도 없는 초목草木조차 석가여래가 열반에 듦을 알고 슬퍼하였다. 하물며 도심道心 깊고 지혜가 있는 자가 어찌 석가여래의 은혜에 보답하지 않을 수 있겠는가.'라고 생각해서 의논한 결과, 야마시나데라의 본존불本尊佛이 석가여래셨기에 그 앞에서 2월 15일 일일법회를 열기로 한 것이었다. 사색四色[6]의 법위를 입은 고승들은 예법에 맞는 몸가짐을 하였고, 삼부三

---

1   고후쿠지興福寺(→ 사찰명).
2   → 불교.
3   → 불교.
4   → 불교.
5   발제하跋提河 부근의 사라쌍수沙羅雙樹 아래에서 석가釋迦가 입멸入滅했을 때의 모습.
6   → 불교.

部[7]의 기악伎樂[8]은 아름다운 음악을 연주하였다.

그런데 이 법회의 의식은 처음에는 다소 허술하였다. 오와리 지방尾張國의 국부國府에 한 서생書生[9]이 있었는데 그가 국사國司의 잘못된 정치를 보고 실망하여 불법佛法에 귀의하여 머리를 깎고 그 지방을 떠나야겠다고 생각하고 있던 차에, 때마침 야마시나데라의 승려 젠슈善殊 승정僧正[10]이 그곳에 초대되어 와 있었다. 이 서생은 자신의 바람대로 승정을 따라 고향을 버리고 야마시나데라로 가서 머리를 깎고 법의法衣를 입고 승정의 제자가 되었다. 이름은 주코壽廣[11]라 했다. 그는 본래 마음이 깨끗하고 총명하여, 불법을 배우고 음악에도 통달하였다. 그러자 세상 사람들 모두 주코를 존경하고 화상和尙[12]이라 불렀다. 이윽고 이 주코가 열반회의 의식을 전보다 훌륭하게 재정비하여 색중色衆[13]을 갖추고 악기를 더하여 의식을 장엄하게 치러 냈다.

그러자 다음날, 오와리 지방의 아쓰타熱田 명신明神[14]이 동자童子를 통하여 탁선託宣하여 주코 화상에게 말씀하셨다.

"너는 본래 우리지방 사람이다. 나는 '지금 존귀한 법회가 행해지고 있다.'고 듣고 어제 청문聽聞하러 먼 길을 마다 않고 왔으나 야마토 지방大和國 전

---

7 무악舞樂의 신악新樂·고악古樂·고려악高麗樂의 총칭. 이부二部는 신악과 고악, 사부四部는 삼부에 임읍악林邑樂을 더한 것. 『교훈초敎訓抄』 권1 참조.

8 가면仮面 무악舞樂. 오악吳樂이라고도 함. 고대 인도, 티벳에서 발생하여 서역西域을 거쳐 중국 남조의 오吳로 전해져 일본에는 스이코推古 천황天皇 20년(612) 백제百濟의 미마지味摩之가 전함. 불사佛술의 공양과 조정의 의식에 쓰임.

9 여기서는 국부國府에 속한 하급사무관. 서기관.

10 → 인명.

11 → 인명. 호국사본護國寺本 『제사연기집諸寺緣起集』 상락회초사常樂會初事에 의하면 오와리 지방의 장관의 자식으로 고후쿠지 열반회의 의식을 만들었다고 함.

12 → 불교. 『삼회정일기三會定一記』에 "승강을 사퇴했지만 대화상이라 불렀다."라는 기술이 보임.

13 → 불교.

14 나고야 시名古屋市 아쓰타 구熱田區 진구자카 정神宮坂町 소재의 아쓰타 신궁熱田神宮에서 모시는 신神. 신체神體는 구사나기노 쓰루기草薙劍.

역[15]이 부처님의 경계境界가 되어 있고, 나라자카奈良坂[16]의 입구는 범천梵天, 제석帝釋, 사대천왕四大天王[17]이 지키고 계셔서 내 가까이 가지 못해 청문도 할 수 없었다. 한탄스러운 마음 이루 말할 수 없다. 도대체 어찌하면 이 법회를 청문할 수 있겠는가?'

주코는 명신의 말을 듣고 딱하게 여겨,

"저는 당신이 어제 불법 때문에 찾아 오셨던 것을 전혀 몰랐습니다. 그럼 아쓰타 명신을 위해 특별히 배려를 하여 한 번 더 이 법회를 열겠습니다." 라고 말했다. 그리고 어제와 같이 법회를 행하였는데 가무歌舞[18]가 진행되는 틈을 이용하여 『법화경法華經』[19] 백부百部를 독송하였다. 아쓰타 명신은 이 독경소리를 청문□□□□[20] 틀림없으리라. 이듬해 『법화경』 《백부》[21]를 서사書寫하고 이를 강독講讀하였는데 그 후, 오랫동안 이틀간의 법회를 열게 되었다. 이를 법화회法華會라고 한다. 이후, 이 두 법회는 절의 행사로서 지금까지 끊이지 않고 계속되고 있다.

생각해 보면 참으로 도심 있는 사람은 꼭 이 열반회를 청문聽聞해야 할 것이다. '실로 이 세상 사람은 모두 석가의 사중四衆[22]의 제자로다. 그러므로 마음을 다하여 석가釋迦가 입멸入滅한 날을 되새기며 이 법회에 참배한다면

---

15 지방의 경계 안쪽. 야마토 지방大和國(나라 현奈良縣) 전역.

16 야마토 지방에서 나라 산奈良山을 넘어, 야마시로 지방山城國(교토 부京都府 남동부南東部). 기즈木津로 나가는 국경 경계國境의 언덕 길. 현재는 나라 시市의 북부北部. 한나지般若寺를 넘는 고개로 나라 가도街道의 입구.

17 범천梵天(→ 불교), 제석帝釋(→ 불교)과 지국持國·증장增長·광목廣目·다문多聞의 사대천왕四大天王(→ 불교). 모두 불법佛法의 수호신으로서 법회를 지키고 있었던 것.

18 제단에 "삼부三部의 기악伎樂"이라고 되어 있듯이 음악을 연주하고 기악에 춤추는 것은 중요한 의식의 하나.

19 → 불교.

20 파손에 의한 결자. '하셨음에'가 들어갈 것으로 추정.

21 파손에 의한 결자. '백부百部'로 추정. 동박본東博本 『삼보회三寶會』를 참조하여 보충함.

22 사부四部(→ 불교).

죄업罪業이 사라지고 정토淨土[23]에 다시 태어날 것임이 틀림없으리라.'라고 생각된다.

또 세간 사람들은 널리 전하기를

"이 지방 사람이 이승을 떠나 명도冥途[24]에 가면, 염마왕閻魔王[25]과 명도의 관리[26]가 '너는 야마시나데라의 열반회에 참석한 적이 있느냐.'라고 물으신다고 한다. 이 때문에 열반회에 참배하는 승속僧俗, 남녀男女 모두 이 법회에 바친 조화造花를 가져가서 명도에 갔을 때 이 법회에 참배參拜한 증거로 삼자."

라고 한다. 이 이야기의 진위眞僞는 알 수 없지만 이처럼 전해져 내려오고 있다.

여하튼 이 법회의 의식儀式, 작법作法, 무악舞樂의 흥취興趣는 대단히 훌륭하여서 다른 절과는 견줄 바가 아니며 상상을 뛰어넘는 것이었다. 사람들은 극락極樂[27]이란 이러한 곳이리라고 말한다고 한다. 이 법회는 일본 제일第一의 법회라고 이렇게 이야기로 전하여 내려오고 있다 한다.

23 → 불교.
24 → 불교.
25 → 불교.
26 → 불교(명관冥官).
27 → 불교.

於山階寺行涅槃会語第六

今昔、山階寺ニ涅槃会ト云フ会有リ。此レ、二月ノ十五日ハ、釈迦如来、涅槃ニ入給ヒシ日也。然レバ、彼ノ寺ノ僧等、「昔ノ沙羅林ノ儀式ヲ思フニ、心無キ草木ソラ、皆其ノ知テ恋慕ノ形チ有キ。何況ヤ、心有リ、悟リ有ラム人ハ、釈迦大師ノ恩徳ヲ報ジ可奉シ」ト儀シ思テ、彼ノ寺ノ仏ハ釈迦如来ニ在マセバ、其ノ御前ニシテ彼ノ二月ノ十五日ニ二月ノ法会ヲ行フ也ケリ。四色ノ羅漢ハ威儀ヲ調ヘ、三部ノ伎楽ハ音ヲ発ス。

而ルニ、此ノ会ノ儀式、初メハ少シ愚也ケルヲ、尾張ノ国ノ書生ナル者有ケリ、国司ノ政ノ枉レル事ヲ見テ、心ヲ仏法ニ係テ、頭ヲ剃テ、本国ヲ去ナムト思ヒケル間、山階寺ノ僧善殊僧正ト云フ人、請ヲ得テ彼ノ国ニ至ルニ、此ノ書生、本意有ルニ依テ、彼ノ僧正ニ伴ヒテ、本国ヲ棄テ、山階寺ニ行テ、頭ヲ剃リ衣ヲ染テ、彼ノ僧正ノ弟子ト成ヌ。名ヲ寿広ト云フ。本ヨリ心浄クシテ悟リ賢カリケレバ、正教ノ道ヲ学ビ、音楽ノ方ヲ知レリ。然レバ、世ノ人皆、此ノ寿広ヲ敬ヒ貴ビテ、和尚ノ名ヲ得タリ。而ル間、此ノ寿広、更ニ此ノ涅槃会ノ儀式ヲ造テ、色衆ヲ調ヘ、楽器ヲ副ヘテ、改メテ厳重ニ行ヘリ。

而ルニ、其ノ明ル日、尾張ノ国ノ熱田ノ明神、童子ニ託シテ寿広和尚ニ示シテ宣ハク、「汝ハ此、本、我ガ国ノ人也キ。

而ルニ『今貴キ会ヲ行フ』ト聞テ、我昨日聴聞ノ為ニ遥ニ来レリシニ、界ノ中ハ悉ク仏ノ境界ト成テ、奈良坂ノ口ニハ、梵王、帝釈、四大天王、皆護リ給ヘバ、我レ寄ル事力不及ズシテ、不聴聞ズ。然レバ、歓キ思フ事無限シ。猶何ニシテカ此ノ会ヲ聴聞セムト為ル」ト。寿広此レヲ聞テ、明神ヲ哀ムデ云ク、「昨日法会ノ為ニ来リ給ヒケルヲ、己レ更ニ知リ不奉ザリケリ。然レバ、熱田ノ明神ノ御為ニ殊ニ志シテ、亦此ノ会ヲ行ハム」ト云テ、歌舞ノ隙ニ法花経百部ヲ読誦シテ、昨日ノ如ク俄ニ法会ヲ行フ。然レバ、熱田明神、此レヲ聴聞

[四]
疑ヒ不可有思ユ。明ル年、法花経[五]、書写シテ、此レヲ講ジテ永ク二日ノ法会ヲ行フ。此レヲバ法花会ト云フ。其ノ後、此ノ両会、寺ノ営トシテ于今不絶ズ。

此レヲ思フニ、実ニ心有ラム人ハ必ズ此ノ涅槃会ヲバ可聴聞キ事也。「此ノ世ノ人、皆釈迦ノ四部ノ御弟子也。専ラ入滅ノ日ヲ思テ此ノ会ニ参リ値ハバ、罪業ヲ滅シテ浄土ニ生レム事ヲ疑ヒ不有ジ」トナム思ユル。

亦、人ノ広ク云ヒ伝フル様、「此ノ国ノ人、世ヲ背テ冥途ニ至ル時、閻魔王冥官在マシテ、『汝ハ山階寺ノ涅槃会ヲ見タリキヤ否ヤ』トゾ問給フナル。此レニ依テ、涅槃会ニ参レル道俗男女、皆此ノ会ノ供花ノ唐花ヲ取テ冥途ノ験ニセム」ト云ヘリ。此ノ事ハ、虚実ヲ不知ズト云ヘドモ、人ノ語リ伝フル所也。

但シ、此ノ会ノ儀式、作法、舞楽ノ興、微妙クシテ、他ノ所ニ不似ズ。心及ブ所ニ非ズ。極楽モ此ヤ有ラムトゾ人云メル。日本第一ノ事也トナム語リ伝ヘタルトヤ。

도다이지東大寺에서
화엄회華嚴會를 행하는 이야기

앞 이야기에 이어서 당시의 주요한 연간 법회의 하나인 도다이지東大寺 화엄회華嚴會
의 유래와 연혁을 기록한 일화.

이제는 옛이야기이지만, 쇼무聖武 천황天皇[1]이 도다이지東大寺를 건립하고,
우선 개안공양[2]을 하셨는데 그때, 인도로부터 바라문波羅門 승정僧正이라는
분이 오셨다. 교키行基 보살은 그것을 미리 알고 계셔서 그분을 추천해서 강
사[3]로 맞이하여 공양하도록 하셨으나, 독사讀師[4]로는 누구를 모셔야 좋을지
고민에 빠졌다. 그러자 천황의 꿈에 고귀한 분이 나타나
"개안공양의 날 아침에 절 앞에 처음으로 찾아온 사람[5]을, 승속을 불문
하고 귀천을 따지지 않고 독사로 맞이해야 할 것이다."
라는 계시를 하셨다. 천황은 이러한 꿈을 꾸고 잠에서 깨어났다.

---

1 쇼무 천황의 도다이지東大寺 건립의 경위에 대해서는 권11 제13화에 상세히 나와 있음. 또 대불 개안공양 때
  에 바라문 승정이 일본에 와서, 이를 교키가 맞이하여 강사로 천거한 일에 대해서는 권11 제7화 참조.
2 → 불교. 여기서는 도다이지의 대불大佛(비로자나불毘盧舍那佛)의 개안공양 법회. 천평승보天平勝寶 4년(752)
  4월 9일.
3 → 불교.
4 → 불교.
5 최초로 만난 인물을 연이 있는(有緣) 사람으로 판단하여 사람을 정하는 방법. 고대의 복점. 쓰지우라辻占(＊ 길
  가에 서서 처음 지나가는 사람의 말을 듣고 길흉을 판단하는 점占) 등이 유래가 되었음.

그 후, 천황은 꿈을 깊이 믿으시고 그날[6] 아침 절 앞에 사자를 내보내서 지켜보게 하셨는데 한 노인이 소쿠리를 등에 지고 나타났다. 그 소쿠리에는 고등어가 들어 있었다. 사자가 이 노인을 천황 앞에 데려가 "이자가 처음으로 나타난 사람이옵니다."라고 아뢰자 천황은 '이 노인은 분명 어떤 사연이 있음에 틀림없다.'고 생각하셔서 즉시 노인에게 법의를 입혀 공양의 독사[7]로 삼도록 하셨다. 그러나 노인은

"저는 그런 일에 적합한 사람이 아니옵니다. 긴 세월 고등어를 짊어지고 다니며《그것을 파는 것》[8]을 생업으로 삼고 있던 자이옵니다."

라고 아뢰었다. 그러나 천황은 이를 받아들이지 않으시고, 드디어 공양 날이 되자 그 노인을 강사와 나란히 고좌高座[9]에 오르게 하셨다. 소쿠리는 고등어를 담은 채로 고좌 위에 놓고 소쿠리를 매던 지팡이는 당堂 앞의 동쪽에 꽂아 놓았다. 공양이 모두 끝나고 강사가 고좌에서 내려오자 독사는 고좌 위에서 감쪽같이 사라져 보이지 않았다. 그때, 천황은 "생각했던 대로다. 꿈의 계시가 있었던 만큼 이 자는 보통 인간이 아니었던 것이다."라고 믿으시고, 천황이 소쿠리 안을 보셨는데 분명 고등어가 들어있던 것이 『화엄경華嚴經』 팔십 권[10]으로 바뀌어 있었다. 그것을 보고는 천황은 슬피 울며 예배하고 "내 기원의 진심이 통해서 부처가 나타나신 게로다."라고 말씀하

---

6 이하의 노옹 출현의 기일에 대해서는 개안공양 당일로 하는 전승(이 이야기나 관가본菅家本 『제사연기집諸寺緣起集』 등)과 막연히 도다이지 건립 초기로 하는 전승(『도다이지요록東大寺要錄』 2, 『고사담古事談』, 『우지 습유宇治拾遺』 등)이 있음. 『도다이지요록』은 이를 고증하고 화엄회 개시의 날이 이에 해당한다고 함. 본화에서는 양쪽의 전승이 융합되어 있어서 시일에 모순이 있음.

7 노옹을 '독사'로 하는 것은 본화뿐임. 다른 책에서는 전부 '강사'로 함.

8 파손에 의한 결자. 『우지 습유』, 『고사담』을 참조하여 보충.

9 → 불교.

10 → 불교. 『도다이지요록』, 『우지 습유』, 『고사담』 등 여러 책에서 노옹이 갖고 있던 팔십 마리의 고등어가 그 수대로 『화엄경華嚴經』 팔십 권으로 변한 것으로 함. 물고기가 경전으로 변한 유형의 이야기는 본권 제27화에도 보임.

시고는 더욱더 깊이 신앙하시게 되었다. 이것은 천평승보天平勝寶 4년[11] 3월 14일[12]의 일이었다.

그 후 천황은 이 개안공양의 날에는 매년 거르지 않고 『화엄경』을 강의하며 일일 법회를 행하였다. 그 법회는 지금까지 끊이지 않고 있는데 이를 화엄회華嚴會[13]라고 한다. 절 안의 승려들은 이를 연중행사로 하고 법의를 준비하여 청승請僧이 된다. 조정에서는 칙사를 파견해서 음악을 연주하고 법회를 거행하도록 하였다. 도심이 있는 사람은 반드시 참배해서 그 경에 예배해야 할 것이다.

그 고등어를 짊어졌던 지팡이는 지금도 당의 동쪽 정원에 있다. 그 길이는 길어지지도 않고 잎이 무성해지는 일도 없이 항상 바싹 말라 있는 채로 있다고 이렇게 이야기로 전하여 내려오고 있다 한다.

---

11 752년. 고켄孝謙 천황의 치세.
12 도다이지 대불의 개안공양은 천평승보 4월 9일(『속기續紀』, 『도다이지요록』 2).
13 도다이지 십이대회十二大會의 하나. 나중에 앵회櫻會라고도 칭했다.

於東大寺行花厳会語第七

今昔、聖武天皇東大寺ヲ造リ給テ、先ヅ開眼供養ジ給フ
二、婆羅門僧正ト云フ人天竺ヨリ来リ給ヘルヲ、行基菩薩兼
テ其レヲ知テ、其ノ人ヲ勧メテ其ノ講師トシテ供養ジ給ハム

ト為ルニ、「読師ニハ誰人ヲカ可請キ」ト思食シ煩ケルニ、
天皇ノ御夢二、止事無キ人来テ告テ云ク、「開眼供養ノ日ノ
朝、寺ノ前ニ先ヅ来ラム者ヲ以テ、僧俗ヲ不撰ズ、貴賤ヲ不
嫌ズ、読師ニ可請キ也」ト告グ、ト見テ夢悟メ給ヌ。

其ノ後、天皇此ノ事ヲ深ク信ジ給テ、其ノ日ノ朝、寺ノ前
二使ヲ遣シテ令見給フニ、一人ノ老翁ヲ荷テ来レリ。其
ノ鯷ニハ鯖ト云フ魚ヲ入レタリ。使此ノ老翁ヲ引テ天皇ノ御
前ニ将参テ、「此レナム最初ニ出来レル人」ト申セバ、天皇、

「此ノ翁定メテ様有ル者ナラム」ト思シ疑テ、忽ニ翁ニ法服
ヲ令着メテ、其ノ供養ノ読師トセムト為ルニ、翁ノ申サク、
「我レハ更ニ其ノ器ニ非ズ。年来鯖ヲ荷テ持行□」ト以テ役
トシテ世ヲ過ス者也」ト。然レドモ、天皇此レヲ許シ不給ズ

シテ、既二其ノ時二至リテ、講師ト並テ高座ニ登セツ。鯷ヲ
バ鯖ヲ乍入ラ高座ノ上ニ置ツ。鯷ヲ荷タル杖ヲバ堂ノ前ノ
東ノ方ニ突立テツ。既ニ供養畢ヌレバ、講師高座ヨリ下給
フニ、此ノ読師ハ高座ノ上ニシテ掻消ツ様ニ失ヌ。

其ノ時ニ、天皇、「然レバコソ。此レハ、夢ノ告有レバ、只者ニハ非ザリケリ」ト信ジ給ヒテ、此ノ鯔ヲ見給ヘバ、正シク鯔ノ入タリト見エツレドモ、花厳経八十巻ニテ御マス。

其ノ時ニ、天皇泣々ク礼拝シテ宣ハク、「我ガ願ノ誠ニ依テ仏ノ来リ給ヘリケル也」トテ、弥ヨ信ヲ発シ給フ事無限シ。

此レハ天平勝宝四年ト云フ年ノ三月ノ十四日也。

其ノ後、天皇此ノ開眼供養ノ日ヲ以テ、毎年ニ不闕ズ此ノ花厳経ヲ講ジテ一日ノ法会ヲ行ヒ給フ。其ノ会、于今不絶ズシテ行フ。此レヲ花厳会ト云フ。寺ノ内ノ僧等、年ノ内ヲ営トシテ法服ヲ調ヘテ、請僧タリ。公家ニハ勅使ヲ遣シテ音楽ヲ奏シテ行ハセ給フ。心有ラム人ハ必ズ参テ其ノ経ヲ礼ミ可奉シ。

其ノ鯔荷タリケル杖、于今御堂ノ東ノ方ノ庭ニ有リ。其ノ長増ル事無ク、亦、不栄ズシテ、常ニ枯タル相ニテ有トナム語リ伝ヘタルトヤ。

야쿠시지藥師寺에서
만등회萬燈會를 행하는 이야기

저명한 불교행사의 하나로서 야쿠시지藥師寺의 만등회萬燈會의 유래와 행사를 기록함.

이제는 옛이야기이지만, 야쿠시지藥師寺[1]의 만등회萬燈會[2]는 이 절의 승려 에다쓰惠達[3]가 창시한 것이다. 낮에는 『본원약사경本願藥師經』[4]을 강의하고 일일법회를 행했다. 절의 승려들은 법의를 가다듬고 모두 색중色衆[5]에 임했다. 법회는 음악을 중심으로 쉴 새 없이 가무가 올려졌다. 밤에는 만등萬燈을 높이 내걸고 가지각색으로 장식을 달았다. 이것들은 모두 절의 승려들에 의해 거행되었으며 단월檀越[6]의 기진寄進에 의한 것이었다. 3월 23일을 당일로 정해서 이 법회는 지금도 계속해서 개최되고 있다. 우리나라의 만등회는 이로부터 시작되었다.[7]

1 → 사찰명.
2 → 불교.
3 → 인명. 『원형석서元亨釋書』에 의하면 야쿠시지藥師寺 만등회萬燈會는 에다쓰가 서른여덟 살 때 창시한 것.
4 → 불교.
5 → 불교.
6 → 불교.
7 『속기續紀』에 의하면 천평天平 18년(746) 10월에 곤슈지金鐘寺(도다이지東大寺 삼월당三月堂의 전신), 천평 6년(754) 정월에 도다이지에서 만등회가 행해졌다고 되어 있기에 일본 최초는 아님. 이러한 기술을 통하여 본화의 가치를 높이고자 한 의도가 있었던 것일까.

에다쓰는 후에 승도僧都[8]가 되었다. 살아 계실 적에는 스스로 이 법회를 행했는데 임종 때에 뒷일을 절의 승려들에게 맡겼다. 에다쓰 승도는 절의 서쪽 산에 매장되었다. 만등회를 행하는 밤에는 그 묘가 반드시 빛을 발했다.

이것은 실로 뭐라 할 수 없을 만큼 존귀한 일이다. 도심이 있는 사람은 반드시 참배해서 결연結緣[9]해야 할 법회라고 이렇게 이야기로 전하여 내려오고 있다 한다.

8 → 불교.
9 불연佛緣을 맺음.

於薬師寺行万灯会語第八
やくしじにしてまんどうゑをおこなふことだいはち

今昔、薬師寺ノ万灯会ハ、其ノ寺ノ僧恵達ガ始メ行タル也。昼ハ本願薬師経ヲ講ジテ一日ノ法会ヲ行フ。寺ノ僧法服ヲ調ヘテ皆色衆タリ。音楽ヲ宗トシテ歌舞無隙シ。夜ハ万灯ヲ挑テ様々ニ飾レリ。此レ皆、寺僧ノ営ミ、檀越ノ奉加也。

三月ノ二十三日ヲ定テ、其ノ会于今不絶ズ。此ノ朝ノ万灯会、此レニ始レリ。

彼ノ恵達、後ニハ僧都ニ成レリ。生タル時ニ此ノ会ヲ自ラ行フ。死ヌル時ニ臨テ寺ノ衆ニ付タリ。彼ノ恵達僧都ヲバ寺ノ西ノ山ニ葬セリ。此ノ万灯会ヲ行フ夜ハ其ノ墓ニ必ズ光リ有リ。

此レヲ思フニ、極テ哀レニ貴キ事ニテナム有ル。心有ラム人ハ必ズ可結縁キ会也トナム語リ伝ヘタルトヤ。

히에이 산比叡山에서
사리회舍利會를 행하는 이야기

히에이 산比叡山의 사리회舍利會의 유래와 연혁을 기록한 이야기. 후반 부분은 불사리를 히에이 산에서 법흥원法興院으로 내려 보내어 기다린지祈陀林寺에서 성대하게 사리회가 거행된 경위를 기술하고 있다.

이제는 옛이야기이지만, 지카쿠慈覺 대사[1]가 중국에서 많은 불사리[2]를 가지고 돌아와서 정관貞觀 2년□,[3] 총지원惣持院[4]을 세웠다. 총지원에서 사리회舍利會[5]를 행하게 된 이래로 오랫동안 히에이 산에서 행해져 왔다. 다수의 승려를 초청하여 음악을 갖추고 일일법회를 행했다. 히에이 산의 모든 승려들이 이 법회를 거행하였고 지금까지도 계속해서 이어지고 있다. 단 시일은 일정하지 않으며 대략 산에 꽃이 한창일 때 하는 것으로 정해져 있었다.

그런데 히에이 산의 좌주座主 지에慈惠 대승정大僧正[6]이 이 법회에 어머니

1　→ 인명.
2　→ 불교.
3　640년. 결자에는 동박본東博本 『삼보회三寶繪』에 따른다면 '에'가 들어갈 것으로 추측됨.
4　→ 사찰명.
5　→ 불교.
6　→ 인명.

가 참석하도록 하기 위해 《정원貞元 2)⁷년 《4)월 《21)일, 사리⁸를 산에서 모시고 내려와 요시다吉田⁹라는 곳에서 이 법회를 행했다. 많은 승려를 초대하여 음악을 준비하여 일일법회를 행했는데 당시 사람들 사이에서 훌륭하다는 평판이 자자했다. 그 후, 히에이 산의 좌주 《인겐院源)¹⁰이

"이 사리회에 도읍 안의 신분 고하를 막론한 모든 신분의 여인들이 참석하지 못하는 것은 실로 유감이다."

라고 하고, 우선 사리를 법흥원法興院¹¹으로 내려 보냈기 때문에 도읍 안의 신분 고하를 막론한 모든 신분의 승속·남녀 모두가 참석하여 도읍이 떠들썩했다. 이것은 《치안治安 4)¹²년의 일이었다. 결국에는 4월 《21)¹³일, 기다린지祈陀林寺¹⁴에서도 사리회를 행하게 되었다. 사리를 법흥원에서 기다린지로 옮길 때의 모습은 무엇과도 비교할 수 없을 만큼 훌륭했다. 이백여 명의 청승이 사색四色¹⁵의 법의를 입고, 정자定者¹⁶ 두 사람을 선두로 세워서 두 줄로 섰다. 당唐·고려高麗¹⁷의 무인舞人과 악인樂人, 보살菩薩¹⁸·새鳥·나비¹⁹의 모습을 한 동자童子가 좌우로 줄을 섰다. 음악의 음색은 대단히 훌륭하였고

7 날짜의 명기를 위한 의도적 결자. 『일본기략日本紀略』을 참조하여 보충.
8 → 불교. 불사리를 히에이 산比叡山 엔랴쿠지延曆寺로부터 내려 보냈음.
9 현재의 교토 시京都市 사쿄 구左京區 요시다가구라오카 정吉田神樂岡町. 통칭 요시다 산吉田山이라고 불림.
10 좌주座主 이름의 기입을 위한 의도적 결자. 인겐院源이 들어갈 것으로 추정. 인겐은 관인寬仁 4년(1020) 제26대 천태좌주天台座主. 치산治山 8년. 만수萬壽 5년(1028) 몰沒.
11 → 사찰명.
12 연도의 기입을 위한 의도적 결자. 『일본기략日本紀略』, 『천태좌주기天台座主記』를 참조하여 보충.
13 일시의 기입을 위한 의도적 결자. 21일이 들어갈 것으로 추정.
14 → 사찰명.
15 → 불교.
16 → 불교.
17 당악唐樂과 고려악高麗樂. 좌악左樂과 우악右樂.
18 악곡명曲名. 임읍악林邑樂의 하나. 보살의 가면을 쓴 무인舞人이 춤춘다. 바라문 승정 보리선나菩提僊那, 불철佛哲 등이 천평天平 8년(736)에 전했다고 함.
19 새, 나비 모두 악곡명. 새는 '가릉빈迦陵頻'으로 임읍악林邑樂의 하나. 바라문 승정이 전했다고 한다. 나비는 '호접악胡蝶樂'으로 고려악에 속함.

사리를 안치한 가마를 든 사람은 머리에 투구를 쓰고 몸에는 비단을 걸쳤다. 주작대로朱雀大路를 따라 올라가는데 그 행렬의 모습은 실로 존귀했다. 대로에는 구경꾼들이 앉는 높은 판자들이 빼곡히 늘어서 있었다. 고이치조인小一條院[20]과 후지와라노 미치나가藤原道長의 관람석을 비롯한 그 외의 사람들의 관람석의 모습은 어떠했는지는 상상에 맡기겠다. 행렬 길에는 보물로 장식한 나무 등을 많이 심고 하늘에서는 색색의 꽃을 뿌렸다. 승려들이 가진 향로들로 각양각색의 향을 태워 연기를 피웠는데 참으로 훌륭했다. 기다린지에 사리가 안치되면 흥겨운 법회의 의식과 가무가 하루 종일 거행되었다. 훌륭하게 장식된 기다린지의 모습은 극락[21]을 방불케 하였다.

그 후 사리는 궁중과 각 황족의 거처를 돌아 히에이 산으로 돌려보내졌고 이렇게 이야기로 전하여 내려오고 있다 한다.

20 → 인명.
21 → 불교.

比叡山行舎利会語第九

今昔、慈覚大師、震旦ヨリ多ノ仏舎利ヲ持渡リテ、貞観

二年ト云フ年□、惣持院ヲ起テ、舎利会ヲ持渡リテ、貞観

ク此ノ山ニ伝ヘ置ク。多ノ僧ヲ請ジ音楽ヲ調ヘテ一日ノ法会

ヲ行フ。満山ノ僧、此ノ事ヲ営テ于今不絶ズ。但シ日ヲ定ム

ル事無シ。只、山ニ花ノ盛ナル時ヲ契ル。

而ル間、山ノ座主慈恵大僧正、此ノ会ヲ母ニ礼ハセムガ為

ニ、□年ノ□月□日、舎利ヲ下シ奉テ吉田ト云フ所ニ

テ此ノ会ヲ行フ。多ノ僧ヲ請ジ音楽ヲ調ヘテ一日ノ法会ヲ行

ヒケリ。其ノ比、微妙キ事ニナムシケル。

其ノ後、山ノ座主□□、「此ノ舎利会ヲ、京中ノ上中下

女ノ礼マセ不給ヌ事、極テ口惜キ事也」トテ、先ヅ舎利ヲ法

興院ニ下シ奉タレバ、京中ノ上中下ノ道俗男女、参テ礼ミ

嗟ル事無限シ。□年ノ事也。遂ニ、四月□日ニ、祇陀林寺

ニシテ舎利会ヲ行フ。舎利ヲ法興院ヨリ祇陀林ヘ渡シ奉ル

間、余ニ不似ズ微妙シ。二百余人ノ法服ヲ着シ

テ、定者二人ヲ先ニシテ二行ニ列セリ。唐高麗ノ舞人楽人、

菩薩鳥蝶ノ童、左右ニ列セリ。音楽ノ音微妙シ。舎利ノ輿ヲ

持奉レル者、頭ニ甲ヲ着テ、身ニハ錦ヲ着タリ。朱雀登

リ、行列ノ作法実ニ貴シ。大路ノ左右ニハ狭敷無隙シ。小一

条ノ院ノ入道殿ノ御狭敷ヲ始メテ自余ヲ思ヒ可遣シ。道ノ程ニ

ハ宝ノ樹共ヲ多ク植ヘテ、空ヨリハ色々ノ花ヲ令降ム。僧ノ

香炉共ニ二種々ノ香ヲ焼テ薫ジタル事微妙シ。祇陀林ニ安置

シ奉ツレバ、法会ノ儀式舞楽、終日有テ極テ懃シ。本ヨリ祇

陀林ヲ荘厳セル事極楽ノ如シ。

其ノ後、舎利ヲ内ニモ宮々ニモ渡シ奉テナム山ニハ返シ

送リ奉ケルトナム語リ伝ヘタルトヤ。

이와시미즈石淸水에서 행하는
방생회放生會 이야기

> 앞 이야기의 사리회舍利會의 뒤를 이어 8월의 이와시미즈石淸水 방생회의 연혁과 행사 내용을 기록하고 더불어 교교行敎에 의한 이와시미즈 권청勸請의 유래를 설명한 이야기. 이 이야기로 법회 관련 설화는 끝이 난다.

　이제는 옛이야기이지만, 하치만 대보살八幡大菩薩[1]이 전생[2]에 이 나라의 천황[3]으로 계셨을 때 오랑캐[4]를 □□□□□[5] 군대를 이끄시고 자신이 직접 전쟁에 나서서 많은 사람을 죽이셨기에 □□□□.[6]

　천황은 일찍이 오스미 지방大隅國[7]에 하치만 대보살로서 모습을 나타내신 후 뒤이어 우사 신궁宇佐神宮으로 옮기셨으며 마침내는 이와시미즈石淸水[8]에

1　→ 불교. 우사 신궁宇佐神宮, 이와시미즈하치만 궁石淸水八幡宮에서 모시는 주제신主祭神. 본지수적本地垂迹설에 의해 호국영험위력신통대자재왕보살護國靈驗威力神通大自在王菩薩의 화현化現이라고 여겨지고 있음. 신명은 호무타 천황譽田天皇 히로하타야하타마로廣幡八幡麻呂.

2　→ 불교.

3　호무타譽田 천황天皇. 기기계보記紀系譜 제15대 오진應神 천황天皇을 가리킴.

4　오진 천황應神天皇이 직접 관여한 전쟁은 미상.

5　파손에 의한 결자. '토벌하기 위해'로 추정.

6　파손에 의한 결자. '그 죄를 씻고자 방생회를 매년 행해야 했다.'로 추정.

7　옛 지방명. 여기서는 가고시마 현鹿兒島縣 아이라 군姶良郡 하야토 정隼人町의 가고시마 신궁(→ 사찰명 〈오스미쇼하치만궁大隅正八幡宮〉)의 땅을 가리킴.

8　교토 부京都府 야하타 시八幡市 야하타타카보八幡高坊의 오토코 산男山의 땅.

신으로 수적垂迹[9]하셔서 많은 신인神人[10]들에게 명하시어 수많은 생물을 사오게 한 후 이를 방생[11]하셨다. 그리하여 조정에서도 하치만 대보살의 이 탁선託宣에 의해 여러 지방에 방생할 어류를 분배하셔서 대보살의 서원을 도우셨다. 그 결과 한 해에 방생하신 수는 셀 수 없을 정도였다. 한편 조정에서는 매년 8월 15일을 정하여 대보살이 신사 앞에서 숙원宿院으로 내려오시게 되면, 방생한 어류의 수를 보고하게 되는데, 이때 성대하게 법회를 열어 『최승왕경最勝王經』[12]을 강연하게 하셨다. 그 이유는 부처가 그 경 속에서 유수장자流水長者[13]가 행한 방생의 공덕[14]을 설법하셨기 때문이었다. 그래서 이 법회를 방생회放生會라고 하였다.

그런데 대보살이 숙원에 내려오시는 의식은 정말로 엄숙하여 새로이 이곳에 신으로서 진좌하셨을 때와 같았다. 조정에서도 이 행사를 존귀하게 여겨 그것을 천황의 행차에 준하여 상경上卿,[15] 재상宰相[16]을 비롯하여 변辯, 사史, 외기外記[17] 등이 모두 담당하여 행사를 거행하였다. 또한 육위부六衛府[18]의 무관들도 각자 무구를 차고 경계하며 굳게 지켰는데 그것은 천황의 행차때와 다름없었다. 더군다나 승려들은 엄숙한 예장禮裝으로 몸을 가지런하게 하여 청승請僧의 역할을 수행하고 당唐, 고려高麗의 음악을 연주했다. 법

9　→ 불교.
10　신사에 근무하여 신사神事나 잡무를 하는 하급 신직神職.
11　→ 불교.
12　→ 불교. 『금광명최승왕경金光明最勝王經』 권9·장자자유수품長者子流水品을 가리킴.
13　석가의 전생담으로 가뭄에 고통받는 물고기의 생명을 구하기 위해서 연못으로 물을 나른 장자의 이름.
14　→ 불교.
15　조정의 정무나 의식을 집행하는 삼위三位 이상의 고위관리.
16　참의參議의 당명唐名. 상경上卿과는 다른 사람.
17　변辯은 변관. → 권12 제3화 참조. 사史는 변관국辯官局의 주전主典으로 좌우左右 대사大史·소사少史가 있음. 문서·서무를 행함. 외기外記는 소납언국少納言局에 속하며 상주문 작성. 제목除目·서위敍位 등의 의식을 행함.
18　좌우의 근위부近衛府·위문부門衛府·병위부兵衛府를 가리킴.

346

회가 끝나면 스모가 행해졌고 대보살은 그날 안으로 신사에 돌아가셨다. 정말로 존귀한 법회였다. 도심 있는 사람이 이날을 알고 방생을 행하는 것은 대보살 자신의 서원을 사람들이 존귀하게 여겼다는 것이 됨으로, 대보살이 감명을 받으시고 크게 기뻐하셨음에 틀림없다.

또한 일본은 본디 대보살의 수호에 의해 지켜지고 있는 나라였기에 이 방생회 날에는 반드시 참배하고 예배드려야 한다. 이 날은 서원에 의해 반드시 대보살이 하늘에서 내려오신다고 생각하면 참으로 감개무량하다.

한편 옛날에 대보살이 우사 신궁에 계셨을 때 다이안지大安寺의 승려 교쿄行敎[19]라는 사람이 우사 신궁에 참배하였는데 대보살이 "나는 천황의 땅을 지키기 위해 직접 그쪽으로 옮겨가고자 하니 너와 동행하겠노라."라고 고하셨다.

교쿄는 이것을 듣고 황공해 하며 예배를 드리자, 대보살은 순식간에 금색의 삼존三尊[20]의 모습이 되어 교쿄가 입고 있는 옷으로 옮겨 붙으시어 납시었다. 그리하여 교쿄는 다이안지의 승방으로 모신 후 그곳에 안치하여 지성으로 공경하며 공양하였다.

그리고 그곳으로부터 지금의 이와시미즈 궁石淸水宮으로 옮기신 것이다. 그것도 탁선託宣에 의해 장소를 골라서 하늘에서 별빛이 □□□□.[21] 교쿄는 밑에서 이것을 보고 그 장소를 선정하여 신사를 만들었다. 그 후 교쿄는 항상 참배하고는 대보살의 계시를 받았다고 전해져 내려오고 있다.

대보살이 옮겨 붙으신 교쿄의 그 옷은 지금도 다이안지에 있다. 그 다이안지의 승방은 남탑원南塔院이라고 하는 곳이다. 그곳에도 대보살이 잠시

19 → 인명.
20 이 삼존에는 석가삼존釋迦三尊, 아미타삼존阿彌陀三尊 두 설이 있는데 전자가 오래됨.
21 파손에 의한 의도적 결자. 「호국사약기護國寺略記」의 기사를 참조하면 '비가 내리듯 별빛이 쏟아졌다.'의 내용이 들어갈 것으로 추정.

계셨기에 신사를 짓고 모신 것이다. 그리고 그곳에서도 방생회가 열리고 있으며 우사 궁에서도 같은 날에 방생회를 행하였다. 그러므로 이 방생의 공덕은 참으로 존귀하며 이 방생회는 여러 지방의 대보살을 권청한 곳이라면 어디서나 행해지고 있다.

그 교교는 정말로 보통 사람이 아니시다. 모든 것을 대보살로부터 직접 계시를 받으셨으니 분명 이 방생회를 수호하고 계신다고 이렇게 이야기로 전하여 내려오고 있다 한다.

於石清水行放生会語第十

今昔、八幡大菩薩、前生ニ此ノ国ノ帝王ト御シケル時、

夷□ムカ□軍ヲ引将テ自ラ出立セ給ケルニ、多ノ人ノ命ヲ殺サセ給ヒケル□カ□

初メ大隅ノ国ニ八幡大菩薩ト現ハレ在シテ、次ニハ宇佐ノ宮ニ遷ラセ給ヒ、遂ニ、此ノ石清水ニ跡ヲ垂レ在マシテ、多ノ僧俗ノ神人ヲ以テ、員ズ不知ヌ生類ヲ令買放メ給フ也。然レバ、公モ、此ノ御託宣ニ依テ、諸国ニ放生ノ料ヲ充テ、其ノ御願ヲ助ケ奉ラセ給フ。然テ、毎年ノ八月十五ヲ定テ、大菩薩ノ宝前ヨリ宿院ニ下ラセ御マシテ、此ノ放生ノ員ヲ申シ上グルニ、大キニ法会ヲ儲テ、最勝王経ヲ令講メ給フ。其ノ故ハ、彼ノ経ニ、流水長者ガ放生ノ功徳ヲ、仏説給フ故也。然レバ、彼ノ此ノ

ノ会ヲ放生会ト云フ。

然テ、其ノ下サセ御マス儀式実ニ厳重ナル事、新タニ御マス時ノ如シ。公モ此ノ御行ヲ貴ビ奉ラセ給テ、行幸ニ准ヘテ上卿宰相ヲ始テ、弁史外記等、皆参テ事ヲ行フ。亦、六衛府ノ陣モ、各兵杖ヲ帯シテル事、行幸ニ不異ズ。何ニ況ヤ、僧ハ威儀ヲ調ヘテ請僧タリ。唐高麗ノ音楽ヲ奏ス。法会ノ後ハ相撲ヲ行ヒテ、日ノ内ニ返ラセ給フ。極テ貴キ会也。

心有ラム人ハ此ノ日ヲ知テ放生ヲ行ハヾ、定メテ大菩薩、我ガ御願ヲ貴ビ奉ルニ依テ、哀レニ喜バセ給ハム事疑ヒ不有ジ。

亦、此ノ国、本ヨリ大菩薩ノ御護リニ依テ持ツ国ナレバ、此ノ放生会ノ日、専ラ参リ会テ礼拝シ可奉キ也。此ノ日ハ、正シク御願ニ依テ雨降リ御マスト思フガ哀レニ悲キ也。

昔シ、大菩薩、宇佐ノ宮ニ御ケル時、大安寺ノ僧行教ト云フ人、彼ノ宮ニ参テ候ヒケルニ、大菩薩示シ給ハク、「我レ、王城ヲ護ラムガ為ニ親ク遷ラムト思フ。而ルニ、汝ニ具

シテ行カムト思フ」ト。行教此レヲ聞テ、謹ムデ礼拝シテ
奉リケルニ、忽ニ行教ニ着タル衣ニ金色ノ三尊ノ御姿ニテ
遷リ付カセ御マシテナム御ケル。然レバ、行教、大安寺ノ
房ニ将テ安置シ奉テ、恭敬供養ジ奉ル事無限シ。

然レバ、其ヨリナム今ノ石清水ノ宮ニハ遷ラセ給ヒケル。
其レモ、御託宣ニ依テ所ヲ撰ビテ、空ヨリ星ニテ□三□ラセ□
給□。行教下ニテ此レヲ見テ、其ノ所ヲ点テ宝殿ヲ造レル也。

其ノ後、行教常ニ参ツ、申シ承ハリケルトゾ語リ伝ヘタル。
彼ノ遷ラセ給ケル行教ノ衣、于今彼ノ寺ニ有リ。大安寺ノ
房ハ南塔院ト云フ所也。其ニモ大菩薩ノ暫ク御マシ、ニ依テ
宝殿ヲ造テ祝奉レリ。其ニテモ放生会ヲ行フ。亦、彼ノ宇
佐ノ宮ニシテモ同日ニ放生会ヲ行フ。然レバ此ノ放生ノ功徳
極テ貴シ。亦、此ノ放生会ハ、諸ノ国々ニ大菩薩ヲ振リ奉
タル所々ニハ皆此レヲ行フ。

彼ノ行教　糸只人ニハ非ザリケリ。諸ノ事ヲ大菩薩ニ面
申承ハリ給ヒケレバ、此ノ放生会ヲモ護リ給フラムトナム

語リ伝ヘタルトヤ。

수행승 고다쓰廣達가 교목橋木으로 불상을 만든 이야기

이 이야기부터 제19화까지 『영이기靈異記』를 출전으로 하는 제불諸佛의 영험담靈驗談이 이어진다. 이 이야기는 이른바 오카도岡堂의 미타삼존의 조상연기담造像緣起譚으로 조불造佛의 재목이 신이神異를 나타내는 것은 유형적 모티브 중 하나이다.

이제는 옛이야기이지만, 쇼무聖武 천황天皇의 치세에 한 승려가 있었는데 이름은 고다쓰廣達[1]라고 한다. 속성俗姓은 시모쓰케노기미下毛野公[2]로 가즈사 지방上總國[3] 무자 군武射郡[4] □□[5] 향鄕 사람이었다.

한편 고다쓰는 불도를 배우고자 하여 오랜 세월에 걸쳐 열심히 수행했는데 어느 날 야마토 지방大和國 요시노 군吉野郡 미타케金峰山[6]에 들어가 그곳의 나무 밑에서 오로지 수행만 하였다.[7] 그런데 그 군의 우쓰기 향栖花鄕[8]에

---

1 → 인명.
2 고대 씨족의 하나. 『신찬성씨록新撰姓氏錄』에 의하면 스진崇神 천황天皇의 황자. 도요키이리비코노미코토豊城入彦命의 후손.
3 → 옛 지방명.
4 현재 치바 현千葉縣 산부 군山武郡.
5 향명鄕名의 기입을 기한 의도적 결자. 『영이기靈異記』에도 보이지 않음.
6 → 지명(긴푸 산金峰山).
7 의식주에 대한 집착심을 벗어나기 위한 12종의 수행법인 12두타頭陀의 제7, 수하좌樹下座에 해당함.
8 나라 현奈良縣 요시노 군吉野郡 시모이치 정下市町의 아키노 강秋野川 상류의 땅으로 추정.

다리가 하나 있었다. 그 다리 옆에는 오랜 세월동안 잘려진 배나무가 놓여 있었다.[9] 그곳을 흐르고 있는 강은 아키 강秋川[10]이라 하는데 강에 끌어 놓아둔 그 배나무를 걸쳐서 사람이나 소, 말이 그것을 밟고 왕복하였다.

어느 날 고다쓰가 용무가 있어 마을에 나갈 일이 있었다. 그 배나무 다리를 건너가는데 다리 밑에서 "아아, 꽤나 아프게도 밟는구나."라는 소리가 들렸다. 고다쓰는 이 소리를 듣고 불가사의하게 여겨 밑을 봤지만 아무도 없었다. 꽤 오랫동안 그 곳을 배회徘徊하며 지나가지도 않고 그 목소리가 나는 장소를 찾으면서 멈춰 서서 살펴보니 이 다리라는 것이 실은 본디 나무로, 불상을 만들려고 했는데 다 만들지 못한 채 버려둔 것을 다리 용도로 강에 걸쳐둔 것이었다.

고다쓰는 이것을 보고 크게 두려워하며 그 다리를 밟았을지도 모르는 것을 후회하고 슬퍼했다. 그는 스스로 청정한 장소로 나무를 끌고 가서 나무를 향해 슬피 울면서 공경하여 예배하고

"저는 연이 있어 오늘 이 다리를 건너며 이 사실을 알았습니다. 바라건대 반드시 이것을 불상으로 만들겠습니다."

라고 서원誓願했다. 그 후 즉시 연이 있는 장소에 이 나무를 운반하고 사람들에게 권하여 기진寄進하게 하여 아미타불阿彌陀佛,[11] 미륵불彌勒佛,[12] 관음보살觀音菩薩[13] 삼존[14]의 상□□□□□[15]을 만들어 모셨다. 그리고 이 군의 고

---

9 바로 뒤에 이 나무가 다리의 재료로 사용되었다는 내용이 나오는 것으로 보아 이 문장의 내용은 다리가 만들어지기 전을 말하는 듯함.
10 현재의 아키노 강秋川. 시모이치 강下市川이라고도 함. 요시노 강의 지류로 요시노 군吉野郡 시모이치 정下市町을 서쪽으로 흘러 요시노 강에 합류함.
11 → 불교.
12 미륵彌勒 → 불교.
13 → 불교(관음觀音).
14 아미타삼존阿彌陀三尊은 아미타불阿彌陀佛·관음보살觀音菩薩·세지보살勢至菩薩의 삼체가 보통. 요시노 지역은 미륵신앙이 발달했기에 세지 대신에 미륵불이 만들어진 것으로 추정.

시베 촌越部村의 오카도岡堂[16]에 안치하여 공양하고 모셨다.

나무는 원래 마음이 없는데 어찌하여 목소리를 냈던 것일까. 하지만 이 같은 불가사의한 일이 있었던 것도 전적으로 부처가 영험[17]을 나타내셨던 것이다.

그러므로 만일 생각지도 않은 곳에서 뜻밖의 목소리를 듣는다면 반드시 불가사의하게 생각하고 살펴봐야만 한다고 이렇게 이야기로 전하여 내려오고 있다 한다.

---

15 파손에 의한 결자.
16 나라 현奈良縣 요시노 군吉野郡 오요도 정大淀町 오아자코시베大字越部의 코시베의 사적寺跡(오카도岡堂의 사적)으로 전해지는 장소가 있음.
17 → 불교.

修行僧広達以橋木造仏像語第十一

今昔、聖武天皇ノ御代ニ、一人ノ僧有ケリ。名ヲ広達ト云ふ。俗姓ハ下毛野ノ公、上総ノ国、武射ノ郡、□ノ郷ノ人也。

而ルニ、広達、仏ノ道ヲ求テ勲ニ修行ジテ年ヲ経ル間、大和国、吉野ノ郡ノ金峰山ニ入テ、樹ノ下ニ居テ専ニ仏道ヲ行フ。其ノ時ニ、其ノ郡ノ枇花ノ郷ニ一ノ橋有リ。其ノ橋ノ本ニ梨ノ木ヲ伐テ曳キ置テ、年来ヲ経タリ。其ノ所ニ河有リ。秋河ト云フ。其ノ河ニ彼ノ梨ノ木ヲ渡シテ、人并ニ牛馬、此レヲ踏テ渡リ往反ス。

而ル間、広達、要事有テ郷ニ出ルニ、彼ノ梨ノ木ノ橋ヲ渡テ行クニ、橋ノ下ニ音有テ云ク、「嗚呼、痛ク踏哉」ト。広

達此ノ音ヲ聞テ、怪ムデ下ヲ見ルニ、人無シ。良久ク其ノ所ニ徘徊シテ不過去ズシテ、此ノ音ニ付テ立テ見レバ、此ノ橋ノ木ノ、仏ノ像ニ造ラムトシテ未ダ不造畢ザル木ヲ棄タルヲ、橋ニ曳キ渡セル也ケリ。広達、此レヲ見テ大ニ怖レテ、此レヲ踏ミ奉ケム事ヲ悔ヒ悲ムデ、自ラ浄キ所ニ曳置テ、木ニ向テ泣々礼拝恭敬シテ、誓ヲ立テ云ク、「我レ、縁有ルガ故ニ、今日此ノ橋ヲ渡テ、此ノ事ヲ知レリ。願クハ、必ズ仏ノ像ニ可造奉シ」ト云テ、即チ有縁ノ所ニ此ノ木ヲ運ビ寄セテ、人ヲ勧メ物ヲ集メテ、阿弥陀仏、弥勒、観音ノ三体ノ像□ヲ造奉リツ。其ノ郡ノ越部ノ村ノ岡堂ニ安置シテ供養ジ奉畢ヌ。

木ハ此ル心無シ。何カ音ヲ出サムヤ。然レドモ、偏ニ仏ノ霊験ヲ示シ給フ所也。

此レニ依テ、若シ人、不慮ザル所ニ自然ラ音聞エバ、必ズ怪ムデ可尋キ也トナム語リ伝ヘタルトヤ。

354

수행승이 모래에서
불상佛像을 파낸 이야기

목불木佛이 소리를 내는 기이한 일에 의해 모래 속에서 파손된 약사상藥師像을 발굴하여 수리를 한 뒤 당 안에 안치하였다는 이야기로 앞 이야기와 동일한 모티브를 가지고 있다.

이제는 옛이야기이지만, 스루가 지방駿河國[1]과 도토우미 지방遠江國[2]의 경계에 강이 하나 있었는데 이를 오이 강大井川[3]이라 했다. 또한 그 강 상류에 우다 향鵜田鄉이라는 곳이 있었는데 이것은 도토우미 지방 하이바라 군榛原郡 안에 있었다.

한편 오이大炊 천황天皇[4]의 치세, 천평보자天平寶字 2년 3월경[5]에 불도수행을 하는 한 승려가 이 지방을 거쳐 우다 향의 강변을 지나고 있는데 모래 속에서 소리가 들렸다. "나를 꺼내라, 나를 꺼내라." 이 승려는 소리를 듣고 괴이하게 여기며 그 주위를 돌아보았는데 이 소리는 멈추지 않았다. 어디서

1 → 옛 지방명.
2 → 옛 지방명.
3 현재의 시즈오카 현靜岡縣 중부를 흐르며 스루가 만駿河灣에 흘러드는 대하大河.
4 → 인명. 제47대 준닌淳仁 천황天皇.
5 천평보자天平寶字 2년(758) 3월은 아직 고켄孝謙 천황天皇의 치세. 8월 1일에 오이 천황大炊天皇이 즉위. 같은 해를 후년의 새로운 천황의 치세로서 표기한 것.

소리가 들려오는지 알지 못한 채 찾아보았지만 아무도 없었다. 승려는 가까스로 소리가 모래 속에서 들려온다는 것을 알아차리고 '이것은 어쩌면 모래 속에 묻힌 죽은 사람이 소생해 말하는 것인가.'라고 생각하여 그곳을 파보았더니 약사불藥師佛[6]의 목상木像이 나왔다. 높이는 육 척尺 오 촌寸이었으며 양팔이 떨어져 나가 있었다. 이것을 본 승려는 '그러니까 이 소리는 부처님의 목소리셨구나.'라는 생각이 들어 슬퍼서 눈물을 흘리며 예배하고

"이곳에 우리 대사大師[7]가 계셨던 것입니까. 도대체 무슨 죄가 있으셔서 이 수난水難[8]을 당하셨는지요. 그러나 인연이 있어 저를 만나게 되셨습니다. 제가 수리를 해드리겠습니다."

라고 말했다. 그 후 승려는 곧바로 신자를 모집하여 희사喜捨를 받아 불사佛師를 고용하여 목상을 수리한 뒤, 우다 향에 불당을 세워 이 불상을 안치하고 공양을 드렸다. 현재 우다데라鵜田寺[9]라는 것은 바로 이 절을 말한다.

그 후 이 부처의 영험[10]의 신통함은 이루 말할 수 없었으며, 빛을 발하셨다. 이 지방의 사람들이 무언가 바라 청할 일이 있어 이 약사불이 계신 곳에 참배하여 기청祈請하면 반드시 그 바람을 이루어 주셨다. 그러므로 지방 내의 승속, 남녀는 머리를 숙이고 더할 나위 없이 공경하였다. 그 부처가 본디 어찌하여 모래 안에 파묻혀 계셨는지는 알 수 없었다.

실제로 말을 하신 부처였다. 도심이 있는 사람은 이 부처를 반드시 참배하고 배례해야 한다고 이렇게 이야기로 전하여 내려오고 있다 한다.

---

6   → 불교.
7   부처 또는 보살의 존칭. 여기서는 약사불藥師佛에 대한 존칭.
8   수해, 홍수 등에 의해 강변의 토사 속으로 묻혔다고 생각됨.
9   소재불명.
10 → 불교.

修行僧従砂底堀出仏像語第十二

今昔、駿河ノ国ト遠江ノ国トノ堺ニ河有リ。此レ、大井河ト云フ。其ノ河ノ上ニ鵜田ノ郷ト堺ニ二ノ河有リ。此レ、遠江ノ国ノ榛原ノ郡ノ内也。

而ルニ、大炊ノ天皇ノ御代ニ、天平宝字二年ト云フ年ノ三月ノ比、仏ノ道ヲ修行スル一人ノ僧有テ、此ノ国ヲ経テ、彼ノ鵜田ノ郷ノ河辺ヲ行キ過ル時ニ、沙ノ中ニ音有テ云ク、「我レヲ取レ、タタタ」ト。此ノ僧此ノ音ヲ聞テ、怪ビ思テ徘徊スル間、此ノ音不止ラズ。

僧、「此レ、若シ、死人ヲ埋メルガ活テ云フカ」ト思テ、堀テ見レバ、薬師仏ノ木像ヲ堀出シ奉レリ。高サ六尺五寸也。左右ノ手闕ケ給ヘリ。僧此レヲ見ルニ、「然レバ、此ノ仏ノ御音也ケリ」ト思フニ、悲クテ、泣々ク礼拝シテ云ク、「此レ、我ガ大師ノ在マスカ。何ノ過在マシテカ、此ノ水難ニ値給ヘル。縁有テ、既ニ我レニ値給ヘリ。我レ修理ヲ可加キ」ト云テ、忽ニ知識ヲ曳テ物ヲ集メテ仏師ヲ雇テ此ヲ修理シ奉テ、彼ノ鵜田ノ郷ニ道場ヲ造テ、此ノ像ヲ安置シ奉シ。今、此レヲ鵜田寺ト云フ、此レ也。

其後、此ノ仏霊験掲焉ナル事無限シ。光ヲ放チ給ヒケリ。

其ノ国ノ人、願ヒ求ムル事有テ、此ノ薬師仏ノ御許ニ詣デ祈リ請フニ、必ズ其ノ願ヲ満給フ事疑ヒ無シ。然レバ、国ノ内ノ道俗男女、首ヲ低テ恭敬ジ奉ル事無限シ。其ノ仏本何ニシテ沙ノ中ニ在マシケリト云フ事ヲ不知ズ。

此レハ現ニ物ヲ宣ヘル仏也。心口有ラム人ハ必ズ詣テ可礼奉キ仏也トナム語リ伝ヘタルトヤ。

이즈미 지방^{和泉國} 진에지^{盡惠寺} 동불상^{銅佛像}이
도둑에 의해 부서진 이야기

앞 이야기와 마찬가지로 실제 말을 하신 부처의 이야기이다. 이 이야기에서는 도둑으로 인해 수모를 당하여 소리를 낸 금동불金銅佛의 영이靈異와 그 불상을 훼손하여 현세의 악보惡報를 얻은 도둑의 소행이 이야기되고 있다.

이제는 옛이야기이지만, 쇼무聖武 천황天皇의 치세에 이즈미 지방和泉國[1] 히네 군日根郡[2]에 도둑이 한 명 있었는데 길가에 살면서 사람을 죽이고 타인의 물건을 훔치는 것을 업으로 삼고 있었다. 그는 인과因果[3]의 도리를 믿지 않고, 항상 이곳저곳의 절로 가서 은밀히 구리 불상을 찾아내서는 이것을 도둑질했고, 녹여서 쇠테로 다시 만들어 사람들에게 팔아 생계를 이어가고 있었다. 그래서 이 남자는 세간에서는 그저 구리 세공사로 여겨지고 있었다.

한편 그 군에 진에지盡惠寺라는 절이 있었다. 그 절에 구리 불상이 계셨는데, 이 불상이 갑자기 없어졌다. 사람들은 '도둑이 훔쳐갔을 것이다.'라고 생

---

1 → 옛 지방명.
2 현재의 오사카 부大阪府 센난 군泉南郡에 속함.
3 → 불교.

각했다. 어느 날, 어떤 사람이 말을 타고서 그 절 근처 북쪽 길을 지나고 있을 때, 어렴풋하게 사람이 외치는 소리를 들었다.

"아아 아프도다, 아프도다. 길을 지나는 사람이여, 내 목소리를 듣고 날 때리는 자에게 충고하여 때리지 않게 해주오."

라고 절규하며 말하고 있었다. 길을 지나던 그 사람이 이 소리를 듣고 말을 달리게 하여 황급히 지나가려고 하자, 지나치려는 사람을 붙잡으려는 듯 그 목소리가 방금 전처럼 절규하며 신음소리를 냈다. 이에 그 사람이 지나치지 못하고 발을 돌려 돌아오니 절규 소리가 멎었다. 다시 지나려하자 방금과 같이 절규했고 돌아가면 그쳤다. 그 사람은 불가사의하게 여기어 말을 멈추고 귀를 기울여보니 대장간에서 금속을 가공하는 소리가 들렸다. '혹시 사람을 죽이고 있는 것은 아닐까?' 하고 의심을 품고, 잠시 그 근처를 배회하며 종자從者를 은밀히 그 집에 보내 엿보게 하였다. 종자가 가까이 다가가 벽의 구멍을 통해 들여다보니, 집 안에서는 구리 불상을 눕혀 놓은 채로 손발을 자르고, 그 목을 강철 끌로 끊고 있었다. 종자는 이것을 보자마자 되돌아와서 주인에게 이 일을 이야기했다. 주인은 이것을 듣고

'이것은 필시 부처를 훔쳐서 부수려 하고 있는 것이다. 그 절규하던 소리는 부처가 내셨던 것이다.'

라고 생각하고, 이 집으로 뛰어들어서 부처를 부수고 있던 자를 포박했다. 사정을 물으니, "이것은 진에이지의 구리 불상을 훔친 것입니다."라고 자백했다. 이에 지나가던 사람은 곧장 그 절로 심부름꾼을 보내 사건의 진위를 알아보게 하자, 절의 불상이 도난당한 것이 사실이었다. 심부름꾼은 이런 사실을 자세히 보고했다.

그러자 절의 승려들이나 그 절에 속한 신자들이 이 사실을 듣고 놀라서 도둑의 집으로 모여들었고, 부서진 불상을 둘러싸고 제각각 비탄하며

"한심스럽고 슬프도다. 우리 부처님[4]은 대체 무슨 죄가 있어 이런 도적에게 수모를 당하신 것인가?"

라고 말하며, 이루 말할 수 없이 서로 한탄했다. 그 후 절의 승려들은 서둘러 가마[5]를 만들고 곱게 꾸미어 부서진 불상을 그곳에 안치하여 원래의 절로 옮겼다. 절의 승려들은 그 도둑을 벌하지 않고 내버려 두었다. 그러자 도둑을 잡았던 사람이 종자와 함께 도둑을 데리고 상경上京하여 관청에 넘겼다. 관청에서 이 사건을 조사하자, 도둑은 이제까지의 자초지종을 털어놓았다. 이것을 들은 사람들은 한편으로는 부처의 영험[6]을 존귀하게 여기고 한편으로는 중죄를 지은 도둑을 증오하여 즉시 옥사에 가두었다.

실로 이것을 생각하면 부처의 몸이 실제로 아팠을 리는 없다.[7] 하지만 영험을 나타내 보이시고자 소리를 내 절규하신 것이다. 이것이야말로 불가사의한 영험이라고 이렇게 이야기로 전하여 내려오고 있다 한다.

---

4   여기서는 불상을 가리킴.
5   * 원문에는 '미코시御輿'로 되어 있음. 신체神體나 신위神位를 실은 가마를 이름.
6   → 불교.
7   구리로 된 불상이 아픔을 느낄 리는 없다는 의미. 본권 제11화의 끝부분에도 "나무는 원래 마음이 없는데 어찌하여 목소리를 냈던 것일까."라고 되어 있음.

和泉国尽恵寺銅像為盗人被壊語第十三

今昔、聖武天皇ノ御代ニ、和泉ノ国日根ノ郡ノ内ニ一人ノ盗人有リ。道ノ辺ニ住シテ、人ヲ殺シ、人ノ物ヲ盗ミ取ルヲ以テ業トス。因果ヲ不信ズシテ、常ニ諸ノ寺ニ行テ、窃ニ銅ノ仏ノ像ヲ伺ヒ求メテ、此レヲ盗テ焼キ下シテ、帯ニ造テ売テ世ヲ渡ル。然レバ、此ノ人、現ニハ只銅ノ工トシテ有リ。

而ル間、其ノ郡ニ尽恵寺ト云フ寺有リ。其ノ寺ニ銅ノ仏像在マス。此ノ仏ノ像、忽ニ失セ給ヒヌ。「此レ、盗人ノ為ニ被取ヌ」ト疑フ。其ニ、路ヲ行キ過グル人有リ。其ノ寺ノ北ノ路ヲ馬ニ乗テ通ル間ニ、其ノ人聞ケバ、其ノ馬音髴ニ叫テ云ク、「我レ、痛哉々々。路ノ人、此レヲ聞テ思ヒ諌テ、我レヲ不令打ザレ」ト。其ノ時ニ、此ノ路ヲ行ク人、

此ノ音ヲ聞テ、馬ヲ馳テ疾ク進ギ行クニ、其レニ随テ、此ノ音前ノ如ク叫ビ呻フ。然レバ、其ノ人不過ズシテ返来レバ、叫ブ音亦止ヌ。

其ノ時ニ、怪ムデ馬ヲ留メテ吉ク聞ケバ、亦行ケバ前ノ如ク叫ブ。亦返レバ前ノ如ク音有リ。亦返レバ音止ヌ。

其ノ時ニ、怪ムデ馬ヲ留メテ吉ク聞ケバ、鍛冶ノ家ニ有リ。「若シ、此レ、人ヲ殺セルカ」ト疑テ、良久ク俳個シテ、従者ヲ窃ニ入レテ伺ヒ令見ルニ、従者寄テ壁ノ穴ヨリ臨ケバ、屋ノ内ニ銅ノ仏ノ像ヲ仰ケ奉テ、手足ヲ剝熱キ、鋭ヲ以テ頸ヲ切リ奉ル。従者此レヲ見テ、返テ主ニ此ノ由告グ。主此レヲ聞テ、「定メテ、此レ、仏ヲ盗テ壊リ奉ル也。此ノ叫ビツル音ハ仏ノ宣ヒケル也ケリ」ト知テ、其ノ家ニ打入テ、此ノ仏ヲ損ジ奉ル者ヲ捆ツ。子細ヲ問フニ、答テ云ク、「此レ、尽恵寺ノ銅ノ仏ノ像ヲ盗メル也」ト。然レバ、即チ使ヲ彼ノ寺ニ遣テ、此ノ事ノ虚実ヲ問フニ、実ニ其ノ寺ノ仏被盗タリ。

其ノ時ニ、寺ノ僧共并檀越等此ノ事ヲ聞キ驚テ、其ノ所ニ来リ集テ、被壊タル仏ヲ衛ムデ、各哭キ悲ムデ云ク、

「哀ナルカナ。妬キカナ。我ガ大師、何ノ過在マシテ此ノ賊難ニ値給ヘルゾ」ト云テ、歎キ合ル事無限シ。其ノ後、寺ノ僧共輿ヲ忽ニ造テ、荘テ、此ノ損ジ給ヘル仏ヲ安置シ奉テ、本ノ寺ニ送リ奉ル。彼ノ盗人ヲバ寺ノ僧共不罸ズシテ棄ツ。

然レバ、彼ノ捕ヘタリシ人使者ヲ相具シテ、京ニ将上テ官ニ送ル。官ニ此ノ事ヲ糺シ問フニ、盗人具ニ前ノ事ヲ陳ブ。

此レヲ聞ク人、且ハ仏ノ霊験ヲ貴ビ、且ハ盗人ノ重罪ヲ憾テ、速ニ獄ニ禁ジツ。

実ニ此レヲ思フニ、仏ノ御身ニ当ニ痛ミ給フ事有ラムヤ。

然レドモ霊験ヲ示シ給フガ故ニ、御音ヲ挙テ痛ミ叫ビ給フ。

此レ、霊験不可思議ノ事也トナム語リ伝ヘタルトヤ。

기이 지방紀伊國 사람이 바다에서 표류 중
부처의 도움으로 목숨을 구한 이야기

살생을 업으로 삼았던 두 사내가 수난水難을 당해 석가모니釋迦牟尼 부처에게 기원한
공덕으로 구사일생하여, 참회·발심發心하여 불문에 귀의했다는 인연담.

이제는 옛이야기이지만, 시라카베白壁[1] 천황天皇의 치세에 기이 지방紀伊
國[2] 히다카 군日高郡[3]에 기노마로紀麿란 사람이 있었다. 인과因果[4]의 도리를
믿지 않고 삼보三寶[5]를 공경하려고도 하지 않았다. 그저 오랜 세월 해변에
살면서 그물을 가지고 바다로 나가 물고기를 잡는 것을 매일의 일과로 삼고
있었다.

그런데 이 기노마로는 두 명의 사내를 부리고 있었다. 한 명은 기노오미
우마카이紀臣馬養[6]라 하여 그 지방의 아테 군安諦郡[7] 기비 향吉備鄕 사람으로,

---

1 → 인명. 제49대 고닌光仁 천황天皇.
2 → 옛 지방명.
3 현재의 와카야마 현和歌山縣 히다카 군日高郡.
4 → 불교.
5 → 불교.
6 미상. 「長男紀臣馬養」(『영이기靈異記』). '장남長男'은 '정남丁男'이란 뜻으로 호령戶令(＊ 일본 고대에서 통용된
  지방행정 조직과 민생 계율을 유지하는 규범)에서 이르는 21세 이상부터 60세까지의 남자를 가리킴.
7 현재의 와카야마 현 아리타 군有田郡 기비 정吉備町. 이 이야기는 『영이기』의 '아테 군安諦郡 기비 향吉備鄕 사
  람'을 삽입했지만, '아테 군安諦(아테阿提·아테阿氐 등)郡'은 『일본후기日本後紀』 대동大同 원년(806) 7월 7일
  의 조條에 있는 것처럼 헤이제이平城 천황의 휘諱 '아테安殿'와 상통하는 것을 피하고자 '아리타 군在田郡'이

그리고 한 명은 나카토미노 무라지 오지마로中臣連祖父麿[8]라 하며 같은 지방의 아마 군海部郡[9] 하마나카 향浜中鄕의 사람이었다. 이 두 사람은 기노마로의 밑에서 오랫동안 밤낮으로 충실히 일하고 있었는데, 그 일은 그물을 가지고 바다로 나가 물고기를 잡는 것이었다.

한편 보귀寶龜[10] 6년 6월 16일, 바람이 몹시 불고 폭우가 쏟아져 그로 인해 해일이 밀려들어와 크고 작은 대량의 나무가 엄청나게 강[11]으로 떠내려갔다. 이것을 본 기노마로는 이 우마카이와 오지마로 두 사람의 고용인을 시켜서 떠내려가는 나무를 줍게 했다.[12] 두 사람은 주인의 지시대로 강가에 나와 많은 나무를 주워 뗏목을 짜서 그 뗏목을 타고 강을 내려가고 있는데, 강물이 거칠게 굽이치는 바람에 순식간에 뗏목을 묶은 밧줄이 끊어져, 뗏목은 산산조각이 나고 말았다. 그 바람에 두 사람 모두 바다로 떠내려갔다. 두 사람은 제각기 나무 한 그루를 붙잡아 바다를 표류하였다. 서로가 그 사실을 알고 있었던 것은 아니었다. 도무지 육지에 올라갈 방법이 없었기에 이대로 죽고 마는 것인가 하고 비탄에 빠져 큰소리로, "석가모니불釋迦牟尼佛[13]이시여, 부디 구해 주소서"라고 기도하며 외쳐 보았지만 아무도 도와주지 않았다. 어느덧 닷새가 흘렀다. 뭐 하나 목구멍에 넘기지 않았으니, 기력이 다하여 눈도 보이지 않았고 어디쯤에 와 있는지도 도무지 알 수 없었다.

그런데 오지마로는 닷새째 날 저녁 무렵, 뜻밖에도 아와지 지방淡路國 남

라고 개칭했음.

8 미상. '소남小男 나카토미노 무라지오지마로中臣連祖父麿'(『영이기』). '소남小男'은 호령의 '少'에 해당되며, 16세 이하의 소년을 가리킴. 또한 3세 이하의 남녀는 '黃'이라 했음.

9 현재의 와카야마 현 가이소 군海草郡 시모쓰 정下津町.

10 775년 후. 고닌 천황의 치세.

11 히다카 강日川으로 추정.

12 홍수 때 유목을 주워 모으는 작업. 오늘날에도 가와구치河口 부근에서 행해지고 있음.

13 → 불교.

쪽의 다노노우라田野浦[14]란 곳의 소금을 만드는 어부가 살고 있는 근처로 표착했다. 우마카이는 엿새째 인묘寅卯[15] 경 같은 장소로 표착했다. 그 근처 사람이 그들을 보고 사정을 물었지만, 두 사람 모두 죽은 사람처럼 축 늘어져 말조차 할 수 없었고, 얼마 지나 숨이 끊길 듯 말 듯 하며

"저희들은 기이 지방 히다카 군 사람입니다. 주인의 명령으로 떠내려가는 나무를 주우려고 뗏목을 타고서 강을 내려가고 있었는데, 물길이 거칠어져 뗏목의 밧줄이 끊어져 산산조각이 나서 바다로 떠내려갔고, 두 사람 모두 한 그루씩 나무에 매달려서 그것을 타고서 파도에 떠밀려 며칠이나 떠다녔는데, 꿈꾸듯 우연히도 이곳으로 흘러 들어온 것입니다."
라고 말했다.

어부들이 이것을 듣고 동정하여 돌봐주는 사이 수일이 지났고, 점차 기력을 회복하여 원래대로 돌아왔다.

그 무렵 □□[16]이란 사람이 아와지 지방의 국사國司로서 이 지방에 와 있었다. 어부들이 이 일을 아뢰자, 국사는 두 사람을 불러들여 그 모습을 보고 불쌍히 여겨 음식을 하사하고 돌봐 주기로 했다. 이러던 중, 오지마로는 후회하는 마음이 생겨

"저는 오랜 세월 살생殺生[17]하는 사람 밑에서 일하며 수많은 죄를 지어 왔습니다. 지금 다시 고향으로 돌아가면 전처럼 일하며 변함없이 살생을 일삼겠지요. 그러니 저는 이 지방에 이대로 머물러 고향으로는 돌아가지 않겠습니다."

---

14 소재미상. 아와지 섬淡路島의 남쪽 해안에 해당.
15 오전 4시에서 6시 경.
16 지방관國司의 성명 명기를 위한 의도적 결자.
17 산 것을 죽이는 사람으로 여기서는 기노마로紀麿를 가리킴. 기노마로는 어업에 종사하며 어류를 죽였음.

라고 말하고, 국분사國分寺[18]로 가서 절의 승려를 모시며 그곳에 정착하여 살게 되었다.

우마카이는 두 달이 지나서, 처자에 대한 그리움을 견디지 못해 고향으로 돌아갔다. 처자는 우마카이를 보고 놀람과 동시에 수상하게 생각하여

"당신이 바다로 떠내려가 빠져 죽었다고 들었기 때문에 저희들은 사십구제[19]를 치러 당신의 명복을 빌었습니다. 그런데 뜻밖에도 살아 돌아오셨으니 대체 어찌 된 일인가요? 이것은 꿈을 꾸고 있는 것인가요? 아니면 당신의 혼령이 돌아온 것인가요?"

라고 의아해 했다. 우마카이는 처자에게 일의 자초지종을 세세히 이야기한 뒤에

"내 너희들이 보고 싶어 참지 못하고 돌아온 것이다. 오지마로는 앞으로 살생을 끊고자 그 지방에 남아 국분사로 들어가 불도 수행에 임하고 있다. 나 역시 그리 하고 싶다."

라고 말했다. 처자는 이것을 듣고서 이루 말할 수 없이 반겼다. 우마카이는 그 후 세상을 버리고 발심發心[20]하여 산에 들어가 불도 수행을 하게 되었다. 이것을 보거나 들은 사람들은 '불가사의한 일이다.'라고 생각했다.

이것을 생각하면 바다에서 며칠이나 표류하다 마지막엔 목숨을 건져 무사했다는 것은, 전적으로 석가여래釋迦如來[21]에게 기원한 것에 대한 여래의 넓고 큰 은덕恩德[22]인 것이다. 또한 이 두 명의 사내가 깊은 신앙심을 지니고 있었기 때문이기도 하다.

---

18 아와지 지방淡路國의 국분사國分寺. 현재의 효고 현兵庫縣 미하라 군 三原郡 미하라 정三原町 야기야하라八木笑原 고쿠분國分에 소재함.
19 칠칠일七七日(→ 불교).
20 불도에 귀의하고자 하는 마음을 일으키는 것.
21 → 불교.
22 석가여래로부터 받은 큰 은혜와 덕.

그러므로 만약 사람이 위급한 재난에 처했을 때에는 마음을 가라앉히고 전심專心으로 부처에게 기원한다면, 반드시 이익利益[23]이 있을 것이라고 이렇게 이야기로 전하여 내려오고 있다 한다.

23　→ 불교.

紀伊国人漂海依仏助存命語第十四

今昔、白壁ノ天皇ノ御代二、紀伊ノ国日高ノ郡二紀麿ト云フ人有ケリ。心二因果ヲ不信ズシテ三宝ヲ不敬ズ。然レバ、年来、海辺二住シテ、網ヲ持テ海二出テ、魚ヲ捕ルヲ以テ朝暮ノ業トス。

而ルニ、紀麿二ノ人ヲ仕フ。一人ヲバ紀ノ臣馬養ト云フ。其ノ国ノ安諦ノ郡ノ吉備ノ郷ノ人也。一人ハ中臣ノ連祖父麿ト云フ。同ジ国ノ海部ノ郡ノ浜中ノ郷ノ人也。此ノ二人、紀麿二随テ、年来ノ間、昼夜二慇二被駆テ過ルニ、網ヲ持テ

海二出テ魚ヲ曳キ捕ルヲ役トス。而ル間、宝亀六年ト云フ年ノ六月十六日二、風大キニ吹テ、雨多ク降ル。此レ二依テ、高塩上テ、大小ノ諸ノ木多ク河ヨリ流レ下ル。其ノ時二、紀麿、此ノ馬養、祖父麿二人ノ従者ヲ遣テ、其ノ流ル、木ヲ令取ム。此ノ二人、主ノ命二随テ、河二臨テ多ノ木ヲ取テ、

間二、河ノ水甚ダ大二荒クシテ、忽二筏ヲ編メ其ノ筏二乗テ下ス

既二筏解ケヌ。然レバ、二ノ人共二海二被押出ヌ。二ノ人、各一ノ木ヲ取テ、其レ二乗テ海二浮テ漂フ。然レドモ、二ノ人互二知ル事無シ。永ク陸二可着キ便無キニ依テ、忽二死ムト為ル事ヲ歎キ悲ムデ、音ヲ挙テ、「釈迦牟尼仏、我レヲ助ケ給へ」ト念ジテ、叫ブト云ヘドモ、更二助クル人無シ。

而ル間、五日ヲ経タリ。不飲食ザルニ依テ、力無クシテ目不見ズ、東西ヲ思ユル事無シ。而ル間、祖父麿、五日ト云フ夕二、不慮ザル外二、淡路ノ国ノ南ノ面二田野ノ浦ト云フ所二、塩焼ク海人ノ住ム所二至

リ着ヌ。馬養ハ、六日ト云フ寅卯ノ時計、亦同ジ所ニ至リ着
ヌ。其ノ所ノ人、此等ヲ見テ事ノ有様ヲ問ニ、共ニ死人ノ如
クシテ言語モ不及ズ。暫ク有テ、気ノ下ニ云ク、「我等ハ此
レ、紀伊ノ国ノ日高ノ郡ノ人也。主ノ命ニ依テ、木ヲ取ラム
ガ為ニ筏ニ乗テ浪ニ浮テ日来ヲ経ル間、河ノ水荒クシテ、筏ノ縄切
レテ壊レニシカバ、海ニ被押出レテ、各一ノ木ヲ取テ、其レ
ニ乗テ浪ニ乗テ日来ヲ経ル也」ト。海人等此レヲ聞テ、哀ムデ此レヲ養フ
ニ、日来ヲ経テ漸ク力付テ例ノ如ク成ヌ。

海人等、其ノ国ノ司トシテ□ト云フ人、其ノ時ニ国ニ
有リ、此ノ由ヲ申スニ、国ノ司、此ノ二人ヲ呼テ、此レヲ見
テ悲ビ助テ、粮ヲ与ヘテ養フ間ニ、祖父麿歓テ云ク、「我レ
年来殺生ノ業ニ随テ罪ヲ造ル事無量シ。今亦其ノ所ニ返リ至
ナバ、本ノ如クニ被駈テ猶殺生ノ業不止ラジ。然レバ、我レ
此ノ国ニ留テ彼ノ所ヘ永ク不行ジ」ト云テ、国分寺ニ行テ、
其ノ寺ノ僧ニ随テ住ス。

馬養ハ、二月ヲ経テ、妻子ヲ恋フルガ為ニ本ノ所ニ返リ至
ル。妻此レヲ見テ驚キ怪ムデ云ク、『汝ヂ海ニ入テ溺レ死
ヌ。我等七々日ノ法事ヲ儲テ没後ヲ訪フ。而ルニ、
不慮ノ外ニ、何ゾ活テ返レルゾ。若シ此レ夢カ。若此
レ魂カ』ト。馬養妻子ニ向テ具ニ事ノ有様ヲ陳テ亦云ク、
「我レハ汝等ガ恋サニ依テ返来ル。祖父ハ殺生ヲ止ムガ為
ニ彼ノ国ニ留テ、国分寺ニ住テ道ヲ修ス。我モ亦可然シ」ト。
妻子此レヲ聞テ悲ビ喜ブ事無限シ。馬養其ノ後世ヲ献テ、心
ヲ発シテ山ニ入テ仏ノ道ヲ修行ス。此レヲ見聞ク人、「奇異
ノ事也」ト。

此レヲ思フニ、海ニ入テ日来漂フト云ヘドモ遂ニ命ヲ生キ
身ヲ存スル事ハ、此レ偏ニ釈迦如来ヲ念ジ奉レル広大ノ恩徳
也。亦、此ノ二人信ヲ深ク至セルガ故也。
然レバ、人若シ急難ニ値ハム時ハ、心ヲ静メテ念ヒヲ専ニ
シテ仏ヲ念ジ奉ラバ、必ズ其ノ利益ハ可有ベキ也トナム語リ
伝ヘタルトヤ。

가난한 여자가 부처의 도움으로
부귀를 얻은 이야기

앞 이야기에 이어 이 이야기에서도 석가[1]여래釋迦如來의 광대한 자비가 그 주제이다. 다이안지大安寺 장륙丈六의 석가상이 절 근처에 사는 가난한 여자의 신심信心에 응하여, 절의 대수다라大修多羅에게 공양한 전錢을 베푸신 영이靈異를 다룬 일화.

이제는 옛이야기이지만, 쇼무聖武 천황天皇의 치세에 나라奈良의 도읍, 다이안지大安寺[2] 서쪽 마을에 한 명의 여인이 있었다. 매우 가난하여 생계를 이어 나가기조차 힘들었다.

그러나 이 여인은 조금은 지혜가 있는 여자로,

'내가 듣기를 권화權化[3]께서 다이안지 장륙丈六[4] 석가상釋迦像은 옛날 영취산靈鷲山[5]의 살아계신 석가의 상호相好[6]와 조금도 다르지 않다고 가르쳐 주

---

1 → 불교.
2 → 사찰명. 건립에 대해서는 권11 제16화 참조.
3 부처·보살의 권화權化. 『다이안지연기大安寺緣起』는 "이녀二女", 『다이안지비문大安寺碑文』은 "천인天人"이라고 되어 있음. 즉 천녀天女 두 명이 가르쳐 준 것임.
4 장륙丈六(→ 불교)의 석가불상. 결가부좌結跏趺坐의 형태가 많음. 덴치天智 천황天皇의 서원에 의한 조상造像으로 『다이안지기록大安寺記錄』에 "천황(덴치)이 절을 지으실 적에 또 장륙 석가불상 및 협사脇士·보살 등의 상을 만들어 절 안에 안치했다."라고 되어 있음. 『다이안지가람연기병유기자재장大安寺伽藍緣起并流記資財帳』, 『다이안지비문大安寺碑文』에도 보임.
5 → 불교(영산靈山).
6 부처의 용모의 큰 특징인 32상相, 미세한 특징인 80종호種好에서 '상호'라는 말이 생겼음.

셨다.[7] 그러므로 중생의 바람을 즉시 이루어 주신다고 하였으니 기원을 드리자.'

라고 생각하였다. 그래서 향과 꽃, 기름을 어렵게 구하여 석가상을 참배하고, 향화香火, 등명燈明을 불전에 공양하여 올리고 예배하며 부처에게 기원하였다.

"저는 전세前世에 복福을 위한 종자種子를 심지 아니하여 현세現世에서 빈곤의 응보를 받고 있습니다. 부처님, 부디 저를 가엾게 여기시어 도와주시옵소서. 제게 재보財寶를 베푸시어 빈곤의 슬픔에서 벗어나게 해 주시옵소서."[8]

이렇게 며칠, 몇 달을 계속 기도하며, 끊임없이 복을 바라며 화향花香, 등명을 공양하여 기청祈請했다.

어느 날의 일이었다. 절에 참배를 한 뒤 집으로 돌아가 잠을 자고, 이튿날 아침에 일어나보니, 집 문의 다리 앞에 돈 4관貫[9]이 놓여 있고, 거기에 표찰[10]이 달려 있었다. 그 표찰에 "다이안지 대수다라大修多羅[11]에게 바친 전錢이다."라고 적혀 있었다. 이것을 본 여인은 매우 두려워하며, 도대체 왜 그 돈이 여기에 있는지 연유도 알지 못한 채, 부랴부랴 돈을 가져다 절에

---

7 "옛날 영취산"부터 이하 "가르쳐 주셨다."까지는 『영이기靈異記』에 없음. 『다이안지연기大安寺緣起』에 "천황(덴치)이 불상을 세우신 초기에, 금장錦帳에 엎드려 기원을 올리셨다. 새벽녘 여인 둘이 천상에서 내려왔다. 용화단려容花端麗하고 향기편만香氣遍滿했다. 이 불상에 예배하고 묘화妙花를 공양했다. 찬탄을 한동안 하고 천황을 향해 말하길, '지금 이 불상을 보니 얼굴과 표정이 모두 온전하다. 영산靈山의 석가의 실제 모습과 조금도 다르지 않다. 이 땅의 중생이 지심으로 믿고 따라야 함이 옳다.'라고 했다. 그리고 그 말을 채 마치기도 전에 표연히 구름으로 들어갔다."라고 되어 있음. 『다이안지비문』에도 "이에 천인天人이 강림하여 상호相好의 아름다움을 찬탄했다."라는 기술을 볼 수 있음. 『금석이야기집』의 이 부분은 위의 전승을 참조한 기사.

8 이 한 문장은 복인福因을 종자에 빗대어 표현하여, 선인선과善因善果, 악인악과惡因惡果의 인과(→ 불교) 사상을 나타냄. 여인 자신은 현세의 행복을 얻을 만한 선행을 전세에서 쌓지 않았기 때문에 빈곤의 응보를 받았음을 뜻함.

9 사관문四貫文. 1관貫은 구멍 난 돈 일천 개로 일천 문一千文. 즉 돈 4천 냥.

10 목간木簡과 같은 것.

11 → 불교(대수다라공大修多羅供의 전錢).

전달했다. 절의 승려들이 돈을 받아 살펴보니 표찰이 달려 있어 앞서의 내용이 적혀 있는지라, 돈을 보관해 두는 창고에 확인하러 가니 창고는 틀림없이 단단히 잠겨져 있었다.[12] 이 돈은 분명 창고에 보관해 두었던 돈이었기에, 승려들은 더할 나위 없이 기이하게 생각하였다.

한편 이 여인은 다시 석가를 참배하고 화향과 등명을 공양한 뒤 집으로 돌아와 잠을 잤다. 그리고 다음 날 아침 일어나 보니 뜰 안에 돈 4관이 놓여 있었고 거기에 표찰이 달려 있었다. 그 표찰에 "다이안지 대수다라에 바친 전이다."라고 쓰여 있었다. 여인은 또 다시 두려워하고 전과 같이 절에 전달했다. 절의 승려들은 이것을 보고 다시금 돈 창고를 보러 갔지만, 역시 착오 없이 봉해져 있었다. 승려는 기이하게 생각하고 창고를 열어 보자, 안에 보관하고 있었던 돈 중 4관이 없었다.[13]

그리하여 남도南都 육종六宗[14]의 학승學僧들이 이것을 기이하게 여기고 곧 이 여인을 불러, "그대는 어떤 수행을 하고 있는가?"라고 물었다. 여인은

"저는 수행 같은 건 아무것도 하지 않고 있습니다. 그저 가난한 처지라 살아갈 방편도 없고 의지할 사람도 없는 탓에, 이 절의 장륙 석가불에게 화향, 등명을 공양하며 오랜 시간 복을 기원하였습니다."

라고 대답했다. 승려들은 이것을 듣고

"이 여인은 이 돈을 몇 번이나 받았다. 필시 부처님이 내리신 것임에 틀림없도다. 이것은 창고에 보관해서는 아니 된다."

라고 말하고 돈을 여인에게 돌려주었다. 여인은 돈 4관을 받고 이것을 밑천

---

12 『영이기』에는 "오직 돈 4천관이 없었고 때문에 가져다 창고에 보관했다."라고 되어 있음. 다음 단락에 같은 형태의 장면이 있기 때문에, 이 이야기에서는 이것을 생략하고 평범한 해설적 서술을 하고 있음.

13 『영이기』에서는 이 뒤에 다시 한 번 돈의 하사와 반환이 반복되는 이야기가 수록되어 있어, 세 번이나 돈이 없어지는 기이함을 강조. 이 이야기에서는 두 번으로 마쳐서 신앙심의 깊이에 대한 문제로 수렴됨.

14 → 불교.

삼아 생활하는 동안 매우 유복하게 되었다. 이것을 보고 들은 사람은 모두 이 여인을 칭송했다. 또 이 절의 석가의 영험靈驗[15]의 신통함은 뭐라 형언할 길이 《없다》.[16] 그리하여 □□[17] 세간 사람들은 더욱더 머리를 조아리고 깊이 존경하고 공양하였던 것이다.

그러므로 만약 사람이 가난으로 생활이 고통스러울 때, 진심을 담아 부처에게 기원하면 부처는 반드시 복을 주신다고 믿어야 한다고 이렇게 이야기로 전하여 내려오고 있다 한다.

15 → 불교.
16 저본의 파손에 의한 결자. '없다'가 들어갈 것으로 추정.
17 저본의 파손에 의한 결자.

貧女依仏助得富貴語第十五

今昔、

聖武天皇ノ御代ニ、奈良ノ京大安寺ノ西ノ郷ニ一
人ノ女人有ケリ。極テ貧クシテ衣食ニ便無シ。

而ルニ、此ノ女人心ニ少□智リ有テ思ハク、「我レ聞ク、
『此ノ大安寺ノ丈六ノ釈迦ノ像ハ、昔ノ霊山ノ生身ノ釈迦ト

相好一モ不替給ズ、ト化人ノ示シ給フ所也。此レニ依テ衆生

シ。

ノ願ヒ求ムル所ヲ忽ニ施シ給フ』ト聞テ」、香花幷ニ油、
相構テ買求テ、此レヲ持テ彼ノ釈迦ノ御前ニ詣デ、此ノ香花
灯ヲ仏前ニ供シ奉テ、礼拝シテ仏ニ申シテ言サク、「我レ、
前ノ世ニ福ノ因ヲ不殖ズシテ此ノ世ニ貧シキ報ヲ得タリ。仏、
願クハ我レヲ哀ビ助ケ給テ、我レニ財ヲ施シテ窮シキ愁ヘヲ
令免給へ」ト。如此ク祈ル事日月ヲ経テ不止ズ。常ニ福ヲ
願テ花香灯ヲ奉テ祈リ請フ。

而ル間、寺ニ詣テ家ニ帰テ寝ヌ。明ル朝ニ起テ見レバ、家ノ
門ノ橋ノ前ニ銭二千有リ。札ヲ付タリ。其ノ札ニ注セル文
ヲ見レバ、「大安寺ノ大修多羅供ノ銭也」ト有リ。女人此ヲ
見テ大キニ恐テ、此レ何ニシテ置タリト云フ事ヲ不知ズシテ、
銭ヲ忩ギ取テ寺家ニ送ル。寺ノ僧共此レヲ見ルニ、札ニ注セ
ル所如此ク也。然レバ、銭ヲ納タル蔵ヲ令見ルニ、其ノ封不
誤ズ。銭ヲ見レバ、蔵ニ納タル銭也。

而ル間、女人亦、釈迦ノ御前ニ詣テ、花香灯ヲ奉テ、家

僧共、怪ビ思フ事無限

二返テ寝テ、明ル朝二起テ見レバ、庭ノ中二銭四貫有リ。札ヲ付タリ。其ノ札二注シテ云ク、「大安寺ノ大修多羅供ノ銭也」ト。女人亦、恐レテ寺二送ル事、前ノ如シ。寺ノ僧供此レヲ見テ、亦銭ノ蔵ヲ令見ルニ、尚封不誤ズ。然レバ、此レヲ怪ムデ蔵ヲ開テ見レバ、納タル銭ノ内四貫無シ。其ノ時二、六宗ノ学者此ノ事ヲ怪ムデ、忽二女人ヲ呼テ問テ云ク、「汝ヂ何ナル行ヲカ修スル」ト。女人答テ云ク、「我レ更二修スル所無シ。但シ、貧シキ身ト有ルニ依テ、命ヲ存セムニ便無シ。亦憑ム所無キガ故二、此ノ寺ノ釈迦ノ丈六ノ御前二花香灯ヲ奉テ、年来福ヲ願フ也」ト。僧等此ノ事ヲ聞テ、「此ノ銭ヲ此ノ女人ノ得ル事度々也。此レ仏ノ給ヘル也ケリ。此レヲ蔵二不可納ズ」ト云テ、女人二返シ与フ。女人銭四貫ヲ得テ、此ヲ以テ本トシテ世ヲ渡ルニ、大キニ財二富メリ。

此レヲ見聞ク人、皆此ノ女人ヲ讃メ貴ビケリ。亦、此ノ寺ノ釈迦ノ霊験、奇異不可云□。然レバ□世ノ人弥ヨ首ヲ低ケテ恭敬供養ジ奉ケリ。

然レバ、人貧クシテ世ヲ渡リ難カラムニ、心ヲ至シテ仏ヲ念ジ奉ラバ必ズ福ヲ可与給シ、ト可信キ也トナム語リ伝ヘタルトヤ。

사냥꾼이 부처의 도움으로
천황의 문책王難을 면하게 된 이야기

앞 이야기에 이어서 같은 다이안지大安寺의 장륙丈六의 석가불의 영이담을 열기列記
한 것이다. 앞 이야기의 가난한 여자건 이 이야기의 사냥꾼이건 모두 대표적인 서민이
다. 그들을 주인공으로 해서 석가불의 광대한 자비를 설명하고 이들의 영험담이 탄생
했다는 사실은 다이안지의 장륙의 석가상에 대한 신앙이 서민층에까지 퍼져 있었다는
것, 혹은 적어도 그러한 의도를 바탕으로 신앙의 확대를 꾀하고 있었다는 점을 엿볼
수 있다.

이제는 옛이야기이지만, 쇼무聖武 천황天皇 치세의 신귀神龜 4년[1] 9월 중순
무렵, 천황이 많은 신하들과 사냥에 나서게 되셔서 여기저기 사냥을 하고
계셨는데 소노가미 군添上郡 야마무라山村[2]의 산에서 한 마리의 사슴이 뛰쳐
나가 아미網見[3] 마을 백성百姓[4]의 집 안으로 뛰어 들어갔다. 집 주인은 그 사
실[5]을 모르고 사슴을 죽여서 먹어 버리고 말았다.

---

1 727년. 쇼무聖武 천황天皇의 치세.
2 현재의 나라 시奈良市 야마 정山町 부근.
3 소재불명. 『영이기靈異記』, 『신무즉위전기神武卽位前紀』를 참고로 하면 나라 현奈良縣 덴리 시天理市 나가라튜長
   柄 부근이 되지만 야마무라山村의 땅이나 다이안지大安寺(→ 사찰명)로부터 너무나 떨어져 있다. 현재의 나
   라 시 남부 부근의 땅을 이르는 것으로 추정됨.
4 귀족, 관리 이외의 일반 공민의 총칭. 일반 서민. 현재와 같이 농민에 한정되는 것은 아님.
5 즉, 천황이 수렵으로 몰아붙인 사슴이라는 사실이라는 의미.

천황은 나중에 이 일을 들으시고 사신을 시켜서 사슴을 먹은 자들을 체포해 오도록 했다. 그때, 남녀 십여 명이 모두 이 재난을 당하고 두려움에 벌벌 떨었지만 도움을 청할 수단이 전혀 없었다. 단지 삼보三寶[6]의 도움이 아니라면 이 재난에서 벗어나게 해줄 것이 있을 리가 없다고 생각해서

"저희들이 전해들은 바에 의하면 '다이안지大安寺[7]의 장륙丈六[8]의 석가불[9]이 사람들의 소원을 잘 들어 주신다'고 했습니다. 부디 재난으로부터 저희들을 구해 주시옵소서."

라고 말하고는 심부름꾼을 보내서 절에 참배하고 독경을 행하게 했다. 그와 동시에

"저희들이 관청에 끌려가게 될 때 절의 남쪽 문[10]을 열어서 저희들이 예배할 수 있게 해주십시오. 그리고 저희들이 형벌을 받을 때에는 종을 쳐서 그 소리를 들려주십시오."

라고 청원했다.

그러자 절의 승려가 이 기원을 가엾게 여겨 종을 치고 독경을 행했다. 또 남쪽 문을 열어서 예배할 수 있도록 했다. 이윽고 이 사람들이 사신에게 끌려와 형을 받으려던 실로 그때 갑자기 황자가 탄생했다. "조정의 큰 경사다."라고 해서 대사大赦[11]가 행해졌다. 그 결과 이 사람들은 형벌을 받지 않았을 뿐 아니라 오히려 관록官祿[12]을 하사받게 되었다.

---

6   → 불교. 불佛·법法·승僧의 총칭. 여기에서는 특히 불을 이름.
7   → 사찰명. 앞서 나온 소노가미 군 야마무라나 아미 마을에서 헤이조 경平城京안의 관청으로 가게 될 때에는 나카쓰미치中ツ道(아스카明日香와 헤이조 경을 연결하는 길의 한 가지)를 통해서 다이안지의 남문 앞을 통과하게 됨.
8   → 불교.
9   → 불교.
10 남대문南大門. 다이안지는 남대문 안쪽에 중문이 있어서 그 안에 장륙의 석가불을 본존으로 하는 금당金堂이 있었다. 그 남대문 밖에서 석가불을 예배하게 해달라고 빌고 있는 것임.
11 고대법의 사면 중 한 가지로서 전국적으로 거의 모든 죄인을 사면해 줌.
12 조정으로부터 하사되는 축의품. 관에서 내려 준 하사품.

그리하여 이 십여 명의 사람들은 더할 나위 없는 환희에 젖었다. "이것이 야 말로 실로 다이안지의 석가의 위광威光이며 독경의 공덕[13]이 가져온 것 이다."라고 생각해서 그들은 전보다 한층 더 신앙하며 예배하였다.

그러므로 사람들이 만약 천황의 문책을 받게 되면 지성으로 부처를 염하 며 독경을 행해야 한다고 이렇게 이야기로 전하여 내려오고 있다 한다.

[13] → 불교.

猟者依仏助免王難語第十六

今昔、聖武天皇ノ御代ニ、神亀四年ト云フ年ノ九月ノ中旬ノ比、天皇群臣ト共ニ猟ニ出テ遊ビ給ケルニ、添上ノ郡山村ノ山ニシテ、一ノ鹿有テ、網見ノ里ノ百姓ノ家ノ中ニ走リ入ル。人此レヲ不覚ズシテ鹿ヲ殺シテ敢ツ。

其ノ後、天皇此ノ由ヲ聞シ食テ、使ヲ遣シテ、其ノ鹿ヲ噉ヘル輩ヲ令捕給フ。其ノ時ニ、男女十余人皆其ノ難ニ値テ、身振ヒ心動テ更ニ憑ム所無シ。但シ、「三宝ノ加護ニ非ズハ、誰カ此ノ難ヲ助ケム」ト思ヒ得テ、思ハク、「我等伝ヘ聞ケバ、『大安寺ノ丈六ノ釈迦吉ク人ノ願ヒニ随ヒ給フ』ト。然レバ、我等ガ難ヲ必ズ救ヒ給へ」ト云テ、即チ使ヲ寺ニ令詣テ誦経ヲ行フ。亦、「我等官ニ参リ向ハム時、寺ノ南ノ門ヲ開テ我等ガ礼拝ヲ令得メ、亦、我等ガ刑罰ヲ蒙ラム時、鐘ヲ撞テ其ノ音ヲ令聞メヨ」ト。

然レバ、寺ノ僧此ノ願ヲ哀ムデ、此等既ニ使ニ随テ参リ南ノ門ヲ開テ礼拝ヲ令得ムト為ル時ニ、俄ニ皇子誕生シ給フ。此レニ依テ、向テ被禁ムト為ル間、「朝庭ノ大ナル賀也」トテ、天下ニ大赦ヲ被行ル。然レバ、此等ニ刑罰ヲ不与ズシテ、返テ官禄ヲ給フ。

然レバ、此ノ十余人歓喜スル事無限シ。「誠ニ知ヌ、此レ大安寺ノ釈迦ノ威光、誦経ノ功徳ノ致セル也」ト思テ、弥ヨ念ジ礼拝シ奉ケリ。

然レバ、人自然ラ王難ニ値ハム時、心ヲ至シテ仏ヲ念ジ誦経ヲ可行シトナム語リ伝ヘタルトヤ。

비구니가 도둑맞았던 지불持拂을
자연히 만나게 된 이야기

어느 사미니沙彌尼가 권진공양勸進供養한 불화가 도난을 당해 이를 슬퍼하여 다시금 일념발기一念發起해서 방생의 선행 불사를 거행하려 했을 때, 불화가 감응하여 영이靈異를 나타내 다시금 비구니의 손으로 돌아오는 경위를 이야기한 영험담. 왕의 문책과 도난은 차이는 있지만 예측하지 못한 재난을 부처의 힘으로 피할 수 있게 되었다는 점에서 앞 이야기와도 일맥상통한다.

이제는 옛이야기이지만, 가와치 지방河內國¹ 와카에 군若江郡² 유게 촌遊宜村에 한 사미니沙彌尼³가 있었다. 깊이 불도를 존귀하게 여기며 실로 열심히 수행에 힘쓰고 있었다. 그리고 헤구리平郡⁴의 산사山寺⁵에 살면서 신자의 희사喜捨를 받고 죄를 □⁶하기 위해서 □□⁷불의 모습을 그렸다. 그 안에 육도六道⁸의 그림을 그려 공양을 했다. 그 후, 이를 산사에 안치해서 항상 참예하

---

1 → 옛 지방명.
2 현재의 오사카 부大阪府 야오 시八尾市 야오기八尾木. 쇼토쿠稱德 천황天皇, 유게노 도쿄弓削道鏡 시대에 헤이조 경平城京에 대해 서쪽의 도읍으로서 조영造營된 유게 궁由義宮이 있었다. 도쿄道鏡의 탄생지.
3 → 불교(→사미沙彌).
4 바르게는 '헤구리平群'. 현재의 나라 현奈良縣 이코마 군生駒郡.
5 미상. 이코마 산지에 존재했던 산사일 것으로 추정.
6 저본의 파손에 의한 결자.
7 저본의 파손에 의한 결자. 뒷 문장으로 미루어 '회繪'가 들어갈 것으로 추정.
8 → 불교.

여 예배했다.

　그런데 이 비구니가 작은 용무가 있어 잠시 동안 절에 참배하지 못하는
사이에 그 불화佛畵[9]를 도둑 맞아버렸다. 비구니는 슬퍼하며 탄식했으나 이
윽고 슬픔에 다소 견딜 수 있게 되자 여기저기 찾아 돌아다녔지만 찾을 수
없었다. 비구니는 탄식하고 슬퍼하며, 다시금 신자의 희사를 모아 방생[10]을
행하고자 생각해서 셋쓰 지방攝津國 나니와難波 부근으로 갔다. 강 부근을
배회하고 있자 장에서 돌아오는 사람이 많았다. 문득 보자 나무 위에 등에
지는 상자가 놓여 있었다. 주인은 없었다. 비구니가 귀를 기울이자 이 상자
의 안에서 여러 생물의 소리[11]가 났다. 이 상자에는 축생畜生[12]이 들어 있음
에 틀림없다고 생각해서 꼭 이를 사서 방생하리라 마음먹었다. 그리하여
잠시 그곳에 멈춰서 상자의 주인이 오기를 기다렸다. 꽤 오랜 시간이 지나
서 상자 주인이 나타났다. 비구니는 그 남자를 만나서

　"이 상자 안에 여러 생물 소리가 들리고 있군요. 실은 나는 이들을 방생하
고자 해서 여기에 온 것 입니다. 그래서 이를 사려고 당신을 기다리고 있었
습니다."

라고 말했다. 상자 주인이 대답했다. "아니오. 여기엔 생물 같은 것은 전혀
들어있지 않습니다." 그래도 비구니는 꼭 사고 싶다고 말하자 상자 주인은
"생물이 아니다."라고 주장하여 격론이 벌어졌다.

　그때 장에 온 사람들이 모여들어 이들의 언쟁을 듣고 "어서 그 상자를 열
어서 어느 쪽이 옳은지 보는 것이 좋겠다."라고 말했다. 그러자 상자 주인은

9　원문에는 '회불繪佛'(→ 불교).
10　→ 불교.
11　불화의 부처가 여러 가지 생물의 소리를 내서 비구니가 방생해주기를 바라고 있음. 불화가 자신의 존재를
　　알리기 위한 방법.
12　→ 불교.

잠깐 근처에 갔다 오는 것처럼 하더니 상자를 그대로 놔두고 어딘가로 사라져 버렸다. 상자 주인을 찾아보았지만 어디로 갔는지 알 수 없었다. 그렇다면 도망가 버린 것일 거라는 분위기가 되어 상자를 열어보자 안에는 도둑맞았던 불화가 들어있었다. 비구니는 이를 보고는 눈물을 흘리면서 기뻐하며 감격하여 시장에 있던 사람들을 향해

"저는 전에 이 불화를 잃어버리고 밤낮을 지성으로 찾고 있었습니다만 지금 뜻밖에도 여기서 뵐 수 있게 되었습니다. 얼마나 기쁜 일인지요."

라고 말했다. 시장 사람들은 이를 듣고 비구니를 칭찬하며 공경하고, 상자 주인이 도망간 것도 당연하다고 생각하며 그 남자를 미워하며 비난했다. 비구니는 이 일을 기뻐하며 한층 더 열심히 방생을 행하고 돌아갔다. 그리고 부처를 원래의 절에 모시고 가서 안치하였다고 한다.

이것을 생각하면 부처가 상자 속에서 목소리를 내서서 비구니에게 들려주려고 했던 것은 감개무량하고 존귀한 일이다.

이것을 들은 그 근처의 승속남녀는 모두 지성으로 머리를 조아리고 예배했다고 이렇게 이야기로 전하여 내려오고 있다 한다.

尼所被盗持仏自然奉値語第十七

今昔、河内ノ国、若江ノ郡ノ遊宜ノ村ノ中ニ一人ノ沙弥ノ尼有ケリ。仏ノ道ヲ心ニ懸テ、勤ニ勤メ行フ事無限シ。

郡ノ山寺ニ住シテ、其ノ中ニ六道ヲ図シテ、知識ヲ引テ罪過ヲ[九]為ニ[一〇]仏ノ像ヲ写ス。其ノ後、此ノ山寺ニ安置シテ、常ニ詣テ礼拝ス。

而ル間、尼聊ニ身ニ営ム事有ルニ依テ、暫ク寺ニ不詣ザル程ニ、其ノ絵像盗人ノ為ニ[一四]被盗ヌ。尼此レヲ悲ビ歎テ、堪フルニ随テ東西ヲ求ムト云ヘドモ、尋得ル事無シ。而ルニ、

此ノ事ヲ歎キ悲デ、亦、知識ヲ引テ放生ヲ[一五]行ゼムト思テ、摂津ノ国ノ難波ノ辺ニ[一六]行ヌ。河辺ニ俳個スル間、市ヨリ返ル人多カリ。見レバ、荷ヘル箱ヲ樹ノ上ニ置ケリ。主ハ不見エズ。尼聞ケバ、此ノ箱ノ中ニ種々ノ生類ノ音有リ。「此レ、

[一八]畜生ノ類ヲ入タル也ケリ」ト思テ、「必ズ此レヲ買テ放タム」ト思テ、暫ク留テ、箱ノ主ノ来ルヲ待ツ。良久ク有テ、箱ノ主来レリ。尼此レニ会テ云ク、「此ノ箱ノ中ニ種々ノ生類ノ音有リ。我レ放生ノ為ニ来レリ。此レヲ買ハムト思フ故ニ汝ヲ[二〇]待ツ也」ト。箱ノ主答テ云ク、「此、更ニ生類ヲ入タルニ非也」ト。尼猶固ク此レヲ乞フニ、箱ノ主、「生類ニ非ズ」ト諍フ。

其ノ時ニ、市人等来リ集テ、此ノ事ヲ聞テ云ク、「速ニ其ノ箱ヲ開テ、其ノ虚実ヲ可見シ」ト。而ルニ、箱ノ主白地ニ立去ル様ニ箱ヲ棄テ失ヌ。尋ヌト云ヘドモ[二四]行キ方ヲ不知ズ。「[二五]早ク逃ヌル也ケリ」ト知テ、其ノ後箱ヲ開テ見レバ、中ニ[二六]被盗ニシ絵仏ノ像在マス。尼此レヲ見テ涙ヲ流シテ喜ビ悲デ、市人等ニ向テ云ク、「我レ前ニ此ノ仏ノ像ヲ失ヒテ、日夜ニ求メ恋ヒ奉ツルニ、今不思ザルニ[二七]値奉レリ。喜哉」ト。市人等此レヲ聞テ、尼ヲ讃ビ貴ビ、箱ノ主ノ逃ヌル事ヲ「裁也」ト思テ、憐ミ謗ケリ。尼此レヲ喜テ、弥ヲ[二八]放生ヲ

行ヒテ返ヌ。仏ヲバ本ノ寺ニ将奉テ安置シ奉テケリ。

此レヲ思フニ、仏ノ箱ノ中ニシテ音ヲ出シテ尼ニ令聞給ヒケルガ、哀レニ悲ク貴キ也。

此レヲ聞ク其ク其ノ辺ノ道俗男女、心ヲ至シ音ヲ低テ礼拝シケリトナム語リ伝ヘタルトヤ。

가와치 지방^{河內國} 야타데라^{八多寺}의 부처가 불에 타지 않은 이야기

본디 고로古老의 전승으로서 기록된 이야기. 신심이 깊은 여인의 불화공양과 화난火難의 재난에 처했을 때 일어난 불화의 영험을 이야기한다는 점에서 앞 이야기와 연결된다.

이제는 옛이야기이지만, 가와치 지방^{河內國}[1] 이시카와 군^{石川郡}[2]에 야타데라^{八多寺}[3]라는 절이 있었다. 그 절에는 아미타불^{阿彌陀佛}[4]의 불화[5]가 있었다.

그 마을의 고로古老가 이렇게 이야기 했다.

"옛날에 이 절 옆에 한 여인이 있었다. 그 여인의 남편이 죽은 날에 여인은 부처의 모습을 그려서 바치겠다고 서원을 세웠는데 여인은 과부인데다 가난하기까지 해서 이 서원을 이루지 못한 채 세월만 흘렀다. 드디어 가을이 되어 여인은 직접 논에 나가 떨어진 이삭을 주워 모아 그것으로 화공 한

---

1 → 옛 지방명.
2 오사카 부大阪府 남동단南東端에 위치하는 이시 강石川 유역일대. 현재 미나미가와치 군南河內郡 다이시 정太子町·가난 정河南町·지하야아카사카 촌千早赤阪村 전역. 더불어 돈다바야시 시富田林市의 동반부와 하비키노 시羽曳野市의 일부.
3 소재지 미상.
4 → 불교.
5 원문에는 "회불繪佛"(→ 불교).

사람을 불러 부처님 모습을 그리게 해서 공양하려고 하였다. 화공도 이 기특한 마음에 감동해서 원주願主[6]인 여인과 같은 신실한 마음으로 불상을 그려 공양하게 했다. 여인은 그것을 곧바로 야타데라의 본당에 안치했다. 그리고 항시 공경하고 예배하고자 다짐하고 있었는데, 어느 날 도둑이 들어 불을 질러 본당을 불태워 버렸다. 본당은 남은 것 하나 없이 전소해 버렸다.

그런데 그 불속에서도 이 불화만이 타지를 않았다. '불가사의한 일이다.'라고 생각해서 어떤 사람이 가까이 다가가 보니 티끌만큼도 손상되지 않으셨다. 그 부근의 사람도 이를 보고 더할 나위 없이 존귀하게 여기며 이는 실로 여인이 깊은 신앙심을 일으켜 그렸기 때문에 부처가 영험[7]을 베푸신 것이라고 생각했다. 이 여인은 가난한 사람이기는 했지만 가을이 돼서 논에 나가 스스로 떨어진 이삭을 주워 모아 서원을 이룬 것은 실로 보기 힘든 훌륭한 일이다. 그래서 부처도 그 뜻에 감동하여 이러한 영험을 보이신 것임에 틀림이 없다. 공덕[8]功德이라고 하는 것은 설령 그것이 적은 것이어도 좋다. 신앙심이 중요한 것이니라."

이 이야기는 고로古老의 구전에 의해 이렇게 이야기로 전하여 내려오고 있다 한다.

---

6 시주施主. 여기서는 화상을 만들도록 발원한 여인.
7 → 불교.
8 → 불교.

河内国八多寺仏不焼火語第十八

가와치 지방 河內國 야타데라 八多寺의 부처가 불에 타지 않은 이야기

今昔、河内ノ国、石川ノ郡ニ八多寺ト云フ寺有ケリ。其ノ寺ニ阿弥陀ノ絵像在マス。

其ノ郷ノ古老ノ人語テ云ク、「昔シ此ノ寺ノ側ニ一人ノ女人有ケリ。其ノ女ノ夫死スル日、此ノ仏ノ像ヲ書キ奉ラムト為ル間、此ノ女寡ニシテ身貧キニ依テ、此ノ願ヲ不遂ズシテ年月ヲ経ルニ、遂ニ秋ノ時ニ至テ、女自ラ田ニ出デ、穂ヲ拾テ、一人ノ絵師ヲ請ジテ、彼ノ像ヲ写シ供養ゼムト為ルニ、

絵師モ此ノ事ヲ鉾デ、願主ノ女人ト共ニ同ク心ヲ発シテ、此ノ仏ヲ写シテ令供養メツ。即チ、八多寺ノ金堂ニ安置シテ常ニ恭敬礼拝セムト思フ間ニ、盗人有テ火ヲ放テ其ノ堂ヲ焼ツ。更ニ残ル物無シ。

而ルニ、火ノ中ニ此ノ絵像在マス。此レヲ見テ貴メル事無限シ。『此レ、奇異也』ト思テ、人寄取テ見奉レバ、曾テ塵許モ損ジ給フ事無シ。此レ、彼ノ女人ノ心ヲ発シテ写シ奉レルニ依テ、仏ノ霊験ヲ施シ給フ也ト知ヌ。女貧シト云ヘドモ、秋ニ臨デ田ニ至テ自ラ穂ヲ拾テ願ヲ遂タル事、極テ難有シ。然レバ、仏モ其ノ志ヲ哀デ、如此キ霊験ヲ施シ給フ也ケリ。功徳ハ少シト云フトモ、信ニ可依キ也」。

ト、古老ノ伝ヘヲ以テ語リ伝ヘタルトヤ。

약사불藥師佛이 몸에서 약藥을 내어
눈먼 여인에게 주신 이야기

눈멀고 가난한 여자가 일념으로 약사불藥師佛에게 빌어 지심至心이 부처에게 전해져
영약靈藥을 받고 두 눈을 떴다고 하는 현보담現報譚. 앞 이야기에 이어서 여인의 신심
信心과 부처의 감응感應을 주제로 한다. 같은 모티브가 후세의 조루리淨瑠璃『쓰보사
카 영험기壺坂靈驗記』의 이야기로 발전한다. 제목의 '약사藥師'[1]의 두 자는 뒤에 보충된
것임.

　이제는 옛이야기이지만, 나라奈良의 도읍[2]에 고시다越田 연못[3]이라
는 곳이 있었고, 그 연못의 남쪽에 다데하라 리蓼原里[4]라는 곳이 있었다.
그 마을에 당堂이 있었는데 료원당蓼願堂[5]이라고 한다. 그 당에 약사불藥
師佛[6]의 목상木像이 모셔져 있었다. 그런데 아베阿陪 천황天皇[7]의 치세 때
그 마을에 한 여자가 있었다. 두 눈이 모두 보이지 않았다.

1　→ 불교.
2　헤이조 경平城京.
3　나라 시奈良市 기타노쇼 정北之庄町에 있는 고토쿠 연못五德池은 그 자취. 옛날에는 북쪽의 히가시쿠조 정東
　九條町도 포함하는 광대한 연못이었다. 헤이조 경의 동남쪽에 해당하며 당나라 장안성長安城의 곡강지曲江
　池를 본떠 축조된 것이라 함.
4　소재 미상未詳. 현재의 나라 시 기타노쇼 정 부근으로 추정.
5　소재 미상. 고토쿠 연못의 남쪽. 나라 시 기타노쇼 정 자당字堂 앞, 가와라 산瓦山부근으로 추정.
6　약사유리광여래藥師瑠璃光如來. 줄여서 약사여래藥師如來(→ 불교佛敎).
7　→ 인명.『영이기靈異記』를 참조하면 여기서는 쇼토쿠稱德 천황天皇.

그런데 이 눈먼 여자가 딸을 하나 낳았다. 이 아이가 점차 자라서 일곱 살이 되었다. 눈먼 어머니는 과부로 남편이 없었고, 게다가 가난하기 짝이 없었다. 어떤 때는 먹을 것도 없고 구걸을 해도 얻을 수 없었다.

'나는 분명 굶어 죽을 것이지만 눈이 보이지 않는 몸이라 어디가 어디인지 모르기에 어디로 구걸을 나가지도 못한다.'

이렇게 여자는 비탄하며 스스로 생각했다.

'내가 이렇게 가난한 것은 숙업宿業8 때문이다. 이대로 굶어 죽을 게 틀림없다. 그저 목숨이 붙어있을 때, 부처님 앞에 나아가 예배하는 것이 가장 좋을 것이다.'

그리하여 일곱 살 딸의 손에 이끌려 료원당을 참배하였다. 사찰의 승려9는 이를 보고 가엾게 여겨 문을 열고 당 안으로 들여 약사상 앞에서 예배하도록 했다. 눈먼 여자는 부처를 향해 예배하고는

"저는 이렇게 들었습니다. '약사불10께서는 한번이라도 부처님 이름을 들은 이의 모든 병을 고쳐주신다.'라고 말입니다. 저 하나만이 그 서원에서 제외될 리는 없을 것입니다. 비록 제 전세의 악업惡業11이 무겁다고 하여도, 부처님, 부디 자비를 베풀어 주십시오. 제발 제게 눈을 내려 주십시오."

라고 빌며 슬피 울고 불상 앞을 떠나지 않았다.

이틀이 지난 어느 날, 같이 따라온 딸이 불상을 올려보는데 갑자기 불상의 가슴에서 복숭아 수액 같은 것이 흘러 나왔다. 딸은 이것을 보고 어머니에게 알렸다. 이를 들은 어머니는

"내 그것을 먹어야겠구나. 어서 부처님 가슴에서 흘러나온 것을 가져와서

---

8 → 불교.
9 『영이기』에서는 "시주施主"라고 함.
10 『약사본원공덕경藥師本願功德經』에 의하면 약사여래의 십이대원十二大願의 일곱 번째.
11 → 불교.

내 입에 넣어다오."

라고 말했다. 딸은 어머니의 말대로 불상에 다가가서 그것을 가져와 어머니에게 먹였는데 맛이 아주 달았다. 그러자 곧바로 두 눈이 뜨여 주변의 사물이 또렷하게 보였다. 기뻐 감격하여 울면서 몸을 바닥에 던져[12] 약사상에게 절을 올렸다.

이를 보고 들은 사람들은 이 여자의 깊은 신앙심을 칭찬하고 부처의 영험靈驗[13]이 신통함을 존귀하게 여겼다.

이것을 생각하면 이 약사상이 실제로 몸에서 약을 내어 병자에게 내려 병을 낫게 하신 것은 실로 이와 같은 것이다. 그러므로 몸에 병이 든 이는 깊은 믿음을 일으켜 약사藥師의 서약[14]에 의지하고 빌어야 할 것이라고 이렇게 이야기로 전하여 내려오고 있다 한다.

---

12 오체투지五體投地.
13 → 불교.
14 『약사본원공덕경』에서 말하는 약사여래(→ 불교)의 십이대원.

薬師仏従身出薬与盲女語第十九

今昔、奈良ノ京ニ越田ノ池ト云フ池有リ。其ノ池ノ南ニ蓼原里ト云フ里有リ。其ノ里ノ中ニ堂有リ。蓼原堂ト云フ。其ノ堂ニ薬師仏ノ木像在マス。阿陪ノ天皇ノ御代ニ、其ノ村ニ二人ノ女有リ。二ノ目共ニ盲タリ。

而ルニ、此ノ盲女一人ノ女子ヲ生ゼリ。其ノ女子漸ク勢長ジテ、年七歳ニ成ヌ。母ノ盲女寡ニシテ夫無シ。極テ貧キ事無限シ。或ル時ニハ食物無クシテ食ヲ求ルニ難得シ。「我ニ必ズ餓テ死ナムトス。然レバ、歎キ悲ムデ自ラ云ク、「身ノ貧行テ求ル事不能ズ」。只ノ有ル時、仏ノ御前ニ詣テ礼拝シ奉ラムニハ不如ジ」ト思テ、七歳ノ女子ニ手ヲ令引メテ、彼ノ蓼原ノ堂ニ詣ヅ。

寺ノ僧此レヲ見テ哀ムデ、戸ヲ開テ堂ノ内ニ入レテ、薬師ノ像ニ令向テ令礼拝ム。盲女仏ニ向ヒ奉テ、礼拝シテ白シテ言サク、「我レ伝ヘ聞ク、『薬師ハ、一度ビ御名ヲ聞ク人諸ノ病ヲ除ク』。我レ一人其ノ誓ニ可漏ベキニ非ズ。譬ヒ前世ノ悪業拙シト云フトモ、仏慈悲ヲ垂レ給ヘ。願クハ我ニ眼ヲ令得給ヘ」ト、泣々ク申シテ、仏ノ御前ヲ不去ズシテ有リ。

二日ヲ経ルニ、副タル女子其ノ仏ヲ見奉ルニ、御胸ヨリ桃ノ脂ノ如クナル物忽ニ垂リ出タリ。女子此ノ事ヲ見テ、母ニ告グ。母此レヲ聞テ云ク、「我レ、其レヲ食ハムト思フ。速ニ汝ヂ彼ノ仏ノ御胸ヨリ垂リ出タル物ヲ取テ、持テ来テ我レニ含メヨ」ト。子母ガ云フニ随テ、寄テ此レヲ取テ、持テ来テ母ニ含ムルニ、母此レヲ食フニ甘シ。其ノ後、忽ニ二ノ目開ヌ。物ヲ見ル事明ラカ也。喜ビ悲ムデ、泣々ク身ヲ地ニ投テ、薬師ノ像ヲ礼拝シ奉ル。

此レヲ見聞ク人、此ノ女ノ深キ信ノ至レル事ヲ讃メ、仏ノ

霊験掲焉ニ在マス事ヲ貴ビケリ。

此レヲ思フニ、其ノ薬師ノ像現ニ御身ヨリ薬リヲ出シテ、

病人ニ授テ救ヒ給フ事如此シ。

然レバ、身ニ病ヲ受タラム人、専ニ信ヲ発シテ薬師ノ誓ヲ

可憑奉シトナム語リ伝ヘタルトヤ。

야쿠시지藥師寺의 식당食堂이 불에 타고
금당金堂은 타지 않은 이야기

천록天祿 4년(973) 야쿠시지藥師寺(→ 사찰명)가 불에 타서 없어질 때 나타난 영이靈異를
비롯하여 야쿠시지의 본존本尊인 장륙丈六 약사불과 관련된 여러 영험靈驗을 나열한
이야기로, 앞 이야기와는 약사불의 영험을 매개로 연결되고 있다.

이제는 옛이야기이지만, 《천록天祿 4년》¹ 《2》월 《27》²일 밤, 야쿠시지藥師

寺의 식당食堂에서 불이 났다. 불이 남쪽을 향해 번져가고 있었는데 강당講

堂³과 금당金堂⁴은 식당의 남쪽에 있었기에 머지않아 모두 타 버릴 지경이었

다. 절의 승려들은 이를 슬퍼하여 큰 소리로 울부짖었지만 도무지 손쓸 도

리가 없었다. 덴치天智 천황天皇⁵이 이 절을 건립하신 이래로⁶ 사백여 년이

---

1 연도의 명기를 위한 의도적 결자. 『일본기략日本紀略』, 『부상약기扶桑略記』, 『지카나가 경기親長卿記』, 『야쿠
   시지연기藥師寺緣記』, 제호사본醍醐寺本 『제사연기집諸寺緣起集』, 『순례사기巡禮私記』 등에 의하면 화재는 천
   록天祿 4년 2월 27일 밤에 발생.
2 저본에 공란 없음. 원래는 '□월 □일'식으로 의도적 결자가 있던 것이 서사書寫하는 중에 줄어들어 소멸
   된 것.
3 → 불교.
4 → 불교.
5 야쿠시지藥師寺의 창건은 통설로는 덴무天武 천황天皇의 발원에 의한 것으로 되어 있으나 본서에서는 덴치
   天智 천황으로 하고 있음. → 권11 제17화, 권12 제5화 참조.
6 야쿠시지 건립의 발원은 『야쿠시지연기』에는 덴무 천황 8년(679), 『서기書紀』에는 덴무 천황 9년. 이에 따르
   면 화재는 293～4년 후에 해당함. 덴치 천황 창건으로 한다고 해도 '삼백여 년'이라 되어 있어야 할 부분.

흘렀지만 아직까지 이런 화재가 없었는데 당장이라도 전부 타 버릴 것 같았다. 절의 승려들이 울며 우왕좌왕하는 것도 당연한 일이었다.

이윽고 식당이 전부 불타 버렸다고 생각될 무렵에야 겨우 연기가 하얗게 되고 날도 완전히 밝았다. 그때, 커다란 세 줄기의 검은 연기가 화재 현장의 불탄 자리에서 높이 솟아올랐다. 날도 밝았기에 많은 사람이 불가사의하게 여겨 연기가 나는 곳으로 다가가 살펴보니 솟아오르는 것은 연기가 아니라 무수히 많은 비둘기였다. 그 비둘기들이 금당[7]과 두 개의 탑[8] 주변에 모여들어 이리저리 날아다니면서 화기火氣가 접근하지 못하게 해서 금당과 강당이 불타지 않았던 것이었다. 이것은 매우 불가사의한 일이었다. 이 절의 약사불藥師佛[9]은 본디 영험靈驗[10]이 신통하신 부처인지라 그 영험을 보이신 것이었다. 모든 사람들은 이를 매우 존귀하게 여겼다. 또 이 절에서는 남대문南大門 앞에 예로부터 하치만 대보살八幡大菩薩을 권청勸請하여 절의 수호신으로 삼고 있었다.[11] 그러므로 하치만대보살이 절의 불법을 지켜 주고 계셨기 때문에 절이 불타지 않았다는 것이 이로 인해 확연히 드러났다. 하치만 대보살의 심부름꾼인 비둘기[12]가 많이 몰려와 이리저리 날아다니면서 불이 접근하지 못하게 했던 일로 이를 분명히 알 수 있다.

한편, 화재가 난 뒤 삼 년이 흘러 원래대로 식당 및 사면四面의 회랑, 대

---

7 → 불교. 『야쿠시지연기』에 따르면 승려들의 사활을 건 소화消火작업에 의해 금당으로 불이 옮겨 붙는 것을 면할 수 있었다고 기록되어 있다. 비둘기의 영이에 대해서는 기술되어 있지 않음.

8 동탑東塔과 서탑西塔. 동탑은 천평天平 2년(730) 창건. 국보로서 현존함. 서탑은 쇼와昭和 56년(1981) 재건.

9 야쿠시지 금당의 본존. 금동약사삼존상金銅藥師三尊像의 중존. 국보로서 현존함. 제작연대에 관해서는 백봉기白鳳期, 지토持統 천황 11년(697) 개안설과 헤이조 경平城京 이전 후의 천평(729~49) 초기설이 있음. 최근에는 후자가 유력함.

10 → 불교.

11 남대문의 남쪽, 야스미가오카休岡 하치만 궁八幡宮(→ 사찰명)으로서 현존함.

12 비둘기. 특히 집비둘기를 말함. 비둘기는 하치만대보살의 심부름꾼으로 신앙되어 왔음.

문, 중문, 종루鐘樓 등이 전부 재건되었다.[13] 그 후 《영조원永祚元》[14]년 《8》월 《13》일,[15] 갑자기 이상하게도 거센 회오리바람이 불기 시작했다. 회오리바람에 의해 금당 위 계단은 순식간에 하늘로 날아올라 강당 앞 정원에 떨어졌다. 이러한 바람의 세기로 본다면 재목 한 그루, 기와 한 장이라도 온전할 리가 없었다. 그러나 기와 한 장 부서지지 않았고, 재목 한 그루도 부러지지 않았다. 그래서 떨어진 계단만 금당 위에 올려 전과 같이 만들었다. 이것 또한 불가사의한 일이다.

이 절의 약사불의 영험은 한 가지만 있는 것이 아니다. 남대문 천정의 격자格子를 만들기 위한 재료인 재목을 얻기 위해 요시노吉野에 있는 사찰 소유의 산[16]에서 삼백 그루 남짓의 나무를 베어 그것으로 뗏목을 엮어 흘려보내 강에서 끌어 올리려 하고 있었다. 그런데 국사國司인 후지와라노 노리타다藤原義忠[17]라는 사람이 그 재목을 전부 내리內裏를 조궁造宮할 용재用材로 지정해 버렸다. "이것은 야쿠시지 소유의 산에서 절의 수리를 위해 벌목한 재목이다."라고 해서 재목을 돌려줄 것을 요청해 보았지만 국사는 그 청을 받아들이지 않고 막무가내로 재목을 육지로 끌어 올리려 하였다. 절의 별당別當[18]인 간온觀恩[19]이 일부러 국사를 만나 재목을 돌려달라고 간절하게 부탁했으나 도무지 허락해 주지 않았다. 그래서 절의 승려들은 남대문 앞의 하치만 대보살 앞에서 급히 백일의 인왕강仁王講[20]을 비롯하여 이 일을 위해 기

---

13 삼년 뒤에 복구되었다고 하는 것은 오류로, 강당은 5년 뒤인 정원貞元 3년(978), 대문은 장화長和 2년(1013), 중문은 관화寬和 2년(986), 식당, 종루는 장보長保 5년(1003)년에 재건됨.
14 연도의 명기를 위한 의도적 결자. 『야쿠시지연기』를 참조하여 보충.
15 저본에 공란 없음.
16 사원에서 당탑의 수리, 조영 등에 사용할 나무를 베기 위해서 소유하고 있는 산. 혹은 그 영지領地.
17 → 인명.
18 → 불교.
19 미상.
20 백일 간 『인왕경仁王經』(→ 불교)을 독송하고 진호국가鎭護國家, 천하태평天下泰平을 기원하는 법회.

도하였다. 이렇게 그 강의를 칠팔십 일 가량 행했다. 한편 이 절의 동쪽 대문 앞에 서쪽 수로[21]가 흐르고 있었는데, 국사는 재목을 이 수로에서 끌어 올려 절의 동쪽 대문 앞에 삼백 그루 남짓 그대로 쌓아 놓았다. 이는 이즈미 가와泉河[22]의 나루터로 옮겨 강을 통해 도읍으로 가져가기 위함이었다.

그 후, 국사는 미타케金峰山[23]에 참배하고 돌아가던 도중 요시노 강에 빠져 죽고 말았다. 절의 승려들은 이를 듣고 매우 기뻐했다. 마치 절 쪽에서 재목을 옮겨 오려던 것인 양 동쪽 대문에 쌓아둔 후에 국사가 죽어버렸기에 그 재목은 일부러 절을 위해 옮겨 온 것만 같았다. 이에 절의 승려들은 기뻐하며 절 부근의 인부를 모아 재목을 절 안으로 옮겨 왔다. 이것도 또한 불가사의한 일이었다. 쌓아놓은 재목 위에 무수히 많은 비둘기가 날아와 있었기에 이를 본 절의 승려들은

"이 인왕강이 필시 영험을 보인 것이라고 □□□,[24] 국사가 강에 빠져 죽은 것은 필시 하치만 대보살이 벌하신 것에 틀림없다."

고 서로 이야기했다.

이 절의 금당에는 예로부터 내진內陣[25]에 사람이 들어가는 일이 없었다. 다만 당을 관리하는 속인 세 사람만이 심신을 깨끗이 하고 열흘 간격으로 각각 열흘간 들어갔다. 그 외에는 일생불범一生不犯[26]의 승려라 할지라도 들어가는 일이 없었다. 옛날에 청정清淨한 수행을 쌓은 승려가

---

21 현재 존재 여부 불명. 아키시노 강秋篠川이라면 바로 야쿠시지 동쪽 대문 앞을 흐르고 있음. 이것이 흘러서 사보 강佐保川으로 들어가 거슬러 올라가 나라 산奈良山으로 옮겨 나라 산을 넘어 기즈木津로 옮긴다. 기즈 부터 기즈 강에서 요도淀로, 그리고 다시 가모 강鴨川으로 올라가는 행로로 추정.

22 지금의 기즈 강. 현재의 교토 부京都府 사가라 군相樂郡 기즈 정木津町 부근.

23 → 지명(긴푸센金峰山).

24 저본의 파손에 의한 결자.

25 → 불교.

26 → 불교.

'나는 몸, 입, 뜻의 삼업三業²⁷에 있어서 죄를 범한 적이 없다. 들어간다 한들 무엇 하나 꺼릴 것이 없다.'

라고 생각해서 들어가려고 하였더니, 갑자기 문이 닫히면서 들어갈 수 없게 되어 되돌아가고 말았다. 실로 이 약사불상은 좀처럼 보기 힘든 신통한 영험을 지닌 부처라고 이렇게 이야기로 전하여 내려오고 있다 한다.

27 → 불교.

薬師寺食堂焼不焼金堂語第二十

今昔、□ト云フ年ノ□月□日ノ夜、薬師寺ノ食堂ニ火出来ヌ。南ヲ指テ燃エ行クニ、講堂、金堂ハ食堂ノ南ニ有レバ、忽ニ皆焼ナムトス。寺ノ僧共、此レヲ悲ムデ泣々ク喤ルト云ヘドモ、更ニ力不及ズ。天智天皇建給テ後四百余歳ニ成テ、未ダ如此ノ火事無カリツルニ、忽ニ焼失ナムトス。寺ノ僧共ノ泣キ迷フモ裁也。

而ル間、火食堂ニテ皆焼畢ヌト思フニ、燼リ漸ク白ミテ、出来ヌ。

夜モ皆曙畢ル程ニ、大キニ黒キ燼三筋許火ノ跡ノ内ヨリ高ク登テ見ユ。夜曙ヌレバ、諸ノ人此レヲ怪ムデ集リ寄テ見ルニ、燼ニハ非ズシテ、金堂ト二ノ塔トニ鳩ノ員不知ズ多ク集テ飛ビ廻リツヽ、火気ヲ不令寄ズシテ、金堂講堂不焼ヌ也ケリ。此レ希有ノ事ノ中ノ希有ノ事也。比ノ寺ノ薬師仏、本ヨリ霊験新タニ在セバ、示シ給フ所也ケリ。亦、此ノ寺ニ南ノ大門ノ前ニ、昔ヨリ八幡ヲ振リ奉テ寺ノ鎮守トセリ。然レバ、八幡ノ、寺ノ仏法ヲ守リ給フガ為ニ不焼給ヌ也ケリ、ト顕ニ見エタリ。鴿多ク来テ、集テ飛ビ廻テ火ヲ不寄ヌヲ以テ知ヌ。

亦、其ノ後三年ヲ経テ、本ノ如クニ食堂幷ニ四面ノ廻廊、大門、中門、鍾楼等皆造リ建ツ。其ノ後

□年ト云フ年ノ□月□日、俄ニ飆出来テ、強キ事常ニ

薬師寺伽藍復原配置図

（北室）　十字廊　（北室）
西僧房　食堂　僧房
鐘楼　　経楼　（東室）
（西室）　講堂
回廊　　　　　回廊
西塔　　東塔
金堂
中門
南大門　築地

398

異也。即チ金堂ノ上ノ層吹キ切テ空ニ巻キ上テ、講堂ノ前ノ

庭ニ落ス。此レヲ思フニ、材木瓦一ニテモ可全キニ非ズ。

而ルニ、瓦一枚不破ズ、木一支不折ズ。然バ、皆本ノ如ク上

テ造ツ。此レ亦希有ノ事也。

此ノ寺ノ薬師仏ノ霊験一二非ズ。亦、南大門ノ天井ノ編入

ノ料ノ材木ヲ、吉野ノ杣ニ三百余物令造テ、今上ムト為ル間

ニ、国ノ司藤原ノ義忠ノ朝臣ト云フ人有テ、内裏ヲ被造ル料

ニ皆点ジツ。「此レハ薬師寺ノ杣ニ、寺ノ修理ノ料ニ取レル

所ノ木也」ト乞ヒ請クト云ヘドモ、国司敢テ耳ニ不聞入ズ

シテ、只上ゲニ上ゲムト為ル時ニ、寺ノ別当観恩、故ニ国

ノ司ニ会テ勧ミ乞ヒ請クト云ヘドモ、遂ニ許ス事無シ。其ノ

時ニ、寺ノ僧等、南大門ノ前ノ八幡ノ宝前ニシテ、忽ニ二百

日ノ仁王王講ヲ始行テ、此ノ事ヲ祈請ス。而ルニ、其ノ講七

八十日許行フ間ニ、此ノ寺ノ東ノ大門ノ前ニ西ノ堀河流レ

タリ、此ノ材木、其ノ河ヨリ曳上テ、此ノ寺ノ東ノ大門ノ前

ニ三百余物乍ラ積テ置ケリ。其レヨリ泉河ノ津ニ運テ、河リ

京ニ可上キ故也。

而ル間、国ノ司金峰山ニ詣テ返ル間ニ、吉野河ニ落入テ死

ヌ。寺ノ僧等此レヲ聞テ喜ブ事無限シ。事シモ寺ヨリ運バム

様ニ東ノ大門ニ積置テ後、国ノ司死ヌレバ、故ニ運タルガ如

シ。乍喜ラ寺ノ辺ブ夫ヲ催テ、寺ノ内ニ曳入レツ。此レ亦

希有ノ事也。此ノ木積置タル上ニ鳩□現ニ来テ居ケル。然レ

バ、寺ノ僧共此レヲ見テ、「此ノ仁王講ノ験必ズ有ナムゾト

□守ノ親死ヌレバ既ニ八幡ノ罸シ給ヒツル也」トゾ僧

共云ヒケル。

此ノ寺ノ金堂ニハ昔ヨリ内陣ニ二人入ル事無シ。只堂ノ預ノ

俗三人、清浄ニシテ旬ヲ替テ各十日ノ間入ル。其ノ外ニハ

一生不犯ノ僧ナレドモ入ル事無シ。昔シ浄行ノ僧有テ、「我

レ此ノ三業ニ犯セル所無シ。何ゾ不入ザラム」ト思テ入ケレ

バ、俄ニ戸閉テ入ル事ヲ不得ズシテ返出ニケリ。

実ニ此ノ薬師ノ像、世ニ難有キ霊験在マス仏也トナム語リ

伝ヘタルトヤ。

야마시나데라山階寺가 불에 탄 후
재건再建되기까지의 이야기

영승永承 원년元年(1046) 야마시나데라山階寺, 즉 고후쿠지興福寺 소실燒失에 따른 재
건 당시의 세 가지 영험을 기록한 이야기. 화재 후 재건 시에 일어난 영험이라는 점에
서 야쿠시지 소실 시의 영험과 남대문 수리 시의 영이靈異를 기록한 앞 이야기와 공통
된다.

　이제는 옛이야기이지만, 대직관大織冠[1]이 자손을 위해 야마시나데라山階
寺를 세우셨다. 먼저 장륙丈六의 석가보살釋迦菩薩[2]과 그 협사脇士[3]인 두 보
살二菩薩의 상像을 만들어 기타야마시나北山階의 집에 당堂을 세워 안치安置
하셨다.[4] 이는 덴치天智 천황天皇께서 아와즈 궁粟津宮[5]에 계실 때에 만드신
것이다. 그 절을 대직관의 아들인 단카이 공淡海公[6] 시절에 지금의 야마시
나데라가 있는 곳으로 옮겨 지으셨다. 그리하여 위치는 바뀌었지만 지금도

1　후지와라노 가마타리藤原鎌足. → 인명(대직관大織冠). 이하 첫 문단의 야마시나데라山階寺(→ 사찰명) 건립
　　및 이전의 경위에 관해서는 권11 제14화 참조.
2　본집本集 권1 제1화, 권11 제14화 참조. → 불교佛敎(보살菩薩).
3　→ 불교.
4　권11 제14화 참조.
5　권11 제29화 참조.
6　→ 인명. 후지와라노 후히토藤原不比等를 가리킴.

야마시나데라라고 하는 것이다.

그런데 삼백여 년이 지난[7] 영승永承 원년元年[8] 12월 24일 밤 야마시나데라가 처음으로 소실燒失되었다. 그래서 당시 가문의 장자長者였던 관백좌대신關白左大臣[9]이 원래대로 재건하신 것이다.[10] 그런데 그 절이 세워져 있던 곳은 거북이 등처럼 되어 있어 다른 곳보다 지형이 높기 때문에 우물을 파더라도 물이 나오지 않았다. 그래서 가스가노春日野[11]에서 흘러오는 물을 경내로 끌어와 모든 승방에 대었고, 절의 승려들이 이 물을 사용하고 있었다.

그런데 이 절을 재건하는 동안 금당金堂,[12] 회랑廻廊, 중문中門, 남대문南大門, 북쪽 강당講堂,[13] 종루鐘樓, 경장經藏, 서쪽의 서금당西金堂, 남쪽의 남원당南圓堂, 동쪽의 동금당東金堂, 식당食堂, 세전細殿,[14] 북실北室[15] 상계上階의 승방僧房, 서실西室, 동실東室, 중실中室의 각각의 크고 작은 승방 등, 많은 당사堂舍의 벽을 바르기 위해 여러 지방의 인부[16]들이 대거 상경하여 물을 긷는 일을 맡았다. 그러나 물을 길을 수 있는 곳이 2, 3정町이나 가야 할 만큼 멀리 있었기에 벽에 쓸 물이 제때 조달되지 않아 좀처럼 벽이 만들어지지 않

---

7 『고후쿠지연기興福寺緣起』, 『부상약기扶桑略記』 등에 의하면, 후지와라노 후히토藤原不比等는 화동和銅 3년(710) 우마야사카데라厩坂寺를 헤이조 경平城京으로 옮겨 고후쿠지興福寺를 건립함. 따라서 영승永承 원년元年의 시점은 삼백여년.

8 1046년. 『부상약기』 영승 원년 12월 24일 조條 참조.

9 당시 가문의 장자長者는 관백 좌대신關白左大臣 후지와라노 요리미치藤原賴通(→ 인명).

10 야마시나데라(고후쿠지)의 재건의 경위에 관해서는 『조고후쿠지기造興福寺記』가 더 자세함.

11 나라 시奈良市, 와카쿠사 산若草山과 미카사 산御蓋(三笠)山 서쪽 기슭으로 이어지는 대지. 북부로는 도다이지東大寺, 중부에는 가스가 대사春日大社와 고후쿠지가 있다. 『고후쿠지유기興福寺流記』에 의하면 아즈마노東野라고도 불렸음.

12 → 불교.

13 → 불교.

14 식당食堂 남면에 있었던 가늘고 긴 건물.

15 '실室'은 승방僧房의 집합. 북실北室에는 남·북 이동二棟의 대방大房과 소자방小子房 일동一棟이 있고, 남쪽이 상계上階(상급의 승려)의 승방으로, 북쪽은 하계下階의 승방.

16 야마시나데라(고후쿠지)의 재건을 위해 징집된 인부를 말함.

았다. 행사관行事官[17]들은 한탄하였지만 어찌할 도리가 없었다. 그런데 마침 여름 무렵이라 갑자기 소나기가 내렸다.[18] 그 때문에 강당의 서쪽 뜰의 조금 움푹한 곳에 물웅덩이가 생겼다. 벽을 바르는 인부들은 이 □□[19] 가까이 가서 벽토壁土에 섞기 위해 이 물을 길었는데 물이 마르는 일이 없었다. 그 래서 이를 기이하게 여겨 □[20]척尺쯤 파내어 보았더니 바닥에서 물이 솟아 나고 있었다. '이는 불가사의한 일이로다.'라고 생각하여 곧바로 사방 삼척 정도를 《일 척》[21]쯤 파내자 정말로 물이 솟아나는 우물이었다. 이에 이 물을 길어 많은 당사의 벽을 바르는 데 사용하였지만 물이 마르는 일이 없었다. 이 우물의 물을 가지고 많은 벽을 발랐는데, 멀리까지 가서 물을 길어왔을 때에 비해 더 수월하게 완성되었다. 사찰의 승려들이 이것을 보고, "이는 마 땅한 인연因緣이 있어서 솟아난 물이다."라고 말하며, 그곳에 돌을 깔아 지 붕을 만들어 덮었는데, 지금도 우물에서 물이 나오고 있다. 이것이 불가사 의[22]한 일이라고 하는 것 중의 하나이다.

　다음으로 이런 일이 있었다. 이 절이 2년 만에 완공되고 당사가 모두 완성 되었기에 영승 3년[23] 3월 2일에 공양供養이 행해졌다. 가문의 장자長者가 공 경公卿을 비롯한 가문의 사람들을 이끌고 오셔서 작법作法에 따라 공양을 올 리셨다. 도사道師는 미이데라三井寺의 묘존明尊 대승정大僧正[24]이 담당하였으

17　여기서는 야마시나데라(고후쿠지) 재건사업을 집행하는 관리. 참고로, 『조고후쿠지기』에 의하면 조사장관造 寺長官은 좌소변左小辨 후지와라노 스케나카藤原資仲.

18　『조고후쿠지기』에 의하면 사실事實은 초봄 무렵. 『조고후쿠지기』 영승 3년(1048) 윤정월閏正月 20일의 조 참조.

19　파손에 의한 결자.

20　파손에 의한 결자.

21　파손에 의한 결자. 『순례사기巡禮私記』, 『고본설화古本說話』를 참조하여 보충함.

22　원문에는 "희유稀有"라고 되어 있음. 좀처럼 없는 일. '기이奇異'와 함께 설화의 발생과 전승의 중요한 요소.

23　영승 3년(1048). 재건공양은 성대하게 거행됨. 『부상약기』 영승 3년 3월 2일 조 참조.

24　→ 인명. 재건 공양의 도사 및 청승請僧의 이름은 『조고후쿠지기』에 기록됨.

며 청승請僧[25] 오백 명을 비롯하여 음악音樂을 준비하여 성심성의를 다해 공양이 이루어졌다. 얼마 후에 공양하는 날 인시寅時[26]에 부처를 당에 안치하려는데, 비가 올 듯이 하늘이 흐리고 별도 보이지 않아서 시각을 알 수가 없었다. 음양사陰陽師 아베노 도키치카安陪時親[27]라는 이가 있었는데, "하늘이 흐려 별이 보이지 않으니 무엇을 근거로 시간을 재겠습니까, 어찌할 수 없습니다."라고 말하던 중 바람도 불지 않는데 당 위에 구름이 사방 사, 오장丈 정도 사라지고 하늘이 개어 칠성七星[28]이 뚜렷이 모습을 드러내었다. 이에 때를 가늠하니 인시의 이각二刻[29]이었고 그들은 기뻐하며 부처를 당으로 옮겼다. 별을 볼 수 있었던 맑은 하늘은 이내 다시 흐려졌다. 이것도 불가사의한 일의 하나이다.

다음으로 또 이런 일이 있었다. 부처가 당에 들어가셨으므로 천개天蓋[30]를 매달려고 하는데 불사佛師 조초定朝[31]가

"천개가 크니 이것을 매달 쇠 장식을 박기 위해서 격자 천장 위에, 폭이 일척 구촌寸에 길이 이장丈 오척의 나무 세 그루를 걸쳐 놓지 않으면 안 됩니다. 미리 말해 둔다는 것을 그만 잊고 있었습니다. 이제 어떻게 할까요. 지금 그 나무를 위로 올리려면 먼저 발판을 만들어야 합니다. 또 벽이 여기저기 부서지겠지요. 그렇게 되면 이런저런 것들에 흠이 생겨 금일 공양은 불가능할 것입니다."

라고 말했다. "이거 큰일이 났다."고 사람들도 저마다 수군댔다. 한편 대공

---

25 법회에 초대된 승중僧衆.
26 현재의 오전 4시경.
27 → 인명. 정확히는 아베노 도키치카安倍時親.
28 북두칠성. 「순례사기」에 "칠성七星이 매우 빛을 발하여, 도키치카時親가 이를 보고 인시의 이각이 되었다는 것을 알게 되어 부처를 옮겨 모셨다."라고 되어 있음.
29 현재의 오전 3시 30분경.
30 → 불교.
31 → 인명.

大工[32]인 《오노多》요시타다吉忠[33]라는 이가 있었는데 그가 데려온 목수 중에서 일간一間의 간장間長[34]으로 일하고 있는 목수가 이것을 듣고,

"내가 이 일간을 짓는 동안, 들보 위에 재목을 너무 많이 올려서 폭이 일척 구촌, 길이 삼장의 나무 세 그루가 그대로 올라가 있습니다. 하지만 이를 이야기하면 벌을 받게 될지도 모른다는 생각에 공사 책임자에게 말하지 않았습니다. 그 나무는 분명 들보 위에 있습니다. 그것도 바로 천개를 매달 곳 부근에 있을 거라고 생각합니다."

라고 말했다. 조초는 이를 듣고 기뻐하며 소불사小佛師[35]를 올라가게 하여 '그 나무가 어떻게 놓여 있는가.'를 보게 했다. 그 불사는 천장에 올라가 상태를 보고 내려와서

"분명 나무가 바로 천개를 매달 곳에 놓여 있습니다. 조금도 위치를 바꿀 필요가 없습니다."

라고 했다. 그래서 모두 올라가 쇠 장식을 한 치의 실수도 없이 박을 수 있었다. 이것도 또 한 매우 불가사의한 일의 하나이다.

말세末世[36]가 되었다고는 하지만, 위와 같은 일이 실제로 있었으니 부처의 영험靈驗[37]은 참으로 신통하다. 하물며 눈에 보이지 않는 부처의 공덕功德[38]은 얼마나 클 것인가. 세간 사람들도 모두 배례하고 공경할 것이리라. 이렇게 이야기로 전하여 내려오고 있다 한다.

---

32 목공료木工寮에 설치된 직책. 조궁造宮·조사造寺 등의 토목건축 최고기술자.

33 성명姓名의 명기를 위한 의도적 결자. 「순례사기」, 「고본설화」, 「조고후쿠지기」를 참조하여 보충.

34 간間(기둥과 기둥 사이를 말함)의 벽면을 만드는 장인의 우두머리.

35 대불사大佛師의 아래의 지위. 대불사의 조상造像을 보조하는 불공佛工.

36 → 불교.

37 → 불교.

38 → 불교.

山階寺焼更建立間語第二十一

今昔、大織冠子孫ノ為ニ山階寺ヲ造リ給フ。先ヅ丈六ノ釈迦菩薩幷ニ脇士二菩薩ノ像ヲ造テ、北山階ノ家ニ堂ヲ建テ安置シ給ヘリ。天智天皇ノ粟津ノ都ニ御ケル時ニ堂ヲ造ル也。其レヲ大織冠ノ御子淡海公ノ御時ニ、今ノ山階寺ノ所ニハ被造移タル也。然レバ、所ハ替レドモ于今山階寺トハ云フ也。

而ル間、三百余歳ニ成テ、永承元年ト云フ年ノ十二月二十四日ノ夜始テ焼ヌ。而ルニ当時ノ氏ノ長者殿、関白左大臣トシテ本ノ如クニ造ラセ給ヘル也。其レニ、彼ノ寺ノ所ハ、他ノ所ヨリモ地ノ体ノ亀ノ甲ノ様ニシテ高ケレバ、井ヲ堀ルト云ヘドモ水不出ズ。然レバ、春日野ヨリ流出タル水ヲ寺ノ内ニ澱セ入レテ、諸ノ房舎ニ流シ入レツヽ、寺ノ僧共此レヲ用ル也。

而ルニ、此ノ寺ヲ被造ル間、金堂幷ニ廻廊、中門、南大門、北ノ講堂、鍾楼、経蔵、西ノ西金堂、南ノ南円堂、東ノ東金堂、食堂、細殿、北室ノ上階ノ僧房、西室、東室、中室ノ各ガ大小ノ房、如此ノ多ノ堂舎ノ壁ヲ塗ルニ、国々ノ夫若干上集テ水ヲ汲ムニ、二三町ノ程去タレバ間遠クシテ、壁ノ水不足ニシテ、速ニ壁難成シ。行事等歎クト云ヘドモ力不及ビ間ニ、夏ノ比ニテ俄ニ夕立降ル。其ノ時ニ、講堂ノ西ノ方ノ庭ニ、少シ窪タル所ニ涓少シ有リ。壁塗ノ夫共、此ノ□寄テ壁土ニ交ゼムガ為ニ、此レヲ汲ムニ水尽ル事無シ。然レバ、此レヲ怪ムデ□尺許掻キ堀テ見レバ、底ヨリ水湧出ヅ。「此レ、奇異ノ事也」ト思テ、忽ニ方三尺許、深サ□尺許堀タレバ、実ニ出ル井ニテ有リ。然レバ、此レヲ汲ムデ若干ノ壁ノ料ニ用ルニ、水尽ル事ナシ。其ノ井ノ水ヲ以テ、多ノ壁共ヲ塗ルニ、遠ク行テ汲シ時ヨリモ事只成ニ成ヌ。寺

ノ僧共此レヲ見テ、「可然クテ出タル水也」トテ、石ヲ畳ミ屋ヲ造リ覆テ、干今井ニテ水出テ有リ。此レ希有ノ事ニル其ノ一也。

次ニ、二年ノ間ニ造畢テ堂舎皆成ヌレバ、同三年ト云フ年ノ三月二日ニ供養有リ。其ノ導師、三井寺ノ明尊大僧正也。請僧五百人并ニ音楽ヲ調テ、専ニ心ヲ至シ給フ事無限シ。而ルニ、如ク供養ゼラル。

其ノ供養ノ日寅時ニ、仏渡シ給フニ、雨気有テ、空陰テ暗クシテ星不見ネバ、時ヲ知ル事不能ズ。陰陽師安陪ノ時親ト云フ者有レドモ、「空陰テ星不見ネバ、何ヲ注シニテカ時ヲ量ラム。可為キ方無シ」ト云フ程ニ、風モ不吹ヌ空ニ、御堂ノ上ニ当テ、雲方四五丈許ノ程晴レテ、七星明カニ見エ給フ。此レヲ以テ時ヲ見ルニ、寅二ツニ成ケリ。午喜ラ仏渡リ給ヌ。空ハ、星ヲ見セテ後、即チ本ノ如ク陰ヌ。此レ亦、希有ノ事ニ為ル其ノ一也。

次ニ、仏渡リ給ヒヌレバ天蓋ヲ鉤ルニ、仏師定朝ガ云ク、

「天蓋ハ大ナル物ナレバ、鉤金共ヲ打付ケムガ為ニ、編入ノ上ニ横様ニ、尺九寸ノ木長サ二丈五尺ナラム、三支可渡カリケリ。其レヲ思忘レテ、兼テ不申ザリケリ。何ガセムト為ル。只今彼ノ木ヲ上ゲバ、先ヅ麻柱ヲ可結シ。亦、壁所々可壊シ。然ラバ、多ノ物共損ジテ今日ノ供養ニハ不可叶ズ」。

「此レ、極タル大事也」ト各口々ニ嘖リ合ヘル間ニ、大工ノ吉忠ト云フ者有リ。其ノ伴ノ工ノ中ニ、其ノ中ノ間ヲ間長トシテ造ケル工、此ノ事ヲ聞テ云ク、「我レ、此ノ間ヲ造リシ間、梁ノ上ニ上ゲ過シテ尺九寸ノ木ノ三丈ナルヲ三支上ゲニキ。而ルヲ、勘当モヤ有ルトテ其ノ由ヲ行事ニ不申ザリキ。定メテ其ノ木ノ梁ノ上ニ有リ。但シ、其レモ必ズ天蓋鉤ラム所ニ当リテヤ有ラム」ト。

定朝、此レヲ聞テ喜ビ、小仏師ヲ令登テ、「何様ニカ其ノ木ハ置タル」ト令見ルニ、仏師天井ニ登テ、此レヲ見テ返

天蓋（覚禅鈔）

リ下テ云ク、「慥ニ其ノ木天蓋ヲ可鉤キ所ニ当レリ。塵許モ不可直ズ」ト。其ノ時ニ、登テ皆鉤金共ヲ打付ルニ、露違フ事無シ。此レハ亦希有ノ事ト為ル其ノ一也。

世ノ末ニ成ニタレドモ、事実ナレバ、仏ノ霊験如此シ。何況ヤ、目ニモ不見ヌ功徳何許ナラム。世ノ人モ皆礼ミ仰ギ奉ルナメリ。

此ナム語リ伝ヘタルトヤ。

호조지法成寺에서 대일여래大日如來의
불화佛畵를 공양供養한 이야기

앞 이야기에서 후지와라노 요리미치藤原賴通의 고후쿠지興福寺 재건 때의 영이靈異를
기록하였기 때문에 이 이야기에서는 그의 아버지, 미치나가道長의 호조지法成寺건립
당시의 영이를 기록하였다. 그 건립 공양에 참가한 승려들이 구전한 것을 기록한 이야
기로 추정됨.

이제는 옛이야기이지만, 고이치조인後一條院¹의 제위 때, 관백 태정대신關
白太政大臣²이, 관인寬仁 2년年³ 3월 21일에 출가 하신 뒤에, 《4》년 《3》월 《22》
일⁴ 건립된 호조지法成寺⁵에서 천황天皇을 위한 기원祈願⁶을 위해 일백一百의
장륙불丈六佛 불화佛畵⁷를 그리게 하여 금당金堂⁸ 앞 남쪽에 불화를 남쪽을 향

1 → 인명.
2 후지와라노 미치나가藤原道長(→ 인명)을 가리킴. 미치나가는 관백關白이 되지 않았지만 세간에서는 미도관
   백어당御堂關白이라고 불림.
3 미치나가의 출가는 『소우기小右記』, 『일본기략日本紀略』에 의하면 관인寬仁 3년(1019) 3월 21일.
4 연월일의 명기를 위한 의도적 결자. 호조지法成寺는 무량수원無量壽院(아미타당阿彌陀堂 · 경극어당京極御堂)
   의 건립으로 시작된다. 『미도관백기御堂關白記』, 『좌경기左經記』, 『일본기략』, 『제사공양유기諸寺供養類記』,
   『무량수원공양기無量壽院供養記』 등에 의하면, 관인寬仁 4년 3월 22일에 낙경공양落慶供養을 함.
5 → 사찰명.
6 『소우기』, 『좌경기』, 『일본기략』 등에 의하면, 고이치조後一條 천황天皇의 질병의 쾌유를 기원하며 열린 불화
   공양佛畵供養. 치안治安 원년元年(1021) 3월 29일에 열림.
7 원문에는 '회불繪佛'(→ 불교).
8 → 불교佛敎. 무량수원을 가리킴. 호조지 금당金堂의 낙성은 치안 2년 7월 14일. 또한, 『좌경기』에 의하면 금당
   의 입주立柱는 치안 원년 6월 27일, 상동上棟은 같은 해 7월 15일이므로 이때는 아직 입주는 이뤄지지 않음.

해 걸어 늘어놓고 공양供養하신 일이 있었다.

그중에서 높이 삼 장丈의 대일여래大日如來[9]의 상像을, 이무로飯室[10]의 □
□[11]아사리阿闍梨가 그리게 하여 이를 중존中尊[12]으로서 걸었다. 불화 앞에
긴 천막[13]을 치고 그 안에 후지와라노 미치나가藤原道長를 비롯하여, 아드님
이신 관백 내대신關白內大臣[14]이 자리하시고 좌대신左大臣 아키미쓰顯光,[15] 우
대신右大臣 긴스에公季,[16] 이 외에도 납언納言,[17] 참의參議[18]의 공경公卿[19]이 모
두 착석하였다. 그리고 그 뒤로 전상인殿上人이 자리를 잡았다. 또한 공경의
고관들이 자리한 천막을 중심으로 좌우左右에 긴 천막[20]을 세워 중승衆僧들
의 자리로 삼았다. 그 남쪽에 태고太鼓, 정고鉦鼓[21] 두 개씩을 장식하여 세워
놓고, 그 남쪽에 비단으로 막사幕舍를 두 개 만들어 당악唐樂, 고려악高麗樂의
악사들이 음악을 연주하는 곳으로 삼았다. 그 의식은 참으로 보기 드물고
흥취가 있는 것이었다.

이윽고 공양이 시작되었다. 남쪽 대내大內[22] 바깥 좌우에 천막을 세워 두

---

9 → 불교.
10 히에이 산比叡山 요카와橫川의 육곡六谷의 하나. 사카모토板本(시가 현滋賀縣 오쓰 시大津市 북부)로 내려가
　는 도중에 있는 지역.
11 승명僧名의 명기를 위한 의도적 결자. 이무로飯室의 회아사리繪阿闍梨 엔엔延圓일 것으로 추정. 엔엔은 헤이
　안平安 중기中期의 회불사繪佛師로 후지와라노 요시치카藤原義懷의 아들. 회아사리라고 칭함. 『영화榮花』 권
　22에 의하면 만수萬壽 원년元年(1024) 6월, 호조지 약사당藥師堂의 기둥 그림을 그림. 장력長曆 4년(1040) 몰.
12 → 불교.
13 원문에는 '히라바리平張'로 되어 있는데, 천장을 평평하게 펴서 햇빛이나 비바람을 막기 위한 천막.
14 후지와라노 요리미치藤原賴通(→ 인명)을 가리킴.
15 → 인명.
16 → 인명.
17 대납언大納言·중납언·소납언少納言은 종오위從五位 상당관相當官으로 공경公卿이 아님.
18 태정관太政官에 설치된 영외관令外官. 대납언·중납언 아래의 중직重職으로 사위四位 이상인 자.
19 공公은 태정대신太政大臣·좌대신左大臣·우대신右大臣. 경卿은 대납언·중납언·참의參議 및 삼위三位이상인
　자. 상달부上達部라고도 함.
20 '幄'으로 표기되며, 천장의 중앙부를 용마루의 형태로 높게 건너지른 천막.
21 아악雅樂에서 사용하는 금속제 타악기. 원형으로 뒷부분은 접시처럼 볼록함.
22 대내大內는 보통 대내리大內裏를 일컬으나 여기서는 호조지의 경내로 추정.

었는데 많은 수의 승려가 모여 있었다. 당악과 고려악을 연주하는 악인樂人들이 연주하는 곳에서 남대문으로 나와 이 승려들을 맞이했다. 그러자 많은 승려들이 악인을 앞세워 줄지어 따라 들어가 남대문의 단상위에 올라가 섰다. 그곳에서 북쪽을 향하여 보았더니 일백의 장류불이 걸려 있었는데 바람에 날려 움직이는 모습이 마치 살아 있는 부처와 같이 느껴져 더할 나위 없이 존귀하였다. 마당에 줄지어 세워놓은 □□²³ 사번絲幡²⁴이 바람에 나부끼고 있는 광경도 훌륭하였다. 또 두 개의 태고를 장식한 □□□²⁵ 빛을 발하는 듯하였다. 이러한 것들은 마치 부처의 정토淨土²⁶를 방불케 할 만큼 존귀하였다.

한편 승려들이 보니 천막 아래에 자리하신 미치나가의 상좌上座에 향염香染 법복法服을 입은 승려가 있었다. '저 분은 누구신가. 닌나지仁和寺²⁷의 세이신濟信 대승정大僧正²⁸이심이 분명하다.'고 여기며 모든 승려가 걸어서 가까이 다가가자, 그 사람은 보이지 않게 되었다. '자리를 뜨셨는가.'라고 생각하여 승려들은 각자 자리에 앉았다. 승려 모두의 눈에 똑같이 보였기 때문에 전부터 향로香爐²⁹ 상자를 자리에 두고 대기하고 있는 종승從僧에게, "저 천막에 앉아 계시는 향염 법복을 입은 승려는 누구신가." 하고 물으니 종승은, "그러한 분은 절대로 계시지 않습니다."라고 대답하였다. 승려들은 이 말을 듣고 '불가사의한 일이다.'라고 생각했다. 이에 승려들은,

---

23 파손에 의한 결자. 법요法要·행도行道 때 마당에 세워 놓는 보당寶幢, 또는 옥번玉幡·능번綾幡 같은 각종 번幡 종류의 장식구가 들어갈 것으로 추정.
24 불당佛堂을 장식하는 번幡의 일종. 채색한 끈을 늘어뜨린 장식기裝飾旗로 용두龍頭의 장대에 걸어 둠.
25 파손에 의한 결자.
26 → 불교.
27 → 사찰명.
28 → 인명.
29 → 불교.

"이는 분명 부처의 권화權化이거나, 혹은 그 옛날 고보弘法 대사大師[30]께서 오신 것이리라."

라고 서로 이야기하였다. 그저 한 사람이 본 것이라면 잘못 본 것이라고 의심할 수도 있겠지만 모두가 똑같이 본 것이니 의심할 여지가 없다.

말세末世[31]의 세상이라고 하지만 이처럼 존귀한 일도 있는 법이라고 서로 이야기하였다. 분명 나중에 미치나가도 들으셨을 것이다.

불가사의한 일이라고 이렇게 이야기로 전하여 내려오고 있다 한다.

---

30 진언종眞言의 조사祖師 고보대사弘法大師(→ 인명) 구카이空海로 추정.
31 → 불교.

於法成寺絵像大日供養語第二十二

今昔、後ノ一条ノ院ノ御代二、関白大政大臣、寛仁二年
ト云フ年ノ三月二十一日二出家シ給テ後、□年ト云フ年ノ
□月□日建立ノ法成寺二シテ、□年ノ御祈ノ為二二百体
ノ絵仏ノ丈六ノ像ヲ令書メ給テ、金堂ノ前ノ南面二南向二
懸ケ並テ、供養ジ給フ事有ケリ。

其ノ中二、高サ三丈ノ大日如来ノ像ヲ飯室ノ□阿闍梨ヲ
以テ令書テ、此レヲ中尊トシテ懸タリ。其ノ前二長キ平張ヲ
打テ、其ノ下二入道殿ヲ始メ奉テ、其ノ次二御子ノ関白内
大臣殿ヲ始メ奉テ、左大臣顕光、右大臣公季、并二納言参
議ノ公卿、員ヲ尽シテ平張ノ下二着キ給ヘリ。其ノ後二殿上
人併セ着ク。亦、此ノ平張ノ左右二長キ握リヲ打テ、衆僧ノ
座トス。其ノ南二大鼓鉦鼓各二ヲ荘リ立テ、其ノ南二絹屋
二ヲ打テ、唐高麗ノ楽屋トス。其ノ儀式実二珍ク興有リ。
既二事始テ、南ノ大内ノ外二左右二幄ヲ立テ、諸ノ僧衆
会セリ。唐高麗ノ楽人、楽屋ヨリ南ノ大門二出テ僧ヲ迎フ。
諸ノ僧、楽人ヲ前二立テ、引テ入ルニ、南大門ノ壇ノ上二
諸ノ僧、上リ立テ、北ザマヲ見遣ケレバ、百体ノ丈六ノ仏ノ
被懸並レ給テ、風二被吹テ動キ給フガ生身ノ仏ノ如クシテ貴
キ事無限シ。□糸幡、庭二立並ベタル、風二被吹テ動クモ
目出タシ。亦、二ノ大鼓ノ荘□光ヲ放ツガ如シ。実二此

亦、僧共ノ見ケレバ、平張ノ下ニ入道殿ノ御マス上ノ方ニ

香染ノ法服着シタル僧ノ居タレバ、「彼レハ誰ソ。仁和寺ノ

済信大僧正ノ在スル也ケリ」ト思テ、皆、僧共歩ビ行クニ、漸

ク近ク成ル程ニ、此ノ人不見ズ成ヌ。「立給ヌルカ」ト思テ、
僧共 各 座ニ着ヌ。

テ従僧共ノ居タルニ、誰モ皆同様ニ見テ、兼テ香炉箱ヲ座ニ置

誰ソ」ト問フニ、従僧等答テ云ク、「而ル人更ニ不在サズ」

ト。僧共、此レヲ聞クニ、「奇異也」ト思フ。然レドハ、「此

レハ仏ノ化シ給ヘルカ、若ハ昔ノ大師ノ来リ給ルカ」トゾ、

僧共皆云ヒ嘆リケル。一人見タル事ナラバコソ僻目トモ可

疑キニ、皆同ク見レバ、可疑ニ非ズ。

世ノ末也ト云ヘドモ、カク貴キ事ハ有ケリ、ト云ヒ合ヘリ

ケリ。定メテ後ニ入道殿聞セ給ケム。

奇異ノ事也トナム語リ伝ヘタルトヤ。

호조지法成寺 약사당藥師堂에서 근행勤行을 시작한 날 상서로운 조짐이 나타난 이야기

앞 이야기에 이어 호조지法成寺의 공양供養·법회法會에 얽힌 영험담靈驗譚으로, 이 이야기에서도 후지와라노 미치나가藤原道長에게 중점을 두고 있다는 점에서 앞 이야기와 같다. 단, 이야기 속의 상서로운 현상은 현대적으로 풀이하면 무지개가 뜬 것이었는지도 모른다.

이제는 옛이야기이지만, 입도대상국入道大相國[1]께서 호조지法成寺[2]를 건립하신 후, 경내境內의 동쪽에 서향西向으로 자오당子午堂[3]을 지어 칠불약사七佛藥師[4]를 안치安置하고, 만수萬壽 원년元年 6월 26일[5]에 공양을 올렸다.

그 후 그 당堂에서 □□년 □월 □일[6]에 예시例時[7]를 시작하는 날, 후지와라노 미치나가藤原道長의 아드님이신 관백關白[8]을 비롯하여, 공경公卿, 전상

---

1 후지와라노 미치나가藤原道長(→ 인명人名)를 가리킴.
2 → 사찰명.
3 → 사찰명. 호조지法成寺의 약사당藥師堂을 가리킴.
4 → 불교. 『부상약기扶桑略記』에 의하면 당내堂內에는 칠불약사七佛藥師 외에도 금색장륙金色丈六의 육관음상六觀音像, 일광日光·월광月光 보살상菩薩像, 십이신장상十二神將像 등이 안치安置됨.
5 정확히는 치안治安 4년(1024) 6월 26일. 같은 해 7월 13일에 만수萬壽로 개원改元함. 『약사당공양기藥師堂供養記』 참조.
6 연월일을 명기하기 위한 의도적 결자.
7 → 불교.
8 후지와라노 요리미치藤原賴通(→ 인명)를 가리킴.

인殿上人, 제대부諸大夫에 이르기까지 많은 사람들이 모여들었다. 승려들이 모두 참석하여 강講⁹을 시작한 무렵 당 동쪽에 있던 종승從僧들이 하늘을 올려다보며 소란을 피웠다. 서쪽에 있는 사람들이 이를 듣고, '무슨 일인가,'라는 생각에 바깥으로 나와 하늘을 보니 동녘에서 열 장丈은 될 법한 길이의 오색五色¹⁰빛이 대여섯 가닥 정도 서녘으로 넘어가고 있어, 그 색이 마치 비단과 같았다. 이것을 본 사람은, '불가사의한 일이다.'라고 여기며 한동안 바라보고 있으니 그 빛은 사라져 버렸다. 높은 신분을 지닌 사람 중에는 이것을 본 사람은 많지 않았다. 강이 끝난 뒤 미치나가가 이 일을 들으시고

"이런 일이 있었던 것을 내게 알리지 않아, 그 빛을 보지 못하였으니 참으로 유감스러운 일이다."

라고 말씀하셨다.

처음에 그 빛은 어떤 모습이었을까. 뒤에 사람들이 보았을 때에는 안개처럼, 있는지 없는지 분명하지 않았다고 한다.

이것은 불가사의한 일이라고 당시 사람들은 말했다고 이렇게 이야기로 전하여 내려오고 있다 한다.

9 → 불교.
10 보통 청·황·적·백·흑의 다섯 색을 이름.

於法成寺薬師堂始例時日現瑞相語第二十三

今昔、入道大相国、法成寺ヲ建立シ給テ後、其ノ内ノ東ニ西向ニ二子午堂ヲ造テ、七仏薬師ヲ安置シ給テ、万寿元年ト云フ年ノ六月二十六日ニ供養ゼサセ給ヒツ。

其ノ後、其ノ堂ニシテ[一四]年ノ□月□日ニ例時ヲ始メ給フ日、御子ノ関白殿ヨリ始メテ、公卿、殿上人、諸大夫二至ルマデ員ヲ尽シテ参リ集レリ。僧共皆参テ、既ニ講始レル程ニ、御堂ノ東面ニ有ル従僧共、空ヲ仰テ見嘆ク事有リ。西面ニ有ル人共、此レヲ聞テ、「何事ゾ」ト思テ、出テ空ヲ見レバ、東ノ方ヨリ五色ノ光リ、長サ十丈許シテ五節六節許西様ニ渡レリ。此レヲ見ル人、「奇異也」ト思テ、暫ク守リシ程ニ、失ニキ。然レバ、墓々シキ人ノ見タルテ少シ。講畢テ後、入道殿此ノ事ヲ聞カセ給テ、「我レニ不告ズシテ此ノ事ヲ不令見ザル、極タル遺恨ノ事ニナム」仰セ給ヒケル。

其ノ光リ、始メハ何ガ有ケム、後ニ人ノ見シ程ハ、霞ノ様ニテ、有ルカ無キカノ如クニゾ有ケル。

此レ、奇異ノ事也トゾ、其ノ時ノ人云ケルトナム語リ伝へタルトヤ。

416

세키데라關寺에 가섭불迦葉佛이
소로 화신化身하여 나타난 이야기

세키데라關寺 재건에 공헌한 신령한 소의 출현과 죽음은 실제로 있었던 일이었는데 불사佛寺 건립에 신령한 소가 출현하여 사명을 다하고 죽는다는 설화는 유형적인 것으로 옛날부터 많은 이야기가 있다. 이러한 유형적 전승을 바탕으로 이 '세키데라의 소 이야기'도 세키데라의 권진승勸進僧들의 손에 의해 만들어진 것으로 추정된다.

이제는 옛이야기이지만, 좌위문左衛門¹ 대부大夫 다이라노 노리키요平義淸라는 사람이 있어 그 아버지의 이름은 나카카타中方²였다. 나카카타가 엣추越中의 수守로 있을 때 그 지방에서 검은 소³ 한 마리를 손에 넣었다. 나카카타는 이 소를 타고 돌아다니곤 했는데, 알고 지내던 기요미즈淸水의 승려에게 이 소를 주었다. 그 기요미즈의 승려는 이 소를 다시 오쓰大津에 위치한 스오周防의 연掾⁴ 마사노리正則⁵라는 자에게 주었다.

---

1 좌위문左衛門의 벼슬로 오위五位의 사람. 좌위문은 통상 종육위從六位에 해당하는 관직으로, 오위라면 좌佐에 해당.
2 → 인명.
3 『고본설화古本說話』에서는 '하얀 소', 『영화榮花』, 『세키데라연기關寺緣起』에서는 '검은 소'.
4 * 수령과 개介 밑의 지방의 삼등관.
5 자세히 전해지지 않음. 『세키데라연기關寺緣起』를 근거로 세키데라關寺의 단월檀越(* 보시를 하는 사람)로 추정.

한편 세키데라關寺[6]에 살고 있던 성인聖人[7]이 세키데라를 수리하고 있었는데, 이 성인은 잡역에 쓰는 짐수레는 가지고 있었지만 그것을 끌 소가 없었다. 이것을 본 마사노리가 이 소를 성인에게 주었다. 성인은 이 소를 받아 기뻐하며 짐수레를 끌게 하여 절의 수리를 위한 목재를 옮기게 하였다. 목재를 전부 옮겼을 무렵, 이때는 미이데라三井寺[8]의 묘존明尊[9] 대승정大僧正이 아직 승도僧都[10]였을 때였는데, 어느 날 승도는 세키데라에 참배하러 가는 꿈을 꾸었다. 한 마리의 검은 소가 세키데라의 당堂 앞에 묶여 있었다. 승도가 소에게 "너는 어떤 소냐."라고 물으니, 소는

"나는 가섭불迦葉佛[11]이다. 이 세키데라의 불법을 일으키는 데 힘을 보태고자 소로 화신化身하여 온 것이다."
라고 대답했다. 승도는 이러한 꿈을 꾸고 잠에서 깨어났다.

승도는 불가사의하게 여겨 다음날 아침 제자 한 명을 세키데라에 보내며 "너는 '그 절에 혹시 목재를 끄는 검은 소가 있는가.' 물어보고 오너라."라고 시켰다. 승려는 세키데라에 갔다가 금방 돌아와서

"검고 커다랗고, 거기다 뿔이 약간 평평한 모습을 한 소가 세키데라의 성인의 승방 옆에서 있었습니다. 제가 '그것은 무슨 소입니까'라고 묻자, 성인이 '이 절의 목재를 끌기 위해 데려다 놓은 소라네'라고 말씀하셨습니다."
라고 승도에게 보고했다.

승도는 이를 듣고 놀라며 이는 존귀한 일이라고 하여 미이데라의 많은 고승들을 데리고 서둘러 세키데라로 참배하러 갔다. 가자마자 소를 찾았으나

6 → 사찰명.
7 → 불교.
8 → 사찰명.
9 → 인명.
10 → 불교.
11 → 불교.

보이지 않았다. "소는 어디에 있습니까?"라고 묻자, 성인이 "풀을 먹이기 위해 산으로 보냈습니다. 곧 데리고 오지요."라고 말하며 동자를 보냈다. 하지만 소는 동자와 길이 엇갈려 다른 길을 통해 당의 뒤편으로 내려왔다. 승도가 곁에 있던 사람에게 '저 소를 잡아 오너라.' 하고 말씀하셨다. 하지만 붙잡으려 하여도 소를 잡을 수가 없었다. 그러나 승도가 소를 존귀하게 여기는 마음에

"억지로 잡으려고 해서는 안 되느니라. 그저 거리를 두고, 가시는 대로 예를 갖추어야 한다."

라고 말씀하시고 정중히 예배하셨고, 다른 승려들도 따라서 예배하였다. 이렇게 하는 와중에 소는 당을 오른쪽으로 세 번 돌고, 뜰에서 부처님을 향해 앉았다.[12] 승도를 비롯하여 이것을 본 사람들은 모두 "소가 부처님 주위를 세 번 돌았다. 이는 실로 불가사의한 일이다."라고 말하며 존귀하게 여겼다. 그중에서도 고승처럼 보이는 승려들은 모두 눈물을 흘리고 있었다. 이러한 일이 있고 나서, 승도는 미이데라에 돌아갔다. 그 뒤로, 이 일이 세간에 알려져, 도읍 안의 사람들은 너도나도 참배하러 갔다. 입도대상국入道大相國[13]을 비롯하여 공경公卿[14]과 전상인殿上人[15]들도 누구 하나 참배하지 않은 이가 없었다.

하지만, 우대신右大臣인 오노노미야 사네스케小野宮実資[16]만이 참배하지 않으셨다. 간인閑院 태정대신太政大臣이신 긴스에公季[17]라는 분이 참배하셨는

---

12 본존불本尊佛을 예배하고 그 주위를 오른쪽으로 세 번 도는 것은 행도行道의 의식과 동일.
13 → 인명(후지와라노 미치나가藤原道長).
14 * 일본 조정에서 공公인 대신大臣과 경卿인 대납언大納言·중납언中納言·참의参議 및 삼위 이상의 조관朝官을 아울러 일컫던 말.
15 * 전상殿上에 오르는 것이 허락된 당상관堂上官.
16 → 인명.
17 → 인명.

데, 신분이 낮은 참배객들이 너무 많아 수레에서 내려 걸어서 참배해야겠다고 생각하시다가 그것도 매우 경솔한 일이라고 생각하셔서 그냥 수레를 탄 채로 외양간 바로 옆까지 가게 하였다. 그때 이 소는 태정대신이 절 안에 수레를 타고 들어온 행위는 무거운 죄라고 생각하였는지 갑자기 코뚜레를 뜯어내고는 산 쪽으로 도망쳐 버렸다. 태정대신은 이것을 보시고 수레에서 내리며 "내가 마차에 탄 채로 들어온 것을 '무례한 일이다'라고 여겨 이 소가 도망친 것이다."라고 후회하며 슬피 우셨다. 그러자 소는 태정대신이 이렇게 참회하시는 것을 가엾이 여겼는지 그제서야 산에서 내려와 외양간 안으로 들어가 누웠다. 그러자 태정대신은 여물을 집어 소에게 먹이려 하셨지만 소는 전혀 여물을 먹으려 하지 않고, 병에 걸려 누워있는 것처럼 마지못해 이 풀을 먹자, 태정대신은 노시直衣[18]의 소매에 얼굴을 묻고 목이 메어 우셨다. 이것을 본 사람들도 모두 존귀하게 여기며 울었다. 부인들의 경우 다카쓰카사도노鷹司殿,[19] 관백關白의 내당마님[20] 등 모두 참배하셨다.

이처럼 네댓새에 걸쳐 너나 할 것 없이 신분의 고위를 막론하고 많은 사람들이 참배하러 모였는데, 성인의 꿈에 이 소가 나타나 "나는 이 절에서 해야 할 일을 다 끝냈다. 이제 모레 저녁쯤에는 돌아가려 한다."[21]라고 말씀하셨다. 꿈에서 깬 성인은 슬피 울며 미이데라의 승도에게 찾아가 이 꿈 이야기를 전했다. 승도는 "미이데라에서도 그런 꿈을 꾸었다고 이야기하는 사람들이 있었네. 거룩한 일이구나."라고 말하며 존귀하게 여기며 울고 울었

---

18 헤이안平安 시대 이후 귀족의 평상복으로 천황天皇이나 공경公卿 등 귀인들의 상용약복常用略服. 호포(* 최고의 정장인 속대束帶와 그에 버금가는 정장인 의관衣冠 때 입는 깃이 둥근 웃옷)와 닮았으나 약간 짧고 좁으며 다양한 색을 사용함.
19 → 인명. 후지와라노 미치나가의 정실正室 미나모토노 린시源倫子를 가리킴. 응사전鷹司殿은 좌경左京의 일조一條 사방四方 구정九町에 있던 린시의 저택.
20 당시의 관백關白은 후지와라노 요리미치藤原賴通. 그 부인은 아쓰히라敦平 친왕의 딸 미나모토노 가미코源紙子, 혹은 다카히메隆姬.
21 열반涅槃(→ 불교)에 든다는 의미.

다. 그러자 이 일이 많은 사람들에게 알려져, 길을 지나가기가 어려울 정도로 참배객들이 몰려왔다. 그날이 되자, 히에이 산比叡山이나 미이데라의 사람들이 모여들어, 산을 울릴 정도로 아미타경阿彌陀經²²을 읊었다. 옛날의 사라림沙羅林에서 석존釋尊께서 입멸入滅하실 때가 연상되어 슬프기 그지없었다. 드디어 해가 저물어 갔지만 소는 조금도 괴로워하지 않는 모습이었다. 모인 사람들 중에서 신심이 없는 패거리들은 "소가 죽지 않고 끝나는 게 아니냐."라며 비웃었다.

그러던 중에 어느샌가 해가 저물었는데, 그때 누워 있던 소가 벌떡 일어나 당 쪽으로 달려와 그 주위를 세 번 돌았다. 두 번째 돌 때에는 갑자기 괴로워하는 듯한 모습을 보이며 쓰러졌다가 다시 일어났다. 두세 번 이를 반복하다 세 번을 다 돌고 나서 외양간으로 돌아가 머리를 북쪽²³으로 두고 눕고는 네 발을 곧게 펴고 잠든듯이 죽어 버렸다.

그것을 보고 모여 있던 많은 승려들과 사람들은 신분의 고하를 막론하고 모두 소리를 높여 울거나 아미타불의 염불²⁴을 외었다. 이윽고 사람들이 모두 돌아가고 나서야 소를 외양간 뒤편의 조금 높은 곳에다 매장하였다. 그리고 솔도파卒塔婆²⁵를 세워 주변에 울타리를 둘렀다. 여름이었고 매장했다고 해도 조금은 냄새가 날 법한데 전혀 악취가 없었다. 그 뒤로 7일째마다 경문을 외며 공양하였다. 사십구일²⁶이 지나고, 이듬해의 같은 날이 올 때까지 많은 사람들이 각자 불사를 올렸다.

---

22 → 불교.
23 머리를 북쪽으로, 얼굴을 서쪽으로(頭北面西) 하는 것은 석가가 열반에 든 모습. 입멸의 작법作法.
24 → 불교.
25 *추선 공양을 위하여 무덤 뒤에 세우는, 위를 탑 모양으로 꾸민 좁고 긴 판자.
26 원문에는 "칠칠일七七日"(→ 불교).

이 절[27]의 본존本尊은 원래 미륵보살彌勒菩薩[28]이셨다. 하지만 그 당이 모두 무너지고 본존도 썩어 없어져 버렸기에, 사람들이 "여기는 예전에 세키데라가 있던 곳이다."라고 말하고, 혹은 초석礎石만을 보고 여기가 그곳이라고 아는 사람도 있고 알지 못하는 사람들도 있었다. 그때 요카와横川의 겐신源信[29] 승도가

"이것을 어떻게든 예전처럼 재건하고 싶구나. 존귀하신 부처께서 자취도 남지 않으셨다는 것은 실로 슬픈 일이다. 특히나, 이 오사카逢坂의 관문 근처에 계시는 부처이시기에, 여러 지방의 사람들이 이를 예배할 수 있을 것이다.[30] '부처를 향해 아주 조금이라도 머리를 숙이는 사람들에게는 반드시 부처가 될 연緣이 있다. 하물며 손을 모으고 한번이라도 깊게 신앙심을 일으켜 예배한 사람이라면 반드시 다가올 미륵彌勒출현의 세상에서 다시 만날 것이다.'라고 이렇게 석가불[31]은 설하셨기 때문에 부처의 가르침을 믿는 사람은 이 말씀을 결코 의심해서는 안 된다. 그러므로 이 절의 재건은 가장 중요한 일이다."

라고 생각하셨다. 마침 요카와[32]에 □□[33]이라는 도심道心이 깊은 성인이 계셨기에, 승도는 이 사람과 만나 상담하여 신자의 회사喜捨를 모아[34] 본존불本尊佛을 만들게 되었다. 이윽고 그 본존이 부처님의 형상을 갖추게 될 무렵 겐신 승도가 타계하셨다. 하지만 이 □□성인은 "고故 겐신 승도의 유언이

27 세키데라關寺를 가리킴.
28 → 불교(미륵).
29 → 인명. 본권 제32화 참조.
30 오사카의 관문은 도읍과 동국東國을 잇는 교통의 요지였기에 여러 지방의 사람들이 자주 왕래하였음.
31 → 불교.
32 → 사찰명. 동탑東塔·서탑西塔과 함께 히에이 산比叡山 삼탑三塔의 하나. 수릉엄원首楞嚴院(* 히에이 산 요카와横川에 있는 엔랴쿠지延曆寺의 당우堂宇)을 중심으로 함.
33 승려의 이름을 명기하기 위한 의도적 결자. 한자의 표기가 불명확했기에 비워둔 것으로 추정.
34 '권진勸進하게 하여'라는 뜻. → 불교(지식知識).

계셨기에 이대로 내버려 둘 수는 없다."라고 말하며, 불사佛師 고조好常[35]에게 간절히 부탁하여 부처를 만들도록 하였다.

당은 승도의 유언대로 이층 건물로 지어졌으며 이층에서 부처님의 얼굴을 볼 수 있었기에 길을 가던 사람들은 모두 자주 들러 예배할 수 있었지만, 당의 건축이 점차 진행됨에 따라 필요한 목재가 생각만큼 마련되지 않아 부처의 장식을 마무리할 수 없었다. 그때, 우불牛佛[36]께 예배하러 왔던 많은 사람들이 모두 가진 물건을 봉납奉納하였다. 이를 모아 계획대로 당과 대문大門을 만들었다. 그리고 그 남은 것을 사용하여 승방僧房을 지었다. 그러고서도 남는 것이 있어 이를 공양하고자 대대적으로 법회를 열었다. 그 뒤로도 파손된 것이 있으면 희사를 모아 수리에 보태었다.

무릇 이 절의 부처님을 여러 지방에서 왕래한 사람들이 예배하지 않은 일은 없으나, 한번이라도 마음을 모아 예배한 사람은 반드시 미륵보살이 이 세상에 출현하실 때에 만날 선업善業의 결실을 맺은 것이다. 이러한 연유로 사람들로 하여금 공덕[37]을 쌓게 하시기 위해 가섭불迦葉佛께서 소의 모습으로 나타나서서 사람들에게 신앙을 보이신 것은 실로 흔치 않은 존귀한 일인 것이라고 이렇게 이야기로 전하여 내려오고 있다 한다.

関寺駈牛化迦葉仏語第二十四

今昔、左衛門ノ大夫平ノ朝臣義清ト云フ人有ケリ。其ノ父ハ中方ト云フ。越中ノ守ニテ有ケル時、其ノ国ヨリ黒キ牛一頭ヲ得タリ。中方、年来此レニ乗テ行ク程ニ、清水ニ相ヒ知レル僧ノ有ルニ此ノ牛ヲ与ヘツ。其ノ清水ノ僧、此ノ牛ヲ大津ニ有ル周防ノ撿正則ト云フ者ニ与ヘツ。而ウ間、関寺ニ住ム聖人ノ、関寺ヲ修造スル間ニ、此ノ聖人雑役ノ空車ヲ持テ牛ノ無キヲ見テ、正則此ノ牛ヲ聖人ニ与ヘツ。聖人此ノ牛ヲ得テ喜テ、車ニ懸テ寺ノ修造ノ料ノ材木ヲ令引ム。材木皆引キ畢テ後ニ、三井寺ノ明尊前ノ大僧正ノ僧都ニテ、夢ニ自ラ関寺ニ詣ヅ。一ノ黒キ牛有リ。堂ノ前ニ繋タリ。僧都、「此レハ何ゾノ牛ゾ」ト問フニ、牛答ヘテ云ク、「我レハ此レ迦葉仏也。此ノ関寺ノ仏法助ケムガ為ニ二牛ト成テ来レル也」ト云フ、ト見ル程ニ、夢覚ヌ。

僧都此レヲ怪ムデ、明ル朝ニ、弟子ノ僧一人ヲ以テ関寺ニ遣ル。教へテ云ク、「若シ寺ノ材木引ク黒キ牛ヤ其ノ寺ニ有ル」ト問テ来レ」ト。僧関寺ニ行テ、即チ返来テ云ク、「黒キ大ナル牛ノ、角少シ平ミタル、聖人ノ房ノ傍ニ立タリ。『此レハ何ゾノ牛ゾ』ト問ヘバ、聖人ノ云ク、『此ノ寺ノ材木引ムガ為ニ儲タル牛也』ト」。僧返テ其ノ由ヲ僧都ニ申ス。僧都此レヲ聞テ驚キ貴ミテ、三井寺ヨリ多ノ止事無キ僧共ヲ引将テ、歩行ニテ関寺ニ詣デ、先ヅ牛ヲ尋ルニ、牛不見エズ。「牛何ニゾ」ト問ヘバ、聖人、「飼ハムガ為ニ山ノ方へ

俄二衾ヲ引切テ山様ニ逃テ去ヌ。大政大臣此レヲ見給テ
下居テ云ク、「乍乗ラ入ツルヲ『無礼也』ト思テ、此ノ牛ノ
逃ヌル也」ト悔ヒ悲ビテ、泣キ給フ事無限シ。其ノ時二、カ
ク懺悔シ給フヲ哀レトヤ思ヒケム、牛漸ク山ヨリ下来テ、牛
屋ノ内二臥ヌ。其ノ時二、大政大臣草ヲ取テ牛二含メ給フニ、牛
殊二草モ不食デ、臥タル心地二此ノ草ヲ含メバ、大政大臣
襴ノ袖ヲ面二塞テ泣キ給フ事
無限シ。見ル人モ皆貴ガリテ
泣キヌ。女房ハ鷹司殿、関白
殿ノ北ノ方、皆参リ給ヘリ。

如此ク四五日ノ間、首ヲ挙
テ諸ノ上中下ノ人参リ集ル程
二、聖人ノ夢ニ此ノ牛告テ云
ク、「我レ此ノ寺ノ事勤メ畢。
今ヨリ明後日ノ夕方帰ナムト
ス」ト云フ、テ見テ夢メ覚テ、

遣シツ。速ニ取リ二可遣シ」ト云テ、童ヲ遣リツ。牛、童二
違テ堂ノ後ノ方ニ下リ来レリ。僧都、「取テ将来レ」ト宣フ
程二、牛不被取ズ。僧都止、敬ヒ貴ビ云ハ、「速ニ不可取
ズ。只離レテ、行キ給ハムヲ可礼キ也」トテ、恭敬礼拝スル
事無限シ。他ノ僧共モ皆礼拝ス。

其ノ時二、牛堂ヲ右ニ三迴廻リ
ヌ。僧都ヨリ始メテ、此レヲ見テ、庭二仏ノ御前二向テ臥シ
有ノ事也」ト云テ、其ノ中二聖人達タル僧共ハ皆
泣キヌ。如此クシテ僧都返ヌ。其ノ後、此ノ事世二広ク聞エ
テ、京中ノ人首ヲ挙テ不詣ズト云フ事無シ。入道大相国ヨリ
始メ奉テ、公卿殿上人皆礼拝ヌ人無シ。

而ルニ、小野ノ宮ノ実資ノ右大臣ノミゾ不参給ザリケル。
閑院ノ大政大臣公季ト申ス人参給テ、下人共ノ遣ラム方無
ク多カリケレバ、車ニ乍乗ラ牛屋ノ程近ク車ヲ引キ寄セタルニ、此ノ牛、
寺ノ内二車二乍ラ入給ヘルヲ、罪得ガマシクヤ思エケム、

御堂を作る材を運ぶ牛（石山寺縁起）

泣キ悲デ三井寺ノ僧都許ニ詣テ此ノ由ヲ告グ。僧都ノ云ク、

「此ノ寺ニモ而ル夢見テ語ル人有リツ。哀ナル事カナ」トテ泣ク貴ブ。其ノ時ニ、此ノ事ヲ諸ノ人聞キ継テ、弥ヨ詣ル事、道ニ隙無シ。其ノ日ニ成テ、山三井寺ノ人参リ集テ阿弥陀経ヲ読ム事、山ヲ響カス。

漸ク夕成ルニ、昔ノ沙羅林ノ儀式被思出テ、悲キ事無限シ。漸ク晩方ニ至ル間ニ、牛露泥ム気色無シ。此ノ参リ合ヘル中ニモ、邪見ナル者共ハ、「牛不死デ止ナムズルナメリ」ト云ヒ嘲ル。

而ル間、漸ク晩方ニ成ル程ニ、臥タル牛立走テ堂ニ詣テ三迴廻ルニ、二度ニ成ル、忽ニ苦ブ気色有テ、臥テハ起ク。如此ク両三度シテ廻リ畢テ後ニ、牛屋ニ返リ至テ、枕ヲ北ニシテ臥シヌ。四ノ足ヲ指シ延ベテ寝入ルガ如クシテ死ヌ。

其ノ時ニ、参リ集レル若干ノ上中下ノ道俗男女音ヲ挙テ泣キ合ヘリ。阿弥陀経ヲ読ミ念仏ヲ唱ル事無限シ。人皆返ヌレバ、牛ヲバ牛屋ノ上ノ方ニ少シ登テ土葬ニシツ。其ノ上ニ奉都婆ヲ起テ、釘抜ヲ差セリ。夏ノ事ナレバ、土葬也ト云ヘドモ、少モ香可有キニ、露其ノ臭キ香無シ。其ノ後、七日毎ニ仏経ヲ供養ズ。七々日若ハ明ル年ノ其ノ日ニ至ルマデ、諸ノ人皆取々ニ仏事ヲ行フ。

此ノ寺ノ仏ハ弥勒ニ坐マス。而ルニ、其ノ仏堂共モ壊レ、横川ノ源信僧都ノ、「此レ何デ本ノ如クニ造リ立テム。仏モ朽チ失セ給ヒニケレバ、人、「昔ノ関寺ノ跡」ナド云テ、如此ク関ノ跡形モ無クテ坐スルガ悲キ也。就中ニ、『仏ニ向奉テ暫クモ首ヲ低タル人ソラ、必ズ仏ニ成ル縁有リ。何况ヤ、畢ニ坐スル仏ナレバ、諸ノ国ノ人不礼ヌ無シ。礎許ヲ見テ、知タル人モ有リ、不知ヌ人モ有ルニ、一度掌ヲ合セテ一念ノ心ヲ発シテ礼ム人ハ、必ズ当来ノ弥勒ノ世ニ可生シ』ト釈迦仏説キ置キ給ヘル事ナレバ、仏ノ御法ヲ信ゼム人、此レヲ可疑キニ非ズ。然レバ、此レ至要ノ事也」ト思給テ、横川ニ□□ト云テ道心有ル聖人有リ、僧都其ノ人ニ語ヒ付テ、知識ヲ令引テ仏ヲ造ルニ、漸ク仏形ニ彫ミ奉

ル間ニ、源信僧都失セ給ヌレバ、此ノ□聖人、「故ニ僧都ノ
宣ヒ置シ事ナレバ、愚ニ可思キニ非ズ」ト云テ、仏師好常ヲ
勤ニ語テ令造奉タル也。

堂ハ僧都ノ遺言ノ如ク、一階ニ造テ、上ノ階ヨリ仏ノ御頂
ハ見エ給ヘバ、諸ノ通ル人吉ク礼ミ奉ル。堂漸ク造リ奉ルニ、
材木墓々シク不出来ズ。仏ニ薄不押畢ズ。此ノ牛仏礼ミニ来
ル諸ノ人、皆、物ヲ具シテ奉ル。此レヲ取リ集メテ、思ヒ
ノ如ク堂幷ニ大門ヲ造リツ。猶残レル物ヲ以テハ僧房ヲ造リ
ツ。其レニ猶物余タレバ、供養ヲ儲テ大ニ法会ヲ行ヒツ。
其ノ後ハ、壊ルレバ知識ヲ引テ修理ヲ加フ。

凡ソ此ノ寺ノ仏ヲ、国々ノ行キ違フ人不礼奉ヌ事無ケレ
バ、一度モ心ヲ懸テ礼ミ奉ラム人、必ズ弥勒ノ世ニ可生キ業
ハ造リ固メツ。其レヲ、此ノ功徳ヲ人ニ令造ムガ為ニ、迦葉
仏ノ、牛ノ身ト化シテ人ヲ勧メ給フ事、希有ニ貴キ事也トナ
ム語リ伝ヘタルトヤ。

이가 지방伊賀國 사람의 어머니가 소로 태어나 자식의 집으로 온 이야기

다카하시노 아즈마히토高橋東人가 돌아가신 어머니를 위해 법화경法華經을 서사하였는데, 그 공양의 자리에서 강사講師였던 걸식승乞食僧을 통해, 돌아가신 어머니가 도둑질을 한 죄로 인해 소로 전생轉生하여 자신의 집에서 노역에 종사하고 있다는 인과를 알게 되어, 공양이 끝나고 죽은 소를 위해 추선공양追善供養을 행했다는 이야기. 소로 전생하여 노역에 종사하다 인연이 다하여 죽는다는 공통적인 모티브에서 앞 이야기와 이어진다. 본화 이후 일곱 화에 걸쳐 『영이기靈異記』에서 소재를 취한 설화들이 이어진다.

이제는 옛이야기이지만, 이가 지방伊賀國[1] 야마다 군山田郡[2] 하미시로 촌噉代村[3]에 다카하시노 아즈마히토高橋東人라는 사람이 있었다. 집이 매우 유복하여 재산이 넘칠 만큼 많았다.

그가 돌아가신 어머니께 보은報恩하기 위해 신앙심을 갖고 『법화경法華經』[4]을 서사하여 공양을 하려고 하였는데 '바라건데 무언가 연緣이 있는 스

---

1 → 옛 지방명.
2 이가 지방伊賀國의 동부. 북쪽에 아헤 군阿拜郡, 서남쪽에 이가 군伊賀郡, 동쪽에 이가 지방伊勢國(미에 현三重縣 중부)에 접하며 현재는 아헤 군阿拜郡과 합병하여 미에 현 아야마 군阿山郡이 되었음.
3 현재의 우에노 시上野市 부근.
4 → 불교.

님을 초대하여 공양의 강사講師[5]로 하고 싶구나.'라고 생각하였다. 그래서 법회[6]의 준비를 갖추고 다음날 공양을 하기로 정하고 강사를 초청하기 위해 하인을 보냈다. 그는 그 하인에게 "너는 처음으로 만나는 스님을 나와 연이 있는 분이라고 생각하여 모시거라. 이는 내 간절한 소원이다."라고 일렀다. 하인이 이 지시를 받고 길을 나서는데, 그 지역의 미타니 향御谷鄉[7]이라는 곳에서 한 명의 걸식승乞食僧과 만났다. 밥그릇과 보자기를 팔에 걸친 모습으로 술에 취해 길가에서 자고 있었다. 이 자가 뭐 하는 자인지는 알지 못하지만 어찌됐건 주인의 지시대로 '이 자가 처음으로 만난 사람이다. 이 사람을 모셔가자.'라고 생각하였다.

하지만 행인들은 이 승려를 보고는 가까이 와서 그 긴 머리를 자르거나 새끼줄을 목에 걸어 가사로 삼으며 비웃었다. 그래도 그 걸식승은 눈을 뜨지 않았다. 하지만 하인은 이 승려를 모시기 위해 흔들어 깨워 예를 갖추어 청하였다. 이윽고 집까지 모시고 왔다. 주인은 이 승려를 보고 신앙심을 갖고 경배하고는 하루 밤낮을 사람 눈에 띄지 않도록 집안에 모셔두고 그 사이에 훌륭한 승복을 조달하여 바쳤다.

그러자 걸식승이 물었다. "이게 어찌된 일이랍니까?"

발원자는 "내가 당신을 초대한 것은, 법화경을 강설해 주십사 하여서입니다."라고 대답했다. 걸식승은

"저는 아주 무지한 자입니다. 그저 반야심경般若心經 다라니陀羅尼[8]만을 읽고, 오랜 세월에 걸쳐 걸식을 하며 겨우겨우 목숨을 부지하고 있지요. 강사라니 말도 안 됩니다."

5　→ 불교.
6　강講(→ 불교).
7　현재의 아야마 군 오야마다大山田 근처로 추정.
8　반야심경般若心經 다라니陀羅尼(→ 불교).

라고 말했다. 하지만 발원자는 결코 양보하지 않았다. 그러자 걸식승은 생각했다. '나한테 경을 강설하라고 해도 뭐라고 해야 할지 전혀 모르니, 몰래 도망치는 수밖에 없군.'

하지만 발원자는 진즉에 그것을 꿰뚫어보고, 곁에 사람을 붙여 감시하게 하였다.

그날 밤, 걸식승은 꿈을 꾸었다. 붉은 암소 한 마리가 다가와 말하기를,

"저는 이 집 주인의 어미입니다. 이 집에 있는 소들 중에, 붉은 암소가 바로 저랍니다. 저는 전세前世에는 이 집 주인의 어미였습니다만, 아들의 물건을 함부로 훔쳐 써 버렸습니다. 그로 인해 지금 소로 태어나 그 죗값을 치르고 있습니다. 하지만 내일, 주인이 저를 위해 법화경을 공양한다 합니다. 당신이 그 강사가 되셨기에, 공경하여 자세히 말씀드리는 것입니다. 사실인지 아닌지 알고 싶으시다면, 설법하고 있는 당堂에 저를 위해 좌석을 마련하시어, 그 위에 저를 앉혀 보십시오. 저는 반드시 그 자리에 오르겠습니다."

이러한 꿈을 꾸고 걸식승은 잠에서 깨어났다. 승려는 마음속에서 크게 기이하게 생각했다. 다음날 아침이 되고 법회가 시작되어, 물러나려 하여도 발원자가 허락하기 않았기 때문에 결국 법의를 입게 되었다.

그래서 고좌高座[9]에 오르기는 하였으나, 설법을 할 수가 없었기에 우선

"저는 너무나도 무지하여 설법을 할 수 없습니다. 그저 발원주가 꼭 해야만 한다고 하기에 이 자리에 올랐습니다. 하지만 저는 꿈에서 계시를 받았습니다."

라고 말하고 꿈에서 본 바를 소상히 이야기하였다. 발원주가 이것을 듣고 곧바로 그 좌석을 만들어 그 암소를 부르자 곧바로 암소가 와서 그 자리 위

[9] → 불교.

로 올랐다. 이것을 보자마자 발원자는 슬피 울며 말했다.

"이것이 정녕 나의 어머니셨구나. 그런데도 오랜 세월동안 그것을 알지 못하고 일을 시켰습니다. 이제 저는 어머님을 용서해 드립니다. 어머님도 저의 죄를 용서해 주십시오."

암소는 이 말을 듣고, 법회가 끝나자마자 그 자리에서 죽어 버렸다.

법회에 와 있던 승속僧俗, 남녀는 이것을 보고 슬피 울었다. 그 소리가 당의 정원¹⁰에 가득 찼다. 발원자는 깊은 신앙심으로 다시금 소를 위해 불사佛事를 행하였다. 이는 실로 주인이 깊은 신앙심을 가지고 어머니의 은혜를 갚으려고 생각한 공덕¹¹의 결과이며 법화경이 영험¹²을 보인 것이라고 생각된다. 또한 걸식승이 오랜 세월동안 다라니를 읊어 그 공덕을 쌓아 영험이 나타난 것이라고 이 일을 보고 들은 사람들은 모두 그를 칭찬하며 존귀하게 여겼다.

이것을 생각하면, 사람들의 집에 소, 말, 개와 같은 동물들이 왔을 때에는 그들 모두 전세의 인연¹³이 있는 것임을 생각하고 함부로 때리거나 괴롭히는 일은 멈추어야 할 것이라고 이렇게 이야기로 전하여 내려오고 있다한다.

---

10 법회가 열리고 있던 장소를 일컬음.
11 → 불교.
12 → 불교.
13 → 불교. 전세의 인연. 전세에 부모, 형제, 자매였다라고 하는 관계. 집에 들인 동물이 전세의 인연이 있다고 생각하는 것은 일본 고유의 조령내방祖靈来訪의 신앙과 불교의 윤회전생설輪廻轉生說이 결합된 사상임. 『사라시나일기更級日記』에는 길을 잃고 들어온 고양이를 작자의 언니가 병상에 누워 있으면서 그것은 돌아가신 시종대납언侍從大納言 후지와라노 유키나리藤原行成의 딸이 다시 태어난 것이라고 꿈꾸는 장면이 나온다. 또한 『쓰스미중납언이야기堤中納言物語』의 곤충을 사랑하는 영애(虫愛ずる姫君)에는 시녀들이 선물로 들어온 가짜 뱀을 보고 놀라서 소란을 피울 때, 영애가 "생전에 부모일 것이다. 소란 피우지 마라."라고 제지한다. 모두 이 사상의 반영이라고 판단됨.

伊賀国人母生牛来子家語第二十五

今昔、伊賀ノ国、山田ノ郡、嚴代ノ里ニ高橋ノ東人ト云フ者有ケリ。家大ニ富テ財ニ飽キ満タリ。

死タル母ノ恩ヲ報ゼムガ為ニ、心ヲ発シテ、法花経ヲ写シ奉テ供養ゼムト為ルニ、東人ガ云ク、「我ガ願ニハ、縁有ラム師ヲ請ジテ講師トセム」ト思テ、法会ヲ儲テ明日ニ供養ゼムト為ルニ、使ヲ以テ講師ヲ請ゼムガ為ニ、人ニ教ヘテ云ク、「始メテ汝ニ値ヘラム僧ヲ以テ、我ニ縁有ケリト知テ可請ズ。此レ我ガ本ノ心也」ト。

使此ノ教ヲ聞テ出テ行クニ、其ノ郡ノ御谷ノ郷ニ一人ノ乞者値ヘリ。見レバ、鉢並ニ嚢ヲ肘ニ懸テ、酒ニ酔テ道辺ニ臥セリ。此レヲ其ノ人ト不知ズ。但シ檀主ノ教ニ依テ、「始メニ此レ値ル。必ズ此レヲ可請シ」ト思フ。

而ル間、道ヲ行ク人、此レヲ見テ、此レヲ嘲テ寄テ、其ノ髪ノ長キヲ剃テ、縄ヲ懸テ袈裟トセリ。尚不覚驚ズ。而ルニ、使此レヲ請ゼムガ為ニ、起シ令驚テ礼シテ請ズ。既ニ二家ニ将至ヌ。願主此レヲ見テ、心ヲ発シテ敬ヒ礼ム。一日一夜家ニ隠シ居ヘテ、法服ヲ造リ調ヘテ与フ。

其ノ時ニ、乞者問テ云ク、「此レ、何事ニ依テゾ」ト。願主答テ云ク、「我レ汝ヲ請ズル事ハ、法花経ヲ令講ムガ為也。」ト。乞者ノ云ク、「我レ少シモ智無シ。只般若心経陀羅尼許ヲ読テ年来乞食ヲシテ命ヲ継グ。我レ更ニ講ノ師ニ不堪ズ」ト。然レドモ、願主尚此レヲ不許ズ。爰ニ乞者ノ思ハク、「我レ、経ヲ令講ムニ、可云キ事聊モ不思ズ。只不如ジ、窃ニ逃ナム」ト。願主兼テ其ノ心ヲ知テ、人ヲ副ヘテ此レヲ令守シム。

其ノ夜、乞者、夢ニ赤キ犢来テ告テ云ク、「我ハ此レ此ノ家ノ男主ノ母也。此ノ家ニ有ル牛ノ中ニ、赤キ犢ハ此レ我レ也。我レ前世ニ此ノ男主ノ母トシテ子ノ物ヲ恋ニ盗ミ用ジ

タリシニ依テ、今牛ノ身ヲ受テ、其ノ債ヲ償フ也。而ルニ、

明日男、主我ガ為ニ法花経ヲ供養ズ。汝ヂ、其ノ師ト有ルガ

故ニ、貴ビテ慇ニ令告知ムル也。虚実ヲ知ムト思ハヾ、法ヲ

説カム堂ノ内ニ我ガ為ニ座ヲ敷テ、其ノ上ニ我レヲ令居ヨ。

我レ必ズ其ノ座ニ登ラム」ト云フ、ト見テ夢覚ヌ。心ノ内ニ

大ニ怪ムデ、明ル朝ニ法会ヲ始ムルニ、不許ズシテ既ニ法服
ヲ令着メツ。

然レバ、高座ニ登テ、法ヲ説クニ不能ズシテ、先ヅ云ク、

「我レ少シ智無クシテ、法ヲ説クニ不堪ズ。只、願主不許ザ
ル故ニ此ノ座ニ登ル。但シ夢ニ告ル所有リ」ト云テ、具ニ夢
ノ事ヲ説ク。願主此レヲ聞テ、忽ニ其ノ座ヲ敷テ彼ノ犲ヲ呼
ブニ、即チ犲来テ此ノ座ニ登ル。其ノ時ニ、願主此ヲ見テ大
ニ泣キ悲デ云ク、「此レ実ノ我ガ母也ケリ。我レ年来此ヲ
不知ズシテ仕ヒ奉ケリ。今我レ免シ奉ル。我ガ咎ヲ免シ給
ヘ」ト。犲此ヲ聞テ、法会畢テ後ニ即チ死ヌ。

法会ニ来レル道俗男女此ヲ見テ、悲ムデ泣ク音堂ノ庭ニ満

タリ。願主亦、其ノ犲ノ為ニ重ネテ功徳ヲ修シケリ。此レ誠
ニ、願主ノ深キ心ヲ至シテ母ノ恩ヲ報ゼムト思フ功徳ノ至レ
ル、亦、法花経ノ霊験ノ示ス也ト知ヌ。亦、乞者年来陀羅尼
ヲ誦シテ功ヲ積メル験也ト、見聞ク人皆讃メ貴ビケリ。
此レヲ思フニ、人ノ家ニ牛馬犬等ノ畜ノ来ラムヲバ、皆前
世ノ契有ル者也ト知テ、強ニ打チ責ムル事ヲバ可止シトナム

語リ伝ヘタルトヤ。

법화경法華經을 넣어 모신 상자가
저절로 길어진 이야기

앞 이야기 끝 부분에 "깊은 신앙심을 가지고 어머니의 은혜를 갚으려고 생각한 공덕의
결과이며 법화경이 영험을 보인 것이라고 생각된다."라고 되어 있는데, 그것이 그대로
이 이야기의 모티브가 되었다. 이 이야기는 한 남자가 『법화경』을 서사書寫하여 상자
에 넣으려고 했는데 크기가 달라 들어가지 않았고 그리하여 진심으로 기원했더니 상
자가 길어져서 경을 잘 넣을 수 있었다는 영험담靈驗譚이다.

이제는 옛이야기이지만, 쇼무聖武 천황天皇의 치세에 야마시로 지방山城國[1]
사가라카 군相樂郡[2]에 한 명의 남자가 있었는데, 부모의[3] 은혜에 보답하고자
『법화경法華經』[4]을 서사書寫하기로 서원誓願하였다.

『법화경』을 공양한 뒤, 이 경經을 봉납奉納하려고 멀고 가까움을 가리지
않고 곳곳을 찾아다녀 백단白檀[5]이나 자단紫檀[6] 나무를 입수하여 그것으로

---

1 → 옛 지방명.
2 → 지명.
3 『영이기靈異記』, 『삼보회三寶繪』에는 '四恩を報ぜむが為に'라고 되어 있고, 『법화험기法華驗記』에는 '父母四
恩之德を報ぜむが為に'라고 되어 있음. 『대승본생심지관경大乘本生心地觀經』에 의하면 사은은 부모은·국왕
은·중생은·삼보은 등이라 함.
4 → 불교.
5 → 불교.
6 콩과의 상록수. 인도, 스리랑카 등 열대지방에서 서식함. 목재는 암적색을 띤 흑색으로, 단단하고 무겁다.
가구나 조각재로서 사용됨.

경상經箱을 만들도록 하였다. 남자는 소목장小木匠을 불러 경의 길이를 재서 만들게 했고 이윽고 경상이 완성되었다. 그리고 경을 넣었는데, 상자보다 경의 길이가 길었다. 이에 발원자는 경을 상자에 넣지 못하고, 몹시 슬퍼하며 진심으로 서원을 하여 승려를 초대해 스무하룻날 동안 이번의 실수에 대한 사죄를 올렸다. 그리고 다시 한 번 경상을 짤 나무를 내려주십사 기청祈請하였다.[7] 열나흘이 지났을 때, 남자는 시험 삼아 경을 가져다 상자에 넣어 보았다. 어느샌가 상자가 조금 길어져서 경을 넣어보니 약간 모자랄 정도로 되어 있었다.

발원자는 '불가사의한 일이다.'라고 생각하고 '이것은 부처님께 기청한 덕택인가?' 하고 더욱 마음을 담아 기도했다. 그런데 스무하룻날의 만원滿願이 되어 경을 상자에 넣으니, 상자가 더 길어져 있어서 쏙 들어갔다. 상자의 길이는 조금도 부족함이 없었고 만족할 정도로 충분하였다. 발원자는 이것을 보고 생각했다.

'불가사의하도다. 어쩌면 이것은 경이 짧아진 것일까, 그게 아니라면 상자가 늘어난 것일까?'

발원자는 의문을 품고 이 경과 길이가 같았던 경을 가져와 길이를 재보았다. 길이는 완전히 똑같았고 이전 그대로였기에, 발원자는 눈물을 흘리며 경을 향해 예배를 드렸다.

이것을 보고 들은 사람은 "이것은 참으로 발원자의 진실한 신앙심의 결과이다."라고 말하며 존귀하게 여겼다.

이것을 생각하면 삼보三寶[8]의 영험靈驗[9]은 눈에 보이지 않는다 해도 진실

7 　재차 경상經箱을 제작하기 위한 용재用材의 입수를 기원한 것임. 그러나 두 번째는 용재를 얻을 필요는 없었음.

8 　→ 불교.

한 신앙심에 이러한 일도 있는 법이라고 이렇게 이야기로 전하여 내려오고 있다 한다.

奉入法華経筥自然延語第二十六

今昔、聖武天皇ノ御代ニ、山城ノ国、相楽ノ郡ニ一ノ人
有ケリ。願ヲ発テ父母ノ恩ヲ報ゼムガ為ニ、法花経ヲ写シ
奉レリ。

供養ノ後、此ノ経ヲ納メ奉ムガ為ニ、遠近二白檀紫檀ヲ
求テ、此レヲ以テ経筥ヲ令造ム。細工ヲ呼テ、経ノ程ヲ量テ
令造ムルニ、既二造リ出セリ。其ノ時ニ、経ヲ入レ奉ルニ、
経ハ永ク筥ハ短シ。然レバ、願主経ヲ筥ニ入レ奉ル事不能ズ

シテ、大ニ歎テ、懃ニ誓ヲ発シテ、僧ヲ請ジテ、三七日ノ間、
此ノ失錯ヲ悔テ、亦木ヲ得ム事ヲ令祈請ルニ、二七日ヲ経ル
時ニ、経ヲ取テ試ニ此ノ筥ニ入レ奉ルニ、自然ラ筥少シ延テ
経ヲ入レ奉ルニ、僅二不足ズ。

其ノ時ニ、願主、「奇異也」ト思テ、「此レ、祈請セルニ
依テカ」ト心ヲ発シテ、弥ヨ祈念スル間、三七日ニ満テ、経
ヲ取テ筥ニ入レ奉ルニ、筥延テ経吉ク入リ給ヌ。少モ不足ズ

ト云フ事無クシテ叶ヘリ。願主此レヲ見テ、「奇異也」ト思
テ、「此レ、若シ経ノ短ク成リ給ヘルカ、筥ノ延タルカ」ト
疑テ、此ノ経ニ等カリシ経ヲ以テ此ノ経ニ量ルニ、等クシ
テ本ノ如ク也。爰二願主涙ヲ流シテ経ニ向ヒ奉テ礼拝シケ
リ。

此レヲ見聞ク人、「偏二願主ノ誠ノ心ヲ発セルニ依テ也」
ト云テ、貴ビケリ。

此レヲ思フニ、三宝ノ霊験ハ目ニ不見給ズト云ヘドモ、誠
ノ心ヲ至セバ如此ク有ル也トナム語リ伝ヘタルトヤ。

권12 **제27화**

물고기가 변하여 법화경法華經이 된 이야기

앞 이야기에 이은 『법화경法華經』 영험담靈驗譚. 요시노 산吉野山에 있는 절의 승려가 병환 치료용으로 구입한 숭어가 『법화경』으로 변한 영이靈異를 중심으로 승려가 파계破戒의 오명汚名에서 벗어나고 의심했던 속인俗人이 참회하여 승려의 대단나大檀那가 된 자초지종을 전하는 이야기.

이제는 옛이야기이지만, 야마토 지방大和國[1] 요시노 산吉野山[2]에 산사 하나가 있었다. 그곳을 아마베 봉海部峰[3]이라 불렀다. 한편 아베阿倍[4] 천황天皇의 치세에 한 사람의 승려[5]가 있었다. 그 산사에 오랜 세월 살면서 심신을 청정하게 유지하여 불도 수행에 임하고 있었다.

그런데 이 성인聖人[6]이 병을 얻어 거동도 힘들 정도로 몸이 쇠약해져 먹고 마시는 것도 제대로 할 수 없어 목숨까지도 위태롭게 되었다. 성인은 이렇게 생각했다. '나는 병들어 불도 수행도 할 수 없다. 어떻게 해서든 병을

1 → 옛 지방명.
2 → 지명(요시노 산吉野山).
3 미상. 가리야 에키사이狩谷棭齋는 『일본영이기고증日本靈異記攷證)』에서 요시노 군吉野郡 오가와쇼小川莊 무기타니 촌麥谷村 아자미다케薊岳에 해당한다고 지적함. 아자미다케라면 권12 제40화에 보임.
4 → 인명.
5 『법화험기法華驗記』에는 "사문沙門 고온廣恩"으로 되어 있고 『원형석서元亨釋書』에는 "석 고온釋廣恩"이라 되어 있지만 근거가 불명.
6 → 불교. 이하 '한 사람의 승려'의 호칭이 '성인聖人'이 되는 것에 주의.

치료하여 가벼운 몸으로 수행하고 싶구나. 허나 병을 고치는 데에는 육식肉食이 가장 좋다고 한다. 한번 생선을 먹어보자. 이건 무거운 죄[7]는 아니겠지.' 성인은 조용히 제자를 불러서 상담했다.

"내가 병에 걸렸으니 생선을 먹고 목숨을 부지코자 하느니라. 생선을 사와 내게 먹여주지 않겠느냐."

제자는 이것을 듣고 곧바로 심부름꾼 소년에게 기이 지방紀伊國[8] 해변에 물고기를 사러 보냈다. 소년은 그 해변에 가서 신선한 숭어를 여덟 마리 사서 작은 궤짝에 넣어 돌아왔다. 돌아오던 중 소년은 길에서 낯익은 사내 세 명을 만났다. 사내가 소년에게 "자네가 갖고 있는 게 뭐지?"라고 물었다. 소년은 이것을 듣고 "이건 물고기예요."라고 대답하면 일이 몹시 난처하게 될 것이라 생각하여[9] 단지 입에서 나오는 대로, "이건 『법화경法華經』[10]이에요."[11] 라고 둘러댔다. 대답은 그러했으나 사내가 보면 이 작은 궤짝에서 즙이 방울방울 떨어지고 비린내가 난다. 아무리 봐도 이것은 물고기이다. 사내가 "그건 경經이 아니야. 물고기가 틀림없어."라고 말하면 소년은 "아니예요, 경이에요."라고 되받아친다. 서로가 언쟁을 하는 동안 어느 저자[12]에 이르렀다. 사내들은 여기서 발을 멈추고 소년을 붙들고 채근했다. "네가 갖고 있는 건 뭐라 해도 경이 아니다. 물고기가 틀림없어." 소년은 "물고기가 아니요.

---

7 육식肉食은 불교에서 살생계殺生戒를 범하는 죄를 가리킴. 그러나 병자가 스스로 바란 경우(『사분율행사초四分律行事鈔』), 사승師僧의 병환 치료가 목적인 경우(『미륵보살소문본원경彌勒菩薩所問本願經』)는 죄를 범하는 것이 아니라 함. 이 이야기와 『영이기靈異記』에서는 성인이 생선을 먹길 원하고 있는데, 『삼보회三寶繪』, 『법화험기法華驗記』에서는 제자가 병약한 성인을 걱정하여 병자가 물고기를 사 먹는 것은 죄가 가볍다고 말하여 권하는 내용으로 변개變改하고 있음.
8 → 옛 지방명.
9 소년은 사승이 생선을 먹는다는 사실이 노출되는 것을 수치스러워 하고 두려워한 것임.
10 → 불교.
11 어쩌다 갑자기 나온 말이었지만, 『법화경法華經』의 영험靈驗을 나타내는 증거가 됨.
12 『영이기』는 "야마토 지방大和國 안의 시장 부근"이라고 되어 있음. 나라 현奈良縣 요시노 군 시모이치 정下市町, 또는 고조 시五條市의 우치宇智라고 하는 설도 있지만 불명.

경이에요."라고 대답했다. 사내들은 이것을 믿지 않고 "그렇다면 궤짝을 열어보자."라고 말했다. 소년은 궤짝을 열지 않으려 했지만 사내들이 완력으로 열어버리고 말았다. 소년은 이루 말할 수 없이 부끄러웠다. 그런데 궤짝 안을 보니 『법화경』 여덟 권이 계신 것이 아닌가. 사내들은 이것을 보자마자 벌벌 떨며 두려워하고 그 자리를 떴다. 소년도 '불가사의한 일이다.'라고 생각하고 기뻐하며 길을 떠났다.[13]

이 사내들 중 한 명은 역시 이 일을 의심하고, '정체를 파헤쳐 주겠어.'라고 생각하고 조용히 소년의 뒤를 따라 갔다. 소년은 산사에 도착하여 스승인 성인을 향해 자세하게 여태까지 일어난 일을 이야기 했다. 스승은 이것을 듣고 매우 불가사의하게 생각하며 대단히 기뻐하고 '이건 오로지 하늘이 날 살리고 지켜주셨음에 틀림없다.'라고 생각하였다. 그 후[14] 성인은 이 생선을 먹었는데, 뒤를 캐기 위해 뒤 따라온 사내가 산사에 와 이것을 보고 성인을 향해 오체五體[15]를 땅에 내던지고 절하며

"사실 이것은 물고기의 외양을 하고 있지만, 성인의 음식인지라 경으로 변한 것이었습니다. 저희들은 어리석고 부정不正한 마음[16]을 가지고 인과因果[17]의 도리를 모르기에 이 일을 의심하여 몇 번이나 추궁하고 괴롭혔습니다. 바라옵건대, 성인이시여 제 과오를 용서해주시옵소서. 앞으로는 성인을 저의 사승師僧이라 생각하고 깊이 존경하며 공양하고자 합니다."

라고 말하고 슬피 울며 돌아갔다. 그 후 이 사내는 성인의 대단나大檀那[18]가

---

13 소년은 한편으로는 불가사의하다고 생각하고, 다른 한편으로는 사승이 생선을 먹는다는 사실이 발각되지 않은 것을 기뻐한 것임.

14 『삼보회』에서는 성인이 물고기를 먹지 않은 것으로 변개하고 있음.

15 오체五體란 머리와 양 다리, 양 팔을 말함. 즉 전신이란 의미로, 오체투지五體投地는 가장 정중한 예배법.

16 원문은 "우치사견愚癡邪見"(→ 불교)으로 되어 있음. 불교에서 '우치'는 삼독三毒의 하나이고, '사견邪見' (→ 불교)은 십혹+惑 중의 하나로 삼고 있음.

17 → 불교.

18 → 불교(단월檀越).

되어 늘 산사에 와 열심히 공양하게 되었다. 이것은 참으로 불가사의한 일이었다.

이것을 생각하면 불법을 수행하면서 몸을 보전하고자 하는 사람에게는 설령 갖가지 독을 먹는다고 하여도 그것이 도리어 약이 되고, 갖가지 육식을 해도 죄를 범하는 것이 아님을 알아야 한다.

그러므로 물고기도 갑자기 경으로 변했던 것이다. 결코 이러한 일을 비난해서는 안 된다고 이렇게 이야기로 전하여 내려오고 있다 한다.

魚化成法花経語第二十七

今昔、大和国ノ吉野ノ山ニ一ノ山寺有リ。海部峰ト云フ。
阿倍ノ天皇ノ御代ニ、一ノ僧有ケリ。彼ノ山寺二年来住ス。
清浄ニシテ仏ノ道ヲ行フ。

而ル間ニ、此ノ聖人身ニ病有テ、身疲レ力弱クシテ起居ル
事思ノ如クニ非ラズ。亦、飲食心ニ不叶ズシテ命難存シ。然
ルニ、聖人思ハク、「我レ身ニ病有テ道ヲ修スルニ不堪ズ。
病ヲ令喩テ快ク行ハム。但シ、病ヲ令喩ル事ハ、伝ヘ聞ク、
肉食ニ過タルハ無カナリ。然レバ、我レ魚ヲ食セム。此レ重
キ罪ニ非ズ」ト思テ、窃ニ弟子ニ語テ云ク、「我レ病有ルニ
依テ、魚ヲ食シテ命ヲ存セムト思フ。汝ヂ魚ヲ求メテ我レニ

令食ヨ」ト。

弟子此レヲ聞テ、忽ニ紀伊ノ国ノ海辺ニ一ノ童子ヲ遣テ魚
ヲ令買ム。童子彼ノ浦ニ行テ鮮ナル鱸八隻ヲ買取テ、小キ櫃
ニ入レテ返来ル間、道ニシテ、本ヨリ童子ヲ相ヒ知レル男三
人会ヌ。男童子ニ問テ云ク、「汝ガ持タル物ハ、此レ何物ゾ」
ト。童子此レヲ聞テ、「此レ法花経也」ト答フ。既ニ此レ魚也。
テ、只口ニ任セテ「此レ法花経也」ト答フ。而ルニ、男見
ルニ、此ノ小櫃ヨリ汁垂テ、鼻キ香有リ。男、
然ルニ、男ノ云ク、「其ガ経ニ非ズ。正シク魚也」。童、
「尚経也」ト諍テ行キ具シテ行クニ、一ノ市ノ中ニ至ヌ。男
等此ニ息ムデ、童ヲ留メテ責テ云ク、「汝ガ持タル物ハ尚経
ニハ非ズ。正シク魚也」ト。童八、「尚魚ニハ非ズ。経也」
ト云フ。男等此レヲ疑テ、「笘ヲ開テ見ム」ト云フ。童不開
ジト為レドモ、男等強ニ責テ開ム。童恥思フ事無限シ。
而ニ、笘ノ内ヲ見レバ、法華経八巻在マス。男等此レヲ見
テ、恐レ怖ムデ去ヌ。童モ「奇異也」ト思テ、喜テ行ク。

此ノ男ノ中ニ二人有テ、尚此ノ事ヲ怪ムデ、「此レヲ見顕

サム」ト思テ、何テ童ノ後ニ立テ行ク。童既ニ山寺ニ至テ、

師ニ向テ具ニ此ノ事ノ有様ヲ語ル。師此レヲ聞テ、一度ハ怪

ビ、一度ハ喜ブ。「此レ偏ニ、天ノ我レヲ助ケテ守護シ給へ

リケル也」ト知ヌ。其ノ後、聖人既ニ此ノ魚ヲ食スルニ、此

ノ何ヒテ来レル一人ノ男、山寺ニ至テ此レヲ見テ、聖人ニ向

テ五体ヲ地ニ投テ、聖人ニ申シテ言サク、「実ニ此レ、魚ノ

体也ト云ヘドモ、聖人ノ食物ト有ルガ故ニ化シテ経ト成レリ。

愚痴邪見ニシテ因果ヲ不知ザルニ依テ、此ノ事ヲ疑テ度々責

メ悩マシケリ。願クハ聖人此ノ過ヲ免シ給へ。此ヨリ後ハ、

聖人ヲ以テ我ガ大師トシテ、懃ニ恭敬供養ジ奉ラム」ト云テ、

泣々ク返ヌ。其ノ後ハ、此ノ男聖人ノ為ニ大檀越ト成テ、常

ニ山寺ニ行テ心ヲ至シテ供養ジケリ。此レ奇異ノ事也。

此レヲ思フニ、仏法ヲ修行シテ身ヲ助ケムガ為ニハ、諸ノ

毒ヲ食フト云フトモ返テ薬ト成ル、諸ノ肉ヲ食フト云フトモ

罪ヲ犯スニ非ズ、ト可知シ。

然レバ、魚モ忽ニ化シテ経ト成レル也。努々如此ナラム

事ヲ不可謗ズトナム語リ伝ヘタルトヤ。

히고 지방肥後國 서생書生이
나찰羅刹의 위난危難에서 벗어난 이야기

앞 이야기에 이어 『법화경法華經』의 영험靈驗을 강조하는 이야기이다. 히고 지방肥後
國의 한 서생書生이 나찰녀羅刹女[1]의 위난危難에 직면하여 자칫하면 잡아먹힐 위기에
처했으나 매경埋經에 남은 '묘법연화경妙法蓮華經'의 '묘妙'라는 한 글자로 인해 간신히
목숨을 구했다는 이야기.

이제는 옛이야기이지만, 히고 지방肥後國[2]에 한 명의 서기생書記生[3]이 있었
다. 매일 국청國廳[4]으로 가서 공무를 수행한 지 오랜 세월이 지났는데, 어느
날 급한 용무가 생겨 아침 일찍 집을 나와 관청으로 나갔다. 종자從者도 대
동하지 않고 그저 혼자서 말을 타고 갔다. 서기생의 집에서 관청까지는 10
여 정町[5]정도라 평소라면 벌써 도착했을 거리인데 오늘은 가면 갈수록 멀어
져 아무리 해도 관청에 도착하지 못하고, 길을 잃어 어디인지도 모르는 넓
은 들로 나오고 말았다. 이렇게 하루 종일 걷고 돌아다니던 새에 날이 완전
히 저물었다. 그러나 묵을 만한 곳도 없는 허허 벌판이었다.[6]

---

1 나찰羅刹(→ 불교). 나찰은 표제에 나타날 뿐으로, 본문에는 오니鬼라고 되어 있음.
2 → 옛 지방명.
3 원문에는 '서생書生'으로 되어 있음. 하급 사무관.
4 국사國司 이하의 관인이 집무하는 관청.
5 1정町은 60간間으로 약 110m. 이 전후는 『법화험기法華驗記』의 서술과 다름.
6 다음 단락부터 대강의 줄거리는 『법화험기』와 동일하지만, 본문과 내용이 크게 상이함. 『법화험기』와 비교

서기생은 슬피 한탄하며 어떻게 해서든 마을로 가야 한다고 생각하며 조금 높은 언덕에 올라 둘러보니 훌륭하게 지어진 집의 지붕 끝이 살짝 시야에 들어왔다. '마을 근처에 왔구나.'라고 생각하고 기뻐하며 서둘러 그 집으로 다가가 보았지만 집에 인기척이 없었다. 집 주변을 돌며 "이 집에 아무도 안계십니까? 나와 주십시오. 여기는 무슨 마을입니까?"라고 물었다. 그러자 집 안쪽에서 여자 목소리가 나며 "그리 말씀하시는 건 뉘신지요? 사양 말고 들어오십시오."라고 답했다. 서기생은 이 목소리를 듣자 매우 무서워졌다. 그러나 서기생은

　　"길을 잃고 헤매고 있습니다. 급한 용무가 있어 들어갈 수는 없습니다. 그저 길만 알려 주십시오."

라고 하였다. 이에 여자가 "그러시다면 잠시 거기 계십시오. 나가서 길을 알려드리지요."라며 나오는 기색이었는데, 서기생은 너무나도 무서워 그대로 말머리를 돌려 도망가려고 했다. 여자가 그 발소리를 듣고는 "이봐, 이봐, 좀 기다려."라고 말하며 집에서 나왔다. 뒤돌아 여자를 보니 집 처마만큼이나 키가 크고 눈에는 빛이 번뜩이고 있었다. 서기생은 '예상대로다. 나는 오니鬼의 집에 오고 만 것이다.'라고 생각하고 말에 채찍을 휘둘러 도망가려 했다. 그러자 여자가 "넌 어째서 도망치려 하는 게냐? 속히 거기 멈추어라."라고 말했다. 그 목소리를 듣자 무서운 정도가 아니라 기절초풍할 정도였다. 오니를 보니 키가 1장丈 정도나 되는 것이 눈과 입에서 화염을 뿜어 마치 번개와도 같았다.[7] 커다란 입을 벌리고[8] 손을 치며 쫓아왔기 때문에 보

하면 심중心中 사유思惟와 회화문이 다수 교차되고 있으며, 묘사描寫는 상세하고 구체적이다. 또한 관음觀音 영험담靈驗譚으로서의 요소가 가미되어 있음.
7　『법화험기』에 묘사 관련 기사가 있으며, 본집本集 권27 제13화의 아기 다리安義橋 오니의 모습도 참조.
8　격한 분노를 표현하는 행동.

는 것만으로 정신이 아득해지고 말에서 떨어져 버릴 것 같은 것을 떨□□□[9] 휘둘러 도망쳤다. '관음[10]이시여 살려주십시오. 오늘 하루만이라도 살게 도와주시옵소서.'[11]라고 기도하며 도망쳐 《가려고 하는 사이 별안간 타고 있던 말이》[12] 털썩 쓰러졌다. 서기생은 안장에서 튕겨져 나가 말 앞으로 떨어졌다. '이제 잡아먹히겠구나.'라고 생각한 순간, 그곳에 묘혈墓穴이 있어 정신없이 그 안으로 달려 들어갔다. 오니는 그 근처까지 와서 "여기 있던 녀석이 어디로 갔을까."라고 말했다. 서기생은 이 소리를 듣고 오니가 다가 왔음을 알게 되었는데, 오니는 그를 잡지 않고 먼저 말을 잡아먹기 시작했다. 서기생은 그 소리를 듣고

'말을 다 먹고 나면 틀림없이 내 몸도 먹으려 하겠구나. 하지만 내가 이 묘혈에 들어가 있다는 걸 눈치 채지 못할지도 몰라.'

라고 생각하여 오로지 '관음이시여 살려주십시오.'라고 필사적으로 기도했다.

그러자 이 오니는 말을 다 먹어 치우고는 그 묘혈 근처로 가까이 와서,

"이 서기생은 오늘 제 먹이가 될 자입니다. 그 자를 왜 불러들이셔서 제게 주시지 않는 것입니까? 항상 이런 부당한 일을 하시는군요. 저는 참으로 한탄스럽습니다."

라고 말했다. 서기생이 이 목소리를 듣고 '완벽히 숨었다고 생각한 이 묘혈을 저 오니는 이미 알고 있구나.'라고 생각했다. 그 순간 묘혈 안쪽에서

"아니, 이것은 오늘 내 먹이로 정했다. 그러니 너에게 줄 수는 없다. 너는

---

9 저본의 파손에 의한 결자. '떨쳐내고 채찍을'이었을 것으로 추정.
10 → 불교.
11 『법화험기』에서는 관음觀音에게 기도하는 서술은 없으며, 이 이야기에서는 관음의 영험담으로서의 요소가 부가되어 있음.
12 저본의 파손에 의한 결자. 『법화험기』의 기사를 근거로 보충함.

방금 먹은 말로 이미 충분하지 않느냐."

라는 목소리가 들렸다. 서기생은 이를 듣고

'어느 쪽이든 결국 내 목숨은 다했구나. 밖에 있는 오니를 가장 무섭다고 생각했는데, 이 묘혈 안에는 그보다 더 무서운 오니가 있어 날 잡아먹겠다고 하는구나.'

라고 생각하니 더할 나위 없이 슬퍼졌다. 서기생은

'내가 관음께 기원하였으나 머지않아 이 목숨이 다하려 하고 있다. 이것도 전생[13]의 숙보宿報[14]인 것이다.'

라고 체념했다.

이렇게 묘혈 밖의 있는 오니가 몇 번을 정중하게 부탁하여도 구멍 안의 목소리는 허락하지 않았다. 밖의 오니는 한탄하면서 돌아갔다. 그 소리를 듣고[15] 서기생은 '금방이라도 날 끌고 가 잡아먹을 것이다.'라고 생각하고 있었는데, 이 묘혈 안의 목소리[16]가 말하기를

"너는 오늘 오니의 먹이가 될 운명이었으나 네가 열심히 관음께 기원하였기 때문에 이 재난에서 벗어날 수 있었던 것이다. 너는 이후로 지성을 다해 염불하고 『법화경法華經』[17]을 깊이 신봉하여 독송讀誦하여야 한다. 애당초 너는 이리 말하고 있는 내가 누구인지 알고 있는가?"

라고 하였다. 서기생은 모른다고 답했다. 그러자 묘혈 속 목소리가

"나는 오니가 아니니라. 이 묘혈은 옛날 이곳에 성인聖人[18]이 있어 서쪽 봉

---

13 → 불교.
14 → 불교.
15 서생은 구멍 안에 있기 때문에 소리나 기척으로 살핀 것임.
16 목소리뿐인 것으로 모습과 형체는 보이지 않는 것을 알 수 있음.
17 → 불교.
18 → 불교.

우리 위에 솔도파卒都婆[19]를 세워 『법화경』을 묻어 보관했던 곳이다.[20] 그 후 오랜 세월이 지나 솔도파도 모두 썩어 사라지고 말았다. 단지 첫 번째의 '묘妙'[21] 한 글자만이 남았느니라. 지금 이렇게 이야기하고 있는 내가 그 '묘' 한 글자의 영靈이다. 나는 이곳에 있으면서 저 오니에게 잡아먹힐 뻔했던 사람, 구백구십구 명을 도와줘 왔는데 이제 너를 더해 천 명[22]이 되었다. 너는 곧바로 이곳을 나가 집으로 돌아가거라. 그리고 앞으로도 반드시 부처를 염念하고 『법화경』을 깊이 신봉하여 독송하여야 한다."

라고 말씀하시고는, 단정한 동자를 대동시켜 서기생을 집으로 돌려보냈다.

서기생은 눈물을 흘리며 예배하고, 동자의 배웅을 받으며 집으로 돌아올 수 있었다. 동자는 서기생의 집 문 앞까지 전송한 뒤 서기생에게 알려주었다. "그대는 오로지 한 마음으로 『법화경』을 신봉하고 독송하지 않으면 안 됩니다." 이렇게 말하고 감쪽같이 사라져 보이지 않게 되었다. 서기생이 눈물을 흘리며 예배하고 집에 도착한 것은 한밤중[23] 무렵이었다. 부모와 처자에게 있었던 일을 자세하게 들려주었다. 부모와 처자는 이것을 듣고서 매우 기뻐하고 감격했다. 그 후 서기생은 열심히 『법화경』을 신봉하고 독송하였고,[24] 한층 더 깊이 관음을 공경하였다.

---

19 → 불교.
20 『법화경法華經』을 땅 속에 묻은 것임. 이른바 매경埋經으로 사경寫經을 경통經筒에 넣어서 땅 속에 묻는 것을 가리킴.
21 『법화경』 서품개권序品開卷의 '묘법연화경妙蓮花'의 첫 번째 '묘妙' 한 자.
22 천千은 다수를 나타내는 대표적인 단위. 천의 수를 채우는 것에 의해 만원성취滿願成就하는 유례는, 천사예千社詣, 천사찰千社札, 천인침千人針 등이 있음. 또한 본집 권1 제16화의 앙굴마라鴦掘魔羅의 천 인千人의 단지斷指 이야기, 7권본七卷本 『보물집寶物集』 권5, 『삼국전기三國傳記』 권2·7의 반족왕班足王(차족왕遮足王 『보물집』)의 천 인의 왕을 죽인 이야기, 『삼국전기』 권2·21의 고묘光明 황후皇后의 천 일千日의 탕湯 시행 이야기, 『요시쓰네 기義經記』 권3의 벤케이辨慶의 태도太刀 천 자루 탈취 이야기 등이 저명함. 그리고 『법화험기』 관련 기사의 수와는 다름.
23 『법화험기』, 『습유왕생전拾遺往生傳』에서는 동틀 무렵임.
24 『법화험기』, 『습유왕생전』에서는 관음에게 기도하는 기술이 없기 때문에, 이 이하에 해당 부분 없음.

이것을 생각하면 '묘', 한 글자로도 이렇듯 썩지 않고 남아 사람을 구해주신 것이다. 하물며 진심을 담아 작법作法대로 『법화경』을 서사書寫한다면 그 공덕功德[25]이 얼마나 클지는 상상하기 어렵지 않다. 현세[26]의 이익利益[27]조차 이와 같은 것이니 후생後生[28]의 고통에서 구원받음은 의심할 여지가 없는 일이라고 이렇게 이야기로 전하여 내려오고 있다 한다.

25 → 불교.
26 → 불교.
27 → 불교.
28 → 불교.

肥後国書生免羅刹難語第二十八

今昔、肥後ノ国ニ二人ノ書生有ケリ。朝暮ニ館ニ参テ、

公事ヲ勤テ年来ヲ経ル間ニ、急事有テ、早朝ニ家ヲ出デ、館
ニ参ケルニ、従者無クシテ、只我レ一人馬ニ乗テ行ク。書生
ガ家ヨリ館ノ間十余町ノ程ナレバ、例ハ程モ無ク行キ着クニ、
今日ハ行クニ随テ遠ク成テ、行キ着ク事ヲ不得ズシテ、道ニ
迷テ何トモ不思ヌ広キ野ニ出ニケリ。如此クシテ終日行クニ、
既ニ日晩レヌ。可行宿モ所無クシテ、只野ニ有リ。

然レバ、歎キ悲ムデ、人里ニ出デム事ヲ願フ間ニ、尾崎ノ
有ル上ヨリ、吉ク造タル屋ノ妻僅ニ見ユ。「人里ノ近ク成ニ
ケル事」ト思フニ、喜テ忩テ其ノ家ニ打寄テ見レバ、人気

無シ。打廻テ云ク、「此ノ家ニ二人ヤ在マス。出給ヘ。此ノ里
ヲバ何トカ云フ」ト。家ノ内ニ女音ヲ以テ答テ云ク、「此レ
誰ガ宣ヘルゾ。速ニ可入来シ」ト。書生此ノ音ヲ聞クニ、
極テ怖ロシ。然レドモ、書生ノ云、「我レハ此レ道ニ迷ヘル
人也。忩ガシキ事有ルニ依テ不可入ズ。只道ヲ教ヘ給ヘ」ト。

女ノ云ク、「然ラバ、暫ク立給ヘレ。出デ、道ヲ教ヘム」ト
云テ、女ノ出来ムト為ルニ、極テ怖シク思エテ、馬ヲ取テ返
シテ、逃ゲ足ニ成ルヲ聞テ、女ノ云ク、「耶々、暫ク待テ」
トテ出来ル女ヲ見返テ見レバ、長ハ一屋ノ檐ト等クシテ眼ノ光
テ見ユレバ、我レハ鬼ノ家ニ来リニケリ」ト
思テ、鞭ヲ打テ逃グル時ニ、女ノ云ク、「汝ハ何ニテ逃ゲム
ト為ルゾ。速ニ罷リ留レ」ト云フ音ヲ聞クニ、怖シト云ヘバ
愚也ヤ。

肝砕ケ心迷テ見レバ、長ハ一丈許ノ者ノ、目、口、
ヨリ火ヲ出シテ電光ノ如クシテ、大口ヲ開テ手ヲ打チツ、
追テ来レバ、見ルニ、魂失セテ馬ヨリ落ヌベキヲ、切
□打テ逃グルニ、「観音助ケ給ヘ。我ガ今日ノ命救ヒ給ヘ」

ト念ジ奉テ、逃ル□□走リ倒レヌ。書生ハ抜ケテ

馬ノ前ニ落ヌ。「今ゾ被捕テ被噉ヌ」ト思フニ、墓穴ノ有
ルニ、我レニモ非ズ走リ入ヌ。鬼其ノ跡ニ来テ云ク、「何ラ、

此ニ有リツル奴ハ」ト。鬼来ヌト聞ク程ニ、我レ求メズシ
テ、先ヅ馬ヲ噉ス。書生此レヲ聞クニモ、「馬ヲ噉ヒ畢ナバ、

我ガ身ヲ噉ハム事ハ疑ヒ無シ。此ノ穴ニ入テ有ラバ不知ニヤ
有ルラム」ト思テ、只、「観音助ケ給ヘ」ト念ジ奉ル事無限
シ。

而ルニ、此ノ鬼、馬ヲ噉ヒ畢テ、此ノ穴ノ許ニ寄来テ云ク、

「此レ今日ノ我ガ食ニ当レル者也。而ルヲ、何ゾ召シ取テ不
給ザル。如此ク非道ナル事ヲ常ニ至ルサセ給フ。我レ歎キ愁

フ」ト。此ノ音ヲ聞クニ、「隠レ得タリト思フ穴ヲモ知ニケ
リ」ト書生思フ程ニ、穴ノ内ニ音有テ云ク、「此レハ我ガ今

日ノ食ニ当レリ。然レバ不可与ズ。汝ハ噉ヒツル馬ニテ有リ
ナム」ト。書生此レヲ聞クニ、「何様ニテモ我ガ命ハ不可遁

ヌ事ニコソ。有ツル鬼ヲ聞クニ無限ク怖ロシト思ヒツルニ、此

ノ穴ノ内ニハ増サル鬼ノ有テ、我レヲ噉テム為ルニコソ有
ケレ」ト思フニ、悲キ事無限シ。「我レ観音ヲ念ジ奉ルト云

ヘドモ、只今命終リナムトス。此レ前生ノ宿報也」ト思フ。
而ル間、外ノ鬼乍歎々還ヌ。ト聞テ、「今ヤ我レヲ引キ寄セテ

噉フ」ト思フ程ニ、此ノ穴ノ内ノ音ノ云ク、「汝ガ今日此ノ
鬼ノ為ニ食ト可成カリツルニ、汝ヲ歎ニ観音ヲ念ジ奉レルニ

依テ此ノ難ヲ既ニ免ル、事ヲ得タリ。汝ヂ此ヨリ後心ヲ至シ
テ仏ヲ念ジ奉レリ。法花経ヲ受持読誦シ可奉シ。抑如此ク云

フ我レヲバ、汝ヂ知レリヤ否ヤ」ト。書生不知ザル由ヲ答フ。
音ノ云ク、「我レハ此レ鬼ニモ非ズ。此ノ穴ハ、昔シ此ノ所

ニ聖人有テ、此ノ西ノ峰ノ上ニ卒都婆ヲ建テ、法花経ヲ籠
メ奉レリキ。其ノ後多ノ年積テ、卒都婆モ経モ皆朽失セ給ヒ

ニキ。只最初ノ『妙』ノ一字許残リ留テ在マス。其ノ『妙』
ノ一字ト云フハ如此ク云ヂ我レ也。我レ此ノ所ニ有テ、此ノ

鬼ノ為ニ被噉ムト為ル人ヲ九百九十九人ヲ助ケタリ。今汝ヲ

加ヘテ千人ニ満ヌ。汝ヂ速ニ此ヲ出デ、家へ可至シ。汝尚
努々仏ヲ念ジ奉リ、法花経ヲ受持読誦シ可奉シ」ト宣テ、
端正ノ童子一人ヲ副ヘテ家ニ送ル。

書生泣々ク礼拝シテ、童子ニ随テ家ニ返ル事ヲ得タリ。
童子家ノ門ニ送リ付テ、書生ニ教ヘテ云ク、「汝ヂ専ニ心ヲ
発シテ法花経ヲ受持読誦シ可奉シ」ト云テ、掻消ツ様ニ失
ヌ。其ノ後書生泣々ク礼拝シテ、夜半ノ程ニゾ家ニ返リ来
タリケル。父母妻子此ノ事ヲ具ニ語ル。父母妻子此レヲ聞
テ、喜ビ悲シム事無限シ。其ノ後、書生慇ニ心ヲ発シテ法
花経ヲ受持読誦シ奉リ、弥ヨ観音ヲ恭敬シ奉リケリ。

此レヲ以テ思フニ、妙ノ一字ソラ朽残リテ人ヲ救ヒ給フ事
如此シ。何況ヤ、誠ノ心ヲ以テ如ク法花経ヲ書写シタラム功
徳可思遣シ。現世ノ利益尚シ如此シ、後生ノ抜苦不可疑ズト
ナム語リ伝ヘタルトヤ。

사미沙彌가 가지고 있던 법화경法華經이 불에 타지 않은 이야기

무로牟婁 사미沙彌가 마음을 담아 서사書寫한 『법화경法華經』이 화난火難을 겪었음에
도 무사했다는 기이한 이야기로, 『법화경』의 영험靈驗을 설하고 있다.

이제는 옛이야기이지만, 쇼무聖武[1] 천황天皇의 치세에 무로牟婁[2] 사미沙彌[3]
라는 자가 있었다. 속성俗姓[4]은 에노모토榎本 씨, 처음부터 출가명出家名이 없
어, 기이 지방紀伊國[5] 무로 군牟婁郡[6] 사람이라 무로 사미라고 불렀을 것이다.
사미는 같은 지방의 아테 군安諦郡[7] 아라타 촌荒田村[8]에 살고 있었다. 머리를
밀고 가사袈裟를 두르고 있었지만[9] 행동하는 것은 속인俗人과 다를 바가 없

---

1 → 인명.
2 미상. 『영이기靈異記』에 "자도무명自度無名"이라 되어 있음. 관허官許를 얻지 않고 자기 마음대로 승려가 된
   자도승自度僧(사도승私度僧)이었음.
3 → 불교.
4 재속在俗에서의 성姓.
5 → 옛 지방명.
6 기이紀伊 반도의 남부 일대의 군郡. 현재의 와카야마 현和歌山縣 다나베 시田邊市·니시무로 군西牟婁郡·신
   구 시新宮市·히가시무로 군東牟婁郡, 미에 현三重縣 구마모토 시熊本市·미나미무로 군南牟婁郡에 걸친 지역.
7 현재의 와카야마 현 아리타 시有田市 및 아리타 군有田郡.
8 미상. 『화명유취초和名類聚抄』의 아리타 군在田郡아이타 향英多鄕을 가리키는 것으로 추정. 현재의 아리타
   시有田市 미야하라 정宮原町, 아리타 군有田郡 기비 정吉備町 부근으로 추정.
9 이른바 반승반속半僧半俗의 재가승在家僧. 자도승의 생활은 속인俗人과 다르지 않았음.

었다. 조석朝夕으로 가업에 분주하고 주야晝夜로 악착같이 처자와 가족을 부양하는 데 열심이었다.

그런데 이 사미가 서원을 하여 작법作法대로 심신을 청정하게 하고 손수 『법화경法華經』[10] 한 부를 서사하였다. 특별히 이 경經을 서사할 장소를 마련하고, 몸을 깨끗이 하여 안으로 들어가 이것을 썼다. 대소변 때마다 목욕하고, 재차 몸을 깨끗이 한 뒤 안으로 들어가 서사하는 자리에 앉았다. 이렇게 서사한 지 여섯 달 만에 작업이 완료되었다. 작법대로 경을 공양한 뒤 옻칠한 상자를 만들어 그 안에 넣어 보관하였다. 경을 다른 장소에 안치하지 않고, 살고 있는 집 안에 청정한 곳을 마련하여 안치해 모셨다. 그 후 때때로 이것을 꺼내 독송하였다.

그러던 중 신호경운神護景雲[11] 3년 5월 23일 오시午時,[12] 그 집에 갑작스런 화재가 나서 집이 전소全燒되었다. 가재도구가 모두 타버린 탓에 이 경상經箱도 꺼내지 못하고, '타버렸구나.'라고 생각했는데 진화한 뒤에 보니, 뜨거운 불 속에 이 『법화경』을 넣어 둔 상자만이 타지 않고 남아 있었다. '불가사의한 일도 다 있구나.'라고 생각하며, 서둘러 가까이 가 경상을 집어 들고 살펴보았더니 불에 타서 손상된 부분이 조금도 없었다. 사미는 이것을 보고 감읍하여 상자를 열어 보자, 경 또한 전과 변함없이 상자 안에 계셨다. 사미는 전보다 더욱 마음 깊숙이 공경하였다. 세간 사람도 이것을 듣고 너도나도 찾아와서는 이 경에 절하고 공경하였고, 신앙심을 갖게 된 사람도 많았다.[13]

---

10 → 불교.
11 769년. 쇼토쿠稱德 천황天皇의 치세.
12 * 정오 무렵.
13 『영이기』에서는 이후에, 하동河東 연행니練行尼의 사경寫經에 따른 영이靈異(출전은 『명보기冥報記』 상 4), 및 진陳의 왕여王與가 화난火難을 피한 영이(전거 미상)를 예증例證으로 들고, 이야기 끝에 찬贊을 덧붙이고 있음.

실로 이것을 생각하면 이 경은 진심을 담아서 서사한 경이기에 이렇게 각별한 영험靈驗[14]을 나타내셨던 것이다.

그러므로 누가 불상을 만들고 경을 쓴다고 하더라도 오로지 진심을 담아야 한다고 이렇게 이야기로 전하여 내려오고 있다 한다.

14 → 불교.

沙弥所持法花経不焼給語第二十九

今昔、聖武天皇ノ御代ニ、牟婁ノ沙弥ト云フ者有ケリ。

俗姓ハ榎本ノ氏。本ヨリ名無シ。紀伊ノ国、牟婁ノ郡ノ人也。

此レニ依テ牟婁ノ沙弥トハ云フナルベシ。而ルニ、同国ノ安諦

ノ郡ノ荒田ノ村ニ居住ス。此ノ沙弥、髪ヲ剃リ袈裟ヲ着タリ

ト云ヘドモ、翔ヒ俗ノ如シ。朝暮ニ家業ヲ営ミテ昼夜ニ妻子

眷属ヲ養フ計ヲ巧ム。

而ル間、沙弥願ヲ発シテ、法ノ如ク清浄ニシテ、自ラ法花

経一部ヲ書写シ奉ル。故ニ、此ノ経ヲ書写シ奉ル所ヲ儲テ、

身ヲ清メテ入テ、此レヲ書ク。大小便ノ時毎ニ沐浴シテ、更

ニ身ヲ清メテゾ入テ其ノ経ヲ書ク座ニ居ケル。如此クシテ書

ク間、六月ヲ経テ写シ畢ヌ。法ノ如ク供養ジ奉テ後、漆ヲ

塗レル筥ヲ造テ、其ノ中ニ入レ奉テ、外所ニ不安置ズシテ、

住屋ノ内ニ清キ所ヲ儲テ置キ奉レリ。其ノ後ハ、時々此レヲ取

出シ奉テ、読奉ケリ。

而ル間、神護景雲三年ト云フ年ノ五月二十三日ノ午時許ニ、

其ノ家ニ忽ニ火出来テ家皆焼ヌ。家ノ内ノ物皆焼ヌレバ、此

ノ経筥ヲモ不取出奉ズシテ、「其レモ焼給ヒヌ」ト思フ間ニ、

火既ニ消畢テ後見レバ、熱キ火ノ中ニ此ノ法花経ヲ入レ奉レ

ル筥不焼ズシテ有リ。「奇異也」ト思テ、忩ギ寄テ経筥ヲ取

テ見ルニ、少モ焼ケ損ゼル所モ無シ。沙弥此レヲ見テ、泣キ

悲デ経筥ヲ開テ見ルニ、経亦本ノ如クシテ筥ノ中ニ在マス。

沙弥弥ヨ心ヲ発シテ、貴ブ事無限シ。世ノ人此レヲ聞テ、競

ヒ来テ此ノ経ヲ礼ムデ、貴テ信ヲ発ス人多カリ。

実ニ、此レヲ思フニ、心ヲ至シテ写シ奉レル経ナレバ、殊

ニ霊験ヲ施シ給フ事既ニ如此シ。

然レバ、人有テ仏ヲ造リ経ヲ書クト云ヘドモ、専ニ心ヲ可

発キ也トナム語リ伝ヘタルトヤ。

비구니 간사이顧西가 가지고 있던
법화경法華經이 타지 않은 이야기

겐신源信 승도僧都와 남매지간으로 유명한 간사이顧西의 인품과 깊은 도심을 기록하고 있다. 그녀가 수지受持한 『법화경法華經』이 병자를 구하고 화재에도 무사했다는 영이靈異를 전하고 있는데, 『법화경』이 화재를 면했다는 모티브로 앞 이야기와 관련이 있다.

이제는 옛이야기이지만, 한 명의 비구니가 있었는데 이름은 간사이顧西[1]라고 했다. 요카와橫川의 겐신源信 승도僧都[2]의 누나[3]였다. 이 비구니는 본디 천성이 곱고 진에瞋恚[4]를 일으킨 적이 없었다. 여인의 몸임에도 불구하고 불법에 통달하고 인과因果[5]의 도리를 터득하고 있었다. 출가한 이래 계율[6]을 범하지 않고 항상 선심善心[7]을 잃지 않았다. 또한 『법화경法華經』[8]을 독송하고 그 교리를 깊이 깨우치고 있었다. 그녀는 생전에 수만 부의 『법화경』을

---

1   → 인명.
2   → 인명. 본권 제32화 참조.
3   『법화험기法華驗記』, 「원형석서元亨釋書」에는 "누나"라고 되어 있음. 『속본조왕생전續本朝往生傳』의 "여동생"이 맞음. 겐신源信의 여자형제 세 명이 출가했었기에 혼란이 생겼다고 추정.
4   화내며 원망하는 것. → 불교.
5   → 불교.
6   → 불교.
7   불교의 가르침을 믿는 마음.
8   → 불교.

읽었고 셀 수 없을 만큼 염불[9]을 외웠다.

이 비구니의 존경할 만한 수행을 꿈에서 본 많은 사람들이 찾아와 그것을 이야기하였다. 이 비구니가 입고 있는 옷은 겨우 몸을 덮을 수 있을 만한 간소한 것이었고, 먹는 것도 단지 목숨을 연명하는 데에 필요한 만큼만을 취하였다. 세간에서는 이 사람을 안양安養[10]의 여스님이라 부르며 세상 사람들이 모두 칭송하였다. 비구니가 항시 곁에 두고 신앙하는 『법화경』은 영험[11]이 신통하여 병으로 고통받고 있는 사람이 그것을 모시고 몸을 지키는 것으로 삼으면 반드시 그 영험이 나타났다.

한편 야마시나데라山階寺에 주렌壽蓮이라는 위의사威儀師[12]가 있었다. 그 처가 사기邪氣[13]로 인해 중병에 걸려 몇 개월이나 몹시 고통스러워 하며 괴로워했다. 그래서 갖은 기도를 했지만 그 효과가 나타나지 않았다. 그러던 중 "안양의 여스님이 항상 읽고 계신 『법화경』이야말로 영험이 신통하다." 라는 소문을 듣고 그 경經을 모시어 상자에 넣고 그 병자의 머리맡에 놓아두었다. 그러자 그 □□□□[14] 생기지 않고 병이 나았다. 그리하여 이 경전을 매우 존귀하여 여겨 당분간 머리맡에 그대로 두었다.

그런데 한밤중에 그 집에 불이 났다. 모두 당황하여 먼저 귀중한 물건들을 꺼내느라 이 경전을 까맣게 잊어버리고 있었다. 그 후 집은 완전히 타버렸다. 사람들은 그 다음 날 한낮이 되어서야 겨우 이 경전을 꺼내지 않은 것을 알아차리고 모두 후회하였지만 이제 와서 어쩔 도리가 없었다. 다음날

---

9 → 불교.
10 『속본조왕생전』에 "세상 사람들이 이 여인을 안양安養의 여스님이라 칭함."이라는 내용의 기사가 있음. 안양정토安養淨土(서방극락정토西方極樂淨土)에 왕생하는 것을 원하는 비구니라는 의미.
11 → 불교.
12 → 인명. '위의사威儀師'(→ 불교).
13 모노노케物の怪. 병 등을 일으키는 악기惡氣.
14 파손에 의한 결자. 문맥상 '법화경의 영험으로 뇌란惱亂이'의 내용이 들어갈 것으로 추정.

못이나 쇠붙이로 된 물건[15]을 주워 모으려고 사람들이 모여 불이 난 자리를 찾아보니 침소가 있었던 장소에 수북이 쌓인 것이 보였다. 불가사의하게 생각하여 재를 쓸어내어 보니 이 경전을 넣어 모셨던 상자는 불타버렸지만 경전 여덟 권[16]은 그대로였다. 경전은 전혀 그을린 곳도 없이 재속에서 꺼내졌다. 이것을 본 사람들은 '불가사의한 일이다.'라고 생각하며 더할 나위 없이 존귀하게 여겼다. 마을 사람들도 이것을 듣고는 앞 다투어 달려와 배례하였다. 야마시나데라에서도 이러한 일을 전해 듣고 많은 승려가 몰려와서 배례하고 존귀하게 여겼다. 그 후 집안사람은 몹시 송구스러워 하며 경전을 여스님 곁으로 서둘러 돌려보냈다. 이것은 실로 불가사의한 일이며 존귀한 일이다.

이것을 생각하면 이 여스님은 보통 사람이 아니라고 모두가 입을 모아 말했다. 지극히 존귀한 성인이었다고 이렇게 이야기로 전하여 내려오고 있다 한다.

---

15 못이나 금구류 등의 금속제품을 재이용하기 위함.
16 『법화경法華經』(→ 불교)은 구마라습鳩摩羅什 번역의 『묘법연화경妙法蓮華經』이 사용되었음. 전 8권 28품. 즉 전권이 모두 소실되지 않았음.

尼願西所持法花経不焼給語第三十

今昔、一人ノ尼有ケリ。名ヲバ願西ト云フ。横川ノ源信
僧都ノ姉也。此ノ尼本ヨリ心柔儒ニシテ嗔恚ヲ不発ズ。女ノ
身也ト云ヘドモ、心ニ智有テ因果ヲ知レリ。出家ノ後ハ、戒
律ヲ不犯ズシテ専ニ善心有リ。亦、法花経ヲ読誦シテ其ノ義
理ヲ悟ル事深シ。凡ソ生タル間、法花経ヲ読奉レル事数万部
也。念仏ノ功ヲ積ル事員ヲ不知ズ。

此ノ尼ノ貴キ事ヲ夢ニ見テ、来テ告ル人世ニ多カリ。此ノ
尼ノ着タル衣ハ僅ニ身ヲ隠ス許也。食フ物ハ只命ヲ継グ許也。
世ノ人此レヲ安養ノ尼君ト云テ、世挙テ貴メル事無限シ。其
ノ持チ奉ル所ノ法花経ハ、霊験新タニシテ、病ニ煩フ人此レ
ヲ迎ヘ奉テ護ル為ルニ、必ズ其ノ験無シト云フ事無シ。
而ル間、山階寺ニ寿蓮威儀師ト云フ者ノ有ケリ。其ノ妻邪

気ニ重ク煩テ月来辛苦悩乱スル事無限シ。此レニ依テ様々ニ
祈祷スト云ヘドモ、其ノ験無シ。而ルニ、「安養ノ尼君ノ年
来読奉リ給フ所ノ法花経コソ霊験新タニ在マスナレ」ト聞
テ、其ノ経ヲ迎ヘ奉テ、手箱ニ入レテ、其ノ病者ノ枕上ニ
置キ奉レリ。其ノ[五]□不発ズシテ病嗔ヌ。然レバ、此
レヲ貴ブ事無限クシテ、尚暫ク枕上ニ置キ奉レリ。
而ル間、夜半許ニ其ノ家ニ火出来ヌ。人皆焼テ、先ヅ他ノ
財ヲ取出サムト為ル間ダニ、此ノ経ヲ忘レ奉リニケリ。其ノ
後、屋皆焼畢ヌ。既ニ昼ニ成ヌ。此ノ経ヲ不取出奉ザル事
ヲ歎キ合ヘリト云ヘドモ、甲斐無クテ止ミヌ。明ル日、寝所
ニ金物拾ヒ集メムガ為ニ、人集テ焼タル跡ヲ見ルニ、寝所
ニ当テ穿隆キ物見ユ。怪ムデ、灰ヲ掻去テ見レバ、此ノ経ヲ
入レ奉リシ手箱ハ焼テ、経八巻在マス。露ユ燋レタル所
ダニ無クテ、灰ノ中ヨリ被掻出給ヘリ。此レヲ見テ、「奇
異也」ト思テ、貴ビ合ヘル事無限シ。里ノ人此レヲ聞テ、競
ヒ来テ此レヲ礼ム。山階寺ノ内ニ此ノ事ヲ聞キ伝ヘテ、多ノ

僧来リ集テ礼ミ貴ビケリ。其ノ後、恐レヲ成シテ、経ヲバ尼君ミノ許ニ忩テ返シ送リ奉テケリ。実ニ此レ奇異ニ貴キ事也。

此レヲ思フニ、此ノ尼君ハ只人ニハ非ザリケリト皆人云ヒケリ。極テ貴キ聖リニテナム有ケルトゾ語リ伝ヘタルトヤ。

승려가 사후 혀만 남아 산에서
법화경^{法華經}을 독송한 이야기

요고永興 선사禪師에게 사사받은 승려의 해골이 사후 몇 년이 흘러 여전히 경전을 독송했다는 영이를 전한 이야기. 법화지경자의 해골이 경을 독송한다는 비슷한 이야기로는 중국에도 많은데 일본에서도 『법화험기法華驗記』 이하의 여러 서적에 빈번히 등장한다. 또한 죽은 해골이 말을 한다는 본질적 모티브는 민담의 경우 국제적으로 유명한 '노래하는 해골'과 일맥상통한다.

이제는 옛이야기이지만, 아베阿部 천황天皇의 치세에 기이 지방紀伊國¹ 무로 군牟婁郡 구마노 촌熊野村²에 요고永興 선사禪師³라는 승려가 있었다. 속성은 아시야노기미노우지葦屋君氏로 셋쓰 지방攝津國 데시마 군豊島郡⁴ 출신이었다. 본래는 고후쿠지興福寺의 승려였다.

그런데 그는 해변의 사람을 교화敎化⁵하고자 그 구마노에 살며 사람들을 가르치고 인도하였다. 그리하여 주위 사람은 선사를 존귀하게 여겨 보살菩

---

1 → 옛 지방명.
2 미상. 구마노 강熊野川 유역으로 와카야마 현和歌山縣 히가시무로 군東牟婁郡의 남방 일대.
3 → 인명.
4 셋쓰 지방攝津國(오사카 부大阪府 북서부와 효고 현兵庫縣 남동부)의 동부에 위치한 군. 현재의 오사카 부 도요나카 시豊中市·이케다 시池田市의 전역, 미노오 시箕面市·스이타 시吹田市의 일부에 걸친 지역.
5 → 불교.

薩[6]이라 불렀다. 또한 선사가 있는 곳은 도읍에서 남쪽에 해당하였기에 천황은 남보살南菩薩이라 명명하였다.

이와 같이 그곳에 살고 있을 무렵 한 승려가 이 보살이 있는 곳에 찾아왔다. 어디서 왔는지는 알 수 없었다. 가지고 있는 것은 작은 글자로 한 권에 옮겨 적은 『법화경法華經』[7] 한 부와 그 외 백동白銅[8]으로 된 물병과 허술한 의자뿐이었다.

이 승려는 보살을 따르며 항상 『법화경』을 독송하였다. 그러던 중에 《일》[9]년 정도 지나자 승려는 이곳을 떠나고자 보살에게 "이번에 저는 이곳을 떠나 산을 넘어 이세 지방伊勢國[10]으로 가려고 합니다."라고 말하고 자신의 허술한 의자를 보살에게 주었다. 보살은 이것을 듣고 이별을 아쉬워하며 찹쌀로 만든 마른 밥을 빻아, 이것을 체에 걸러 만든 가루 이 두斗[11]를 승려에게 주고, 남자 두 명을 딸려 보냈다. 승려는 두 남자와 하루 동안만 수행을 하고, 『법화경』 및 가지고 있던 주발, 마른밥 가루 등을 그들에게 주고 그곳에서 되돌려 보냈다. 승려는 다만 수병과 삼으로 꼰 새끼줄 스무 발[12]을 가지고 헤어졌다. 남자들은 승려가 어디로 갔는지 알지 못한 채 돌아와서 자초지종을 보살에게 아뢰었다. 이것을 들은 보살은 몹시 슬퍼하였다.

그 뒤 두 해가 흘러 구마노 촌 사람이 구마노 강 상류의 산에 들어가 나무를 잘라 배를 만드는데 산 속에서 희미하게 『법화경』을 독송하는 소리가 들렸다. 이 배를 만들던 사람들은 오랜 기간 산 속에 있었는데 날이 가고 달이

---

6 → 불교.
7 → 불교.
8 동銅과 니켈의 합금. 수병水瓶은 여기서는 수통水筒에 해당함.
9 파손에 의한 결자. 『영이기靈異記』를 참조하여 보충.
10 → 옛 지방명.
11 1두斗는 10승升. 약 18ℓ.
12 발은 어른이 양팔을 좌우로 벌린 길이로 5척(약 1.52m)에서 6척(약 1.82m).

지나도 경전을 읽는 소리는 변함없이 들려왔다. 배를 만드는 사람들은 이 소리를 존귀하게 여기기도 하고 또한 괴이하게 생각하여 "이 경을 읽고 있는 사람을 찾아 공양하자."라며 지참한 식량을 손에 들고 산 속을 샅샅이 돌며 찾았지만 그 흔적도 찾지 못했다. 어쩔 수 없이 원래 장소로 돌아오자 다시 경전을 읽는 소리가 이전과 같이 계속해서 들려왔다. 배를 만드는 사람들은 끝내 찾지 못하고 집으로 돌아가 버렸다.

그 후 반년이 지나 만든 배를 끌어내기 위해 산에 들어갔다. 듣자하니 경을 읽는 목소리는 여전히 전과 다르지 않았다. 배를 끄는 사람은 불가사의하게 생각하여 배를 끌어내지 않고 돌아와 보살에게 이 일을 아뢰었다. 이 이야기를 들은 보살은 즉시 산에 가서 들어보니 정말로 『법화경』을 읽는 소리가 희미하게 들렸다. 그 목소리를 듣자마자 불가사의하기도 하고 존귀하게 여겨지고 하여 곳곳을 찾아다녔지만 발견하지 못했다. 열심히 찾고 있던 중 사체 하나를 발견했다. 곁에 가서 보니 마로 엮은 새끼줄로 양발을 묶고 절벽에서 몸을 던져 죽은 것처럼 보였다. 죽은 사람은 백골이 되었고 새끼줄도 삭아 썩어 있었다. 옆을 살펴보니 백동으로 된 물병이 놓여 있었다. 보살은 이것을 보고

"예전에 헤어진 그 승려가 이 산에 들어와 수행하던 중 생사[13]무상生死無常의 세계를 꺼리어 몸을 던져버렸구나."

라고 깨닫고 슬피 울며 원래의 장소로 □□[14]배 만들던 사람을 불러 눈물을 흘리며 그 승려가 투신한 □□[15]를 들려주었다. 배 만드는 사람들은 이것을

---

13 → 불교. 구마노熊野는 옛날부터 조령祖靈이 모이는 영지인데 정토신앙, 미륵신앙, 관음신앙이 번성해지자 서방극락정토, 도솔정토, 보타락정토로 통하는 성지가 되었다. 이 승려는 생사의 고통스러운 세계를 떠나 정토로 왕생할 것을 바라며 자살한 것으로 추정.
14 파손에 의한 결자. '돌아와'가 들어갈 것으로 추정.
15 파손에 의한 결자. '이유'가 들어갈 것으로 추정.

들고 이루 말할 수 없이 존귀하게 여기며 슬퍼하였다.

그 후 삼 년이 지나 보살이 그 산에 가서 들으니 『법화경』을 읽는 소리는 전과 다르지 않았다. 그래서 보살은 그 사체를 매장하려고 가보니 그곳에 해골이 있었다. 그 해골 속을 들여다보자 혀가 썩지도 않고 붙어 있었다. 이 것을 보고 보살은 몹시 존귀하게 여기며 '불가사의한 일'이라 생각하였다. '이것은 실로 『법화경』 독송의 공덕을 쌓은 결과 영험[16]을 나타낸 것이다.'라 고 알고 감읍하고 존귀하게 여기며 배례한 후 돌아갔다. 보살은 그 후 한층 깊이 신앙심을 일으켜 선근善根[17]을 수행하였고 그 승려의 후세[18]를 애도함 과 동시에 마음을 담아 『법화경』을 독송하며 게으름 피우는 일이 없었다.

이것을 들은 사람은 모두 『법화경』의 영험을 존귀하게 여겼다고 이렇게 이야기로 전하여 내려오고 있다 한다.

---

16 → 불교.
17 → 불교. 구체적으로는 공양의 법회를 개최한 것.
18 → 불교.

僧死後舌残在山誦法花語第三十一

今昔、阿倍ノ天皇[三]ノ御代ニ、紀伊ノ国[四]、牟婁ノ郡[五]、熊野[六]ノ村ニ永興禅師[七]ト云フ僧有ケリ。俗姓ハ葦屋ノ君ノ氏[八]、摂津国ノ豊島ノ郡[九]ノ人ト也[一〇]。本ハ興福寺ノ僧也[一一]。

而ルニ、海辺ノ人ヲ教化セムガ為ニ、其ノ所ニ住シテ人ヲ利益ス。此ニ依テ、其ノ辺ノ人禅師ヲ貴ブガ故ニ、此ノ人ヲ菩薩ト云フ。亦、禅師都ヨリ南ニ有ニ依テ、天皇禅師ヲ名付テ南菩薩ト云フ。

如此クシテ其ノ所ニ有ル間、一ノ僧有テ此ノ菩薩ノ所ニ来ル。何レノ所ヨリ来レリト云フ事ヲ不知ズ。持テル所ノ物[一三]、法花経一部、小字ニシテ一巻書写セリ[一四]、白銅ノ水瓶[一五]、縄床一足也。

此ノ僧菩薩ニ随テ常ニ法花経ヲ読誦シケリ。而ニ、□[一六]年余ヲ経テ、此ノ僧此ノ所ヲ去ナムト思フ心有テ、菩薩ニ告テ云ク、「今我レ此ノ所ヲ罷リ退テ、山ヲ超テ伊勢ノ国ニ行ム[一七]ト思フ」ト云テ、縄床ヲ菩薩ニ与フ。菩薩此レヲ聞テ、哀ムデ、糯ノ干飯[一八]ヲ春キ簁テ、二斗ヲ僧ニ与ヘテ[一九]、俗二人ヲ副ヘテ共ニモ遣令送ム。僧一日ヲ被送レテ、此ノ法花経幷ニ持テル所ノ鉢、干飯ノ粉等ヲ此ノ送リニ来ル俗ニ与ヘテ、其ヨリ返シ遣ツ。只水瓶ト麻ノ縄二十尋[二〇]トヲ持テ、別レテ去ヌ。俗、僧何コヘ行ヌト云フ事ヲ不知ズシテ、返テ其ノ由ヲ菩薩ニ申ス。菩薩此レヲ聞テ哀ブ事無限シ[二一]。

其ノ後二年ヲ経テ[二二]、熊野ノ村ノ人熊野河[二三]ノ上ノ山ニ入テ、木ヲ伐テ[二四]船ヲ造ル間、山ノ中ニ髣ニ[二五]法花経ヲ誦スル音ヲ聞ク。

此ノ船造ル人久ク山ニ有ルニ、日ヲ重ネ月ヲ経ルニ、此ノ経ヲ読ム音尚不止ズシテ聞ユ。然レバ、船造ル人等此レヲ聞テ

貴ビ怪ムデ、「此ノ経読メル人ヲ尋テ供養ゼム」ト思テ、持タル所ノ粮ヲ擎テ、一山求メ得ル事無クシテ、其ノ形ヲ不見ズ。然レバ、本ノ所ニ返タルニ、亦、其ノ経ヲ読ム音本ノ如クシテ不止ズ。船造ル人等遂ニ不求得ズシテ家ニ返ヌ。

其ノ後、半年ヲ経テ、其ノ船ヲ曳ムガ為ニ山ニ入ヌ。聞ク二、経ヲ読ム音尚前ノ如シ。船曳ク人等此レヲ大キニ怪ムデ、船ヲ不曳ズシテ、返テ菩薩此ノ事ヲ申ス。菩薩此レヲ聞テ、忽ニ彼ノ山ニ行テ聞クニ、実ニ法花経ヲ読ム音本ノ如

〔五〕
シ。此レヲ寄テ吉ク見レバ、麻ノ縄ヲ二ノ足ニ懸テ、厳ヲ二身ヲ投テ死ニタリト見ユ。死人モ骨骸ニテ有リ、麻ノ縄モ皆朽ニケリ。

菩薩此レヲ聞テ怪ビ貴ムデ尋ネ求ムルニ、無シ。強ニ求ムル二、側ヲ見レバ、一ノ白銅ノ水瓶有リ。菩薩此レヲ見テ、「前ニ別レ去ニシ僧ノ、此ノ山ニ入行ケル間、生死ヲ獣テ身ヲ投テケル也」ト知テ、泣キ悲ムデ、本ノ

所ニ返リ□彼ノ船造リノ人等ヲ呼テ、菩薩泣々ク彼ノ僧ノ身投□ル□ヲ語ル。船造□人等亦此レヲ聞テ、貴ビ悲ム事無限シ。

〔一三〕
其ノ後三年ヲ経テ、菩薩彼ノ山ニ行テ聞クニ、法花経ヲ読ム音前ノ如シ。然レバ、菩薩其ノ山ニ行テ聞クニ、髑髏有リ。髑髏ノ中ヲ見レバ舌不朽ズシテ有リ。菩薩此レヲ見テ弥ヨ貴ムデ、「奇異也」ト思フ。「実ニ此レ、法花経ヲ誦スル功ヲ積ルニ依テ、其ノ霊験ヲ顕セル也」ト知テ、泣々ク悲ビ貴ムデ、礼拝シテ返ニケリ。其ノ後ハ、弥ヨ実ノ心ヲ発シテ善根ヲ修シテ、彼ノ僧ノ後世ヲ訪ヒケリ。亦タ、懃ニ法花経ヲ誦スル事不怠ザリケリ。

此レヲ聞ク人、皆法花経ノ霊験ヲ貴ビケリトナム語リ伝ヘタルトヤ。

요카와橫川의
겐신源信 승도僧都 이야기

겐신전源信傳의 성격이 강한 이야기로 출생과 관련된 영이靈異를 비롯하여 갖가지 기
서奇瑞는 고승전高僧傳에 보이는 일반적인 모티브이다. 법화 독송의 공덕을 특필한다
는 점에서 제30화부터 같은 주제로 이어진다.

이제는 옛이야기이지만, 히에이 산比叡山¹의 요카와橫川에 겐신源信 승도僧
都²라는 사람이 있었다. 태생이 야마토 지방大和國 가즈라키노시모 군葛下郡³
인 사람이었다. 부친의 이름은 우라베 마사치카卜部正親⁴로 그다지 도심은
없었지만 정직한 사람이었다. 모친은 기요하라 씨淸原氏⁵ 사람으로 지극히
도심이 깊었다. 자식으로 여자 아이는 많이 있었지만 남자가 없었기 때문에
그 군에 다카오데라高尾寺⁶라는 절이 있어 그 절을 참배하여 남자를 점지받
기를 기원하였다. 그러자 꿈에 그 절의 주지승이 나타나 구슬 하나를 주는

---

1 히에이 산比叡山 엔랴쿠지延曆寺(→ 사찰명)를 가리킴.
2 → 인명.
3 현재의 나라 현奈良縣 기타카쓰라기 군北葛城郡과 야마토다카다 시大和高田市 대부분에 해당하는 지역.
4 미상.
5 미상.
6 → 사찰명. 현재는 다카오지高雄寺.

것을 보고 즉시 회임하여 남자아이를 출산했다.[7] 그 남자아이가 바로 겐신 승도였다.

겐신은 점차 나이가 들면서 출가하고자 하는 마음이 강해져 부모에게 청하여 출가를 하게 되었다. 그 후 불도 수행에 힘썼다. 그 다카오데라에 칩거하며 삼재계三齋戒[8]를 행하였는데 어느 날 꿈을 꾸었다. 어느 당堂 안에 창고가 있고 그 창고 안에 거울들이 있었는데, 그 거울은 커다란 것, 자그마한 것, 밝은 것, 뿌연 것 등 다양하였다. 그러자 한 승려가 나와 뿌연 거울을 집어 겐신에게 주었다. 겐신이 승려에게 "이 거울은 작고 뿌옇습니다. 이것으로는 어떻게도 되지 않습니다. 저쪽에 크고 밝은 거울을 《저에게 주시면 안 되겠습니까."라고 말했다. 하지만 승려는 작고 뿌연 거울을》[9] 집어 겐신에게 건네며 "저 크고 밝은 거울은 너에게 어울리지 않는다. 너에게 적당한 것은 이것이다. 이것을 신속히 히에이 산의 요카와로 가지고 가서 잘 닦도록 해라."라고 말하는 것이었다. 겐신은 거울을 받고서 꿈에서 깨어났다.

겐신은 요카와가 도대체 어디인지도 알지 못했지만, 오로지 꿈을 믿으며 지내고 있었다. 그 후 상당히 시일이 흘러 꿈에 대한 것을 완전히 잊어버렸을 즈음, 어떤 연고로 히에이 산에 올라가게 되었다. 그러자 요카와의 지에慈惠[10] 대승정大僧正이 이 겐신을 보자마자 예전부터 알던 사람인 것처럼 맞이하여 그를 제자로 삼아 현밀顯密[11]의 교의를 가르쳤다. 겐신은 천성이 총

---

7 탄생아가 비범한 것을 암시함.
8 1년에 세 번의 장재계長齋戒. 정월·5월·9월의 석 달, 팔재계八齋戒를 지키며 비행非行을 삼가는 수행. 오랜 기간에 걸친 지재持齋이기에 장재長齋라고도 하며 그 석 달을 삼장재월三長齋月이라고 함. 삼장월, 삼재월, 삼재계라고도 함.
9 원문의 탈문脫文으로 문맥을 고려하여 보충.
10 → 인명.
11 현교顯敎와 밀교密敎. → 불교.

명하여 놀라울 정도로 배우는 모든 것을 이해하였다. 자종自宗, 타종他宗[12]의 현교顯敎를 배우고 진언眞言의 밀교[13]를 받아들였는데 깊이 그 진수를 파악하고 모든 가르침의 오의奧義에 통달하였다. 또한 도심이 깊어 항상 『법화경法華經』[14]을 독송하였다. 이와 같이 수년간 히에이 산에 사는 동안 그는 학승으로서 높은 명성을 얻게 되었다. 이치조一條 천황天皇[15]은 "겐신이라는 자는 매우 뛰어난 사람이다."라는 것을 들으시고 그를 불러들이셨다. 그는 조정에 출사하여 이윽고 승도의 자리를 하사받았다.[16] 하지만 그는 도道를 구하는 마음이 강하여 완강히 명성을 거부하여 관직을 버리고 결국 요카와에 은거해 버렸다.

그 후 겐신은 조용히 『법화경』을 독송하고 염불[17]을 외우며 오로지 후세보리後世菩提[18]를 빌었다. 『일승[19]요결一乘要決』[20]이라는 책을 저술하여 '일체중생개성불一切衆生皆成佛'[21]의 교의를 설파하였고 『왕생요집往生要集』[22]이라는 책을 저술하여 극락[23]왕생을 기원해야 한다고 가르쳤다. 그러자 꿈속에서 관음보살이 나타나 미소를 지으며 금으로 된 연화連華를 주셨고, 옆에는 천

12 자종自宗은 천태종天台宗, 타종他宗은 나라奈良의 구종파舊宗派.
13 → 불교. 밀교密敎를 주로 하는 것은 진언종眞言宗인데 천태종天台宗에도 지카쿠慈覺, 지쇼智證 등이 도입한, 이른바 태밀台密이 있었음.
14 → 불교.
15 → 인명.
16 겐신源信은 관홍寬弘 원년(1004) 63세로 권소승도權少僧都에 임명되었지만 동 2년 12월 16일에 이것을 사퇴하였음.
17 → 불교.
18 → 불교. 여기서는 내세의 극락왕생.
19 → 불교.
20 겐신源信의 저작. 3권 8문. 관홍寬弘 3년(1006) 성립. 천태의 근본교의인 법화일승法華一乘 사상을 해설.
21 모든 인간은 부처가 될 소질을 갖추고 있다는 교리. 『법화경法華經』 이전의 경전에서는 깨달음의 경지에 의해 성문승聲聞乘이나 연각승緣覺乘의 차별을 두었지만, 『법화경』에서는 일승이라 해서 차별하지 않음.
22 3권(현행본은 각 권을 본말本末로 나누어 6권). 관화寬和 원년(985) 겐신源信이 44살 때 저술. 모든 경론의 요약문을 모아 십문十門으로 구성하여 아미타阿彌陀의 서방극락정토를 위한 염불왕생을 설파하여 권장한 저작. 일본 정토교의 기초를 쌓은 책으로 후세의 사상, 문학에 많은 영향을 끼침.
23 → 불교.

개天蓋[24]를 받들고 있는 비사문毘沙門[25]이 서 계셨다. 이와 같은 꿈 이외에도 존귀하게 여길 만한 일이 많았다.

한편 겐신은 나이가 들어 중병에 걸려 며칠 동안이나 누워 있게 되었지만 그럼에도 불구하고『법화경』독송과 염불에 한 치의 소홀함도 없었다. 그러던 중에 옆 승방에 거하는 노승이, 금빛을 띤 승려가 하늘에서 내려와 겐신 승도에게 정겹게 이야기하고, 승도도 누운 채로 이 승려와 이야기하는 꿈을 꾸었다. 노승은 이 꿈을 승도에게 알려 주었다. 또한 어느 사람이 꿈을 꾸었다. 수많은 연화가 승도가 계신 주변에 피어 있었다. 어느 사람이 이 연화를 보고 물었다. "이것은 무슨 연화입니까." 하늘에서 소리가 나서

"이것은 묘음보살妙音菩薩[26]이 나타나실 때에 생기는 연꽃이니라. 승도가 사후 서방극락정토에 가는 증거이니라."
라고 대답하였다는 꿈이었다.

승도는 임종 때 수릉엄원首楞嚴院[27] 안의 뛰어난 학승과 성인[28]들을 모아 "현세에서 나와의 만남은 오늘뿐이다. 만약 법문 중에 의문점이 있다면 물어보시오."라고 말했다. 그러자 그곳에 있는 사람들은 법문의 요의要義[29]를 묻고 의문을 풀게 되었다. 그리고 모두가 승도를 아쉬워하며 눈물을 흘리며 진심으로 슬퍼하였다.

이 사람들이 모두 자리를 떠나자 승도는 교유慶祐[30] 아사리阿闍梨라는 사람만 홀로 남게 하고 조용히 말했다.

---

24 → 불교.
25 비사문천毘沙門天(→ 불교)의 약자. 다문천多聞天이라고도 함.
26 → 불교. 여기서는 묘음보살妙音菩薩이 서방의 영취산으로 갔던 점을 비유하여 겐신源信의 서방극락정토로의 왕생을 예고함.
27 → 사찰명.
28 → 불교.
29 경문經文 안의 중요한 의의意義. 요점.
30 미상. 천태종天台宗, 요카와橫川의 승려. 권17 제9화 참조.

"오랫동안 내가 쌓은 모든 선근善根[31]을 극락에 회향回向[32]하여 '상품[33]하생上品下生에 태어나기를.' 하고 빌었는데, 지금 여기에 천동天童[34] 두 명이 와서 나에게 이렇게 말했다. '우리들은 도솔천都率天[35]의 미륵彌勒[36]의 심부름꾼이다. 성인은 오로지 법화경을 신봉하여 깊이 법화일승[37]의 교의를 깨달았도다. 이 공덕[38]에 의해 도솔천에 태어날 것이다. 그래서 우리들은 성인을 맞이하기 위해 온 것이다.' 나는 천동에게 '도솔천에 태어나 미륵보살을 배례하는 것은 더할 나위 없는 선근이라고는 하나 제가 오랫동안 바란 것은 극락세계에 태어나 아미타불阿彌陀佛[39]을 배례하는 것입니다. 그렇기에 미륵님이여, 부디 힘을 빌려 주시어 저를 극락세계에 보내 주십시오. 저는 극락세계에서 미륵님을 배례하겠습니다. 천동이여, 아무쪼록 빨리 돌아가시어 미륵님에게 말씀해 주십시오.'라고 말하니 천동은 돌아갔다."

이렇게 승도의 이야기를 듣던 교유 아사리는 매우 존귀하게 여기며 감격하였다.

승도는 또한 "최근에는 관음[40]님이 때때로 내가 있는 곳에 나타나신다."라고 이야기했다. 교유 아사리는 눈물을 흘리며 "의심할 것 없이 극락에 태어나시겠지요."라고 대답했다. 그 후 승도는 숨을 거두셨다. 그때 하늘에 자색 구름이 《끼고》[41] 음악이 들리며 좋은 향기가 방 안에 차고 넘쳤다. 관인寬

31 → 불교. 여기서는 극락정토에 왕생하기 위한 공덕.
32 → 불교.
33 → 불교.
34 → 불교.
35 도솔천兜率天이라고도 표기. → 불교.
36 → 불교.
37 → 불교(일승).
38 → 불교.
39 → 불교. 미륵彌勒이 있는 도솔천보다 아미타불阿彌陀佛이 있는 극락정토를 바라는 사상은 헤이안平安 중기부터 번성하여 말법末法 사상과 함께 정토교가 확산된 풍조를 나타냄.
40 → 불교.

仁 원년[42] 6월 10일 축인시丑寅時[43]로 그의 나이 일흔 여섯이었다.

실로 이것은 희유稀有한 일이라고 이렇게 이야기로 전하여 내려오고 있다 한다.

41 파손에 의한 결자. 전후문맥을 고려하여 보충함.
42 1017년.
43 오전 3시경.

横川源信僧都語第三十二

今昔、比叡ノ山ノ横河ニ源信僧都ト云フ人有ケリ。本、
大和国ノ葛下ノ郡ノ人也。其ノ父ヲバ卜部ノ正親ト云ケリ。母
ハ清原ノ氏也。

道心ハ無ケレドモ心ハ正直也ケリ。女子ハ多有リト云ヘドモ男子ハ無カリケレバ、極テ道
心深カリケリ。其ノ寺ニ詣デ、男子ヲ可生キ事ヲ祈リ申ケルニ、夢ニ、其ノ寺ノ住持ノ僧有テ、一ノ
玉ヲ令得ム、卜見テ即チ懐任シテ、男子ヲ生ゼリ。其ノ男子
ト云フハ、源信僧都此レ也。

其ノ郡ニ高尾寺ト云フ寺有リ、

漸ク勢長ズル間ニ、出家ノ心有テ、父母ニ請テ出家シツ。彼ノ高尾寺ニ籠リ居テ、年三ニ斉
戒ヲ行フニ、夢ニ見ル。堂ノ中ニ蔵有リ。其ノ蔵ノ中ニ様様
ノ鏡共有リ。或ハ大キ也、或ハ小セシ。或ハ明ラカ也、或ハ

暗タリ。其ノ時ニ、一人ノ僧出来テ、暗タル鏡ヲ取テ、源信
ニ与フ。源信僧ニ語テ云ク、「此ノ鏡小クシテ暗タリ。我レ
何ニカセム。彼ノ大キニテ明ラカナル鏡ヲ[　]取テ、源信
ニ与フ。卜見テ夢覚ヌ。

横川何ト云フ事ヲ未ダ不知ズト云ヘドモ、偏ニ夢ニ憑テ
過ル間ニ、遥ニ此程ヲ経テ打忘レタル時ニ、事ノ縁有ルニ依テ
見テ、本ヨリ知レル人ノ如ク待チ受テ、弟子トシテ顕蜜ノ正
教ヲ教フルニ、天性聡繁ニシテ、習フニ随テ明ラカナル事無
限シ。自宗他宗ノ顕教ヲ習ヒ、真言ノ蜜教ヲ受ルニ、深ク其
ノ心ヲ得テ、皆玄底ヲ極タリ。亦道心深クシテ、常ニ法花経
ヲ読誦ス。如此クシテ、年来山ニ有ル間ニ、学生ノ思エ高ク
聞エヌレバ、前ノ一条ノ院ノ天皇、「源信ハ止事無キ者也」ト
聞食テ、召出デ、公家ニ仕フル間、僧都ニ被成ヌ。然レド

474

モ、道心深キガ故ニ偏ニ名聞ヲ離レテ、官職ヲ辞シテ遂ニ横
川ニ籠居ヌ。

其ノ後、静ニ法花経ヲ誦シ念仏ヲ唱ヘテ、偏ニ後世菩提ヲ
祈ル。一乗要決ト云フ文ヲ作テ、「一切衆生皆成仏」ノ心ヲ
顕シ、往生要集ト云フ作テ、往生極楽ヲ可願キ事ヲ教ヘタリ。

其ノ時ニ、夢ノ中ニ観音来給テ、咲テ金蓮花ヲ授ケ給フ。
毗沙門、天蓋ヲ捧テ傍ニ立給ヘリ、ト見ケリ。如此ク貴キ事
多シ。

而ル間、遂ニ老ニ臨テ、身ニ重キ病ヲ受テ日来ヲ経ト云へ
ドモ、法花経ヲ読誦シ念仏ヲ唱フル事不怠ズ。其ノ間、傍ノ
房ナル老僧ノ夢ニ、金色ナル僧空ヨリ下テ僧都ニ向テ勧ニ
語フ。僧都亦臥乍此ノ僧ト語フ、ト見テ告ケリ。亦、或ル
人ノ夢ニハ、百千万ノ蓮花僧都ノ在マス近辺ニ生タリ。空
ニ音有テ答テ云ク、「此レハ妙音菩薩ノ現ジ給フ蓮花也。西
ニ可行キ也」ト見ケリ。

最後ノ時ニ臨テ、院ノ内ノ止事無キ学生并ニ聖人達ヲ集メ
テ、告テ云ク、「今生ノ対面只今許也。若シ法文ノ中ニ疑ヒ
有ル所有ラバ、其ノ義ヲ出シ給へ」ト。然レバ、此ノ人々法
文ノ要義ヲ問テ、心ノ疑フ所ヲ散ズ。或ハ僧都ヲ惜テ涙ヲ流
シテ悲ビ合ヘル事無限シ。

此ノ人々皆去ヌル後ニ、慶祐阿闍梨ト云フ人独リ許リ留メ
置テ、蜜ニ語テ云ク。「年来ノ間、我レ造ル所ノ善根ヲ以テ、
偏ニ極楽ニ廻向シテ、『上品下生ニ生レム』ト願フニ、此ニ
忽ニ二人ノ天童来テ告テ云ク、『我等ハ此レ、都率天ノ弥勒
ノ御使也。聖人偏ニ法花ヲ持シテ、深ク一乗ノ理ヲ悟レリ。
此ノ功徳ヲ以テ兜率
天ニ可生シ。然レバ、
我等聖人ヲ迎ヘムガ
為ニ来レル也』ト。
我レ天童ニ答テ云ク、
『我レ兜率天ニ生レ

蓮華・天蓋(当麻曼荼羅縁起)

テ慈尊ヲ礼奉ラム、無限キ善根也ト云ヘドモ、我レ年来願フ所ハ、極楽世界ニ生レテ阿弥陀仏ヲ礼シ奉ラムト思フ。然レバ、慈氏尊、願クハ力ヲ給テ、我レヲ極楽世界ニ送リ給ヘ。我レ極楽世界ニシテ弥勒ヲ可礼奉シ。天童速ニ返リ給テ此ノ由ヲ以テ慈氏尊ニ申シ給ヘ』ト答ヘツレバ、天童返ヌ」ト語ル。

慶祐阿闍梨涙ヲ流シテ答テ云ク、「近来時々観音来リ現ジ給フ」ト語ル。

亦、僧都ノ云ク、「近来時々観音来リ現ジ給フ」ト語ル。慶祐阿闍梨此レヲ聞テ、貴ビ悲ブ事無限シ。其ノ後、僧都絶入ヌ。其ノ時ニ、空ニ紫雲□テ音楽ノ音有リ。香バシキ香室ノ内ニ満タリ。其ノ時ニ、空ニ紫雲□テ音楽ノ音有リ。香バシキ香室ノ内ニ満タリ。寛仁元年ノ六月十日ノ丑寅ノ時許ノ事也。年七十六也。

実ニ此レ希有ノ事也トナム語リ伝ヘタルトヤ。

도노미네^{多武峰}의
소가^{增賀} 성인^{聖人} 이야기

앞 이야기와 마찬가지로 고승전^{高僧傳} 성격이 강한 이야기로 소가^{增賀}의 도심^{道心}이 깊은 삶과 기행^{奇行}으로 가득찬 생애가 『법화경^{法華經}』 수지^{受持}의 공덕과 맞물려 기술되어 있다. 또한 권19 제18화는 마찬가지로 소가^{增賀}의 이야기로 참조할 필요가 있음.

이제는 옛이야기이지만, 도노미네^{多武峰}[1]에 소가^{增賀}[2]라는 성인[3]이 있었다. 속세의 성은《다치바나^橘》[4] 씨로 도읍 출신이었다.

태어나서 얼마 지나지 않아, 부모가 어떤 인연으로 관동^{關東} 지방으로 내려가게 되었다. 말 위에 가마 같은 것을 설치해서 유모가 아이를 안고 타고 갔다. 그런데 유모가 아이를 안고 가던 중 잠이 들어[5] 아이가 말 위에서 굴러 떨어져 버렸다. 그대로 십여 정^町[6]을 지나 유모가 눈을 떴고 아이를 찾았지만 있을 리가 없었다. '떨어뜨렸구나.'라고 생각했지만 어디에서 떨

---

1 → 지명.
2 → 인명. '增'은 보통 '조'로 읽지만 『보망기^{補忘記}』를 참고하여 '소'로 읽음. 『존비분맥^{尊卑分脈}』과 『발심집^{發心集}』에서는 "僧賀"로 표기되어 있음.
3 → 불교.
4 속성의 명기를 위한 의도적 결자. 문맥을 고려하여 보충.
5 『법화험기^{法華驗記}』에 의하면 새벽녘에 출발했다고 되어 있다. 이른 아침의 여행이었기 때문에 유모가 잠이 들었던 것임.
6 약 1100m.

어졌는지 도저히 알 길이 없었다. 놀라 슬퍼하며 부모에게 알렸고, 그것을 들은 부모는 큰 소리로 울며 말했다.

"우리 아이는 필시 길을 지나는 말과 소와 사람에게 깔렸을 것이다. 이미 죽었겠지. 하지만 시신이라도 찾고 싶구나."

부모는 눈물을 흘리며 왔던 길을 되돌아갔는데 십여 정町 정도 떨어진 좁은 길 한가운데 아이가 하늘을 향해 웃으며 잠들어 있었다. 진흙에 더러워지지도 않았고 물에 젖지도 않았으며 상처도 없었다. 부모는 크게 기뻐하며 아이를 안아들고 '불가사의한 일이다.'라고 생각하고 가던 길로 돌아갔다. 그날 밤, 꿈을 꾸었는데 진흙 위에 장엄하게 장식한 깨끗한 마루가 있었다. 거기에 이루 말할 수 없이 고운 빛깔의 옷이 펼쳐져 있었고 그 위에 아이가 있었다. 모습이 아름답고 단정하며 미즈라髪 머리[7]를 한 네 사람의 동자가 마루의 각 모서리에 한 명씩 서서 "불구소생자佛口所生子 시고아수호是故我守護"[8]라고 읊고 있었다. 부모는 이러한 꿈을 꾸고 잠에서 깨어났다.

그 이후 부모는 이 아이가 보통 사람이 아니라는 것을 깨닫고 더욱 더 소중히 키웠다. 아이가 네 살 되던 해에 부모에게 "저는 히에이 산比叡山에 들어가 『법화경法華經』[9]을 공부하고 불법을 익히겠습니다."라고 하였다. 이 말을 들은 부모는 놀라고 이상하게 생각하여

"이렇게 어린 아이가 이리 말할 리 없다. 혹시 귀신이 이 아이에게 씌어 말을 하게 한 것은 아닌가."

하고 의심하며 두려워하던 중에 모친이 꿈을 꾸었다. 모친이 아이를 안고

---

7 머리카락을 머리의 중앙에서 좌우로 나누어 귀 근처에서 고리 모양으로 묶는 방식. 상대上代에서는 성인남
  자, 후세後世에서는 성인식 이전의 소년의 머리 모양.
8 부처의 입에서 태어난 성스러운 아이, 즉 부처의 설법을 듣고 진리를 깨우친 불제자로서 우리를 수호한다
  는 뜻.
9 → 불교.

젖을 물리자 아이가 무럭무럭 성장하여 서른 살 정도의 승려가 되었고 손에 경전을 쥐고 있었다. 옆에 있던 존귀한 성인의 승려가 부모를 향해 "그대들은 의심하지 말지어다. 이 아이는 전세의 인연으로 성인이 될 자이니라."라고 고했다. 이러한 꿈을 꾼 뒤, 부모는 "이 아이는 필시 성인이 될 것이야." 하며 기뻐했다.

아이는 열 살이 되자 드디어 히에이 산으로 들어가 천태좌주天台座主[10]인 요카와橫川 지에慈惠 대승정[11]의 제자가 되었고 출가하여 이름을 소가增賀라 하였다. 『법화경』을 공부하고 현교顯敎[12]와 밀교密敎의 법문을 익혔으며 마음이 넓고 지혜가 깊어 곧 뛰어난 학승學僧[13]이 되었다. 이에 스승인 좌주도 그를 곁에 두고 아꼈다. 학문에 정진하는 한편, 반드시 매일 『법화경』을 한 부 독송하고 삼시三時[14]의 참회를 거르지 않았다.

소가는 세월이 흐를수록 도를 구하는 마음이 더욱 강고해져 갔고 현세[15]의 명성이나 욕망을 영원히 버리고 오로지 후세보리後世菩提[16]만을 기원하게 되었다. 하지만 학승으로서의 소가의 평판이 높아지자 조정에서 그를 불러들여 관직을 하사하려 하였다. 그러나 소가는 완고하게 거절하며 출사出仕하지 않았다. 그는

'나는 이 산을 떠나 도노미네라는 곳으로 가서 칩거 수행하고 조용히 후세[17]의 보리를 기원祈願해야겠다.'

라고 생각해 스승인 좌주에게 이를 청하였으나 허락을 받지 못했다. 주위의

---

10 → 불교.
11 → 인명.
12 → 불교.
13 → 불교(학생學生).
14 → 불교.
15 → 불교.
16 → 불교. 여기에서는 내세의 극락왕생極樂往生을 의미함.
17 → 불교.

학승들도 강하게 만류하자 소가는 슬퍼 탄식하며 실성한 사람처럼 행동했다.

그즈음 히에이 산에는 승려에게 공양하는 음식물을 나눠주는 곳이 있었다. 많은 절에서는 잡일을 하는 승려들을 보내 공양물을 받아오도록 했지만, 소가는 몸소 까맣게 더럽혀진 상자를 가지고 그곳에 가서 음식을 받으려 했다. 공양물을 나눠주는 승려가 그 모습을 보고 "이 사람은 신분이 높은 학승[18]인데 몸소 공양물을 받으려 하다니 기괴한 일이다."라고 하며 다른 사람에게 음식을 들게 하려고 하자, 소가가 "내가 꼭 해야만 하오."라며 받으려 했다. 이에 승려는 "무슨 사정이 있겠지. 그냥 가져가시오."라며 공양물을 주었다. 소가는 그것을 받아 자신의 승방僧房으로 가져가지 않고 일꾼들이 많이 다니는 길거리로 가서, 그 사람들과 함께 나란히 앉아 나뭇가지를 젓가락 삼아 자신도 먹고 음식을 다른 일꾼들에게도 나눠주었다. 사람들이 그 모습을 보고 "이 사람은 정상이 아냐. 분명 뭔가에 씌었을 것이다."라고 말하며 혐오하고 불결해 했다.

소가가 계속 이런 식으로 행동을 하니 함께하던 학승들도 그와 어울리려 하지 않았고 스승인 좌주에게도 일의 전말을 알렸다. 좌주도 또한 "그렇게 되어 버린 자는 구제할 방법이 없다."라고 하였다. 이 말을 들은 소가는 '뜻대로 되었구나.' 하고 히에이 산을 나와서 도노미네에 칩거하였고 조용히 『법화경』을 독송하며 염불[19]을 외웠다. 산 위는 마장魔障[20]이 심하다고 해서 산기슭 근방의 마을에 승방을 만들어 토담으로 주위를 둘러싸고 그곳에 살았다. 그리고 이십일 일 동안 온 마음을 다하여 삼시三時에 법화참법法華懺

<hr />

18 당시 큰 절에서는 장래 관승官僧이 되어 절의 경영을 맡을 엘리트는 학생으로 각별히 대하였다. 소가도 그런 학생이었기 때문에 이런 반응을 한 것임.

19 → 불교.

20 → 불교.

法[21]을 행하고 있었는데, 어느 날 꿈에 남악南岳 대사大師[22]와 천태天台 대사[23] 두 분이 나타나 "불자여, 그대는 선근善根[24]을 쌓고 있는 것이도다."라고 고했다. 그 후로는 더욱더 수행에 소홀함이 없었다.

이윽고 소가는 존귀한 성인이라는 평판이 더욱 높아졌고 레이제이인冷泉院[25]은 소가를 불러 호지승護持僧[26]으로 두려 하셨다. 소가는 분부에 따라 입궐하였지만 갖가지 상궤常軌를 벗어난 말씀을 아뢰고 도망쳐 버렸다. 이와 같이 매사에 비상식적인 행동을 일삼았지만 그러면 그럴수록 존귀하다는 평판은 더욱 높아만 갔다.

이후 소가는 여든이 되었고 특별히 병에 걸린 것도 아닌데 몸 상태가 좋지 않았다. 소가는 십여 일이 지나면 자신이 죽을 것임을 알고 제자들을 불러 모아 자신의 입멸入滅을 알렸다.

"내가 오랫동안 기원했던 일이 이제 이루어지려고 한다. 이 사바娑婆 세계를 떠나서 극락[27]왕생極樂往生[28] 할 날이 가까워졌다. 이것이야말로 나의 가장 큰 기쁨이니라."

라고 하며 제자들을 가까이 불러 설법을 하고 번론의番論義[29]를 하게 하고 교의를 설명했다. 또 왕생극락往生極樂에 대한 와카和歌를 짓게 하고, 성인 자신도 와카를 읊었다.

---

21 '참법懺法'(→ 불교).
22 남악南岳(→ 인명) 대사大師. 혜사慧思 선사를 가리킴.
23 천태天台 대사. 지자智者 대사. 당唐 나라의 지의智顗를 칭함.
24 → 불교. 여기에서는 극락왕생의 원인이 되는 공덕功德.
25 → 인명.
26 궁중에서 천황 곁에서 천황의 신변의 안녕을 기원하는 스님.
27 → 불교.
28 왕생往生(→ 불교).
29 → 불교.

여든 살의 황혼을 맞아 기쁘게도 지금에 이르러 찾아오기 힘든 행복이 찾아 왔도다.[30]

또한 류몬지龍門寺[31]에 있는 슌쿠春久라는 성인은 소가의 조카로 오랫동안 친밀한 관계였는데 그 성인이 이때 소가 곁에서 시중을 들었다. 소가 성인은 크게 기뻐하며 이런저런 이야기를 나누었다.

이윽고 입멸 날이 되자 성인은 류몬의 성인과 제자들을 향해 "오늘이 내가 죽는 날이다. 바둑판 좀 갖다다오."라고 말씀하셨다. 제자들은 옆의 승방에 있던 바둑판을 가져다 드렸다. 그 위에 불상이라도 올리시려는 건가 생각했더니, "나를 안아 일으켜다오."라고 소가가 말씀하셔서 안아 일으켜 드렸다. 소가는 바둑판 앞에 앉아 류몬의 성인을 부르시더니 "나와 한판 두자꾸나."라고 힘없이 말씀하였다. 류몬의 성인은 "염불도 외우지 않으시고 뭔가에 쓴 것은 아닌가."라고 속으로 탄식하였지만 상대는 세상이 존경하는 더할 나위 없는 성인이었기 때문에 시키는 대로 바둑판 위에 열 알 정도 바둑알을 놓았다. 그러자 소가는 "이제 됐다. 그만하자."라고 말하고 바둑알을 흐트러뜨리셨다. 류몬의 성인이 "어찌하여 바둑을 두자고 하셨습니까?"라고 조심스럽게 묻자, 소가는

"사실은 옛날, 내가 동자승이었을 때 사람들이 바둑을 두는 것을 본 적이 있었네. 지금 입으로 염불을 외우며 그 일이 문득 떠올라 '나도 바둑을 두고 싶다.'라는 마음이 불현듯 생겨 바둑을 두었을 뿐이네."

라고 답하였다.

그 후에 또 소가가 "안아 일으켜다오."라고 말씀하시어 다시 안아 일으켜

30 원문은 "みづはさすやそちあまりのおひのなみくらげのほねにあふぞうれしき"로 되어 있음.
31 → 사찰명.

드렸더니, "말다래[32]를 하나 찾아 오거라."라고 하셔서 제자들은 바로 찾아서 가져왔다. 소가가 "그것을 묶어서 나의 목에 걸어다오."라고 하시니 제자들은 그대로 행하였다. 성인은 고통을 참으며 좌우의 팔꿈치를 펴고 "낡은 말다래를 걸치고 춤을 추겠노라."라고 말씀하시며 두세 번 정도 춤을 추셨다. 그리고는 "이것을 벗겨 주어라."라고 하셔서 제자들이 그것을 벗겨드렸다. 류몬의 성인이 "대체 어찌하여 춤을 추신 것입니까?"라고 조심스레 묻자, 소가가 대답하여 말씀하셨다.

"내가 젊었을 때, 옆 승방에 동자승들이 많이 있었는데 그들이 와자지껄하며 웃고 떠들기에 엿보았더니, 동자승 하나가 말다래를 목에 걸고 '사람들이 호접胡蝶,[33] 호접 하는데, 나는 낡은 말다래를 걸치고 춤을 추지.'라고하며 노래하며 춤을 추고 있었다네. 나도 그것을 해보고 싶다고 생각했었는데 그 이후로 오랫동안 잊고 있었지. 그것이 지금 막 생각이 나 예전에 미련이 남았던 것을 풀어보고자 춤을 추었던 것이네. 이제는 조금도 미련[34]이 없구나."

라고 하며 사람들을 모두 물리고 법당으로 들어가서 허술한 의자[35]에 앉아 입으로는 『법화경』을 외우고 손은 금강합장金剛合掌[36]의 인을 맺어 서쪽을 향하여 앉은 채로 입멸하였다. 그 후 도노미네에 매장되었다.

이러한 연유로 실제로 죽음이 임박하였을 때 미련이 남는 것《은》[37] 반드

---

32 승마 도구의 일종. 말을 타는 사람의 옷에 흙이 묻지 않도록 안장 밑에 말 양 옆으로 늘어뜨린 가죽덮개.
33 호접악胡蝶樂. 일월조壱越調. 나비의 날개를 붙이고 꽃을 들고 추는 동무童舞. 호접악을 할 때 걸치는 날개와 말다래의 형태가 비슷하기 때문에 말다래를 목에 걸고 춤을 춘 것임.
34 마음에 남은 미련. 망집. 극락왕생을 방해하는 것. 소가는 현세에 남은 미련을 없애기 위해서 바둑을 두고 호접악 춤을 춘 것임.
35 원문은 "승상繩床"으로 되어 있음. 밧줄로 만든 변변치 않은 의자. 수행승들이 물병과 함께 가까이에 두고 쓰는 상용품.
36 → 불교.
37 저본의 파손에 의한 결자. 문맥을 고려하여 보충.

시 그것을 풀어야 한다. 성인은 그것을 알고 바둑도 두시고 말다래를 걸치고 춤을 추셨다. 류몬 성인의 꿈에 소가 성인이 나타나서 "나는 상품상생上品上生[38]의 왕생往生을 이루었도다."라고 알리셨다고 이렇게 이야기로 전하여 내려오고 있다 한다.

---

38 정토(→ 불교)를 아홉 계급으로 나누었을 때 최상위.

多武峰増賀聖人語第三十三

氏、京ノ人也。

今昔、多武ノ峰ニ増賀聖人ト云フ人有ケリ。俗姓ハ□氏、京ノ人也。

生レテ後不久ズシテ、父母事ノ縁有ルニ依テ坂東ノ方ニ下ルニ、馬ノ上ニ輿ニ似タル物ヲ構テ、乳母ニ令懐テ、此ニ居ヘテ此ノ児ヲ将行ク。然レバ、乳母、乳母児ヲ懐テ馬ノ上ニ居乍ラ行ク間ニ、眠ニケルニ、児馬ヨリ丸ビ落ニケリ。十余町ヲ行ク程ニ、乳母眠覚テ児ヲ見ルニ、児無シ。「落ニケリ」ト思フニ、何コニ落ニケムト云フ事ヲ不知ズ。驚キ悲ム。父母ニ告グ。父母此レヲ聞テ、音ヲ挙テ泣キ叫テ云ク、「我ガ子

ハ、定メテ若干ノ道行ク馬牛人ノ為ニ踏殺サレヌラム。生テ有ラム事難シ。然レドモ、死骸ヲモ見ム」ト云テ、泣々返テ求ムルニ、十余町ヲ返テ、狭キ道ノ中ニ、此ノ児仰テ咲テ臥セリ。見レバ、泥ニモ不穢ズ、水ニモ不濡ズ、疵モ無テ有レバ、父母喜テ懐キ取テ、「奇異也」ト思テ返行ヌ。其ノ夜ノ夢ニ、泥ノ上ニ厳タル床有リ。其ノ上ニ此ノ児有リ。形貌端正ナル童子結タ髪ヲ敷タリ。其ノ上ニ此ノ児有リ。微妙ノ色ノ衣ヲ着タル四人有テ、此ノ床ノ四ノ角ニ立テ、誦シテ云ク、「仏口所生子是故我守護」ト云フ、ト見テ夢覚ヌ。

其ノ後ハ、此ノ児只者ニ非ザリケリト知テ、弥ヨ傅キ養フ間ニ、児四歳ニ成ルニ、父母ニ向テ云ク、「我レ比叡ノ山ニ登テ、法花経ヲ習ヒ、法ヲ学セム」ト云テ、亦云フ事無シ。父母此レヲ聞テ、驚キ怪ムデ、「幼キ程ニ何ゾ如此クノ事ヲ可云キ。若シ此レ鬼神ノ託テ令云ル事カ」ト疑テ、恐レケル間ニ、母ノ夢ニ、此ノ児ヲ懐テ乳ヲ令飲ル程ニ、児急ニ勢長ジテ、年三十許有ル僧ト成テ、手ニ経ヲ捲テ有リ。傍ニ貴

気ナル聖人ノ僧在マシテ、父母ニ告テ宣ハク、「汝等驚キ

怪デ疑フ事無カレ。此ノ児ハ、宿因有テ聖人ト可成キ者也」

ト告グ、ト見テ夢覚ヌ。其ノ後ヨリゾ、父母、「此レハ聖人

ト可成キ者也ケリ」ト心得テ、喜ケル。

児年十歳ニシテ、遂ニ比叡ノ山ニ登テ、天台座主ノ横川ノ慈

恵大僧正ノ弟子ニ成テ出家シテ、名ヲ増賀ト云フ。法花経ヲ

受ケ習ヒ、顕蜜ノ法文ヲ学スルニ、心広ク智リ深クシテ、既

ニ止事無キ学生ニ成ヌレバ、師ノ座主モ此レヲ難去キ者ニ思

テ過ル間ニ、学問ノ隙ニハ、必ズ毎日ニ法花経一部、三時ノ

懺悔ヲゾ不断ザリケル。

而ル間ニ、道心堅固ニ発ニケレバ、現世ノ名聞利養ヲ永ク

棄テ、偏ニ後世菩提ノ事ヲノミ思ケル間ニ、カク止事無キ学

生ナル聞エ高ク成テ、召シ仕ハムト為レドモ、強ニ辞シテ不

出立ズシテ、思ハク、「我レ、此ノ山ヲ去テ多武ノ峰ト云フ

所ニ行テ、籠居テ静ニ行テ、後世ヲ祈ラム」ト思テ、師ノ座

主ニ暇ヲ請フニ、座主モ免サレヌ事無シ。傍ノ学生共モ　強

ニ制止スレバ、思ヒ歎テ心ニ狂気ヲ翔フ。

其ノ時ニ、山ノ内ニ僧供ヲ引ク所

有リ。皆人下僧ヲ遣テ此レヲ受ルニ、

増賀自ラ黒ク穢レタル折櫃ヲ提ゲ持

テ、彼ノ僧供引ク所ニ行テ此レヲ受

ク。僧供ヲ引ク行事等此レヲ見テ云

ク、「此ノ人ハ止事無キ学生ニテ云

自ラ僧供ヲ受ルハ、此レ奇異ノ事也」ト云テ、人ヲ以テ送ラ

ムト為ルニ、増賀、「只己レ給ハリナム」ト云テ受レバ、「思

給フ様ゾ有ラム。然ラバ只奉レ」ト云テ、令受ツ。増賀受

ケ得テ、房ニハ不持行ズシテ、諸ノ夫共ノ行ク道ニ夫共ト並

ビ居テ、木ノ枝ヲ折テ箸トシテ、我レモ食ヒ、傍ノ夫共ニモ

令食レバ、人々此レヲ見テ、「此レハ只ニハ非ズ。物ニ狂フ

也ケリ」ト転ガリテ穢ガリケリ。

如此ク常ニ翔ヒケレバ、傍ノ学生共モ不交ズシテ、師ノ座

主ニモ此ノ由ヲ申ケリ。座主モ、「如然ク成リナム者ヲバ今

折櫃（鳥獣戯画）

ハ何カハ為ム」ト云ヒケルヲ聞テ、増賀、「思ヒノ如ク叶ヌ」

ト思テ、山ヲ出デ、多武ノ峰ニ行テ、籠居テ、

誦シ、念仏ヲ唱フ有リ。上ニハ魔障強シテ、麓ノ里ニ房ヲ

造テ、築垣ヲ築キ廻ハシテ其ニゾ住ケル。亦、心ヲ至シテ三

七日ノ間、三時ニ懺法ヲ行フニ、夢ニ、南岳天台ノ二人ノ大

師来テ告テ宣ク、「善哉仏子。善根ヲ修セリシ」見ケリ。其

ノ後ハ弥ヨ行ヒ怠ル事無シ。

而ル間、貴キ聖人也ト云フ事世ニ高ク聞エテ、冷泉院、請

ジテ御持僧トセムト為ルニ、召ニ随テ参テハ、様々ノ物狂ハ

シキ事共ヲ申シテ逃テ去ニケリ。如此ク、事ニ触レテ狂フ事

ノミ有ケレドモ、其レニ付テ貴ト思エハ弥ヨ増リケリ。

既ニ二年八十二余テ、身ニ病無クシテ只悩ム許ニテ有ケルニ、

十余日ノ前ニ死期ヲ知テ、弟子ヲ集メテ其事ヲ告テ云ク、

「我レ年来願フ所、今叶ヒナムトス。今此ノ界ヲ棄テ、極楽

ニ往生セム事近キニ有リ。我レ尤モ喜ブ所也」ト云テ、弟子

ヲ集メテ、講演ヲ行ヒテ、番論義ヲ令テ其ノ義理ヲ談ズ。亦、

往生極楽ニ寄テ和歌ヲ令読ム。聖人モ自ラ和歌ヲ読テ云ク、

美豆波左須　夜曾知知阿末利乃　於比乃奈美　久良介乃保

禰尓　阿布曾宇礼志岐

亦タ、竜門寺ニ有ル春久聖人ト云ハ、此ノ聖人ノ甥也ケ

レバ、年来極テ睦シキ間テ、其ノ聖人来テ副ヒ居タリケレ

バ、聖人極テ喜ビテ、万ノ事共ヲ語リテゾ有ケル。

而ル間、聖人既ニ入滅ノ日ニ成テ、竜門ノ聖人并ニ弟子等

ニ告テ云ク、「我レガ死セム事今日也」。但シ、碁杼取テ来レ

ト云ヒケレバ、傍ノ房ニ有ル碁杼取テ来ヌ。仏居ヘ奉ラムズ

ルニヤ有ルラムト思フニ、「我レ掻キ発セ」ト云テ被掻発レ

ヌ。碁杼ニ向テ、竜門ノ聖人ヲ呼テ、「碁一杼打タム」ト弱

気ニ云ヘバ、竜門ノ聖人、「念仏ヲバ不唱給デ、此ハ物ニ狂ヒ給フニヤ有

ラム」ト悲ク思ユレドモ、怖ロシク止事無キ聖人ナレバ、云

フ事ニ随テ、寄ノ杼ノ上ニ三石十許互ニ置ク程ニ、「吉々シ、

不打ジ」ト云テ、押シ壊ツ。竜門ノ聖人、「此ハ何ニ依テ碁

ハ打給フゾ」ト恐々ヅ問ヘバ、「早ウ小法師也シ時、碁ヲ人

ノ打シヲ見シガ、只今、口ニ念仏ヲ唱ヘ乍ラ心ニ思ヒ出ラレ
テ、『碁ヲ打バヤ』ト思フニ依テ打ツル也」ト答フ。

亦、「掻キ発セ」ト云テ被掻発セヌ。「[6]泥障一懸求メテ持来
レ」ト云ヘバ、即チ求テ持来ヌ。「其レヲ結ヒテ聖人ノ頸ニ
懸ヨ」ト云ヘバ、云フニ随テ、頸ニ打懸ケツ。聖人糸苦シ気
ナルヲ念ジテ、左右ノ肱ヲ指延ベテ、「[7]古泥障ヲ纏テゾ舞フ」
ト云テ、[10]二三度許乙デ、、「此レ取リ去ヨ」ト云ヘバ、取リ
去ケツ。[11]竜門ノ聖人、「[12]此ハ何ニ乙デ給フゾ」ト恐々ヅ問ヘ
バ、答云ク、「若カリシ時、[13]隣ノ房ニ小法師原ノ多有テ、咲
ヒ嘲リシヲ臨キテ見シカバ、一人ノ小法師泥障ヲ頸ニ懸テ、
『胡蝶々々トゾ人ハ云ヘドモ、古泥障ヲ纏テゾ舞フ』ト歌テ
舞シヲ、好マシト思ヒシガ、[14]年来ハ忘レタリツルニ、只今被
思出タレバ、[15]其レ遂ムト思テ乙デツル也。今ハ思フ[17]事露無
シ」ト云テ、人ヲ皆去ケテ、[16]室ノ内ニ入縄床ニ居テ、口ニ
[18]法花経ヲ誦シ、手ニ金剛合掌ノ印ヲ結テ西向ニ居乍ラ入滅シ
ニケリ。[19]其ノ後多武ノ峰ノ山ニ埋テケリ。

然レバ、実ニ最後ニ思ヒ出
ケル事[20]、必ズ可遂キ也。此
レヲ知テ、聖人モ碁ヲモ打チ、
[21]泥障ヲモ纏シ也。[22]聖人ノ夢ニ、
「[23]上品上生ニ生レヌ」ト告
ゲタリ、トナム語リ伝ヘタル
トヤ。

胡蝶楽（舞楽序説）

쇼샤 산書寫山
쇼쿠性空 성인 이야기

앞 이야기 소가전增賀傳의 뒤를 이어 타입이 유사한 지경성持經聖 쇼쿠性空의 행실을
『법화경法華經』 수지受持의 영험과 밀접하게 관련지으면서 전기풍傳記風으로 정리한
이야기. 쇼쿠의 행실·영덕靈德을 구체적으로 전하는 복수의 전승을 엮어 정형적·평
면적 서술로 흐르기 쉬운 전기적 설화의 결점을 보완하고 있기 때문에 설화적으로도
흥미로운 이야기로 이루어져 있다. 또한 부분적으로 같은 종류의 이야기나 관련된 이
야기는 쇼쿠가 생전에 이미 각 지역에서 저명한 고승이었던 만큼 고대·중세를 통틀어
다수의 문헌에 등장한다.

이제는 옛이야기이지만, 하리마 지방播磨國¹ 시카마 군飾磨郡²의 쇼샤 산書
寫山³이라는 곳에 쇼쿠性空⁴ 성인聖人⁵이라는 사람이 있었다. 본디 도읍 출신
으로 종사위하從四位下 다치바나노 요시네橘善根⁶라는 사람의 아들이었다.

---

1 → 옛 지방명.
2 현재의 효고 현兵庫縣 히메지 시姬路市 부근 일대. 하리마 지방播磨國의 중심지.
3 히메지 시姬路市의 서북부. 시카마 군飾磨郡 유메사키 정夢前町과의 경계에 있는 산. 표고 368.2m. 산 정상
   은 약간 기복이 있는 대지臺地로 쇼샤 산書寫山 엔교지圓敎寺의 가람伽藍이 세워져 있음. 엔교지는 강보康
   保 3년(966) 쇼쿠性空가 개기開基인 천태종의 명찰名刹. 서국西國 33곳 관음영장觀音靈長 27번 찰소札所이
   기도 함.
4 → 인명.
5 → 불교.
6 → 인명.

어머니는 미나모토 씨源氏로 많은 자식을 낳았는데 그때마다 난산으로 고통스러워 했다. 그래서 모친은 이 성인을 회임하자 유산流産[7]시키기 위해 독을 먹었지만 그 효과가 없어 결국에는 아이를 순산했다. 태어난 아이는 왼손을 꼭 쥐고 태어났다. 부모는 괴이하게 생각하여 억지로 손바닥을 펼쳐보니 바늘 하나를 쥐고 있었다.[8]

이 아이가 젖먹이 시절 유모가 안은 채 잠들어 버렸는데 깨어나 아이를 보니 없었다.[9] 유모는 놀라 당황하여 찾으니 아이가 집의 북쪽 울타리 근처에 있었다. 부모는 이것을 불가사의하게 여겼다.

이 아이는 어렸을 때부터[10] 살아있는 것을 죽이지 않고 사람들과 어울려 놀지도 않고 단지 조용한 곳에서 불법을 믿으며 출가하고 싶어 했다. 하지만 부모는 이것을 허락하지 않았다. 아이는 열 살이 되어 처음으로 스승 밑에서 『법화경法華經』[11] 팔권八卷을 익혔으며, 열일곱에 성인식을 치른 후 모친을 따라 휴가 지방日向國[12]으로 갔다.

결국 오래전부터 기원했던 출가를 스물여섯 살 때 이루어 기리시마霧島[13]라는 곳에 칩거하며 밤낮으로 정성을 다하여 『법화경法華經』을 독송하였다. 그러는 동안 먹을 것도 떨어져 홀로 암자에 거하고 있었는데 어느새 문 밑에 따뜻하게 구워진 떡 세 덩이가 놓여 있었다. 이것을 먹자 며칠이 지나도

---

7 낙태의 방법.
8 바늘을 손에 쥐고 탄생한 것은 그 아이가 성자임을 나타내는 서상瑞祥으로 이상 탄생담의 한 형식. 철의 주술력의 신앙에 준한 주술력 신앙과 관계함.
9 쇼쿠性空가 기거나 걷거나 해서 없어진 것. 아기가 없어진 것은 앞 이야기에서도 있고, 기적의 하나임.
10 권11 제9화 · 10화 · 11화 · 12화 등을 참조.
11 → 불교.
12 → 옛 지방명.
13 기리시마 산霧島山. 미야자키 현宮崎縣과 가고시마 현鹿兒島縣의 경계에 걸쳐 있는 화산군의 총칭. 천력연간天曆年間(947~957)에 쇼쿠性空가 입산하여 기리시마 신사(기리시마 6곳의 권현權現 등) 및 벳토지別當寺를 건립했다고 전해짐.

굶주려 고통받는 일이 없었다. 그 후 기리시마를 떠나 지쿠젠 지방筑前國[14] 세부리 산背振山[15]으로 옮겨 살았다. 서른아홉 살에『법화경』을 암송할 수 있게 되었다. 처음에는 인적 없는 산 속에서 마음을 맑게 하고 경을 읽고 있자 열 살 정도의 아동兒童[16]들이 찾아와 같은 장소에 앉아 함께 경을 읽었다. 또한 품위가 있고 범상치 않은 모습의 노승이 와서 한 장의 문서를 성인에게 주었다. 성인이 왼손으로 이것을 받자, 노승이 그의 귀에 입을 대고 "당신은 법화의 빛을 받아 등각等覺[17]의 지위에 오를 것이니라."라고 속삭이고 사라졌다.

그 후 제자들이 조금씩 찾아오게 되었는데 어느 날 갑자기 열아홉, 스물 정도의 키가 작고 몸이 다부지며 힘이 셀 것 같은 빨간 머리의 동자[18]가 어디선가 찾아와서 "성인을 섬기고 싶습니다."라고 말했다. 성인은 동자를 옆에 두고 부렸는데 나무를 잘라 옮겨오거나 하는 일 등은 네다섯 사람이 일하는 것과 같았다. 어디로 심부름을 보내도 백 정町[19] 정도의 거리를 이삼 정거리를 간 것 같이 즉시 돌아왔다. 다른 제자들은 '이 남자는 훌륭한 보배이다.'라고 생각했지만 성인은 "이 동자는 눈빛이 무서워, 나는 아무래도 호감이 가지 않는구나."라고 말했다. 이렇게 어느새 수개월이 지났는데 이전부터 부리고 있던 자로 이 동자보다 조금 나이가 많은 동자가 있었다. 두 사람은 사사로운 일로 싸움을 하여 이 동자가 새로 온 동자에게 욕을 퍼붓자 새 동자는 화를 내며 고참 동자의 머리를 때렸다. 한 번의 가격으로 고참 동자

14 → 옛 지방명.
15 후쿠오카 시福岡市와 사가 현佐賀縣 간자키 군神埼郡 세부리 촌脊振村과의 경계에 있는 세부리 산지의 주봉 主峰. 산록에 세부리 신사가 있음. 산악수험山岳修験의 도장으로 세부리 센보脊振千坊라고 하며, 레이센지靈仙寺, 을천호법당乙天護法堂의 대가람이 있었음.
16 『법화경法華經』 지경자에게 봉사하는 제천諸天의 호법동자.
17 → 불교.
18 이 동자는 제천의 호법동자.
19 일 정町은 약 110m.

는 그 자리에서 기절해 버렸다. 그것을 본 제자들이 모여들어 얼굴에 물을 끼얹자 얼마 후 고참 동자의 숨이 돌아왔다.

성인은 이것을 보고

"이러니까 곁에 두어서는 안 될 동자라고 한 것이다. 그것도 모르고 모두들 이 동자를 칭찬한 것이야. 아무튼 이런 동자가 있으면 계속 불미스러운 일이 일어날 것이다. 어서 이곳을 떠나거라."

라고 말하며 내쫓자, 동자는 울면서 "절대로 나가지 않겠습니다. 나가면 무거운 죄를 짓게 됩니다."라고 말하며 매달렸지만 성인은 억지로 내쫓아 버렸다. 그러자 동자는 울며 떠나면서

"주인님이 '극진히 섬기도록 하여라.'라고 보내셨기에 제가 성인을 모시러 온 것입니다만, 이렇게 쫓겨나면 그분은 제가 오는 것을 기다렸다가 분명 벌을 주심에 틀림없습니다."

라고 말하고 울면서 나가더니 감쪽같이 사라졌다. 제자들은 불가사의하게 생각하여 성인에게 "그런 말을 하다니 대체 그자의 정체는 무엇입니까."라고 여쭈었다. 성인은

"나에게는 마음에 들고 부리기 편한 종자가 없어 비사문천毘沙門天[20]에게 '적당한 자를 한 명 보내주십시오.'라고 청했는데, 비사문천은 제대로 된 인간을 보내시지 않고 자신의 권속眷屬[21]을 보내셨던 것이라네. 성가신 자이기에 '오래 있으면 좋을 것이 없다.'고 생각하여 돌려보내기로 한 것이다. 어떤 일이 있어도 우리 승방 안에서 무서운 일을 겪어서는 안 되느니라. 어쨌든 이런 사정을 알지도 못하고 치고받고 싸워 죽을 뻔하다니, 참으로 어리석은 일이로다."

20 → 불교.
21 → 불교. 여기서는 비사문천毘沙門天을 섬기는 호법동자.

라고 말했다.

　그 후 성인은 세부리 산을 떠나 하리마 지방 시카마 군의 쇼샤 산으로 옮겨 세 간間22의 암자를 만들고 그곳에 살게 되었다. 밤낮으로『법화경』을 독송하였는데 처음에는 음으로 내리읽고 다음에 훈으로 읽었다. 그것은 혀가 잘 돌아가 빨리 읽히기 때문이었다. 이와 같이 훈독을 하여도 완전히 숙달되어 있었기에 다른 사람이 네다섯 장 읽는 동안에 한 부는 다 읽어버렸다. 산과 들의 짐승들이 성인을 매우 따라 곁을 떠나지 않으므로, 성인은 먹을 것을 나누어 주었다. 몸에 이의 알이나 이가 접근하지 않았다. 분노를 일으키는 일은 전혀 없었다. 이 지방이나 주변 지방의 남녀노소의 승려나 속인 모두가 성인을 찾아《와》23 귀의24하지 않는 자가 없었고 모든 사람들이 더할 나위 없이 존귀하게 여겼다.

　그즈음 엔유圓融 천황天皇이 퇴위하시고 중병에 걸리셨다. 그래서 기도에 능한 고승들이 모두 입궐하여 기도하였지만 전혀 효험이 나타나지 않았다. 그러자 많은 사람들이

　"쇼샤 산의 쇼쿠 성인은 오래도록 법화지경자法華持經者였으므로 이 세상에서 그 성인 이상으로 효험을 나타내는 사람은 없을 것입니다. 그러니 그를 불러 기도시켜야 합니다."

라며 진언했다. 이에 따라 □□25라는 무사를 불러 그 산에 사자로 보냈다. "설령 성인이 거절하더라도 반드시 데리고 오너라."라고 명하였다. 그래서 무사는 원院의 하인을 한 명 데리고 □□는 성인이 탈 말 등을 끌게 하여 서

22　기둥과 기둥 사이의 간격을 한 간間이라고 함.
23　파손에 의한 결자. 전후문맥을 고려하여 보충.
24　→ 불교.
25　인명의 명기를 위한 의도적 결자.『소우기小右記』,『백련초百錬抄』의 기사를 참고하면, 후지와라노 다카타다 藤原孝忠가 해당됨.『부상몽구사주扶桑蒙求私注』에서는 "노토 고능藤五"로 되어 있음.

둘러 하리마 지방으로 내려갔다. 날이 저물어 셋쓰 지방攝津國 가지와라데
라梶原寺[26]의 승방을 거처로 삼았다. 밤에 문득 잠에서 깨어

  '쇼샤의 성인은 오랜 세월 도심이 깊은 지경자[27]로 있었다. 혹시 고집을 부
리고 입궐을 거부하실 경우, 그럼에도 불구하고 무리하게 말에 태우는 것은
실로 송구스럽고 무서운 일일 것이다.'
라고 생각했다. 이렇게 생각하며 누워 있는데 천장의 대들보 위를 쥐가 뛰
어다니고 그 바람에 베갯맡에 무엇인가가 떨어졌다. 종잇조각이었다. 손에
들고 등불에 비추어 보니 경전이 쓰여 진 종잇조각이었다. 쓰여 진 글귀를
읽으니 『법화경』 다라니품多羅尼品[28]의 게偈[29]로 "뇌란설법자惱亂說法者 두파작
칠분頭破作七分"[30]이라는 부분이었다. 이것을 보고 '하필이면 어째서 이 부분
만이 떨어진 것일까.'라고 생각하자 슬퍼지면서 머리카락이 쭈뼛 설 정도로
무섭고 우울해졌다. 날이 밝자 '하지만 원의 분부를 받은 이상, 그냥 돌아갈
수는 없지.'라고 생각하여 밤낮을 가리지 않고 쇼샤 산을 올랐다.

  지경자의 거처에 당도해보니 물이 청정한 골짜기에 띠 지붕을 한 세 칸의
암자가 있었는데 한 칸은 낮에 쓰이는 장소인지 화로가 만들어져 있었고,
다음 칸은 침실인지 거적이 깔려 있었다. 그 다음 칸에는 보현普賢[31]의 불화
佛畵가 걸려 있고 다른 불상은 보이지 않았다. 수행의 흔적으로 마루에 움푹
파인 곳이 있었다. 그것을 보자 이루 말할 수 없이 청정하고 고귀하게 여겨

26 셋쓰 지방攝津國 시마카미 군島上郡 가지와라 촌梶原村(지금의 오사카 부大阪府 다카쓰키 시高槻市 가지와라
    梶原)에 있던 절.
27 지경자는 항상 불경을 몸에서 떼어놓는 일 없이 가지고 다니며 독송 수행하는 자를 말함. 특히 『법화경』 지
    자에 대해 말함.
28 → 불교.
29 → 불교.
30 설법자에게 고민과 고통을 주는 자가 있으면 그의 머리가 일곱 개로 쪼개질 것이라는 뜻.
31 → 불교.

졌다. 성인은 □□³²를 보고 "당신은 무슨 용무로 왔습니까."라고 물었다.

"일원一院³³의 사자로 방문하였습니다. 최근 수개월 동안 계속된 병으로 갖가지 기도를 올렸으나 조금도 효력이 없습니다. 이제 의지할 분은 성인님 뿐입니다. 반드시 입궐하시라는 분부였습니다. 혹시 성인님을 모셔가지 못하면 저는 두 번 다시 원의 용안을 뵈올 수 없습니다. 성인님이 비록 입궐을 원치 않으신다고 해도 제 목숨을 구하는 셈 치고 입궐해 주시옵소서. 사람을 파멸로 이끄는 것은 죄악이라고 생각합니다."
라고 무사는 금방이라도 울 듯이 이야기하였다.

성인은

"그렇게까지 부탁하지 않아도 좋다. 입궐하는 것은 쉬운 일이다. 하지만 부처님께 '이 산을 떠나지 않겠습니다.'라고 말씀드렸으니 이 사정을 부처에게 고하고 허락을 받을 것이니라."
라고 말하고 부처가 있는 방안으로 들어갔다. 그러자 □□는 '이것은 나를 안심시키고 도망치려는 것이다.'라고 생각하여 부하들에게 승방의 주위를 에워싸게 했다. 그리고 "성인님, 부디 저를 구해준다고 생각하시고 나가시지요."라고 말하자, 성인은 부처의 어전에 앉아 종을 치며 "저는 지금 대마장大魔障³⁴을 만나고 있습니다. 십나찰十羅利³⁵이여 도와주십시오."라고 기원했다. 그리고 큰 소리로 외치며 무환자나무 열매로 만든 염주³⁶를 부서져라 굴리며 이마가 부서질 정도로 마루에 찧으며 일고여덟 번 절하고 몸부림치며 목 놓아 울었다.

---

32 인명의 명기를 위한 의도적 결자.
33 동시에 두 사람 이상의 원院(상황上皇·법황法皇)이 있을 때 앞쪽, 또는 실력이 있는 쪽을 가리키는 호칭. 이때 관화寬和 원년에는 레이제이인冷泉院과 엔유인圓融院이 있었는데 여기서는 후자를 가리킴.
34 → 불교(마장魔障).
35 → 불교.
36 → 불교(목련자木蓮子).

□□는 이 모습을 보고 '성인을 데리고 입궐하지 못해도 목숨을 잃진 않을 것이다. 하지만 분명 유배를 가게 될 것이다. 하지만 성인을 무리하게 데려간다면 현세[37]에도 후세[38]에도 좋은 일은 없을 것이다. 그렇다면 차라리 이 승방에서 도망치는 것이 낫겠다.'라고 생각하여 부하들을 불러 모아 말을 타고 채찍을 휘두르며 도망쳤다. 십여 정町 정도 언덕을 내려갔을 때 원의 서면을 가지고 오는 부하와 맞닥뜨렸다. 원의 서면을 받아 펼쳐보자

'성인을 모시고 와서는 아니 된다. 성인을 입궐시켜서는 안 된다는 꿈을 원이 꾸었기에 이러한 명령을 내리는 것이다. 당장 귀환토록 하라.'

라고 쓰여 있었다. □□는 이것을 보고 크게 기뻐하였다. 일이 어떻게 된 것인지 걱정하며 서둘러 입궐하여 가지와라데라에서의 경험담 및 성인의 승방에서 보고들은 것을 자세히 원에게 아뢰자, 원은 자신의 꿈에 견주어 생각하시며 매우 두려워하셨다.

그 후에는 신분의 고하, 승속僧俗의 구별을 막론하고 모든 사람이 도읍으로부터 성인에게 결연[39]을 맺고자 앞을 다투어 찾아가게 되었다. 가잔花山 법황法皇[40]은 두 번이나 행차하셨는데, 두 번째 행차 때에는 엔겐延源 아사리阿闍梨라는 뛰어난 화가를 동반하여 성인의 초상을 그리게 하고 또한 성인의 최후의 모습을 기록시키셨다. 마침 초상을 그리고 있을 때에 지진[41]이 있었다. 법황은 굉장히 두려워하셨다. 그러자 성인은

"두려워하실 필요는 없습니다. 이것은 나의 모습을 그려서 생긴 것입니다. 또한 후에 저의 초상을 다 그렸을 때에도 똑같이 지진이 일어날 것입니다."

---

37 → 불교.
38 → 불교.
39 → 불교.
40 → 인명.
41 지진은 쇼쿠性空 성인의 위대함을 나타내는 기서奇瑞.

라고 말했다. 실제로 초상이 완성됐을 때 지진이 일어나자, 법황은 친히 땅에 내려가 성인에게 예배하고 돌아가셨다.

또한 한편 겐신源心[42] 좌주座主라는 사람이 있었다. 히에이 산比叡山의 승려로 직급이 아직 공봉供奉[43]이었던 시절부터 쇼샤 산의 성인과 각별한 사이였다. 어느 날 성인으로부터 겐신 공봉에게 편지가 전달되었다. 편지를 펼쳐 보자

'저는 수년 동안 부처님을 섬기며 경을 서사書寫해 왔습니다. 공양 의식을 당신께 부탁하고자 하였는데 일이 생겨서 아직까지도 이루지 못하고 있습니다. 다망하신 중에도 부디 시간을 내시어 왕림하셔서 저의 기원을 이룰 수 있도록 도와주십시오.'

라고 쓰여 있었다. 겐신은 이것을 보고 서둘러 쇼샤 산에 가서 성인의 바람대로 경문을 공양하였다. 성인은 매우 기뻐하며 공경하셨다. 그러자 그 지방 사람들도 많이 몰려와서 이 일을 듣고 더할 나위 없이 존귀하게 여겼다. 공양이 끝나자 성인은 겐신에게 여러 가지를 시주하셨다. 그중에 종이에 싸인 일 촌寸 정도의 □[44] 바늘이 있었다. 겐신은 이것을 보고 의아해 했다.

'바늘은 이 지방의 산물이니 주신 것일 텐데, 하지만 단지 한 개의 □[45] 바늘을 주신 점이 도무지 이해가 되지 않는다. 혹시 어떤 특별한 이유가 있는지도 모른다. 아무튼 여쭈어 보는 게 좋겠다. 혹시 내가 꼭 들어야 할 내용이라면 지금 묻지 않은 것을 나중에 후회할지도 모른다.'

라고 생각하였다. 겐신은 작별인사를 하고 나갈 때에 성인에게 "이 바늘을 주신 것은 무슨 연유에서입니까."라고 여쭈었다. 성인은

---

42 → 인명.
43 → 불교(공봉십선사供奉+禪師).
44 한자 표기의 명기를 위한 의도적 결자. '녹슨'의 의미가 들어갈 것으로 추정.
45 한자 표기의 명기를 위한 의도적 결자. '녹슨'의 의미가 들어갈 것으로 추정.

"분명히 의아하게 생각하셨으리라 짐작했습니다. 이 바늘은 제가 어머니의 태내에서 나왔을 때에 왼쪽 손에 쥐고 태어난 것인데 어머님이 그 사실을 이야기하며 저에게 주신 것입니다. 그것을 오랫동안 갖고 있었습니다만 헛되이 버리는 것도 □□[46]라고 생각되기에 당신에게 드리는 것입니다."

라고 말했다. 겐신은 이 말을 듣고 '잘 물어봤구나. 이야기를 듣지 않았더라면 성인의 일생을 몰랐을 테니 말이다.'라고 생각하며 기뻐하며 돌아갔다. 겐신이 셋쓰 지방의 주변까지 왔을 때 사람이 쫓아와서 '성인이 돌아가셨습니다.'라고 고했다. 장보長保 4년 3월 □[47]일의 일이었다. 성인은 미리 자신의 임종 때를 알고 이와 같이 한 것이었다. 임종 시에는 불당에 들어가 조용히 『법화경』을 독송하며 입멸入滅하였다. 후에 겐신 공봉은

"이 세상에는 불법을 설법할 수 있는 승려는 많지만 성인이 특히 나를 입멸 직전의 강사講師[48]로 불러주셨기에 나의 후세後世의 공덕을 쌓을 수 있었다. 전세에 어떠한 숙연이 있었던 것일까."

라고 말씀하셨다. 좌주는 항상 이렇게 말했다고 이렇게 이야기로 전하여 내려오고 있다 한다.

---

46 한자 표기의 명기를 위한 의도적 결자. '역시나 아니다.'등의 의미가 들어갈 것으로 추정.
47 날짜의 명기를 위한 의도적 결자. '6'이 들어갈 것으로 추정.
48 임종 직전의 불경 공양의 강사로 겐신源心 공봉供奉을 초빙한 것을 가리킴.

書写山性空聖人語第三十四

今昔、幡磨ノ国ニ、飾磨ノ郡、書写ノ山ト云フ所ニ、性空聖人ト云フ人有ケリ。本、京ノ人也。従四位下橘ノ朝臣善

根ト云ヒケル人ノ子也。母ハ源ノ氏。其ノ母、諸ノ子ヲ生ム

ニ、難産ニシテ不平ズ。而レバ、此ノ聖人ヲ懐任セルニ、流産ノ術ヲ求テ毒ヲ服スト云ヘドモ、其ノ験無クテ遂ニ平カニ生レリ。其ノ児左ノ手ヲ捲テ生タリ。父母怪ムデ、強ニ

開テ見レバ、一ノ針ヲ捲レリ。
児嬰ノ時、乳母此レヲ抱テ寝タルニ、驚テ児ヲ見ルニ無
シ。驚キ騒テ求ルニ、家ノ北ノ壁ノ辺ニ有リ。父母此レヲ怪
ム。

幼稚ノ時ヨリ、生命ヲ不殺ズ、人ノ中ニ不交ズ、只、静ナ
ル所ニ居テ、仏法ヲ信ジテ、出家ノ心有リ。然ドモ、父母此

レヲ不許ズ。十歳ニ成ルニ、始メテ師ニ付テ、法花経八巻ヲ
受ケ習ヘリ。十七ニシテ元服シテ、其ノ後、母ニ随テ日向ノ
国ニ至ル。

遂ニ本意有ルニ依テ、二十六ト云フ年出家シテ、霧島ト云
フ所ニ籠テ、心ヲ発シテ日夜ニ法花経ヲ読誦ス。而ル間ニ、
忽ニ食物絶テ、幽ナル庵ニ居タルニ、居ナガラ戸ノ下ニ
自然ラ熾ナル餅三枚有リ。此レヲ食テ日来ヲ経ルニ、飢ノ苦
ビ無シ。而ル間、霧島ヲ去テ、筑前ノ国背振ノ山ニ移リ住ス。
三十九ト云フ年法花経ヲ空ニ思エヌ。

シテ、心ヲ澄シテ経ヲ読ム間、十余歳許ノ児童等来テ、同ジ
座ニ居テ、共ニ経ヲ読ム。亦、老僧ノ形凡ニ非ザル、来テ、
一枚ノ文ヲ聖人ニ授ク。聖人左ノ手ヲ以テ此レヲ取ル。老僧、
耳ニ語テ云ク、「汝ヂ法花ノ光ニ被照テ等覚ニ可至シ」ト云
テ、失ヌ。

亦、後ニハ、弟子等少ク出来テ有ル間、俄ニ二七八歳許ノ
童ノ、長短ニ身太クテ力強ゲナルガ、赤髪ナル、何コヨリ

トモ無クテ出来テ、「聖人ニ仕ラム」ト云フ。聖人此レヲ置テ仕フニ、木ヲ切テ運コブ事人四五人ガ所ヲ安カニ翔マフ。道ヲ行ク事モ、百町許ノ道ヲモ二三町ノ程行カム様ニ、即チ返リ来ル。他ノ弟子等、「此レハ極タル財也」ト思フニ、聖人ノ云ク、「此ノ童ハ、眼見極テ怖ロシ。我レ更ニ不好ズ」ト。然レドモ、如此クシテ既ニ二月来ニ成ル間ニ、此ノ童ヨリモ今少シ大ナル童ノ、本ヨリ仕ル有リ。小事ニ依テ、此ノ童ト戦ヒ合テ、此ノ今ノ童ヲ罵レバ、今ノ童嗔テ、本ノ童ノ頭ヲ手ヲ以テ打ツ。一拳打ツニ即チ死ヌ。其ノ時ニ、弟子等寄テ抑ヘテ、面ニ水ヲ灑ク程ニ、良久クシテ生還ヌ。聖人此レヲ見テ云ク、「然レバコソ不用ノ童トハ云ヒツレ。吉ク此レヲ不知シテ讃メ合ヘル也。然レバ、此ノ童有テハ、尚悪キ事有ナム。速ニ出ネ」ト云テ追ヘバ、童泣テ云ク、「更ニ不可出ズ。出テハ重キ罪ヲ蒙リナム」ト云テ辞ブト云ヘドモ、聖人強ニ追テ出シツ。其ノ時ニ、童出ルニ泣テ云ク、「君ノ『勧ニ仕レ』トテ遣シタレバ参タルヲ、強ニ追ルレバ、待チ受テ必ズ罪有ラムトス」ト云テ、泣々ク出ヅト見ル程ニ、掻消ツ様ニ失ヌ。弟子等此ヲ怪デ聖人ニ申シテ云ク、「此レハ何ナル者ノ如此ク申スゾ」ト。聖人ノ云ク、「我レ、心ニ叶テ輙ク被仕ル、者ノ無ケレバ、毗沙門天ニ、『然ラム者一人給へ』ト申シ、ニ依テ、実ノ人ヲバ不給デ、眷属ヲ給ヘルモ也。煩ハシキ者ナルニ依テ、『久ク有テハ由無シ』ト思テ、返シツル也。但シ、房ノ内ニ二人恐レヲ成ス事ヲバ不令至ジ。此ノ故ヲ不知ズシテ戦ヒ合テ被打殺ル、極テ愚カ也」ト。

其ノ後、聖人振ノ山ヲ去テ、幡磨ノ国飾磨ノ郡ノ書写ノ山ニ移テ、三間ノ庵室ヲ造テ住ス。日夜ニ法花経ヲ読誦スルニ、初メ音ニ読ム、後ニ訓ニ誦ス。然カ訓ニ誦スト云ヘドモ、其レモ吉ク功入テ、人ノ四五枚読ム程ニ、一部ハ誦シ畢ヌ。山野ノ禽獣馴睦テ不去ズシテ、聖人食ヲ分テ与フ。身ニ蟻虱不近付ズ。全ク嗔恚ヲ発ス事無シ。当国隣国ノ老少道俗男女、皆来□不帰依ズト云

フ事無シ。世靡テ貴ブ事無限シ。

然ル間、円融院ノ天皇位ヲ去リ給フ後、重ク煩ヒ給フ事有リ。其ノ時ノ止事無キ験有ル僧共、皆参テ祈リ奉ルト云ヘドモ、露其ノ験無シ。然レバ、人々有テ申シテ云ク、「書写ノ山ノ性空聖人年来ノ法花ノ持者トシテ、験世ニ彼レニ過ル者不有ジ。然レバ、彼レヲ召シテ可令祈キ也」ト。此レニ依テ□ト云フ兵物ヲ召シテ、彼ノ山ヘ遣ス。「辞スト云フトモ慷テ召シテ可将参シ」ト。然レバ、院ノ召使一人ヲ具シテ、□、聖人ノ可乗キ馬ナド令引メテ、念テ幡磨ノ国ニ下ル。其ノ日晩レテ、摂津ノ国ノ梶原寺ノ僧房ニ宿シヌ。夜ル目打チ醒メテ思フニ、「書写ノ聖人ハ、年来道心深キ持経者也。若シ、僻ミテ不参ザラムヲ、強ニ馬ニ抱テ乗セム事コソ何ナルベキ事ニカ有ラム。極テ恐レ可有キ事カナ」ト思ヒ臥タルニ、上長押ヨリ鼠ノ走渡ルニ、枕上ニ物ノ掻キ落サレタルヲ見レバ、紙ノ破也。取テ、火ノ光ニ当テ、見レバ、経ノ破ノ有リト云ヘドモ、様々御祈来御悩有テ、様々御祈落チ給ヘル也ケリ。其ノ文ヲ読メバ、法花経ノ陀羅尼品ノ偈

ニ「悩乱説法者　頭破作七分」ト云フ所許、破レ残リ給ヘリ。此レヲ見ルニ、「何ゾ此モ落チ給ヘルラム」ト思フニ、悲クテ、頭ノ毛太リテ、怖ロシクテ無端ク思ユ。夜睡ヌレバ、夜暁テ承リヌ、只可返キニ非ネバ、夜ルヲ昼ニ成シテ行テ書写ノ山ニ登ヌ。

然リトテハ、仰セヲ承リヌ、只可返キニ非ネバ、夜ルヲ昼ニ成シテ行テ書写ノ山ニ登ヌ。持経者ノ房ニ行着テ見レバ、水浄キ谷迫ニ三間ノ萱屋ヲ造リ。一間ハ昼ル居ル所ナメリ。地火炉ナド塗タリ。次ノ間ハ寝所ナメリ。薦ヲ懸ケ廻ラカシタリ。次ノ間ハ普賢ヲ懸奉テ他ノ仏不在サズ。行道ノ跡板敷ニ窪ミタリ。見ルニ、清ク貴キ事ニ無シ。聖人□ヲ見テ云ク、「何事ニ依テ来レル人ゾ」ト。答テ云ク、「一院ノ御使ニテ参レル也。其ノ故ハ、月ノ比ゴロ御悩有テ、一院ノ御使ニテ参レル也。其ノ故ハ、月ノ比ゴロ御悩有テ、聖人許コソ憑モシク在マセ。

地火炉（観普賢経草子）

必ズ可参給キ由ヲ奉ハレリ。若シ不参給ズハ、永ク院ニ不可□□、我レヲ助ケムガ為メニ可参給キ也。譬ヒ不参ジト思□□云フトモ我レヲ助ケムガ為メニ可参給キ也。人ヲ徒ニ成スハ罪有ル事也」ト泣ク許ノ気色ヲ以□□云□。

聖人、「然マデ可有キ事ニモ非ズ。参ラム事糸安シ。但シ、『此ノ山ヲ不出ジ』ト仏ニ申シタル事ナレバ、此ノ由ヲ仏ニ暇申サム」ト云テ、仏ノ御方ニ歩ミ入レバ、郎等共ヲバ房ノ廻ニ居テ逃ナムト為ルナメリ」ト思ヒ、廻ラカシテ、「我ガ君、只我レヲ助クルゾト思シテ参給ヘ」ト云ヘバ、聖人仏ノ御前ニ居テ、金ヲ打テ叫テ、「我レ、大魔障ニ値タリ。助ケ給ヘ、十羅刹」ト音ヲ挙テ叫テ、□、「此ハ乏子ノ念珠ノ砕丸許テ、額ノ破ル許額ヲ突テ、七八度許突キ畢テ、臥シ丸ビ泣ク事無限シ。

□、此レヲ見テ思ハク、「聖人不将参ラムニ依テ、命ハ不被絶ジ。流罪ヲコソハ蒙ズラメ。而ルニ、此ノ聖人ヲ強ニ語テ将参テハ現世後生吉キ事不有ジ。然レバ、只此ノ房ノ当リヲ逃ゲナマシ」ト思テ、郎等共ヲ招キ取テ、馬ニ乗テ鞭ヲ打テ逃ヌ。十余町許坂ヲ下ル間ニ、院ノ下部文ヲ捧テ、会タリ。取テ披テ見レバ、「聖人迎フル事不可有ズ。御夢ニ不可召ザル由ヲ御覧ジタレバ、仰セ遣ス也。速ニ可罷返シ」ト被書タリ。此レヲ見テ、喜ビ思フ事無限シ。愁テ念ギ返リ参テ、梶原寺ノ事ヨリ始テ、聖人ノ房ノ間ノ事具ニ申スニ、御夢ヲ思シ合セテ、極テ恐ヂ給ヒケリ。

其ノ後、京ヨリ上中下ノ道俗、聖人ニ結縁セムガ為ニ参リ合ヘリ。花山ノ法皇、両度御幸有リ。次ノ度ハ、延源阿闍梨人人最後ノ有様ヲ令記メ給ヒケリ。形ヲ写ス程ニ、地震有ケリ。法皇大キニ恐レ給フ。其ノ時ニ聖人ノ云ハ、「此レ不可恐給ズ。此レ我ガ形ヲ写セルニ依テ有ル事也」ト。既ニ形ヲ写シ畢ル後二形ヲ写シ畢ラム時ニ、亦可有シ」ト。其ノ時ニ、大キニ地震有リ。其ノ時ニ、法皇地ニ下テ、聖人ヲ礼拝シテ返シ給ヒヌ。

其ノ後、亦源心座主ト云フ人有リ。比叡ノ山ノ僧也。其ノ人供奉ト云ヒケル時ヨリ、書写ノ聖人ト得意也ケリ。而ルニ、聖人ノ許ヨリ源心供奉ノ許ニ消息ヲ持来レリ。開テ見レバ、「年来、仏経ヲ儲ケ奉レリ。貴房ヲ以テ令供養ムト思ヒツルニ、自然ラ障ツ〒于今不遂ズ。而ルニ、万ヲ闕テ可来給シ。其ノ願ヲ可遂キ也」ト。源心此レヲ見テ、念テ書写ノ山ニ行テ、聖人ノ本意ノ如クニ、仏経ヲ供養ジ奉リツ。聖人極テ喜ビ貴ブ。亦、其ノ国ノ人多ク集リ来テ、此レヲ聞テ貴ブ事無限シ。畢ヌレバ、様々ノ布施共ヲ与フ。其中ニ、一寸許ノ針ノ□ヲ丹ノ紙ニ裹テ加ヘタリ。源心此レヲ見テ頗不心得ズ思フ。「針ハ此ノ国ノ物ナレバ会得不心得」思ユレバ、若シ故有只一ツ□針ヲ会得給タルガ極テ不心得」ト思ヒ、若シ故有ル事ニヤ有ラム。サハレ、此ノ事問ヒ奉リテム。若シ可聞キ事ニテ有ラムニ、不聞ザラム、後ノ悔ヒ有ナム」ト思テ、源心暇乞テ出ヅトテ、聖人ニ申サク、「此ノ針ヲ給タルハ、何ニ依テゾ」ト。聖人答テ云ク、「此レ定メテ怪シク思給ツラ

ム。此ノ針ハ、母ノ胎ヨリ生レ出ケル時ニ、左ノ手ニ捲テ生レタリケルヲ、母ノ如此ク申テ会得メタリシ也。其レヲ年来持テ侍ツルヲ、徒ニ棄テムモ□ニ思エテ奉ル也」ト云フヲ聞クニゾ、「吉クコソ問ヒ聞テケレ。不聞ズシテ止ミナマシカバ、聖人ノ一生ハ不知ザラマシ」ト喜テ返ルニ、摂津ノ国ノ程ニテ、人迫テ来テ云ク、「聖人ハ失給ニキ」ト告グ。長保四年ト云フ年ノ三月□日ノ事也ケリ。兼テ死ノ期ヲ知テ、如此ク有ケル也ケリ。死ヌル時ニハ、室ニ入テ、静ニ法花経ヲ誦シテゾ入滅シケル。後ニ、源心供奉ノ云ヒケルハ、「世ニ法ヲ説クベキ僧多シト云ヘドモ、聖人我レヲシモ最後ノ師ニ呼ビタルヲナム、我ガ後世ハ憑モシト思エテ、前ノ世ニ何ナル契ヲ成シタリケルニヤ有リケムト思ユル也」トゾ、座主ハ常ニ語ケルトナム語リ伝ヘタルトヤ。

진묘神明의 지경자持經者
에이지쓰睿實 이야기

앞 이야기에 이어서 『법화경法華經』 지경자 열전의 하나로 에이지쓰睿實의 전기, 행적을 기술한 이야기. 특히 법화독송의 공덕에 의한 병 치료의 영험을 중심으로 전개된다. 또한 길가의 병자에게 자비를 베풀어 입궐 시간이 지연되는 것을 개의치 않는 행실은 전 이야기의 쇼쿠性空가 천황의 명령을 따르지 않은 행동과 연결된다.

이제는 옛이야기이지만, 도읍 서쪽에 진묘神明라는 산사가 있었다. 그곳에 에이지쓰睿實[1]라는 승려가 살고 있었다. 에이지쓰는 미천한 가문 출신이 아니고, 천황의 자손이라고 하였지만 확실히 누구의 자손인지는 알 수가 없다. 어렸을 때 부모 곁을 떠나 평생을 불도에 귀의하여 밤낮으로 『법화경法華經』[2]을 독송하였다. 자비심이 깊어 고통받는 사람을 볼 때마다 자비를 베풀었다.

처음에는 아타고 산愛石護山에 살고 있었는데 극한의 계절에 입을 것이 없는 사람들을 보면 자신의 옷을 벗어 주었기 때문에 자신은 알몸과 다름없었다. 그래서 커다란 통에 나뭇잎을 가득 넣고 밤에는 그 안에 들어갔다. 먹을

---

1 미상. 『속왕생전續往生傳』에 의하면 히에이 산比叡山 엔랴쿠지延曆寺의 승려로 아사리阿闍梨.
2 → 불교.

것이 없어지면 아궁이 흙[3]을 떼어먹고 그것으로 목숨을 연명하기도 했는데 그 흙 맛은 매우 훌륭했다. 언젠가 일심분란一心不亂하게 경을 읽어 한 부를 다 읽자, 어렴풋이 백상白象[4]이 성인[5] 앞에 나타나는 때도 있었다. 그 경을 읽는 목소리는 굉장히 존귀하여 듣는 사람은 모두 눈물을 흘렸다. 오랫동안 이같이 수행하였는데 그 후 진묘神明에 옮겨 살게 되었다.

한편 이곳에 간인閑院 태정대신太政大臣[6]이라 하시는 분이 계셨는데, 이름은 긴스에公季로 구조도노九條殿[7]의 열두 번째 자식으로 모친은 엔기延喜 천황天皇의 황녀에 해당한다. 긴스에가 당시 아직 어리시어 삼위중장三位中將이라 불리셨는데, 여름에 무거운 학질[8]에 걸리셔 사방 곳곳의 영험소靈験所[9]에 칩거하여 기도를 올리고 고승들에게 가지기도加持祈禱[10]를 하게 했지만 조금도 효과가 없었다. 그러던 중, 긴스에는 뛰어난 법화지경자法華持經者로 평판이 높았던 에이지쓰에게 기도를 부탁하기 위해 진묘로 찾아 가시게 되었다. 하지만 가야 강賀耶川[11] 근처에 와서 평상시보다 빠르게 발열이 시작되었다. '머지않아 진묘에 도착할 수 있는데 여기서 되돌아갈 수도 없다.'라고 생각하여 포기하지 않고 가까스로 진묘에 도착하였다. 승방의 처마 밑까지 와서 수레를 대놓고, 먼저 사람을 시켜 여기에 온 경위를 전하게 하였다. 그러자 지경자의 "현재 심한 감기에 걸려서 계속 마늘을 먹고 있기에."라는 대

---

3 일시적으로 공복을 채우기 위해 식용으로 한 것으로 추정. 또한 아궁이 흙은 복룡간伏龍肝이라 하여 지혈제로서 사용되었음. 권29 제3화 참조.
4 → 불교. 보현普賢(→ 불교)의 탈 것. 보현보살의 내현을 암시함.
5 → 불교.
6 → 인물. 후지와라노 긴스에藤原公季.
7 → 인물. 후지와라노 모로스케藤原師輔.
8 격일 혹은 매일 정기적으로 발열하는 병.
9 → 불교.
10 → 불교(가지加持).
11 → 지명.

답이 돌아왔다. 하지만 "어떻게 해서라도 성인을 뵙고 싶습니다. 지금으로서는 돌아갈 수 없습니다."라고 하자 에이지쓰는 "그렇다면 들어오십시오."라고 하고 세워져 있는 덧문[12] 하단부를 빼내고, 새 방석을 깔고 들어오시도록 했다. 삼위중장님은 종자의 어깨에 의지하여 들어와서 그곳에 누우셨다. 지경자는 몸을 씻고 잠시 후에 들어왔다. 그 모습은 키가 크고 여위었는데 더없이 존귀하였다.

지경자는 옆으로 와서

"심한 감기에 걸려 의사의 지시대로 마늘을 먹었습니다만 어렵게 찾아오신 이상, 그대로 돌아가서서는 안 된다고 생각하여 이렇게 나왔습니다. 또한 『법화경法華經』은 절대로 정淨, 부정不淨을 가리지 않는 경이오니 독송한다 하더라도 지장이 있겠습니까?"

라고 말하고 염주를 눌러 굴리며 옆으로 다가왔다. 실로 믿음직스럽고 존귀한 모습이었다. 누워 계신 삼위중장의 목덜미에 성인은 손을 대시고 무릎에 머리를 베게 하고 소리를 높여 수량품壽量品[13]을 읽었다. 그 목소리는 이 세상에는 정말로 이처럼 존귀한 분도 계시구나 하고 생각될 정도였다. 높이 울리는 독경 소리를 듣고 있으니 뭐라고 형용할 수 없이 존귀하고 감개무량했다. 지경자는 눈에서 눈물을 흘리며 슬퍼하며 독송하였다. 그 눈물이 병자의 고열로 뜨거워진 가슴에 차갑게 떨어졌다. 눈물이 떨어진 곳부터 점차 열이 내려 환자는 몇 번이나 부르르 몸을 떨었다. 수량품을 세 번 정도 되풀이하여 독송하자, 열도 내리고 몸 상태도 완전히 회복되었다. 이에 삼위중장은 몇 번이나 지경자를 배례하고 사후死後에도 불연佛緣을 맺기를 약속하

---

12 원문에는 '시토미蔀'로 되어 있음. 시토미는 격자 한 면에 판자를 댄 문으로, 상하 두 장으로 되어 있음. 상단부는 바깥쪽으로 열어 매닮. 여기서는 고정되어 있던 하단부를 빼서 개방했다는 의미.
13 → 불교.

고 댁으로 돌아가셨다. 그 이후 병이 재발하는 일은 없었다. 이와 같은 연유로 지경자의 평판이 더욱 높아졌다.

그 당시 엔유인圓融院[14]이 굴천원堀川院에서 중병으로 누워 계셨다. 갖가지 기도가 행해졌다. 사기邪氣[15]의 짓이라고 하여 영험력이 뛰어난 승려들을 최대한 모이게 하여 가지기도를 행하였지만 전혀 그 효험이 없었다. 어느 상달부上達部[16]가

"진묘라는 산사에 에이지쓰라는 승려가 살고 있는데 오랜 세월 동안 오로지 『법화경』을 계속 독송하고 계십니다. 그를 부르시어 기도시키는 것은 어떠신지요."

라고 아뢰었다. 그러자 어느 상달부가

"그 자는 도심이 깊으니 혹시 마음대로 행동하여 볼썽사나운 일이 벌어지지는 않겠습니까?"[17]

라고 말씀하셨다. 또 다른 분이 "하지만 효험만 있다면 무슨 일을 저지르더라도 상관없지 않겠습니까."라고 말하여, 결국 불러들이는 것으로 합의를 하고 장인藏人□□[18]을 사자로 보내 모셔오게 하였다. 장인은 선지宣旨를 받들고 진묘에 가서 지경자를 만나서 천황의 뜻을 전하였다. 지경자는

"세간 사람들과 달리 이러한 생활을 하는 자라 입궐이 꺼려집니다만, 왕지王地[19]에 있으면서 선지를 거스를 수도 없으니 입궐하도록 하겠습니다."

---

14 → 인명.
15 인간에게 붙어 병을 일으키는 악령. 모노노케物の気. 혹은 후지와라노 모토카타藤原元方의 악령일 가능성도 있음.
16 삼위 이상의 공경公卿의 총칭. 섭정攝政·관백關白·태정대신太政大臣·좌우대신左右大臣·대중납언大中納言·참의參議(사위四位인 자를 포함)가 해당됨.
17 소가曾賀 성인聖人의 기행奇行(권12 제33화, 권19 제18화)을 상기시킴.
18 인명의 명기를 위한 결자.
19 천황天皇이 통치하는 국토.

하고 말하고 나서려고 하였다. 장인은 지경자가 분명히 일단은 거절할 것이라고 생각했는데, 이같이 간단히 나서는 모습을 보고 기뻐하며 수레에 올라 길을 나섰다. 장인은 수레 뒤쪽에 탔다.

이윽고 동대궁대로東大宮大路 거리를 우차牛車가 지나가고 있었는데 토어문土御門의 마장馬場 부근에 이르러 거적 한 장을 뒤집어쓴 병자가 누워 있었다. 자세히 보니 여자였다. 머리는 산발하여 더러운 것을 허리에 감고 있었다. 전염병에 걸린 듯했다. 지경자는 이것을 보자마자 장인을 향해

"내리內裏에는 지금 찾아가지 않더라도 많은 고승들이 곁에 계시기 때문에 별일은 없으리라 생각합니다. 하지만 이 병인은 도와줄 사람이 없는 것 같습니다. 어떻게든 이 자에게 먹을 것을 주고 나서 저녁에 입궐하겠습니다. 당신은 이대로 입궐하셔서 곧 소승이 뵈올 것이라고 아뢰어 주십시오."

라고 말했다. 그러자 장인은

"그것은 실로 무례하오. 선지를 받고 입궐하기로 한 이상 이러한 병자에게 구애를 받아 걸음을 지체해서는 아니 될 것이오."

라고 말했지만, 지경자는 "자자, 그런 말씀은 하지 마시고."라고 하며 수레 앞 쪽에서 뛰어내려 버렸다. '정말이지 무언가에 홀린 듯한 스님이로군.'이라고 장인은 생각하였지만 붙잡지도 못하고 수레를 세워 토어문 안으로 들어가 이 지경자가 하는 것을 서서 지켜보고 있었다. 지경자는 매우 더러운 곳에 누워서 무섭게 보이는 병자의 곁에 너무나도 친근하게 다가가 가슴을 더듬고 머리를 짚으며 증상을 물었다. 병자는 "한동안 전염병을 앓다가 결국 이렇게 문 밖으로 버려졌습니다."[20]라고 말했다. 성인은 마치 자신의 부모가 병에 걸린 듯 매우 비탄하며 "너는 아무것도 먹을 수 없는가? 무언가

---

20 당시의 풍습으로 죽음의 부정을 원망하고 싫어하여 유행병 환자나 죽을 시기가 다가온 사람을 옥외의 길 위나 강변, 문 주변 등에 유기하였음. 권29 제18화의 나성문羅城門 상층에 버려진 시체의 이야기는 유명.

원하는 것은 없는가?"라고 물었다. 병자는

"생선 반찬에 밥을 먹고 그 뒤에 따뜻한 물을 마시고 싶습니다. 하지만 먹을 수 있도록 도움을 주는 자는 아무도 없습니다."

라고 말했다. 이것을 듣고 있던 성인은 즉시 밑에 입고 있던 홑옷을 벗어 그 것을 동자에게 건네고 마을에 보내어 그것으로 물고기를 사오게 했다. 한 편 아는 사람의 집에 밥 한 공기, 물 한 잔을 얻으러 보냈다. 잠시 후 용기[21]에 밥 한 공기를 담고 식기를 준비하고, 물통에 뜨거운 물 등을 담아 가지고 왔다. 또한 생선을 사러 보낸 동자도 말린 도미를 사가지고 왔다. 성인은 그 도미를 손수 작게 뜯어 젓가락으로 밥을 입으로 옮겨주고 뜨거운 물을 먹게 하니, 병자는 원하던 것을 먹게 되어 아픈 몸에도 불구하고 매우 잘 먹었다. 남은 것을 작은 상자에 넣어 그곳에 있는 식기에 뜨거운 물을 넣어 베갯맡에 두고 물통은 빌린 주인에게 돌려주게 하였다. 그리고 약왕품藥王品[22] 한 품을 독송해 들려주었다.

이렇게 하고 나서 장인이 있는 곳에 와서 "자 이제 입궐하시지요. 같이 가겠습니다."라고 말하고 수레를 타고 궁궐을 향했다. 천황은 지경자를 어전으로 불러 "경을 읽어주십시오."라고 분부하셨고, 지경자는 『법화경』을 1권[23]부터 독송하기 시작했다. 그러자 곧 사기邪氣의 정체가 드러나고[24] 병은 말끔히 나으셨다. 그리하여 즉시 지경자를 승강僧綱[25]으로 임명한다는 결정이 내려졌지만 지경자는 완고하게 거절하며 도망치듯 퇴궐하였다.

---

21 원문은 '枡屉'로 되어 있음. 음식물을 넣어 옮기는 용기. 조금 기다란 통 같은 것으로 끈이 달려 있음.
22 → 불교.
23 『법화경法華經』 권1 · 서품序品 제1부터 읽었음.
24 천황의 몸에 붙은 악령의 정체가 드러나는 것. 출현한 악령은 『법화경法華經』의 가지기도의 영험력에 의하여 퇴치되고 병이 완쾌됨. 권14 제19화 참조.
25 → 불교.

그 후 어떠한 사정이 있었는지 지경자[26]는 진제이鎭西[27]에 내려가 히고 지방肥後國에 살며 논밭을 만들게 하고 비단이나 쌀을 모아 부호가 되었다. 그러자 당시의 국사國司 □□[28]는 이 성인을 비방하여

"이 자는 파계무참破戒無慚[29]한 승려이다. 절대로 사람들 근처에는 얼씬도 해서는 안 된다."

라고 말하고 성인의 재물을 모두 강탈하였다. 그 후 국사의 처가 중병에 걸려 불신佛神에게 기도하거나 의약을 써서 치료를 했지만 전혀 효험이 없었다. 국사가 한탄하고 있자 목대目代[30]가 국사에게 말했다. "그 에이지쓰님을 부르시어 『법화경』을 읽게 하시는 것이 어떠십니까." 국사는 몹시 화내며 "그 승려를 부르는 일은 절대로 없을 것이다."라고 말했다. 목대는 그래도 열심히 권유하였다. 국사는 마지못해 "나는 모르겠다, 네가 좋을 대로 해라."라고 말했다.

그래서 목대는 에이지쓰를 모셔왔다. 에이지쓰는 부름에 응해 국사의 관사로 가서 『법화경』을 독송하였다. 일품이 채 끝나기도 전에 호법護法[31]이 병자에게 옮아 붙어 병자를 병풍 너머로 던지고 지경자의 앞에서 일이백 정도 때려 혼내준 뒤 다시 병풍 안으로 던져 넣었다. 그러자 병자는 즉시 완치되어 모든 고통이 사라지고 제정신으로 돌아왔다. 이것을 본 국사는 합장하며 지경자에게 배례하고 잘못된 마음을 후회하며 슬퍼하고 강탈한 것을 모두 되돌려주었다. 하지만 성인은 받지 않았다.

---

26 에이지쓰睿實를 가리킴.
27 규슈九州의 다른 이름.
28 성명의 명기를 기한 결자.
29 계율을 어기고 게다가 양심에 가책이 없는 것.
30 국사國守가 사적으로 둔 대관. 국수國守의 자제·집안사람 등이 임명되었음.
31 → 불교. 여기서는 호법동자護法童子.『법화경法華經』을 독송하고 가지기도加持祈禱하면 나타나 병인에게 들러붙어 악령과 싸우고 이것을 격퇴시킴.

지경자는 드디어 목숨이 다할 무렵 자신의 임종 시기를 미리 알고 청정한 장소에 칩거하며 단식하고 『법화경』을 독송하며 합장한 채로 입멸했다.

세간에서 행해지고 있는 『법화경』의 경문을 보지 않고 암송하는 것[32]은 이 지경자로부터 시작되었다고 이렇게 이야기로 전하여 내려오고 있다 한다.

---

32 『법화경法華經』을 '암송하다(暗ニ思ユ)'라는 표현이 권14 제12화·14~17화·24화 등에 보이며 '암송하다(暗ニ誦ス)'라는 표현은 권14 제18화·23화에 보인다. 또한 에이지쓰가 처음으로 『법화경』을 암송했는가에 대한 진위는 알 수 없음.

◉ 제 35 화 ◉
지묘神明의 지경자持經者 에이지쓰審實 이야기

神名睿実持経者語第三十五

今昔、京ノ西ニ神明ト云フ山寺有リ。其ニ睿実ト云フ僧住ケリ。此レハ下賤ノ人ニ非ズ。王孫トゾ聞ケレドモ、慥ニ其ノ人ノ子トハ不知ズ。幼ニシテ父母ヲ離レテ、永ガク仏ノ道ニ入テ、日夜ニ法花経ヲ読誦ス。心ニ慈悲有テ、苦有ル者ヲ見テハ此レヲ哀ブ。

初メハ愛宕護ノ山ニ住シテ、極寒ノ時ニ衣無キ輩ヲ見テハ、服ル衣ヲ脱テ与ツレバ、我レハ裸也。然レバ、大ナル桶ニ木ノ葉ヲ入レ満テヽ、夜ハ其レニ入テ有リ。有ル時ニハ食物絶ヌレバ、竈ノ土ヲ取テ食テ命ヲ継ギケル。其ノ味ヒ甚ダ甘カリケリ。或ル時ニハ心ニ至シテ経ヲ誦スルニ、一部ヲ誦畢ル時ニ、髪ニ白象来テ聖人ノ前ニ見ユ。経ヲ読ム音甚ダ貴シ。聞ク人皆涙ヲ流ス。如此ク年来行ヒテ、後ニハ神明ニ移リ住ケリ。

而ル間、閑院ノ大政大臣ト申ス人御ケリ。名ヲバ公季ト申ス。九条殿ノ十二郎ノ御子也。母ハ延喜ノ天皇ノ御子ニ御ス。其ノ人、其ノ時ニ若クシテ三位ノ中将ト聞エケレバ、所々ニ霊験無シ。然レバ、此ノ睿実止事無キ僧共ヲ以テ加持スト云ヘドモ、露其ノ験無

夏比、瘧病ノ事ヲ重ク悩ミ給ヒケレバ、人ニ令祈ムト思テ、神明ニ行キ給フニ、例ヨリモ疾ク賀耶河ノ程ニテ、其ノ気付ヌ。「神明ハ近ク成ニタレバ、此レヨリ可返キニ非ズ」トテ神明ニ御シ付ヌ。房ノ檜マデ車ヲ曳寄テ、先ヅ其ノ由ヲ云ヒ入サス。持経者ノ云ヒ出ス様、「極テ風ノ病ノ重ク候ヘバ、近来蒜ヲ食テナム」ト。而ルニ、「只聖人ヲ礼ミ奉ラム。只今可返キ様無」ト有レバ、「然ラバ、入レラセ給ヘ」トテ、蔀ノ本ノ立タルヲ取去テ、新キ上莚ヲ敷テ可入給キ由ヲ申ス。三位ノ中将殿、人ニ懸テ入テ臥シ給ヌ。持経者ハ水ヲ浴テ暫許有テゾ出来タル。見レバ、

長高クシテ痩セ枯レタリ、現ニ貴気ナル事無限シ。

持経者、寄来テ云ク、「風病ノ重ク候ヘバ、医師ノ申スニ随ヒ蒜ヲ食シ候ヘドモ、態ト渡ラセ給ヘバ、何デカハトテ参リ候也。亦、法花経ハ浄不浄ヲ可撰給キニモ非ネバ、誦シ奉ラムニ何事カ候ハム」ト云テ、念珠ヲ押擦テ寄ル程ニ、誦シ給、膝ニ枕ヲセサセテ、寿量品ヲ打出シテ読ム音、世ニハ糸憑モシ□貴シ。三位ノ中将殿ノ臥給ヘル寿量品□然ハカク貴キ人モ有ケリト思□。音高クシテ、聞クニ貴ク哀ナル事無限シ。持経者目ヨリ涙ヲ落シテ、泣々ク誦スルニ、其ノ涙病者ノ温タル胸ニ氷ヤカニテ懸ルガ、其レヨリ氷エ弘ゴリテ、打チ振ヒ度々為ル程ニ、寿量品三返許押シ返シ誦スルニ、醒メ給ヌ。心地モ吉ク直リ給ヒヌレバ、返々ス礼テ、後ノ世マデノ契ヲ成シテ返給ヒヌ。其ノ後発ル事無シ。

然レバ、此ノ持経者ノ貴キ思エ、世ニ其ノ聞エ高ク成ヌ。

而ル間、円融院ノ天皇、堀川ノ院ニシテ重キ御悩有リ。様々ノ御祈共多カリ。御邪気ナレバ、世ニ験有リト聞ユル僧共ヲバ員ヲ尽シテ召シ集テ、御加持有リ。然レドモ、露ノ験シ不御サズ。或ル上達部ノ奏シ給ハク、「神明ト云フ山寺ニ、睿実ト云フ僧住シテ、年来法花経ヲ誦シテ他念無シ。彼レヲ召テ御祈有ラムニ何ニ」ト。亦或ル上達部ノ宣ハク、「彼レ道心深キ者ニテ、心ニ任セテ翔ハ、見苦キ事ヤ有ラムト為ラム」ト。亦他ノ人ノ云ク、「験ダニ有ラバ、何ナリトモ有ナム」ト被定テ、蔵人□ヲ以テ召シニ遣ス。蔵人宣旨ヲ奉テ、神明ニ行テ、持経者ニ会テ、宣旨ノ趣ヲ仰ス。持経者ノ云ハク、「異様ノ身ニ候ヘバ、参ラムニ憚リ有リト云ヘドモ、王土ニ居乍ラ何デカ宣旨ヲ背ク事有ラム。然レバ可参キ也」ト云テ出立テバ、蔵人定メテ云ク、「験ダニ有ラト思ツルニ、カク出立テバ、心ノ内ニ喜ビ思テ、同車ニテ参ル。蔵人ハ後ノ方ニ乗レリ。

而ルニ、東ノ大宮ヲ下リニ遣セテ行クニ、土御門ノ馬出シニ、薦一枚ヲ引廻シテ病人臥セリ。見レバ、女也。髪ハ乱レテ、異体ノ物ヲ腰ニ引キ懸テ有リ。世ノ中心地ヲ病ムト見タ

リ。持経者此レヲ見テ、蔵人ニ云ク、「内裏ニハ只今斎実不

参ズト云トモ、止事無キ僧達多ク候ヒ給ヘバ、何事カ候ハム。此ノ病人ハ助クル人モ無カメリ。構テ此レニ物令食テ、夕方参ラム。且ツ今参ル由ヲ奏シ給ヘ」ト。蔵人ノ云ク、

「此レ極テ不便ヒ事也。宣旨ニ随テ参給タラバ、此許ノ病者ヲ見テ逗留シ不可給ズ」ト。持経者、「我君々々」ト云テ、車ノ前ノ方ヨリ踊リ下ヌ。

「物ニ狂フ僧カナ」ト思ヘドモ、可捕キ事ニ非ネバ、車ヲ掻キ下シテ、土御門ノ内ニ入テ、此ノ持経者ノ為ル様ヲ見立レバ、持経者然許穢気ナル所ニ臥タル怖シ気ナル病人ニ、糸睦

マシゲニ寄テ、胸ヲ捫リ頭ヲ抑ヘテ病ヲ問フ。病人ノ云ク、「日来世ノ中心地ヲ病ムヲ、カク出シテ棄置タル也」ト。聖人、事シモ我ガ父母ナドノ病マムヲ歎カムガ如ク歎キ悲デ云

ク、「物ハ不被食カ。何カ欲シキ」ト。病人ノ云ハク、「飯ヲ魚ヲ以テ食ヒ、湯ナム欲シキ。然レドモ、令食ル人ノ無キ也」ト。聖人世レヲ聞テ、忽ニ下ニ着タル帷ヲ脱テ、童子ニ与へ

バ、即チ僧綱ニ可被成

テ、町ニ魚ヲ買ヒ遣ツ。亦、知タル人ノ許ニ飯一盛、湯一

提ヲ乞ニ遣リツ。暫許有テ、外居ニ飯一盛指入テ、坏具シテ、提ニ湯ナド入レテ持来ヌ。亦、魚買ツル童モ、干タル鯛ヲ買テ、持来ツ。其レヲ自ラ小サク繕テ飯ヲ以テ含

メツ、湯ヲ以テ令漉レバ、欲シト思ケレバ、病人ニ湯ハ不似ズ、糸吉ク食ツ。残レルヲバ折櫃ニ入レテ、坏ノ有ルニ湯ハ入レテ、枕上ニ取リ置テ、提ハ返シ遣ツ。其ノ後ニ、薬王品一品

ヲゾ誦シテ令聞メケル。

然テ後ニ、蔵人ノ許ニ来テ、「今ハ然ハ参リ給ヘ。参ラム」ト云テ、車ニ乗テ内裏ニ参タレバ、御前ニ召シツ。「経ヲ誦シ給ヘ」ト仰セ有レバ、

一ノ巻ヨリ始テ法花経ヲ誦ス。其ノ時ニ、御邪気顕レテ、御心地宜ク成セ給ヒヌ。然レ

外居（餓鬼草紙）

514

キ定メ有リト云ヘドモ、持経者固ク辞シテ逃ルガ如クシテ罷出ニケリ。

亦、其ノ後何ナル事ニカ有ケム、持経者鎮西ニ下テ、肥後ノ国ニシテ田畠ヲ令作メ、絹米ヲ貯ヘナドシテ富人ニ成ニケリ。然レバ、其ノ時ノ国ノ司□、此ノ聖人ノ誹謗シテ、「此レハ破戒無慙ノ法師也。聖人ノ財物ヲ皆奪ヒ取ツ。其ノ後、守ノ妻重病ヲ受テ、仏神ニ祈請シ、薬ヲ以テ療治スト云ヘドモ、皆其ノ験無シ。然レバ、守此レヲ歎ク間ニ、目代守ニ云ク、「彼ノ睿実君ヲ請ジテ、法花経ヲ令読テ試ミ給ヘ」ト。守大ニ嗔テ、「其ノ法師更ニ不可召ズ」ト云フヲ、目代尚懃ニ勧メテ云ヘバ、守恐ニ「我レハ不知ズ。汝ガ心」ト云フ。

然レバ、目代睿実ヲ請ズ。睿実君請ニ趣テ、守ノ館ニ行テ、法花経ヲ誦スルニ、未ダ一品ニ不及ザル程ニ、護法病人ニ付テ、屏風ヲ投越シテ、持経者ノ前ニシテ一二百反許打遁テ、投入レツ。其ノ後、病忽ニ止テ、聊ニ苦キ所無シ。

一六 本ノ心也。其ノ時ニ、守掌ヲ合セテ持経者ヲ礼テ、本ノ心ヲ悔ヒ悲デ、奪取レル所ノ物ヲ皆返シ送ル。然レドモ、聖人不請取ズ。

持経者遂ニ命終ル時ニ臨デ、兼テ其ノ時ヲ知テ、浄キ所ニ籠居テ、食ヲ断テ、法花経ヲ誦シテ、掌ヲ合セテ入滅セリ。世ニ法花経ヲ経文ニ不向シテ空ニ読ム事ハ此ノ持経者ヨリナム始メタルトナム語リ伝ヘタルトヤ。

덴노지天王寺 별당別當
도묘道命 아사리阿闍梨 이야기

도묘道命 아사리阿闍梨의 전기를 『법화경法華經』 독송 영험靈驗을 중심으로 기술한 이야기. 독경의 공으로 여인의 난병難病을 치유한 모티브로 앞 이야기와 연결된다. 또한 도묘에 대하여 저속하다는 풍문이 있었는데, 『법화경』 독송이 특히 뛰어났고 그 목소리도 좋았기 때문에 극락에 가게 되었다고 하는 『법화경』 공덕담이다.

　이제는 옛이야기이지만, 도묘道命[1] 아사리阿闍梨라고 하는 사람이 있었다. 도묘는 미천한 가문 사람이 아닌, 부傅[2] 대납언大納言 미치쓰나道綱[3]라는 분의 아들이었으며 또한 천태좌주天台座主[4] 지에慈惠[5] 대승정大僧正의 제자였다. 그는 어렸을 때 히에이 산比叡山[6]에 올라 불도를 수행하고 『법화경法華經』[7]을 신봉하여 수지受持하였다. 도묘는 일심불란一心不亂으로 잡념을 없애고 『법화경』을 독송讀誦했는데, 1년에 한 권을 독송하여[8] 8년 동안 한 부部를

1　호색 파계승으로서 설화화되어, 『고사담古事談』, 『우지 습유宇治拾遺』, 『고금저문집古今著聞集』, 오토기조시御伽草子, 『이즈미 식부和泉式部』 등에 이즈미 식부和泉式部와의 교정交情이 전승됨. 이하, 세 번째 단락 끝까지의 출전은 『법화험기法華驗記』임.
2　＊교육관을 말하며, 미치쓰나道綱는 동궁을 보위하는 동궁부東宮傅였음.
3　→ 인명.
4　→ 불교.
5　→ 인명. 제18대 천태좌주 료겐良源.
6　엔랴쿠지延曆寺(→ 사찰명).
7　→ 불교.
8　한 권을 읽는 데는 몇십 분 걸림. 따라서 여기서의 '독송讀誦'은 경전을 보지 않고 외우는 것을 나타내는 것

전부 독송하였다. 특히 독송하는 도묘의 목소리가 절묘하여 이를 듣는 사람은 누구나 머리를 조아리며 존귀하게 여겼다.

언젠가 아사리가 호린지法輪寺[9]에 칩거하며 예당禮堂[10]에서 『법화경』을 독송하고 있었는데, 때마침 한 명의 노승老僧도 이 절에서 함께 칩거하고 있었다. 이 노승이 당堂에서 꿈을 꾸게 되었는데, 당의 뜰에 고귀하고 위엄이 있는 높은 신분의 사람들이 무수히 많이 모여 계셨는데 그들 모두가 당을 향해 합장을 하고 앉아 계셨다.[11] 노승은 불가사의하게 여기며 조심조심 곁으로 다가가 그 종자 한 사람에게 "여기 계신 건 누구신지요?"라고 물었다. 그러자 종자는

"이분들은 미타케金峰山의 자오藏王,[12] 구마노熊野 권현權現,[13] 스미요시住吉 대명신大明神,[14] 마쓰오松尾 대명신[15]으로 《『법화경』을》[16] 듣고자, 요즘 매일 밤 이렇듯 와 계십니다."

으로 추정.

9 → 사찰명. 권11 제34화 참조.

10 → 불교.

11 해당 부분 이후의 기술에 있어 『법화험기』에서 모든 사람이 제신諸神이 청문하는 것을 견문하고 있다고 한 것을, 이 이야기에서는 꿈속에서 노승과 권속眷屬(→ 불교)의 대화 형식으로 기술하고 있음. 또 『법화험기』에서는 이후에, 스미요시住吉와 마쓰오松尾 두 명신明神이 도묘道命의 『법화경法華經』 독송을 서로 찬탄하는 기사를 게재하고 있음. 또한 도묘의 독경을 범천梵天·제석천帝釋天 등의 제천諸天, 도소신道祖神이 청문한다는 유화類話는 『고사담』 권3, 『우지 습유』(1), 『잡담집雜談集』 권7, 『동재수필東齋隨筆』 호색류好色類에서도 보임. 권12 제6화에도 아쓰타熱田 명신이 주코壽廣의 법회를 청문하러 온다는 이야기가 있음.

12 → 불교. 요시노 산吉野山 자오藏王는 에役 행자行者가 미타케金峰山에서 수행 중에 감득했음. 자오당藏王堂은 현재 긴푸센지金峰山寺의 본당임.

13 구마노熊野 세 곳의 권현權現을 말함. 구마노(→ 사찰명) 삼사三社의 주제신主祭神. 게쓰미코노카미家都御子神(와카야마 현和歌山縣 히가시무로 군東牟婁郡 모토미야 정本宮町의 구마노 모토미야 대사熊野本宮大社), 구마노 하야타마노카미速玉神(신구 시新宮市 구마노 하야타마 대사), 구마노 후스미노카미夫須美神(히가시무로 군 나치카쓰우라 정那智勝浦町의 구마노 나치那智 대사).

14 스미요시 대사住吉大社(오사카 시大阪市 스미요시 구區 스미요시 정町)의 제신祭神. 쓰쓰노오노미코토筒男命 삼신과 오키나가타라시히메노미코토息長足姬命(진구神功 황후皇后).

15 마쓰오 대사(교토 시京都市 니시쿄 구西京區 아라시야마미야 정嵐山宮町)의 제신. 오야마쿠이노미코토大山咋命와 이치키시마히메노미코토市杵島姬命.

16 저본의 파손에 의한 결자. 전후 문맥에 따라 '도묘가 독송하는 『법화경』을'이란 뜻의 어구가 들어갈 것으로 추정.

라고 답했다. 노승이 잠에서 깨어《보니》[17] 도묘 아사리가 예당에 자리하여 소리 높여 『법화경』 제6권을 독송하고 있는 것이었다. 노승은 '그렇다면 이 경經을 청문하고자 수많은 존귀한 신들이 오셨던 것이로구나.'라는 생각이 들었다. 그래서 더할 나위 없이 존귀하게 여겨 자리에서 일어나 눈물을 흘리며 예배하였는데 당 뜰에 신들이 모여 청문하고 계셨던 것을 생각하니 이루 말할 수 없이 두려워져서 그곳을 떠났다.

또 이런 이야기가 있다. 어떤 한 여인이 이 당에 칩거하였다. 만만치 않은 사기邪氣[18]로 인해 고통을 받았기에 칩거한 것이었다. 몇 달이나 병을 앓았는데 어떻게 할 도리가 없었다. 그러던 중 이 병든 여인이 도묘 아사리가 독송하는 것을 듣고 있었는데, 느닷없이 악령惡靈[19]이 나타나

"나는 네 남편이다. 너를 굳이 괴롭히려고 한 것은 아니나, 나 자신의 고통을 견디기 어려웠기에 하는 수 없이 네게 옮겨 붙어 괴롭히게 된 것이다. 나는 생전에 온갖 악행을 일삼고, 살아 있는 것을 죽이거나 불물佛物을 훔쳤다. 티끌만큼의 선근善根[20]도 쌓은 적이 없었기에 그 결과 지옥[21]에 떨어져 끊임없이 고통을 받고 있었다. 그런데 이번에 도묘 아사리가 독송하는 『법화경』을 듣고 지옥의 고통에서 벗어나 이내 가벼운 고통을 받게 되었다. 이른바 사신蛇身으로 다시 태어난 것이다.[22] 만약 다시 한 번 이 경을 듣는다면 분명 이 사신을 버리고 선소善所[23]에 태어날 수 있을 것이다. 너는 곧장 그 아사리가 있는 곳으로 나를 데려가 경을 듣게 하여라."

---

17 파손에 의한 결자. 『법화험기』의 기사를 근거로 보충함.
18 권12 제35화 참조.
19 권12 제35화 참조.
20 → 불교.
21 → 불교.
22 사도蛇道는 지옥보다 죄가 가벼운 자가 전생轉生하는 고계苦界라고 여겨짐.
23 → 불교. 육도六道 가운데 인간·천상의 두 도道. 또 제불諸佛의 정토淨土.

라고 하였다. 이것을 듣고 여인은 아사리의 거처를 찾아가 뵙고 악령에게 경을 들려주고자 했다. 사정을 전해들은 아사리는 그 영사靈蛇[24]를 위해 열심히 『법화경』을 독송하여 주었는데, 그러자 또 다시 영靈이 나타나 "다시금 이 경을 들었기에 이제 나는 사신에서 벗어나 천상에서 태어날 수 있게 되었다."라고 말했다. 그 후 이 여인은 무병장수無病長壽하였다.

또 이런 이야기도 있다. 도묘 아사리가 쇼샤 산書寫山[25]의 쇼쿠性空[26] 성인聖人[27]과 결연結緣[28]하기 위해 그 산으로 찾아가 성인을 만나 후세의 연緣을 맺고, 밤이 되어 근처 승방僧房으로 가 휴식을 취하고 있었다. 해시亥時[29] 무렵 아사리는 『법화경』을 독송하였다. 그런데 승방 처마 쪽에서 사람이 숨죽여 우는 소리가 경을 독송하기 시작했을 때부터 독송이 끝날 때까지 들려왔다. 때때로 손바닥으로 염주 굴리는 소리도 났다. 아사리는 '대체 누가 이리도 울고 있는 것일까.'라고 생각하여, 독송이 끝난 후, 살그머니 미닫이를 조금 열어 들여다보았더니 쇼쿠 성인이 아사리가 독송하는 것을 듣고 존귀하게 여기며, 승방 처마 아래에 웅크리고 앉아 눈물을 흘리면서 듣고 있는 것이었다. 그것을 본 아사리는 □□□[30] 허둥지둥 마루에서 내려와 성인 앞에 넙죽 엎드렸다. 이 아사리의 송경誦經은 목소리에 생기가 있고, □□□□□[31]도 있어 그 존귀함은 말할 것도 없었다.

---

24 악령이 전생한 뱀.
25 권12 제34화 참조. 히메지 시姫路市의 서북부, 시카마 군飾磨郡 유메사키 정夢前町과의 경계에 있는 산. 표고 368.2m. 산정부에는 작은 기복의 대지臺地로 쇼샤 산書寫山 엔교지圓教寺의 가람伽藍이 세워져 있음. 엔교지는 강보康保 3년(966) 쇼쿠性空가 개기開基인 천태종의 명찰名刹. 서국西國 33곳 관음영장觀音靈場 27번 찰소札所이기도 함.
26 → 인명.
27 → 불교.
28 불연佛緣을 맺는 것. 즉 성불이나 득도의 인연을 맺는 것.
29 오후 10시경.
30 저본의 파손에 의한 결자. '곧바로' 등의 의미의 어구가 들어갈 것으로 추정.
31 저본의 파손에 의한 결자. 해당어구 불명.

대체로 아사리는 송경이 뛰어날 뿐만 아니라 재치 있는 화술도 능하여 재미있는 이야기를 하여 사람들을 잘 웃게 만들었다. 아사리가 중궁中宮[32]을 알현하러 갔을 때 중궁을 모시는 시녀가 "인경引經[33]에서는 어떤 부분이 고귀합니까?"라고 물었다. 이에 아사리가 "비파琵琶, 요경鐃鏡,[34] 동발銅鈸[35]이란 부분이 뭐니뭐니 해도 인引하기에는[36] 고귀하지요."라고 답하였기에 시녀는 크게 웃었다.

이런 이야기도 있다. 무쓰陸奧의 수령 미나모토노 요리키요源賴淸[37]란 사람이 좌근대부左近大夫[38]로 몹시 여의치 않은 살림을 꾸리고 있었는데, 아사리의 아버지 부傅 대납언大納言 대납언[39]과의 관계[40]로 인해 요리키요는 아사리하고도 가깝게 지내고 있었다. 그런 까닭에 요리키요는 평소에도 아사리의 승방에 드나들었다. 하루는 그 승방에서 요리키요가 죽[41]을 먹은 일이 있었는데, 죽이 국물뿐이라 아사리에게 "이 댁 죽은 국을 말하는 건가?"라고 하였다. 아사리는 즉시 응수하여 "도묘 가에서 죽은 국이라네. 당신네 밥은 팍팍하잖아."[42]라고 말했기에, 그 자리에 있던 사람은 턱이 빠질 정도로 크게

---

32 미상. 도묘는 관인寬仁 4년(1020)에 47세로 세상을 떠났기 때문에, 시대적으로는 이치조一條 천황天皇의 중궁中宮 조토몬인上東門院 후지와라노 쇼시(아키코)藤原彰子로 추정. 쇼시는 장보長保 2년(1000)에 중궁이었음. 그러나 산조三條 천황의 중궁 후지와라노 겐시(기요코)藤原妍子(장화長和 원년(1012) 중궁), 고이치조後一條 천황의 중궁 후지와라노 이시藤原威子(관인 2년(1018) 중궁)의 가능성도 있음.

33 인성引聲(→ 불교)의 경. 목소리를 길게 끌어서 느린 곡조로 풍송諷誦하는 경.

34 '요경鐃鏡'(→ 불교).

35 → 불교.

36 '인경引經'의 '引'은 일본어로 '히쿠ひく'로 발음하는데, 비파를 연주하다 할 때의 '연주하다' 또한 '히쿠ひく'라고 발음한다. 결국 도묘 아사리는 동음이어를 이용하여 법회 때 쓰는 악기인 요, 동발을 나열하여 농담을 섞은 익살스런 말을 한 것임. 『영화榮花』 권22에 관련 기사 있음.

37 → 인명.

38 좌근위부左近衛府의 장감將監(삼등관三等官)으로 오위五位인 자. 좌근위부는 우근위부右近衛府와 함께 궁중 경호나 천황의 행차의 수행을 맡은 관청.

39 → 인명(부傅 대납언大納言 미치쓰나).

40 요리키요賴淸와 미치쓰나와의 구체적인 관계는 불명.

41 고죽固粥과 즙죽汁粥이 있었는데, 전자가 오늘날의 밥이고 후자가 죽. 여기서는 즙죽을 먹는 것임.

42 요리키요의 반쯤 조롱하는 말에 대해, 도묘는 '먹기 팍팍하다固(かた)い'를 얻기 어렵다는 의미의 '(살기) 팍

웃었다. 이렇듯 아사리는 악의 없는 농담을 하곤 했다.

한편 아사리가 세상을 떠난 후, 아사리와 생전에 허물없이 지내던 사람이 '아사리는 대체 어디에 태어났을까?'라고 생각하던 중 꿈을 꾸게 되었다. 꿈 속에서 어느 큰 연못가에 다다르니 연꽃이 연못 가득 피어 있었다. 그 연못 가운데서 독경소리가 들리기에 자세히 들어보니, 고故 도묘 아사리의 목소리였다. 그래서 불가사의하게 여기며 수레에서 내려 연못 가운데를 보자, 아사리가 손에 경을 쥐고 입으로 경을 독송하면서 배를 타고 다가왔다. 그 목소리의 크기가 생전보다 열 배는 컸다. 아사리는 이야기했다.

"나는 생전에 삼업三業[43]을 청정하게 닦지 못하고 오계五戒[44]를 지키지 않았으며 제멋대로 죄를 지었습니다. 특히 덴노지天王寺[45]의 별당別當[46]으로 있는 동안, 본의 아니게 절 물건을 도용하였습니다. 그 죄로 인해 정토[47]에 태어날 수 없었는데, 『법화경』을 독송한 공덕功德으로 삼악도三惡道[48]에는 떨어지지 않고, 이 연못에 살면서 『법화경』을 독송하고 있는 것입니다. 괴로움은 전혀 없습니다. 앞으로 두세 해 연못에서 보낸다면 도솔천兜率天[49]에 태어날 것입니다. 당신과는 옛날 절친했던 것을 잊지 못해 지금 찾아와 고하는 것입니다."

라고 말했다.

팍하다難(かた)い'로 동음이어로 받아치고 요리키요의 빈궁한 처지를 드러낸 농담. 언어유희에 의한 즉흥적인 응수가 가벼운 유머가 된 것으로, 화술이 능란하고 소탈한 도묘의 모습을 그리고 있음.

43 → 불교.
44 → 불교.
45 『승관보임僧官補任』 '덴노지 별당차제天王寺別當次第'에 따르면, 도묘는 장화長和 5년(1016) 5월 18일, 제27대 덴노지天王寺 별당別當으로 임명됨. 치산治山 5년.
46 → 불교.
47 → 불교.
48 → 불교.
49 → 불교.

이 사람이 잠에서 깨어난 후 깊이 감동하여,[50] 이 일을 사람들에게 이야기한 것을 듣고 전하여 이렇게 이야기로 전하여 내려오고 있다 한다.

---

[50] 이 전후 『법화험기』에는 "잠에서 깨어나 더할 나위 없이 감읍하였다."라고 되어 있음.

天王寺別当道命阿闍梨語第三十六

今昔、道命阿闍梨ト云フ人有ケリ。此レ、下姓ノ人ニ非ズ。傳ノ大納言道綱ト申ケル人ノ子也。天台座主慈恵大僧正ノ弟子ニナム有ケル。幼ニシテ山ニ登テ仏ノ道ヲ修行ジ、法花経ヲ受持ス。初メ心ヲ一ツニシテ、他ノ心ヲ不交ズシテ花経ヲ誦スルニ、一年ニ一巻ヲ誦シテ、八年ニ一部ヲ誦シ畢ル。

就中ニ、其ノ音微妙ニシテ、聞ク人皆首ヲ低ケ不貴ズト云フ事無シ。而ル間、阿闍梨法輪ニ籠テ礼堂ニ居テ法花経ヲ誦スルニ、老僧有テ、亦其ノ寺ニ籠リ合タリ。老僧御堂ニシテ、夢ニ、堂ノ庭ニ止事無ク気高ク器量シキ人々隙無ク在マシテ、皆掌ヲ合セテ堂ニ向テ居給ヘリ。老僧此レヲ怪ムデ、恐々ヅ寄テ、一人ノ眷属ニ、「此レハ、誰ガ御坐スゾ」ト問ヘバ、答テ云ク、「此レハ、金峰山ノ蔵王、熊野ノ権現、住吉ノ大明神、松尾ノ大明神等ノ□聞ガ為ニ、近来、毎夜ニ如此ク御坐ヌル也」ト告グル、ト見テ夢覚テ□道命阿闍梨ノ礼堂ニ居テ、音ヲ挙ツ、法花経ノ六ノ巻ヲ誦スル也ケリ。「然バ、此ノ経ヲ聴聞セムガ為ニ、若干ノ止事無キ神等ハ来リ給フニコソ有ケレ」ト思フニ、貴キ事無限クシテ、立テ泣々ク礼拝シテ、庭ヲ思遣ルニ恐シケレバ立チ去ヌ。亦、一人ノ女有テ此ノ堂ニ籠レリ。強キ邪気ニ煩テ籠レル也。月来悩テ、更ニ可為キ方無シ。而ルニ、病女此ノ阿闍

梨ノ経誦スルヲ聞テ、悪霊忽ニ現ハレテ云ク、「我レハ此レ汝ガ夫也。強ニ汝ヲ悩マサムト思フ事無シト云ヘドモ、身ノ苦ビ難堪シ。依テ、自然ラ託キ悩マス也。

時、諸ノ悪キ事ヲ汝ノミ好テ、生類ヲ殺シ、仏ノ物ヲ犯セリキ。一塵ノ善根ヲ不造ズ。此ニ依テ、地獄ニ堕テ、苦ヲ受ル事陳無シ。而ル間、此ノ道命阿闍梨ノ法花経ヲ誦スルヲ聞テ、地獄ノ苦ヲ免レテ、忽ニ軽キ苦ヲ受ク。所謂ル蛇身ノ形ヲ受タル也。若シ亦彼ノ経ヲ聞カバ、必ズ蛇ノ身ヲ棄テ、善所ニ生ル、事ヲ得ム。汝ヂ速ニ我レヲ彼ノ阿闍梨ノ所ニ将行テ、経ヲ令聞メヨ」ト。女此レヲ聞テ、阿闍梨ノ住所ヲ尋テ、詣デ、経ヲ令聞ム。阿闍梨此レヲ聞テ、心ヲ発シテ彼ノ霊蛇ノ為ニ法花経ヲ誦スルニ、霊亦現ハレテ云ク、「我レ亦此ノ経ヲ聞クニ依テ、既ニ蛇身ヲ免レテ、天上ニ生レヌ」トナム云ケル。其ノ後彼ノ女人塵許モ煩フ事無クシテ久ク有ケリ。

亦、阿闍梨、書写ノ山ノ性空聖人ニ結縁セムガ為ニ、彼ノ山ニ行テ、聖人ニ会テ、後ノ世ノ事契ヲ成シテ、夜ハ傍ナル

房ニ出デ、息ム。亥時計ニ成ナルニ、阿闍梨法花経ヲ誦ス。房ノ檜ノ方ニ、誦シ始ムルヨリ読畢ルマデ忍テ泣ク人ノ気色聞ユ。時々手ヲ押シ摺ル念珠ノ音モ有リ。

「何人ノ此ハ泣キ居タルニカ有ラム」ト思テ、誦シ畢テ、和遣戸ヲ細目ニ開キテ臨ケバ、聖人ノ、阿闍梨ノ経誦スルヲ聞テ、貴ムデ、房ノ檜ノ景ニ屈リ居テ、泣々聞ク也ケリ。其ノ時ニ、阿闍梨□□□板敷ヨリ迷ヒ下テ畏リ申サレケリ。此ノ阿闍梨ノ経ハ劉々シク有□□有リ、貴□方ハタラ並ビ無シ。

凡ソ、経ノミニ非ズ、物云フ事ゾ極テ興有テ可咲カリケル。中宮ニ阿闍梨ノ参タリケルニ、女房ノ問ケル様、「引経ニハ何ウカ貴クハ有ル」ト。阿闍梨、「琵琶、饒、銅鈸ト云フ所コソ引クニハ貴ケレ」ト答ケレバ、女房イミジウ咲ケリ。

琵琶（当麻曼荼羅縁起）

亦、陸奥ノ守源ノ頼清ノ朝臣ト云フ人、左近ノ大夫トテ

極テ不合ニテ有ケル時ニ、此ノ阿闍梨ハ、父ノ傅ニ大納言ノ

縁ニ依テ親シカリケレバ、常ニ其ノ房ニ行ケリ。而ルニ、其

ノ房ニシテ頼清粥ヲ食ケルニ、粥ノ汁ナリケレバ、頼清、

「此ノ御房ニハ粥コソ汁ナリケレ」ト云ヘバ、阿闍梨、「道

命ガ房ニハ粥汁也。主ノ御家ニハ飯固シ」ト云ケレバ、其ノ

座ニ有リト有ル人、頤ヲ放テゾ咲ケル。如此ク罪軽クテゾ過

ギニケル。

死テ後ニ、得意ト有ケル人、「阿闍梨ハ何ナル所ニカ生レ

タラム」ト思フ程ニ、其ノ人ノ夢ニ、一ノ大ナル池ノ辺ニ至

ルニ、蓮盛ニ開テ池ニ満タリ。池ノ中ニ経ヲ誦スル音聞ユ。

吉ク聞ケバ、故道命阿闍梨ノ音ニテ有リ。其ノ時ニ怪ムデ、

車ヨリ下テ池ノ中ヲ見レバ、彼ノ阿闍梨手ニ経ヲ捲テ、口ニ

経ヲ誦シテ、船ニ乗テ来タリ。其ノ音生タリシ時ニハ十倍セ

リ。語テ云ク、「我レ生タリシ時、三業ヲ不調ズ、五戒ヲ不

持ズシテ、心ニ任セテ罪ヲ造リキ。就中ニ、天王寺ノ別当ト

有シ間ニ、自然ラ寺物ヲ犯用シキ。其ノ罪ニ依テ、浄土ニ生

ル、事ヲバ不得ズト云ヘドモ、法花経ヲ読奉リシ其ノ力ニ依

テ、三悪道ニ不堕ズシテ、此ノ池ニ住テ法花経ヲ読奉ル。更

ニ苦無シ。今両三年畢テ後、親率天ニ可生シ。昔ノ契リ于

今不忘ズシテ今来テ告ル也」トナム云ヒケル。

夢覚テ後、極テ哀ニ思テ、人ニ語ケルヲ聞伝ヘテ語リ伝ヘ

タルトヤ。

신제이信誓 아사리阿闍梨가 법화경法華經의 힘으로 부모를 살린 이야기

법화지경자法華持經者 신제이信誓 아사리阿闍梨의 정진精進 수행의 갸륵함과 독경의 공덕으로 부모를 소생시킨 영험靈驗을 전하는 이야기.

이제는 옛이야기이지만, 신제이信誓[1] 아사리阿闍梨라는 사람이 있었는데 아와安房의 수령 다카시나노 가네히로高階兼博[2]의 아들이었다. 천태天台[3]의 간묘觀命[4] 율사律師의 제자로 어릴 적부터 『법화경法華經』[5]을 신봉하여 밤낮 으로 독송讀誦하였다. 또한 진언眞言[6]을 공부하고 조석朝夕으로 수행을 게을 리하지 않았다.

어느 날, 아사리는 독실한 도심道心이 생겨 현세[7]의 명예나 욕망을 깨끗이 버리고 오로지 후세[8]의 불과佛果[9] 보리菩提[10]를 바라게 되었다. 그리하여 히

1　미상. 『법화험기法華驗記』에는 "가네히로의 제삼남兼傳第三男"이라고 되어 있음.
2　미상. 다카시나高階 가문의 족보에서 찾을 수 없음. '아와安房 수령 다카시나노 마히토가네히로高階眞人兼傳'(『법화험기』).
3　히에이 산比叡山.
4　『법화험기』에는 "觀明律師"라고 되어 있음. '勸命律師'를 잘못 표기한 것으로 추정 → 인명.
5　→ 불교.
6　→ 불교.
7　→ 불교.
8　→ 불교.

에이 산比叡山을 떠나 곧바로 단바 지방丹波國[11] 후나이 군船井郡[12] 다나나미棚波[13] 폭포라는 곳으로 갔다. 아사리는 이곳에 칩거하며 『법화경』을 독송하고 진언을 읊었으며 오로지 성불을 기원하였다. 그러자 용모 단정한 동자가 아사리 앞에 나타났다. 대체 어디서 온 사람인지 몰라 불가사의하게 생각하고 있자, 그 동자가 아사리를 향해 아름다운 큰 목소리로 읊조렸다.

아래청법화我來聽法花 수과사홍원遂果四弘願 당종기구출當從其口出 전단미묘향梅檀微妙香[14]

동자는 이렇게 읊조린 후 잠시 동안 아사리가 『법화경』을 독송하는 것을 듣고 있었는데, 갑자기 사라져 버렸다. 아사리는 기이하게 여기며, '어디로 가버린 걸까?'라고 생각하고 동자를 찾았지만 전혀 보이지 않았다. 결국 그 동자가 누구였는지 알지 못한 채 '천동天童[15]이 내려와 나를 칭송해준 것이리라.'라고 생각하며, 눈물을 흘리고 더할 나위 없이 존귀하게 여겼다.

그러던 중, 아버지 가네히로兼博가 국사國司가 되어 아와 지방으로 내려왔다. 아사리도 부모의 간청에 못 이겨 함께 그 지방으로 내려가게 되었다. 아와 지방에 있는 동안 존귀한 승려라는 아사리의 평판이 자자하여 그 지방 사람들이 모두 고개를 조아리고 깊이 공경하였다. 그러나 아사리는 내심

---

9 → 불교.
10 → 불교.
11 → 옛 지방명.
12 현재의 교토 부京都府 후나이 군船井郡. 교토 부의 북서부. 『법화험기』에는 '단고 지방丹後國 후나이 군船井郡'으로 되어 있는데 오기誤記임.
13 소재지 불명.
14 사구四句의 게偈. '나는 이곳에 와 『법화경』을 청문하고, 드디어 사홍서원四弘誓願을 이룰 수 있었다. 그대의 법화法花 독송讀誦하는 입에서는 전단梅檀의 훌륭한 향기가 나는구나.'라는 뜻. 사홍원四弘願은 사홍서원(→불교)의 약자임.
15 → 불교.

'나는 오랜 세월 『법화경』을 수많이 독송하고, 불법을 수행했기 때문에 필시 그 공덕¹⁶은 헤아릴 수 없는 것이리라. 하지만 이 세상에서 오래 살아 있으면 언젠가는 죄업罪業을 짓고 생사生死¹⁷를 윤회輪廻하게 될 것이 틀림 없다. 그러니 빨리 생을 마감하여 악업惡業¹⁸을 짓지 말아야겠다.'

라고 생각하였다. 그래서 먹기만 하면 반드시 죽음에 이르는 독을 찾아 먹고자 하여, 우선 부자附子¹⁹를 먹었으나 죽지 않았다. 그래서 그 다음으로 "와타리和多利²⁰라는 버섯을 먹으면 반드시 죽는다."라는 이야기를 듣고 산에서 따와 은밀히 먹었다. 그러나 아사리는 이번에도 죽지 않았다. 아사리가 '이것은 불가사의한 일이다. 나는 독약을 먹어도 『법화경』의 영험에 의해 죽지 않는 것이다.'라고 생각하니 "도장불가刀杖不加 독불능해毒不能害"²¹ 란 경문이 떠올라 더할 나위 없이 감개무량하였다. 그 후 아사리의 꿈²²에 어떤 사람이 나타나 "성인聖人²³의 신력信力은 청정하도다. 더욱 『법화경』을 독송하여라."라고 말했다. 그 사람을 자세히 보니 보현보살普賢菩薩²⁴의 모습을 하고 있었다. 아사리는 잠에서 깬 후 더욱 깊은 신앙심으로 『법화경』을 독송하게 되었다.

그 무렵 온 나라에 전염병이 유행하여 아사리도 그 병에 걸리게 되었다.

---

16 → 불교.
17 → 불교.
18 → 불교.
19 투구꽃의 뿌리에서 채취한 독약. 『법화험기』에선 "부자라는 독초附子毒草名也"라고 되어 있음.
20 독버섯의 일종으로 모양은 느타리버섯과 비슷함. 『법화험기』에는 "와타리라는 독버섯和多利毒茸名也"이라고 되어 있음. 권28 제18화에도 와타리和多利를 먹는 이야기가 있음.
21 『법화경法華經』 권5의 안락행품安樂行品에 있는 구절. (『법화경』을 독송하는 사람의 몸은 『법화경』의 영력 때문에) 칼이나 지팡이로 때려도 위해를 가할 수 없고, 독물로 해를 입힐 수도 없다는 뜻임.
22 『법화험기』에서는 이 앞에 "이내 심신이 피곤하여 법화 독송을 하지 않고 하룻밤 쉬었는데, 축시丑時에 꿈을 꿨다."라고 되어 있음. 신제이信叡의 태만한 수행을 기록한 것으로 편자가 의도적으로 생략한 것으로 추정됨.
23 → 불교.
24 → 불교.

부모도 똑같이 발병하여 괴로워하고 있었는데, 그때 아사리가 꿈을 꿨다. 오색[25] 귀신鬼神[26]이 모여들어, 아사리와 부모를 몰아세워 □□[27] 물러 □[28] 명도冥途[29]로 가던 중에 귀신이 말하기를 "아사리를 용서해줘라. 이 자는 법화 지경자[30]이다."라며 용서해 주었다. 아사리는 이러한 꿈을 꾸고 잠에서 깨어났다. 그러자 아사리의 병은 완쾌되어 건강을 되찾게 되었다. 그러나 부모는 병으로 인해 목숨을 잃고 말았다. 아사리는 이를 보고 눈물을 흘리며『법화경』을 독송하여 부모를 소생蘇生시키고자 기원하였다. 그러자 아사리의 꿈에『법화경』제6권[31]이 하늘에서 떨어져 내려왔다. 그 경經에 편지가 달려 있었는데 그 편지를 펼쳐 보니 거기에는

"네가『법화경』을 외워 부모를 소생시키고자 기원한 까닭에 곧 부모의 명을 늘려 이번만은 되돌려 보내 주겠노라. 이것은 염마왕閻魔王[32]의 서면이니라."

라고 쓰여 있었다. 잠에서 깨어 부모를 보니 정말 되살아났다. 아사리는 부모에게 명도에서 있었던 일을 이야기해 주었는데 부모는 이것을 듣고 더할 나위 없이 기뻐하며 존귀하게 여겼다. 그리고 이 이야기를 들은 사람 모두가 감읍하여 존경하였다.

---

25 청·황·적·백·흑의 다섯 종류의 색. 밀교에서는 이 다섯 색을 오불五佛·오지五智·오자五字·오대五大에 짝지어 중요시함.
26 여기서는 명도冥途에서 온 사자. 지옥의 오니鬼들을 가리킴.
27 저본의 파손에 의한 결자.
28 저본의 파손에 의한 결자.
29 → 불교.
30 지경자는 항상 불경을 몸에서 떼어놓는 일 없이 가지고 다니며 독송 수행하는 자를 말함. 특히『법화경』지자에 대해 말함.
31 『법화경』권6의 여래수량품如來壽量品 제16은 석가여래의 수명이 무량無量하여 상주불멸常住不滅인 것을 이야기하는 것에서 연명장수延命長壽·무병식재無病息災의 공덕이 있다고 신앙되었음. 그 까닭에 여기서『법화경』권6이 하늘에서 내려온 것임.
32 → 불교.

아사리가 일생 동안 읽은 『법화경』은 일 만부이고, 그 밖의 근행勤[33]도 매일 게을리한 적이 없었다.

현세의 이익利益[34]은 실로 이러한 것이다. 후세의 성불은 의심할 여지가 없다고 이렇게 이야기로 전하여 내려오고 있다 한다.

33 『법화험기』는 『관무량수경觀無量壽經』, 『소아미타경小阿彌陀經』, 대불정大佛頂·수구隋求·천수千手 등의 다라니陀羅尼의 독송을 듦.

34 → 불교.

信誓阿闍梨依経力活父母語第三十七

今昔、信誓阿闍梨ト云フ人有ケリ。安房ノ守高階ノ兼博ノ朝臣ノ子也。幼稚ノ時ヨリ法花経ヲ受持テ日夜ニ読誦ス。亦、真言ヲ受ケ習テ朝暮ニ修行ズ。

而ル間、堅固ニ道心発ケレバ、永ク現世ノ名聞利養ヲ棄テ、偏ニ後世ノ仏果菩提ヲ願ヒケリ。然レバ、本山ヲ去テ、

忽ニ丹波ノ国、船井ノ郡、棚波ノ滝ト云フ所ニ行テ、其ニ籠居シ□。法花経ヲ誦シ、真言ヲ満テ、専ニ菩提ヲ祈ル。

而ル間、形貌端正ナル童子阿闍梨ノ前ニ出来レリ。此レヲ何ヨリ来レル人ト不知ズシテ怪ビ思フ程ニ、童子阿闍梨ニ向テ微妙ノ音ヲ挙テ誦シテ云ク。

我来聴法花　遂果四弘願
当従其口出　栴檀微妙香

ト誦シテ、暫ク阿闍梨ノ法花経誦スル聞テ、即チ不見ズ。阿闍梨奇異ク思テ、「何コヘ行ヌルゾ」ト思テ求ルニ、更ニ無シ。遂ニ誰ト不知ザルニ依テ、涙ヲ流シテ貴ブ事無限シ。

而ル間、父兼博国司トシテ安房ノ国ニ下向。而ルニ、阿闍梨父母ノ懃ノ言ニ依テ、其ノ国ニ下向ス。国ニ有ル間、威勢無限クシテ、国人頭ヲ低ケ敬フ事無限シ。爰ニ、阿闍梨心ノ内ニ思ハク、「我レ年来、多ノ法花経ヲ読誦シ、法ヲ修行ジテ、必ズ其ノ功徳無量ナラム。其レニ、世ニ久ク有ラバ、罪業ヲ造テ生死ニ輪廻セム事疑ヒ不有ジ。然レバ、只不如ジ、

巻空ヨリ飛ビ下リ給フ。其ノ経ニ文ヲ副テ下レリ。其ノ文
ヲ開テ見レバ、文ニ云ク、「汝ガ法花経ヲ誦シテ父母ヲ令蘇
生ムト祈ルガ故ニ、忽ニ父母ノ命ヲ延ベテ、此ノ度ハ返シ送
ル也。此レ閻魔王ノ御書也」ト。夢覚テ父母ヲ見ルニ、苦ニ
蘇生セリ。阿闍梨冥途ノ事ヲ語ル。父母此レヲ聞テ、喜ビ貴
ブ事無限シ。此レヲ見聞ク人皆涙ヲ流シテ貴ビケリ。
阿闍梨、一生ノ間ニ読ム所ノ法花経一万部、其外ノ勤メ、
毎日ニ不怠ズ。

現世ノ利益既ニ如此シ、後世ノ菩提不可疑ズトナム語リ伝
ヘタルトヤ。

疾ク死テ悪業ヲ不造ジ」ト思テ、必ズ可死キ毒ヲ尋テ食ハム
ト為ルニ、初ハ附子ヲ食フニ不死ズ。次ニハ、「和多利ト云
フ苢必ズ死ヌル物也」ト聞テ、山ヨリ取リ持来テ蜜ニ食ツ。
其レニモ尚ホ不死ネバ、「此レ希有ノ事也。我レ毒薬ヲ食ト云
ヘドモ、法花経ノ力ニ依テ不死ヌ也」ト思フニ、「刀杖不加
毒不能害」ノ文思ヒ合セラレテ、哀ニ悲キ事無限シ。其ノ後、
夢ニ二人来テ告テ云ク、「聖人ノ信力清浄也。吉ク法花経ヲ
可誦シ」ト。其ノ人ヲ慥ニ見レバ、普賢菩薩ノ形也。夢覚テ
後、弥ヨ信ヲ凝シ法花経ヲ読誦ス。

而ル間、天下ニ疫病発テ、阿闍梨病ヲ受ツ。亦、父母共ニ
病ヲ受テ病ミ悩ム間、阿闍梨ノ夢ニ、五色ノ鬼神集会シテ駈
リ[九]退[10]冥途ニ行ク程ニ、鬼神ノ云ク、「阿闍梨ヲバ免
セ。此レハ法花ノ持者也」ト云テ免ス、ト見テ夢覚ヌ。然レ
バ、阿闍梨ノ病止テ、本ノ如クニ成ヌ。但シ、父母ハ既ニ死
タリ。阿闍梨此レヲ見テ、涙ヲ流シテ、泣々ク法花経ヲ誦シ
テ、父母ヲ令蘇生ムト祈ル間、阿闍梨夢ニ、法花経ノ第六

천태天台 승려 엔쿠圓久가 가즈라키 산葛木山에서 선인仙人의 송경誦經을 들은 이야기

천태天台 승려 엔쿠圓久가 달 밝은 밤에 가즈라키 산葛木山의 삼나무 아래에서 『법화경
法華經』을 독송하고 있었는데, 정체를 알 수 없는 자가 사구四句의 게偈를 읊고는 날아
가 버렸다. 장소가 가즈라키 산이라는 점에서 그가 선인仙人일 것이라고 생각했다는
이야기로 『법화경』 독송讀誦의 존귀함을 기술한 앞 이야기와 연결된다.

이제는 옛이야기이지만, 히에이 산比叡山의 서탑西塔[1]에 엔쿠圓久[2]라는 승
려가 있었는데 쇼구聖救[3] 대승도大僧都의 제자였다. 아홉 살 나이에 집을 나
와 히에이 산에 올라 출가한 뒤 스승을 따라 현교顯教[4]와 밀교密教의 교리를
익히고, 『법화경法華經』[5]을 신봉하여 밤낮으로 독송하고 있었다. 그 독송소
리가 비할 데가 없이 존귀하여 이를 들은 사람들은 모두 눈물을 흘렸다. 엔
쿠가 도읍의 거리로 나와 독경하자 그에 대한 평판이 더욱 높아졌고 조정이
나 높은 귀족의 집에도 출입하는 등 존경을 받았다.

---

1 → 사찰명.
2 미상. 또한 『이중력二中歷』 권13·명인력名人歷의 독경상수부속讀經上手付俗의 항 및 『독경구전명경집讀經口
傳明鏡集』(영정본永正本에서는 "게이엔慶圓 대승정大僧正 제자弟子"라고 주기注記 됨)에 엔쿠圓久의 이름이
보임. 또 관홍寬弘 4년(1007) 2월 13일 영산원靈山院 석가당釋迦堂을 공양한 '엔쿠圓救'(『헤이안 유문平安遺
文』 보보 263호 '영산원 과거장過去帳')는 동일 인물인지 불명확함.
3 → 인명.
4 → 불교.
5 → 불교.

그러나 엔쿠는 그 후 도심道心을 일으켜 세상의 영화榮華를 전부 버리고 아타고 산愛宕護山[6]으로 들어갔다. 미나미호시南星 계곡이라는 곳에 칩거하며 무연삼매無緣三昧[7]를 수행 하였는데, 하루 밤낮 동안[8] 보라寶螺[9]를 불며 육시六時[10]의 참법懺法[11]을 행하고 『법화경』을 독송하고 있었다.

그러던 중 결연結緣[12]을 위해 가즈라키 산葛木山[13]에 들어가 수행하고자 마음먹고, 10월경에 입산하였다. 봉우리를 걸으며 수행하면서 일심불란一心不亂으로 『법화경』을 독송하고 있었다. 그런데 이 산에 매우 높고 커다란 삼나무가 있었다. 그 나무 아래를 거처로 삼아 본존本尊[14]을 모셔놓고 그 앞에서 『법화경』을 독송하였다. 달이 더할 나위 없이 밝았다. 자시子時[15]가 되고, 이 나무의 가지 끝 언저리로 무엇인가 날아와서 멈추는 것이 어렴풋하게 보였다. 나무가 매우 높은 탓에 누구인지 알 수 없었다. 엔쿠는 '이건 분명 지경자持經者인 나를 현혹하려고 나타난 악귀[16]임에 틀림없다.'라고 생각하고 몹시 두려워했지만 오로지 경의 위력에 의지하여 큰소리로 독송을 계속했다. 이제 '새벽이 되었구나.'라고 생각했을 때, 이 가지에 있는 듯 보였던 것이 가늘고 희미하게, 지극히 고귀한 음성으로

---

6 → 지명(아타고 산愛宕山).
7 → 불교.
8 일주야一晝夜. 낮의 여섯 시(묘卯·진辰·사巳·오午·미未·신申)와 밤의 여섯 시(유酉·술戌·해亥·자子·축丑·인寅)를 합친 시간. 현재의 스물네 시간에 해당.
9 → 불교.
10 → 불교. 낮과 밤을 여섯으로 나눈 시각의 총칭. 신조晨朝·일중日中·일몰日沒·초야初夜·후야後夜를 말함. 이 시각에 염불·독경 등의 근행을 함.
11 → 불교.
12 → 불교.
13 → 지명(가즈라키 산葛城山).
14 → 불교.
15 * 오전 0시경.
16 사악한 오니. 불법佛法을 방해하는 덴구天狗와 같은 것이 큰 나무의 가지로 날아왔다고 생각한 것.

시인지공덕是人之功德 무변무유궁無邊無有窮 여시방허공如十方虛空 불가득변제
不可得邊際.[17]

라고 읊고는 날아가 버렸다. 지경자는 '대체 무엇일까. 그 모습을 한번 봐야
겠다.'라고 생각하여 올려다보았지만 그 정체는 알 수 없었다. 그저 환영처
럼 날아가 버렸다. 그 후 지경자는

'이는 내가 『법화경』을 독송하고 있는 것을 들은 선인仙人이 존귀하다고
여겨서 가지 끝에 찾아와 밤새도록 듣고 떠나갈 때에 이렇듯 경문을 외고
떠나간 것이리라.'

라고 짐작하여, 예배禮拜하고 존귀하게 여겼다. 에쿠가 히에이 산으로 돌아
간 후 요카와橫川[18]의 겐신源信[19] 승도僧都[20]에게 이 일을 이야기했는데 승도는
이것을 듣고 감읍하여 존귀하게 여겼다.

마침내 엔쿠가 임종을 맞이하게 되었을 때, 엔쿠는 그 미나미호시의 봉우
리로 가서 『법화경』을 독송하며 고귀한 모습으로 숨을 거두었다고 이렇게
이야기로 전하여 내려오고 있다 한다.[21]

---

17 사구四句의 게偈 형식. 경문과 똑같이 음독音讀. 이 사람이 쌓은 공덕은 이를 데 없이 무량하다. 그것은 마치
   시방十方에 펼쳐진 대공大空과도 같아, 그 한계가 없다는 뜻.
18 → 사찰명.
19 → 인명.
20 → 불교.
21 해당 구절 이후의 기사는 『법화험기法華驗記』에 의한 것. 또 『법화험기』에서는 이 기사에 이어 엔쿠의 사후
   에 그 묘소에서 『법화경』 독송하는 소리가 들렸고, 49일의 법사 이후에는 그것이 들리지 않게 되었다는 영
   이靈異를 기록하고 있으며, 극락정토에 왕생한 것과 연결 짓고 있음.

天台円久於葛木山聞仙人誦経語第三十八

今昔、比叡ノ山ノ西塔ニ円久ト云フ僧有ケリ。聖久大僧都ノ弟子也。年九歳ニシテ家ヲ出デ、、比叡ノ山ニ登テ出家

ノ後、師ニ随テ顕蜜ノ法文ヲ習ヒ、法花経ヲ受ケ持テ、日夜ニ読誦ス。其ノ音貴キ事世ニ響ヘム方無シ。此レヲ聞ク者皆不泣ズト云フ事無シ。此ニ依テ、京洛ニ出デ、経ヲ読ムニ、其ノ思エ高ク成テ、公私ニ仕ヘテ止事無ク成ヌ。

其ノ後、道心ヲ発シテ、偏ヘニ世ノ栄花ヲ棄テ、愛宕護ノ山ニ入テ、南星ノ谷ト云フ所ニ籠居テ、無縁三昧ヲ行テ、十二時ニ宝ウ螺ヲ吹テ、六時ノ懺法ヲ行テ、法花経ヲ読誦ス。

而ル間、結縁ノ為ニ葛木山ニ入テ修行ゼムト思テ、十月許ニ入ヌ。峰ヲ通テ修行ズル間、心ニ至シテ法花経ヲ誦ス。

而ルニ、極テ高ク大ナル楓ノ木有リ。其ノ本ニ宿シヌ。本尊ヲ懸奉テ、其ノ前ニシテ法花経ヲ誦ス。月極テ明シ。子時許ニ、此ノ木ノ末ニ飛ビ居ル者髴ニ見ユ。木極テ高クシテ、何者ト云フ事ヲ不知ズ。「此レ、定メテ持経者ヲ嬈乱セムガ為ニ、悪鬼ノ来レルカ」ト深ク恐レヲ成ズト云ヘドモ、偏ヘニ経ノ威力ヲ憑テ、音ヲ挙テ読誦ス。既ニ暁ニ成ヌラムト思フ程ニ、此ノ木ノ末ニ居ルト見ツル者、細ク幽ナル音ニテ極

536

テ貴ク。

是人之功徳　無辺無有窮　如十方虚空　不可得辺際

ト誦シテ、立テ飛ビ去ヌ。持経者、「何者ゾ」ト、「見ム」ト思テ見上グト云ヘドモ、其ノ体ヲ見得ル事無シ。只、景ノ如クシテ飛ビ去ヌ。其ノ後、持経者思フニ、「此レハ、我ガ法花経ヲ誦スルヲ聞テ、仙人ノ貴シト思テ、木ノ末ニ留テ、終夜聞テ、立テ飛去ルトテ、如此ク誦シテ去ル也ナリ」ト心得テ礼拝シ貴ビケリ。返テ後、横川ノ源信僧都ニ此事ヲ語ケレバ、僧都此レヲ聞テ泣々ク貴ビ悲ビ給ヒケリ。

円久遂ニ命終ル時、彼ノ南星ノ峰ニシテ法花経ヲ誦シテ貴クテ失ニケリトナム語リ伝ヘタルトヤ。

아타고 산愛宕護山의
고엔好延 지경자持經者 이야기

앞 이야기 아타고 산愛宕護山 엔쿠圓久의 이야기에 이어서, 같은 아타고 산의 고엔好延 지경자持經者의 『법화경法華經』독송의 영험과 왕생의 모습을 전하는 이야기.

이제는 옛이야기이지만, 아타고 산愛宕護山[1]에 고엔好延 지경자持經者라는 성인[2]이 있었다. 오랜 세월 이 산에 살며, 스승을 따라서 『법화경法華經』[3]을 신봉했고 날마다 서른 부를 독송하여 이 산에서 마흔여 해를 보냈다.

어느 날 미타케金峰山[4]에 참예參詣하고 돌아오던 중 나라사카奈良坂[5]에서 도둑을 만났다. 도둑은 가까이 다가오자마자 느닷없이 지경자의 목덜미를 잡아당겨 넘어뜨렸기에 지경자는 먼 곳까지 닿을 것 같은 큰 소리로, "『법화경』이시여, 도와주소서!"라고 세 번 외쳤다. 그러자 도둑은 무슨 마음이 들었는데 마치 누가 잡으러 오는 것마냥 지경자를 내버려 둔 채 도망쳐 버렸

1 → 지명(아타고 산愛宕山).
2 → 불교.
3 → 불교.
4 → 지명(긴푸 산金峰山).
5 야마토 지방大和國에서 나라 산奈良山을 넘어서 야마시로 지방山城國(교토 부京都府) 기쓰木津로 나오는 경계의 언덕길. 한냐지자카般若寺坂라고도 함. 예전부터 위험한 장소로 권19 제35화에는 최승회最勝會의 칙사가 도적에게 습격당하는 이야기, 『저문집著聞集』권12(431)에는 습격한 산적을 조켄澄憲이 교화시킨다는 이야기 등이 보임.

다. 지경자는 '이것은 『법화경』의 영험靈驗[6]에 의한 것이다. 또 미타케의 자오藏王[7]가 지켜주셨기 때문이다.'라고 생각하였고, 그 후 아타고 산으로 돌아간 뒤에도 더욱더 『법화경』을 독송하여 승방僧房 밖으로 나오는 일이 없었다.

한편 도쿠다이지德大寺[8]라는 곳에 □□[9] 아사리阿闍梨라는 사람이 있었다. 그가 꿈속에서 아타고 산으로 갔는데 그곳에 커다란 연못이 있었다. 연못 동쪽에 한 사람의 승려가 서쪽을 향하여 앉아 있었다. 그 승려는 손에는 향로香爐[10]를 들고 『법화경』을 독송하고 있었다. 그런데 서쪽에서 자운紫雲이 길게 드리워져 다가왔다. 그 구름 위에 커다란 금빛 연꽃이 있었다. 자운은 그 연못 가운데에서 멈췄다. 연못 동쪽에 앉아 있던 승려는 입으로 『법화경』을 독송하고, 손에는 향로를 들어 땅 위를 걷는 것처럼 연못 위를 걸어가 연꽃에 타고 서쪽을 향해 떠나갔다. 아사리가 이것을 보고 "누가 극락[11]에 가시는 겁니까?"라고 묻자 승려는 "나는 아타고 산봉우리에 사는 고엔이란 자입니다."라고 말했다. 아사리는 이러한 꿈을 꾸고 잠에서 깨어났다. 아사리는 불가사의하게 여기며 이 꿈의 진위를 확인하고자 곧바로 한 지위가 낮은 승려에게 "아타고 산봉우리에 고엔이란 성인이 있는지 어떤지 물어보고 오너라."라고 말하며 아타고 산으로 보냈다. 그러자 금방 돌아와서

"고엔 지경자라는 사람이 있었습니다. 며칠 동안 앓고 계셨는데 오늘 아침 일찍 돌아가셨습니다. 승방에서 제자들이 울며 슬퍼하고 있었습니다."

라고 보고했다. 아사리는 그때 처음으로 고엔 지경자라는 인물이 아타고 산

6 → 불교.
7 → 불교(자오藏王 권현權現).
8 → 사찰명.
9 승명僧名의 명기를 위한 의도적 결자.
10 → 불교.
11 → 불교.

에 있었다는 것을 알게 된 것이다.

만약 꿈에서 본 것과 같다면 고엔 지경자는 필시 극락왕생한 사람이라고 이렇게 이야기로 전하여 내려오고 있다 한다.

愛宕護山好延持経者語第三十九

今昔、愛宕護ノ山ニ好延持経者ト云フ聖人有ケリ。年来彼ノ山ニ住シテ、師ニ随テ法花経ヲ受ケ持テ、毎日ニ三十部ヲゾ読誦シテ、此ノ山ニシテ四十余年ヲ過ス。

而ル間、金峰山ニ詣ヅ。返ル間、奈良坂ニシテ盗人ニ値ヌ。盗人寄来テ忽ニ持経者ノ衣ノ頸ヲ取テ引キ伏レバ、持経者、遥ニ音ヲ挙テ、「法花経、我レヲ助ケ給ヘ」ト三度叫ブ。其ノ時ニ、盗人心ニ何ニ思エケルニカ有ケム、人ノ来テ捕ヘムトセム如クニ、持経者ヲ棄テ、皆逃テ去ヌ。其ノ後偏ニ、持経者、「此レ、法花経ノ霊験ノ至セル所、金峰ノ蔵王ノ守リ給フ故也」ト知テ、愛宕護ノ山ニ返テ、弥ヨ法花経ヲ読誦シテ、房ノ外ニ出ル事無シ。

而ル間、徳大寺ト云フ所ニ□阿闍梨ト云フ人有リ。其ノ人ノ夢ニ、愛宕護ノ山ニ行ク。大ナル池有リ。池ノ東ノ方ニ西ニ向テ僧居タリ。手ニ香炉ヲ取テ法花経ヲ読誦ス。西ノ方ヨリ紫ノ雲聳テ来ル。其ノ上ニ大ナル金蓮花有リ。此ノ池ノ中ニ留ヌ。僧口ニ法花経ヲ読テ、手ニ香炉ヲ取テ、土ヲ踏ムガ如ク池ノ水ノ上ヲ踏テ、蓮花ニ乗テ西ヲ指テ去ヌ。阿闍梨此レヲ見テ、「此ハ誰ト云フ人ノ極楽ニ参リ給フゾ」ト問ヘバ、僧、「愛宕護ノ峰ニ住ム好延也」ト云フ、ト見テ夢覚ヌ。

阿闍梨驚テ、此ヲ試ムガ為ニ忽ニ下僧一人ヲ愛宕護ニ遣ル。教ヘテ云ク、『愛宕護ノ峰ニ好延ト云フ聖人ヤ有ル』ト問テ、『返来レ』ト云テ遣リツ。即チ返来テ云ク、「好延持経者ト云フ人有ケリ。日来悩テ此ノ暁ニ死ニケリ。房ニ弟子共泣キ悲ムデナム有ツル」ト語ル。阿闍梨、其ノ時ニナム、始テ好延持経者ト云フ人愛宕護ノ山ニ有ケリ、ト知ケル。

夢ノ如クニハ疑ヒ無ク極楽ニ参タル人トナム語リ伝ヘタルトヤ。

미타케金峰山 아자미노타케薊岳의 로잔良算 지경자持經者 이야기

앞 이야기에 이어 법화지경자法華持經者의 정진精進·영이靈異와 임종 시의 몸가짐을 전하는 이야기. 미타케金峰山라는 공통의 장소가 등장하는 부분도 앞 이야기와 관련이 있다.

이제는 옛이야기이지만, 미타케金峰山의 아자미노타케薊岳¹란 곳에 로잔良算² 지경자持經者라는 성인聖人³이 있었다. 본래 동국東國⁴ 사람이다. 로잔은 출가한 이래 오랫동안 곡기와 소금도 끊고,⁵ 산채와 나뭇잎을 주식으로 삼았으며 『법화경法華經』⁶을 신봉하게 된 후로는 밤낮으로 독송하며 다른 근행勤行은 행하지 않았다. 그리고 깊은 산속에 살며 마을로 나오는 일이 없었다.

1 　나라奈良縣 요시노 군吉野郡 히가시요시노 촌東吉野村 오아자무기타니大字麦谷에 소재. 미에 현三重縣과의 경계인 다이코台高 산맥의 묘진다이라明神平 서쪽에 있는 산. 오다케雄岳와 메다케雌岳가 있고, 암벽이 많은 수험도의 수행장.

2 　미상. 『법화험기法華驗記』에는 "승려 로잔은 동국 사람이다."라고 되어 있음.

3 　→ 불교.

4 　도읍의 동쪽에 있는 지방. 오래전에는 오사카逢坂 관문의 동쪽을 가리켰지만, 나라 시대奈良時代 이후 헤이안시대平安時代에는 아시가라足柄의 언덕의 동쪽의 판동坂東의 땅, 대략 현재의 관동지방을 가리킴.

5 　오곡(쌀·보리·조·콩·수수 또는 피)을 먹지 않고, 염분을 끊는 것. 사신捨身 수행의 하나. 고행 후에는 영력·험력驗力을 체득할 수 있다고 여겨졌음.

6 　→ 불교.

한편 로잔은 내심

'이 몸은 참으로 물거품과도 같다. 목숨 또한 아침 이슬과도 같다. 그러므로 나는 현세의 일은 생각지 말고, 후세7를 위해 근행8을 행하자.'9

라고 생각하였다. 그렇게 로잔이 고향을 떠나 미타케에 참배하고 아자미노타케란 곳에 초암草庵을 지어 칩거하며 밤낮으로 『법화경』을 독송한 지 십여 해가 지났다.

아자미노타케에서 지내기 시작할 무렵에는 귀신鬼神10이 와서 지경자를 현혹하려고 했지만 지경자는 조금도 두려워하지 않고, 일심一心으로 『법화경』을 독송하였다. 그러자 그 후에는 귀신이 경經을 존귀하게 여기며 풀과 나무의 열매를 가지고 와서 성인에게 공양하게 되었다. 뿐만 아니라 곰, 여우, 독사 등도 모두 찾아와 지경자를 공양하게 되었다. 또한 모습이 단정端正하고 아름다운 의복을 갖춘 여인이 때때로 찾아와서는 성인의 주위를 돌며 예배하고 돌아가는 것을 성인은 환영처럼 본 적도 있었다. 성인은 정신을 차리고 '이는 어쩌면 십나찰十羅刹11의 고제녀皐帝女12일지도 모른다.'라고 생각했다. 본래 성인은 이 산에 사람이 찾아와 음식을 주어도 기뻐하지 않았으며, 또한 사람이 와서 성인에게 말을 걸어도 대답하려 하지 않았다. 성인은 그저 경만을 독송하였다. 성인이 자고 있을 때조차 잠든 상태로 경을 읽는 소리가 들릴 정도였다.

이렇게 보내던 중, 마침내 성인이 임종을 맞이하게 되었을 때, 성인은 밝

---

7 → 불교.
8 내세에 극락왕생할 수 있도록 행하는 불도 수행.
9 인간의 목숨의 덧없음을 물거품이나 이슬에 비유하는 것은 경전, 와카和歌에서 흔히 사용되는 표현임. 창도唱導의 세계에서도 많이 사용됨. 『방장기方丈記』 모두冒頭 부분에도 같은 내용이 보임.
10 여기서는 불도수행을 방해하는 악귀·사신邪神류.
11 → 불교.
12 → 불교. 십나찰녀十羅刹女(→ 불교)의 9번째.

은 얼굴로 미소를 띠우고 있었다. 때마침 어떤 사람이 와서

"성인이시여, 당신은 임종을 앞두고 계심에도 어째서 그렇듯 기쁜 얼굴을 하고 있는 것입니까?"

라고 묻자, 성인은

"오랜 세월 가난하게 살아 온 내가 바로 지금 영화를 얻어 관위官位를 받게 된 것이니라. 어찌하여 아니 기쁠 수 있겠는가."

라고 답했다. 이에 이 사람은 '이 성인이 실성한 것은 아닐까?'라고 생각하여 "영화, 관위의 기쁨이라니 무슨 말이신지요?"라고 물었다. 성인은

"그 기쁨이란 이른바 번뇌부정煩惱不淨한 육체를 버리고 청정미묘淸淨微妙한 몸을 얻게 되는 것을 일컫는다."[13]

라고 답하고 입멸入滅했다.

이 산의 사람들은 이것을 듣고 모두 감읍하며 존귀하게 여겼다고 이렇게 이야기로 전하여 내려오고 있다 한다.

---

13 번뇌(→ 불교)에 더럽혀진 부정不淨한 현세의 몸을 버리고, 극락왕생하여 청정하고 훌륭한 불신佛身을 얻는다는 것.

金峰山薊嶽良算持経者語第四十

今昔、金峰山ノ薊ノ嶽ト云フ所ニ良算持経者ト云フ聖人有ケリ。本ハ東国ノ人也。出家ヨリ後、永ク穀ヲ断チ塩ヲ断テ、山ノ菜木ノ葉ヲ以テ食トシテ、法花経ヲ受ケ持テ後、日夜ニ読誦シテ、他ノ勤メ無シ。深キ山ニ住シテ、里ニ出ル事無シ。

而ル間、心ノ内ニ思ハク、「此ノ身ハ此レ水ノ沫也。命ハ亦朝ノ露也。然レバ、我レ此ノ世ノ事ヲ不思ズシテ、後世ノ勤メヲ労マム」ト思ヒ、旧里ヲ棄テ、金峰山ニ詣デヽ、薊ノ嶽ト云フ所ニ草ノ庵ヲ結テ、其レニ籠居テ、日夜ニ法華経ヲ読テ十余年ヲ経タリ。

其ノ間、初キ鬼神来テ持経者ヲ擾乱セムト為ト云ヘドモ、持経者此レニ不怖ズシテ一心ニ法花経ヲ誦ス。後ニハ鬼神其ノ山ノ人、皆此レヲ聞テ泣キ悲デ貴ビケリトナム語リ伝ヘタルトヤ。

蛇等モ皆来テ供養ズ。亦夕、聖人幻ノ如クニ見レバ、形チ端正ニシテ身ニ微妙ノ衣服ヲ着セル女人時々来テ、廻ニ礼拝シテ返去ヌ。覚テ、持経者、「此レ十羅刹ノ中ノ皐諦女也」ト疑フ。凡ソ、聖人其ノ山ノ人来テ食物ヲ与フト云ヘドモ不喜ズ。亦、人来テ語ヒ問フ事有云ドモ不答ヘズ、只経ヲ誦ス。亦、眠レル時モ尚眠乍ラ経ヲ読ム音有リ。

如此クシテ終ニ命終ル時ニ臨テ、色鮮カニシテ咲ヲ含ミテゾ有ケル。其ノ時ニ、人来テ問テ云ク、「聖人、最後ノ剋ニ何ゾ喜ブ気色有ル」ト。聖人答テ云ヘ、「年来ノ貧道ヲ今栄花ヲ開キ官爵ニ預ル。何カ不喜ザラムヤ」ト。人此レヲ聞テ、「此ノ聖人狂気有ケリ」ト疑テ、問テ云ク、「喜ビト云フハ、所謂ル煩悩不浄ノ体ヲ棄テ、清浄微妙ノ身ヲ可得キ、此レ爵ノ喜ビト云フ也」ト云テゾ、入滅シケル。

금석이야기집今昔物語集

부록

출전 · 관련자료 일람

1. 『금석 이야기집』의 각 이야기의 출전出典 및 동화同話 · 유화類話, 기타 관련문헌을 명시하였다.
2. 「출전」란에는 직접적인 전거典據(2차적인 전거도 기타로서 표기)를 게재하였고, 「동화 · 관련자료」란에는 동문성同文性 또는 동문적 경향이 강한 문헌, 또 시대의 전후관계를 불문하고, 간접적으로라도 어떠한 관련이 있다고 판단되는 문헌, 자료를 게재했고, 「유화 · 기타」란에는 이야기의 일부 또는 소재의 유사성이 있다고 판단되는 문헌을 게재했다.
3. 각 문헌에는 관련 및 전거가 되는 권수(한자 숫자), 이야기 · 단수(아라비아숫자)를 표기하였으며, 또한 편년체 문헌의 경우 연호年號 · 해당 연도를 첨가하였다.
4. 해당 일람표의 작성에는 여러 선행 연구에 의거하는 부분이 많은데, 특히 일본고전문학전집 『금석 이야기집』 각 이야기 해설(곤노 도루今野達 담당)에 많은 부분의 도움을 받았다.

권11

권/화	제목	출전	동화 · 관련자료	유화 · 기타
권11 1	聖德太子於此朝始 弘佛法語第一	三寶繪中1 기타 日本往生極樂紀1 法華驗記上1	日本書紀敏達紀 · 用明紀 · 崇峻紀 · 推古紀 上宮聖德法王帝說 上宮皇太子菩薩傳 上宮聖德太子傳補闕記 聖德太子傳曆 七代記 上宮太子傳 上宮太子御記 및 太子傳玉林抄 이하의 中世 聖德太子傳類 靈異記上4 本朝神仙傳2 古今著聞集二35 私聚百因緣集七2 三國傳記一3 楊鳴曉筆八	今昔一 · 2 一一9 · 12 一二32 法華傳記三 4
2	行基菩薩學佛法導 入語第二	日本往生極樂記2 法華驗記上2 기타	續日本紀天平勝寶元年條 大僧正舍利瓶記(行基墓誌銅板) 行基菩薩傳	

권/화	제목	출전	동화·관련자료	유화·기타
		靈異記中7 三寶繪中3	行基大菩薩行狀記 行基年譜 行基菩薩行狀繪傳(家原寺藏) 元亨釋書一四菅原寺行基 東國高僧傳一 奧義抄下 袖中抄六 和歌色葉 古來風體抄上 古本說話集下60 私聚百因緣集七3·5 聖譽鈔上 當麻曼陀羅疏四 謠曲「革袴」 今昔一五1	
3	役優婆塞誦持呪駈 鬼神語第三	三寶繪中2(前半) 기타 靈異記上28	續日本紀文武三年條 本朝神仙傳3 扶桑略記文武三年條·同五年條 水鏡中 帝王編年記文武三年條 俊賴髓腦 私聚百因緣集八1 沙石集一 元亨釋書一五役小角 壒囊鈔九4 源平盛衰記二八 三國傳記二9 太平記二六 諸山緣起(九條家舊藏本) 木葉衣上 役行者本紀 役行者顚末秘藏記 役君形成記 役君徵業錄 役行者緣起 役行者行狀記	
4	道照和尙亘唐傳法 相還來語第四	第一~三段未詳 第四段三寶繪中2 第五段 靈異記上 22	日本書紀孝德紀 續日本紀文武四年條 靈異記上28 拾遺往生傳下10 扶桑略記白雉四年條·文武四年條 水鏡中 元亨釋書一元興寺道昭 三國佛法傳通緣起中 今昔一一3	敦煌出土「廬 山遠公話」

권/화	제목	출전	동화·관련자료	유화·기타
5	道慈亘唐傳三論歸來神叡在朝試語第五	未詳	續日本紀天平一六年條·養老三年條 扶桑略記大寶二年條·靈龜三年條·養老三年條·天平二年條·同一六年條 懷風藻 七大寺年表 元亨釋書二大安寺道慈·一六唐國神叡 菅家本諸寺緣起集(南都七大寺巡禮記)興福寺條 三國佛法傳通緣起中 今昔一一16	
6	玄昉僧正亘唐傳法相語第六	未詳	續日本紀天平一二年條·同一八年條 扶桑略記天平七年條·同一七年條·同一八年條·延曆一六年條 七大寺年表 七大寺巡禮私記興福寺條 伊呂波字類抄松浦明神 古今著聞集二.O673 平家物語七 源平盛衰記三O 元亨釋書一六興福寺玄昉 水鏡中 詞林采葉抄一 三國佛法傳通緣起中 松浦廟宮先祖次第幷本緣起 松浦緣起(逸文) 松浦明神繪卷	
7	婆羅門僧正爲値行基從天竺來朝語第七	第一·二段 三寶繪中3 第三段 未詳	日本往生極樂記2 法華驗記上2 扶桑略記天平一八年條 帝王編年記一一天平一七年條南天竺婆羅門僧正碑幷序 行基菩薩傳 東大寺要錄一·二 古事談三 七卷本寶物集五 私聚百因緣集七3 沙石集五末 三國傳記二12 太平記二四 七大寺巡禮私記東大寺條 建久御巡禮記東大寺條 諸寺建立次第東大寺條 菅家本諸寺緣起集(南都七大寺巡禮紀)東大寺條 拾遺和歌集二O	

권/화	제목	출전	동화·관련자료	유화·기타
			俊賴髓腦 袋草紙上 古來風體抄 教訓抄四 續教訓紗一三冊 日本高僧傳要文抄一 南都高僧傳僧正玄昉條	
8	鑑眞和尙從震旦渡朝戒律語第八	未詳	續日本紀天平勝寶六年條·天平寶字二年條·同七年條 扶桑略記天平勝寶六年條 帝王編年記天平勝寶五年條·同六年條 宋高僧傳一五 唐大和上東征傳 鑑眞和上三異記 戒律傳來記上 後拾遺往生傳上1 日本高僧傳要文抄三 元亨釋書一唐國鑑眞 南都高僧傳 三國佛法傳通緣起下 三寶繪下5 東大寺要錄一 三國傳記七15 醍醐寺本諸寺緣起集招提寺建立緣起條 護國寺本諸寺緣起集招提寺建立緣起條 七大寺巡禮私記東大寺·招提寺條 建久御巡禮記招提寺條 諸寺建立次第招提寺條 諸寺略記招提寺條 菅家本諸寺緣起集(南都七大寺巡禮記)東大寺·招提寺條 續教訓鈔一三冊	
9	弘法大師渡宋傳眞言教歸來語第九	金剛峰寺建立修行緣起(前半)	續日本後紀承和二年條 朝野群載一六 類聚三代格 扶桑略記延曆一〇年條·同一二年條·同一四年條·同二三年條·同二四年條·大同元年條 三教指歸 太政官符案幷遺告 御遺告 空海僧都傳 贈大僧正空海和上傳記 大師御行狀集記 弘法大師御傳 弘法大師御化記	今昔一一1·12 一二32

권/화	제목	출전	동화·관련자료	유화·기타
			高野大師御廣傳 弘傳略頌抄 日本高僧傳要文抄一 元亨釋書一金剛峰寺空海 明匠略傳日本上 南都高僧傳 三寶繪下12 本朝神仙傳9 眞言傳三 江談抄一 古今著聞集七287	
10	傳教大師亙宋傳天台宗歸來語第十	三室繪下3 기타 三寶繪下27 法華驗記上3	扶桑記寶龜9年條·延曆3年條·同7年條·同23年條·同24年條 帝王編年記弘仁5年條 叡山大師傳 傳教大師行業記 傳教大師行狀拾遺往生傳上3 日本高僧傳要文抄二 元亨釋書一延曆寺最澄 眞言傳三 私聚百因緣集七6 叡岳要記 古今著聞集二39 諸事表白(輪王寺藏) 楊鵬曉筆八	
11	□□□□□□□□□□□□□ 歸來語第十一	前半法華驗記上4 기타 三寶繪下16 後半未詳	打聞集18 宇治拾遺物語170 三代實錄貞觀6年條 慈覺大師傳 日本往生極樂記4 日本高僧傳要文抄二 明匠略傳日本上 元亨釋書三 本朝神仙傳10 私聚百因緣集七7 眞言傳三 入唐求法巡禮行記	法華傳記三4 本朝二十不孝二3 聽耳草紙36
12	智證大師亙宋傳顯蜜法歸來語第十二	第一~一O段 圓珍和尚傳(金剛寺藏本·東寺藏本) 第一一段 이후 未詳	日本高僧傳要文抄二智證大師傳 前田家本諸寺緣起集所引圓珍和尚傳 明匠略傳日本上 智證大師傳(石山寺藏本·曼殊院舊藏本·續群書類從本·大日本佛教全書本) 扶桑記元慶元年條·同七年條·仁和四年條·寬平三年條 三寶繪下30	

권/화	제목	출전	동화·관련자료	유화·기타
			行歷抄 元亨釋書三延曆寺圓珍 三井往生傳上1 眞言傳三 打聞集16 帝王編年記寬平三年條 園城寺傳記五 覺錢聖人傳法會談義打聞集(眞言宗談義聽聞集) 諸事表白(輪王寺藏) 雜談鈔4·30 寺門傳記補錄七·八 法華經鷲林拾葉抄法師功德品 法華經直談鈔法師功德品 天狗草紙 謠曲「三尾」	今昔一一1·9 一二32 弘法大師御傳 下 高野大師御廣 傳
13	聖武天皇始造東大寺語第十三	未詳 기타 三寶繪下22	七大寺巡禮私記東大寺條 菅家本諸寺緣起集(南都七大寺巡禮記)東大寺條 東大寺要錄一·二「或日記」 護國寺本諸寺緣起集東大寺條「舊記文」 續日本紀天平一五年~天平勝寶四年條 扶桑略記天平一七年條·天平勝寶元年條·同三年條·同四年條 帝王編年記天平一七年條 水鏡中 七大寺年表 建久御巡禮記東大寺條 諸寺建立次第東大寺條 石山寺流記(九條家舊藏本) 伊呂波字類抄東大寺條·石山寺條 諸寺略記東大寺條·石山寺條 元亨釋書二八東大寺·石山寺 古事談五 續敎訓鈔一三冊 石山寺緣起 東大寺緣起 東大寺大佛記 八幡略緣起(金澤文庫藏)四11	
14	淡海公始造山階寺語第十四	未詳	扶桑略記天智九年條·和銅三年條 帝王編年記和銅三年條·同七年條 興福寺緣起 興福寺濫觴記 興福寺伽藍緣起 七大寺巡禮私記興福寺條	

권/화	제목	출전	동화·관련자료	유화·기타
			建久御巡禮記興福寺條 菅家本諸寺緣起集(南都七大寺巡禮記)興福寺條 伊呂波字類抄興福寺條 諸寺略記興福寺條 元亨釋書二八興福寺 東齋隨筆佛法類 續敎訓鈔一三冊 壒囊鈔一四1	
15	聖武天皇始造元興寺語第十五	未詳	醍醐寺本諸寺緣起集元興寺緣起 菅家本諸寺緣起集(南都七大寺巡禮記)元興寺條 建久御巡禮記元興寺條 諸寺建立次第元興寺條 伊呂波字類抄元興寺條 諸寺略記元興寺條 護國寺本諸緣起集元興寺緣起	
16	代々天皇造大安寺所々語第十六	三寶繪下17	七大寺巡禮私記大安寺條 大安寺伽藍緣起幷流記資財帳 大安寺碑文一首幷序 大安寺緣起 三代實錄元慶四年條 扶桑略記推古二五年條·同二九年條·天智七年條·天武一二年條·文武三年條·天平元年條·同一七年條 水鏡中 東大寺要錄一 伊呂波字類抄大安寺條 建久御巡禮記大安寺條 諸寺建立次第大安寺條 諸寺略記大安寺條 菅家本諸寺緣起集(南都七大寺巡禮記)大安寺條 護國寺本諸寺緣起集大安寺緣起 元亨釋書二八大安寺 續敎訓鈔一三冊	今昔一二1
17	天智天皇造藥師寺語第十七	未詳 기타 三寶繪下11	菅家本緒寺緣起集(南都七大寺巡禮記)藥師寺條 日本書紀天武紀·持統紀 扶桑略記天武九年條·文武二年條 藥師寺東塔檫銘 藥師寺緣起 醍醐寺本諸寺緣起集藥師寺緣起 七大寺日記藥師寺條 七大寺巡禮私記藥師寺條	

권/화	제목	출전	동화·관련자료	유화·기타
			建久御巡禮記藥師寺條	
			諸寺建立次第藥師寺條	
			伊呂波字類抄藥師寺條	
			諸寺略記藥師寺條	
			護國寺本諸寺緣起集藥師寺緣起	
			拾芥抄下	
			元亨釋書九藥師寺祚蓮	
			續教訓鈔一三冊	
18	高野姬天皇造西大寺語第十八	未詳	扶桑略記天平神護元年·神護景雲三年條	
			西大寺資財流記帳	
			醍醐寺本諸緣起集西大寺緣起	
			護國寺本諸寺緣起集西大寺條	
			七大寺日記西大寺條	
			七大寺巡禮私記西大寺條	
			建久御巡禮記西大寺條	
			諸寺建立次第西大寺條	
			伊呂波字類抄西大寺條	
			菅家本諸寺緣起集(南都七大寺巡禮記)西大寺條	
			諸寺略記西大寺條	
			元亨釋書二八西大寺	
			續教訓鈔一三冊	
19	光明皇后建法華寺爲尼寺語第十九	未詳	續日本紀天平一三年條·同一七年條·同一九年條	
			扶桑略記天平一三年條	
			三寶繪下13	
			建久御巡禮記法華寺條	
			諸寺建立次第法華寺條	
			伊呂波字類抄法華寺條	
			菅家本諸寺緣起集法華寺條	
			法華寺緣起	
			續教訓鈔一三冊	
20	聖德太子建法隆寺語第二十	未詳	日本書紀推古紀	
			扶桑略記推古二九年條	
			上宮聖德法王帝說	
			上宮皇太子菩薩傳	
			聖德太子傳曆	
			기타 聖德太子傳類	
			法隆寺伽藍緣起幷流記資財帳	
			法隆寺東院緣起	
			七大寺日記法隆寺條	
			七大寺巡禮私記法隆寺條	
			建久御巡禮記法隆寺條	
			諸寺建立次第法隆寺條	
			伊呂波字類抄法隆寺條	

권/화	제목	출전	동화·관련자료	유화·기타
			護國寺本諸寺緣起集法隆寺條 菅家本諸寺緣起集(南都七大寺巡禮記)法隆寺條 今昔——1·21	
21	聖德太子建天王寺語第二十一	前半 三寶繪中1 後半未詳	菅家本諸寺緣起集四天王寺條 日本書紀敏達紀·用明紀·崇峻紀·推古紀 扶桑略記用明二年條·推古元年條·同二九年條 帝王編年記推古元年條 上宮聖德法王帝說 上官聖德太子傳補闕記 聖德太子傳曆 太子傳古今目錄抄 四天王御手印緣起 伊呂波字類抄四天王寺條 諸寺略記四天王寺條 護國寺本諸寺緣起集四天王寺緣起 敬田院緣起(九條家舊藏本)天王寺事(九條家舊藏本)元亨釋書一五聖德太子·二八四天王寺 古今著聞集二35 三國傳記一3 今昔——1·20	
22	推古天皇造本元興寺語第二十二	未詳	菅家本諸寺緣起集(南都七大寺巡禮記)法興寺條 日本書紀崇峻紀·推古紀 扶桑略記崇峻元年條·推古四年條·同一四年條 諸寺建立次第本元興寺條 護國寺本諸寺緣起集本元興寺條 伊呂波字類抄法興寺條 ／	千寶撰二十卷本搜神記一八415 八卷搜神記三16 今昔三一37 三國傳記三24 민담(昔話)「木魂穿入」
23	建現光寺安置靈佛語第二十三	靈異記上5	菅家本諸寺緣起集現光寺條 日本書紀欽明紀 扶桑略記欽明一四年條·推古三年條 帝王編年記欽明一四年條·推古三年條 元亨釋書二O推古皇帝三年 聖德太子傳曆上 太子傳古今目錄抄	
24	久米仙人始造久米寺語第二十四	未詳	菅家本諸寺緣起集久米寺條 楊鵙曉筆一O33 扶桑略記延喜元年條·治安三年條 七大寺巡禮私記東大寺條 和州久米寺流記久米仙人經行事 多武峰略記 元亨釋書一八久米仙	今昔五4·30 注好選中5 太平記三七 三國傳記二28 謠曲「一角仙人」 歌舞伎「鳴神」

권/화	제목	출전	동화·관련자료	유화·기타
			發心集四5 徒然草8 金剛峰寺建立修行緣起 和州久米寺流記東塔院大塔大日經安置事 壒囊鈔一五4 眞言傳三 高野大師御廣傳上 기타 弘法大師傳類	
25	弘法大師始建高野 山語第二十五	前半 金剛峰寺建 立修行緣起 後半(第四段이후) 未詳	打聞集6 太政官符案幷遺告 御遺告 大師行狀集記 弘法大師御傳 弘法大師行化記 高野大師御廣傳 기타 弘法大師傳類 醍醐寺本諸寺緣起集高野寺緣起等 伊呂波字類抄金剛峰寺條 菅家本諸寺緣起集高野山條 眞言傳三 元亨釋書一金剛峰寺空海·一八丹生明神 扶桑略記大同元年條 帝王編年記弘仁七年條 高野山記 高野山奧院興廢記 今昔一一9	
26	傳敎大師始建比叡 山語第二十六	三寶繪下3·19·30	今昔一一10 叡岳要記 山門堂舍記 菅家本諸寺緣起集延曆寺條 扶桑略記延曆一七年條 古今著聞集二39 楊鳴曉筆八	
27	慈覺大師始建楞嚴 院語第二十七	前半三寶繪下 16·25 後半(第四段 이후) 未詳	今昔一二9 慈覺大師傳 叡岳要記 山門堂舍記 菅家本諸寺緣起集楞嚴院條 赤山大明神緣起 源平盛衰記一O 三國傳記八24 門葉記七九如法經濫觴類聚記 法華書寫因緣(金澤文庫藏)	

권/화	제목	출전	동화·관련자료	유화·기타
28	智證大師初門徒立三井寺語第二十八	未詳	打聞集5 古今著聞集二40 寺德集下 伊呂波字類抄園城寺條 蘭城寺緣起(九條家舊藏本) 諸寺略記園城寺條 菅家本諸寺緣起集三井寺條 本朝神仙傳7 眞信傳三 元亨釋書一五園城寺敎待·二八園城寺條 扶桑略記天武一五年條 園城寺傳記四 寺門傳記補錄五 平家物語四 太平記一五	
29	天智天皇建志賀寺語第二十九	前半三寶繪下10 後半(第五段 이후) 未詳	菅家本諸寺緣起集志賀寺條 榮花物語うたがひ 扶桑略記天智六年條·同七年條 帝王編年記天智六年條 和歌童蒙抄三地部 詞林采葉抄四 日本高僧傳要文抄三 園城寺傳記一 元亨釋書二八崇福寺	
30	天智天皇御子始笠置寺語第三十	未詳	諸寺略記笠置寺條 伊呂波字類抄笠置寺條 護國寺本諸寺緣起集笠置山緣起 帝王編年記天智三年條 菅家本諸寺緣起集笠置寺條 笠置寺緣起	
31	德道聖人始建長谷寺語第三十一	三寶繪下20	千佛多寶佛塔銅版銘 三代實錄貞觀一八年條 七大寺年表養老五年條 榮花物語うたがひ 東大寺要錄六 伊呂波字類抄長谷寺條 建久御巡禮記長谷寺條 諸寺建立次第長谷寺條 扶桑略記神龜四年條 帝王編年記神龜四年條 古事談五 濫觴抄 源平盛衰記四七 元亨釋書二八長谷寺 續敎訓鈔一三冊 諸寺略記長谷寺條	

권/화	제목	출전	동화·관련자료	유화·기타
			護國寺本諸寺緣起集長谷寺緣起 長谷寺緣起文 長谷寺驗記 三國傳記二15 豊山傳通記	
32	田村將軍始建淸水 寺語第三十二	淸水寺緣起(續群 書類從本)	扶桑略記延曆一七年條 帝王編年記延曆一五年條 淸水寺緣起(藤原明衡撰) 醍醐寺本諸寺緣起集淸水寺建立記 本朝神仙傳6 金澤文庫本觀音利益集12 伊呂波字類抄淸水寺條 覺鑁聖人傳法會談義打聞集(眞言宗談義聽 聞集) 元亨釋書二八淸水寺 壒囊鈔一二3 淸水寺緣起繪卷 淸水寺緣起(仮名本) 源平盛衰記二	
33	秦川勝始建廣隆寺 語第三十三	未詳	日本書紀推古紀 扶桑略記推古一一年條·同二四年條·同二九年 條 廣隆寺緣起(朝野群載所收) 伊呂波字類抄峰岡寺·廣隆寺條 菅家本諸寺緣起集廣隆寺條 上宮聖德太子傳補闕記 聖德太子傳曆 廣隆寺資財校替實錄帳 山城州葛野郡楓野大堰鄉廣隆寺來由紀(廣 隆寺來由紀) 京太秦廣隆寺大略緣起	
34	□□建法輪寺語第 三十四	未詳	法輪寺緣起 諸寺略記法輪寺條 元亨釋書三法輪寺道昌 源平盛衰記四〇	
35	藤原伊勢人始建鞍 馬寺語第三十五	鞍馬寺緣起(散佚)	伊呂波字類抄鞍馬寺條 扶桑略記延曆一五年條 拾遺往生傳下2 七大寺年表延曆一五年條 帝王編年記延曆一五年條 元亨釋書二八鞍馬寺 諸寺略記鞍馬蓋寺條 菅家本諸寺緣起集鞍馬寺條 鞍馬蓋寺緣起 壒囊鈔一一15	

권/화	제목	출전	동화·관련자료	유화·기타
36	修行僧明練始建信貴山語第三十六	未詳	菅家本諸寺緣起集信貴山寺條 信貴山資財寶物帳 扶桑略記裡書延長八年條 僧明達蘇生注記 信貴山緣起繪卷 古本說話集下65 宇治拾遺物語101 諸寺略記信貴山條	
37	□□始建龍門寺語第三十七	未詳	醍醐寺本諸寺緣起集龍門寺 諸寺略記龍門寺條 法華驗記中67 今昔物語集一三33	
38	義淵僧正始造龍蓋寺語第三十八	龍蓋寺記(散佚)	東大寺要錄一 七大寺年表大寶三年條 扶桑略記大寶三年條 元亨釋書二龍門寺義淵 伊呂波字類抄龍蓋寺條 諸寺建立次第龍蓋寺條 菅家本諸寺緣起集龍蓋寺條	

권12

권/화	제목	출전	동화·관련자료	유화·기타
권12 1	越後國神融聖人縛雷起搭語第一	法華驗記下81	本朝神仙傳4 元亨釋書一五越知山泰澄 泰澄和尙傳記 眞音傳四	大安寺伽藍緣起幷流記資財帳 大安寺碑文 大安寺緣起 三寶繪下17 今昔一一16
2	遠江國丹生茅上起塔語第二	靈異記中31		今昔一二34 覺鑁聖人傳法會談 義打開集 太子傳古今目緣抄 私聚百因緣集七6
3	於山階寺行維摩會語第三	三寶繪下28	興福寺緣起 七大寺巡禮私記興福寺條 大鏡裏書維摩會事 多武峰緣起 護國寺本諸寺緣起集興福寺緣起·維摩會緣起 菅家本諸寺緣起集(南都七大寺巡禮記)興福寺條 日域諸寺私記(醍醐寺藏)興福寺事條 扶桑略記齊明天皇二年條·慶雲三年條·和銅三年條 元亨釋書一八法明尼·二一·二二·二三	

권/화	제목	출전	동화·관련자료	유화·기타
			公事根源下維摩會條 塵囊鈔一〇31·一三2·一四1 維摩會記 初例抄下 釋家官班記上 東齋隨筆佛法類	
4	於大極殿被行御齊會語第四	三寶繪下2	延喜式玄蕃寮 僧綱補任抄出上 塵囊鈔八2·〇31 初例抄下 釋家官班記上	
5	於藥師寺行最勝會語第五	三寶繪下11	延喜式玄蕃寮 日本後紀逸文天長七年條(類聚國史) 類聚三代格 初例抄下 釋家官班記下 年中行事抄三月	
6	於山階寺行涅槃會語第六	三寶繪下8	護國寺本諸寺緣起集常樂會初事 菅家本諸寺緣起集(南都七大寺巡記)興福寺條 涅槃會次第(金澤文庫藏) 三會定一記	今昔一二36
7	於東大寺行花嚴會語第七	未詳	東大寺要錄二 建久御巡禮記東大寺條 宇治拾遺物語103 古事談三 菅家本諸寺緣起集(南都七大寺巡禮記)東大寺初木事 本朝新修往生傳39注記 目域諸寺私記(醍醐寺藏)花嚴會事條	靈異記下6 今昔一二27
8	於藥師寺行萬燈會語第八	三寶繪下15	七卷本寶物集六	
9	比叡山行舍利會話第九	三寶繪下16	今昔一一27 榮花物語鳥の舞 伊呂波字類抄祇陀林寺條 扶桑略記治安四年條·貞元二年條 日本紀略治安四年條·貞元二年條 續古事談四 天台座主記(續群書類從本)院源條	
10	於石淸水行放生會語第十	未詳	三寶繪下26 石淸水八幡宮護國寺略記 石淸水遷座略緣起 八幡大菩薩御因位緣起 政事要路二三石淸水宮放生會事 二十二社本緣石淸水事 南都大安寺塔中院緣起	

권/화	제목	출전	동화·관련자료	유화·기타
			大安寺住侶記 七大寺巡禮私記大安寺條 扶桑略記延久二年條 續古事談四·五 宮寺緣事抄三·一〇·一三 公事根源下 八幡愚童訓 八幡宇佐宮御託宣集二 八幡略緣起(金澤文庫藏)四10 神祇秘傳(金澤文庫藏)八幡	
11	修行僧廣達以橋木造佛像語第十一	靈異記中26	扶桑略記聖武天皇條末 元亨釋書二八村岡寺像	今昔一二12·13 一六39 一七35
12	修行僧從砂底堀出佛像語第十二	靈異記中39	元亨釋書二八鵜田寺藥師像條	今昔一二11·13 一六39 一七35
13	和泉國盡惠寺銅像爲盜人被壞語第十三	靈異記中22		今昔一二11·12 一六39 一七35
14	紀伊國人漂海依佛助存命語第十四	靈異記下25		靈異記上32
15	貧女依佛助得富貴語第十五	靈異記中28	元亨釋書二九大安寺側女	阿闍世王受決經 法苑珠林三五燃燈 篇31
16	獷者依佛助免王難語第十六	靈異記上32	續日本紀神龜四年條	
17	尼所被盜持佛自然奉值語第十七	靈異記上35		靈異記上34 下5 今昔一七48
18	河內國八多寺佛不燒火語第十八	靈異記上33		靈異記中37下10 今昔一二29 一六12
19	藥師佛從身出藥与盲女語第十九	靈異記下11	元亨釋書二九蓼原村盲女	靈異記下12·21 今昔一三18·26 一四33 一六23

권/화	제목	출전	동화·관련자료	유화·기타
20	藥師寺食堂燒不燒金堂語第二十	未詳	扶桑略記天祿四年條·長久二年條 日本紀略天延元年條 百鍊抄長久二年條 帝王編年記長久二年條 藥師寺緣起(續群書類從本) 七大寺巡禮私記藥師寺條 袋草紙雜談	
21	山階寺燒更建立間語第二十一	未詳	古本說話集下47 七大寺巡禮私記興福寺條 菅家本諸寺緣起集(南都七大寺巡禮記)興福寺條 造興福寺記	
22	於法成寺繪像大日供養語第二十二	未詳	小右記治安元年條 御堂關白記寬仁四年條 左經記治安元年條·寬仁四年條 扶桑略記寬仁四年條 日本紀略治安元年條 諸寺供養類記	
23	於法成寺藥師堂始例時日現瑞相語第二十三	未詳	小右記治安四年條 扶桑略記治安四年條 日本紀略治安四年條 諸寺供養類記 榮花物語鳥の舞	
24	關寺駈牛化迦葉佛語第二十四	未詳	古本說話集下50·70 醍醐寺本諸寺緣起集關寺緣起 關寺緣起 世喜寺中興緣起 四大寺傳記 伊呂波字類抄關寺條 榮花物語峰の月 更級日記 古事談五 世繼物語37 覺鑁聖人傳法會談義打開集 園城寺傳記四·寺門傳記補錄九 小記目錄萬壽二年條 扶桑略記治安元年條 日本紀略萬壽二年條 百鍊抄治安元年條 左經記萬壽二年條	東大寺要錄二緣起章二 東大寺造立供養記 靈異記上10·20中9·15·32下26 今昔一二25 一三21 一四37 二○ 20·21·22
25	伊賀國人母生牛來子家語第二十五	靈異紀中15	三寶繪中11 法華驗記下106 書法華救亡母事(金澤文庫藏)	靈異記上10今昔一二24 一四37
26	奉入法華經筥自然延語第二十六	靈異紀中6	三寶繪中10 法華驗記下105	

권/화	제목	출전	동화·관련자료	유화·기타
27	魚化成法 花經語第 二十七	靈異紀下6	三寶繪中16 法華驗記上10 七卷本寶物集七 元亨釋書一二海部峰廣恩	
28	肥後國書生 免羅刹難語 第二十八	法華驗記下 110	拾遺往生傳中21	
29	沙彌所持法 花經不燒給 語第二十九	靈異記下10		冥報記上4 今昔七18
30	尼願西所持 法花經不燒 給語第三十	第一·二段 法華驗記下 100 第三段 이후 未詳	元亨釋書一八願西尼	首楞嚴院二十五三 昧結緣過去帳源信 傳 私聚百因緣集八4
31	僧死後舌残 在山誦法花 語第三十一	靈異記下1	元亨釋書二九拾異志三	髑體誦經譚과 민담 (昔話)「노래하는 해 골歌い骸骨」(枯骨 報恩) 등 두가지 타 입이 있음. → 欄外*
32	橫川源信 僧都語第 三十二	法華驗記下 83	首楞嚴院二十五三昧結緣過去帳 延曆寺首楞嚴院源信僧都傳 續本朝往生傳9 私聚百因緣集八4 元亨釋書四惠心院源信 三國傳記一二3 今昔一五39	今昔一一1·9·12
33	多武峰增賀 聖人語第 三十三	法華驗記下 82	續本朝往生傳12 扶桑略略記長保五年條 多武峰略記上 增賀上人行業記 元亨釋書一〇多武峰增賀 古事談三 發心集一5 私聚百因緣集八3 敎訓抄五 撰集抄一 三國傳記一〇15 今昔一九18	
34	書寫山性空 聖人語第 三十四	性空上人傳 기타 法華驗記中 45	扶桑略記寬弘四年條 本朝麗藻下 眞言傳六阿闍梨皇慶傳 谷阿闍梨傳 明匠略傳日本下 元亨釋書一一書寫山性空	

권/화	제목	출전	동화·관련자료	유화·기타
			峰相記 一乘妙行悉地菩薩性空上人傳 性空上人傳記遺續集 扶桑蒙求私注(彰考館藏) 所引「宇治記」 小記目録第二〇 百錬抄四寛和元年條 古今著聞集一一386 室町時代物語「硯わり」	今昔一二2
35	神名睿實持 經者語第 三十五	法華驗記中 66	宇治拾遺物語141 異本紫明抄若紫所引「宇治大納言物語」 續本朝往生傳14 元亨釋書一一睿實法師 發心集四4	
36	天王寺別當 道命阿闍梨 語第三十六	法華驗記下 86 第四·五·六 段未詳	元亨釋書一九道命	今昔一二6 古事談三 宇治拾遺物語1 雜談集七 東齋隨筆好色類
37	信誓阿闍梨 依經力活 父母語第 三十七	法華驗記下 87	元亨釋書九釋信誓法師	
38	天台圓久於 葛木山聞仙 人誦經語第 三十八	法華驗記上 39 第三段未詳	三外往生記15 元亨釋書一一南星峰圓久 古今著聞集一五484	
39	愛宕護山好 延持經者語 第三十九	法華驗記上 34 第二段未詳	拾遺往生傳中6 三外往生記4	
40	金峰山薊獄 良算持經者 語第四十	法華驗記中 49	元亨釋書一一解獄良算	

* 「해골 송경담髑髏誦經譚」과 관련된 설화는 이하의 자료에 보임. 法華驗記 上22·39, 中41·56·63·64, 今昔 七14, 一二31, 一三
10·11·29·30, 古今著聞集 一五484, 민담(昔話) 「노래하는 해골(歌い骸骨)」(枯骨報恩), 靈異記 上12, 下27, 今昔 一九31, 三國傳記
一二15, 幻夢物語奇異雜談集一 小野小町髑髏說話(玉造小町壯衰書 和歌童蒙抄 袋草紙四 江家次第一四 無名抄77 古事談二 東齋隨筆好
色類 三國傳記一二6 古今集序註 등)

인명 해설

1. 원칙적으로 본문 중에 나오는 호칭을 표제어로 삼았으나, 혼동하기 쉬운 경우에는 본문의 각주에 실명實名을 표시하였고, 여기에서도 실명을 표제어로 삼았다.
2. 배열은 한글 표기 원칙에 의한 가나다 순으로 하였다.
3. 해설은 최대한 간략하게 표기하며, 의거한 자료·출전出典을 명기하였다. 이는 일본고전문학전집 『금석 이야기집今昔物語集』의 두주를 따른 경우가 많다.
4. 각 항의 말미에 해당 인물이 등장하는 이야기를 숫자로 표시하였다. 예를 들면 '⑪ 1'은 '권11 제1화'를 가리킨다.

㉮

가잔花山 법황法皇

안화安和 원년(968)~관홍寬弘 5년(1008). 제65대 가잔 천황天皇. 재위, 영관永觀 2년(984)~관화寬和 2년(986). 레이제이冷泉 천황의 제1황자. 어머니는 후지와라노 고레마사藤原伊尹의 딸 가이시懷子. 후지와라노 가네이에藤原兼家의 모략에 의해 가잔지花山寺에서 출가. 엔유圓融 천황의 제1황자이자 가네이에의 손자인 이치조一條 천황에게 보위를 양도함. ⑫ 34

간묘勸命

?~영연永延 3년(989). 천태종의 승려. 엔랴쿠지延曆寺의 아사리阿闍梨·보당원寶幢院 검교檢校(서탑원주西塔院主). 율사律師(권율사權律師라고도 함). 보통원 검교차제檢校次第(『승강보임僧綱補任』)에 의하면 제15대 천태좌주天台座主 엔쇼延昌의 제자. 향년 79세(혹은 83세). ⑫ 37

간무桓武 천황天皇

천평天平 9년(737)~연력延曆 25년(806). 제50대 천황. 재위, 천응天應 원년(781)~연력延曆 25년. 고닌光仁 천황의 제1황자. 어머니는 다카노노 니가사高野新笠. 연력 13년에 헤이안平安으로 천도하여 천황이 친정親政을 행함. ⑪ 10

간사이願西

출생, 사망 시기 미상. 헤이안平安 중기의 비구니. 『법화험기法華驗記』에서는 관홍寬弘 연간(1004~1012)에 사망하였다고 함. 아버지는 우라베 마사치카卜部正親, 어머니는 기요하라 씨淸原氏. 『속본조왕생전續本朝往生傳』에 의하면 겐신源信 승도의 여동생으로 젊지만 불도에 매진하여 재학才學·도심道心은 오라버니인 겐신보다 뛰어나 아미타불阿彌陀佛의 염불에 전념하여 극락왕생하였다고 전해짐. 또한 장원長元 7년(1034) 8월 25일에 사망한 겐신의 여동생 안요니安養尼(= 겐쇼니願證尼)(『좌경기左經紀』 장원 7년 9월 10일 조條, 『고후쿠지약년대기興福寺略年代記』)와는 다른 인물. 간사이는 겐쇼니願證의 동생에 해당함.
⑫ 30

간인閑院 태정대신太政大臣
→ 간인閑院 태정대신太政大臣 긴스에公季. ⑫ 35

간인閑院 태정대신太政大臣 긴스에公季
후지와라노 긴스에藤原公季를 가리킴. 천력天曆
10년(956)~장원長元 2년(1029). 모로스케師輔의
아들. 어머니는 야스코康子 내친왕內親王. 태정
대신太政大臣. 종일위從一位. 정일위正一位로 추
증됨. '간인閑院'은 호號. 시호諡號는 진기 공仁義
公. ⑫ 24

간켄觀賢
?~연장延長 3년(925). 사누키 지방讚岐國 사람.
속성俗姓은 도모 씨伴氏(일설에 의하면 하타 씨
秦氏). 한냐지般若寺 승정僧正·주인中院 승정僧正
이라고도 불림. 진언종眞言宗의 승려. 쇼보聖寶
관정灌頂의 제자. 제9대 도지東寺 장자長者·다이
고지醍醐寺 초대 좌주座主·제4대 곤고부지金剛峰
寺 좌주. 권승정權僧正. 향년 72세. ⑪ 25

감진鑑眞
지통持統 3년(689)~천평보자天平寶字 7년(763).
나라奈良 시대의 당나라 승려. 일본 율종律宗의
개조. 감진鑑眞 대화상大和上이라고도 불림. 입
당승入唐僧인 요에이榮叡·후쇼普照의 간청으로
일본으로 올 것을 결심. 다섯 번의 실패와 실명
에도 좌절하지 않고 천평승보天平勝寶 6년(754)
에 일본으로 옴. 도다이지東大寺 계단원戒壇院을
건립하고 쇼무聖武 상황을 비롯하여 4백여 명에
게 수계授戒하고 천평보자天平寶字 3년에 도쇼
다이지唐招提寺를 창건, 정식으로 불교계율을 전
함. ⑪ 8

겐게이賢憬
경운慶雲 2년(705)~연력延曆 12년(793). 정확히
는 '賢璟'로 추정(『도다이지요록東大寺要錄』, 『칠
대사연표七大寺年表』). 오와리 지방尾張國 사람
으로 속성俗姓은 아라타이 씨荒田井氏(아라타 씨
荒田氏라고도 함). 대승도大僧都. 법상종法相宗의
승려. 고후쿠지興福寺의 센쿄宣敎에게 유식唯識
을 배워 천평승보天平勝寶 7년(755) 감진鑑眞으
로부터 도다이지東大寺에서 수계受戒, 간고지元
興寺·고후쿠지興福寺·사이다이지西大寺에 거주.
연력延曆 12년, 헤이안平安 천도 때 위치를 점정
占定. ⑪ 8

겐메이元明 천황天皇
제명齊明 7년(661)~양로養老 5년(721). 제43대
천황. 재위, 경운慶雲 4년(707)~영귀靈龜 원년
(715). 덴치天智 천황의 제4황녀. 어머니는 소가
노힌宗我嬪. 휘諱는 아베阿部(阿閇). 구사가베草壁
황자의 비妃. 덴무文武 천황·겐쇼元正 천황·기
비吉備 내친왕內親王의 어머니. 치세 중에 화동개
진和同開珍 주조, 화동和銅 3년(710)의 헤이조平
城 천도, 화동 5년의 오노 야스마로太安萬侶에 의
한 『고사기古事記』 편찬이 있었음. 영귀靈龜 원년,
겐쇼元正 천황에게 양위하고 태상천황太上天皇이
되어 후견함. ⑪ 14·15·16

겐보玄昉
?~천평天平 18년(746). 속성俗姓은 아토 씨阿刀
氏. 법상종法相宗의 승려. 법상종 제4전傳. 승정
僧正. 기엔義淵의 제자. 고후쿠지興福寺에 거주.
영귀靈龜 2년(716) 입당入唐, 경론經論 5천여 권
을 가지고 천평天平 7년에 귀국, 다치바나노 모로
에橘諸兄·기비노 마키비吉備眞備에게 중용되어
정치에 관여하며, 불교가 국교화됨에 따라 권력
을 휘두른 탓에 후지와라노 히로쓰구藤原廣嗣의

난을 초래. 천평 18년 권력이 강해진 후지와라노 나카마로藤原仲麻呂에 의해 대재부大宰府로 추방 당해 유배지에서 사망. ⑪ 6

겐신源信

천경天慶 5년(942)~관인寬仁 원년(1017). 야마토 지방大和國 사람. 속성俗姓은 우라베 씨占部氏. 에신惠心 승도僧都·요카와橫川 승도僧都라고도 함. 천태종의 승려. 내공봉십선사內供奉十禪師. 법교상인위法橋上人位를 거쳐 권소승도權少僧都. 수릉엄원首楞嚴院 검교檢校(『요카와장리橫川長吏』). 료겐良源(지에慈惠 승정僧正)의 제자. 일본 정토교淨土敎의 대성자大成者로 일본에서 정토교에 관하여 처음으로 『왕생요집往生要集』을 저술. 그 밖에 『일승요결一乘要決』, 『대승대구사초大乘對具舍抄』 등을 저술. ⑫ 24·30·32·34·38

겐신源心

?~천희天喜 원년(1053). 속성俗姓은 다이라 씨平氏. 사이메이보西明房라고도 함. 천태종天台宗의 승려. 인겐院源의 조카. 가쿠케이覺慶의 제자. 장력長曆 3년(1039) 제80대 호쇼지法性寺 좌주座主. 영승永承 3년(1048) 제30대 천태좌주天台座主. 호조지法成寺 권별당權別當. 대승도大僧都. 향년 83세. 설경說經의 명인이라 불림. ⑫ 34

겐신賢心

출생, 사망 시기는 미상. 호온報恩의 제자. 보귀寶龜 11년(780), 도다이지東大寺에서 구족계具足戒를 받아 엔친延鎭이라 칭함(『기요미즈데라 연기淸水寺緣起』). 내공봉십선사內供奉十禪師. 호온이 죽은 후 고지마야마데라小島山寺를 계승. ⑪ 32

고교쿠皇極 **천황**天皇

594년~661년. 제35대 천황. 재위 642년~645년. 아버지는 지누 왕茅渟王. 어머니는 기비히메노미코吉備姬王. 이름은 다카라노 히메미코寶皇女. 조메이舒明 천황의 황후. 덴치天智·덴무天武 천황의 어머니. 소가노 이루카蘇我入鹿가 나카노오에中大兄 황자皇子에 의해 살해되자 고토쿠孝德 천황에게 양위. 백치白雉 5년(654) 고토쿠 천황이 죽자 중조重祚하여 사이메이齊明 천황이 됨. ⑪ 14·16

고다쓰廣達

출생, 사망 시기는 미상. 헤이안平安 전기 법상종法相宗의 승려. 속성은 시모쓰케노 아손下毛野朝臣(『신찬성씨록新撰姓氏錄』 좌경황별하左京皇別下). 보귀寶龜 3년(772), 내공봉십선사內供奉十禪師가 됨(『승강보임僧綱補任』). ⑫ 11

고묘光明 **황후**皇后

대보大寶 원년(701)~천평보자天平寶字 4년(760). 후지와라노 후히토藤原不比等의 아들. 어머니는 아가타이누카이노 다치바나노 미치요縣犬養橘三千代. 아스카베히메安宿媛·고묘시光明子라고도 함. 쇼무聖武 천황天皇의 황후. 고켄孝謙(쇼토쿠稱德) 천황의 어머니. 신하들 중에서 처음으로 황후가 됨. 불교 신앙이 두터워 시약원施藥院·비회원悲回院을 설치하고, 도다이지東大寺 대불大佛·국분사國分寺·국분니사國分尼寺 건립에도 관여. ⑪ 6·13

고보弘法 **대사**大師

보귀寶龜 5년(774)~승화承和 2년(835). 사누키 지방讚岐國 사람. 속성俗姓은 사에키우 씨佐伯氏. '고보 대사'는 다이고醍醐 천황의 칙시勅謚에 의한 것. 밀호密號는 헨조콘고遍照金剛. 휘諱는 구카이空海. 대승도大僧都. 내공봉십선사內供奉十禪師. 대승정大僧正으로 추증됨. 진언종眞言宗의 개조. 연력延曆 23년(804) 입당, 혜과惠果에게 태장胎藏·금강金剛 양부兩部의 법法을 전수받음. 귀국 후, 홍인弘仁 7년(816) 사가嵯峨 천황에게 청을 올려 고야 산高野山에 곤고부지金剛峰寺를 세웠음. 홍인 14년, 도지東寺(교오고코쿠지敎王護國寺)를 하사받아 근본도장根本道場으로 삼음. 종교·학문·교육·문화·사회사업 등에서 폭넓게 활약. 저서 『비밀만다라십주심론秘密蔓茶羅十住心論』, 『삼교지귀三敎指歸』 등. ⑪ 9·12·25 ⑫ 22

고이치조인小一條院

아쓰아키라敦明 친왕親王. 정력正曆 5년(994)~영승永承 6년(1051). 산조三條 천황天皇의 제1황자. 태상천황太上天皇·일품一品. '고이치조인'은 후지와라노 미치나가藤原道長의 박해에 의해 황태자에서 물러나 태상천황이 된 것에서 유래한 호칭. ⑫ 9

고이치조인後一條院

관홍寬弘 5년(1008)~장원長元 9년(1036). 제68대 고이치조後一條 천황. 재위, 장화長和 5년(1016)~장원 9년. 이치조一條 천황의 제2황자. 어머니는 후지와라노 쇼시藤原彰子. 아쓰히라敦成 친왕親王. 태어나던 당시의 모습은 『무라사키 식부 일기紫式部日記』에 자세히 전해짐. ⑫ 22

고조好常(康尙)

출생, 사망 시기는 미상. 헤이안平安 중기의 대불사大佛師. 조초定朝의 아버지. 도사土佐 강사講師·오미近江 강사講師를 역임. 『세키데라 연기關寺緣起』에는 "前當國講師康尙"이라 되어 있음. ⑫ 24

고지廣智 보살菩薩

출생, 사망 시기는 미상. 헤이안平安 전기의 천태종 승려. '보살'은 고지의 덕행에 대한 호칭. 감진

鑑眞의 제자인 도추道忠의 제자. 시모쓰케 지방下野國 오노지小野寺에 살며 포교에 전념. 홍인弘仁 8년(817), 사이초最澄의 동국교화東國敎化 때 원돈계圓頓戒·태장胎藏·금강金剛 양부兩部 관정灌頂을 받고 『법화경法華經』 서사에 조력. 동국천태종東國天台宗의 시조始祖와 같은 존재.(『덴교 대사전傳敎大師傳』, 『지카쿠 대사전慈覺大師傳』). ⑪ 11

곤조勒(勸)操

천평보자天平寶字 2년(758)~천장天長 4년(827). 야마토 지방大和國 사람. 속성俗姓은 하타 씨秦氏. 이와부치石淵 승정僧正·이와부치石淵 증승정贈僧正이라고도 함. 삼론종三論宗의 승려. 다이안지大安寺에서 공부하여 후에 이와부치데라石淵寺·사이지西寺에 거주. 이와부치데라에서 법화팔강法華八講을 창시. 천장 3년, 대승도大僧都, 사이지 별당別當. 사후, 칙령에 의해 승정위僧正位를 하사받음. 고보弘法 대사大師 구카이空海의 스승. ⑪ 9

교진行信

출생, 사망 시기는 미상. 법상종法相宗의 승려. 간고지元興寺에 거주. 천평天平 19년(757) 대승정大僧都에 취임(일설에는 천평 20년). 호류지法隆寺의 동원東院 가람부흥伽藍復興에 진력. 『칠대사연표七大寺年表』에 의하면 천평승보天平勝寶 2년(750) 사망. ⑪ 14

교교行敎

출생, 사망 시기는 자세히 전해지지 않음. 헤이안平安 전기의 다이안지大安寺의 승려. 빈고 지방備後國 사람. 속성俗姓은 기 씨紀氏. 기노 가네스케紀兼弼의 아들. 닌나지仁和寺의 야쿠신益信의 형이라고 전해짐. 삼륜三論·진언眞言의 교지敎旨를 받아 전등대법사傳燈大法師를 맡음. 정관貞觀

원년(859) 꿈에서 신탁을 받아 이와시미즈石清水 오토코 산男山에 이와시미즈하치만 궁石清水八幡宮을 건립. ⑫ 10

교키行基 보살菩薩

덴치天智 7년(668)~천평승보天平勝寶 원년(749). 이즈미 지방和泉國 사람. 속성俗姓은 고시 씨高志氏. 휘諱는 호쿄法行. '보살菩薩'은 교키의 덕행에 대한 존칭尊稱(『사리병기舍利甁記』). 아버지는 고시노 사이치高志才智, 어머니는 하치다노 고니히메蜂田古爾比賣. 천무天武 11년(682) 도쇼道昭를 스승으로 하고 출가. 토목土木·치수治水 등 사회사업에 공헌함. 또한 사도승私度僧을 조직하여 민중을 교화하였으나 국가권력에 탄압당함. 그 후, 도다이지東大寺 대불大佛 권진勸進에 진력하다 천평 17년(745)에 쇼무聖武 천황에게 대승정위大僧正位를 하사받음. ⑪ 2·7

구라즈쿠리노토리鞍作鳥

출생, 사망 시기는 미상. 7세기 전반의 불사佛師. 도리止利 불사라고도 함. 다스나多須奈의 아들. 시바 닷토토司馬達等의 손자. 스이코推古 천황이 장륙丈六의 동銅·수불繡佛 각 1채를 만드는 것을 발원했을 때 그 담당을 맡음. 아스카대불飛鳥大佛의 작자라고 하며, 호류지法隆寺 금동의 석가삼존명釋迦三尊銘에서도 그 이름이 보임. ⑪ 22

구조도노九條殿

후지와라노 모로스케藤原師輔. 연희延喜 8년(908)~천덕天德 4년(960). 아버지는 다다히라忠平. 어머니는 미나모토노 요시아리源能有의 딸 아키코昭子. 우대신右大臣. 종이위從二位. '구조도노'는 구조문九條門의 남쪽, 마치지리町尻의 동쪽에 그 저택에 있었기에 붙은 호칭(『습개초拾芥抄』). 일기 『구력九曆』, 고실서故実書 『구조연중행사九條年中行事』가 있음. ⑫ 35

기비吉備 대신大臣

→ 기비노 마키비吉備眞吉備(眞備). ⑪ 6

기비노 마키비吉備眞吉備(眞備)

지통持統 7년(693) 혹은 9년(695)~보귀寶龜 6년(775). 아버지는 기비노 시모쓰미치쿠니카쓰吉備備下道國勝. 어머니는 야기 씨楊木(八木)氏. 학자學者·관인官人. 우대신右大臣. 정이위正二位. 양로養老 원년(717) 입당入唐 유학留學함. 천평天平 7년(735) 귀국. 유학儒學·천문天文·병학兵學 등 여러 학문에 통달하여 쇼무聖武 천황天皇에 크게 대우를 받음. 천평天平 13년에 동궁東宮(고켄孝謙 천황)학사學士가 되어 『예기禮記』, 『한서漢書』 등을 강의. 또 다치바나노 모로에橘諸兄의 측근으로, 정치가로서도 권세를 떨침. 후지와라노 히로쓰구藤原廣嗣의 스승이었다고 하나 명확하지 않음. ⑪ 8

기신義眞

천응天應 원년(781)~천장天長 10년(833). 사가미 지방相模國 사람. 속성俗姓은 마루코무라지丸子連. 슈젠修禪 대사大師라고도 불림. 천태종의 승려. 천장 원년, 초대 천태좌주天台座主가 되어 10년간 히에이 산을 다스림. 내공봉십선사內供奉十禪師. 사이초最澄의 제자. 연력延曆 23년(804), 사이초의 입당入唐에 의해 역어승譯語僧으로서 수행. 천장 9년, 천태종으로는 최초의 유마회維摩會 강사講師가 됨. 사가嵯峨 천황이 여러 종파의 오의奧義를 물은 것에 대해 『천태종의집天台宗義集』을 씀. (『현계론연기顯戒論緣起』, 『천태좌주기天台座主記』). ⑪ 12

기엔義淵

?~신귀神龜 5년(728). 야마토 지방大和國 사람. 속성俗姓은 이치키 씨市往氏(후에 오카노 무라지岡連). 류가이지龍蓋寺 승정僧正이라고도 불림. 법상종法相宗의 승려. 승정僧正. 고후쿠지興福寺에 거주. 도쇼道昭·도지道慈·도조道場·도쿄道鏡·교키行基·겐보玄昉·로벤良辨의 스승. 류가이지(오카데라岡寺)·류몬지龍門寺· 류후쿠지龍福寺 등을 창건. 또한 오카데라에는 국보인 기엔승정좌상義淵僧正座像이 있음. ⑪ 38

[나]

나오요 왕直世王

?~승화承和 원년(834). 기요하라 왕淨原王의 아들. 덴무天武 천황의 5대손. 중납언中納言. 행중무경行中務卿. 향년 58세(혹은 59세). ⑫ 5

나카카타中方

출생, 사망 시기는 미상. 다이라노 나카카타平中方. 간무桓武 다이라 씨平氏. 고레토키維時의 아들. 검비위사檢非違使. 에치젠 수越前守. 종오위하從五位下(『존비분맥尊卑分脈』에는 월중수越中守. 종사위하從四位下). ⑫ 24

남악南岳

→ 혜사慧思. ⑪ 26⑫ 33

니타베新田部 **친왕**親王

?~천평天平 7년(735). 덴무天武 천황의 제7황자. 어머니는 이오에노 이라쓰메五百重娘(후지와라노 가마타리藤原鎌足의 딸). 일품一品. 지오위급수도사인사知五衛及授刀舍人事·기나이대총관畿內大總管을 역임. 도네리舍人 친왕과 함께 몬무文武·쇼무聖武 천황 치세에 중진重鎭이었음. ⑪ 8

[다]

다이라노 노리키요平義清

출생, 사망 시기는 미상. 간무桓武 헤이씨平氏. 나카카타中方의 아들. 검비위사檢非違使. 종오위하從五位下. ⑫ 24

다지히노 마히토히로나리丹治比眞人廣成

?~천평天平 11년(739). 시마嶋의 아들. 중납언中納言. 종삼위從三位. 천평天平 4년 견당대사遣唐大使, 이듬해 입당入唐. 이때 겐보玄昉가 유학 승려로서 수행함. 천평 7년 귀국. 『회풍조懷風藻』에 한시 3수가 실려 있음. ⑪ 6

다치바나노 나라마로橘奈良麻呂

양로養老 5년(721)~천평보자天平寶字 원년(757). 모로에諸兄의 아들. 어머니는 후지와라노 후히토藤原不比等의 딸. 참의參議·병부경兵部卿·우대변右大辨. 정사위하正四位下. 후지와라노 나카마로藤原仲麻呂의 타도를 꾀했으나 밀고에 의해 성공하지 못하고 처형됨. ⑪ 29

다치바나노 요시네橘善根

출생, 사망 시기는 미상. 쓰구우지繼氏의 아들. 미노 수美濃守. 종사위하從四位下. ⑫ 34

다카노노히메高野姬 **천황**天皇

→ 아베阿部 천황. ⑪ 18 ⑫ 4

다카시나노 도나리高階遠成

천평승보天平勝寶 8년(756)~홍인弘仁 9년(818). 헤이안平安 전기의 견당판관遣唐判官. 종사위하從四位下. 대동大同 원년(806) 구카이空海·다치바나노 하야나리橘逸勢를 데리고 당에서 귀국. 주계두主計頭·민부소보民部少輔·야마토大和 개介를 역임. ⑪ 9

다카쓰카사도노鷹司殿

강보康保 원년(964)~천희天喜 원년(1053). 미나모토노 린시源倫子. '다카쓰카사도노'는 좌경左京 일조사방구정一條四坊九町에 있던 린시의 저택. 마사노부雅信의 딸. 후지와라노 미치나가藤原道長의 부인. 쇼시彰子, 요리미치賴道, 겐시妍子, 노리미치敎道, 이시威子, 기시嬉子의 어머니. 딸 셋을 왕비로 입궁시켜 미치나가의 정권 확립에 공헌. 시녀 중에 가인歌人 아카조메 위문赤染衛門이 있었음. ⑫ 24

단카이 공淡海公

후지와라노 후히토藤原不比等. 제명齊明 5년(659)~양로養老 4년(720). 단카이 공은 시호諡號. 분추 공文忠公이라고도 함. 가마타리鎌足의 아들. 우대신右大臣. 정이위正二位. 증태정대신贈太政大臣. 정일위正一位. 대보율령大寶律令·양로율령養老律令 제정, 헤이조 경平城京 천도 등에 공헌. 가마타리를 계승해서 후지와라 씨藤原氏의 번영의 기초를 닦음. 자식은 남南·북北·식式·경京의 네 집안을 일으키고, 여식으로는 몬무文武 천황의 부인 미야코宮子, 쇼무聖武 천황의 황후 고묘시光明子가 있음. ⑪ 6·14 ⑫ 3·21

대직관大織冠

후지와라노 가마타리藤原鎌足. 614~669년. 아버지는 나카토미노 미케코中臣御食子. 내대신內大臣. 대직관大織冠. 대화大化 3년(647)에 제정된 관위십삼계冠位十三階 중에 가장 높은 대직관은 가마타리에게 주어진 것이 유일한 예로, '대직관'이란 곧 가마타리를 가리켰음. 669년, 덴치天智 천황으로부터 '후지와라藤原'의 성을 하사받고, 차남 후히토不比等의 계통이 이를 계승함. 대화 원년, 나카노오에中大兄 황자(훗날의 덴치天智 천황)과 함께 소가노 이루카蘇我入鹿를 죽이고 대화大化의

개신改新을 추진한 중심인물. ⑪ 14 ⑫ 3·21

덴교傳敎 대사大師

천평신호天平神護 2년(766)~홍인弘仁 13년(822). 오미 지방近江國 사람. 속성俗姓은 미쓰노오비토三津首. 휘는 사이초最澄. 천태종의 시조. 12세에 오미의 국분사國分寺의 교효行表 밑에서 출가, 히에이 산比叡山에 들어감. 연력延曆 23년(804) 환학생還學生으로 입당, 이듬해 귀국. 히에이 산에 대승계단大乘戒壇을 설립하려 했으나, 남도南都 반대에 부딪혀, 사후 7일째인 홍인 13년 6월 11일에 드디어 허가가 떨어짐. 정관貞觀 8년(866) 시호 '덴교傳敎 대사大師'를 하사받음. 저서 『수호국계장守護國界章』, 『조권실경照權実鏡』 등. ⑪ 10·11·26

덴무天武 천황天皇

?~주조朱鳥 원년(686). 제40대 천황. 재위 673~686년. 아버지는 조메이舒明 천황. 어머니는 다카라노히메미코寶女王(훗날의 고교쿠皇極·사이메이齊明 천황). 휘는 오아마大海人 황자. 덴치天智 천황과 어머니가 같은 형제. 덴치天智 천황 사후 황태자 오토미大友 황자와 대립하여 병력을 일으켜 그들을 제압하고 수도를 오미近江에서 야마토大和로 되돌림. 정치면에서는 덴치 천황의 뜻을 이어 천황을 중심으로 한 지배체제의 확립을 추구. ⑪ 16

덴치天智 천황天皇

614(혹은 626)년~671년. 제38대 천황. 재위 668~671년. 조메이舒明 천황의 제1황자. 호는 가즈라키葛城 황자, 나카노오에中大兄 황자라고도 함. 덴무天武 천황과 같은 어머니 형제. 황자, 황녀로는 오토모大友 황자·우노鸕野 황녀(지토持統 천황)·아베阿部 황녀(겐메이元明 천황) 등이 있

음. 나카토미中臣(후지와라藤原) 가마타리鎌足와 대화大化의 개신改新을 단행하여 관위이십육계冠位二十六階의 제정, '경오년적庚午年籍' 작성, 오미近江 천도, 오미령近江令 시행 등을 추진. ⑪ 4·14·29· 30·38 ⑫ 5·20

도묘道命

천력天延 2년(974)~관인寬仁 4년(1020). 속성俗姓은 후지와라 씨藤原氏. 아버지는 후지와라노 미치쓰나藤原道綱. 천태종의 승려. 장화長和 5년(1016) 제27대 덴노지天王寺 별당別當. 독경의 명인으로 『이중력二中歷』 명인력名人歷의 독경상수讀經上手 항목에 이름이 있음. 와카和歌에 능하여 중고삼십육가선中古三十六歌仙의 한 명. 가집家集에 『도묘 아사리집道命阿闍梨集』이 있음. 호색의 파계승으로 설화화되어 『고사담古事談』 권3, 『우지습유 이야기宇治拾遺物語』 1, 『고금저문집古今著聞集』 318, 『오토기조시御伽草子』, 『이즈미 식부 일기和泉式部日記』 등에 이즈미 식부和泉式部와의 이야기가 전해짐. ⑫ 36

도미노 이치이迹見赤梼

출생, 사망 시기는 자세히 전해지지 않음. 쇼토쿠聖德 태자의 종자. 『일본서기日本書紀』 요메이用明 2년(587)에 나카토미노 가쓰미中臣勝海를 암살한 일이 쓰여 있음. ⑪ 1·21

도쇼道照(昭)

629~700년. 가와치 지방河內國 사람. 속성俗姓은 후나노 무라지船連. 법상종의 시조. 간고지元興寺에 거주. 백치白雉 4년(653) 입당, 현장삼장玄奘三藏에게 가르침을 받고 661년 귀국. 간고지에 선원禪院을 건립하여 많은 제자들을 육성. 민중 교화나 사회사업에 공헌하여 우지 교宇治橋를 만들었음. 유언에 따라 화장하였는데 이것이 역사상 최초의 화장이었다고 전해짐(『속일본기續日本紀』). ⑪ 4

도수道邃

출생, 사망 시기는 미상. 당나라의 승려. 홍도존자興道尊者·지관화상止觀和常이라고도 함. 감연堪然의 제자. 천태산天台山 수선사修善寺 좌주座主. 당나라로 온 덴교傳敎 대사大師에게 원돈지관圓頓止觀의 법을 전수함. 저서로는 『대반열반경소사기大般涅槃經疏私記』, 『유마경소사기維摩經疏私記』, 『마하지관기중이의摩訶止觀記中異義』 등. ⑪ 10

도지道慈

?~天平 16년(744). 야마토 지방大和國 사람. 속성俗姓은 누카타 씨額田氏. 삼론종三論宗 제3전傳. 율사律師. 다이안지大安寺에 거주. 대보大寶 2년(702) 입당, 양로養老 2년(718) 귀국. 다이안지의 헤이조 경平城京 이전에 공헌. 『회풍조懷風藻』에 한시 두 수가 남아 있음. 향년 70여세. ⑪ 5·16

도쿠도德道

656년~?. 하리마 지방播磨國 사람. 속성俗姓은 가라야타베노미야쓰코辛矢田部造. 20세 때 출가하여 사도私度의 사미沙彌가 되었다고 함. 하세데라長谷寺 십일면관음十一面觀音을 세우고, 본당本堂의 건립에 조력. 후세에 서국삼십삼소순례西國三十三所巡禮의 창시자라고 전하여 옴. ⑪ 31

[라]

레이제이인冷泉院

레이제이冷泉 천황. 천력天曆 4년(950)~관홍寬弘 8년(1011). 제63대 천황. 재위, 강보康保 4년(967)~안화安和 2년(969). 무라카미村上 천황의 제2황자. 어머니는 후지와라노 모로스케藤原師輔

의 딸 안시安子. ⑫ 33

로벤良辨

지통持統 3년(689)~보귀寶龜 4년(773). 사가미 지방相模國(오미 지방近江國이라고도 함) 사람. 속성俗姓은 우루시베 씨漆部氏(구다라 씨百濟氏라고도 함). 일본 화엄종華嚴宗의 제2대조. 기엔義淵의 제자. 승정僧正. 천평승보天平勝寶 4년(752) 대불개안공양大佛開眼供養이 행해지던 해에 도다이지東大寺 초대 별당別當을 맡음. 어렸을 때 독수리에게 잡혀가 '로벤良辨 삼나무'와 관련된 전설(『도다이지요록東大寺要錄』, 『사석집沙石集』)로 유명. ⑪ 13 · 30

류손隆尊

?~천평보자天平寶字 4년(760). 간고지元興寺 및 고후쿠지興福寺의 승려. 기엔義淵의 제자. 천평승보天平勝寶 3년(751) 율사律師. 천평승보 4년 3월 21일 칙서에 의해 도다이지東大寺 개안공양강사開眼供養講師(『도다이지요록東大寺要錄』)가 됨. ⑪ 13

[마]

모노노베노유게노 모리야物部弓削守屋

?~587년. 오고시尾輿의 아들. 비다쓰敏達 · 요메이用明 천황 치세 때의 오무라지大連. 아버지가 주장한 배불론排佛論을 이어 숭불파崇佛派의 소가노 우마코蘇我馬子와 싸웠으나 패배하여 사망. '유게'는 살던 지역의 명칭(지금의 오사카 부大阪府 야오 시八尾市 유게弓削)에서 비롯된 것으로 추정. ⑪ 1

모리야守屋 **대신**大臣

→ 모노노베노유게노 모리야物部弓削守屋. ⑪ 21 · 23

몬토쿠文德 **천황**天皇

천장天長 4년(827)~천안天安 2년(858). 다무라田邑 천황이라고도 함. 제55대 천황. 재위, 가상嘉祥 3년(858)~천안天安 2년. 닌묘仁明 천황의 제1황자. 어머니는 후지와라노 노부코藤原順子. ⑪ 12

묘존明尊

천록天祿 2년(971)~ 강평康平 6년(1063). 속성은 오노 씨小野氏. 도모토키奉時의 아들. 미치카제(혹은 도후道風)의 손자. 요쿄余慶의 제자. 치안治安 원년(1021) 12월 29일 권소승도權少僧都에 임명. 장원長元 원년(1028) 12월 30일 권대승도權大僧都. 장원 3년 제23대 온조지園域寺 장리長吏가 됨. 장원 4년 12월 26일에는 대승도大僧都에 오르고, 장원 6년 12월 20일에 권승정權僧正. 장력長曆 2년(1038) 온조지 장리에 다시 보임되고, 대승정大僧正에 까지 오름. 영승永承 3년(1048) 8월 11일, 제29대 천태좌주天台座主가 되지만, 산문山門의 승려인 강소에 의해 3일 만에 사임. 강평 6년 6월 26일 사망. 시가志賀 대승정大僧正 · 신곤보眞言房라고 불림(『승강보임僧綱補任』, 『천태좌주기天台座主記』, 『온조지 장리차제園域寺長吏次第』). ⑫ 21 · 24

미나모토노 요리키요源賴淸

출생, 사망 시기는 미상. 요리노부賴信의 아들. 어머니는 수리명부修理命婦. 중무소보中務少輔 · 아키 수安藝守 · 무쓰 수陸奧守 · 히고 수肥後守를 역임. 후지와라노 요리미치藤原賴通의 시소별당侍所別當. 종사위하從四位下. 『후습유집後拾遺集』에 무쓰 수령을 마치고 히고 수령으로 부임할 때를 여류 가인 사가미相模가 읊은 노래가 보임. ⑫ 36

[바]

법전法詮(全)

출생, 사망 시기는 미상. 당나라 경종敬宗에서 의종懿宗 시기의 진언승眞言僧. 의조義操·법윤法潤의 제자. 진언종眞言宗 부법상승付法相承 제7대 조인 혜과慧果의 법손法孫. 일본의 입당승入唐僧 엔닌圓仁(慈覺)·엔사이圓載·엔친圓珍·헨묘徧明(신뇨眞如 친황) 등의 스승. 저서 『현법사의궤玄法寺儀軌』, 『청룡사의궤靑龍寺儀軌』, 『공양호세팔천법供養護世八天法』 등(『동사본 화상전東寺本和常傳』, 『엔친첩圓珍牒』, 『만수원본 엔친전曼殊院本圓珍傳』, 『명장약전明匠略傳』). ⑪ 12

부傅 **대납언**大納言 **미치쓰나**道綱

후지와라노 미치쓰나藤原道綱. 천력天曆 9년(955)~관인寬仁 4년(1020). 어머니는 후지와라노 도모야스藤原倫寧의 딸(『하루살이일기蜻蛉日記』의 저자). 대납언大納言·동궁부東宮傅. 정이위正二位. ⑫ 36

비다쓰敏達 **천황**天皇

?~민달敏達 14년(585). 제30대 천황. 재위, 572년~585년. 긴메이欽明 천황의 제2황자. 어머니는 이시히메石姬(센카宣化 천황의 황녀). 요메이用明 천황의 배다른 형제. 황후는 누카타베노 히메미코額田部皇女(훗날의 스이코推古 천황). ⑪ 1·21·23

[사]

사가嵯峨 **천황**天皇

연력延曆 5년(786)~승화承和 9년(842). 제52대 천황. 재위, 대동大同 4년(809)~홍인弘仁 14년(823). 간무桓武 천황의 제2황자. 어머니는 후지와라노 오토무로藤源乙牟漏. 시문에 뛰어났으며, 서예는 삼필三筆 중의 한 사람. 재위 중에 『홍인격식弘仁格式』, 『신찬성씨록新撰姓氏錄』, 『내리식內裏式』 등을 찬진撰進하고, 율령체제의 확립을 도모. 자작시는 『능운집凌雲集』, 『문하수려집文華秀麗集』, 『경국집經國集』 등에 수록됨. ⑪ 9

사선思禪

→ 혜사慧思 ⑪ 1

사카노우에노 다무라마로坂上田村麻呂

천평보자天平寶字 2년(758)~홍인弘仁 2년(811). 가리타마로苅田麻呂의 아들. 도래인渡來人 아치노오미阿知使主의 후예. 정이대장군征夷大將軍. 대납언大納言. 정삼위正三位. 연력延曆 13년(791), 16년 두 번에 걸쳐 에조蝦夷 정벌에 나서 공적을 쌓음. 기요미즈데라淸水寺를 창건. ⑪ 32

선무외善無畏

637~735년. 범명梵名 Śubhakarasimha. 역명譯名은 정사자淨師子. 인도의 오다국烏荼國 출신. 진언종眞言宗 제6대조. 나란타사那蘭陀寺에서 달마국다達摩掬多에게 유가삼밀瑜伽三密을 배움. 716년, 당나라로 건너가 현종玄宗 황제에게 국사 대접을 받고 칙명으로 경전의 번역을 맡음. 『대일경大日經』 및 여러 경문을 번역하고 『대일경소大日經疏』를 편찬. 중국에서 밀교를 확립하는 데 공헌하다 사망(『송고승전宋高僧傳』, 『신승전神僧傳』). ⑪ 12

세이신濟信

천력天曆 8년(954)~장원長元 3년(1030). 속성俗姓은 미나모토 씨源氏. 마사노부雅信의 아들. 닌나지仁和寺 승정僧正·진언원眞言院 승정·닌나지仁和寺 북원北院 승정·관음원觀音院 승정이라고도 함. 진언종의 승려. 간초寬朝의 제자. 관인寬仁 3년(1019) 대승정大僧正을 맡음. 도다이지東大寺 별당. 간주지勸修寺 장리長吏, 도지東寺 장자長

者·법무法務를 역임歷任(『승강보임僧綱補任』, 『도지 장자차제東寺長者次第』, 『닌나지 어실계보仁和寺御室系譜』). 후지와라노 미치나가藤原道長의 후원으로 무량수원無量壽院·호조지法成寺 금당공양金堂供養에 청승請僧의 필두로서 참여. 만수萬壽 4년(1027) 미치나가의 장례에 도사導師를 맡음. ⑫ 22

소가增賀

연희延喜 17년(917)~장보長保 5년(1003). 『속본조왕생전續本朝往生傳』에 의하면 다치바나노 쓰네히라橘恒平의 아들. 그러나 『공경보임公卿補任』(『존비분맥尊卑分脈』)에서 쓰네히라는 영관永觀 원년(983) 62세(혹은 65세)에 사망하였으므로 소가보다 5년(혹은 2년) 젊다는 점이 의문. 쓰네히라의 동생이라는 설, 혹은 후지와라노 고레히라藤原伊衡의 아들이라는 설도 있음. 『사취백인연집私聚百因緣集』에서는 후지와라노 쓰네히라藤原恒平(미상)의 아들로 하고 있음. 천태종의 승려. 료겐良源의 제자. 응화應和 3년(963) 도노미네多武峰에서 은거 생활. 기행奇行에 의한 일화가 많음. 부와 명예를 버리고, 덕이 높은 은둔 성인으로 겐핀玄賓과 함께 중세中世 이후 추앙받음. ⑫ 33

소가노 우마코蘇我馬子

?~626년. 이나메稻目의 아들. 에미시蝦夷의 아버지. 시마島 대신大臣이라고도 함. 불교문화 수용에 공헌하여 숭불파崇佛派의 중심적 존재. 배불파排佛派의 정적 모노노베노 모리야物部守屋를 쓰러뜨리고 스슌崇峻 천황을 옹립하여 정치의 실권을 쥠. 후에 스슌 천황과 대립하게 되자 천황을 암살하고 스이코推古 천황을 세워 소가 씨蘇我氏의 권력을 확립. ⑪ 1

소가노 이루카蘇我入鹿

?~대화大化 원년(645). 에미시蝦夷의 아들. 하야시노오미林臣·구라쓰쿠리노오미鞍作臣라고도 함. 고교쿠 조皇極朝에 에미시와 함께 정치에 뛰어들어 권력을 떨침. 황위 계승을 둘러싸고 643년 쇼토쿠聖德 태자의 아들인 야마시로노 오에山背大兄 왕王을 자살하게 함. 나카노 오에中大兄 황자·나카토미노 가마타리中臣鎌足에게 대극전大極殿에서 살해당함. ⑪ 14

소가蘇我 대신大臣

→ 소가노 우마코蘇我馬子. ⑪ 21·23

쇼구聖救

쇼구聖救로 표기해야 맞음. ?~장덕長德 4년(998). 우경右京(일설에는 스루가 지방駿河國) 사람. 속성은 오씨王氏. 서탑西塔 신뇨보眞如房라 불림. 천태종의 승려. 정력正曆 5년(994) 대승도大僧都를 맡음(『승강보임僧綱補任』, 『법중보임法中補任』). 보당원寶幢院 검교檢校(서탑西塔 원주院主)·수릉엄원首楞嚴院 검교檢校·요카와橫川 장리長吏를 역임歷任(『승관보임僧官補任』). 향년 90세. ⑫ 38

쇼무聖武 천황天皇

대보大寶 원년(701)~천평승보天平勝寶 8년(756). 제45대 천황. 재위 신귀神龜 원년(724)~천평승보 원년. 몬무文武 천황의 제1황자. 어머니는 후지와라노 미야코藤原宮子. 법명은 쇼만勝滿. 황후는 후지와라노 고묘시藤原光明子. 불교 신앙이 깊어 전국에 국분사國分寺·국분니사國分尼寺를 설치. 도다이지東大寺를 창건하여 대불大佛 주조를 발원發願. ⑪ 5·7·13·18·35 ⑫ 2·29

쇼쿠性空

?~관홍寬弘 4년(1007). 헤이안平安 좌경左京 사람. 속성俗姓은 다치바나 씨橘氏. 다치바나노 요시네橘善根의 아들. 쇼샤성인書寫聖人·쇼샤 히지리書寫聖라고도 함. 천태종의 승려. 강보康保 3년(966) 쇼샤산書寫山에 들어가 법화당法華堂을 건립하여 엔교지圓敎寺를 열었음. 『법화경法華經』을 수지한 덕망 높은 성인으로 유명. 가잔花山 법황法皇·도모히라具平 친왕親王·겐신源信·요시시게노 야스타네慶滋保胤·이즈미 식부和泉式部 등의 참예參詣를 받아 시가詩歌의 증답贈答이 있었음. 또한 엔유인圓融院·후지와라노 미치나카藤原道長에게도 귀의歸依받음. 향년 80세(혹은 90세). ⑫ 34·36

쇼토쿠聖德 태자太子

574~622년. 요메이用明 천황의 제2황자. 어머니는 아나호베노 하시히토穴穗部間人 황후. 우마야도廐戶 황자, 야쓰미미八耳 황자, 도요토미미豊聰耳 황자, 조구태자上宮太子 라고도 함. 스이코推古 천황의 섭정攝政, 황태자皇太子. 관위십이계冠位十二階·십칠조헌법十七條憲法을 제정, 견수사遣隋使의 파견 등 중앙집권체제, 대륙문화의 도입을 추구. 또 불교를 국가통일의 지도 원리로 삼아 시텐노지四天王寺·호류지法隆寺 등을 창건, 『법화경의소法華經義疏』, 『유마경의소維摩經義疏』, 『승만경의소勝鬘經義疏』 등을 저술. ⑪ 1·16·21

순효順曉

출생, 사망 시기는 자세히 전해지지 않음. 당나라 승려. 아사리阿闍梨. 영엄사靈巖寺에 거주. 선무외善無畏 삼장三藏으로부터 제3대 전법傳法을 받은 제자. 제4대 사이초最澄의 스승. 『삼보회三寶繪』, 『현계론연기顯戒論緣起』에서도 보임. ⑪ 9·10

스가와라노 미치자네菅原道眞

승화承和 12년(845)~연희延喜 3년(903). 미치자네가 죽은 이후 교토京都의 기타노北野에 모셔진 것에 의한 호칭. 관인官人·한학자漢學者·한시인漢詩人·가인歌人. 스가와라노 고레요시菅原是善의 셋째 아들로, 어머니는 도모 씨伴氏. 문장박사文章博士. 우대신右大臣. 종삼위(추증 태정대신追贈太政大臣, 정일위正一位). 창태昌泰 4년(901), 대재부 곤노소치大宰權帥로 좌천, 대재부大宰府에서 귀양 생활을 하며 망향望鄕에 대한 그리움을 시로 남기며 실의에 빠진 채 생애를 마침. 저서 『관가문혁菅家文革』, 『관가후집菅家後集』, 『유취국사類聚國史』 등이 있음. ⑪ 24

스슌崇唆 천황天皇

?~592년. 제32대 천황. 재위, 587~592년. 긴메이欽明 천황의 제12황자. 어머니는 소가노 오아네기미蘇我小姉君. 소가노 우마코蘇我馬子에 의해 옹립되어 즉위하였으나 후에 소가노 우마코와 대립함. 우마코의 명을 받은 야마토노 아야노아타이코마東漢直駒에게 암살당함. ⑪ 1

스이코推古 천황天皇

554~628년. 제33대 천황. 재위, 592~628년. 긴메이欽明 천황의 제3황녀. 요메이用明 천황과 동모매同母妹. 비다쓰敏達 천황의 황후. 일본 최초의 여제. 쇼토쿠聖德 태자를 황태자이자 섭정으로 삼아 정치의 쇄신을 행함. ⑪ 1·16·22

시라카베白壁 천황天皇

고닌光仁 천황. 화동和銅 원년(708)~천응天應 원년(781). 제49대 천황. 재위, 보귀寶龜 원년(770)~천응 원년. 시키施基 친왕親王(시키志貴 황자)의 여섯 번째 아들. 어머니는 기노 도치히메紀橡姬. 덴치天智 천황의 손자. '시라카베'는 휘諱인 '시라

카베 왕白壁王'에서 딴 호칭. ⑪ 32 ⑫ 14

신가眞雅

연력延曆 20년(801)~원경元慶 3년(879). 사누키 지방讚岐國 사람. 속성俗姓은 사에키 씨佐伯氏. 조간지貞觀寺 승정僧正이라고도 함. 진언종의 승려. 제23대 도다이지東大寺 별당別當. 제4대 도지東寺 장자長者. 승정僧正, 법인대화상위法印大和常位. 초대 조간지貞觀寺 좌주座主. 구카이空海의 친동생. 홍인弘仁 7년(816) 구카이로부터 구족계具足戒를 받음. ⑪ 25

신제이眞濟

연력延曆 19년(800)~정관貞觀 2년(860). 좌경左京 사람. 속성俗姓은 기 씨紀氏. 다카오高雄 승정僧正·기紀 승정僧正·가키모토柿本 승정僧正이라고도 함. 진언종의 승려. 제3대 도지東寺 장자長者. 승정僧正. 몬토쿠文德 천황의 호지승護持僧. 천장天長 원년(824) 구카이空海로부터 전법관정傳法灌頂을 받아 전법傳法 아사리阿闍梨가 됨. 구카이가 죽은 후 다카오 산高雄山 진고지神護寺와 궁중의 진언원眞言院을 관영管領. 편서編書『편조발휘성령집遍照發揮性靈集』, 저서『구카이 승도전空海僧都傳』등. ⑪ 25

[아]

아나호베노 하시히토穴穗部間人 황녀皇女

?~621년. 요메이用明 천황天皇의 황후. 긴메이欽明 천황의 황녀. 어머니는 소가노 이나메蘇我稻目의 딸, 소가노 오아네기미蘇我小姉君. 요메이 천황에게는 이복 여동생이 됨. 스슌崇峻 천황의 누이. 쇼토쿠聖德 태자의 어머니. ⑪ 1

아베노 도키치카安陪時親

정확하게는 아베노 도키치카安倍時親. 출생, 사망 시기는 자세히 전해지지 않음. 헤이안平安 중기의 음양박사陰陽博士. 아베노 세이메이安倍晴明의 손자. 요시히라吉平의 아들. 천문박사天文博士·음양권조陰陽權助·주세두主稅頭 등을 역임. 종사위상從四位上. 향년享年 51세.(『존비분맥尊卑分脈』). 『이중력二中歷』의 일능력一能歷·음양사陰陽師 부분에 이름이 보임. ⑫ 21

아베阿部(阿陪·安倍·安陪) 천황天皇

양로養老 2년(718)~보귀寶龜 원년(770). 다카노노히메高野姬 천황이라고도 함. 제46대 고켄孝謙 천황. 재위, 천평승보天平勝寶 원년(749)~천평보자天平寶字 2년(758). 제48대 쇼토쿠稱德 천황(중조重祚). 재위, 천평보자 8년~신호경운神護景雲 4년(770). 쇼무聖武 천황의 제2황녀. 어머니는 고묘光明 황후. 천평보자 6년, 출가하여 사이다이지西大寺 조영造營에 착수. 만년, 유게노 도쿄弓削道鏡를 총애하여 법왕法王으로 삼음. 본집에서는『영이기靈異記』의 설화배열을 기준으로 판단하여 모두 쇼토쿠 천황을 가리킴. ⑫ 19·27·31

아와타노 미치마로粟田道麻

본 집 권11 제5화 본문에 견당사遣唐使라고 되어 있으나, 견당사가 된 것은 아와타노 마히토粟田眞人[?~양로養老 2년(718)]. 마히토는 몬무文武·겐메이元明·겐쇼元正 시기의 관인官人. 몬무 4년(700) 6월, 대보율령찬정大寶律令撰定의 공에 의해 관록을 받음. 대보大寶 원년(701) 견당집절사遣唐執節使. 경운慶雲 원년元年(704) 7월 귀국. 경운 2년, 중납언中納言. 미치마로는 정확히는 미치마로道麻呂. 미치마로는 천평신호天平神護 원년(765), 와케和氣 왕의 모반에 연좌되어 히다飛驒에 유배되어, 그곳에서 국수國守 가미쓰미치노히다쓰上道斐太都에 의해 죽게 되었다(『속일본기續日本紀』)는 것으로 보아 천평신호 원년에 사망

한 것으로 추정. 따라서 권11 제5화의 본문은 명확한 오류. 다만 그러한 오류가 발생한 이유는 불명확. ⑪ 5

아키미쓰顯光

천경天慶 7년(944)~치안治安 원년(1021). 후지와라藤原 가문. 가네미치兼通의 아들. 어머니는 겐페이元平 친왕親王의 딸. 좌대신左大臣. 종일위從一位. 호리카와堀河 좌대신左大臣이라 불림. 딸 엔시延子를 동궁東宮 아쓰아키라敦明 친왕에게 입궁시켰으나 미치나가道長의 딸 간시寬子가 뒤이어 입궁하자 엔시는 이를 괴로워하다 병사病死함. 이 일로, 이후 간시가 죽었을 때 엔시와 아키미쓰의 원령怨靈의 짓이라는 소문이 돌아 악령대신惡靈大臣이라고도 불림. ⑫ 22

아토노 오타리阿刀大足

8세기 후반의 학자. 구카이空海의 외숙. 이요伊予 친왕의 시강侍講. ⑪ 9

에다쓰惠達

?~원경元慶 2년(878). 미마사카 지방美作國 사람. 속성俗姓은 하타 씨秦氏. 38세 때 야쿠시지藥師寺의 만등회萬燈會를 창시하였다 함. 향년 83세. ⑫ 8

에役 **우바새**優婆塞

출생, 사망 시기는 자세히 전해지지 않음. 7세기경의 야마토 지방大和國 사람. 산악수행자山岳修行者의 시조라고 알려짐. 이름은 오즈누小角. 에 행자役行者·엔노키미 오즈누役君小角라고도 함. '엔노エン 행자行者'의 '엔エン'은 '에노エノ'의 연성連聲. 『속일본기續日本紀』 몬무文武 3년(699년) 5월 조에 '役君小角'. 전전본前田本 『삼보회三寶繪』와 본 집 권17 제16화, 『수중초袖中抄』에 '江優婆塞'로 되어 있음. '우바새優婆塞'는 범어梵語 upasakah의 음사音寫로 속세에 있는 채로 부처에게 귀의한 남성을 이름. 우바이優婆夷 upasika(여성)의 대립어. ⑪ 3·4

에이추永忠

?~홍인弘仁 7년(816). 교토京都 출신. 속성俗姓은 아키시 씨秋篠氏. 본샤쿠지梵釋寺 주지. 대승도大僧都. 보귀寶龜(770~780) 초기 입당入唐, 연력延曆(782~806) 말에 귀국한 유학승. 향년 74세. ⑪ 9

엔겐延源

출생, 사망 시기는 자세히 전해지지 않음. 장덕長德 3년(997) 제24대 덴노지天王寺 별당보임別當補任. 장보長保 3년(1001) 사임. ⑫ 34

엔유인圓融院

천덕天德 3년(959)~정력正曆 2년(991). 제64대 천황天皇. 재위, 안화安和 2년(969)~영관永觀 2년(984). 무라카미村上 천황의 제5황자. 어머니는 후지와라노 모로스케藤原師輔의 딸 야스코安子. 법명은 곤고호金剛法. 후지와라노 센시藤原詮子와의 사이에서 태어난 장남은 제66대 이치조一條 천황으로 즉위. ⑫ 34·35

오나카토미 씨大中臣氏

정확히는 나카토미 씨中臣氏. 나카토미 씨는 신호경운神護景雲 3년(769), 나카토미노 기요마로中臣朝臣清麻呂가 시조. '大'는 미칭美稱이라고도 함. ⑫ 3

오노노미야 사네스케小野宮實資

후지와라노 사네스케藤原実資를 가리킴. 천덕天德 원년(957)~영승永承 원년(1046). '오노노미야小野宮'는 호號. 다다토시齊敏의 아들. 이후, 조부

사네요리實頼의 양자가 됨. 우대신右大臣. 종일위從一位. '현인우부賢人右府'라 칭해졌으며 법제와 관습에 뛰어남. 강직한 성품으로 당시의 권력자 미치나가道長와도 대립. 일기日記『소우기小右記』, 고실서故實書『오노노미야 연중행사小野宮年中行事』가 남겨짐. ⑫ 24

오노노 아즈마히토大野東人

?~천평天平 14년(742). 8세기의 무장. 하타야스果安의 아들. 천평天平 원년에는 진수부장군鎭守府將軍으로 안찰사按察使, 참의參議를 거쳐 천평 12년 지절대장군持節大將軍으로서 후지와라노 히로쓰구藤原廣嗣의 난을 평정. 종삼위從三位. 천평 14년 11월 2일에 사망(『속일본기續日本紀』). 또한 권11 제6화의 본문에 '어수대御手代 아즈마히토東人'라 되어 있는 것은 오류. '어수대 아즈마히토'는 권16 제14화의 주인공으로 다른 사람임. ⑪ 6

오노노 이모코小野妹子

출생, 사망 시기는 자세히 전해지지 않음. 오미지방近江國의 시가 군滋賀郡 오노小野의 사람이라고 함. 『일본서기日本書紀』에 의하면 제1회 견수사遣隋使로써 607년에 수나라로 건너감. 수나라에서는 소인고蘇因高라 불림. 608년 귀국. 같은 해 다시금 수나라로 건너가 다음 해 9월에 귀국. ⑪ 1

오이大炊 **천황**天皇

천평天平 5년(733)~천평신호天平神護 원년(765). 아와지淡路 폐제廢帝라고도 불림. 제47대 준닌淳仁 천황. 재위, 천평보자天平寶字 2년(758)~8년. 도네리舍人 친왕의 아들. 어머니는 다이마노 야마시로當麻山背. 정권 장악을 둘러싸고 고켄孝謙 상황上皇·도쿄道鏡 측과 대립하였고, 후지와라노 나카마로藤原仲麻呂의 반란에 연루되어 폐위되어 아와지 지방淡路國에 유배됨. ⑫ 12

오토모노 스쿠네코마로大伴宿禰胡滿(胡滿呂·胡萬呂·古麻呂·胡麻呂)

?~천평보자天平寶字 원년(757). 나라奈良시대의 관인官人. 오토모노 야카모치大伴家持 혹은 미유키御行의 아들이라는 설도 있으나 불명. 좌대변左大辨. 정사위하正四位下. 천평天平 5년(733) 입당入唐. 천평승보天平勝寶 4년(752) 견당부사遣唐副使로서 다시금 입당하여 천평승보 6년에 감진鑑眞을 데리고 귀국. 다치바나노 나라마로橘奈良麻呂의 난으로 후지와라노 나카마로藤原仲麻呂와 대립하다 붙잡혀 옥사獄死. ⑪ 8

오토모大伴(友) **황자**皇子

대화大化 4년(648)~천무天武·홍문弘文 원년(672). 덴치天智 천황의 황태자. 어머니는 이가노우네메야카코노 이라쓰메伊賀采女宅子娘. 처음에는 이가伊賀 황자라고 불림. 명치明治 3년(1870) 고분弘文 천황으로 추시追諡됨. 태정대신太政大臣. 672년, 임신壬申의 난으로 오아마大海人 황자(덴무天武 천황)와 황위를 겨루다 패배하여 자살. 문무文武 양면에 재능이 뛰어나 촉망받았다고 함. 자세한 내력과 남긴 시 등은『회풍조懷風藻』에 보임. ⑪ 28

요고永興

출생, 사망 시기는 자세히 전해지지 않음. 8세기 후반의 승려. 고후쿠지興福寺에 거주. 공봉십선사供奉十禪師(『속일본기續日本紀』). 신호경운神護景雲 4년, 보귀寶龜 원년(770) 도다이지東大寺 별당別當. 사무寺務. 율사律師. 료코良興의 제자(『칠대사연표七大寺年表, 도다이지 별당차제東大寺別當次第). 또한『도다이지 요록東大寺要錄』에는 로벤良辨의 제자. ⑫ 31

요메이用明 천황天皇

?~587년. 제31대 천황. 재위 585~587년. 긴메이欽明 천황의 제4황자. 어머니는 소가노 기타시히메蘇我堅塩媛. 쇼토쿠聖德 태자의 아버지. 소가노 우마코蘇我馬子, 모노노베노 모리야物部守屋의 보좌를 받지만 양자의 격렬한 대립 속에서의 치세였음. ⑪ 1

요에이榮睿(叡)

?~천평天平 21년(749). 8세기 전반의 승려. 미노 지방美濃國 사람. 고후쿠지興福寺에 거주. 천평天平 5년(733) 도네리舍人 친왕의 명을 받아 전계승傳戒僧을 찾아 후쇼普照와 함께 입당. 감진鑑眞의 입국에 조력하지만 다섯 번째 도항渡航에도 실패하고 류코지龍興寺에서 사망(『동정전東征傳』, 『일본고승전요문초日本高僧傳要文抄』). ⑪ 8

우대신右大臣 긴스에公季

→ 간인閑院 태정대신太政大臣 긴스에. ⑫ 22

우마카이宇合(馬養)

馬養라고도 함. 지통持統 8년(694)~천평天平 9년(737). 후지와라 씨藤原氏. 후히토不比等의 아들. 어머니는 소가노 쇼시蘇我娼子. 무치마로武智麻呂·후사사키房前의 동생, 마로麻呂·미야코宮子·고묘시光明子의 형. 자식으로는 히로쓰구廣嗣, 요시쓰구良繼, 다마로田麻呂, 모모카와百川, 구라지마로藏下麻呂 등이 있음. 식가式家의 선조. 영귀靈龜 2년(716) 견당부사遣唐副使가 되어, 이듬해 다지히노 아가타모리多治比縣守 등과 함께, 당으로 건너감. 양로養老 2년(718) 귀국. 히타치常陸 수령·식부경式部卿이 되었으며, 천평 3년에는 참의參議에 이름. 천평 9년 8월 5일 역병에 걸려 사망. 식가의 이름은 우마카이가 장년식부경長年式部卿이었던 것에서 유래. 『만엽집萬葉集』에 노래, 『회풍조懷風藻』, 『경국집經國集』에는 한시漢詩가 실려 있음. ⑪ 6

의조義操

출생, 사망 시기는 자세히 전해지지 않음. 당나라의 진언종眞言宗 승려. 혜과惠果의 제자. 장안長安의 청룡사青龍寺 동탑원東塔院에 거하며 밀교密敎를 연구함. 학덕學德이 높아 삼대三代의 황자에 걸쳐 국사國師로 불림. ⑪ 11

이연효李延孝

출생, 사망 시기는 자세히 전해지지 않음. 당나라의 무역상인. 여러 차례 일본 중국 양국을 왕래하며 많은 승려들을 입당, 귀국시킴. 슈에이宗叡도 그중 한 사람(『일본고승전日本高僧傳』 소인所引, 『선림사승정전禪林寺僧正傳』, 『입당오가전入唐五家傳』). 또 엔친圓珍이 귀국을 앞두고 이연효와 만난 일은 『엔친 첩圓珍牒』에도 기록되어 있음. ⑪ 12

이요伊予 친왕親王

?~대동大同 2년(807). 간무桓武 천황의 제3황자. 어머니는 후지와라노 고레키미藤原是公의 딸인 요시코吉子. 삼품식부경三品式部卿, 중무경中務卿 겸 대재수大宰帥(일품一品으로 추증됨). 후지와라노 나카나리藤原仲成의 음모에 의해 모반죄로 가와라데라川原寺에 유폐되어 자살. 사후, 무죄가 밝혀져 친왕親王의 호칭이 복구되어 일품一品으로 추증됨. ⑪ 9

이치조一條 천황

이치조인一條院. 천원天元 3년(980)~관홍寬弘 8년(1011). 제66대 천황. 재위 관화寬和 2년(986)~관홍寬弘 8년. '사키前'는 고이치조後一條 천황에 대비한 호칭. 엔유圓融 천황의 제1황자. 어머니는 후지와라노 가네이에藤原兼家의 딸 센시詮子, 후지와라노 미치타카藤原道隆의 딸 데이시定子, 후지와라노 미치나가藤原道長의 딸 쇼시彰子를 각각 황후, 중궁으로 들임. ⑫ 32

이타카飯高 천황天皇

천무天武 9년(680)~천평天平 20년(748). 제44대 겐쇼元正 천황. 재위 영구靈龜 원년(715)~신귀神龜 원년(724). '이다카飯高'는 시호諡號. 구사카베草壁 황자의 황녀. 어머니는 겐메이元明 천황. 몬무文武 천황의 동모자同母姉. 그의 치세 중에 양로율령養老律令과 『일본서기日本書紀』가 완성됨. ⑪ 31

일라日羅

?~민달敏達 12년(583). 히 지방肥國의 국조國造, 오사카베노 유게이베노아리시토刑部靫 部阿利斯登의 아들. 백제의 관위십육계官位十六階의 두 번째인 달솔達率로 583년 일본에 소환되었으나 백제에 불리한 발언을 했다고 하여 백제로 송환되던 중, 수행원에게 암살됨(『민달기敏達紀』). ⑪ 1

[자]

정광定光

출생, 사망 시기는 자세히 전해지지 않음. 중국 남북조 시대의 승려. 정광定光 선사禪師·정광定光 보살菩薩이라고도 불림. 천태산天台山에 거주하면서 지의智顗가 입산한 후의 스승. ⑪ 2

젠슈善珠

정확히는 젠슈善珠. 양로養老 7년(723)~연력延曆 16년(797). 교토京都 사람. 속성俗姓은 아토 씨阿刀氏. 법상종의 승려. 고후쿠지興福寺에 거주. 승정僧正. 겐보玄昉의 제자. 아키시노데라秋篠寺를 창건함. ⑫ 6

조초定朝

?~천희天喜 5년(1057). 헤이안 후기의 대불사大佛師. 대불사大佛師 고쇼康尙의 제자라고도 하고 아들이라고도 함. 호조지法成寺·고후쿠지興福寺의 조불造佛에 공헌하여 법교위法橋位·법안위法眼位를 받음. 불상조각 역사에서 조초定朝 양식을 확립. 평등원平等院의 아미타불상阿彌陀佛像은 그의 유작. 『이중력二中歷』 일능력一能歷의 불사佛師, 목木 항목에도 보임. ⑫ 21

주렌壽蓮

?~천원天元 2년(979). 법상종의 승려. 고후쿠지興福寺에 거주. 조쇼定照 대승도大僧都를 미워하고 시기하였기에 조쇼가 도지東寺 법무를 맡았을 때 불벌佛罰을 받아 광란하다 죽었다고 함(『법화험기法華驗記』, 『습유왕생전拾遺往生傳』). 또한 조쇼가 법무를 맡은 것은 『승강보임僧綱補任』에서는 정원貞元 2년(977). 『도지 장자보임東寺長者補任』에서는 천원 2년 10월 이후였다고 되어 있음. ⑫ 30

주코壽廣

출생, 사망 시기는 자세히 전해지지 않음. 오와리 지방尾張國 사람. 법상종의 승려. 고후쿠지興福寺에 거주. 승화承和 9년(842) 69세로 유마회維摩會의 강사가 됨(삼회정일기三會定日記). 또한 겐게이賢璟가 오와리 지방에 유배되었을 때 제자인 슈엔修圓 승도가 발견한 오와리 지방의 장관長官의 자식(國書生男)이 바로 주코로 고후쿠지 열반회涅槃會의 의식을 만들었다고 함(『호국사본 연기집護國寺本緣起集』). ⑫ 6

준나淳和 천황天皇

연력延曆 5년(786)~승화承和 7년(840). 제53대 천황. 재위, 홍인弘仁 14년(823)~천장天長 10년

(833). 간무桓武 천황의 제3황자. 어머니는 후지
와라노 모모카와藤原百川의 딸 다비코旅子. ⑫ 5

지쇼智證 대사大師

홍인弘仁 5년(814)~관평寬平 3년(891). 사누키 지
방讚岐國 사람. 속성俗姓은 와케 씨和氣氏. 법명
은 엔친圓珍. 소승도少僧都. 천태종 사문파寺門派
의 종조宗祖. 기신義眞의 제자. 인수仁壽 3년(853)
입당. 천안天安 2년(858) 귀국. 정관貞觀 10년
(868) 제5대 천태좌주天台座主가 되어 23년간 다
스림. 미이데라三井寺(온조지園城寺)를 다시 일
으켜 엔랴쿠지延曆寺의 별당으로 삼음. 그 뒤 제
자들이 사문파로서 세력을 확대하여 본산本山에
대항하기에 이름. 죽은 뒤 조정으로부터 '지쇼智
證 대사大師'라는 시호諡號가 내려짐. 또한 입당
에 관한 자세한 내용은 『행력초行歷抄』에 실려 있
음. ⑪ 12 · 28

지쓰에實惠

?~승화承和 14년(847). 사누키 지방讚岐國 사람.
속성俗姓은 사에키 씨佐伯氏. 히노오檜尾 승도僧
都라고도 불림. 진언종眞言宗의 승려. 구카이空海
의 제자. 승화 3년 제2대 도지東寺 장자長者. 소승
도少僧都. 향년 62세. ⑪ 25

지에慈惠

연희延喜 12년(912)~관화寬和 원년(985). 오미 지
방近江國 사람. 지에慈惠는 시호諡號. 법명은 료
겐良源. 정월正月 3일에 입적入寂하였기에 간산元
三 대사大師라고도 불림. 천태종의 승려. 강보康
保 3년(966) 제18대 천태좌주. 이후 19년간 후지
와라노 모로스케藤原師輔의 후원을 받아 엔랴쿠
지延曆寺를 정비, 겐신源心·가쿠운覺雲·진젠尋
禪·가쿠초覺超 등을 육성. 히에이 산比叡山 중흥
中興의 시조로 알려짐. 천원天元 4년(981) 대승정

大僧正. 저서 『백오십존구결百五十尊口決』, 『태금
염송행기胎金念誦行記』, 『구품왕생의九品往生義』
등. ⑫ 9 · 32 · 33 · 36

지자智者 대사大師

→ 천태天台 대사大師. ⑪ 10 · 26

지주知周

668~733년. 당나라의 승려. 혜소慧沼의 제자. 법
상종의 제3대조(이후에 천태종으로 귀의했다고
도 함). 복양撲陽의 보성사報城寺에 살았기에 박
양撲陽 대사大師라고도 함. 일본의 지호智鳳·지
란智鸞·지유智雄·겐보玄昉 등에게 법상종을 전
함. 저서 『성유식론연비초成唯識論演秘抄』, 『성유
식론장중추요기成唯識論掌中枢要記』 등. ⑪ 6

지카쿠慈覺 대사大師

연력延曆 13년(794)~정관貞觀 6년(864). 시모쓰
케 지방下野國 사람. 속성俗姓은 미부 씨壬生氏.
지카쿠 대사는 시호. 법명은 엔닌圓仁. 천태종天
台宗 산문파山門派의 시조. 사이초最澄의 제자.
승화承和 5년(838) 견당사로써 입당. 천태산天台
山에 가려던 뜻을 이루지 못하고 오대산五台山에
서 장안으로 가서 회창會昌의 폐불廢佛과 조우하
여 승화 14년에 귀국. 인수仁壽 4년(854) 제3대
천태좌주天台座主. 히에이 산 당사堂舍의 정비,
천태밀교天台密敎(태밀台密)의 대성, 부단염불不
斷念佛의 창시 등, 천태교학에 새로운 바람을 일
으킴. 정관 8년, 일본에서 최초로 대사大師 칭호
를 하사받음. 저서 『입당구법순례행기入唐求法巡
禮行記』, 『금강정경소金剛頂經疏』, 『재당기在唐記』
등. ⑪ 2 · 11 · 27⑫ 9

지코智光

화동和銅 2년(709)~?. 8세기 중엽 간고지元興寺

의 승려. 가와치 지방河內國 사람. 속성俗姓은 스키타노 무라지鋤田連, 이후의 가미노 스구리上村主. 지조智藏에게 삼륜종三論宗을 배움. 도지道慈·요리미쓰賴光와 함께 지장智藏 삼상족三上足이라 불림. 요리미쓰가 아미타정토阿彌陀淨土에 왕생한 꿈을 보고 화가에게 그리게 한 극락정토도極樂淨土圖는 지코만다라智光蔓茶羅라 불리어 지코智光가 간고지元興寺에 건립한 극락방極樂坊에 안치되어 있음. 저서 『반야심경술의般若心經述義』, 『정명현론약술淨名玄論略述』 등. ⑪ 2

지토持統 천황天皇

대화大化 원년(645)~대보大寶 2년(702). 제41대 천황. 재위 686~697년. 덴치天智 천황 제2황녀. 어머니는 소가노 오치히메蘇我遠智姬. 겐메이元明 천황·오토모大友 황자의 배다른 자매. 사이메이齊明 천황 3년(657) 오아마大海人 황자(덴무天武 천황)의 비妃가 되어, 덴무 천황 2년(673)에 황후皇后. 구사카베草壁 황자의 어머니. 구사카베草壁 황자의 죽음에 의해 즉위함. 노래歌는 『만엽집萬葉集』에 수록됨. ⑪ 17

진예이神叡

?~천평天平 9년(737). 당나라 사람(『부상약기扶桑略記』). 법상종의 승려. 간고지元興寺에 거주. 겐코지現光寺에서 자연지自然智를 얻었다고 함. ⑪ 5

진유神融

?~신호경운神護景雲 원년(767). 에치고 지방越後國 사람. 속성은 미카미 씨三神氏. 다이초泰澄 화상和常·에쓰越의 대덕大德이라고도 함. 산악수행자. 양로養老 원년(717) 하쿠 산白山에 올라 묘리대보살妙理大菩薩을 감득感得하고 하쿠 산白山 신사를 창건. 향년 86세(『다이초 화상전기泰澄和常傳記』, 『원형석서元亨釋書』). ⑫ 1

[차]

천태天台

→ 천태天台 대사大師. ⑪ 26 ⑫ 33

천태天台 대사大師

538~597년. 중국 남북조 시대~수나라 시대의 승려. 휘는 지의智顗. 수나라의 진왕광晉王廣(훗날의 양제煬帝)으로부터 '지자智者 대사大師'의 호를 하사받았으나 천태산天台山에 오래 머물렀었기에 '천태天台 대사大師'라 불림. 혜사慧思의 제자. 천태산에 들어가 천태교학天台敎學을 확립. 저서에 천태삼대부天台三大部라 불리는 『법화문구法華文句』, 『법화현의法華玄義』, 『마하지관摩訶止觀』 등. ⑪ 12

측천則天

측천무후則天武后. 624~705년. 중국 역사상 유일한 여제女帝. 재위 690~705년. 당나라 고종高宗의 황후가 되지만 고종이 죽은 이후 황위를 이어 국호를 주周라 바꾸고 무주武周왕조를 엶. 또한 무주신자武周新字라 불리는 측천자則天字를 제정. ⑪ 8

[하]

하다노 가와카쓰秦川勝

출생, 사망 시기는 자세히 전해지지 않음. 6~7세기 전반의 관인官人. 하타 씨秦氏는 오진應神 시기에 조선 남부에서 도래해 온 귀화인의 일족. 야마시로 지방山城國 가도노 군葛野郡을 기반으로 하는 유력 호족으로 가와카쓰는 하타 씨의 중심인물. 쇼토쿠聖德 태자를 모시며 그의 명에 의해 스이코推古 11년(603)에 고류지廣隆寺를 창건. ⑪ 1·21

행만行滿

출생, 사망 시기는 자세히 전해지지 않음. 당唐의 천태종 승려. 고소행만姑蘇行滿·화정행만선사華頂行滿禪師라고도 함. 감연堪然의 제자. 천태산天台山 불롱사佛隴寺에 살며 법문을 전지傳持. 정원貞元 20년(804) 사이초最澄에게 불법을 전수. 『예산대사전叡山大師傳』에 행만이 손수 쓴 약전略傳이 존재. 저서 『열반경소사기涅槃經經疏私記』, 『육즉의六即義』, 『열반경涅槃經音義』 등. ⑪ 10

현장玄奘

602~664년. 당나라 초기의 승려. 하남성河南省 낙양洛陽 사람. 현장삼장玄奘三藏·삼장三藏 법사法師라고도 함. 법상종의 개조. 629년, 경전을 구하러 나라의 법을 깨고 천산남로天山南路에서 북로北路로 나와 인도로 들어감. 마가타국摩揭陀國의 나란타사那蘭陀寺에서 계현戒賢에게 유식唯識을 배움. 인도 각지, 중앙아시아를 돌며 645년에 귀국. 칙명에 의해 『대반야경大般若經』 600권 등 다수의 불전을 한역漢譯. 그 총계가 75부, 1330여 권에 달한다고 함. 구마라습鳩摩羅什 등의 구역舊譯에 대해 신역新譯이라고 일컬어지며, 직역에 중점을 둠. 또 『대당서역기大唐西域記』는 그의 인도 기행문으로 명나라 때에 오승은吳承恩에 의해 『서유기西遊記』로 소설화. ⑪ 4

혜과惠果

천평天平 18년(746)~연력延曆 24년(805). 당唐의 진언종眞言宗 승려. 청룡사화상青龍寺和尙이라고도 함. 대아사리大阿闍梨. 진언종 도지東寺파에서는 부법상승付法相承의 제7조祖. 불공不空에게 태장胎藏과 금강金剛의 양부대법兩部大法과 밀교密敎의 오의를 전수받고 선무외善無畏의 제자 현초玄超로부터 태장법胎藏法을 배움. 당의 황제 대종代宗·덕종德宗·순종順宗에게 국사國師로 존경받음. ⑪ 9·12

혜륜惠輪

출생, 사망 시기는 자세히 전해지지 않음. 범명梵名은 prajñacakra(prajña=지혜, cakra=륜輪). 반야샤카라般若斫迦囉. 서역에서의 입당승入唐僧. 불공不空 삼장三藏 제3대 전법의 아사리阿闍梨. ⑪ 12

혜사慧思

515~577년. 중국의 남조南朝 진陳~수隨 나라 시기의 고승. 남북조전란의 전화를 피해 호남성湖南省 남악南岳으로 들어가 제자들의 교화와 수행에 힘써 남악대사南岳大師·남악선사南岳禪師라고도 불림. 중이 되기 전의 성은 이 씨李氏. 중국의 종교 역사상 최초로 말법사상末法思想을 가진 사람으로 주목받음. 또한, 쇼토쿠 태자聖德太子가 그의 환생이라는 전설도 알려져 있으나, 쇼토쿠 태자는 574년생. 저서에 『대승지관법문大乘止觀法門』, 『사십이자문四十二字文』, 『법화경안락행의法華經安樂行儀』 등. ⑪ 1

혜자惠慈(兹)

?~623년. 고구려高句麗의 승려. 595년 일본에 들어와 호코지法興寺에 거주하며 쇼토쿠 태자聖德太子의 불법 스승이 됨. 615년 귀국. 쇼토쿠 태자의 죽음을 슬퍼하여 태자의 기일에 죽을 것이라 예언하고, 그 말대로 이듬해인 623년 태자의 기일에 사망하였다고 함. ⑪ 1

호온報恩 **대사**大師

?~연력延曆 14년(795). 비젠 지방備前國 사람. 고켄孝謙·간무桓武 천황에게 인정받아 후대 받았다고 함. 고지마야마데라小島山寺(→ 사찰명)를 엶. 대사라는 호는 사후 본래의 이름에 붙여진

존칭. ⑪ 32

회창會昌(惠正) **천자**天子

814~846년. 중국 당나라의 제15대 황제. 묘호廟號는 무종武宗. 제12대 황제인 목종穆宗의 다섯째 아들. '회창會昌'은 무종황제 치세의 연호. 도교를 숭배하여 회창 3년에 폐불廢佛의 칙령을 내려 불교를 철저히 탄압하였음. ⑪ 11

후미베노야스노文部屋栖野

?~650년. 『영이기靈異記』에 의하면 쇼토쿠聖德 태자를 가까이에서 모시며 스이코推古 천황에게 중용되어 대신위大信位가 됨. 태자 사후 출가하여 승도僧都. 향년 90여 세. ⑪ 23

후지와라노 가도노마로藤原葛野麻呂

천평승보天平勝寶 7년(755)~홍인弘仁 9년(818). 구로마로黑麻呂의 아들. 중납언中納言·민부경民部卿. 정삼위正三位. 가노賀能라고도 불림. 연력延曆 20년(801) 견당대사遣唐大使. 연력 23년 당나라에 건나가 이듬해 귀국. ⑪ 9

후지와라노 나카마로藤原仲麿

?~천평보자天平寶字 8년(764). 무치마로武智麻呂의 아들. 대사大師(태정대신太政大臣). 정일위正一位. 고묘光明 황후와 고켄孝謙 천황의 총애를 받아 다치바나노 모로에橘諸兄의 세력에 대항하여 준닌淳仁 천황을 옹립해 권세를 휘두름. 천평보자天平寶字 8년, 도쿄道鏡와 싸우다 참살당함. ⑪ 8

후지와라노 노리타다藤原義忠

관홍寬弘 원년(1004)~장구長久 2년(1041). 다메후미爲文의 아들. 우소변右少辨·좌소변左少辨·우중변右中辨을 거쳐 권좌중변權左中辨. 이 사이에 스오周防 권개權介·식부소보式部少輔·문장박사文章博士·동궁학사東宮學士·야마토大和 수령·대학두大學頭를 역임. 정사위하正四位下. 문장박사文章博士가 된 시기는 관인寬仁 3년(1019) 12월(『변관보임辨官補任』, 『존비분맥尊卑分脈』, 『부상약기扶桑略記』, 『이중력二中歷』). 시가詩歌에 뛰어나 『후습유집後拾遺集』 등에도 수록됨. 장구長久 2년 10월에 요시노 강吉野川에서 익사. 시독侍讀에 공로가 있어 참의參議 종삼위從三位를 받음. ⑫ 20

후지와라노 미치나가藤原道長

강보康保 3년(966)~만수萬壽 4년(1027). 가네이에兼家의 아들. 어머니는 후지와라노 나카마사藤原中正의 딸 도키히메時姬. 섭정攝政·태정대신太政大臣이 되지만 관백關白은 되지 않음. 하지만 세간에서는 미도관백御堂關白·호조지관백法成寺關白이라 칭해짐. 큰형 미치타카道隆·둘째 형 미치가네道兼가 잇달아 사망하고 미치타카의 아들 고리치카伊周·다카치카隆家가 실각하자 후지와라 일족에서 그에게 대항할 자가 없어져 '일가삼후一家三后'의 외척 전성시기를 실현함. 처인 린시倫子와의 사이에서 태어난 쇼시彰子는 이치조一條 천황의 중궁이 되고, 그 시녀 중에 무라사키 식부紫式部가 있었고, 역시 이치조 천황의 황후가 된 미치타카의 딸 데이시定子의 시녀에는 세이 소납언淸少納言이 있어서 여방문학원女房文學園의 정화精華를 연 것으로 유명하지만 본서에는 거기에 대해서는 일절 기록이 없음. 미치나가의 일기인 『미도관백기御堂關白記』는 헤이안 시대의 정치, 사회, 언어생활을 알 수 있는 귀중한 자료. ⑫ 22·23·24

후지와라노 요리미치藤原賴通

정력正曆 3년(992)~연구延久 6년(1074). 미치나

가道長의 아들. 어머니는 미나모토노 린시源倫
子. 섭정攝政·관백關白·태정대신太政大臣. 종일
위從一位. 법명은 렌케카쿠蓮花覺, 이후 자쿠카쿠
寂覺. 우지宇治에 은거하여 우지도노宇治殿라고
도 불림. 고이치조後一條·고스자쿠後朱雀·고레
이제이後冷泉 천황의 3대 52년에 걸쳐 섭정의 지
위에 있었음. 영승永承 7년(1052) 우지의 평등원
平等院 봉황당鳳凰堂을 건립. 치력治曆 3년(1067)
관백關白을 동생인 노리미치敎通에게 넘기고 우
지에서 삶. ⑫ 21·22·23

후지와라노 이세히토藤原伊勢人

천평보자天平寶字 3년(759)~천장天長 4년(827).
고세마로巨勢麻呂의 아들. 후지와라 남가南家의
무치마로武智麻呂 류. 대납언大納言. 종사위하從
四位下. ⑪ 35

후지와라노 후사사키藤原房前

천무天武 10년(681)~천평天平 9년(737). 후히토
不比等의 아들. 어머니는 소가노 쇼시蘇我娼子.
참의參議·중무경中務卿·중위부대장中衛府大將·
동해동산이도東海東山二道 절도사節度使. 정삼위
正三位. 좌대신左大臣으로 추증追贈됨. 태정대신
太政大臣. 정일위正一位. 무치마로武智麻呂의 동
생 우마카이宇合·마로麻呂의 형. 북가北家의 시
조. ⑪ 31

후지와라노 히로쓰구藤原廣繼

정확하게는 히로쓰구廣嗣. ?~천평天平 12년
(740). 우마카이宇合의 아들. 대재소이大宰少貳.
종오위하從五位下. 다치바나노 모로에橘諸兄·기
비노 마키비吉備眞備·겐보玄昉 등의 전횡에 항거
하여 거병하였으나 패배하여 살해됨. ⑪ 6

불교용어 해설

1. 본문 중에 나오는 불교 관련 용어를 모아 해석하였다.
2. 불교용어로 본 것은 불전佛典 혹은 불전에 나오는 불교와 관계된 용어, 불교 행사와 관계된 용어이지만 실재 인명, 지명, 사찰명은 제외하였다.
3. 배열은 가나다 순으로 하였다.
4. 각 항의 말미에 해당 단어가 등장하는 각 편을 숫자로 표시하였다. 예를 들면 '⑪ 1'은 '권11 제1화'를 가리킨다.

[가]

가람伽藍

범어梵語 samgharama의 음사音寫 '승가람마僧伽藍摩'의 줄임말. 사원·당탑을 의미했으나 이후 사원의 총칭이 됨. ⑪ 10·14·15·24·32·35·38

가비라위迦毘羅衛

범어梵語 Kapilavastu의 음역音譯. 석가釋迦의 탄생지로 석가족의 수도. 히말라야 산맥 네팔의 타라이 지방을 가리킨다고 하지만, 다른 학설도 있음. ⑪ 7

가섭불迦葉佛

범어梵語 Kasyapa의 음사音寫. 과거칠불過去七佛 중 여섯 번째. 석가불釋迦佛(일곱 번째)의 앞에 출현하는 부처. ⑫ 24

가전연迦旃延

범어梵語 Katyayana의 음사音寫. maha(위대한)의 음사인 '마하摩訶'를 붙여 마하가전연자摩訶迦旃延子라고도 함. 석가釋迦의 십대 제자 중 한 명으로 논의의 일인자라 함. ⑪ 5

가지加持

범어梵語 adhisthana(서식棲息 장소)의 번역. 부처의 가호를 바라며 주문을 외고 인印을 맺거나 하며 기원하는 일. ⑫ 35

강講

경전의 강의나 논의를 하는 집회. 또 염불·독경을 위해 신자들이 모이는 법회法會. 로쿠하라미쓰지六波羅蜜寺에서의 강의는 결연공화회結緣供花會(법화팔강法華八講, 본조문수本朝文粹의 제10)가 유명. 또 보리강菩提講(『영화 이야기榮花物語』), 지장강地藏講(권10 제17화~28화)이 행해짐. ⑫ 20·23·25

강경講經

강사講師가 경전의 뜻을 많은 사람들에게 설파하는 행사. ⑫ 3·5

강당講堂

불교사원에서 칠당가람七堂伽藍 중 하나. 설교나 경전의 강의 등에 사용되는 당사堂舍로 사원건축에 있어서는 보통 본당本堂·불전佛殿의 뒤에 위치함. ⑪ 13·26 ⑫ 20·21

강사講師

법회 때에 경전의 강의를 하는 승려. 또 독경·설법을 하는 승려. ⑪ 2·7·13·14·22 ⑫ 3·4·5·7·25·34

개안공양開眼供養

불상의 눈을 뜨게 한다는 뜻을 가진 법회. 새롭게 만들어진 불상을 당사堂舍에 안치하여 혼을 불어넣는 의식. 도다이지東大寺 대불개안공양大佛開眼供養은 천평승보天平勝寶 4년(752) 4월 9일. ⑪ 7·6 ⑫ 7

게偈

범어梵語 gatha의 음사音寫 '게타偈陀' '가타伽陀' 등의 줄임말. 게송偈頌이라고도 함. 경전의 산문 부분의 의미를 시의 형태로 표현한 것. 부처의 공덕을 찬미하고 불교의 교리를 설명한 시구. 한역경전에서는 '제행무상諸行無常'처럼 4구로 되어 있는 것이 보통. ⑫ 34

결가부좌結跏趺座

좌법座法 중의 하나로 선정禪定을 수행할 때 오른쪽 발을 왼쪽 넓적다리 위에 얹고 왼쪽 발을 오른쪽 발의 넓적다리 위에 얹는 방법을 말함. 인도에서는 오른쪽 발을 위로 하는데, 일본에서도 이를 받아들였기에 불좌상佛座像은 오른발을 위로 하고 있음. ⑪ 8·25

결연結緣

불도와 인연을 맺는 것. 성불·득도를 바라고 경전을 베끼거나 법회를 행하여 인연을 만드는 것. ⑫ 8·34·36·38

경률론經律論

범어梵語 sutra(경經)·vinaya(율律)·abhidharma(론論)의 번역으로, 석가釋迦의 가르침을 정리한 것. 석가가 정한 교단생활의 규칙, 석가의 가르침을 조직화하여 체계를 잡아 논의를 해석한 것을 뜻함. 이들을 총칭하여 '삼장三藏'이라 함. ⑪ 29

계단戒壇

수계授戒의 의식을 행하는 곳. 돌이나 흙으로 높게 단을 쌓았기에 '계단戒壇'이라 함. ⑪ 8·9

계단원戒壇院

계단戒壇을 갖춘 불당. 도다이지東大寺 계단원戒壇院 등이 유명. ⑪ 8·26·32

계사戒師

계화상戒和尙이라고도 함. 계戒를 주는 승려. 보통 계를 받고서 연공을 쌓은 덕이 높은 승려가 선임됨. 일본에서는 감진鑑眞이 천평보자天平寶字 6년(762)에 도다이지東大寺 계단戒壇의 계사를 맡은 것이 최초라고 함. ⑪ 8

계율戒律

① 불도를 닦는 자가 지켜야만 하는 규범. '계戒'는 몸·입·뜻을 다스려 악업을 짓지 않는 것. '율律'은 출가하여 교단에 소속한 자가 지켜야만 하는 집단규칙.
② 당나라의 도선道宣이 대성大成시킨 율종律宗. 사분율四分律과 보살의 삼취정계三聚淨戒를 수지

受持하는 것이 성불의 요인이라는 가르침. ⑪ 8 ⑫ 30

고제녀皐帝女

범어梵語 kunti의 음사音寫. 십나찰녀十羅刹女 중 아홉째. 천상과 인간계의 사이를 자유로이 왕래할 수 있음. 그 삼매야형三昧耶形(서원誓願의 상징물)은 소향燒香으로 정진精進을 의미함. ⑫ 40

고좌高座

법회 때에 강사講師나 독사讀師가 앉기 위해 한 단 높게 쌓은 좌석. ⑪ 1 · 2 · 4 ⑫ 7 · 25

공덕功德

현재 혹은 장래에 선한 과보果報를 가지고 올 선행. 보통 기도 · 사경寫經 · 희사喜捨 등의 행위를 말함. 정토교에서는 염불이 최고로 공덕이 있는 행위라 함. ⑪ 2 · 16 · 26 ⑫ 10 · 16 · 18 · 21 · 24 · 25 · 28 · 32 · 37 · 38

공봉供奉

→ 공봉십선사供奉十禪師 ⑪ 9 ⑫ 34

공봉십선사供奉十禪師

내공봉십선사內供奉十禪師. '내공內供' '내공봉內供奉' '공봉供奉'이라고도 함. 여러 지역에서 선발된 열 명의 승려로 궁중의 내도장內道場에서 봉사함. 어재회御齋會때에는 강사講師를 맡아 청량전清涼殿에서 요이夜居(야간에 숙직하는 것)를 맡는 승직. ⑪ 9

공작명왕孔雀明王**의 주**呪

『공작명왕경孔雀明王經』에 있는 다라니陀羅尼. 『공작명왕주경孔雀明王呪經』의 주문은 여러 병이나 해로운 독을 막는다고 함. 그 수법은 천변天變 · 지요地妖 · 병 · 출산 등에서 행해짐. 공작명왕孔雀明王은 독사를 먹는 공작孔雀을 신격화한 명왕으로 얼굴이 하나 팔이 넷이며 공작을 타고 다니는 밀교에서 숭상받는 수호신. ⑪ 3

공화供花

부처에게 바치는 꽃. 또는 부처에게 꽃을 바치는 일. ⑫ 6

관음觀音

범어梵語 Avalokitesvara의 한역 '관세음보살觀世音菩薩'의 줄임말. 관세음 · 관자재觀自在(현장玄奘 신역新譯)라고도 함. 큰 자비심을 갖고 중생을 구제하는 보살이라 하며, 구세보살 · 대비관음大悲觀音이라고도 함. 지혜를 뜻하는 오른쪽의 세지勢至와 함께 아미타여래阿彌陀如來의 왼쪽의 협사脇士로 여겨짐. 또 현세이익의 부처로서 십일면十一面 · 천수千手 · 마두馬頭 · 여의륜如意輪 등 많은 형상을 갖고 있기에 본래의 관음을 이들과 구별하여 성聖(정正)관음觀音이라 부름. 그 정토는 『화엄경華嚴經』에 의하면 남해南海의 보타락 산補陀落山이라 함. ⑪ 27 · 32 · 35 · 38 ⑫ 11 · 28 · 32

관정灌頂

비법을 전수할 때 스승이 제자의 머리에 물을 붓는 의식. 전법관정傳法灌頂 · 수직관정受職灌頂 · 결연관정結緣灌頂 등이 있음. 본래 고대 인도에서 국왕의 즉위나 태자의 임명식에서 행해졌던 의식을 불교에서 도입한 것. ⑪ 9

관정단灌頂壇

관정灌頂의 의식을 행하는 단. ⑪ 9

교화敎化

교도감화敎導感化. 중생을 설법에 의해 가르쳐 불도에 귀의시키는 일. 그것을 일로 삼는 승려를 교화승敎化僧이라 함[주조朱鳥 원년〈686〉『금강장다라니경金剛場陀羅尼經』]. 교화에 능숙한 것은 승려의 필수적인 재능이었음.『이중력二中歷』의 명인력名人歷에도 '교화' 항목이 따로 있음. ⑫ 31

구문지행求聞持行

→ 허공장구문지법虛空藏求聞持法. ⑪ 9

구세보살救世菩薩

→ 관음觀音 ⑪ 1

구족계具足戒

비구比丘·비구니比丘尼가 지켜야만 하는 계율의 총칭. 사분율四分律에 의하면 비구 250계, 비구니 348계. ⑪ 9·32

국분사國分寺

천평天平 13년(741) 쇼무聖武 천황의 칙원勅願에 의해 여러 지방마다 건립한 승려와 비구니를 위한 절. 전자를 국분사國分寺, 후자를 국분니사國分尼寺라 하며, 지금도 각지에 그 이름이 남아 있음. 국분사의 전국적 총본산으로 도다이지東大寺가, 국분니사의 전국적 총본산으로 홋케지法華寺가 건립됨. ⑫ 4·14

권속眷屬

종자. 시자侍者.『대지도론大智度論』에는 석가釋迦의 출가 전의 왕비, 차닉車匿, 종자 아난阿難을 내권속內眷屬이라 하고, 사리불舍利弗, 목련目蓮, 마하가섭摩訶迦葉·수보리須菩提 등의 불제자나 미륵彌勒·문수文殊 등의 협사脇士 보살, 일생보처一生補處의 보살을 대권속大眷屬이라 함. ⑫ 34·36

귀의歸依

범어梵語 sarana(구호救護하는 것)의 번역. 부처의 가르침을 믿고 몸을 부처의 수호와 구제에 맡기는 일. ⑪ 1·2·5·6·12·21 ⑫ 34

극락極樂

아미타불阿彌陀佛이 사는 정토. 십만억토十萬億土로 펼쳐져 괴로움이 전혀 없는 안락한 세계.『관무량수경觀無量壽經』에 의하면 사람이 생전에 쌓은 공덕에 의해 아홉 종류의 단계로 왕생한다 함. 이를 구품왕생九品往生이라 하여 상품上品·중품中品·하품下品의 각각을 상생上生·중생中生·하생下生으로 구분함. → 상품上品 ⑪ 4·27 ⑫ 6·9·32·33·39

근根

범어梵語 indriya(관능官能·오관五官·남성적인 힘 등)의 번역. 보통 안근眼根·이근耳根·비근鼻根·설근舌根·신근身根을 총칭하여 오근五根이라 하여 여기에 정신적인 의근意根을 더하여 육근六根이라고도 함. ⑫ 2

금강반야金剛般若

『금강반야바라밀경金剛般若波羅蜜經』의 줄임말.『금강반야경金剛般若經』,『금강경金剛經』이라고도 함. 1권. 여섯 종류의 번역이 있지만 5세기 초에 구마라습鳩摩羅什이 번역한 것이 가장 일반적. 금강저金剛杵처럼 일체의 번뇌를 끊는 '반야般若'(모든 도리를 꿰뚫어보는 완전한 지혜)의 가르침. 모든 것에의 집착을 끊고 '나'라고 하는 관념을 떨치는 것에 의해 깨달음을 얻는다는 '공空'을 설명한 경전. ⑪ 15

금강합장金剛合掌

밀교의 십이합장十二合掌 중 하나. 좌우의 손바

닥을 합치고 양 손가락 끝을 교차시킴. 귀명합장歸命合掌이라고도 함. ⑫ 33

금당金堂

칠당가람七堂伽藍의 중심으로 본존불을 안치하는 당사堂舍. 본당本堂, 불전佛殿이라고도 함. ⑪ 5·12·15·28 ⑫ 18·20·21·22

기원정사祇薗精舍

중인도, 사위국舍衛國의 도읍에 있는 사위성舍衛城의 남쪽에 있던 사원. 석가釋迦가 설법한 땅. '기원祇薗'은 '기원祇園'과 같음. '기수원祇樹園', '기수급고독원祇樹給孤獨園'의 줄임말로 원래 사위국의 기타祇陀 태자의 정원이었으나 사위성의 수달須達(給孤獨)이 양도받아 사원을 건립하여 석가에게 헌상. 『헤이케 이야기平家物語』 앞머리에 적혀 있는 것으로 유명. ⑪ 16

길상참회吉祥懺悔

동박본東博本 『삼보회三寶繪』에는 '길상회과吉祥悔過'. 『최승왕경最勝王經』의 대길상천녀증장재물품大吉祥天女增長財物品 제17에 기반하여, 죄를 길상천녀吉祥天女에게 참회하고 뉘우쳐 재난을 없애고 복이 들어오기를 기원함. 길상어원吉祥御願이라고도 함. ⑫ 4

[나]

나무南無

범어梵語 namas(namah, namo 〈~를 공경하다〉)의 음사音寫. '귀명歸命'이라 번역됨. 부처, 보살에 귀의歸依하여 몸을 바치는 것으로 명호名號 앞에 덧붙여 읊음. ⑪ 35

나무불南無佛

범어梵語 namo buddhaya (부처에게 귀명歸命하다)의 음사音寫. ⑪ 1

나찰羅刹

범어梵語 raksasa의 음사音寫. 고대 인도의 귀류鬼類의 총칭. 악귀惡鬼. 여자 나찰은 '나찰사羅刹斯', '나차사羅叉私'(raksasi)라고 씀. 『일체경음의一切經音義』에서는 남자 악귀는 흉한 모습으로 사람들에게 위협을 가하고, 여자 악귀는 아름다운 모습으로 사람을 현혹시켜 사람의 피와 살을 먹는다고 되어 있는데, 『법화경法華經』 다라니품陀羅尼品 제26에는 정법正法을 수호하는 선신善神으로서 설명되고 있음. ⑫ 28

나한羅漢

아라한阿羅漢(범어梵語 arhan의 음사音寫)의 줄임말. 아라한과阿羅漢果, 즉 보든 번뇌에서 벗어나 생사의 경계를 탈피한 성자를 말함. 인천人天의 공양을 받을 자격이 있는 사람이라는 뜻. 소승불교小乘佛敎에서는 수행자가 도달하는 가장 높은 경지를 말하며, 대승大乘에서는 넓게 성문聲聞의 불제자를 가리킴. 십육나한十六羅漢, 오백나한五百羅漢의 도상圖像·형상形像이 많음. ⑪ 5 ⑫ 6

내원內院

도솔천兜率天의 내원內院 → 도솔천兜率天 ⑪ 15·30

내전內典

→ 외전外典 ⑪ 12

내진內陣

절의 당내에서 본존불本尊佛을 안치해 두는 일곽一郭. ⑫ 20

노자나불盧舍(遮)那佛

→ 비로자나불毘盧舍(遮)那佛 ⑪ 13

논의論議(義)

범어梵語 upadesa(교훈敎訓·강설·훈계訓戒)의 번역. 법회 때, 경문經文의 의의意義를 문답하는 형식. 궁중에서는 어재회御齋會 뒤에 행해짐(내논의內論議·전상논의殿上論議). 원래는 석가가 불제자佛弟子들에게 극히 적은 동작이나 간단한 말로 가르침을 설법한 것을 upadesa라고 하였는데, 불교철학의 진수眞髓를 설명하는데 너무나도 간결한 표현이었기 때문에 해석을 둘러싼 많은 이론異論이 생겼고, 이를 가리켜 현장玄奘은 『대비바사론大毘婆沙論』에서 '논의論議'를 그 번역어로 삼음. ⑪ 2·5 ⑫ 3·5

[다]

다라니陀羅尼

범어梵語 dharani의 음사音寫로, 범어 문구를 그대로 원어로 독송하는 주문呪文. 액난구제厄難驅除·역병소멸疫病消滅·연명장수延命長壽 등 여러 공덕이 있다고 함. ⑫ 25

다라니품多羅尼品

법화경 권8·제26품의 이름. 약왕보살·사천왕·귀자모신鬼子母神·십나찰녀 등이 다라니를 설하고 법화지경자를 수호한다는 내용을 설파함. ⑫ 34

다문천多聞天

→ 비사문천毘沙門天 ⑪ 35·36

단월檀越

범어梵語 danapati(보시하는 사람)의 음사音寫. 시주施主. 승려에게 의식衣食 등을 베푸는 신자信者. 단나檀那라고도 함. ⑫ 5·8·13·27

당래보처當來補處

'당래當來'는 앞으로 다가올 미래라는 뜻이며, '보처補處'는 석가釋迦 입멸 후 그 자리를 보충하여 성불成佛하는 보살이라는 뜻. 즉 석가입멸 후 56억 7천만년을 지나 성불한다고 하는 미륵보살彌勒菩薩을 가리킴. ⑪ 15

대마장大魔障

대악마大惡魔 → 마장魔障. ⑫ 34

대반야大般若

대반야경大般若經. 『대반야바라밀다경大般若波羅蜜多經』의 줄임말. 6백 권. 현장玄奘이 번역함. 반야경전류를 집대성한 것으로 대승불교의 근본사상인 '공空'을 설명하고 있으며, 지智에 의해 만유萬有가 모두 공空이라는 것을 관념할 수 있다면 깨달음에 이를 수 있다고 설함.⑪ 9

대비관음大悲觀音

'대비大悲'는 범어 maha-karuna(크디큰 동정심)의 번역. 모든 중생의 고통을 구제하는 광대한 자비심을 지닌 관음. ⑪ 35

대비로자나경大毗(毘)盧遮那經

『대비로자나성불신변가지경大毘盧遮那成佛神變加持經』의 줄임말. 『대일경大日經』이라고도 함. 7권. 당나라의 선무외善無畏와 일행一行이 번역. 진언밀교의 삼대경전 중 하나로 태장계胎藏界의 법을 설명함. 태장계만다라는 이 경전을 기초로 하여 그려짐. ⑪ 9

대수다라공大修多羅供**의 전**錢

대수다라에서 사용하는 돈. 수다라修多羅는 범어

梵語 sutra(경經)의 음사音寫. 대수다라는『화엄경華嚴經』,『대반야경大般若經』을 주로, 그 외의 경율론經律論을 전독강설轉讀講說하고, 중생의 여러 소원의 성취, 천하태평, 불법佛法의 부흥 등을 기도하는 법회. 나라시대의 다이안지大安寺, 야쿠시지藥師寺, 간고지元興寺, 도다이지東大寺, 고후쿠지興福寺의 오사五寺나 호류지法隆寺·시텐노지四天王寺 등 여러 큰 절에서 운영. 수다라의 공전은 대금貸金으로도 운용되어 이자에 의해 사원경제를 지탱. ⑫ 15

대승大乘

범어梵語 mahayana(커다란 탈것)의 약자. 자신의 이득(자기구제)을 추구하는 소승불교와 대비되어 일체의 중생을 성불시키기 위한, 이타利他의 보살도菩薩道를 설법함. '승乘'이란 경법經法을 탈것에 비유하여, 중생을 방황하는 차안此岸에서 해탈의 피안彼岸으로 데려가는 것을 의미함. ⑪ 9·14

대승계단大乘戒壇

대승大乘의 보살계菩薩戒를 전수하는 의식을 행하는 장소. ⑪ 26

대승법원림장大乘法苑林章

『대승법원의림장大乘法苑義林章』. 전 14권. 법상종法相宗의 초조初祖, 당의 규기窺基가 저술함. 유식唯識 법상法相의 교학을 독자적으로 조직 체계화한 것. ⑪ 5

대승유식大乘唯識의 법문法門

대승불교 중 유식唯識 교설敎說. '법문法門'은 종문宗門의 뜻. 유식의 철학은 인도의 무착無著·세친世親에 의해 대성되어 계현논사戒賢論師에게 가르침을 받은 현장玄奘이 이것을 중국에 전파함으로써 법상종法相宗이 일어나게 됨. 현장의 제자 규기窺基(자은대사慈恩大師)가 법상조의 기초를 확고히 했다고 함. 해심밀경解深密經과 유가론瑜伽論·유식론唯識論을 소의所依의 경론經論으로 하여, 만법萬法의 상相을 규명하고 만법유식의 이치를 설함. ⑪ 4

대일여래大日如來

범어 Maha-vairocana(태양으로부터 온 위대한 것)의 번역. 음사音寫는 '마하비로자나摩訶毘盧遮那'. '편조여래遍照如來'라고도 함. 진언밀교眞言密敎의 교주, 본존불本尊佛로 모든 부처, 보살의 본지本地라고 여겨짐. 대우주大宇宙의 이지理智의 본체이며 황금의 몸으로 법계정인法界定印을 맺는 태장계胎藏界의 대일여래는 이법신理法身, 백색白色의 몸으로 지거인智擧印을 맺는 금강계金剛界의 대일여래는 지법신智法身을 나타냄. ⑪ 28·25 ⑫ 22

대일大日의 정인定印

태장계만다라胎藏界曼荼羅에 있어서 대일여래大日如來가 맺는 법계정인法界定印.『곤고부지건립수행연기金剛峰寺建立修行緣起』에 "대일의 정인을 맺다."라는 기사가 보임. '인印'은 양손의 손가락을 여러 가지 방식으로 맞물리게 해서 부처, 보살의 공덕功德을 상징적으로 표현하는 것. ⑪ 9·25

도솔兜率

→ 도솔천兜率天 ⑪ 30

도솔천兜率天(都率天·도사다천覩史多天)

범어梵語 Tusita의 음사音寫. '상족上足', '묘족妙足', '지족知足'이라 번역됨. 인간계 위에 욕계欲界의 천天이 육중六重으로 있으며, 도솔천兜率天은 아래로부터 4번째의 천天. 수미산須彌山 정상,

24만 유순由旬에 있으며 내외 두 원院으로 이루어짐. 내원內院은 미륵彌勒의 정토淨土이며 외원外院은 권속眷屬인 천인天人의 유락遊樂 장소. 제4 도솔천, 도솔천상兜率天上, 도솔천내원兜率天內院이라고도 함. ⑪ 15 · 16 ⑫ 32 · 36

도자度者

'득도자得度者'의 줄임말. 헤이안平安 초기에 각 대사大寺나 각 종宗에서 일 년간 일정 수만 허가하여 득도得度시킨 승려. 매년 각 종에서 시험을 행하고 소정의 학습을 시킴. 득도는 시험에 합격하여 수계受戒하고 공인받은 승니僧尼가 되는 것. 조調, 용庸 등의 과세課稅가 면제됨. 연분학생年分學生, 연분年分이라고도 함. ⑪ 32

도장道場

범어梵語 bodhi-manda(예지睿智의 장소)의 번역. 수행 장소. 사원寺院. ⑪ 18 · 24 · 35

독사讀師

법회가 행해질 때 강사講師와 마주하여 불전을 향해 왼쪽에 앉아, 경제經題나 경문經文을 읽는 역할의 승려. ⑫ 7

동발銅鈸(鉢)

법회法會 때 사용하는 타악기의 한 가지. 동으로 된 두 장의 원판으로 윗면 중앙에 달린 끈을 좌우 양손 손가락에 껴서 마주치며 박자를 맞춤. ⑫ 36

등각等覺

보살菩薩 52위 중 제51위. 보살의 극위極位, 보살 수업을 완성하여 부처의 깨달음의 경지인 '묘각妙覺'의 불과佛果를 얻고자 하는 위치. 등정각等正覺, 정등각正等覺이라고도 함. ⑫ 34

[마]

마장魔障

불도수행을 방해하는 악마에 의한 장해. ⑫ 33

만다라曼陀(荼)羅

범어梵語 mandala(환상環의, 원圓의)의 음사音寫. 원형 또는 방형方形의 구획 안에 여러 부처를 모두 모아 그 불과佛果를 그림으로 나타낸 것. 밀교에서는 금강계金剛界 · 태장계胎藏界 두 만다라를 근본으로 사용하며, 관정灌頂 때는 단상壇上에 까는 만다라를 설치함. ⑪ 9

만등회萬燈會

참회멸죄懺悔滅罪를 위해, 낮에는 『약사본원경藥師本願經』을 강講하고, 밤에는 만등萬燈(수많은 등명燈明)을 밝혀 부처 · 보살에게 공양하는 법회. 『대보적경大寶積經』의 보살장경菩薩藏經에 기초한다고 함. 또한 『아사세왕수결경阿闍世王受決經』에서 설명하는 '가난한 여인의 등불 하나貧女の一燈'의 고사故事(『삼보회三寶繪』에도 보임)와 관련지어 한 사람당 하나의 등불을 헌등獻燈하는 것이 권진勸進됨. 도다이지東大寺 · 고후쿠지興福寺 · 고야 산高野山 곤고부지金剛峰寺 등, 여러 사찰에서 개최됨. ⑫ 8

말세末世

말법末法의 세상. 석가 입멸 후에 정正 · 상像 · 말末의 삼시三時가 있어, 그 마지막 시대. 정 · 상을 천오백 년으로 하는 설과 이천 년으로 하는 설이 있음. 일본에서는 대개 후자를 채용하며, 『부상약기扶桑略記』 영승永承 7년(1052) 조에 "올해로써 말법에 들어서다今年始めて末法に入る"라는 기술이 있음. ⑫ 21 · 22

명관冥官

명도冥途의 관리. 염마왕閻魔王의 휘하에 속하는 관리·장관 등을 가리킴. 죽은 자의 생전의 선악을 심판審判하는 재판에 종사. ⑫ 6

명도冥途

죽은 사람의 혼이 헤매어 가는 길. 명계冥界, 명부冥府, 황천黃泉이라고도 함. ⑫ 6·37

목련자木蓮子

무환자無患子 나무의 검고 딱딱한 씨앗을 연결하여 만든 염주. ⑫ 34

묘음보살妙音菩薩

『법화경法華經』 묘음보살품妙音菩薩品 제24에서 설해지는 보살. 동방정화숙왕지불東方淨華宿王智佛의 정광장엄국淨光莊嚴國에 살고 있다고 함. 석가가 『법화경』을 설할 때 이 보살도 사바娑婆 세계에 찾아왔는데, 그때 사방이 진동하고, 칠보七寶의 연화蓮花를 내리게 하고 아름다운 음악이 울려 퍼졌다고 하며 이를 바탕으로 '묘음妙音'이라는 이름을 가짐. 여러 중생에 대해 서른네 가지로 모습을 바꾸어 이를 구해 준다고 함. ⑫ 32

무상無相의 법문法文

소승小乘 유상교有相敎와 대비되는 단어. 모든 사상事象의 실상은 구체적 사상을 초월한 절대평등의 '공空' 원리에 있다고 하는 반야교般若敎의 교설. 삼론종三論宗은 이것을 근본교의로 함. 무상공교無相空敎라고도 함. ⑪ 5

무연삼매無緣三昧

『법화경法華經』에서 설명하는 십육삼매十六三昧의 하나. 모든 상념을 끊고 소연所緣의 대상을 멀리하여 무아無我의 경지에 들어가는 선정禪定.

멸진정滅盡定이라고도 함. ⑫ 38

문수文殊

범어梵語 Manjusri(manju 신묘하다, 아름답다. sri 변설辨說의 여신女神)의 음사音寫. '문수사리文殊師利'의 줄임말. 원래는 석가 설법의 목소리가 신격화神格化된 보살. '길상吉祥', '묘덕妙德'이라고도 번역함. 지혜智惠 제일의 보살. 석가삼존釋迦三尊의 하나로, 오른쪽 보현普賢을 마주하여 왼쪽의 협사脇士. 일반적으로 사자를 타고 있는 모습으로 알려짐. ⑪ 2·7·9·12

문질품問疾品

구마라습鳩摩羅什이 번역한 『유마힐소설경維摩詰所說經』 권 중中 제5 및 현장玄奘이 번역한 『설무구칭경說無垢稱經』 권3 제5를 가리킴. 석가가 유마維摩의 병문안을 제자 사리불舍利佛·대목건련大目犍連·대가섭大迦葉·미륵彌勒들에게 요청하는데, 모두 이것을 거절하여, 마지막으로 문수文殊가 파견되게 되었을 때의 상황을 서술한 장단章段. 유마와 문수의 문답형식으로 진행하여 문수의 질문에 대해 보살의 병은 대비大悲하여 일어나고, 중생의 마음이 고통받기 때문에 그 병을 보살의 몸으로 현신하여 중생의 마음을 정화하여 주는 것이라고 설명하고, 마음을 가다듬어 악행을 눌러 병에서 해탈解脫하는 방법을 서술. 모든 중생의 병의 극복을 설명하는 점에서 문질품 독송讀誦은 병을 치유하는 공덕이 있다고 여겨짐. ⑫ 3

미륵彌勒

보살의 하나. 범어梵語 Maitreya(친근하다, 정이 깊다)의 음사音寫. '자씨慈氏', '자씨존慈氏尊', '자존慈尊' 등으로 번역됨. 도솔천兜率天 내원內院에 살며, 석가입멸 후 56억 7천만 년 후에 이 세계에 나타나서, 중생 구제를 위해 용화수龍華樹 아래에서 성불하고, 삼회三會에 걸쳐 설법한다고 일컬어지는 미래불未來佛. ⑪ 1·13·15·25·28~30 ⑫ 11·24·32

미륵彌勒의 출세出世
미륵보살彌勒菩薩이 석가입멸 후인 56억 7천만년 후에 도솔천兜率天에서 이 세상으로 내려와 성불하고, 모든 중생을 구제하는 것. 미륵하생彌勒下生이라고도 함. ⑪ 9·28·30

(바)

바라문婆羅門
범어梵語 brahmana의 음사音寫. 인도의 사성제도四性制度의 최상위 계급인 승려계급. ⑪ 7

반야심경般若心經 다라니陀羅尼
『반야심경般若心經』 말미에 있는 다라니陀羅尼. 반야다라니, 심경주心經呪라고도 함. 특히 밀교密敎에서는 주력呪力이 있다고 하여 중요시됨. 한역문漢譯文은 '아제아제揭帝揭帝 바라아제波羅揭帝 바라승아제波羅僧揭帝 보리사바하菩提娑婆訶'의 18문자. ⑫ 25

방생放生
포획한 생물을 풀어 놓아 주는 것. 생물의 생명을 구하는 것은 공덕功德이 됨. ⑫ 10·17

백단白檀
백단과科. 반 기생성의 상록수. 원산지는 남인도. 황색을 띤 무거운 재목으로 좋은 향이 남. 불상·불구佛具·가구·약제·향목香木의 원재료. 전단栴檀이라고도 함. ⑪ 35 ⑫ 26

백상白象
보현보살普賢菩薩의 탈것으로 6개의 엄니가 있음. 보현보살은 이 백상에 탄 모습으로, 석가모니불釋迦牟尼佛을 향해 오른쪽의 협사脇士임. ⑪ 12 ⑫ 35

번뇌煩惱
신심身心을 어지럽히고 혼란스럽게 하며, 올바른 판단을 방해하는 마음의 작용. 인간이 가지고 있는 방황하는 마음. ⑪ 35 ⑫ 40

번론의番論義
법회 행사 중 하나. 승려들을 몇 개의 조로 나누어 각 조가 순서대로 경론의 교의敎義를 문답형식으로 서로 논하는 것. ⑫ 33

범망경梵網經
『범망경노사나불설보살심지계품제십梵網經盧舍那佛說菩薩心地戒品第十』의 줄임말. 상·하 2권. 구마라습鳩摩羅什 번역. 보살이 준수遵守해야만 하는 십중금계十重禁戒, 사십팔경계四十八輕戒 등을 설명하고 있으며, 대승보살계의 근본경전. 일본에서는 천태종天台宗·정토종淨土宗 등에서 특히 중시되고 있음. ⑪ 26

범천梵天
범어梵語 brahman의 번역 '범천왕梵天王'의 줄임말. 힌두교 3대신의 하나. 범왕梵王, 범천왕, 대범천왕大梵天王이라고도 함. 색계色界의 제1천天, 초선천初禪天의 왕으로, 제석천帝釋天과 함께 불법호지신佛法護持神으로 여겨짐. ⑪ 1 ⑫ 6

법계法界
범어梵語 dharma-dhatu(만상세계萬象世界)의 번역. 의식意識의 대상이 되는 모든 세계. ⑪ 13

법문法門

범어梵語 dharma-paryaya(덕을 되풀이하다)의 번역. 부처의 가르침. 불도佛道. ⑪ 2·4

법상法相

법상종法相宗. 도쇼道照가 전한 대승유식大乘唯識의 교학. 간고지元興寺 전傳(아스카飛鳥 전) 법상교학을 가리킴. ⑪ 5·6·15

법용승法用僧

법회에서 중요한 네 가지 행사를 담당하는 승려. 『연희식延喜式』 현번료玄蕃寮 청승請僧 32구口의 할주割注에 "강사독사주원각일구講師讀師呪願各一口, 법용사구法用四口, 청중이십오구聽衆二十五口"라고 되어 있음. 법용사구는 범패梵唄·산화散華·범음梵音·석장錫杖의 4명의 승려. ⑫ 4

법화경法華(花)經

현존 한역본에는 3세기 후반 축법호竺法護가 번역한 『정법화경正法華經』(10권, 27품)과 구마라습鳩摩羅什이 번역한 『묘법연화경妙法蓮華經』, 사나굴다闍那崛多·달마급다達磨笈多 번역의 『첨품묘법연화경添品妙法蓮華經』(7권, 27품)이 있음. 일본에서는 대개 구마라습이 번역한 『묘법연화경』을 가리키며, 부처가 설명한 경전 중에서 가장 중요한 경전으로 여겨짐. 『마하지관摩訶止觀』, 『법화문구法華文句』, 『법화현의法華玄義』의 천태삼대부天台三大部를 저술한 지의智顗가 이 경전의 진의를 설명한 이래, 천태종, 일련종日蓮宗 등 많은 법화종파가 이 경전에 의거함. ⑪ 1·4·10·11·26·27 ⑫ 1·6·25~40

별당別堂

승직僧職의 하나. 도다이지東大寺·고후쿠지興福寺·닌나지仁和寺·호류지法隆寺·시텐노지四天王寺 등 여러 대사大寺에서 삼강三綱 위에 위치하여 일산一山의 사무寺務를 통괄. 천평승보天平勝寶 4년(752) 로벤良辨이 도다이지 별당이 된 것이 처음. ⑪ 29 ⑫ 20·36

보라寶螺

'법라法螺'의 미칭. 수행자의 소지품 중 하나. 법라를 불어 서로의 위치 확인이나, 신호, 맹수 퇴치 등에 사용함. ⑫ 38

보리菩提

범어梵語 bodhi(깨달음·도道)의 음사音寫. 성문聲聞·연각緣覺·부처가 불과佛果로서 얻는 깨달음의 경지. 이것에서 극락왕생이나 명복冥福의 의미로도 사용됨. ⑪ 15 ⑫ 37

보리자菩提子

염주를 만드는 데 쓰이는 보리수의 열매. 또는 그것으로 만든 염주. ⑪ 8·9

보문품普門品

관음품觀音品. 『묘법연화경妙法蓮華經』 제25품·관세음보살보문품觀世音菩薩普門品의 줄임말. 보문품普門品이라고도 함. 원래 『관음경觀音經』으로 독립되어 있던 경전. 현세이익의 부처로서 관세음보살이 33신身으로 나타나 중생을 구제하는 공덕과 영험을 담은 경전. ⑪ 11

보살菩薩

'보리살타菩提薩埵'의 줄임말. 범어梵語 bodhi-sattva(깨달음에 이르려고 하는 자)의 음사音寫. (1) 대승불교에서 이타利他를 근본으로 하여 스스로 깨달음을 구하여 수행하는 한편, 다른 중생 또한 깨달음에 인도하기 위한 교화에 힘쓰고, 그러한 공덕에 의해 성불하는 자. 부처(여래如來)

다음가는 지위. 덕이 높은 수행승에 대한 존칭.
⑪ 2・7・9 ⑫ 31 (2) 보살계菩薩戒의 줄임말. ⑪ 8

보살계菩薩戒

대승 보살이 수지受持해야 하는 금계. '대승계大
乘戒', '삼취정계三聚淨戒'라고도 함. '섭율의攝律
義', '섭선법攝善法', '섭중생攝衆生'의 삼종의 계를
근본으로 함. ⑪ 26

보탑寶塔

칠보七寶로 건립된 불사리佛舍利를 모셔둔 불탑
佛塔. 솔도파卒塔婆. ⑪ 14・29

보현普賢

범어梵語 Samantabhadra(유덕有德을 두루 갖춘
자)의 번역. 보살菩薩의 하나. 부처의 이理・정
定・행行의 덕을 관장하며, 석가여래釋迦如來를
향하여 오른쪽의 협사脇士로 6개의 엄니가 있는
흰 코끼리를 타고다님. 단독적으로도 신앙의 대
상이 되며 특히『법화경法華經』지경자持經者를
수호함. ⑪ 12 ⑫ 34

보현보살普賢菩薩

→ 보현普賢 ⑫ 37

복전福田

범어梵語 punyaksetra(길조吉兆의 토지)의 번역.
⑪ 2

본원약사경本願藥師經

『약사경藥師經』,『약사본원경藥師本願經』이라고
도 함. 약사여래藥師如來의 본원・십이서원十二
誓願・공덕 등을 설명한 대승경전. 수隋나라의 달
마급다達摩笈多가 번역한『약사여래본원경藥師如
來本願經』, 당唐나라의 현장玄奘이 번역한『약사

유리광여래본원공덕경藥師琉璃光如來本願功德經』
등 여러 번역이 있으나, 대개 현장이 번역한 것을
가리킴. ⑫ 8

본존本尊

신앙의 대상으로서 귀의하는 가장 중요한 부처・
보살. ⑪ 24 ⑫ 38

부단염불不斷念佛

3일・7일・21일 등, 일정 기간을 정하여 밤낮 끊
임없이 아미타阿彌陀의 명호를 외는 법회. 정관
貞觀 7년(865) 지카쿠慈覺 대사가 창시한 행법으
로 사종삼매四種三昧 중 상행삼매常行三昧에 해
당. 후에는 여러 사찰, 이와시미즈하치만 궁石淸
水八幡宮 등에서도 행해짐(『삼보회三寶繪』). ⑪ 27

부동명왕不動明王

밀교에서의 오대명왕五大明王(오대존五大尊)의
중앙존. 분노상忿怒相을 나타내며 색은 청흑색으
로, 화염火焰을 등지고 있음. 오른손에는 '항마降
魔의 이검利劍'을, 왼손에는 박승縛繩을 들고 있
으며, 모든 번뇌와 악마를 항복시키고 퇴치하고,
보리菩提를 성취시킨다고 여겨져, 헤이안平安 초
기 이래 널리 신앙됨. ⑪ 12

부동존不動尊

→ 부동명왕不動明王 ⑪ 27

불과佛果

불도를 수행하여 그 과보로서 성불하는 것. ⑫ 37

불사리佛舍利

부처의 유골. ⑪ 8・10・27・ ⑫ 2・9

불이법문不二法門

모든 사물事物·사상事象은 '공空'을 바탕으로 평등·일체一體라는 교리. ⑪ 9

비로자나불毘盧舍(遮)那佛

범어梵語 Vairocana(태양으로부터 온 것)의 음사音寫. 줄여서 '노자나불盧遮那佛'이라고도 함. 『화엄경華嚴經』에서 설명하는 화엄장세계華嚴藏世界의 교주. 밀교密敎에서는 광명편조光名遍照라고 번역하며, 대일여래大日如來와 동일시함. ⑪ 13

비발飛鉢

오랜 세월에 걸친 수행 후에 통력通力을 얻은 행자行者·성인·선인仙人이 탁발托鉢의 발을 날리는 술법의 하나. 걸식乞食을 위해 행하는 상투적 수단. 천태天台·진언眞言 두 밀교에서는 비발법을 설명한 『비발의궤飛鉢儀軌』, 『비공대발법飛空大鉢法』 등이 전해지고 있음. 또한 비발에 관한 이야기는, 권11 제36화 묘렌明練 외에도 권19 제2화의 자쿠쇼寂照, 권20 제7화의 곤고 산金剛山 성인聖人 등, 이 외에도 많은 설화가 기록되어 있음. ⑪ 36

비사문毘沙門

→ 비사문천毘(毗)沙門天 ⑫ 32

비사문천毘(毗)沙門天

'비사문천왕毘沙門天王'의 줄임말. 범어梵語 Vaisravana의 음사音寫. '다문천多聞天'이라 번역함. 사천왕의 하나로, 수미산須彌山 중턱에 살며, 북방北方의 수호신. 몸은 황색으로 분노상忿怒相을 하고 있음. 갑주甲冑를 몸에 걸치고, 왼손에는 보탑寶塔, 오른손에는 보봉寶棒(보모寶桙)을 들고 있음. 일본 민간신앙에서는 칠복신七福神의 하나로 여겨지는데, 이것은 비사문천이 힌두교의 재보財寶·복덕福德을 관장하는 북방의 신 크베라를 기원起源으로 하기 때문임. ⑪ 35 ⑫ 34

[사]

사견邪見

범어梵語 mithya-drsti의 번역. 불교에서 정견正見을 방해하는 오견五見 내지 십견十見의 하나. 인과의 도리를 깨닫지 못하도록 해 버리는 생각. 망견妄見. ⑫ 27

사대천왕四大天王

→ 사천왕四天王. ⑫ 6

사도蛇道

사도에서 생을 받은 자의 괴로움. 용사龍蛇가 받는 아홉 가지 고통. ⑪ 15

사리舍利

범어梵語 sarira(身體, 骨格)의 음사音寫. 화장한 유골. 특히 불타佛陀의 유골을 뜻하는 경우가 많아 '불사리佛舍利'라 함. 탑에 넣어 공양함. 석가釋迦 입멸 후 각지에 분배되어 믿어짐. 사리 숭배가 널리 퍼짐에 따라 보석 등으로 대용되기도 함. 신앙에 따라 감득感得되거나 증식하기도 한다고 여겨짐. ⑪ 1·10 ⑫ 2·9

사리회舍利會

불사리佛舍利를 공양하는 법회. ⑪ 27 ⑫ 9

사미沙彌

범어梵語 sramanera의 음사音寫. 불문에 들어 머리를 자르고 득도식을 막 마쳐 아직 구족계具足戒를 받지 않은 견습 승려. ⑪ 1 ⑫ 17 29

사미계沙彌戒

사미沙彌가 지켜야만 할 계법戒法. 십계十戒. ⑪8

사부四部

비구比丘·비구니比丘尼·우바새優婆塞·우바이優婆夷의 총칭. 사부중四部衆·사중四衆이라고도 함. ⑫6

사색四色

헤이안平安 중기에 법복法服의 색으로 사용된 보라색·붉은색·건타乾陀(목란색이라고도 함. 적황색)·황색의 네 종류 색. ⑫6·9

사천왕四天王

수미산須彌山 중턱에 거주하며 동방을 지키는 지국천왕持國天王, 남방을 지키는 증장천왕增長天王, 서방을 지키는 광목천왕廣目天王, 북방을 지키는 다문천왕多聞天王을 말함. ⑪1·21

사홍(구)서원四弘(句)誓願

사홍원四弘願이라고도 함. 구법자求法者가 그 달성을 바라며 세우는 모든 중생의 제도濟度, 모든 번뇌의 재단裁斷, 모든 불법의 수득修得, 모든 불과佛果의 성취라는 네 종류의 서원. ⑫37

산장散杖

가지기도加持祈禱 때에 향수香水를 흩뿌리는 데에 사용하는 봉 모양의 불구佛具. 매화나무·측백나무·버드나무 등의 가지로 만듦. ⑪12

살생殺生

살아 있는 것을 죽이는 일. 불교에서는 산 것의 생명을 끊는 것이 큰 죄로, 오악五惡·십악十惡 중 하나. ⑪1 ⑫14

삼고三鈷

금강저金剛杵의 한 종류로 밀교의 법구. 본래 고대 인도의 무기. 금속제로 중앙에 손잡이가 있어 양쪽이 셋으로 갈라지는 것을 삼고, 다섯으로 갈라지는 것을 오고五鈷라 함. 또 양쪽이 갈라지지 않은 것은 독고獨鈷. 번뇌·악마를 때려 부수는 보리심菩提心의 상징象徵. ⑪9·25

삼도三途

지옥·아귀·축생의 3악도惡道. 지옥도는 맹렬한 불꽃에 타며(화도火途), 아귀도는 칼·몽둥이 등으로 고문당하며(도도刀途), 축생도는 서로 잡아먹는다(혈도血途)고 함. ⑪15

삼론三論

용수龍樹의 『중론中論』, 『십이문론十二門論』과 그 제자 제바提婆의 『백론百論』을 가리킴. 모두 구마라습鳩摩羅什이 한역함. 삼론종三論宗은 여기에 의거하여 입종立宗함. ⑪5·15

삼매정三昧定

'삼매三昧'는 범어梵語 samadhi의 음역音譯. '정定'은 번역. 정신을 통일하여 종교적 명상에 들어간 것. 선정禪定. → 정定. ⑪1

삼밀三密

신밀身密·구밀口密(어밀語密)·의밀意密(심밀心密)의 세 가지를 일컬음. 손으로는 인印을 맺고, 입으로는 진언眞言을 읊으며, 한 마음으로 본존本尊을 생각함. 이 세 가지를 행할 때 즉신卽身 성불의 경지에 다다르는 것이 가능하다고 함. ⑪12

삼보三寶

불교에서 받들어 모셔야만 할 세 가지의 보물. 불타佛陀(bud-dha)·법法(dharma)·승僧(samgha)

의 총칭. ⑪ 1·15 ⑫ 14·16·26

삼세시방三世十方
'삼세'는 과거·현재·미래. '시방'은 사방四方·사우四隅와 상하上下. 시간, 공간적으로 '모든 것'이라는 뜻. ⑪ 9

삼시三時
주간에 근행勤行하는 세 시각으로, 신조晨朝·일중日中·일몰日沒이라 함. ⑫ 33

삼신三身
범어梵語 tri-kaya(세 개의 몸을 가진 부처)의 번역. 부처가 이 세상에 시현하는 세 종류의 몸. 법상종에서는 『최승왕경最勝王經』 분별삼신품分別三身品에 의해 화신化身·응신應身·법신法身이라 하지만, 천태종에서는 응신應身·보신報身·법신法身의 세 가지. 『다이안지연기大安寺緣起』, 『관평연기寬平緣起』는 전자. 『삼보회三寶繪』, 『칠대사순례사기七大寺巡禮私記』는 후자. 응신은 범어 niymana-kaya(초자연적인 현상에 의해 현세에 나타난 신체)의 번역. 중생 제도를 위해 기機에 맞추어 변화하여 출현하는 불신佛身. 보신은 범어 sambhoga-kaya(과보果報를 누리는 신체)의 번역. 수행의 과보로써 얻은 원만구족圓滿具足의 불신. 법신은 범어 dharma-kaya(완전한 지혜를 갖춘 신체)의 번역. 절대의 진리를 표현하는 원리로써의 불신. ⑪ 16

삼악도三惡道
삼악취三惡趣, 삼도三途라고도 함. 현세 악업의 응보에 의해 사후에 떨어지게 된다는 지옥地獄·아귀餓鬼·축생畜生의 삼도三道. → 삼도三途. ⑫ 36

삼업三業
업業을 셋으로 분류한 것. 몸(신체)·입(언어표현)·뜻(마음) 세 가지에서 비롯되는 행위에 의해 발생하는 죄의 총칭. ⑪ 27 ⑫ 20·36

삼열三熱
용龍이나 뱀이 받는 세 종류의 격렬한 고뇌. 열풍熱風·열사熱砂로 몸을 태우는 고통, 폭풍으로 살 곳을 잃는 고통, 금시조金翅鳥에게 잡아먹히는 고통의 세 가지를 말함. ⑪ 15

삼장三藏
불타佛陀의 가르침을 모은 경經, 불타가 제정한 교단의 생활규칙을 모은 율律, 불타의 가르침을 모아서 체계적으로 논의·해석한 론論, 세 가지로 구별된 불교 교전敎典의 총칭. 또, 이 삼장에 정통한 고승을 높여 부르는 말로 쓰일 때도 있음. ⑪ 4·12

삼회三會
'용화삼회龍華三會'를 가리킴. 미륵彌勒 보살이 석가釋迦 입멸 후, 56억 7천만 년 뒤에 나타나 화림원華林園의 용화수龍華樹 아래에서 성불하여, 세 번에 걸쳐 중생에게 설법한다고 하는 법회法會. ⑪ 15 ⑫ 5

상품上品
『관무량수경觀無量壽經』의 구품왕생九品往生의 설교에 기초한 상위의 3계급階級, 즉 상품상생上品上生·상품중생上品中生·상품하생上品下生의 총칭. → 극락 ⑫ 32

색중色(識·職)衆
법회 때의 역승役僧의 총칭. '색'은 색목色目이라는 뜻으로 담당한 직분을 가리키며, 역할에 따라

색이 다른 가사를 착용한 것에서 붙여진 이름. ⑫ 6·8

생사生死

범어梵語 samsara의 번역. '윤회'라고도 번역됨. 이 세상에 태어나서는 죽고, 죽어서는 다양한 곳으로 다시 태어나는 것을 반복하는 일. 헤매는 세계, 괴로움의 세계에 흘러들어가 성불하지 못하는 것. 불교에서는 처음에는 이 생사의 무한한 반복의 수레바퀴에서 벗어나 열반涅槃에 이르는 것이 이상이었지만, 이후에 '생사즉열반生死卽涅槃'이라는 주장도 나타남. ⑫ 31·37

석가釋迦

범어梵語 sakya의 음사音寫로 고대 인도의 부족명. 또 '석가여래釋迦如來', '석가모니불釋迦牟尼佛', '석가보살'의 약칭으로, 석존釋尊을 말함. 불교의 개조開祖인 고타마 싯다르타(Gautama Siddhartha). 샤카족 출신으로, 생몰연도에 대해서는 여러 설이 있으나 기원전 5~4세기경의 사람. 가비라위국迦毘羅衛國 정반왕淨飯王의 아들. 어머니는 마야부인摩耶夫人. 29세에 출가하여 35세에 깨달음을 얻어 불타佛陀(깨달은 자)가 됨. 바라나시에서 첫 설법을 한 이후 여러 지역에서 설법을 열어 교화에 매진. 그의 설교는 현세의 괴로움에서 벗어나 깨달음을 얻어 진리의 자각자自覺者가 되는 것을 목적으로 하였으나, 그가 죽은 이후에는 각 지역과 시대의 영향을 받아 다양한 전개를 보이며 퍼져나가 불교에서는 신격화됨. ⑪ 1·14·16·22 ⑫ 6·15

석가모니불釋迦牟尼佛

'모니牟尼'는 범어梵語 muni의 음사音寫로 '성자聖者'라는 뜻. 따라서 '석가족 출신의 성자'라는 뜻으로 불타佛陀의 존칭. 줄여서 '석가釋迦'라고도 함. → 석가釋迦 ⑫ 14

석가보살釋迦菩薩

→ 석가釋迦. ⑫ 21

석가불釋迦佛

→ 석가모니불釋迦牟尼佛. ⑪ 7 ⑫ 16·24

석가여래釋迦如來

→ 석가釋迦. ⑪ 1·21 ⑫ 6·14

선근善根

선한 과보果報를 가져오는 행위. ⑫ 31~33·36

선소善所

극락 등의 정토淨土를 말함. ⑫ 36

선이사동자禪膩師(貳子·尼兄)童子

비사문毘沙門(다문多聞)천왕이 부리는 다섯 동자 중 하나. 다문동자多聞童子라고도 함. ⑪ 35

선정禪定

범어梵語 dhyana(명상·사유思惟)의 음사音寫. '선禪'과 그 번역어 '정定'의 복합어. 대승불교의 종교이론인 육바라밀六波羅蜜 중 하나. 정신을 통일하여 조용히 진리를 관상觀想하는 것. 선정에 들어간 것을 '입정入定'이라 함. ⑪ 25

성문계聲聞戒

소승계小乘戒라고도 함. 대승계大乘戒(보살계)와 대비되는 계로, 오계五戒·팔계八戒·십계十戒·구족계具足戒(비구 이백오십계比丘二百五十戒·비구니 삼백사십팔계比丘尼三百四十八戒) 모두를 말함. 그 전래에 대해서는 본집 권11 제8화 참조. ⑪ 26

성인聖

덕이 높은 승려. 특히 특정 사원에 소속하지 않고, 산림山林에서 수행하며, 불도에 전심專心하는 승려. '고야 성인高野聖' 등은 그 하나. 성인이 모이는 장소를 별소別所라고 함. ⑪ 1~4·8~12·25·28·32 ⑫ 1·24·27·28·32~37·39·40

성인聖의 도道

대사大寺에 소속되지 않고, 산 속에서 난행고행難行苦行을 쌓아 가지기도加持祈禱의 영험력 등을 몸에 익히는 수행도. ⑪ 32

성중聖衆

'성자중聖者衆'이라는 뜻으로, 부처·보살의 모임을 말함. ⑪ 27

솔도파卒(率)都(塔)婆(波)

범어梵語 stupa(유골을 이장한 무덤)의 음사音寫. 본래는 불사리佛舍利를 매장, 봉안한 탑. 일본에서는 상부上部를 오륜탑의 형태로 새긴, 얇고 긴 공양을 위한 판목으로 된 비碑. ⑫ 24·28

수계受戒

불문에 들어온 자가 지녀야만 할 계율을 받는 것. 사미沙彌·사미니沙彌尼가 받는 십계十戒, 비구比丘·비구니比丘尼가 받는 구족계具足戒가 있음. ⑪ 12·26

수량품壽量品

『법화경法華經』 권6·여래수량품如來壽量品 제16의 줄임말. 석가여래는 수명이 영원하여 불멸임을 설명하고 이미 먼 옛날에 성불하였음을 설함. 장수와 병의 치료를 기원함. ⑫ 35

수적垂迹

부처·보살이 중생을 구제하기 위해 여러 곳에서 다양한 모습으로 나타나는 것. 또는 그 몸. 부처·보살의 진실된 몸인 '본지本地'에 대비되는 말. ⑫ 10

숙보宿報

전세로부터의 인연에 의해 생겨난 현세에서의 과보果報. 전세에서 지워진 숙명. ⑫ 28

숙업宿業

과거세過去世에서 행해진 행위의 선악이 현세에 미치는 잠재적인 힘. ⑫ 19

승강僧綱

승려와 비구니를 관리하고 법무法務를 통괄하는 승려의 관직으로 승정僧正·승도僧都·율사律師의 세 직책. 보통 승정·대승도大僧都·소승도少僧都·율사律師의 네 가지 밑에 위의사威儀師·율의사律儀師를 두어 구성됨. ⑪ 14 ⑫ 3·5·35

승도僧都

승강僧綱의 하나로 승정僧正보다는 밑이고 율사律師보다는 위임. 나중에는 대승도·권대승도權大僧都·소승도·권소승도權少僧都 등이 생김. ⑪ 9 ⑫ 8·24·32·38

승만경勝鬘經

자세히는 『승만사자후일승대방편방광경勝鬘師子吼一乘大方便方廣經』. 구나발타라求那跋陀羅가 번역. 파사닉왕波斯匿王의 딸 승만勝鬘 부인이 석가의 위신력威神力을 받아 설파한 경전. ⑪ 1

십계十戒

사미沙彌·사미니沙彌尼가 지켜야만 하는 열 가

지의 계. 살생·투도偸盜·사음邪淫·망어妄語·양설兩舌·악구惡口·기어綺語·탐욕貪慾·진에瞋恚·사견邪見의 십악十惡을 금지함. '십선계十善戒'라고도 함. ⑪ 9

십나찰十羅刹

'십나찰녀十羅刹女'의 줄임말. 『법화경法華經』 다라니품陀羅尼品에 귀자모신鬼子母神과 함께 『법화경』의 지경자를 보호하고 수행을 돕기로 맹세한 열 명의 나찰녀. 『법화경』 다라니품에 나오는 남파藍婆·비람파毘藍婆·곡치曲齒·화치華齒·흑치黑齒·다발多髮·무염족無厭足·지영락持瓔珞·고제皐帝·탈일체중생정기奪一切衆生精氣를 가리킴. ⑫ 34·40

십일면관음十一面觀音

육관음六觀音 혹은 칠관음七觀音의 하나. 머리 위에 열 개의 작은 얼굴이 붙어 있어, 본래의 관음상의 얼굴과 합쳐 열 하나의 얼굴을 가짐. 머리 위의 열 개의 얼굴은 인도에서 '모든 방향'을 가리키는 '시방十方'을 뜻하며, 관세음보살의 별명別名인 samauta-muk ha-dharini(모든 방향에 얼굴을 향하는 자)의 구상화具象化. 즉 모든 방향에 얼굴을 향하여 모든 중생을 구제하는 관음으로, 일본에서는 주로 질병을 막기 위해 모셔져, 다라니집경陀羅尼集經 등의 한역에 의해 널리 퍼짐. 이비상二臂像과 사비상四臂像이 있음. → 관음觀音 ⑪ 31

[아]

아미타阿彌陀

범어梵語 Amitayus(무량수無量壽), Amitabha(무량광無量光)의 줄임말인 amita의 음사音寫. 아미타불阿彌陀佛, 아미타여래阿彌陀如來라고도 함. 서방극락정토西方極樂淨土의 교주. 정토교의 본존불本尊佛. 법장法藏 보살이 중생구제를 위해 48개의 원願을 세워 본원本願을 성취하고 부처가 된 것임. 이 부처에게 빌고 이름을 외우면 극락왕생할 수 있다고 여겨짐. 일본에서는 헤이안平安 중기부터 미륵彌勒이 있는 도솔천兜率天보다 아미타阿彌陀가 있는 극락정토를 염원하는 사상이 널리 퍼지게 되어 말법末法 사상과 함께 정토교가 널리 퍼지는 풍조가 나타남. ⑪ 23 ⑫ 18

아미타경阿彌陀經

『무량수경無量壽經』, 『관무량수경觀無量壽經』과 함께 정토삼부경淨土三部經이라 불림. 『무량수경』을 『대경大經』이라 하는 데 대해 『소경小經』이라고도 함. 보통 구마라습鳩摩羅什이 번역한 『불설아미타경佛說阿彌陀經』 1권을 가리킴. 극락을 찬미하고 아미타불阿彌陀佛의 공덕의 위대함을 설명하며 염불에 의한 극락왕생을 말하고 있음. 『무량수경』과 다르게 '본원本願'(전세에서의 서원誓願)에 대해서는 설명하고 있지 않음. ⑫ 24

아미타불阿彌陀佛

→ 아미타阿彌陀. ⑫ 11·18·32

아미타여래阿彌陀如來

여래如來는 수행을 완성한 자의 칭호로, 부처와 동일한 뜻으로 사용됨. → 아미타阿彌陀. ⑪ 27

아사리阿闍梨

범어梵語 acarya의 음사音寫. '궤범사軌範師' '교수敎授' 등으로 번역함. 제자에게 십계十戒·구족계具足戒를 내려 위의威儀(작법作法)를 가르치는 사승師僧으로 대승大乘·소승小乘, 현교顯敎·밀교密敎 모두 수계受戒 혹은 관정灌頂에 있어 이를 집행하는 승려. 일본에서는 직관職官의 하나로 관부官符에 의해 보임되었음. 승화承和 3년(836),

닌묘仁明 천황 시대에 히에이 산比叡山·히라 산比良山·이부키 산伊吹山·아타고 산愛宕山·고노미네지神峰寺·긴푸센지金峰山寺·가쓰라기 산葛城山의 일곱 산에서 아사리의 칭호를 받아(칠고산아사리七高山阿闍梨) 오곡풍양五穀豊穰을 기원한 것이 최초라고 하며, 이후에는 궁에서 보임을 받지 않고 각 종파에서 임의로 칭호를 사용하게 됨. ⑫ 36·37·39

아육왕阿育王

'아육阿育'은 범어梵語 Asoka의 음사音寫. 아소카왕. 고대 인도, 마가다국摩揭陀Magadha國 마우리아Maurya 왕조 제3대왕. 다스린 시기는 기원전 268년~232년. 무력으로 인도 통일을 달성했지만 이후 불교를 깊이 신앙하여 불법에 의한 통치를 시행. 불교의 보호·자선사업·탑의 건립·제3차 불전결집 등을 행하여 불교와 그 이념을 널리 퍼뜨림. 아육왕이 건립한 팔만사천탑八萬四千塔은 많은 중생을 구제하기 위해, 혹은 일설에 의하면 살해한 8만 4천 명의 왕비에게 공양하기 위해 건립하였다고 함. ⑪ 29

악업惡業

몸·입·뜻意에 의한 사악한 행위. 몸(육체)에 의한 살생·도둑질·사음邪淫, 입에 의한 망어妄語·정어精語·악구惡口·양설兩舌, 뜻(마음)에 의한 탐욕貪欲·진에瞋恚·사견邪見. 몸으로 세 개, 입으로 네 개, 마음으로 세 개의 열 가지 업業. ⑫ 19·37

알가閼伽

범어梵語 arghya의 음사音寫. 부처에게 공양하는 청결한 물, 향수香水. 혹은 꽃·향 등의 공물. ⑪ 7

약사藥師

→ 약사여래藥師如來 ⑫ 19

약사불藥師佛

→ 약사여래藥師如來 ⑪ 10·17·26 ⑫ 12·19·20

약사여래藥師如來

범어梵語 Bhaisajyaguruvaiduryaprabha 약사유리광여래藥師琉璃光如來라고 번역하며, 줄여서 '약사여래', '약사불藥師佛', '약사藥師'라고 칭함. 이 세계에서 동방東方에 있는 정유리세계淨琉璃世界라고 하는 정토에 사는 부처로, 일광日光·월광月光 보살을 좌우의 협사脇士로 하며, 약사삼존藥師三尊을 이룸. 또한 십이신장十二神將을 권속眷屬으로 함. 이 세상의 중생의 병고病苦를 없애 안락을 주고, 현세이익을 불러온다고 함. 일본에서는 불교도래 초기부터 신앙되어 많은 불상佛像·사원寺院이 만들어짐.

약왕품藥王品

『법화경法華經』 약왕보살본사품藥王菩薩本事品 제23의 줄임말. 약왕보살이 일월정명덕여래日月淨明德如來의 시대에 법화法華를 공양하기 위해 몸을 불태우고, 팔을 태운 고사故事에서 시작하여 소신소비燒身燒臂 공양보다도 불멸佛滅 후에 『법화경法華經』을 널리 알리는 공덕이 보다 크다는 것을 서술하고 있음. '약왕'은 좋은 약을 중생에게 베풀어 심신의 병을 치료하는 보살이라는 점에서 병의 치유를 기원할 때 독송함. 또 여인구제를 설하는 것으로도 알려져 있음. ⑫ 35

양부兩部

태장계胎藏界와 금강계金剛界의 만다라曼陀羅. ⑪ 9

어재회御齋(齊)會

'재회齋會'는 승려를 초대하여 재식齋食을 공양하는 법회라는 뜻으로, 궁중宮中의 대극전大極殿에

서 행해졌던 법회를 '어재회'라고 함. 유마회維摩會·최승회最勝會와 함께 삼회三會의 하나. ⑫ 4·5

업業

범어梵語 karman(행위)의 번역. 몸·입·마음에서 유래되는 선악의 소행. 전세와 이번 생에서의 행위가 이번 생 및 내세에서 받는 과보果報의 원인이 된다고 함. ⑫ 24

여법경如法經

일정의 방식에 따라 경을 서사書寫하는 것. 또는 그 경전. 주로 『법화경法華經』. ⑪ 27

여의륜관음如意輪觀音

육관음六觀音 또는 칠관음七觀音의 하나. 바퀴가 끝없이 굴러가듯 어느 장소에든 모습을 드러내어 구제의 손길을 뻗는 관음이라는 뜻. 팔이 두 개이며 오른손에 여의보주如意寶珠를 왼손에 연꽃을 들고 있음. 헤이안平安 말기 이후에는 대부분 팔이 6개로 세 번째 팔에 법륜法輪을 들고 있음. 이시야마데라石山寺의 것은 금동이비상金銅二臂像. → 관음觀音. ⑪ 13·38

열반涅槃

범어梵語 nirvana(소멸하다, 불어 꺼지다)의 음사音寫. '멸도滅度', '적멸寂滅', '원적圓寂'이라 번역함. 번뇌의 불을 꺼서 깨달음의 경지에 이르는 것. 불전佛典에서는 석가의 죽음을 의미함. ⑪ 15 ⑫ 6·24

열반회涅槃會

석가의 입멸을 추도공양追悼供養하는 법회. 음력 2월 15일에 여러 사찰에서 행해지며 열반도涅槃圖를 걸고 『유교경遺教經』을 독송讀誦한다. 고후쿠지興福寺의 열반회가 저명하며 상락회常樂會

라고도 함. 호국사본護國寺本 『제사연기집諸寺緣起集』, 『남도칠대사순례기南都七大寺巡禮記』 등은 정관貞觀 2년(860)을 그 기원으로 함. ⑫ 6

염마왕閻(琰)魔王

'염마'는 범어梵語 Yama의 음사音寫. raja(왕)를 붙인 음사에서 '염마라사閻魔羅闍'라고 쓰며 그 줄임말의 형태로 '염마라閻魔羅', '염라왕閻羅王'이라고도 함. 명계·지옥의 왕으로, 죽은 자의 전생에서의 죄를 심판함. 중국에서는 재판관이라는 이미지가 강하며, 일본에서는 그 무서운 형상과 함께 공포의 대상이 됨. 일설에는 지장地藏 보살의 권화權化라고도 함. ⑪ 2 ⑫ 6·37

염부제閻浮提

범어梵語 Jambu-dvipa의 음사音寫. 수미산須彌山의 네 방향에 있는 네 개의 섬 중 하나로, 남쪽에 있는 대륙의 이름. 남섬부주南贍部洲라고도 함. Jambu수樹라고 하는 나무가 많이 자라고 있어 이름 붙여졌다 함. 이 섬은 다른 섬들에 비해 즐거움이 적지만, 불법과 인연이 있는 땅이라고 여겨짐. 고대 인도인의 세계관에서는 인도를 가리키고 있지만, 후에 인간이 존재하는 모든 곳을 가리키게 됨. ⑪ 1·2

염불念佛

'나무아미타불南無阿彌陀佛' 여섯 글자의 명호名號를 외우는 것. ⑫ 24·30·32·33

영락瓔珞

인도의 장신구로 주옥珠玉을 이은 장신구. 불상佛像을 장식할 때도 사용되며, 머리·목·가슴 등에 걸침. 천개天蓋 장식에도 사용. ⑪ 9

영산靈山

영취산靈鷲山. 범어梵語 Grdhrakuta의 번역. '기사굴산耆闍崛山'이라고도 번역됨. 고대 인도 마가다국摩揭陀國의 도읍, 왕사성王舍城(현재 라즈기르)의 동북에 있음. 석가재세釋迦在世 때의 『법화경法華經』을 설법한 곳. 석가는 입멸 후에도 이곳에서 설법을 계속하고 있다고 여겨져, 영취산을 불국토佛國土(정토)로 하는 신앙이 왕성해짐. 영산靈山, 취산鷲山이라고도 함. ⑪ 7 · 16 ⑫ 15

영험靈驗

부처 · 보살신에 의해, 또는 독경에 의해 나타나는 불가사의한 징후. ⑪ 9 · 15 · 24 · 26 · 31 · 32 · 35 · 36 · 38 ⑫ 11~13 · 15 · 18~21 · 25 · 26 · 29~31 · 39

영험소靈驗所

영험이 뛰어난 사사寺社 · 영장靈場. ⑫ 35

예당禮堂

예배당禮拜堂. 금당金堂 앞에 위치하며, 본존불을 예배하기 위한 당. 『색엽자유초色葉字類抄』라ラ · 지의地儀에 "예당은 금당 앞 당의 이름이다"라고 되어 있음. ⑫ 36

예시例時

사원寺院에서 매일 정각定刻에 행하는 참법懺法 · 염불 등의 근행. 천태종에서는 매일 아침에 참법(예시참법), 저녁에 인성引聲, 아미타경阿彌陀經 독송(예시작법)을 행함. ⑫ 23

오계五戒

우바새優婆塞(재가在家의 남성 신자) · 우바이優婆夷(재가의 여성신자)가 지켜야 할 다섯 가지 계율. 불살생계不殺生戒(살아 있는 것을 죽이지 않을 것) · 불투도계不偸盜戒(도둑질하지 않을 것) · 불사음계不邪淫戒(부인이나 남편 이외와는 성행위를 하지 않을 것) · 불망어계不妄語戒(거짓말을 하지 않을 것) · 불음주계不飮酒戒(술을 마시지 않을 것)를 말함. ⑫ 36

오불五佛

밀교의 만다라曼荼羅에서의 대일여래大日如來와 그를 둘러싼 네 방향의 네 부처. 금강계金剛界에는 대일여래大日如來 · 아축여래阿閦如來 · 보생여래寶生如來 · 아미타여래阿彌陀如來 · 불공성취여래不空成就如來, 태장계胎藏界에서는 대일여래大日如來 · 보당여래寶幢如來 · 개부화왕여래開敷華王如來 · 무량수여래無量壽如來 · 천고뇌음여래天鼓雷音如來의 다섯 여래의 총칭. 오지여래五智如來라고도 함. 진언밀교의 '오불관정五佛灌頂' 등을 말할 때의 '오불五佛'은 보통 금강계의 다섯 부처를 이름. ⑪ 25

왕생往生

원래는 이 세상에서의 수명이 다해 다른 세계에서 다시 태어나는 것을 의미하지만, 정토사상이 발전함에 따라 이 세상을 떠나 정토에서 다시 태어나는 의미가 되어 극락왕생 · 왕생극락이라고 사용되게 됨. 일본에서는 예전에는 미륵彌勒 신앙에 의한 도솔兜率 왕생, 헤이안平安 중기 이후에는 아미타阿彌陀 신앙에 의한 극락왕생의 사상이 널리 퍼짐. ⑫ 32 · 33

외도外道

불교 이외의 종교의 신자. 사설邪說이라 하는 것을 설법하는 자, 혹은 그 신자. ⑪ 26

외전外典

내전內典과 대비되는 말. 불교에서 불교경전(내

전) 이외의 전적典籍을 일컬음. 주로 도교·유교의 서적. ⑪ 12

요鐃

정확히는 요鐃. 법회法會 때 사용하는 타악기의 한 종류. 작은 정鉦 종류. 방울과 비슷하나 소리가 나게 하는 쇠 부분이 없고 손잡이가 달려 있음. 또 요발鐃鉢과 같이 접시 형태의 구리 원판 두 장을 맞부딪치는 것이라고도 함. 『화명초和名抄』에는 '정鉦'의 다른 이름으로 금고金鼓라고 함. ⑫ 36

용궁龍宮

칠보七寶로 만들어진 용왕의 궁전으로 불설佛說에서는 해저海底에 있으며, 『일체경一切經』을 수장收藏함. ⑪ 17

우치사견愚痴邪見

어리석어 불법에서 설명하는 인과의 도리를 깨닫지 못하고 그릇된 생각을 갖는 일.
→ 사견邪見 ⑫ 27

위의사威儀師

법회法會·수계受戒 때 중승衆僧의 앞에 서서 진퇴작법進退作法을 준비하는 승려. ⑫ 30

유마거사維摩居士

범어梵語 Vimalakirti(청정한 명문名聞을 가지는 자)의 음사音寫 '유마힐維摩詰', '유마라힐維摩羅詰'의 줄임말. '유마維摩'는 재속在俗인 채로 보살행菩薩行을 수행한 것에서 '거사居士'를 덧붙인 명칭. '정명淨名', '무구칭無垢稱'이라 번역함. 『유마경維摩經』의 중심인물로, 중인도 바이살리(vaisali 비야리毘耶離·비사리毘舍離)의 장자長者. 대승불교의 오의奧義를 규명하고, 불법유포에 공헌함. 또한 웅변에 능하여, 능란한 방편으로 중생을 교화시키고, 『유마경』에서는 문수文殊와의 문답 등을 통해 대승의 근본사상을 설명. 그 거실居室은 1장丈 4방方의 간결한 구조였다고 하며, 이 일에서 방장方丈이라는 말이 생겨남. '정명의 방淨名の室'이란 이것을 가리킴. ⑫ 3

유마경維摩經

『유마힐소설경維摩詰所說經』의 줄임말. 후진後秦의 구마라습鳩摩羅什이 408년에 번역한 3권, 14품(구역舊譯). 이외의 번역으로 오吳나라 지겸支謙이 번역한 『불설유마힐경佛說維摩詰經』 2권, 당나라 현장玄奘이 번역한 『설무구칭경說無垢稱經』 6권(신역新譯), 티베트어 번역이 있는데, 구역이 가장 널리 분포됨. ⑫ 3

유마회維摩會

『유마경維摩經』을 강설하고, 본존本尊을 공양하는 법회. 예전에는 여러 사찰에서 행해졌으나, 고후쿠지興福寺의 유마회가 가장 유명함. 어재회御齋會·최승회最勝會와 함께 삼회三會의 하나. ⑫ 3~5

유식唯識

모든 현상現象(제법諸法)은, 단지 식識으로서 마음에 투영된 것에 불과하며 실재하는 것은 식뿐이라고 하는 것. 따라서 제법은 연기緣起에 의해 생기生起하는 것이며, 불변의 실체라고 하는 것은 존재하지 않는데 존재한다고 인식하는 것은 식의 작용에 의한다고 함. 소승小乘에서는 육식六識까지를 설하였는데, 대승大乘에서는 말나식末那識을 더하여 칠식七識이라고 하며, 유식학파는 아뢰야식阿頼耶識을 더 만들어 팔식八識이라고 함. 법상종法相宗의 근본교의. ⑪ 4

유정有情

범어梵語 sattva(현 세계에 존재하는 것)의 번역. 생명이 있는 것이라고 풀이되어 '중생'이라 번역되었으나 후에 감정이나 의식을 갖는 모든 생물을 의미하는 '유정'이라 번역됨. 이에 비해 산·강·초목·대지 등은 '비정非情'(비유정非有情·무정無情이라고도 함). ⑪ 10

육도六道

현세에서의 선악의 업業이 원인이 되어, 중생이 사후死後에 향하게 되는 세계. 십계十界 중 지옥地獄·아귀餓鬼·축생畜生의 삼악도三惡道와 수라修羅·인간人間·천天의 여섯 계界를 총칭한 것으로 헤매는 중생이 윤회輪廻하는 경계. 사성四聖(성문聲聞·연각緣覺·보살菩薩·부처佛)과 대비되는 말. 육취六趣라고도 함. ⑫ 17

육시六時

승려가 염불·독경 등의 근행을 하는 시각時刻. 하루를 낮 삼시三時와 밤 삼시로 나누어, 오전 6시부터 4시간씩, 신조晨朝·일중日中·일몰日沒·초야初夜·중야中夜·후야後夜로 하는 것의 총칭. ⑫ 38

육재일六齋日

육재계일六齋戒日이라는 뜻. 한 달에 6일, 불과중식不過中食을 비롯한 팔계八戒를 지키며 공덕을 쌓는 날. 사천왕四天王이 인간의 선악을 판단하는 날(『사천왕경四天王經』)이라고도 하며, 악귀惡鬼가 사람의 목숨을 빼앗는 날(『대지도론大智度論』)이라고도 함. ⑪ 1

육종六宗

나라奈良 시대에 연구된 불교종파, 남도육종南都六宗을 가리킴. 삼론三論·법상法相·성실成實·구사俱舍·율律·화엄華嚴의 여섯 종의 총칭. 헤이안平安 시대의 천태天台·진언眞言을 더하여 팔종八宗이라고 함. ⑫ 15

이강已講

승려의 학계學階를 나타내는 칭호. 대극전大極殿에서의 어재회御齋會, 야쿠시지藥師寺의 최승회最勝會, 고후쿠지興福寺의 유마회維摩會로 이루어진 3회의 강사講師 임기를 전부 마친 '삼회이강사三會已講師'의 줄임말. ⑫ 5

이익利益

공덕功德을 얻는 것. 현세에서의 선행에 대하여 현세에 얻게 되는 공덕을 현세이익이라고 함. ⑪ 5 ⑫ 14·28·37

인과因果

몸(육체)·입(언어표현)·뜻(마음)에 의한 행위(업)와 그것이 원인이 되어 생기는 과보果報. 불교의 근본도리에서는 선업善業에 의해 선한 과보가 있고, 악업惡業이 원인이 되어 악한 과보가 있다고 함. 이를 '선인선과善因善果·악업악과惡業惡果'라 하며 총체적으로 '인과응보因果應報'라 함. ⑪ 1·35 ⑫ 13·14·15·27·30

인과경因果經

『과거현재인과경過去現在因果經』. 유송劉宋 시대 말기의 구나발타라求那跋陀羅가 번역한 석가釋迦의 전기를 적은 경전. 전 4권. 자전적 형식을 취하여 부처 스스로가 과거의 인연을 이야기하며 입태入胎·출태出胎·출가出家·강마降魔·성도成道 및 성도 후의 모습을 열거하며 인과응보因果應報의 이치를 설명함. 불전佛傳으로 일본에도 예전부터 전래되어 그림을 상단에 그리고 하단에 본문을 쓴 천평天平 시대의 『회인과경繪因果經』이

존재. 본 이야기집 1권 제1~8화의 불전설화의 전거典據. ⑪ 12

인성引聲

인성아미타경引聲阿彌陀經을 가리킴. 천태종에서 매일 저녁에 근행勤行할 때 행하는 예시작법例時作法에 있어서 완만한 곡조로 음성의 고저高低·신축伸縮을 붙여 『아미타경阿彌陀經』을 풍송諷誦하는 일. 지카쿠慈覺 대사大師 엔닌圓仁이 들여왔다 함. ⑪ 27 ⑫ 36

인왕경仁王經

구마라습鳩摩羅什이 5세기 초에 번역한 『불설인왕반야바라밀경佛說仁王般若波羅蜜經』 두 권과 불공不空이 765년에 번역한 『인왕호국반야바라밀경仁王護國般若波羅蜜經(인왕호국경仁王護國經)』 두 권이 있음. 태밀台密에서는 전자를, 동밀東密에서는 후자를 사용함. 『법화경法華經』, 『금광명최승왕경金光明最勝王經』과 함께 호국삼부경護國三部經의 하나. ⑫ 20

일생불범一生不犯

일생동안 계율을 어기지 않은 청정한 승려. 특히 사음계邪淫戒를 지킨 경우를 말함. ⑫ 20

일승一乘

범어梵語 eka-yana(유일한 탈것)의 번역. 다시 말해 모든 중생을 방황(차안此岸)에서 깨달음(피안彼岸)으로 옮기는 탈것을 의미함. 『법화경法華經』에 처음으로 보이는 사상으로 중생의 사회적 지위나 성별·노소에 관계없이 평등하게 동일한 최고의 깨달음으로 인도하는 유일한 법문法門으로 『법화경』의 가르침을 의미. 또한 구카이空海는 밀교密敎만이 부처의 진정한 가르침이라고 하는 입장에서 '일승'을 '밀교'의 뜻으로 해석하였고 신란親鸞은 '타력본원他力本願'을 '일승'이라 함. ⑪ 1 ⑫ 32

입실사병入室寫甁

사승師僧의 방에 들어가, 병의 물을 다른 용기에 옮겨 담듯이 사승이 전수하는 교법敎法을 남김없이 습득하는 것. '사寫'는 본래 '瀉'로 따라 넣는다는 뜻. ⑪ 4

입정入定

→ 선정禪定 ⑪ 25

입학관정入學灌頂

입학법관정入學法灌頂. 전법傳法의 최초에 행하는 관정. 관정을 받은 승려는 태장계胎藏界·금강계金剛界 만다라曼荼羅에 꽃을 던져 닿은 부처·보살과 결연結緣함. → 관정灌頂 ⑪ 9

[자]

자오藏王

'자오 권현藏王權'의 생략. 자오藏王 보살이라고도 함. 수험도修驗道의 선조라고 하는 엔 행자役行者(엔노 오즈누役小角)가 긴푸 산金峰山에서 감득感得한 악마를 제압하는 보살. 형상은 일면一面·삼안三眼·이비二臂·청흑색의 분노상忿怒像으로, 반석磐石을 딛고 서서 오른발을 공중에 세우고 있음. 석가釋迦·천수관음千手觀音·미륵彌勒 보살의 덕을 갖추었다고 하여 산악신앙과 결합되어 믿어짐. 자오당藏王堂은 현재現在 요시노吉野에 있는 긴푸센지金峰山寺의 본당本堂. ⑫ 36·39

자오藏王 **보살**

→ 자오藏王 ⑪ 3

장륙丈六

불상의 높이를 의미하는 말로 높이 1장 6척(약 4.85m). 좌상坐像일 경우에는 8척(약 2.42m). 일본에서는 주요 사원의 본존本尊은 이 높이임. ⑫ 15·16

장륙丈六의 약사삼존불藥師三尊佛

→ 약사여래藥師如來. ⑪ 24

재회齋(齊)會

'재齋'는 삼가고 꺼린다는 뜻으로, 승려와 비구니가 정오 이후에는 식사를 하지 않는 것을 가리켰으나, 거기에서 뜻이 바뀌어 불사佛事를 행할 때에 승려에게 공양하는 식사를 가리켜 재齋 혹은 재식齋食이라 칭하게 되어 승려에게 재식齋食을 공양하는 법회를 재회齋會라고 함. ⑪ 9

전법아사리傳法阿闍梨의 관정灌頂

비법秘法을 전수받고 그 비법을 전수하는 아사리阿闍梨의 지위에 오르기 위해 정해진 의식을 전법관정傳法灌頂이라고 하며 관정을 받은 승려를 전법아사리傳法阿闍梨라고 함. ⑪ 9

전법회傳法會

슈후쿠지崇福寺(시가데라志賀寺)에서 미륵보살彌勒菩薩을 본존本尊으로 하여 행하는, 불법佛法을 전하는 법회를 가리킴. 미륵회彌勒會라고도 함. ⑪ 29

전생前生

이 세상에 태어나기 전의 세계에서의 삶. 불법에서 설명하는 금생今生, 후생後生과 함께 삼생三生의 하나. ⑫ 10·28

전세前世의 인연

전세에서 있던 인연. 전세에서의 부모·형제·자매 등이었던 관계. ⑫ 25

정定

범어梵語 samadhi의 번역. 정신을 통일하여 명상하여 진리를 보는 일. '계戒' '혜慧'와 함께 삼학三學의 하나로 불교의 중요한 실천윤리. 선종에서 특히 중시함. ⑪ 17

정교正(聖)敎

불교의 교전敎典. ⑪ 4·6·11·28

정인定印

입정入定의 상을 표현하는 인계印契로, 법계정인法界定印·아미타정인阿彌陀定印 등이 있음. 인계는 인印이라고도 하여, 양손의 손가락을 각자 교차시켜 부처·보살의 종교 이념을 상징적으로 표현하는 수인手印을 말함. 특히 밀교에서 사용됨. ⑪ 9·25

정자定者

큰 법회法會의 행도行道에 나설 때 손잡이가 달린 향로香爐를 모시고 선두에서 걷는 소승小僧. ⑫ 9

정토淨土

청정한 국토라는 뜻으로, 부처가 통괄하는 국토, 즉 불국토佛國土. ⑫ 6·22·36

제사第四 도솔천兜率天

→ 도솔천兜率天 ⑪ 15

제삼지第三地

보살의 수행계修行階 제52위 중에 제41위에서 제50위까지의 십지의 3번째. 즉 제43계위를 가리

킴. ⑪ 9

제석帝釋(尺)

'제석천왕帝釋天王'의 약자. 범어梵語 sakro devanamindrah(여러 하늘의 주된 샤크라=천제 샤크라)의 약자. 천제석天帝釋, 제석천帝釋天이라고도 함. 욕계육천欲界六天의 제2천. 도리천忉利天의 왕. 수미산須彌山 정상의 희견성喜見城(선견성善見城)에 살고 있으며 사천왕을 통솔하는 불법수호의 선신善神. ⑪ 1 ⑫ 6

제이지第二地

보살이 수행과정 중 거치지 않으면 안 되는 52위位 중에서 제41위부터 제50위까지의 10지地의 2번째. 즉 제42계위階位에 해당함. 10지는 성위聖位로 번뇌로부터 탈피하여 부처가 될 가능성을 가짐. ⑪ 8

주원呪願

법회나 식사가 행해질 때에 법어法語를 외며 시주의 공덕을 기원하는 것. 그 주원문을 읽는 승려를 주원사呪願師라 하며 줄여서 '주원呪願'이라 함. ⑪ 14

중존中尊

중앙의 존상尊像이라는 뜻. 아미타삼존阿彌陀三尊의 경우인 아미타여래阿彌陀如來 등을 가리킴. ⑪ 9 ⑫ 20·22

즉신성불卽身成佛

진언종의 교설敎說로, 삼밀三蜜을 행하는 것에 의해 현세의 육신 그대로 인간이 본래 가지고 있는 불성이 나타나는 것을 말함. 구카이空海에게는 『즉신성불의卽身成佛義』 1권의 저작이 있음. ⑪ 9

지불당持佛堂

깊게 신앙하여 늘 몸 가까이에 두고 기원하는 불상(염지불念持佛)을 안치하는 당堂. ⑪ 12

지식知識

'선지식善知識'의 줄임말. 사람을 불도佛道로 인도하는 것. ⑫ 24

지옥地獄

범어梵語 naraka의 번역. 범어梵語를 그대로 음역音譯한 것은 '나락奈落', '니리泥梨'라 함. 이 세상에서 나쁜 짓을 한 자가 사후에 떨어져 온갖 고통을 받게 된다는 지하세계. 삼악취三惡趣·8대지옥 등 다양한 지옥이 있으나, 일본에서는 겐신源信의 『왕생요집往生要集』이 사람들의 사후관에 깊은 영향을 미쳤고, 더구나 중세 이후에는 중국에서 지옥회地獄繪가 들어와서 현실적인 이미지가 정착됨. ⑪ 2 ⑫ 36

진언眞言

범어梵語 mantra의 번역. 다라니陀羅尼라고도 함. 기도를 할 때에 읊는 경문經文·게송偈頌 등을 범어梵語 그대로 읽는 주문의 총칭. 일본에서는 원어의 구절을 번역하지 않고 범자 그대로, 혹은 한자의 음을 빌린 것을 독송함. ⑪ 9·10·24·32 ⑫ 37

진언眞言**의 밀교**密(蜜)敎

부처가 설법한 진실, 밀교의 가르침을 의미. 밀교密敎를 취지로 하는 것은 진언종이지만 천태종에도 지카쿠慈覺·지쇼智證 등이 전파한 이른바 태밀台密이 있음. ⑫ 32

진에瞋恚

불교에서는 탐욕·무지와 함께 선을 해하는 삼독三毒의 하나. 화내고 원망하는 일. ⑫ 30

[차]

참법懺法

육근六根의 죄과를 참회하는 수법. 경전이나 본존에 따라 다양한 이름이 있는데, 예를 들면『법화경法華經』을 독송하는 법화참법法華懺法 등이 있음. ⑫ 33 · 38

참회멸죄懺悔滅罪

과거에 범한 죄악을 후회하고 뉘우쳐 죄업을 지우는 일. ⑪ 15

천개天蓋

불상 등의 위에 덮는 천, 혹은 금속으로 된 자루가 긴 비단 우산과 같은 장식품. 원형 · 방형方形 · 육각형 · 팔각형 등이 있으며 주위에 장식을 늘어뜨리고 천전 등에 매달음. ⑫ 21 · 32

천동天童

불법佛法을 수호하는 제천諸天의 권속인 동자 모습의 천인天人. 호법동자護法童子라고도 함. ⑫ 32 · 37

천수다라니千手陀羅尼

대비주大悲呪, 천수千手의 진언眞言이라고도 함. 천수관음의 공덕을 설한 범어梵語의 주문. 대비주 82개 구句의 다라니陀羅尼.

천수千手**의 진언**眞言

→ 천수다라니千手陀羅尼 ⑪ 32

천태종天台宗

팔종八宗의 하나. 중국 천태지자대사天台智者大師 지의智顗를 종조宗祖로 하는 종파. '천태天台'라는 명칭은 지의가 천태산을 중심으로 활동한 것에 따름. 『법화경法華經』을 근본경전으로 삼음. 일본에서는 사이초最澄가 연력延暦 24년(805)에 중국에서 귀국하여 이를 전함. ⑪ 10 · 26

천태좌주天台座主

히에이 산比叡山 엔랴쿠지延暦寺 일산一山을 통치하는 천태종 최고승직. 엔랴쿠지 좌주의 공식 선명公式宣明과 명칭은 제형齊衡 원년(854) 관부官符로써 좌주가 된 제3대 지카쿠慈覺를 최초로 함. ⑪ 28 ⑫ 33 · 36

청중聽衆

강사講師의 강설講說을 청문하는 역할의 승려. ⑫ 3~5

최승왕경最勝王經

『금광명최승왕경金光明最勝王經』의 줄임말. 대승경전 중의 하나. 의정義淨이 번역한 10권(신역). 『인왕경仁王經』, 『법화경法華經』과 함께 진호국가삼부경鎭護國家三部經의 하나. 이외에도 담무참曇無讖이 번역한 4권(사권경四卷經이라고도 함. 구역), 진제眞諦의 번역, 사나굴다闍那崛多가 번역한 이역異譯 등이 있지만 완본으로서 현존하는 것은 담무참과 의정이 번역한 것뿐임. 일본에서는 진호국가鎭護國家의 경전으로 중시되어, 쇼무聖武 천황은 이 경전에 의해 국분사國分寺를 건립하였으며, 또 정월에 궁중에서 어재회나 여러 지방의 국분사에서 의정이 번역한 것이 읽히고 강의되었음. ⑪ 12 · 15 ⑫ 4 · 5 · 10

축생畜生

범어梵語 tiryanc(길러져서 살아가는 것)의 번역. 불연佛緣이 없는 새, 짐승, 벌레, 물고기 류. ⑪ 26 ⑫ 17

칠불약사七佛藥師

의정義淨이 번역한 『약사유리광칠불본원공덕경藥師琉璃光七佛本願功德經』에서 나온 약사유리광여래藥師琉璃光如來와 그 분신인 여섯 여래가 동방의 불국토佛國土에서 중생 제도를 행하고 있다는 신앙으로부터 그들을 총칭하여 칠불약사라 함. 그들을 모시는 일을 칠불약사법七佛藥師法이라 하며, 천태종에서 왕성히 행해짐. ⑫ 23

칠칠일七七日

사망한 날부터 49일째의 법요法要. 불교에서는 사람이 죽은 뒤 49일 동안은 중음中陰(중유中有)이라 하여 죽은 자의 혼이 다른 곳으로 전생하지 못하고 중간 상태에 있다고 함. 그렇기에 7일마다 공양의 재식齋食을 베풀어 죽은 자의 명복을 빎. 마지막 49일을 만중음滿中陰이라 함. ⑫ 14·24

[파]

팔만사천 탑

불사리佛舍利를 안치한 팔만사천의 솔도파卒塔婆. '팔만사천'은 불교에서는 다수多數를 의미함. 팔만사천 탑의 건립은 『법화경法華經』 약왕품藥王品에서 설하고 있으며 또한 아육왕阿育王 사적으로서 유명. ⑪ 26

[하]

하치만 대보살八幡大菩薩

우사 신궁宇佐神宮·이와시미즈하치만 궁石淸水八幡宮 등 하치만 궁에 모셔진 주제신主祭神. 본지수적本地垂迹 설에 의해 호국영험위력신통대자재왕보살護國靈驗威力神通大自在王菩薩의 권현으로 여겨짐. ⑫ 10

학생學生

원래는 절에서 외전外典을 학습하는 자를 의미했음(『남해기귀내법전南海寄歸內法傳』). 일본에서는 불도를 학습하는 학승學僧을 가리키며, 천태종에서는 득도得度·수계受戒한 승려를 히에이산比叡山에서 학문·수행시켰음. 학려學侶라고도 하며, 승려 중에서는 엘리트로 단순한 불도수행자인 해인行人(고야 산高野山)·당중堂衆(히에이산比叡山)·성인(聖)과는 구별되었으며, 이로 인해 그들과 대립하는 경우도 있었음. ⑪ 2 ⑫ 4·32·33

향로香爐

향을 피우는 그릇. 도자기·칠기·금속제 등이 있음. 손에 드는 것을 병향로柄香爐라 함. ⑪ 10 ⑫ 22·39

향수香水

범어梵語 arghya의 번역. → 알가閼伽 ⑪ 12

허공장구문지虛空藏求聞持의 법

당나라의 선무외善無畏가 번역한 『허공장보살능만제원최승심다라니구문지법虛空藏菩薩能滿諸願最勝心陀羅尼求聞持法』 1권에 기초한 수법手法. 허공장보살을 염念하며 견문각지見聞覺知한 것을 기억하여 잊지 않기 위한 비법秘法. ⑪ 9

허공장법虛空藏法

→ 허공장구문지虛空藏求聞持의 법 ⑪ 9

허공장보살虛空藏菩薩

범어梵語 Akasagarbha(허공을 품은 자)의 한역. 무한한 지혜나 공덕을 갖춘 것이 허공처럼 광대무변廣大無邊하다고 하는 지혜를 주는 보살이라 믿어짐. 밀교의 태장만다라胎藏曼荼羅에는 허공장원虛空藏院의 주존主尊이라 되어 있고 금강계만다라金剛界曼荼羅에는 현겁십육존賢劫十六尊

중 하나라 되어 있음. 허공장구문지虛空藏求聞持법의 본존本尊. 그 형상에 대해 여러 설이 있으나 연화좌蓮華座에 앉아 오지보관五智寶冠을 쓰고 오른손에는 지혜의 보검, 왼손에는 복덕의 연화와 여의보주如意寶珠를 가지고 있다 함. ⑪ 5

현계론顯戒論

홍인弘仁 11년(820) 사이초最澄가 지음. 전 3권. 히에이 산比叡山의 대승보살계의 계중원戒增院을 설립할 수밖에 없었던 이유를 설명한 건백서建白書. 사이초의 『산가학생식山家學生式』과 대비되어 소승계를 지지하는 남도의 여러 종파의 승강僧綱의 반론에 대해 천태대승계天台大乘戒의 정통성을 주장하여 천태종을 확립한 저술. ⑪ 26

현교顯敎

→ 현밀顯蜜 ⑪ 12 ⑫ 32·33·38

현밀顯蜜(密)

'현교顯敎'와 '밀교密敎'. '밀蜜'은 '밀密'의 통자通字. 현교란 언어나 문자로 설파하는 교의로, 밀교 이외의 모든 불교. 특히 석가釋迦·아미타阿彌陀의 설교에 의한 종파. 밀교는 언어·문자로 설파하지 않는 비밀스러운 가르침으로, 대일여래大日如來의 설교에 의한 종파. '진언밀교의 가르침'이라고도 하며, 일본에서는 도지東寺를 중심으로 하는 진언종의 동밀東密과 천태종의 태밀台密이 있음. ⑪ 10·11·12

현세現世

과거세過去世·미래세未來世와 함께 삼세三世 중 하나. 현재의 세계, 이 세계. ⑫ 28·33·34·37

협사脇士(侍)

'협립脇立'이라고도 함. 부처를 좌우에서 모시는 보살. 석가여래釋迦如來는 문수文殊·보현普賢, 혹은 약왕藥王·약상藥上의 두 보살. 아미타여래阿彌陀如來는 관음觀音·세지勢至의 두 보살. 약사여래藥師如來는 일광日光·월광月光의 두 보살. ⑪ 14 ⑫ 21

호법護法

'호법신護法神'의 줄임말. 불법수호의 신령으로 호법천동護法天童, 호법선신護法善神, 호법동자護法童子 등으로 표현. 범천梵天·제석천帝釋天·금강역사金剛力士·사천왕四天王·십나찰녀十羅刹女·십이신장十二神將·십육선신十六善神·이십팔부중二十八部衆 등. 원래는 인도의 민간신앙의 신이었지만 불법에 귀의하여 불佛·법法·승僧의 삼보三寶를 수호하는 신이 되었다고 함. ⑪ 9 ⑫ 35

호지승護(御)持僧

궁중에 봉사하며 천황의 몸을 보호하기 위해 가지기도加持祈禱를 하는 승려. ⑪ 9 ⑫ 33

화상和尙(上)

수행을 쌓은 고승의 경칭. ⑪ 12·26 ⑫ 6

화생化生

태생胎生·난생卵生·습생濕生과 함께 사생四生 중 하나. 모태 혹은 알에서가 아니라 홀연히 모습을 나타내는 것. 즉, 부처·보살·천인天人이 중생구제를 위해 모습을 나타내는 것. ⑪ 38

화엄경華(花)嚴經

『대방광불화엄경大方廣佛華嚴經』의 줄임말. 동진東晋의 불태발타라佛馱跋陀羅가 5세기 초반에 번역한 60권본(『육십화엄六十華嚴』 혹은 『구역화엄경舊譯華嚴経』), 당나라의 실차난타實叉難陀가 7세기 말에 번역한 80권본(『팔십화엄八十華嚴』 혹

은 『신역화엄경新譯華嚴經』), 당나라의 반야般若
가 8세기 말에 번역한 40권본(『사십화엄四十華
嚴』)의 세 가지 한역이 있음. 화엄종의 소의所依
경전. 무한한 공덕을 완성하고 중생을 교화하는
부처로써의 태양신太陽神 신앙과 맞물린 비로자
나불毘盧舍那佛을 성립시켜, 보살의 수행단계인
52위와 그 공덕을 나타냄. 또 만법萬法은 자신의
일심一心으로 돌아온다는 유심법계唯心法界의 이
치가 설명되어 있음. ⑪ 29 ⑫ 7

회불繪佛

→ 회상繪像. ⑫ 17 · 18 · 22

회상繪像

그림에 그린 불상. 회불繪佛이라고도 함. ⑫ 17 ·
18 · 22

회향回(廻)向

자신이 수행한 선행善行의 결과인 공덕을 남들에
게 돌리는 일. ⑫ 32

후생後生

→ 후세後世 ⑫ 28

후세後世

후생後生과 동일. 내세에서의 안락. 사후에 극락
으로 왕생하는 것. 또, 사후에 다시 태어난다고
믿어지는 세상 그 자체. ⑫ 31 · 33 · 34 · 37 · 40

후세보리後世菩提

사후에 극락왕생하는 것. 내세에서의 성불.
⑫ 32 · 33

지명·사찰명 해설

1. 본문 중에 나오는 지명·사찰명 중 여러 번 나오는 것, 특히 긴 해설을 필요로 하는 것을 일괄적으로 해설하였다. 바로 해설하는 것이 좋은 것은 본문의 각주脚注에 설명했다.
2. 배열은 한글 표기 원칙에 의한 가나다 순으로 하였다.
3. 각 항의 말미에 그 지명·사찰명이 나온 이야기를 숫자로 표시하였다. 예를 들면 '⑪ 1'은 '권11 제1화'를 가리킨다.

㉮

가가미 명신鏡明神

사가현佐賀縣 가라쓰시唐津市 가가미鏡에 소재하는 가가미신사鏡神社. 마쓰우라 명신松浦明神이라고도 함. 오키나가타라시히메노미코토息長足姬命(진구황후神功皇后)와 후지와라노 히로쓰구藤原廣嗣를 모심. 『겐지이야기源氏物語』 다마카즈라玉鬘 권에도 그 이름이 보임. 『칠대사순례사기七大寺巡禮私記』 고후쿠지興福寺 보리원菩提院 조에는 "이 신이 분노할 때는 직경 2척 정도의 거울 빛을 발산하고 하늘을 비행한다."라고도 되어 있고 "이 영이 분노할 때는 계신 곳에서 빛이 나서 거울을 비춘 듯하여 가가미 명신鏡明神이라고 함"이라는 기술이 보임. ⑪ 6

가네노미타케金峰

→ 긴푸 산金峰山 ⑪ 13

가사기데라笠置寺

교토 부京都府 사가라 군相樂郡 가사기笠置에 소재. 기즈 강木津川의 남쪽 언덕, 가사기 산笠置山 정상에 있음. 원래 법상종, 현재는 진언종 지산파智山派에 속함. 오토모大友 황자가 창건. 본존本尊은 마애磨崖의 석상, 미륵보살상彌勒菩薩像. 수험도修驗道의 도장이었음. ⑪ 30

가쓰라다니桂谷의 산사山寺

시즈오카 현靜岡縣 다가타 군田方郡 슈센지 정修善寺町에 있는 슈센지修禪(善)寺. 조동종曹洞宗. 쇼로 산肖盧山 혹은 소토가쓰라다니走湯桂谷 산사山寺라고 함. 고보弘法 대사의 영지로, 대동大同 2년(807) 창건되었다고 전해짐. ⑪ 9

가야 강賀耶川

가미야 강紙屋川. 교토 시京都市 기타 구北區 다카가미네鷹峯에서 시작되어 시의 북서부를 남하하여 덴진 강天神川이 되어 가쓰라 강桂川에 유입됨. 옛 도서료圖書寮의 별소別所인 지옥원紙屋院이 있어 종이를 걸러 숙지宿紙(박묵지薄墨紙)를 만들었던 것에서 이름 붙여짐. ⑫ 35

가즈라키 산葛木山

'가쓰라기 산葛城山'. 오사카 부大阪府와 나라 현奈良県의 경계에 있는 곤고 산계山系의 산. 현재는 주봉主峰 곤고 산金剛山과는 다른 산을 가쓰라기 산이라고 부르지만, 원래는 주봉을 가쓰라기 산葛城山이라고 불렀음. 수험도修驗道의 영장靈場. 히토코토누시一言主의 신, 다카카모高鴨 신사神社 등이 있음. ⑪ 3 ⑫ 38

가지와라데라梶原寺

지금의 오사카 부大阪府 다카쓰키 시高槻市 가시와라梶原에 있던 절. 서국가도西國街道(옛 산양도山陽道) 근처에 있는 하타야마畑山 신사 부근에 소재했음. ⑫ 34

간고지元興寺

나라 시奈良市 시바노신야芝新屋에 있던 대사大寺. 현재는 관음당觀音堂, 탑이 있던 흔적만이 남아 있음. 화엄종華嚴宗. 남도칠대사南都七大寺·십오대사十五大寺 중 하나. 소가노 우마코蘇我馬子가 아스카飛鳥에 건립한 간고지元興寺를 헤이조 경平城京 천도와 함께 양로養老 2년(718)부터 천평天平 17년(745)에 걸쳐 이축한 것. 삼론三論·법상교학法相敎學의 거점. 헤이안平安 시대 이후는 지광만다라智光蔓茶羅를 안치한 극락방極樂坊(나라 시奈良市 주인中院)을 중심으로 정토교의 도장으로써 서민신앙을 모았음. → 본 간고지本元興寺 ⑪ 2·4·5·14·15

간제온지觀世音寺

나라 현奈良縣 야마토코리야마 시大和郡山市 간제온지觀音寺에 사적寺跡이 남아 있음. 헤이조 경平城京 우경右京 구조일방九條一坊에 위치. 『승강보임초출僧綱補任抄出』 천무天武 2년(673) 부분에 의하면 승정僧正 지토智通가 건립. 정창원正倉院 문서를 통해 많은 경전을 소장所藏했던 것을 알 수 있음. ⑪ 5

겐코지現光寺

히소데라比蘇寺(比曽寺·竊寺)·요시노데라吉野寺라고도 함. 나라 현奈良縣 요시노 군吉野郡 세손지世尊寺에 있음. ⑪ 5·23

계단별원戒壇別院

도다이지東大寺(나라 시奈良市 조시雜司) 계단원戒壇院. 천평승보天平勝寶 7년(755) 9월 건립(『도다이지요록東大寺要錄』). 당초 대불전大佛殿 앞에 계단戒壇을 쌓아 그것을 이축하여 건립하였기에 붙은 이름으로 추정. 혹은 당사堂舍가 두 채 있어 남쪽이 계단원이고 북쪽이 강당講堂(관가본菅家本 『제사연기집諸寺緣起集』)이라 둘을 합쳐 부른 이름으로도 추정. ⑪ 13

고류지廣隆寺

교토 시京都市 우쿄 구右京區에 소재. 진언종 오무로파御室派 대본산. 하치오카 산蜂岡山이라 불리었으며, 하치오카데라蜂岡寺·우즈마사데라太秦寺·하타데라秦寺·하타노키미데라秦公寺·가도노데라葛野寺라고도 함. 쇼토쿠聖德 태자가 건립한 칠대사七大寺 중 하나. 도래계渡來係 씨족인 하타 씨秦氏 가문의 절氏寺로, 교토에서 가장 오래된 사원. 『서기書紀』에 의하면 스이코推古 11년(603) 11월에 쇼토쿠 태자의 명을 받들어 불상을 안치하기 위해 하다노 가와카쓰秦川勝가 창건. 『고류지 연기廣隆寺緣起』에는 스이코推古 30년 건립이라 되어 있음. 헤이안 경平安京 천도 이전에는 현재 위치보다 북동쪽에 있었음. 보관미륵보살반가사유상寶冠彌勒菩薩半跏思惟像(국보), '우는 미륵'으로 불리는 보계미륵반가상寶髻彌勒半跏像(국보)이 있음. ⑪ 33

고지마야마데라子島山寺

나라 현奈良縣 다카이치 군高市郡 다카토리 정高

取町 간가쿠지觀覺寺에 있던 절. 고지마데라子島寺·미나미칸온지南觀音寺·미나미기요미즈데라南清水寺라고도 함. 헤이안平安 중기는 간가쿠지觀覺寺, 에도江戶 시대는 고지마 산子島山 천수원千壽院이라 불림. 현재는 호온 산報恩山 고지마데라子島寺. 진언종 미무로파御室派. 천평보자天平寶字 4년(760)에 호온報恩이 창건. ⑪ 32

고후쿠지興福寺

나라 시奈良市 노보리오지 정登大路町에 소재. 법상종 대본산. 남도칠대사南都七大寺·십오대사十五大寺 중 하나. 초창草創은 덴치天智 8년(669) 후지와라노 가마타리藤原鎌足의 부인 가가미노오키미鏡女王가 가마타리 사후, 석가삼존상釋迦三尊像을 안치하기 위해 야마시나데라山階寺(교토 시京都市 야마시나 구山科區 오타쿠大宅)를 건립한 것으로부터 시작. 덴무天武 천황이 도읍을 아스카飛鳥 기요미하라淨御原로 옮길 때, 우마사카데라廐坂寺(나라 현奈良縣 가시하라 시橿原市)로 이전, 헤이조 경平城京 천도와 함께 화동和銅 3년(710) 후지와라노 후히토藤原不比等에 의해 현재 위치로 조영, 이축되어 고후쿠지라고 불리게 됨. 후지와라 씨藤原氏 가문의 절氏寺로 융성했지만, 치승治承 4년(1180) 다이라노 시게히라平重衡의 남도南都(나라奈良) 방화로 대부분 전소全燒. 또한 이축 후에도 야마시나데라山階寺로 통칭. ⑪ 14 ⑫ 3·4·6·21·30 → 야마시나데라山階寺 ⑪ 1·13·14·38 ⑫ 31

곤고부지金剛峰寺

와카야마 현和歌山縣 이토 군伊都郡 고야 산高野山에 소재. 고야 산의 중심사원. 고야 산 진언종 총본산. 홍인弘仁 7년(816) 구카이空海가 재건. 승화承和 2년(835) 정액사定額寺 중 하나가 됨. 같은 해 3월 21일 구카이는 이곳에서 입정入定. ⑪ 25

구다라다이지百濟大寺

야마토 지방大和國 도이치 군十市郡의 구다라 강百濟川(소가 강曾我川) 강변에 있던 절. 다이안지大安寺의 전신前身. 조메이舒明 천황 12년(639)에 조영이 시작됨(『서기書紀』). 소재지는 지금의 나라 현奈良縣 사쿠라이 시櫻井市의 사적寺跡. 평성平成 10년(1998) 3월에 탑의 기단基壇 터가 발굴되어, 구층탑의 존재가 확인됨. → 다이안지大安寺 ⑪ 16

구마고리熊凝 **절**

구마고리熊凝 도장·구마고리熊凝 정사精舍라고도 함. 다이안지大安寺의 전신前身. 쇼토쿠聖德 태자가 스이코推古 25년(617)에 창건. 지금의 나라 현奈良縣 야마토 군大和郡 야마 시山市에 소재하는 가쿠안지額安寺(옛날의 가쿠덴지額田寺)가 그 유적임. → 다이안지大安寺 ⑪ 16

구마노熊野

구마노熊野 삼산三山. 구마노熊野 삼사三社. 와카야마 현和歌山縣 히가시무로 군東牟婁郡 혼구 정本宮町 혼구本宮에 있는 구마노니마쓰熊野坐 신사(본궁本宮·증성전證誠殿), 신구 시新宮市 신구新宮에 있는 구마노熊野 하야타마速玉 신사(신궁新宮·하야타마 궁早玉宮), 히가시무로 군東牟婁郡 나치 산那智山에 있는 구마노熊野 나치那智 신사(나치那智·결궁結宮)의 총칭. 보타락정토補陀落淨土로 관음신앙의 영장靈場. 또한 산악신앙의 성지이기도 함. ⑫ 36

구메데라久米寺

나라 현奈良縣 가시하라 시橿原市 구메久米에 소재. 현재는 레이젠 산靈禪山 동탑원東塔院이라 부름. 진언종 어실파御室派. 『구메데라유기久米寺流記』에 의하면 스이코推古 천황의 원願으로 쇼토쿠聖德 태자의 동생인 구메來目 황자가 건립. 또한 구메久米 선인仙人이 창건했다고도 함. 그 창건 설화가 권11 제24화. ⑪ 5 · 24

근본경장根本經藏

히에이 산比叡山 동탑東塔에 있던 경장經藏. 정관貞觀 원년(859) 9월의 자재장資財帳에 의하면, 본래 근본중당根本中堂과 인접, 천원天元 2년(979) 중당中堂의 증개축增改築을 위해 이축함(『산문당사기山門堂舍記』). ⑪ 26

근본중당根本中堂

히에이 산比叡山 동탑東塔의 중심 가람. 중당中堂, 일승지관원一乘止觀院이라고도 함. 사이초最澄가 연력延曆 7년(788) 창건, 약사여래藥師如來를 안치함. 히에이 산比叡山 엔랴쿠지延曆寺 발상의 근본사원이었던 것에서 온 이름. 문수당文殊堂 · 약사당藥師堂 · 경장經藏 등이 있고, 약사당이 중앙에 위치했으므로 중당中堂이라 함(『산문당사기山門堂舍記』). ⑪ 26

기다린지祇陀林寺

『백련초百鍊抄』에 의하면 교토京都의 나카미카토中御門 남쪽, 교고쿠京極 서쪽에 있던 절. 원래는 좌대신左大臣 후지와라노 아키미쓰藤原顯光의 저택邸宅 광번제廣幡第였는데 이것을 닌코仁康 상인上人에게 기진한 이후 광번원廣幡院이라 부름. 창건은 장보長保 2년(1000) 4월 천태좌주 료겐良源의 제자 닌코仁康가 하원원河原院의 장륙석가상丈六釋迦像을 옮겨 안치한 것에서 시작. 『속고사담續古事談』 권4에 의하면 아키미쓰顯光의 기진寄進을 수달須達장자가 석가모니에게 기원정사를 기진한 것을 염두하여 기다린지祇陀林寺라고 겐신源信 승도僧都가 명명했다 함. 지장강地藏講으로도 널리 알려짐. ⑫ 9

기요미즈데라淸水寺

교토 시京都市 히가시야마 구東山區 기요미즈淸水에 소재. 현재 북법상종北法相宗 본사(본래 진언종). 보귀寶龜 11년(780) 사카노 우에노 다무라마로坂上田村麻呂가 창건했다고 전해짐. 본존本尊은 목조 십일면관음十一面觀音이다. 서국삼십삼소西國三十三所 관음영장觀音靈場 중 16번째. 헤이안平安 시대 이후, 이시야마데라石山寺 · 하세데라長谷寺와 함께 관음영장의 필두로서 신앙됨. 관음당觀音堂은 무대로 유명. 고지마야마데라子島山寺(미나미칸온지南觀音寺)와 대비되어 기타칸온지北觀音寺라 불림. ⑪ 32 ⑫ 24

긴푸 산金峰山

나라 현奈良縣 요시노 군吉野郡 요시노吉野에 속함. 요시노에서 오미네大峰에 이르는 산맥의 총칭. 미륵신앙의 거점. 수험도修驗道의 영장靈場. 긴푸센지金峰山寺가 있고, 장왕당藏王堂은 그 본당. ⑪ 3 · 13 ⑫ 11 · 20 · 39

[나]

나란다사那蘭陀寺

범어梵語 Nalanda의 음사. 중인도 마가타국摩揭陀國의 왕사성王舍城의 북쪽에 있던 큰 사원. 5세기 초반의 굽타 왕조의 제일왕帝日王(사크라디트야, Sakraditya)이 창건. 부처 사후의 인도의 중심적 사원. 현장玄奘이나 의정義淨도 이곳을 방문했음. 『대상서역기』 권9 · 마가타 국조에 관련내용이 있음. ⑪ 12

닌나지仁和寺

교토 시京都市 우쿄 구右京區에 소재. 진언종 어실파御室派의 총본산. 본존本尊은 아미타삼존阿彌陀三尊. 인화仁和 2년(886) 고코光孝 천황에 의해 창건. 그 유지를 이어 우다宇多 천황이 인화 4년에 금당金堂을 건립하여 넌나지를 완성하여, 그 후 법황이 되어 입정했기에 어실어소御室御所라고도 함. 절 이름은 창건한 연호에서 딴 것. ⑫ 22

[다]

다이안지大安寺

나라 시奈良市 다이안지 정大安寺町에 소재. 헤이조 경平城京 좌경左京 육조사방六條四坊에 위치함. 고야 산高野山 진언종. 본존本尊은 십일면관음十一面觀音. 남도칠대사南都七大寺·십오대사十五大寺 중 하나. 도다이지東大寺, 사이다이지西大寺와 함께 난다이지南大寺라고도 함. 쇼토쿠聖德 태자가 스이코推古 25년(617) 건립한 구마고리정사熊凝精舍에서 시작됨. 정사는 서명舒明 11년(639) 야마토 지방大和國 도이치 군十市郡의 구다라 강百濟川 근처로 옮겨 구다라다이지百濟大寺가 되었음. 천무天武 2년(673) 다카이치 군高市郡(지금의 나라 현奈良縣 아스카明日香)으로 옮겨 다케치노오데라高市大寺, 천무 6년에 다이칸다이지大官大寺라 불림. 그 뒤로 헤이조平城 천도에 따라 영귀靈龜 2년(716. 화동和銅 3년〈710〉, 천평天平 원년〈729〉)이라는 설도 있음) 현재 위치로 이전하여 천평天平 17년에 다이안지大安寺로 개칭함. 양로養老 2年(718) 당으로부터 귀국한 도지道慈가 조영에 크게 공헌. 삼론종의 학문소로 융성함. ⑪ 5·7·9·16 ⑫ 10·15·16

다이칸다이지大官大寺

다이안지大安寺의 전신前身. → 다이안지大安寺 ⑪ 16

다치바나데라橘寺

나라 현奈良縣 다카이치 군高市郡에 소재. 다치바나데라橘樹寺라고도 함. 천태종. 본존本尊은 쇼토쿠聖德 태자 좌상坐像. 이 절의 왕생원往生院은 쇼토쿠 태자가 태어난 곳이라고 전해짐. 또한 태자가 스이코推古 14년(606) 『승만경勝鬘經』을 강연한 장소라고 하여, 그곳에 건립하였다 함. ⑪ 1

다카오데라高尾寺

현재는 다카오데라高雄寺. 나라 현奈良縣 기타가쓰라기 군北葛城郡에 소재. 니조 산二上山이라 불리어 정토종 혼간지파本願寺派의 절. 예전에는 다카오지高尾寺, 간코지觀興寺라 불리었음. 니조 산二上山의 정상 가까이 있었는데 그 창적倉跡에 후신後身인 간코지觀興寺가 건립되었음. 시조는 엔노 오즈노役小角라고 전해짐. ⑫ 32

다케치 군高市郡

지금의 나라 현奈良縣 다카이치 군高市郡·가시하라 시橿原市 전역, 야마토大和 다카다 시高田市·고제 시御所市 일부를 포함하는 지역. ⑪ 9·16·17·32

대흥선사大興善寺

중국 장안에 소재. 수나라의 문제文帝가 개황開皇 2년(582) 국사國寺로서 건립한 큰 사원. 수나라, 당나라 시대를 거쳐 많은 역경승譯經僧이 모임. 당나라의 현종玄宗 지덕至德 원년(756) 불공삼장不空三藏이 거주하여 청룡사青龍寺와 나란히 밀교의 중심사원이 되었다가 회창會昌의 폐불로 쇠퇴. ⑪ 9·12

덴노지天王寺

→ 시텐노지四天王寺 ⑪ 21 ⑫ 36

도노미네多武峰

나라 현奈良縣 사쿠라이 시櫻井市의 남부, 표고 607m의 고바레쓰 산御破裂山을 중심으로 하는 봉우리. 그 남쪽에 지금의 단잔談山 신사의 전신

前身인 도노미네데라多武峰寺가 있었음. 그 후에 성령원聖靈院이 건립되어 가마타리鎌足의 목상을 만듦. ⑫ 33

도다이지東大寺

나라 시奈良市 조시 정雜司町에 소재. 화엄종 총본산. 본존本尊은 국보 노자나불좌상盧舍那佛坐像(대불大佛). 남도칠대사南都七大寺의 하나. 십오대사十五大寺 중 하나. 쇼무聖武 천황 치세인 천평天平 13년(741)에 국분사國分寺를 창건, 천평 15년에 대불 조립造立을 시작으로 천평 17년 헤이조 경平城京에서 주조鑄造, 천평승보天平勝寶 4년(875) 대불개안공양大佛開眼供養, 대불전大佛殿 낙성落成을 거쳐 가람이 정비됨. 로벤良辨이 창건한 전신前身에서 도다이지로 발전함. 진호국가의 대사원으로 팔종겸학八宗兼學(당시는 6종)의 도장. 로벤 승정, 교키行基 보살의 조력으로 완성. ⑪ 7·8·9·13·15·26·32·35 ⑫ 7

도요라데라豊浦寺

나라 현奈良縣 다카이치 군高市郡의 아스카 강飛鳥川의 서쪽 언덕에 있었던 최초의 아마데라尼寺. 현재 그 유적지에 고겐지向原寺가 소재. 겐코지建興寺라고도 함. 흠명欽明 13년(552) 백제의 성명왕聖明王이 준 불상을 안치한 것이 시초라고 함(『흠명기欽明紀』). ⑪ 23

도지東寺

정확하게는 교오고코쿠지敎王護國寺. 교토 시京都市 미나미 구南區에 소재. 도지東寺 진언종 총본산. 본존本尊은 약사여래藥師如來. 헤이안平安 천도와 함께 나성문羅城門의 좌우에 건립된 동서 양쪽 관사官寺 중 하나. 연력延曆 15년 간무桓武 천황의 칙원勅願. 홍인弘仁 14년(823) 사가嵯峨 천황이 구카이空海에게 진호국가의 도장으로써 하사함. 이후, 진언교학眞言敎學의 중심도장이 됨. ⑪ 25·35

도쿠다이지德大寺

교토 시京都市 우쿄 구右京區 부근에 있던 절. 닌나지仁和寺 사원 중 하나로, 후지와라노 모로스케藤原師輔의 손자 조주朝壽 율사律師가 창건. 구안久安 3년(1447) 6월 후지와라노 사네요시藤原實能에 의해 재건 공양供養이 있은 후, 도쿠다이지 가德大寺家가 물려받았음. 무로마치室町 시대, 보덕寶德 2년(1450) 호소카와 가쓰모토細川勝元에 의해 류안지龍安寺가 같은 곳에 건립됨. ⑫ 39

[라]

류가이지龍蓋寺

나라 현奈良縣 다카이치 군高市郡 아스카무라오카明日香村岡에 소재. 통칭은 오카데라岡寺. 현재 신의진언종新義眞言宗 풍산파豊山派. 본존本尊은 여의륜관음如意輪觀音. 서국삼십삼소西國三十三所·관음영장觀音靈場 중 일곱 번째. 7세기에서 8세기 전반에 기엔義淵 승정僧正이 구사카베草壁 황자의 오카모토岡本 궁지宮地에 창건했다고 전해짐. 『제사차제諸寺次第』, 관가본菅家本 『제사연기집諸寺緣起集』에 의하면 류구지龍宮寺·류몬지龍門寺·류오지龍王寺·류젠지龍禪寺와 함께 오룡사五龍寺라 불리며, 모두 기엔義淵 승정僧正이 시조. 일시적으로 쇠퇴하였으나 구카이空海가 중흥. ⑪ 38

류몬지龍門寺

나라 현奈良縣 요시노 군吉野郡에 있던 절. 류몬龍門 산맥 중턱에 있었음. 기엔義淵 승정僧正이 시조인 오룡사五龍寺 중 하나. ⑪ 24·37 ⑫ 33

[마]

마키노오槇尾 **산사**

오사카 부大阪府 이즈미 시和泉市에 소재. 서국삼십삼소西國三十三所 관음영장觀音靈場 중 네 번째. 긴메이欽明 천황 치세에 교만行滿 상인上人이 창건했다고 전해짐. 본존本尊은 미륵보살彌勒菩薩. 본래 진언종, 현재는 천태종. ⑪ 9

몽전夢殿

호류지法隆寺 동원東院의 금당金堂. 상궁왕원上宮王院이라고도 함. 지금의 건물은 팔각원당八角圓堂으로, 천평天平 12년(739) 교신行信 승도僧都가 건립. 본존本尊은 쇼토쿠聖德 태자의 등신상等身像이라고 전해지는 구세관음救世觀音. ⑪ 1·14 ⑫ 21

미이데라三井寺

정확하게는 온조지園城寺. 미이데라라는 이름은 통칭. 시가 현滋賀縣 오쓰 시大津市에 소재. 천태종 사문파寺門派 총본산. 본존本尊은 미륵보살 彌勒菩薩. 오토모大友 황자의 아들, 오토모 요타노오키미大友與多王의 집을 절로 만들어 창건했다고 전해짐. 오토모 씨大友氏 가문의 절氏寺이었으나 엔친圓珍이 부흥시켜 엔랴쿠지延曆寺의 별원別院으로 하고 초대 별당別當이 되었음. 사이초最澄가 죽은 후, 엔친圓珍이 제5대 천태좌주天台座主가 되지만, 엔닌圓仁의 문도파門徒派(산문파山門派)와 엔친의 문도파(사문파寺門派)의 대립이 생겨 정력正曆 4년(993) 엔친의 문도는 엔랴쿠지를 떠나 온조지를 거점으로 하여 독립함. 황실이나 권세 있는 가문의 비호를 받아 큰 사원이 됨. ⑪ 28 ⑫ 21·24

미타케金峰·金峰山

→ 긴푸 산金峰山 ⑪ 3 ⑫ 11·20·39

법화삼매당法華三昧堂

히에이 산比叡山 삼탑三塔에 건립된 사종삼매四種三昧 중 하나인 법화삼매法華三昧를 수련하기 위한 당사. 법화당法華堂·반행반좌삼매원당半行半座三昧院堂이라고도 함.

① 동탑東塔은 홍인弘仁 3년(812) 사이초最澄가 건립.

② 서탑西塔은 엔초圓澄와 엔슈延秀에 의해 천장天長 2년(825)에 건립.

③ 요카와橫川는 후지와라노 모로스케藤原師輔의 발원發願으로 천력天曆 8년(954)에 창건됨. 현재는 서탑西塔만 남아 있음. ⑪ 26

법흥원法興院

태정대신太政大臣 후지와라노 가네이에藤原兼家 이조경극저二條京極邸(이조원二條院)를 정력正歷 원년(990)년 5월, 절로 바꿈. 정력 2년 7월에 공양供養, 도사導師는 마키眞喜 대승도大僧都. ⑫ 9

본간고지本元興寺

나라 현奈良県 다카이치 군高市郡 아스카 촌明日香村 아스카飛鳥에 있던 절. 아스카데라飛鳥寺·간고지元興寺·호코지法興寺·다이호코지大法興寺라고도 함. 스슌崇峻 천황天皇 원년(588) 소가노 우마코蘇我馬子의 본원本願에 의해 창건. 스이코推古 천황天皇 4년(596) 완성. 그 창건설화가 본집 권11 제22화에 보임. 가람伽藍은 탑을 중심으로 동서북에 삼금당三金堂을 배치한 조선朝鮮 양식. 헤이조 경平城京 천도와 함께 양로養老 2년(718) 나라로 이축移築, 아스카의 옛 절은 본간고지本元興寺라고 불림. 건구建久 7년(1196) 뇌화雷火로 전소全燒. 현재는 구라쓰쿠리노 도리鞍作鳥의 작품이라고 알려진 아스카 대불大佛을 안치한 안거원安居院이 있음.→ 간고지元興寺 ⑪ 22

불롱사佛瀧寺

정확하게는 불롱사佛隴寺. 중국 절강성浙江省 천태산天台山에 소재. 불롱진각사佛隴眞覺寺. 천태天台 대사大師 지의智覬가 수행한 절. 지자대사탑원智者大師塔院이 현존. 사이초最澄가 입당하여, 이 절의 행만行滿에게 천태天台의 부법付法을 전수받음. ⑪ 10

[사]

사가라카 군相樂郡

지금의 교토 부京都府 사가라 군相樂郡.
⑪ 30 ⑫ 26

사이다이지西大寺

나라 시奈良市 사이다이지시바西大寺芝에 소재. 진언율종의 총본산. 남도칠대사南都七大寺·십오대사十五大寺 중 하나. 천평보자天平寶字 8년(764) 에미노 오시카쓰惠美押勝(후지와라노 나카마로藤原仲麻呂)의 난으로 고켄孝謙 천황(쇼토쿠稱德 천황)이 사천왕상四天王像 조립造立을 발원發願하여, 천평신호天平神護 원년(765)에 창건하여 안치함. 도다이지東大寺와 견주어지는 큰 절이었으나 헤이안平安 시대에는 쇠퇴함. 가마쿠라鎌倉 시대, 에존叡尊(고쇼興正 보살菩薩)에 의해 재흥됨. ⑪ 18

상행당常行堂

히에이 산比叡山 동탑東塔 중 하나. 상행삼매당常行三昧堂(院)의 줄임말. 반주삼매원般舟三昧院이라고도 함. 사종삼매四種三昧 중 하나인 상행삼매常行三昧를 수행하기 위한 당사堂舍. 엔닌圓仁이 당에서 귀국한 후 승화承和 15년(848)에 건립. 동탑東塔·서탑西塔·요카와橫川의 삼탑三塔에 건립되었지만, 현재 남아 있는 것은 서탑西塔뿐임.
⑪ 27

서명사西明寺

당나라의 고종이 칙명에 의해 현장삼장玄奘三藏에게 절을 지을 곳을 찾게 하여 현경顯慶 3년(658) 장안長安에 건립. 인도의 기원정사祇園精舍의 구조를 본떠 건조하였다고 전해지는 큰 사원.
⑪ 9·16

서탑西塔

동탑東塔·요카와橫川와 함께 히에이 산比叡山 삼탑三塔 중 하나. 히에이 산比叡山의 서쪽에 위치하여, 석가당釋迦堂·보당원寶幢院이 핵을 이룸.
⑫ 38

선림사禪林寺

중국 절강성浙江省 천태산天台山의 중심적 사원. 지자智者 대사 지의智顗가 진陳의 태건太建 7년(575)에 개기開基. 불롱산佛隴山 북쪽에 있음. 산기슭의 천태산사天台山寺(나중에 국청사國淸寺)와 함께 천태종의 근본도장. ⑪ 12

세키데라關寺

지금의 시가 현滋賀縣 오쓰 시大津市 오사카逢坂 부근에 있던 절. '世喜寺'라고 함. 오사카逢坂 관문의 동쪽에 위치. 창건에 대해서는 자세히 전해지지 않음. 본존本尊은 오장五丈의 미륵불(세키데라 대불大佛). 천연天延 4년(976) 지진으로 파손됨. 겐신源信 승도僧都가 부흥을 원하여, 제자 엔쿄延鏡의 조력에 의해 치안治安 2년(1022) 가람이 조영되어, 만수萬壽 2년(1035) 완성. 본 이야기집 권12 제24화의 영우靈牛의 이야기는 가람 재흥의 과정에서 일어난 사건. 오사카에 현존하는 조안지長安寺는 그 유적이라고 전해지며, 석조보탑石造寶搭(우탑牛塔)은 영우靈牛의 공양탑供養塔이라고 전해짐. ⑫ 24

쇼다이지招提寺

도쇼다이지唐招提寺. 나라 시奈良市 고조五條에 소재. 율종의 총본산. 남도십오대사南都十五大寺 중 하나. 다이안지大安寺의 요에이榮叡, 고후쿠지興福寺의 후쇼普照의 초청에 의해 전율수계傳律授戒를 위하여 천평보자天平寶字 3년(759) 창건됨. ⑪ 8

수릉엄원首楞嚴院

히에이 산比叡山 요카와横川의 중심 사원. 요카와 중당横川中堂·근본관음당根本觀音堂이라고도 함. 입당구법入唐求法의 여행에서 돌아온 엔닌圓仁이 가상嘉祥 원년(848) 9월에 창건, 성관음상聖觀音像과 비사문천상毘沙門天像을 안치. 그 뒤로 료겐良源이 천연天延 3년(975) 개조하고 부동명왕상不動明王像을 봉안奉安함. ⑪ 27 ⑫ 32

슈후쿠지崇福寺

오쓰 시大津市 시가사토초코滋賀里町甲에 있던 절. 통칭 시가데라志賀寺. 시가志賀 산사山寺. 덴치天智 천황의 발원發願으로 덴치天智 7년(668) 오쓰 궁大津宮의 북서쪽에 창건되었다고 전해짐. 천평天平 원년(729) 관사官寺가 되어 헤이안平安 초기까지는 십대사十大寺 중 하나로 꼽혔으나, 그 이후로는 쇠퇴하여 폐사廢寺됨. 소화昭和 3년(1928)·13년에 발굴 조사되어 주요 가람이 밝혀짐. ⑪ 29

스키타데라鋤田寺

가와치 지방河內國(오사카 부大阪府 가시와라 시柏原市 남부와 하비키노 시羽曳野市 남동부)에 있던 절. 스키타 무라지鋤田連 가문의 절氏寺. 가시와라 시柏原市의 오비라尾平 폐사廢寺라는 설도 있음. ⑪ 2

시가 군志賀郡

지금의 시가 현滋賀縣 오쓰 시大津市 시가 군滋賀郡 일대. ⑪ 10·13·28·29

시가데라志賀寺

→ 슈후쿠지崇福寺 ⑪ 29

시기 산信貴山

나라 현奈良縣 이코마 군生駒郡에 소재. 시기 산信貴山의 남동쪽 중턱에 위치함. 시기 산信貴山 초고손시지朝護孫子寺 환희원歡喜院. 시기 산信貴山 진언종. 본존本尊은 비사문천毘沙門天. 관가본菅家本『제사연기집諸寺緣起集』에 의하면 쇼토쿠聖德 태자가 창건. 헤이안平安 시대는 산악 밀교의 사원, 수험도修驗道의 숙소로서 번영하여 중세에는 고후쿠지興福寺의 말사末寺가 됨. 구스노키 마사시게楠木正成의 비사문천 신앙이 있었음. 현재도 비사문천의 복덕개운福德開運의 신앙으로 번영. 국보『시기산연기信貴山緣起』에마키繪卷 세 권을 소장所藏. ⑪ 36

시텐노지四天王寺

오사카 시大阪市 덴노지 구天王寺區에 소재. 아라하카 산荒陵山 경천원敬天院이라 불림. 현재는 화종和宗 총본산. 본래 천태종 별격본산. 쇼토쿠聖德 태자가 소가노 우마코蘇我馬子와 함께 모노노베노 모리야物部守屋를 몰아낼 때 전승戰勝을 기원하며 사천왕상四天王像 조립을 서원, 용명用明 2년(587) 다마쓰쿠리玉造의 언덕 위에 창건. 스이코推古 원년(593) 현재 위치로 이축하여 조영됨. 가람은 중문中門·오중탑五重塔·금당金堂·강당講堂을 일직선으로 배치. 중세에는 시텐노지의 서문이 극락정토의 동문에 해당한다고 하여, 정토교 신앙이 번창했음. 줄여서 덴노지天王寺라고도 함. ⑪ 1

[야]

아마노天野 신사神社

와카야마 현和歌山縣 이토 군伊都郡 가쓰라기의 가미아마노上天野에 소재. 니우쓰히메丹生都比売 신사. 구 관폐대사官幣大社. 덴노 대사天野大社·덴노天野 신사라고도 함. 주제신主祭神은 니우쓰히메노미코토. 고야 산高野山의 지주신地主神. 또 아마노天野에는 곤고부지金剛峰寺의 별소別所가 있어서 여인의 참예參詣·거주가 허락됨. ⑪ 25

아타고 산愛宕山

교토 시京都市 북서부, 우쿄 구右京區 사가아타고 정嵯峨愛宕町에 소재. 야마시로 지방山城國과 단바 지방丹波國의 경계에 있으며, 동북부의 히에이 산比叡山과 함께 왕성진호王城鎭護의 성지로 알려져 있음. 아타고愛宕 대권현大權現(현재의 아타고 신사神社)의 진좌지鎭座地로, 그 본지本地는 승군勝軍 지장地藏. 다이초泰澄가 개창開創한 것으로 알려진 아타고하쿠운지愛宕白雲寺가 있던 아사히 봉朝日峰을 비롯하여, 중국의 오대산을 모방하여 산 중의 오산五山에 오지五寺가 있음. 고대로부터 수험자修驗者의 행장行場으로 유명함. ⑫ 35·38·39

야마시나데라山階寺

지금의 교토 시京都市 히가시야마 구東山區에 있던 절. 후지와라노 가마타리藤原鎌足의 스에하라陶原의 저택에 부인 가가미노 오키미鏡女王가 덴치天智 2年(663년. 일설에는 덴치 8년) 당사堂舍를 건립하여 석가삼존상釋迦三尊像을 안치했다고 전해짐. 고후쿠지興福寺의 전신前身. → 고후쿠지興福寺 ⑪ 14 ⑫ 3·4·6·21·30

야스미가오카 하치만 궁休岡八幡宮

나라 시奈良市 니시노쿄西ノ京에 소재. 야쿠시지藥師寺의 남대문南大門의 남쪽에 위치. 야쿠시지의 진수鎭守. 관평寬平 2년(890) 야쿠시지 별당別當인 에이쇼榮紹가 우사하치만 궁宇佐八幡宮을 권청勸請하여 절의 진수로 삼음. ⑫ 20

야쿠시지藥師寺

나라 시奈良市 니시노쿄西ノ京에 소재. 법상종 대본산. 본존本尊은 약사삼존藥師三尊. 남도칠대사南都七大寺·십오대사十五大寺 중 하나. 덴무天武 천황이 황후의 병이 낫기를 기원하며 천무天武 9년(680)에 후지와라 경藤原京에서 만들기 시작하고, 지토持統 천황이 그 유지를 이어받아 문무文武 2년(698)에 완성시킴(본야쿠시지本藥師寺라고 부르며, 나라 현奈良縣 가시하라 시橿原市에 사적寺跡이 남아 있음). 그 이후 헤이조 경平城京으로 천도함에 따라 양로養老 2년(718) 헤이조 경의 우경右京 육종방六條二坊에 있는 현재 위치로 이축됨. ⑪ 2·17 ⑫ 5·8·20

엔랴쿠지延曆寺

→ 히에이 산比叡(容)山 ⑪ 26 ⑫ 32·36

여법당如法堂

히에이 산比叡山 요카와橫川에 소재. 근본여법당根本如法堂이라고도 함. 요카와橫川 중당中堂(수릉엄원首楞嚴院)의 북쪽에 위치. 엔닌圓仁이 서사한 『법화경法華經』 8권을 봉한 소탑小塔을 안치하기 위해 건립한 당사堂舍. ⑪ 27

오대산五臺山

중국 산서성山西省에 있는 산. 산 꼭대기에 평평한 다섯 봉우리가 동서남북중東西南北中으로 펼쳐져 있는 것에서 이름이 붙음. 당나라 시대 도읍 장안長安의 동북 방면에 있었기에 『화엄경華嚴經』 보살주거품菩薩住處品에 설명된 문수보살

文殊菩薩이 사는 동북의 청량산淸涼山이라고도 함. 문수보살文殊菩薩이 살고 있다고 하여 당나라 시대 중기의 불교신앙의 큰 성지. 일본에서는 겐보玄昉·엔닌圓仁 등이 방문함. 엔닌의 여행기 『입당구법순례행기入唐求法巡禮行記』에서 자세히 알 수 있음. ⑪ 7·11·12

오스미쇼하치만 궁大隅正八幡宮

가고시마 현鹿兒島縣 아이라 군始良郡 하야토隼人의 가고시마 신궁鹿兒島神宮. 『하치만 어인위연기八幡御因位緣起』, 『하치만 우사 궁 어탁선집八幡宇佐宮御託宣集』에는 중국 진대왕陳大王의 딸이 일곱 살 때 꿈에서 남자와 맺어져 남자아이를 출산, 유죄流罪가 되어 오스미 지방大隅國에 표착하고, 그 태자는 하치만八幡이라 이름 지어졌다는 전생담前生譚을 기록하고 있음. ⑫ 10

요도 강淀川

비와 호琵琶湖에서 시작되어 교토京都 분지를 지나 기즈 강木津川, 가쓰라 강桂川과 합류하여 큰 줄기를 이룸. 상류는 세타 강瀨田川, 중류는 우지강宇治川. ⑪ 32

요시노 군吉野郡

나라 현奈良縣 남부의 군명郡名. 산악지대로 요시노 산吉野山·긴푸 산金峰山 등이 있으며, 수험도修驗道의 영장靈場. 신선들의 무덤이라고도 함. ⑪ 24

요시노 산吉野山

나라 현奈良縣 남부, 오미네大峰 산맥 북쪽 일대 산맥의 총칭. 긴푸센지金峰山寺의 자오 당藏王堂이 있음. 벚꽃의 옛 명소. ⑫ 27

요카와橫川

동탑東搭·서탑西塔과 함께 히에이 산比叡山 삼탑三塔 중 하나. '橫河'라고도 표기하며, 북탑北塔이라고도 함. 근본중당根本中堂의 북쪽에 소재. 수릉엄원首楞嚴院(요카와橫川 중당中堂)을 중심으로 하는 구역. 엔닌圓仁이 창건, 료겐良源이 천록天祿 3년(972) 동서의 양 탑으로부터 독립시켜 융성함. ⑪ 27 ⑫ 24·30·32·33·38

용흥사龍興寺

중국 양주揚州의 용흥사龍興寺. 당나라의 신전神電 3년(707) 대운사大雲寺에서 개칭改稱한 절. 신룡神龍 원년, 중종中宗이 여러 지방에 설치한 중흥사관中興寺觀의 하나로, 신룡 3년에 모두 용흥사로 바뀌, 당나라의 종교기관이 된 관사官寺. ⑪ 8

우다데라鵜田寺

소재는 자세히 전해지지 않음. 가리야 에키사이狩谷棭齋의 『영이기고증靈異記攷證』 등에서 위치를 추측해 볼 만한 기사가 있으나 정확하지 않음. ⑫ 12

우사 신궁宇佐神宮

우사하치만 궁宇佐八幡宮이라고도 함. 오이타 현大分縣 우사 시宇佐市 미나미우사南宇佐 가메 산龜山에 소재. 구 관폐대사官幣大社. 전국 하치만 궁八幡宮의 총본관. 신귀神龜 2년(725) 창건. 제신祭神은 호무타와케노 미코토譽田別尊(오진應神 천황)·히메노 오카미比売大神·진구神功 황후의 세 신. 연희延喜 식내대사式內大社. 부젠 지방豊前國 제1의 궁. 조정의 존숭尊崇이 두터워 항해보전航海保全의 신으로 여겨짐. ⑪ 10·26 ⑫ 10

이시야마데라石山寺

시가 현滋賀縣 오쓰 시大津市 이시야마데라石山寺에 소재. 도지東寺 진언종. 서국삼십삼소西國三十三所 관음영장觀音靈場 중 13번째 장소. 천평승보天平勝寶 원년(749) 쇼무聖武 천황의 칙원勅願에 의해, 로벤良辨 승정僧正이 개기開基. 본존本尊은 이비二臂의 여의륜관음如意輪觀音. 헤이안平安 시대 이후, 관음영장觀音靈場으로써 신앙을 모음. 그 창건설화가 권11 제13화에 보임. ⑪ 13

이와시미즈하치만 궁石淸水八幡宮

교토 부京都府 하치만 시八幡市 하치만다카보八幡高坊에 소재. 오토코 산男山에 자리 잡고 있기에 오토코야마하치만 궁男山八幡宮이라고도 함. 구 관폐대사官幣大社. 다이안지大安寺의 승려 교쿄行教가 정관貞觀 원년(859) 규슈九州의 우사하치만 궁宇佐八幡宮의 탁선託宣을 받아 권청勸請하여 이듬해에 창건. 조정의 존숭尊崇이 두터워 국가진호·왕성수호의 신으로서 신앙됨. 그 창건과 방생회放生會에 대해서는 12권 제10화에 자세히 나옴. ⑫ 10

이카루가데라鵤寺

호류지法隆寺의 다른 이름. → 호류지法隆寺 ⑪ 1

[자]

자오당子午堂

호조지法成寺의 약사당藥師堂. 약사당은 금당金堂의 동쪽에 위치하여 서쪽을 향한 남북으로 긴 건물로 정유리원淨瑠璃院이라고도 불림. ⑫ 23

전당원前唐院

히에이 산比叡山 동탑東塔 사원 중 하나. 대강당大講堂의 북쪽에 현존. 본래는 지카쿠慈覺대사 엔닌圓仁의 선방禪房이라고 함. 『천태좌주기天台座主記』에 의하면, 인화仁和 4년(888) 엔친圓珍이 창건. 엔닌이 당나라에서 들여온 불교경전·만다라·밀교의 불구佛具 등을 소장. 또한 엔닌의 진영좌상眞影座像을 안치하여 어영당御影堂으로 역할을 함. ⑪ 26

진고지神護寺

교토 시京都市 우쿄 구右京區에 소재. 고야 산高野山 진언종 별격본산別格本山. 본래 와케 씨和気氏가 건립한 다카오지高雄寺에 천장天長 원년(824) 가와치 지방河內國에 있던 와케노 기요마로和気清麻呂가 창건한 진간지神願寺를 옮겨 와서, 진고지방神護國 신곤지眞言寺(진고지神護寺)로 개칭, 정액사定額寺가 됨. ⑪ 25

진언원眞言院

헤이안 경平安京의 풍악원豊樂院의 북쪽, 중화원中和院의 서쪽에 소재했던 궁중의 염체念諦·어수법御修法을 행한 도장. 승화承和 원년(854) 구카이空海의 주상奏上에 의해 설치됨. ⑪ 25

진제이鎭西

규슈九州의 다른 이름. 대재부大宰府를 진제이후鎭西府라 불렀던 것에서의 호칭. ⑪ 6 ⑫ 35

[차]

천광원千光院

히에이 산比叡山 서탑西塔의 사원 중 하나.
⑪ 12·28

천태산天台山

중국 절강성浙江省에 있는 산. 높이 약 1100m. 지의智顗가 이 산에 들어간 이후 천태종의 근본도장이 되었음. 사이초最澄가 이곳에서 공부하여 천태종을 전한 것을 시작으로 일본에서도 많은 유학승이 방문함. ⑪ 10~12

청룡사靑龍寺

수나라의 문제文帝가 개황開皇 2년(582) 장안長

安에 영감사靈感寺로 창건. 일시적으로 폐사가 되었다가 당나라 시대에 부흥하여 경운景雲 2년(711) 청룡사로 개칭. 회창會昌의 폐불廢佛로 괴멸됨. 혜과惠果 화상和尙, 법전法全 아사리阿闍梨 등이 머물러 살며 밀교를 전수한 사원. 구카이空海, 엔닌圓仁 등이 입당하여 공부함. ⑪ 9 · 12

총지원惣持院

히에이 산比叡山 동탑東塔 사원 중 하나로 지금까지 현존. 법화불정총지원法華佛頂總(惣)持院이라고도 함. 『산문당사기山門堂舍記』에 의하면, 몬도쿠文德 천황의 발원으로 인수仁壽 3년(853)에서 정관貞觀 4년(862)까지, 10년에 걸쳐 조립造立. 또 『예악요기叡岳要記』에는 당나라에서 귀국한 엔닌圓仁이 인수 원년에 세이류지靑龍寺의 진국도장으로 진언법眞言法을 수행할 도장으로 건립하였다고 전해짐. ⑪ 27 ⑫ 9

[하]

하세데라長谷寺

나라 현奈良縣 사쿠라이 시櫻井市 하세 강初瀨川에 소재. 하세 강初瀨川의 북쪽 언덕, 하세 산初瀨山의 기슭에 위치. 풍산신락원豊山神樂院이라고도 하며, 진언종 풍산파豊山派의 총본산. 본존本尊은 십일면관음十一面觀音. 서국삼십삼소西國三十三所 관음영장觀音靈場 중 여덟 번째. 국보 법화설상도동판명法華說相圖銅板銘에 의하면, 시조는 가와라데라川原寺의 도메이道明로, 주조朱鳥 원년(686) 덴무天武 천황을 위해 창건(본하세데라本長谷寺). 훗날 도쿠도德道가 십일면관음상十一面觀音像을 만들고, 천평天平 5년(733) 개안공양開眼供養, 관음당觀音堂(後長谷寺 · 新長谷寺)을 건립했다 함(『연기문緣起文』, 호국사본護國寺本 『제사연기집諸寺緣起集』). 헤이안平安 · 가마쿠라鎌倉 시대에 걸쳐 관음영장觀音靈場으로도 유명. ⑪ 31

하쓰세長谷

→ 하세데라長谷寺 ⑪ 31

한냐지般若寺

나라 시奈良市 한냐지 정般若寺町에 소재. 현재는 진언율종. 서명舒明 원년(629) 고구려의 승려 혜관慧灌이 창건, 혹은 백치白雉 5년(654) 소가노 히무카蘇我日向가 창건했다고도 함. 관평寬平 7년(895)경 중흥. ⑪ 25

호류지法隆寺

나라 현奈良縣 이코마 군生駒郡 이카루가 정斑鳩町에 소재. 본래 법상종대본산法相宗大本山. 남도칠대사南都七大寺 · 십오대사十五大寺 중 하나. 쇼토쿠聖德 태자에 의해 스이코推古 15년(607) 창건되었으나 덴치天智 9년(670) 전소全燒되었다고 함. 현재의 절은 쇼토쿠聖德 태자가 창건한 이카루가데라斑鳩寺(와카쿠사가람적若草伽藍跡)를 재건한 것이라고도 함. 오중탑五重塔 · 금당金堂 · 강당講堂 등이 있는 서탑西塔과 몽전夢殿(상궁왕원上宮王院)을 중심으로 하는 동원가람東院伽藍이 있음. 호류가쿠몬데라法隆學問寺, 이카루가데라斑鳩寺라고도 함. ⑪ 20

호린지法輪寺

교토 시京都市 니시쿄 구西京區 아라시야마코쿠조야마 정嵐山虛空藏山町에 소재. 지후쿠 산智福山이라 칭하며, 진언종眞言宗 오지교단五智敎團에 속함. 허공장당虛空藏堂이라고도 불림. 본존은 허공장보살虛空藏菩薩. 화동和銅 6년(713) 교키行基가 창건하였다고 전해짐. 본래 구즈이데라葛井寺라고 했으나, 정관貞觀 16년(874) 구카이空海의 제자인 도쇼道昌 승도僧都가 허공장보살에게 감득하여 불상을 안치하고 호린지로 개칭.
⑪ 34 ⑫ 36

호조지法成寺

후지와라노 미치나가藤原道長가 조영한 절로, 섭
관攝關 기간 중 최대로 웅장하고 화려하여 비할
것이 없다고 알려짐. 교토 시京都市 가미교 구上
京區 데라마치도오리寺町通의 동측 끝에 위치.
그 조영은 관인寬仁 4년(1020) 3월의 무량수원無
量壽院(아미타당阿彌陀堂·경극어당京極御堂이
라고도 함)의 건립으로 시작. 그 후 치안治安 2년
(1022) 금당金堂·오대당五大堂이 완공되어 호조
지라고 개칭. 무량수원은 아미타당이라는 호칭
으로만 불림. 강평康平 원년(1058) 화재로 전소
함. ⑫ 22·23

홋케지法華寺

나라 시奈良市 홋케지 정法華寺町에 소재. 정확하
게는 홋케메쓰자이노데라法華滅罪之寺. 진언율종
의 문적門跡 사원. 본존本尊은 십일면관음상十一
面觀音像(국보). 야마토大和의 국분니사國分尼寺.

또 도다이지東大寺의 총국분사에 대해, 전국의 국
분니사를 총괄하는 총국분니사. 고묘光明 황후가
후지와라노 후히토藤原不比等의 저택 자리에 천
평天平 17년(745)에 창건했다고 전해짐. ⑪ 19

히에이 산比叡(容)山

1) 히에이 산比叡山. 교토 시京都市와 시가 현滋
賀縣 오쓰 시大津市에 걸친 산. 오히에이大比叡와
시메이가타케四明ヶ岳 등으로 되어 있음. 엔랴쿠
지延曆寺가 있어 덴다이 산天台山이라고도 함.
2) 엔랴쿠지延曆寺를 말함. 오쓰 시大津市 사카모
토 정坂本町에 소재. 천태종天台宗 총본산. 에이
산叡山이라고도 함. 연력延曆 7년(788) 사이초最
澄가 창건한 일승지관원一乘止觀院을 기원으로
함. 대승계단大乘戒壇의 칙허勅許와 함께 홍인弘
仁 14년(823) 엔랴쿠지라는 이름을 받음. 온조지
園城寺(미이데라三井寺)를 '사문寺門', '사寺'로 칭
하는 것에 비해, 엔랴쿠지를 '산문山門', '산山'이
라고 칭함. ⑪ 10·26

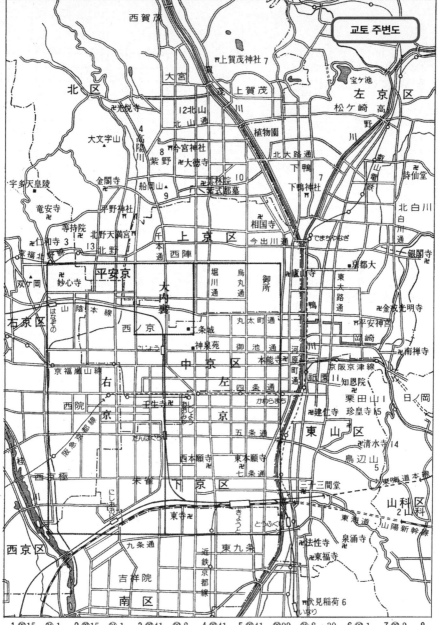

교토 주변도

1 ㉗15、㉛1   2 ㉗15、㉛1   3 ㉗41、㉘8   4 ㉗41   5 ㉗41、㉙22、㉛8・30   6 ㉘1   7 ㉘2   8
㉘2   9 ㉘3、㉙3   10㉘3、㉛23   11㉛11、㉛24   12㉘28、㉛15・20   13㉘35、㉛31   14㉙22・28
15㉛19

- 그림 중의 굵은 숫자는 권27~권31 이야기 속에 나오는 지점을 가리킨다.
- 지점 번호 및 그 지점이 나오는 권수 설화번호를 지점번호순으로 정리했다.
  1㉗1은 그림의 1 지점이 권27 제1화에 나온다는 의미이다.
  (다음의 헤이안경도의 경우도 동일하다)

0   1   2km

右　京

● →은 이야기 속에서 등장인물이
　이동한 경로를 가리킨다.

19

宇多院

39

西市　30

西京極大路　無差小路　山小路　菖蒲小路　木辻大路　恵止利小路　馬代小路　宇多小路　道祖大路　野寺小路　西堀川小路　西靱負小路

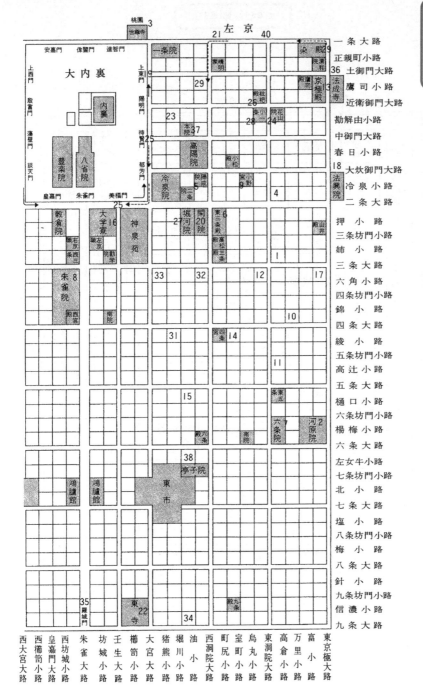

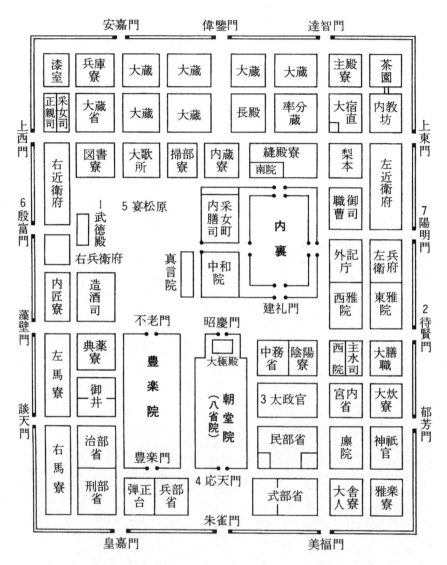

安嘉門　偉鑒門　達智門

漆室　兵庫寮　大蔵　大蔵　大蔵　大蔵　主殿寮　茶園

采女司・正親司　大蔵省　大蔵　大蔵　長殿　率分蔵　大宿直　内教坊

上西門

右近衛府　図書寮　大歌所　掃部寮　内蔵寮　縫殿寮・南院　梨本　左近衛府

上東門

武徳殿　5 宴松原　采女町・内膳司　内裏　職御曹司　左兵衛府

6 殷富門　右兵衛府　真言院　中和院　外記庁・西院　左雅・東雅院

7 陽明門

内匠寮　造酒司　建礼門

藻壁門

2 待賢門

左馬寮　典薬寮　御井　不老門　豊楽院　昭慶門　大極殿　中務省　陰陽寮　西院・主水司・宮内省　大膳職　大炊寮

談天門

右馬寮　治部省　刑部省　豊楽門　朝堂院（八省院）　3 太政官　民部省　廩院　神祇官

郁芳門

弾正台　兵部省　4 応天門　式部省　大舎人寮　雅楽寮

朱雀門

皇嘉門　美福門

1 ㉗8　2（中御門）㉗9、（東中御門）㉘16　3（官）㉗9　4 ㉗33　5 ㉗38　6（近衛御門）㉗38　7（近衛御門）㉘41

● ( ) 안은 이야기 속에서의 호칭.

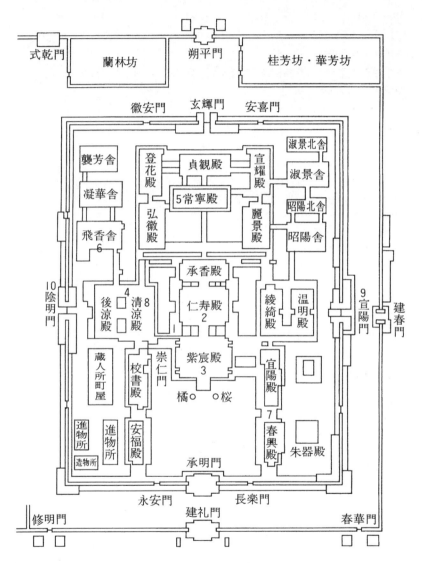

1 (中橋)㉗10　2 ㉗10　3 (南殿)㉗10　4 (滝口)㉗41　5 ㉘4　6 (藤壺)㉘14　7 (陣の
座)㉘25　8 (夜御殿)㉘14　9 (東ノ陣)㉛29　10 (西ノ陣)㉛29

● (　) 안은 이야기 속에서의 호칭.

옛 지방명

- 율령제의 기본행정단위인 '지방國'을 나열하고, 지도에 위치를 나타냈다.
- 명칭의 배열은 가나다 순을 따랐으며, 국명의 뒤에는 국명보다 상위로 설정되었던 '오기칠도五畿七道' 구분을 적었고, 추가로 현대 도都·부府·현縣과의 개략적인 대응 관계를 나타냈다.
- 지방의 구분은 9세기경 이후에 이러한 모습으로 고정되었다. 무쓰陸奧와 데와出羽는 19세기에 세분되었다.

㉮

가가加賀 (북륙도) 이시카와 현石川縣 남부.

가와치河內 (기내) 오사카 부大阪府 남동부.

가이甲斐 (동해도) 야마나시 현山梨縣.

가즈사上總 (동해도) 치바 현千葉縣 중앙부.

고즈케上野 (동산도) 군마 현群馬縣.

기이紀伊 (남해도) 와카야마 현和歌山縣 전체, 미에 현三重縣의 일부.

㉯

나가토長門 (산양도) 야마구치 현山口縣 북서부.

노토能登 (북륙도) 이시카와 현石川縣 북부.

㉰

다지마但馬 (산음도) 효고 현兵庫縣 북부.

단고丹後 (산음도) 교토 부京都府 북부.

단바丹波 (산음도) 교토 부京都府 중부, 효고 현兵庫縣 동부.

데와出羽 (동산도) 야마가타 현山形縣·아키타 현秋田縣 거의 전체. 명치明治 원년(1868)에 우젠羽前·우고羽後로 분할되었다. → 우젠羽前·우고羽後

도사土佐 (남해도) 고치 현高知縣.

도토우미遠江 (동해도) 시즈오카 현靜岡縣 서부.

㉱

리쿠젠陸前 (동산도) 미야기 현宮城縣 대부분, 이와 테 현岩手縣의 일부. → 무쓰陸津

리쿠추陸中 (동산도) 이와테 현岩手縣의 대부분, 아 키타 현秋田縣의 일부. → 무쓰陸津

㉲

무사시武藏 (동해도) 사이타마 현埼玉縣, 도쿄 도東 京都 거의 전역, 가나가와 현神奈川縣의 동부.

무쓰陸津 (동산도) '미치노쿠みちのく'라고도 한다. 아오모리靑森·이와테岩手·미야기宮城·후쿠시 마福島 4개 현에 거의 상당한다. 명치明治 원년 (1868) 세분 후의 무쓰는 아오모리 현 전부, 이와 테 현 일부. → 이와키磐城·이와시로岩代·리쿠 젠陸前·리쿠추陸中

미노美濃 (동산도) 기후 현岐阜縣 남부.

미마사카美作 (산양도) 오카야마 현岡山縣 북동부.

미치노쿠陸奧 '무쓰むつ'라고도 한다. → 무쓰陸津

미카와三河 (동해도) 아이치 현愛知縣 동부.

㉳

부젠豊前 (서해도) 오이타 현大分縣 북부, 후쿠오카 현福岡縣 동부.

분고豊後 (서해도) 오이타 현大分縣 대부분.

비젠備前 (서해도) 오카야마 현岡山縣.

빈고備後 (산양도) 히로시마 현廣島縣 동부.

빗추備中 (산양도) 오카야마 현岡山縣 서부.

㉦

사가미相模 (동해도) 가나가와 현神奈川縣의 대부분.

사누키讚岐 (남해도) 가가와 현香川縣.

사도佐渡 (북륙도) 니가타 현新潟縣 사도 섬佐渡島.

사쓰마薩摩 (서해도) 가고시마 현鹿兒島縣 서부.

셋쓰攝津 (기내) '쓰っ'라고도 한다. → 쓰攝津

스루가駿河 (동해도) 시즈오카 현靜岡縣 중부.

스오周防 (산양도) 야마구치 현山口縣 동부.

시나노信濃 (동산도) 나가노 현長野縣.

시마志摩 (동해도) 미에 현三重縣 시마 반도志摩半島.

시모쓰케下野 (동산도) 도치기 현栃木縣.

시모우사下總 (동해도) 치바 현千葉縣 북부, 이바라키 현茨城縣 남부.

쓰攝津 (기내) '셋쓰せっつ'라고도 한다. 오사카 부大阪府 북서부, 효고 현兵庫縣 남동부.

쓰시마對馬 (서해도) 나가사키 현長崎縣 쓰시마 전도對馬全島.

㉧

아와安房 (동해도) 치바 현千葉縣 남부.

아와阿波 (남해도) 도쿠시마 현德島縣.

아와지淡路 (남해도) 효고 현兵庫縣 아와지 섬淡路島.

아키安藝 (산양도) 히로시마 현廣島縣 서반.

야마시로山城 (기내) 교토 부京都府 남동부.

야마토大和 (기내) 나라 현奈良縣.

에치고越後 (북륙도) 사도 섬佐渡島을 제외한 니가타 현新潟縣의 대부분.

에치젠越前 (북륙도) 후쿠이 현福井縣 북부.

엣추越中 (북륙도) 도야마 현富山縣.

오미近江 (동산도) 시가 현滋賀縣.

오스미大隅 (서해도) 가고시마 현鹿兒島縣 동부, 오스미 제도大隅諸島.

오와리尾張 (동해도) 아이치 현愛知縣 서부.

오키隱岐 (산음도) 시마네 현島根縣 오키 제도隱岐諸島.

와카사若狹 (북륙도) 후쿠이 현福井縣 남서부.

우고羽後 (동산도) 아키타 현秋田縣의 대부분, 야마가타 현山形縣의 일부. → 데와出羽

우젠羽前 (동산도) 야마가타 현山形縣의 대부분. → 데와出羽

이가伊賀 (동해도) 미에 현三重縣 서부.

이나바因幡 (산음도) 돗토리 현鳥取縣 동부.

이세伊勢 (동해도) 미에 현三重縣 대부분.

이와미石見 (산음도) 시마네 현島根縣 서부.

이와시로岩代 후쿠시마 현福島縣 서부. → 무쓰陸奧

이와키磐城 후쿠시마 현福島縣 동부, 미야기 현宮城縣 남부. → 무쓰陸奧

이요伊予 (남해도) 에히메 현愛媛縣.

이즈伊豆 (동해도) 시즈오카 현靜岡縣 이즈 반도伊豆半島, 도쿄 도東京都 이즈 제도伊豆諸島.

이즈모出雲 (산음도) 시마네 현島根縣 동부.

이즈미和泉 (기내) 오사카 부大阪府 남부.

이키壹岐 (서해도) 나가사키 현長崎縣 이키 전도壹岐全島.

㉨

지쿠고筑後 (서해도) 후쿠오카 현福岡縣 남부.

지쿠젠筑前 (서해도) 후쿠오카 현福岡縣 북서부.

㉭

하리마播磨 (산양도) 효고 현兵庫縣 서남부.

호키伯耆 (산음도) 돗토리 현鳥取縣 중서부.

휴가日向 (서해도) 미야자키 현宮崎縣 전체, 가고시마 현鹿兒島縣 일부.

히고肥後 (서해도) 구마모토 현熊本縣.

히다飛驒 (동산도) 기후 현岐阜縣 북부.

히젠肥前 (서해도) 사가 현佐賀縣의 전부, 이키壹岐·쓰시마對馬를 제외한 나가사키 현長崎縣.

히타치常陸 (동해도) 이바라키 현茨城縣 북동부.

対馬
隠岐
壱岐
山　　　陰
長門
石見　出雲　伯耆
筑前
安芸　備後　備中　美作　但馬
肥前
豊前
周防
因幡
筑後
備前
播磨
丹波
肥後
豊後
讃岐
淡路
海
道
伊予
土佐　阿波
西
日向
南　　海　　道
薩摩
大隅
紀伊

0   100   200km

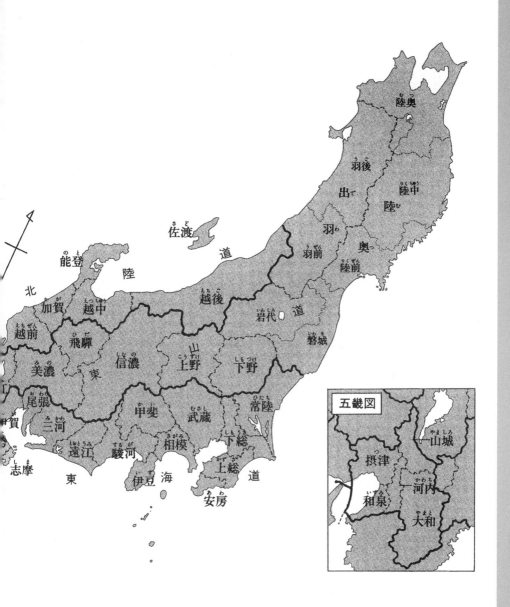

北陸道

佐渡_{さど}

能登_{のと}
陸

加賀_{かが}
越中_{えっちゅう}
越後_{えちご}

越前_{えちぜん}
飛驒_{ひだ}
信濃_{しなの}
山_{やまの}
上野_{こうずけ}
下野_{しもつけ}

美濃_{みの}
東

尾張_{おわり}
甲斐_{かい}
武蔵_{むさし}
常陸_{ひたち}

三河_{みかわ}
相模_{さがみ}
下総_{しもうさ}

志摩_{しま}
遠江_{とおとうみ}
駿河_{するが}
上総_{かずさ}

東
伊豆_{いず}
海
安房_{あわ}
道

陸奥_{むつ}

羽後_{うご}
陸中_{りくちゅう}
出_で
陸_む

羽_わ
奥_つ
羽前_{うぜん}
陸前_{りくぜん}

岩代_{いわしろ}
道

磐城_{いわき}

五畿図

山城_{やましろ}
摂津_{せっつ}
河内_{かわち}
和泉_{いずみ}
大和_{やまと}

부록◉옛 지방명 641

교주·역자 소개

마부치 가즈오馬淵 和夫

1918년 아이치현愛知県 출생. 도쿄문리과대학東京文理科大學 졸업(국어사 전공). 前 쓰쿠바대학筑波大學 교수.

저 서: 『日本韻学史の研究』, 『悉曇学書選集』, 『今昔物語集文節索引·漢子索引』(감수) 외.

구니사키 후미마로国東 文麿

1916년 도쿄 출생. 와세다대학早稲田大學 졸업(일본문학 전공). 前 와세다대학 교수.

저 서: 『今昔物語集成立考』, 『校注·今昔物語集』, 『今昔物語集 1~9』(전권 역주) 외.

이나가키 다이이치稲垣 泰一

1945년 도쿄 출생. 도쿄교육대학東京教育大學 졸업(중고·중세문학 전공). 前 쓰쿠바대학筑波大學 교수.

저 서: 『今昔物語集文節索引卷十六』, 『考訂今昔物語』, 『寺社略縁起類聚 I』 외.

한역자 소개

이시준 李市埈

한국외국어대학교 일본어과 및 동 대학원 석사졸업. 도쿄대학 대학원 총합문화연구과 박사(일본설화문학), 현 숭실대학교 일어일문학과 교수. 숭실대학교 동아시아언어문화연구소 소장.

저 서:『今昔物語集 本朝部の研究』(일본),『금석이야기집 일본부의 구성과 논리』.

공편저:『古代中世の資料と文學』(義江彰夫 編, 일본),『漢文文化圈の說話世界』(小峯和明 編, 일본),『東アジアの今昔物語集』(小峯和明 編),『說話から世界をどう解き明かすのか』(說話文學會 編, 일본),『식민지 시기 일본어조선설화집 기초적 연구 1, 2』.

번 역:『일본불교사』,『일본 설화문학의 세계』,『암흑의 조선』,『조선이야기집과 속담』,『전설의 조선』,『조선동화집』.

편 저:『암흑의 조선』등 식민지 시기 일본어 조선설화집자료 총서.

김태광 金泰光

교토대학 일본어·일본문화연수생(일본문부성 국비유학생), 고베대학 대학원 문학연구과 석사졸업, 동 대학원 문화학연구과 박사(일본설화문학, 한일비교문화), 현 경동대학교 교수.

논 문:「귀토설화의 한일비교 연구 —『三國史記』와『今昔物語集』을 中心으로—」,「『今昔物語集』의 耶輸陀羅」,「『今昔物語集』석가출세성도담의 비교연구」,「금석이야기집(今昔物語集)의 본생담 연구」등 다수.

저역서:『한일본생담설화집 "석가여래십지수행기"와 "삼보회"의 비교 연구』,『세계 속의 일본문학』(공저),『삼보에』(번역) 등 다수.

今昔物語集 日本部 一